JOHN SANDFORD

Die Jagdpartie

Buch

Die fünf Direktoren der Polaris Bank gehen gemeinsam auf die Jagd. Neben allerlei Wild wird leider auch der Vorstandsvorsitzende Kresge erschossen. Dieser hatte die Fusion der Bank mit einer Holding in die Wege geleitet, was ihm einen Gewinn von 40 Millionen Dollar, den vier anderen Direktoren jedoch den Verlust ihrer bisherigen Positionen beschert hätte. Vorübergehend soll Direktor Wilson McDonald die Geschäfte führen, ein unangenehmer Mensch, der seine Frau Audrey regelmäßig verprügelt. Aber auch die anderen drei Direktoren Susan O'Dell, Terrance Robles und James T. Bone sind auf den Posten des Vorstandsvorsitzenden scharf, nachdem die geplante Fusion abgewehrt wurde. Alle vier sind also höchst tatverdächtig. Nachdem die Direktorin Susan O'Dell vor ihrer Wohnungstür erschossen wird, überstürzen sich die Ereignisse. Und Detective Davenport bringt zusammen mit seiner neuen Assistentin Sergeant Sherrill die böse Wahrheit ans Tageslicht …

Autor

John Sandford ist das Pseudonym des mit dem Pulitzerpreis ausgezeichneten Journalisten John Camp. Seine Romane um den Polizisten Lucas Davenport finden sich regelmäßig auf den amerikanischen Bestsellerlisten. Schneller und fesselnder als er schreibt kaum ein zeitgenössischer Thriller-Autor. John Sandford lebt in Minneapolis.

Von John Sandford außerdem bei Goldmann erschienen:

Blinde Spiegel (41352), Böses Spiel (43429), Das Messer im Schatten (43398), Die Schule des Todes (41031), EisNacht (42549), Kalte Rache (43708), Königin der Nacht (41120), Stumme Opfer (41533), Letzter Dreh (44058)

John Sandford

Die Jagdpartie

Roman

Aus dem Amerikanischen
von Manes H. Grünwald

GOLDMANN

Die Originalausgabe erschien 1998
unter dem Titel »Secret Prey«
bei G. P. PUTNAM'S SONS,
a member of Penguin Putnam Inc., New York.

Umwelthinweis:
Alle bedruckten Materialien dieses Taschenbuches
sind chlorfrei und umweltschonend.

Der Goldmann Verlag
ist ein Unternehmen der Verlagsgruppe Bertelsmann GmbH

Deutsche Erstausgabe 10/99

Umschlaggestaltung: Design Team München
Umschlagfoto: PHOTONICA/Hesser
Satz: deutsch-türkischer fotosatz, Berlin
Druck: Elsnerdruck, Berlin
Titelnummer: 44388
Redaktion: Ilse Wagner
BH · Herstellung: Sebastian Strohmaier
Made in Germany
ISBN 3-442-44388-1

1 3 5 7 9 10 8 6 4 2

1

Der Aufsichtsratsvorsitzende zog die Tür hinter sich zu, lehnte das Gewehr gegen die Wand des Blockhauses und ging zum Ende der Veranda. Das Licht aus dem Küchenfenster fiel hinaus in die Dunkelheit des frühen Morgens und die absolute Stille des Waldes. Der seit zwei Wochen andauernde Nachtfrost hatte die Insekten getötet und die Amphibien in den Winterschlaf getrieben; für einige Sekunden war er allein hier draußen.

Dann gähnte der Aufsichtsratsvorsitzende, öffnete den Reißverschluß des Overalls, knöpfte den Hosenschlitz auf und scharrte mit den Füßen, so daß die Bohlen der Veranda unter seinen gefütterten Jagdstiefeln knarrten. Es gibt nichts Schöneres, als den Tag mit einem ausgiebigen Pinkeln zu beginnen, dachte er. Als er sich an das Verandageländer vorschob, hörte er, daß hinter ihm die Tür geöffnet wurde. Er kümmerte sich nicht darum.

Drei Männer und eine Frau kamen hintereinander aus der Tür und taten so, als ob sie ihn nicht sehen würden.

»Wir bräuchten dringend Schnee«, sagte die Frau und starrte in die Dunkelheit. Susan O'Dell war eine schlanke Vierzigerin, hatte ein sonnengebräuntes, schmales Gesicht, ruhige braune Augen und Lachfältchen um den Mund. Über ihre grellorangefarbene Strumpfmütze spannte sich das Gummiband einer Stirnlampe, die sie jedoch noch nicht eingeschaltet hatte. Sie trug einen grell-orangefarbenen Browning-Parka und Thermohosen, in den Händen einen Rucksack und ein 308-Remington-Jagdgewehr mit einem Leupold-Vari-XIII-Zielfernrohr. Nicht sichtbar war der Druckpunktabzug des Gewehrs. Das Abzugsgewicht des Hahns betrug exakt 1135 Gramm.

»Saukalt jedenfalls«, sagte Wilson McDonald, während er einen seiner kräftigen Arme unter den Gewehrriemen schob. Er war ein großer Mann und viel zu schwer: In seinem Jagdanzug sah er wie ein grell-orangefarbener Pillsbury-Infanterist aus. Er trug ein altes 30-06-Jagdgewehr mit Kimme-und-Korn-Visiereinrichtung, die in den dreißiger Jahren bei Abercrombie & Fitch in New York gekauft worden war. Er war zweiundvierzig und bestimmten Traditionen verhaftet – sein Sommerauto, ein giftgrüner Jaguar XK-E, hatte er von seinem Vater geerbt, sein Gewehr stammte von seinem Großvater, und seine Mitgliedschaft im Country-Club ging auf seinen Urgroßvater zurück. Den Jaguar verteidigte er eisern gegen jeden bequemeren Wagen, das .30-06 gegen jedes moderne Gewehr und die Clubmitgliedschaft gegen jeden Parvenü, Neureichen und, natürlich, gegen jeden Schwarzen und Juden.

»Alle abmarschbereit?« fragte der Aufsichtsratsvorsitzende und trat, schnell den Reißverschluß des Overalls hochziehend, auf die anderen zu. Er war der Älteste der Gruppe, ein recht korpulenter, rotgesichtiger Mann mit dichtem weißem Haarschopf und raupenbreiten Augenbrauen. Als er in die Nähe der anderen kam, konnte er den Geruch nach Pfannkuchen und Kaffee riechen, der noch von ihnen ausging. »Ich möchte nicht, daß noch jemand im Wald rumstolpert, wenn's gerade spannend wird.«

Alle nickten; sie kannten die Prozedur.

»Wir sind spät dran«, sagte O'Dell. Sie hatte den Reißverschluß des Parkas noch nicht zugezogen, und auch die Kapuze baumelte noch auf ihrem Rücken; aber sie hatte eine rotweiße Kufija um Hals und Kinn geschlungen. Aus einer Laune heraus in der Altstadt von Jerusalem gekauft, wärmte dieser Schal, dazu gedacht, Araber vor der Wüstensonne zu schützen, jetzt eine in dritter Generation in den USA lebende Irin in Minnesota. »Wir sollten uns schleunigst auf den Weg machen und unsere Positionen einnehmen.«

Fünf Uhr fünfundvierzig, Eröffnungstag der Rotwild-Saison … O'Dell ging voraus über die Veranda, gefolgt vom Aufsichtsratsvorsitzenden, dahinter die drei anderen Männer.

Terrance Robles war der Jüngste der Gruppe, erst Mitte Dreißig. Er war ein untersetzter Mann mit einem dünnen, gekräuselten Kinnbart, und er trug eine Brille mit schwarzer Fassung und dicken Gläsern. Seine wäßrigen blauen Augen blitzten immer wieder nervös auf, und er lachte zu oft, meist mit einem flachen, unsicheren Kichern. Er hatte ein makellos gepflegtes Jagdgewehr geschultert, ein 270 Sako mit einem seidig glänzenden Nikon-Zielfernrohr. Robles hatte keinen Sinn für Traditionen: Alles, was er zur Jagd einsetzte, bestand aus neuester Technologie.

James T. Bone hätte Susan O'Dells Bruder sein können: Er war vierzig, schlank, gebräunt und dunkeläugig, und seine Gesichtszüge zeigten unter einer eisenhart wirkenden Oberfläche doch auch Anzeichen dafür, daß er Sinn für Humor hatte. Er ging am Schluß der Reihe und hielt ein 242 Mauser-Gewehr Modell 66 in der Armbeuge.

Vier der fünf – der Aufsichtsratsvorsitzende, Robles, O'Dell und Bone – waren eingefleischte Jäger.

Der Vater des Aufsichtsratsvorsitzenden war Banker in einer Kleinstadt gewesen. Sie hatten ein hübsches verschachteltes Fachwerkhaus am Blueberry Lake südlich von Itasca besessen, und sein Vater hatte sich intensiv im Rotary-Club und in der Veteranenlegion engagiert. Die Rotwildjagd war ein jährliches Ritual: Der Aufsichtsratsvorsitzende hatte in seinen sechsundvierzig Jahren der Jagd bereits mehr als zwanzig Hirsche erlegt – wahre Männer schossen keine Hirschkühe.

Robles war erst als Erwachsener zum Jäger geworden. Man hatte ihn als Geschenk zum dreißigsten Geburtstag zu einer Elchjagd eingeladen, und dieses Erlebnis hatte ihn emotional tief bewegt. Seitdem hatte er jährlich an fünf bis sechs größeren Jagdausflügen teilgenommen, von Alaska bis Neuseeland.

O'Dell war die Tochter eines Ranchers. Ihr Vater besaß zwanzig Quadratmeilen des Staates South Dakota entlang der Grenze zu Wyoming, und sie hatte seit ihrem achten Lebensjahr an der jährlichen Antilopenjagd teilgenommen. Während des Studiums am Smith-College war sie stets zur Jagd nach Hause geflogen, während die anderen Mädchen mit ihren Beaus die Footballspiele der acht Elite-Universitäten im Osten der USA besucht hatten.

Bone stammte aus Mississippi. Er war schon als Kind auf die Jagd gegangen, weil er etwas zu essen brauchte. Einmal, als er neun Jahre alt gewesen war, hatte er für sich und seine Mutter eine Suppe aus drei mit Bedacht erlegten Amseln gekocht.

Nur McDonald mochte die Jagd nicht. Er hatte früher bereits Rotwild geschossen – er stammte aus Minnesota, und in diesem Staat erwartete man von einem echten Mann, daß er so etwas tat –, aber insgeheim betrachtete er die Jagd schlicht und einfach als Ärgernis. Wenn er ein Tier erlegte, mußte er es ausweiden. Das hatte zur Folge, daß er schlecht roch und Blutflecke an die Kleidung bekam. Und dann mußte er auch noch irgendwas mit dem Fleisch anstellen. Ein vergeudeter Tag … Im Club würden sich die Leute die Zeit mit ein paar kräftigen Gin vertreiben – wie schön, ein paar kräftige Gin runterzukippen, dachte er –, und er mußte diesen Blödsinn hier mitmachen und bald auch noch auf irgendeinen verdammten Baum klettern.

»Verdammt«, sagte er laut.

»Was?« brummte der Aufsichtsratsvorsitzende und drehte sich zu ihm um.

»Nichts«, sagte McDonald. »Ich war gedanklich woanders.«

Eine gute Seite hatte die Sache: Wenn man einen Hirsch erlegte, würden die Leute im Club das als einen Beweis der Zugehörigkeit anerkennen – nicht als ordinäre Gemeinsamkeit, die Probleme aufwerfen konnte, sondern als »Kontakt dieses unseres Clubmitgliedes zur Mutter Natur«, den so mancher von ihnen als wichtige Tugend betrachtete. Das war immerhin einiges wert; nicht genug, um sich hier draußen rumquälen zu müssen, aber wenigstens etwas …

Der Geruch nach Holzfeuer hing um das Blockhaus, aber er wurde vom beißenden Gestank der Galläpfel an den Eichenblättern abgelöst, als sie in den Wald kamen. Nach rund fünfzig Metern gerieten sie aus dem Lichtschein des Blockhauses, und

O'Dell schaltete ihre Stirnlampe an, der Aufsichtsratsvorsitzende seine Taschenlampe. Die Morgendämmerung würde erst in fünfundvierzig Minuten einsetzen, aber der mondlose Himmel war klar, und sie konnten über dem Pfad eine lange Sternenspur sehen. An der Deichselspitze des Kleinen Wagens glitzerte der Polarstern.

»Wunderschöne Nacht«, sagte Bone, den Blick zum Himmel gerichtet.

Direkt unterhalb des Blockhauses lag ein kleiner See, matt schimmernd wie ein beschlagener Spiegel. Sie folgten etwa hundertfünfzig Meter einem Pfad am Ufer entlang, stiegen hintereinander einen Höhenrücken hoch und gingen dann parallel zum See weiter.

»Treten Sie nicht in die Scheiße«, durchbrach die Stimme der Frau schneidend die Stille. Der Strahl ihrer Stirnlampe war auf einen Haufen frischer Hirschlosung gerichtet, der wie eine Ansammlung purpurner Hühnerherzen auf dem Pfad lag.

»Das haben wir in der vergangenen Woche bei dem Deal mit Cove Links gemacht«, sagte der Aufsichtsratsvorsitzende trokken.

Der Höhenrücken trennte den See von einem Sumpf, in dem nur einzelne Gruppen von Lärchen wuchsen. Fünfzig Meter weiter sagte Robles: »Hier ist meine Abzweigung.« Er wandte sich nach links, in Richtung auf den Sumpf. Ehe er sich von der Gruppe löste, schaltete er seine Taschenlampe an, sagte: »Waidmannsheil Ihnen allen« und verschwand über einen schmalen Pfad in Richtung auf seinen Hochsitz.

Als nächster war der Aufsichtsratsvorsitzende an der Reihe. Ein weiterer Pfad führte nach links, ebenfalls auf den Sumpf zu, und er bog ab, sagte: »Bis gleich dann.«

»Holen Sie sich den Hirsch«, sagte O'Dell, und sie, McDonald und Bone gingen weiter.

Der Aufsichtsratsvorsitzende folgte dem schmalen Strahl seiner Lampe rund vierzig Meter einen sanften Hang hinunter zum

Rand des Sumpfes. Der See war noch nicht zugefroren, aber die flachen Wasserpfützen des Sumpfes waren mit Eisplatten, dünn wie Fensterglas, bedeckt.

Eine knorrige Eiche stand am Rand des Sumpfes; die Art von Eiche, bei der man sich vorstellen kann, daß eine Elfe darin wohnt. Der Aufsichtsratsvorsitzende griff in seine Jackentasche, nahm eine Rolle Fallschirmschnur heraus, knotete das Ende um den Schulterriemen seines Gewehrs, lehnte das Gewehr an den Baumstamm und stieg auf den Eisenkrampen, die er bereits vor acht Jahren in den Stamm getrieben hatte, auf den Baum.

Er hatte von diesem Ansitz aus schon drei Hirsche geschossen. Der Vorarbeiter der Kolonne, die die Straßengräben zur Vorbereitung auf die Schneemonate reinigte, hatte ihm gesagt, ein Zwölfender sei im Sommer in dieser Gegend aufgetaucht. Der Vorarbeiter hatte den Hirsch gesehen, als er mitten durch den Sumpf in Richtung auf eben diese Eiche gewechselt war. Etwa vor zwei Wochen.

Der Aufsichtsratsvorsitzende kletterte die rund fünf Meter zum Ansitz hoch, setzte sich zum Verschnaufen auf die Bank und lehnte den Rücken gegen den Eichenstamm. Der Ansitz sah wie die Veranda eines Vorstadthauses aus; die Plattform war aus imprägnierten 5-mal-12-cm-Bohlen gezimmert, das als Gewehrauflage gedachte Geländer aus 5-mal-10-cm-Balken. Er nahm den Rucksack ab, hängte ihn an einen Haken rechts neben sich und zog dann das Gewehr an der Schnur zu sich hoch.

Die Patronen waren noch warm, als er sie aus der Jackentasche nahm und das Gewehr lud. Das würde nicht lange so bleiben. Die Temperatur lag bei ungefähr zehn Grad minus, und ein eisiger Wind biß ihm in die Haut. Später am Tag würde es wärmer werden, vielleicht knapp über dem Gefrierpunkt, aber jetzt, am frühen Morgen ungeschützt hier auf dem Hochsitz kauernd, würde er ganz schön frieren. Hoffentlich fror sich auch diese verdammte O'Dell den Arsch ab. Sie behauptete immer, sie sei unempfindlich gegen Kälte; aber dieser Morgen würde sie eines Besseren belehren.

In seiner nylongefütterten Thermojacke war es dem Aufsichtsratsvorsitzenden nach der Anstrengung des Hochkletterns im Moment jedoch noch recht warm, und er döste vor sich hin, während er auf seinem Baum saß und auf das erste Büchsenlicht wartete. Er wurde hellwach, als er die Bewegungen eines Hirsches im trockenen Laub hörte, der offensichtlich einem Wildwechsel zum Sumpf folgte. Jetzt ließ das Tier sich irgendwo auf der Anhöhe links hinter ihm nieder.

Das war ja sehr interessant ...

Vierzig oder fünfzig Meter entfernt, mehr nicht. Noch oben am Kamm der Höhe, aber er würde das Tier sehen können, sobald es hell wurde und es sich wieder bewegte. Wenn es das nicht tat, würde er es auf dem Rückweg zum Blockhaus aufscheuchen.

Er saß da und wartete, horchte auf den Wind. Die meisten Eichen trugen ihre Blätter noch, wenn auch braun und tot. Wenn er die Augen schloß, klang ihr Rascheln wie das Knistern eines kleinen, intimen Kaminfeuers.

Der Aufsichtsratsvorsitzende seufzte: Es gab so viel zu tun ...

Der Mörder trug die bei diesen Anlässen übliche, grell-orangefarbene Jagdkleidung und bewegte sich leise und schnell auf dem Pfad. Die Morgendämmerung stand kurz bevor, und das Fenster der Gelegenheit war nur für wenige Minuten offen ...

Ab hier: vierundzwanzig Schritte den Pfad hinunter. Eins, zwei, drei, vier, fünf, sechs, sieben, acht ... dreiundzwanzig, vierundzwanzig. Hier jetzt links eine markante Eiche ... Ich wollte, ich könnte eine Taschenlampe benutzen ...

Da war die Eiche, ihre Rinde rauh unter seinen Fingerspitzen. Und dicht rechts davon eine kleine Mulde im Boden hinter einer umgestürzten Espe.

Leg dich da rein ... leise, leise! Ob er mich gehört hat? Diese verdammten, trockenen Blätter ... Habe gestern nicht an die Blätter gedacht, und jetzt knistern sie unter meinem Gewicht wie trockene Cornflakes ... Wo ist der Espenstamm, muß doch direkt vor mir sein ... aha!

In der Mulde war der Stamm der umgestürzten Espe genau in der richtigen Höhe für den Anschlag des Gewehrs. Ein schneller Blick durch das Zielfernrohr: nichts als eine dunkle Scheibe.

Wieviel Uhr ist es? Mein Gott, meine Uhr ist stehengeblieben! Nein, doch nicht. Sechs Uhr siebzehn. Okay. Noch Zeit. Beruhige dich. Und mach die Ohren auf! Wenn jemand über den Pfad kommt und mich sieht, muß ich ihn wahrscheinlich erschießen ... Wie spät ist es jetzt? Sechs Uhr achtzehn. Erst eine Minute vergangen? Oder zwei? Kann mich nicht mehr erinnern ... Zwei wahrscheinlich.

Es gab bei dieser Sache nur einen einzigen Versuch. Es waren andere Leute in der Nähe, und sie trugen Waffen. Wenn jemand über den Pfad angestolpert kam und die orangefarbene Jacke in der Mulde sah ...

Wenn jemand kommt, solange es noch dunkel ist, könnte ich vielleicht noch wegrennen und mich irgendwo verstecken. Aber man könnte mich für einen Hirsch halten und auf mich schießen. Was dann? Nein ... Wenn jemand kommt, knalle ich ihn ab, egal, wer es ist. Zwei Schüsse sind okay. Ich kann mir zwei Schüsse leisten. Es wird dann zwar nicht mehr wie ein Jagdunfall aussehen, aber es wird wenigstens auch keinen Zeugen geben.

Was war das? Kommt da tatsächlich jemand? Ist da jemand in der Nähe?

Der Mörder lag in der Mulde und horchte angestrengt, aber die einzigen Geräusche stammten von den im Wind raschelnden Blättern an den Bäumen, vom Schaben der Zweige aneinander und vom Rauschen des Windes selbst. *Schau auf die Uhr ...*

Jetzt ist es bald soweit. Niemand in der Nähe, und ich bin ganz ruhig. Kalt hier, allerdings. Kälter, als ich gedacht habe. Ich muß mich bereit machen ... Der alte Mann ... ich muß mich auf den alten Mann konzentrieren. Wenn er hier ist, im Blockhaus, muß ich einfach die Gelegenheit ergreifen ... Und wenn seine Frau dabei ist, muß sie auch dran glauben ... Das ist okay: Sie sind alte Leute ... Immer noch nichts im Zielfernrohr zu erkennen. Wo bleibt der Sonnenaufgang?

Daniel S. Kresge war Aufsichtsratsvorsitzender, Vorsitzender des Verwaltungsrates und Präsident von *Polaris Bank System*. Er hatte die Titel auf sich vereint wie ein archaischer, sowjetischer Diktator. Und er übte sein Regime durchaus auch wie ein Diktator aus: über zweihundertfünfzig Bankfilialen in sechs Staaten des Mittelwestens befanden sich fest in seinen stets auf Kostensenkung bedachten Klauen.

Wenn alles nach seinen Plänen verlief, würde er seinen Job noch für weitere fünfzehn Monate ausüben – bis Polaris in *Midland Holding* aufging, der Besitzerin von sechshundert Banken in den zentralen Südstaaten. Es würden dabei einige Schlachtopfer auf der Strecke bleiben.

Die Zentrale der vereinigten Banken würde in Fort Worth sein. Nicht viele Topmanager von Polaris würden dorthin umzuziehen brauchen. Tatsache war, daß die gesamte zentrale Verwaltung von Polaris letztlich aufgelöst wurde, dazu auch ein Großteil des Topmanagements. Bone würde wahrscheinlich auf die Füße fallen: Seine Investment-Abteilung war eines der zentralen Profitzentren bei Polaris, und er hatte mit seinen Erfolgen einiges Aufsehen in der Bankenwelt erregt. O'Dell leitete den Detailhandel bei Polaris. Midland würde jemanden brauchen, der dieses Territorium kannte, zumindest einige Zeit lang, und sie konnte eventuell eine Verwendung als Nummer zwei oder drei in Midlands Abteilung finden. Das würde ihr nicht gefallen. Würde sie sich damit zufriedengeben? Kresge war sich nicht sicher.

Robles würde noch einige Zeit gebraucht werden: Er war ein reiner Techniker, Leiter der Datenverarbeitung bei Polaris, und Midland würde ihn benötigen, um bei der Zusammenführung der unterschiedlichen Datensysteme von Polaris und Midland mitzuarbeiten.

McDonald war erledigt, »totes Fleisch« sozusagen. Die Hypotheken-Abteilung bei Polaris spielte keine große Rolle mehr, und Midland hatte seine eigene Hypotheken-Abteilung – die man dazu auch noch auflösen wollte, wie das nun mal so ist.

Kresge ging in Gedanken die zu erbringenden Schlachtopfer

durch: Wenn sie die Detailregelungen der Fusion in Angriff nahmen, mußte er versuchen, die Härten für die Polaris-Manager, deren Übernahme bei der Zusammenführung nicht gesichert war, abzumildern – und auch für die Topmanager, die Midland übernehmen würde: Robles ganz sicher. Wahrscheinlich auch O'Dell und Bone.

McDonald? Scheiß drauf …

Kresge würde wie die meisten anderen auch seinen Job verlieren. Aber anders als bei den anderen würde sein Ausscheiden mit einer Summe im Bereich von vierzig Millionen Dollar – nach Steuern – versüßt werden. Und er würde frei sein.

In zwei Wochen würde Kresge in einem Gerichtssaal sitzen und feierlich schwören, daß seine Ehe unheilbar zerrüttet war. Seine Frau hatte auf Unterhaltszahlungen verzichtet. Als Gegenleistung für dieses Zugeständnis hatte sie gefordert – und er hatte zugestimmt –, mehr als fünfundsiebzig Prozent ihres *derzeitigen* gemeinsamen Besitzes zu erhalten. Acht Millionen Dollar. Es war eines der schwersten Dinge in seinem Leben gewesen, auf acht Millionen Dollar zu verzichten, aber es war die Sache wert: Er war mit einem Schlag alle Verpflichtungen los.

Als sie den Deal unterzeichnet hatten, war weder seiner Frau noch ihrem geldgierigen Anwalt klar gewesen, was die damals noch in den Anfängen steckende Fusion finanziell bedeuten konnte. Sie hatten keine Ahnung, daß es einen goldenen Rettungsfallschirm für den Aufsichtsratsvorsitzenden geben würde. Und seine Exfrau würde keinen Cent von diesem Geld bekommen. Er lächelte beim Gedanken an diese Tatsache vor sich hin. Sie hatte diesen geldgierigen Anwalt speziell dazu angeheuert, ihn bei dem Übereinkommen über den Tisch zu ziehen, und war überzeugt, das sei ihr gelungen. Warte nur, bis die Einzelheiten über die Fusion in die Zeitungen kommen … Und sie *würden* in den Zeitungen veröffentlicht werden.

Fahr zur Hölle, Exfrau …

Vierzig Millionen. Er wußte, was er damit anfangen würde.

Als erstes würde er die Doppelstadt Saint Paul/Minneapolis

verlassen – er hatte die Kälte satt –, würde nach Los Angeles ziehen, sich schicke Sachen zulegen. Vielleicht eines dieser tollen BMW-Cabriolets kaufen, den 850er. Er war zeitlebens ein guter, grauer Minnesota-Banker gewesen. Jetzt würde er mit seinem Geld nach L. A. gehen und ein wenig *leben* … Er schloß die Augen und dachte weiter darüber nach, was er in der »Stadt der Engel« mit vierzig Millionen Dollar alles anfangen konnte. Mein Gott, schon allein die Frauen …

Kresge wurde sich plötzlich der zunehmenden Kälte bewußt, und er öffnete die Augen wieder; er zitterte, schüttelte dann gezielt die Steifheit aus den Gelenken. Er schaute nach Osten, hinüber zum Blockhaus, sah dort deutlich einen hellen Lichtstreifen am Himmel. Rechts von ihn war ein gleichmäßiges Trampeln im Laub zu hören. Ein weiterer Hirsch zog vorbei, ein Schatten im Halbdunkel, als das Tier seinen Weg durch eine Reihe fingerdicker junger Erlen am Rand des Sumpfes suchte. Keine Geweihsprossen zu sehen. Er behielt den Schatten im Auge, bis er unter einer Gruppe von Lärchen verschwand.

Er nahm jetzt das Gewehr hoch, widerstand der Versuchung, das Schloß zurückzuziehen, zu überprüfen, ob es durchgeladen war. Er wußte, daß es schußbereit war, und wenn er das Schloß betätigte, würde das ein Geräusch verursachen. Er legte den Sicherungshebel um, sicherte dann das Gewehr aber wieder.

Die nächsten Minuten krochen nur langsam dahin. Zehn Minuten vor dem offiziellen Beginn der Rotwildsaison war der Wald noch in graues Halbdunkel gehüllt; in den folgenden Minuten schien es jedoch auf wundersame Weise schnell heller zu werden. Dann hörte er in der Ferne einen Schuß: jemand verursachte einen Fehlstart. Eine Minute später folgte ein zweiter Schuß, dann zwei oder drei weitere in den nächsten zwei Minuten: mehrere Jäger legten nun also zu früh los. Kresge schaute auf die Uhr. Noch zwei Minuten. Keine Bewegung auf dem Sumpfgelände.

Durch das Fernrohr wirkte das Ziel, fünf bis sechs Meter hoch oben im Baum, wie ein überdimensionierter Kürbis. Der Körper war von der Hüfte abwärts außer Sicht, ebenso der rechte Arm. Der Mörder konnte den größten Teil des Rückens sehen, nicht aber das Gesicht. Das Fadenkreuz des Zielfernrohrs streichelte die Wirbelsäule des Ziels, und der Finger des Mörders lag leicht um den Abzug.

Er muß es sein. Dieses verdammte Licht, ich kann es nicht genau erkennen. Dreh den Kopf. Komm, dreh den Kopf! Schau mich an. Es muß passieren, die Sonne geht auf, es muß jetzt passieren ... Schau mich an. Ja, mach so weiter! Dreh den Kopf, ja, noch ein Stück weiter ...

Dreißig Sekunden vor der offiziellen Eröffnungszeit der Rotwildsaison ging das Schießen rundum in ein allgemeines Geballer über. Aber keine Schüsse in der Nähe, dachte Kresge. Entweder hielten seine Jagdgenossen sich noch zurück, oder es kam ihnen nichts vor die Flinte.

Was war mit dem Hirsch, der sich am Hang links hinter ihm niedergelassen hatte?

Er drehte den Oberkörper, ganz langsam, vorsichtig, und schaute in diese Richtung. In den letzten wenigen Sekunden seines Lebens sah Daniel S. Kresge als erstes die grell-orangefarbene Jacke, dann das Gesicht. Er erkannte den Mörder, und er dachte noch: *Was, zum Teufel ...*

Dann senkte sich das Gesicht, und Kresge erkannte, daß der dunkle Kreis unter der Kapuze die Objektivlinse eines Zielfernrohrs war – und daß dieses Zielfernrohr auf ihn gerichtet war, ebenso der kleine Kreis der Laufmündung ... O Gott ...

Das *O Gott* zuckte im gleichen Augenblick durch Kresges Kopf, in dem die Kugel durch sein Herz fuhr.

Der Körper des Aufsichtsratsvorsitzenden wurde herumgerissen, sank von der Bank; Kresge spürte keinerlei Schmerz, spürte gar nichts, und sein Gewehr fiel vom Ansitz hinunter auf den Boden. Er kniete einen kurzen Moment am Geländer wie ein Mann, der die Kommunion empfängt, dann knickte sein Rücken ein, und er fiel unter dem Geländer hindurch nach unten, dem Gewehr hinterher.

Er sah den Boden noch auf sich zukommen, verschwommen wie im Nebel, schlug mit einem dumpfen Knall und dem Gesicht voran auf, und sein Genick brach. Er rollte auf den Rücken, die Augen noch immer offen; den hellen Streifen am Himmel sahen sie jedoch nicht mehr. Er spürte auch nicht mehr die Hand, die seine Halsschlagader abtastete, ob ein Pulsschlag zu fühlen sei.

Daniel S. Kresge würde noch eine Weile daliegen, mit dem Kopf den Hang hinunter, ein Loch in der Brust und den Mund voll mit Schmutz und Eichenblättern. Niemand würde herbeigerannt kommen, um nachzusehen, was dieser Schuß zu bedeuten hatte. Niemand würde die Notrufnummer 911 anrufen. Keine Neugierigen. Einfach nur ein ganz normaler Jagdtag.

Aber ein wirklich schlechter Tag für den Aufsichtsratsvorsitzenden.

2

Ein recht derangierter Del Capslock kam aus der Herrentoilette im Untergeschoß des Polizeipräsidiums gestolpert; er fingerte noch an den Knöpfen des Hosenschlitzes seiner Jeans herum und machte insgesamt den Eindruck, als sei er durch die Hölle gezogen worden. Schritte dröhnten durch den dunklen Flur hinter ihm, und als er sich umdrehte, sah er Sloan mit einem dünnen Lächeln auf dem hageren Gesicht auf sich zukommen.

»Na, du hast wohl ein kleines Spielchen mit dir selbst getrieben«, sagte Sloan, und seine Stimme hallte durch den am Wochenende leeren Flur. Sloan war adrett, aber recht farblos gekleidet – in eine Khaki-Hose und einen braunen Parka mit einknöpfbarem Wollfutter. »Ich hätte es mir denken können; ich wußte schon längst, daß du irgendwie pervers bist. Ich wußte nur nicht, daß bei dir genug vorhanden ist, um damit rumzuspielen.«

»Meine Frau hat mir diese Calvin-Klein-Jeans gekauft«, sagte Del und zog die Hose über die Hüfte hoch. »Sie hat statt ’nem Reißverschluß Knöpfe am Hosenstall.«

»Die Theorie der Knöpfe ist eigentlich recht einfach«, begann Sloan. »Du nimmst dieses runde, flache Ding und ...«

»Ja, du Arschloch«, knurrte Del. »Das Problem ist, daß Calvin Klein Jeans für fette Typen produziert. Diese hier sollen angeblich eine Bundweite von siebenundachtzig haben, in Wirklichkeit sind es aber mindestens siebenundneunzig. Ich kriege die störrischen Knöpfe nur schwer zu, und wenn ich es dann doch geschafft habe, rutscht diese verdammte Scheißhose dauernd runter.«

»So?« Sloan war nicht länger an diesem Thema interessiert. Sein Blick wanderte durch den Flur, während Del den Kampf gegen die Hosenknöpfe fortsetzte. »Hast du Lucas gesehen?«

»Nein.« Del schaffte es bei einem der Knöpfe. »Sieh mal, der Vorteil von Knöpfen ist natürlich, daß man sich den Schwanz nicht in 'nem Reißverschluß einklemmen kann.«

»Okay, aber vielleicht klemmst du ihn dir in 'nem Knopfloch ein.«

Del fing an zu lachen, was ihm die Arbeit an den Knöpfen zusätzlich erschwerte. »Halt jetzt mal die Schnauze«, sagte er. »Bis auf einen habe ich es geschafft ... Du könntest mir ja beim letzten Knopf helfen.«

»Das mache ich auf keinen Fall; es ist ein zu schöner Tag, um wegen eines schweren Falls gleichgeschlechtlicher Unzucht eingelocht zu werden.«

»Man darf doch ruhig zugeben, welche Freunde man hat«, brummte Del. »Warum suchst du Lucas?« Er hatte es endlich geschafft, den letzten Knopf am Hosenstall zuzuknöpfen, und sie gingen die Treppe hoch zu Lucas Davenports neuem Büro im ersten Stock.

»Ein VIP-Typ ist umgelegt worden«, sagte Sloan. »Dan Kresge, drüben von der Polaris-Bank.«

»Nie von ihm gehört.«

»Aber doch von der Polaris-Bank, oder?«

»Ja, natürlich. Das große Gebäude mit der schwarzen Glasfassade.«

»Er ist der Boß dort. Oder besser, *war* es – jemand hat ihn oben im Garfield County umgelegt. Der dortige Sheriff hat Rose Marie angerufen, die hat dann Lucas angerufen, und Lucas hat mich angerufen, ich soll vorbeikommen.«

»Aus Freundschaft – oder wegen der Überstunden?«

»Ich mache so was gerne«, sagte Sloan freundlich. Er hatte eine Tochter auf dem College, und das kostete viel Geld; es wurde nie darüber geredet, aber Davenport verschaffte ihm immer wieder einmal gutbezahlte Überstunden. »Großartiger Tag für so was – obwohl die Färbung schon fast ganz vorbei ist. Die Färbung der Bäume, meine ich.«

»Ich scheiß auf Bäume. Kresge ... Geht's um Mord?«

»Das wissen wir noch nicht«, sagte Sloan. »Heute ist der Eröffnungstag der Rotwildjagd. Er wurde von einem Ansitz auf einem Baum runtergeschossen.«

»Wenn ich jemanden umlegen wollte, würd ich's auch so machen«, sagte Del.

»Ja, jeder sagt das.« Davenports Büro war nicht verschlossen, aber leer. »Rose Marie ist da«, sagte Sloan, als sie hineingingen. »Lucas hat gesagt, wenn er nicht da wäre, sollte ich hier auf ihn warten.«

Lucas stand auf, um das Büro von Rose Marie Roux, der Polizeichefin, zu verlassen, fragte sie dann aber doch, warum sie keine einfachere Methode anwende, zum Beispiel diese Nikotin-Pflaster.

»Weil ich dann meine ganze Körperoberfläche mit diesen Dingern bepflastern müßte, um genug Nikotin abzukriegen. Ich müßte sie mir sogar auf die Fußsohlen kleben.«

Es war der dritte Tag ihres Entzugs, und sie kaute sich durch ein Päckchen Nikotinkaugummi. Lucas nahm seine Jacke, grinste sie an und sagte: »Vielleicht würde ein bißchen Speed helfen. Sie kriegen den Kick, aber kein Nikotin in den Körper.«

»Großartige Idee, mich statt des Rauchens vom Speed abhängig zu machen«, knurrte Roux. »Natürlich, dann würde ich wahrscheinlich abnehmen. Wenn ich nichts unternehme, lege ich neunhundert Pfund zu.« Sie wog bereits jetzt zuviel und war nun auch noch dabei, appetitfördernd ihre Geschmacksknospen vom Marlboro-Land zurückzugewinnen. Sie lehnte sich über den Schreibtisch. »Hören Sie zu, rufen Sie mich an, und geben Sie mir einen Kurzbericht, sobald Sie vor Ort einen ersten Eindruck gewonnen haben. Und ich erwarte die Feststellung, daß es sich um einen Unfall handelt. Ich will nichts von einem verdammten Mord hören.«

»Ich werde tun, was ich kann«, sagte Lucas. Er ging zur Tür.

»Ist alles in Ordnung mit Ihnen?« fragte Roux.

»Nein.« Er blieb stehen und schaute sie über die Schulter an.

»Ich mache mir Sorgen um Sie«, sagte Roux. »Eine dunkle Wolke scheint über Ihrem Kopf zu schweben.«

»Ich habe viel zu tun ...«

»Darüber mache ich mir keine Sorgen – ich mache mir Sorgen um *Sie*«, sagte Roux. »Ich hatte dasselbe Problem – Sie wissen das. Ich habe es inzwischen dreimal durchgestanden, und ich kann nur sagen, daß Ärzte einem helfen können. Sehr sogar.«

»Ich bin mir nicht sicher, ob es wirklich wieder losgeht«, sagte Lucas. »Noch bin ich nicht in die volle Tiefe abgesackt. Ich kann die Dinge immer noch ... aufhalten.«

»Okay«, sagte Roux und nickte skeptisch. »Wenn Sie aber den Namen eines Arztes brauchen – meiner ist gut.«

»Danke.« Lucas ging hinaus in den Flur, schloß die Bürotür hinter sich und war plötzlich schlechter Laune. Er haßte es, an die Depression erinnert zu werden, die am Rand seines Bewußtseins darauf lauerte, ihn zu überfallen. Sie war so etwas wie ein Nagetier, eine Ratte, die an seinem Gehirn nagte.

Er würde nicht noch einmal durch diese Hölle gehen. Ein Arzt – vielleicht; vielleicht aber auch nicht. Aber er würde das nicht noch einmal mitmachen ...

Del saß auf einem von Lucas' Besucherstühlen, hatte einen Fuß auf Lucas' Schreibtisch gelegt, blies Rauch zur Decke und sagte: »Was schlägst du denn vor? Sollen wir ihm zur Aufheiterung 'nen Schwulen schicken oder was?«

Lucas' Büro roch nach neuem Teppich und neuer Farbe. Durch die Fenster sah man hinaus auf die Fourth Street; ein wunderschöner Herbsttag, klar, blauer Himmel, und junge blonde Frauen mit geröteten Wangen und langen, abgetragenen Mänteln waren mit ihren männlichen Begleitern unterwegs zum Metrodome, um sich ein Footballspiel der Universität von Minnesota anzusehen.

Sloan, der auf Lucas' Drehstuhl saß, sagte: »Der Mann leidet. Wir könnten ... ich weiß auch nicht. Mit ihm ausgehen. Ihn abends irgendwie beschäftigen.«

Del stöhnte. »Ja, richtig. Wir gehen mit ihm zum Essen, nehmen unsere Frauen mit. Und wir reden denselben Scheiß, den wir den ganzen Tag im Dienst reden, denn wir können ja schlecht über die Sache mit Weather reden. Dann ist das Essen zu Ende, und wir gehen mit unseren Frauen nach Hause. Er geht auch nach Hause und sitzt mit seinem Schwanz in der Hand allein im Dunkeln rum.«

»Was willst du damit sagen?« fragte Sloan.

»Was ich sagen will, ist, daß er allein ist, und darin besteht das ganze verdammte Problem ...« Dann legte Del den Zeigefinger auf die Lippen und senkte die Stimme. »Er kommt ...«

Als Lucas sein Büro betrat, hatte er das Gefühl, daß sein Kommen ein plötzliches Schweigen hervorgerufen hatte. In letzter Zeit hatte er dieses Gefühl öfter gehabt.

Lucas war ein großgewachsener Mann mit breiten Schultern und einem markanten Gesicht, auf dem sich noch Spuren einer Sommerbräune gehalten hatten. Eine dünne weiße Narbe zog sich wie ein Stück Angelschnur durch die rechte Augenbraue bis über die Wange. Eine andere Narbe verlief quer über seinen Hals – das Überbleibsel eines Luftröhrenschnitts, den ein Freund mit einem Klappmesser an ihm vorgenommen hatte.

Sein dunkles Haar zeigte erste graue Spuren, und seine Augen waren von einem auffallend intensiven Blau. Er trug eine Lederjacke, ein schwarzes Seidensweatshirt, unter dem der Kragen eines blauen Hemdes hervorschaute, Jeans und eine 45er in einem im Hosenbund eingearbeiteten Holster.

Er nickte Del zu, giftete dann Sloan an: »Runter von meinem Stuhl, oder ich erwürge dich!«

Sloan gähnte erst einmal und gab dann betont langsam den Stuhl frei. »Hast du deine Jeans chemisch reinigen lassen?« fragte er.

»Was?« Lucas schaute hinunter auf seine Jeans.

»Sie sehen so glatt aus«, erklärte Sloan. »Haben fast eine Bügelfalte. Wenn ich Jeans trage, sehe ich immer aus, als würde ich mich dranmachen, irgendwas anzustreichen.«

»Selbst wenn du einen Smoking trägst, siehst du aus, als würdest du dich dranmachen, irgendwas anzustreichen«, sagte Del.

»Mr. Modebewußt höchstpersönlich spricht zu uns«, kommentierte Sloan.

Del trug bereits seinen Winterparka, dunkel-oliv mit einem Aufnäher des DDR-Heeres am linken Oberarm, ein dunkles Sweatshirt mit der Aufschrift »Eat More Muffin«, feuerrote Turnschuhe mit Löchern über den großen Zehen, durch die dünne schwarze Socken zu sehen waren – Del litt unter Fußballenentzündungen –, sowie die übergroßen Calvin-Klein-Jeans. »Du Arschloch«, erwiderte er.

»Was ist los?« fragte Lucas und sah Del an. Er ging um den Schreibtisch herum und setzte sich auf den von Sloan geräumten Stuhl, drehte einen zur Standardausrüstung der Polizei zählenden Schreibblock zu sich herum, starrte darauf, riß das oberste Blatt ab und knüllte es zu einem Ball zusammen.

»Wir haben gerade überlegt, was wir tun können, um dich aus dieser Scheiße rauszuholen«, sagte Del ohne Umschweife.

Lucas schaute auf, zuckte dann die Schultern. »Da gibt's nichts zu tun.«

»Weather kommt bestimmt zu dir zurück«, sagte Sloan. »Sie ist doch viel zu vernünftig, um sich echt von dir zu trennen.«

Lucas schüttelte den Kopf. »Sie kommt nicht zu mir zurück, und mit Vernunft hat das alles nichts zu tun.«

»Weather und du – ihr seid solche Arschlöcher«, sagte Del.

»Du sagst ›Arschloch‹ viel zu oft«, tadelte Sloan.

»Ja, Kumpel, du Arschloch«, sagte Del scherzhaft, aber doch mit einem giftigen Unterton in der Stimme.

Lucas schnitt den Disput ab: »Können wir gehen, Sloan?«

Sloan nickte. »Ja.«

Lucas sah Del an. »Was machst du eigentlich hier?«

»Ich suche den Rat und die Hilfe meiner Vorgesetzten«, sagte Del. »Ich habe es mit einem Opium-Ring zu tun, bestehend aus siebenundfünfzig Mitgliedern, fast alle wohnhaft in Minneapolis und den westlichen Vorstädten, besonders den reichen wie Edina und Wayzata. Ein oder zwei Mitglieder auch in St. Paul. Bauen das Zeug hier unter unseren Augen an. Besitzen es, benutzen es selbst – verkaufen es vielleicht auch in kleinen Mengen.«

Lucas runzelte die Stirn. »Wie zuverlässig sind die Erkenntnisse?«

»Absolut zuverlässig.«

»Okay, dann sag mir mal was.« Er richtete den Zeigefinger auf Del. »Ist der verdammte Genesse etwa wieder aus dem Knast? Ich dachte, er sei für fünfzehn Jahre eingebuchtet.«

Del schüttelte den Kopf. »Nein.«

»Also – wer steckt dann dahinter?«

»Es handelt sich um siebenundfünfzig alte Ladys des Mountbatten-Gartenclubs«, erklärte Del. »Ich habe die Mitgliederliste.«

Sloan und Lucas sahen sich stirnrunzelnd an; dann sagte Sloan: »Wie bitte?«

Und Lucas fragte: »Woher hast du die Liste?«

»Von einer der alten Ladys«, sagte Del. »In dem Club gibt es *nur* alte Ladys.«

»Zum Teufel, wovon redest du überhaupt?« fragte Lucas.

»Als ich nach dieser Zickzackscheren-Sache in die Hennepin-Klinik ging, um mir den Finger nähen zu lassen, erzählte mir der Arzt dort, er habe einen Alte-Lady-Junkie in Behandlung. Es ging ihr schlecht wegen des Opiumkonsums, aber sie dachte, sie hätte eine Grippe oder so was. Es stellte sich raus, daß sie seit Jahren Mohn anbaute. Nicht nur sie, der ganze Club. Sie sammeln am Ende des Sommers die Mohnkapseln und machen sich Tee daraus – Opium-Tee. Eine ganze Reihe von ihnen ist bereits abhängig, kocht sich drei- bis viermal am Tag diesen Tee.«

Lucas rieb sich die Stirn. »Del …«

»Was ist?« Del sah Sloan an, bereit, seine Sache zu verteidigen. »Was ist? Soll ich das denn einfach ignorieren?«

»Ich weiß nicht«, sagte Lucas. »Woher haben die Ladys denn den Samen für diesen speziellen Mohn bekommen?«

»In Samengeschäften«, antwortete Del.

»Quatsch«, knurrte Lucas. »Man kann doch nicht einfach in ein Geschäft gehen und Samen von Opium-Mohn kaufen.«

»Doch«, sagte Del. »Ich habe jedenfalls welchen bekommen.« Er griff in seine Parkatasche und zog ein halbes Dutzend Samentütchen heraus. Lucas, der sich in Gartendingen nicht auskannte, las erstaunt die Sortennamen.

»Das gibt's doch nicht!«

»Doch, das gibt's. Sie haben unverfängliche Namen, aber ich habe mit einem Fachmann an der Uni gesprochen, und, Bruder …« Er breitete die Tütchen auf dem Schreibtisch aus. »Es handelt sich um Samen von Opium-Mohn.«

»O Mann!« Lucas rieb sich wieder die Stirn. Müde. In letzter Zeit war er so oft müde …

»Zum Teufel mit den alten Ladys«, sagte Sloan. «Komm, Lucas, wir verschwinden.«

»Ich rede später noch mal mit dir darüber« sagte Lucas zu Del. »Und versuche inzwischen, um Himmels willen, irgendeinen Fall zu finden, der echt gefährlich ist.«

Lucas und Sloan nahmen Lucas' neuen Chevy Tahoe: Kresges Leiche, so hatte man ihnen gesagt, lag abseits großer Straßen irgendwo im Gelände.

»Ich will dich wegen deines … ehm, bedrückten Zustands nicht weiter drängen«, sagte Sloan. »Laß es mich einfach wissen, wenn ich was für dich tun kann.«

»Ja, das mach ich«, sagte Lucas.

»Und du solltest darüber nachdenken, Tabletten zu nehmen.«

»Ja, ja, ja ...«

»Ist ... Wie geht's Weather?«

»Ist noch in der Therapie. Es geht ihr besser ohne mich, und es wird schlechter, wenn ich bei ihr bin. Und sie hat andere Freunde, von denen ich jetzt abgeschnitten bin. Sie baut sich ein neues Leben auf, und ich gehöre nicht mehr dazu.«

»O Gott ...«

»Als sie ausgezogen ist«, fuhr Lucas fort, »hat sie ein Kleid im Schrank hängenlassen: das grüne für dreitausend Dollar. Das vorgesehene Hochzeitskleid.«

»Vielleicht bedeutet das, daß sie zurückkommen will.«

»Das glaube ich nicht. Ich glaube eher, daß sie es einfach aufgegeben hat.«

Sie legten fast den ganzen Rest der Fahrt nach Norden, durch eine Landschaft im letzten Aufglühen der Herbstfarben, in düsterem Schweigen zurück; aber das Ende war in Sicht – die tote Jahreszeit nahte.

Jacob Krause, der Sheriff des Garfield County, kauerte gerade neben der Leiche und sprach mit dem amtlichen Leichenbeschauer, als er Lucas und Sloan den Hang herunterkommen sah. Sie wurden von einem dicken Mann in grell-orangefarbener Jagdjacke sowie einem uniformierten Deputy Sheriff, der einen Schäferhund an der Leine hielt, begleitet. Der Deputy deutete auf Krause, drehte sich dann um und ging zurück zum Blockhaus.

»Ist er das?« fragte Krause.

Der Arzt schaute hoch, sagte dann: »Ja. Davenport ist der größte von den dreien. Der andere, der in der braunen Jacke, ist Sloan, auch ein Prominenter bei der Mordkommission. Den dikken Typen kenne ich nicht.«

»Er ist einer von uns«, sagte der Sheriff. Sein Gesicht wirkte wie das eines traurigen, blauäugigen Bluthundes, und er hatte ein kleines braunes Muttermal, das wie ein aufgeklebtes Schönheitspflaster aussah, im rechten Mundwinkel an seiner Oberlippe. Er seufzte und fügte hinzu: »Leider.«

Ein paar Meter daneben waren zwei Angehörige der Spurensicherung dabei, Plastiktütchen mit Beweismaterial für die Laboruntersuchung in einem Spezialkoffer zu verstauen; auf der Anhöhe warteten zwei Mitarbeiter eines Bestattungsunternehmens mit einem Blechsarg auf ihren Einsatz. Sie würden die Leiche zunächst einmal zur Autopsie zum Hennepin-County-Krankenhaus bringen. Krause schaute ein letztes Mal auf Kresges kreidebleiches Gesicht, richtete sich dann auf und ging den drei Männern den Pfad hinauf entgegen. Er beeilte sich nicht, sah zu, wie Davenport und Sloan und der dicke Mann den Pfad herunterkamen – wie Holmes und Watson in Begleitung von Oliver Hardy auf einem Sonntagsspaziergang. Als sie näher kamen, sah Krause, daß Davenport Mokassins mit Troddeln trug, daß seine Socken ein schwarz-weißes Diamantmuster zeigten und daß das Leder der Mokassins zum Leder seiner Jacke paßte. Er seufzte wieder – die schnelle Urteilsbildung über diesen Mann reichte, um seine allgemeine Verunsicherung noch zu steigern.

»Hallo, ich bin Lucas Davenport ...« Lucas streckte die Hand aus, der Sheriff ergriff sie, war über ihre Größe und Härte erstaunt – und über die Traurigkeit in Davenports Augen. »Und das ist wohl Detective Sloan«, ergänzte der Sheriff und schüttelte auch ihm die Hand. »Ich bin Jake Krause, der Sheriff.« Er schaute an den beiden vorbei auf den dicken Mann. »Wie ich sehe, haben Sie Arne bereits getroffen.«

»Drüben bei den Wagen«, sagte der dicke Mann. »Was hast du rausgefunden, Jake?«

»Die Spurensicherung ist noch bei der Arbeit, Arne. Es wäre mir recht, wenn du nicht zu nahe kämst. Wir müssen versuchen, den Schaden am Tatort so gering wie möglich zu halten.«

»Okay«, sagte der dicke Mann. Er legte den Kopf schief und schaute an den anderen vorbei auf die Leiche in der orangefarbenen Jacke, auf den immer noch darüber kauernden Amtsarzt und die beiden Leute von der Spurensuche mit ihrem Spezialkoffer.

»Unfall?« fragte Lucas.

Krause zuckte die Schultern. »Kommen Sie, schauen Sie es sich selbst an und sagen mir dann Ihre Meinung dazu. Arne, du wartest besser hier, okay?«

»Natürlich ...«

Auf dem Weg zur Leiche fragte Lucas den Sheriff: »Arne ist wohl irgendwie ein Problem für Sie, oder?«

»Er ist der Vorsitzende des County-Polizeiausschusses. Man hat ihm diesen Job gegeben, weil ihm niemand eine Vorgesetztenposition oder auch nur die Verwaltung unserer Finanzen zutraute. Darüber hinaus ist er Reserve-Deputy. Er ist kein schlechter Kerl, einfach nur ein allgemeines Ärgernis. Und es scheint ihm irgendwie zu gefallen, Leichen zu betrachten.«

»Ich kenne solche Typen«, sagte Lucas. Er schaute zu dem Ansitz im Baum hoch, während sie auf die Leiche zugingen, und fragte: »Kresge wurde vom Ansitz da oben runtergeschossen?«

»Ja, die Kugel hat ihn genau ins Herz getroffen«, antwortete Krause. »Ich glaube nicht, daß er danach noch länger als zehn Sekunden gelebt hat.«

»Irgendeine Chance, das Geschoß zu finden?« fragte Sloan.

»Nein. Die Kugel steckt irgendwo im Sumpf da draußen. Die ist unwiederbringlich weg.«

»Aber Sie sind sicher, daß er oben auf dem Ansitz erschossen wurde?« vergewisserte sich Sloan.

»Ja, ganz sicher«, bestätigte Krause. »Es sind ein paar Blutspuren am Geländer und Fäden von seiner Kleidung an den Kanten der Bodenbretter da oben – sie können nur dort haftengeblieben sein, als er über den Rand des Ansitzes nach unten gestürzt ist.«

Lucas trat zu der Leiche, die mit dem Gesicht nach oben etwa vierzig Zentimeter neben einem kleinen Haufen blutgetränkter Eichenblätter lag. Kresges Gesicht zeigte weder Überraschung noch Trauer, noch irgendeinen anderen Ausdruck, den es bei Eintritt des Todes gezeigt haben könnte. Es sah einfach nur tot aus, wie ein zusammengeknülltes Stück Abfallpapier. »Wer hat die Leiche berührt, die Lage verändert?«

»Als erste einige andere Mitglieder der Jagdgesellschaft. Sie haben seine Jacke geöffnet, um den Herzschlag zu überprüfen und sicherzugehen, daß er tatsächlich tot war. Und er *war* tot. Dann haben der Doc hier« – Krause nickte zu dem Amtsarzt hinüber – »und ich ihn zur Seite gerollt, um uns die Austrittswunde der Kugel anzusehen.«

Lucas nickte dem Arzt zu, sagte: »Hey, Dick, ich hörte, daß Sie hiersein würden.« Der Arzt reagierte nur mit einem »Hmmm«, und Lucas bat: »Rollen Sie ihn mal auf die Seite, okay?«

»Natürlich.«

Der Arzt packte den Jackenkragen der Leiche und zog sie in die Seitenlage. Lucas und Sloan schauten auf den Rücken, wo dicht über dem Schulterblatt ein kleines Loch – eine Motte hätte es hineingefressen haben können – von einem handtellergroßen Blutfleck umgeben war. Lucas sagte: »Aha«, und er und Sloan traten ein Stück nach links, sahen sich den Einschuß in der Brust an, dann von rechts wieder den Ausschuß. Gleichzeitig drehten sich beide um und schauten den Hang hoch, warfen sich dann einen Blick zu, und Lucas sagte: »Okay.« Der Arzt ließ die Leiche wieder auf den Rücken sinken.

Lucas rieb sich die kalten Hände und grinste den Sheriff an. Das Grinsen war so kalt, daß der Sheriff sein eben gefälltes, schnelles Urteil – teuer gekleideter Lackaffe, engagiert sich wahrscheinlich nicht besonders bei diesem Fall – revidierte. »Guter Schuß«, sagte Lucas.

»Was sind Ihre Schlußfolgerungen?« fragte Krause.

»Der Schütze ist nahe rangekommen«, sagte Lucas.

»Der Schußwinkel durch den Körper verläuft aufwärts, und das beweist eindeutig, daß sich der Schütze unterhalb des Opfers befand«, erklärte Sloan. »Und wenn der Schütze sich bei Abgabe des Schusses tiefer als Kresge befand« – sie schauten alle zurück auf den Hang –, »dann kann er nicht weiter als dreißig bis vierzig Meter von ihm weg gewesen sein. Natürlich, wir wissen nicht, wie

Kresges Sitzposition in diesem Moment war. Er könnte sich gerade zur Seite gelehnt und den Hang raufgeschaut haben. Oder er könnte zurückgelehnt dagesessen haben, als die Kugel ihn traf.«

»Das glaube ich nicht, nach diesem Schußkanal«, sagte Krause.

»Ich auch nicht«, bestätigte Lucas.

»Eines steht jedenfalls fest – es war Mord«, faßte Krause zusammen. Er schüttelte den Kopf, schaute von der Leiche hoch zu Lucas. »Ich wünschte, Sie hätten diese ganze verdammte Scheiße bei sich in der Stadt behalten.«

»Was dagegen, wenn ich mich auf dem Ansitz umsehe?« fragte Lucas die Cops von der Spurensicherung.

»Wenn der Sheriff nichts dagegen hat – wir sind jedenfalls fertig da oben«, antwortete einer der beiden.

»Machen Sie nur«, sagte Krause.

Lucas kletterte an den Steigeisen hoch. Als er die Plattform erreichte, schaute er nach unten und fragte: »Wie sieht's mit einem Motiv aus?«

Krause nickte. »Ich habe die Leute drüben im Blockhaus danach gefragt. Statt eines Namens hat man mir eine Schätzung genannt: fünfzehnhundert möglicherweise zweitausend Leute.«

Sloan nickte. »Aha. Und wieso?«

»Da ist eine Bankenfusion im Gang ...«

Lucas hörte Krauses Erklärung der Fusion zu, während er sorgfältig den Rucksack untersuchte, der an einem Haken am Baumstamm hing. Er erinnerte sich, daß er Storys über Bankenfusionen in der *Star-Tribune* gelesen hatte. Er hatte ihnen nicht viel Aufmerksamkeit geschenkt – bankinternes, juristisches Gemauschel, hatte er gedacht.

»Jedenfalls war Kresge mit einer Gruppe von Topmanagern seiner Bank zur Jagd hergekommen«, spulte Krause seine Story weiter ab. »Einige von ihnen, vielleicht sogar alle, werden bei der Fusion ihre Topmanagerjobs verlieren.«

»Sind das die Leute, die wir drüben beim Blockhaus gesehen haben?« fragte Lucas. Er war mit der Untersuchung des Rucksacks fertig, ließ ihn an dem Krampen hängen und kletterte wieder hinunter.

»Ja«, sagte Krause mürrisch. »Sie haben mir diese Fusionsstory erzählt.«

»Ihn zu erschießen scheint aber eine recht extreme Lösung der Probleme zu sein«, meinte Sloan.

»Warum?« fragte Krause. Er meinte es ernst, und Sloan schaute Lucas an, dann wieder den Sheriff, der seine Frage begründete: »Soweit ich das alles verstanden habe, war Kresge dabei, das Leben Hunderter von Menschen aus den Angeln zu heben, ja, zu zerstören. Einige von ihnen – zum Teufel, wahrscheinlich die meisten von ihnen – werden nie mehr so gute Jobs bekommen, nie mehr in ihrem Leben. Und er hat das alles nur gemacht, um noch mehr Geld zu scheffeln, als er schon hatte, und das war bereits ein großer Sack voll. Für mich klingt es ausgesprochen rational, ihn ins Jenseits befördern zu wollen. Falls man darauf hoffen kann, nicht erwischt zu werden.«

»Ich würde diese Meinung nicht der Presse gegenüber äußern«, sagte Lucas sanft. Er trat wieder zur Leiche, ließ sich auf ein Knie nieder und begann, die Taschen des Toten zu durchsuchen.

»Ich sage nie was zur Presse, das ich nicht mit meiner Frau besprochen habe«, grunzte Krause, während er Lucas zusah. »Sie hat mir noch nie einen falschen Rat gegeben.« Dann, nach einer kurzen Pause, fügte er hinzu: »Es gibt noch eine andere Möglichkeit als Motiv für den Mord: seine Frau. Sie standen kurz vor der Scheidung.«

»Das könnte eine Rolle gespielt haben«, stimmte Lucas zu. Er tastete durch die Handschuhe suchend Kresges Hände ab, stand dann auf und knetete seine Finger.

»Die Leute da drüben im Blockhaus sagten, die Abmachungen zur Scheidung seien unterschrieben und besiegelt, nur noch nicht richterlich bestätigt, und Kresges Frau habe sich dabei den Großteil des Vermögens unter den Nagel gerissen.«

»Was die Möglichkeit eines Motivs für sie reduziert«, sagte Sloan.

»Ja, es sei denn, sie hat ihn gehaßt«, gab Lucas zu bedenken. »Und das könnte ja sein.«

Sloan öffnete den Mund, um etwas zu sagen, schloß ihn dann wieder – dachte plötzlich an Weather ... Krause fragte Lucas: »Haben Sie irgendwas Besonderes in dem Rucksack entdeckt?«

»Ein paar Snickers, ein paar M&M-Schokoriegel, ein halbes Dutzend Handwärmpackungen.«

»Dasselbe, was ich gefunden habe«, bestätigte Krause.

»Gehen Sie auch auf die Hirschjagd, Sheriff?« fragte Lucas.

»Nein. Ich bin Angler. Ich wollte heute nachmittag die Hechtsaison abschließen, ehe die Gewässer zufrieren. War gerade dabei, meinen Truck zu beladen, als der Anruf kam. Warum fragen Sie?«

»Auf einem Ansitz im Baum wird es im November genausokalt wie beim Angeln von Hechten«, sagte Lucas.

»Kälter als die kalte Hölle«, bestätigte Krause.

»Richtig. Aber Kresge hatte nichts von seinem Proviant gegessen und die Handwärmer nicht benutzt, obwohl er sie mitgebracht und natürlich beabsichtigt hatte, sie zu benutzen. Er war also wahrscheinlich noch nicht sehr lange auf dem Ansitz, als er erschossen wurde.«

»Hat irgend jemand vorzeitige Schüsse gehört?« fragte Sloan.

»Ich habe die anderen Leute nach ungewöhnlichen Schüssen gefragt, aber keiner hat so was gehört. Bone, einer aus der Gruppe, sagte, er habe gedacht, entweder Kresge oder Robles, einer der anderen, habe kurz nach der offiziellen Freigabe der Jagd einen Schuß abgegeben. Aber Robles sagte, er habe nicht geschossen, und sein Gewehr war tatsächlich nicht abgefeuert worden, ebensowenig das von Kresge.«

»Wie lange saßen die Leute zu diesem Zeitpunkt auf ihren Hochsitzen?«

»Ungefähr fünfundvierzig Minuten.«

Lucas nickte: »Dann war das wahrscheinlich der Todesschuß. Kresge war es bis dahin sicher noch nicht zu kalt.«

Sie sprachen noch einige wenige Minuten über nebensächliche Dinge, dann ließen sie den Amtsarzt bei der Leiche zurück und machten sich durch den Wald auf den Weg zum Blockhaus. Als sie an den beiden Angestellten des Bestattungsunternehmens vorbeikamen, die es sich inzwischen auf dem Blecksarg bequem gemacht hatten, sagte Krause: »Er gehört jetzt euch, Jungs.«

Dann redete der Sheriff sich seine leichte Verbitterung von der Seele: »War bis jetzt ein ruhiger Monat. Keine Tötungsdelikte, keine Vergewaltigungen, keine Raubüberfälle, nur ein halbes Dutzend der üblichen Fälle – ein paar Autounfälle unter Alkoholeinfluß und ein paar unbedeutende Einbrüche. Dieser Fall versaut uns die Statistik.«

Lucas reagierte nicht darauf, sagte: »Der Mörder mußte den Ort im Dunkeln finden – er muß ihn also genau gekannt haben.«

»Es sei denn, er kam nach Anbruch der Morgendämmerung«, sagte Krause. »Das wäre möglich.«

»Ja, aber als wir ankamen, hat Ihr Deputy – der mit dem Hund – uns gezeigt, wo dieser Robles seinen Ansitz hatte und die Richtung, wo die anderen waren. Der Mörder hätte es riskieren müssen, gesehen zu werden, es sei denn, er kannte sich bestens in der Umgebung aus.«

»Und selbst wenn er das alles berücksichtigt hätte, er hätte von den anderen erkannt werden können«, warf Sloan ein. »Und das bedeutet, daß er sich wohl doch bei Dunkelheit angeschlichen hat.«

»Es könnte natürlich einer von diesen Leuten gewesen sein«, sagte Krause. »Sie hatten alle erforderlichen Informationen, darüber hinaus auch einen Grund dafür, mit einem Gewehr in der Gegend rumlaufen zu dürfen ... Und sie wußten, daß niemand angerannt kommen würde, wenn ein Schuß fiel.«

»Ja, es könnte einer von diesen Leuten gewesen sein«, bestätigte Lucas. »Aber dann muß er verdammt viel Mumm in den Knochen haben.«

»Oder er ist ein Irrer«, sagte Sloan.

Von der Anhöhe aus konnten sie am Ende des Pfades ein halbes Dutzend Leute auf der Veranda des Blockhauses stehen oder sitzen sehen. Ein Mann in einem rotkarierten Hemd sprach lebhaft auf die anderen ein. Ein kleiner Mann in einem blauen Anzug saß abseits von den anderen.

»Wie sieht es mit der Befragung dieser Leute aus?« fragte Lucas, während sie den Hang hinunter auf das Blockhaus zugingen. »Wer hat sie gefragt?«

»Ich und einer meiner Leute, Ralph – der Mann da drüben in dem blauen Anzug.«

»Ist er gut?«

Der Sheriff dachte einen Moment nach, sagte dann: »Ralph wäre nicht in der Lage, Pisse aus einem Stiefel zu gießen, nicht mal, wenn eine schriftliche Bedienungsanleitung dazu an der Ferse angebracht wäre.«

Sloan fragte: »Wieso macht er dann …«

»Ich versuche, ihn mir aus dem Weg zu halten, aber er war heute morgen als Telefonwache im Büro, und ich mußte ihn mitnehmen.«

»Hat er die Gewehre der Leute eingesammelt?«

»Nein, aber ich«, antwortete Krause. »Zwei davon sind abgefeuert worden – beide Schützen haben zur Erklärung erlegte Hirsche vorzuweisen. Die anderen Gewehre sind sauber.«

»Ich habe die Hirsche am Blockhaus hängen sehen …«, sagte Lucas. »Setzen Sie Ihre Spurensicherer darauf an, die Hände und Gesichter der Leute nach Schmauchspuren zu untersuchen. Und zählen Sie die Patronen – lassen Sie sich sagen, was sie als verschossene Patronen angeben, und zählen Sie dann nach.«

»Das will ich gerne tun, bis auf das Patronenzählen«, sagte Krause. Er sah zu Lucas hoch. »Ich gehe nach Vorschrift vor. Genau nach Vorschrift. Mein Problem liegt eher bei den Vernehmungen und so weiter, bei der Begutachtung und diesem Kram.«

Lucas nickte zu Sloan hinüber. »Sloan ist der beste Vernehmungsbeamte in unserem Staat.«

Sloan grinste den Sheriff an und sagte: »Da hat er recht.«

»Dann möchte ich Sie gern für eine Weile ausleihen«, sagte Krause. »Wenn Sie Zeit dafür haben, natürlich.«

»Paßt mir gut in den Kram«, sagte Sloan. »Überstunden sind Überstunden ...«

»Besteht auch die Möglichkeit, daß Sie für mich ein paar Nachforschungen in Minneapolis anstellen?« hakte Krause nach.

Sloan sah Lucas an. »Ich habe da ein paar Fälle laufen ... Sherill stellt gerade Ermittlungen in dieser Shack-Sache an, aber sie kommt nicht so recht weiter. Vielleicht könnte sie das übernehmen.«

Lucas nickte. »Ich rufe sie heute nachmittag auf dem Rückweg an. Gib du alles, was du bei diesen Leuten rauskriegst, an sie weiter. Ich veranlasse, daß sie mit Kresges Frau spricht, nachforscht, ob er Affären mit Frauen hatte ...«

»Oder mit Männern«, unterbrach Sloan.

»Oder mit Männern, okay. Und ich sage ihr, sie soll mit den Leuten in seinem Büro sprechen – Sekretärinnen und so weiter.« Lucas sah Krause an. »Ich möchte Ihnen natürlich nicht die Untersuchung aus der Hand nehmen ...«

»O nein, nein, machen Sie sich darüber keine Gedanken«, sagte Krause hastig. »Je mehr Sie in der Sache tun können, um so besser. Meine besten Leute sind zweischwänzige Rüden in einer Hundezuchtanstalt ... Und meine anderen Leute hätten Schwierigkeiten, Minneapolis zu finden, geschweige denn einen Menschen darin.«

»Klingt so, als ob Sie gewisse Personalprobleme hätten«, stellte Sloan fest. »Erst Arne, dann Ralph ...

»Wir machen gerade eine Übergangsperiode durch«, sagte Krause verbittert. »Sehen Sie, ich bin neu in diesem Job. Ich war fünfundzwanzig Jahre bei der Autobahnpolizei, dann wurde ich im vergangenen Herbst zum Sheriff gewählt. Das Büro hinkt ungefähr fünfzig Jahre hinter der Zeit her, ist voller Ladenhüter, und alle diese Ladenhüter sind untereinander verwandt. Ich kämpfe dagegen an, aber das braucht seine Zeit. Ich nehme gern jede Hilfe an, die ich kriegen kann.«

»Wir werden alles für Sie tun, was wir können«, sagte Lucas.

Krause nickte. »Danke.« Er war darauf eingestellt gewesen,

diese Typen aus Minneapolis nicht leiden zu können, aber es war anders gekommen. Für Städter waren sie eigentlich ganz nett, und er mochte sie sogar irgendwie, besonders Sloan, aber auch Davenport mit seiner teuren Kleidung und den Troddeln an den Schuhen. Er warf wieder einen schnellen Blick auf Davenport. Aus einiger Entfernung konnte man zu der Beurteilung kommen: *Weichling.* Wenn man ihn jedoch aus der Nähe betrachtete, hielt man dieses Urteil nicht aufrecht. Nicht mehr, nachdem man sein Lächeln gesehen hatte.

Er fügte hinzu: »Ich glaube nicht, daß ich hier bei uns in dieser Sache weit komme. Tatsächlich meine ich, daß ich gar nichts rausfinden werde – alles, was mit diesem Mord zusammenhängt, hat seinen Ursprung in Minneapolis oder St. Paul.«

Sie waren jetzt vor der Veranda angekommen, und Sloan sagte leise: »Dann wollen wir diesen Stadtmenschen doch mal auf den Zahn fühlen. Uns ansehen, ob irgend jemand nervös wird.«

3

Die vier Überlebenden der Jagdgesellschaft saßen auf rustikalen Holzstühlen mit abblätternder Rinde und regenfesten Plastikkissen in der Nachmittagssonne auf der Veranda. Alle hielten Becher mit mikrowellenerhitztem Kaffee in den Händen; Wilson McDonald hatte seinen zusätzlich mit einem doppelten Cognac angereichert. James T. Bone rauchte einen Stumpen und hatte sich höflich in den Windschatten der anderen gesetzt, so daß der Qualm niemanden belästigte.

Der sogenannte Untersuchungsbeamte des Sheriffs saß wie der sprichwörtliche Klassentrottel auf einem Hocker am Ende der Veranda und vermied es, die anderen anzusehen. Was mußte er tun, wenn plötzlich einer dieser Bankleute in den Wald abhaute? Ihn erschießen? Der Sheriff hatte ihm nur gesagt, »ein Auge auf die Typen zu halten«. Was, zum Teufel, aber hieß das im Klartext?

Diese Bankleute waren zweifellos sauer, und ihr Zorn war etwas, dem seine angekratzten Nerven nicht standhielten. Er konnte mit Schlägereien zwischen Leuten auf Wohnwagenplätzen umgehen und mit Koks dealenden Farmerskindern, aber Leute, die in Harvard studiert hatten, die luxuriöse Lexus- und Lincoln-Geländewagen fuhren und achthundert Dollar teure, von konzessionierten Schneidern im guten alten England hergestellte Après-Jagd-Tweedjacketts trugen – nun ja, sie machten ihn nervös. Besonders, wenn einer von ihnen ein Mörder sein konnte.

»Davenport ist ein scharfer Hund«, sagte Bone aus seinem Windschatten, während sie gemeinsam beobachteten, wie Krause seine Karawane durch den Wald zum Blockhaus führte. Bone biß zwei Millimeter vom Ende seines Stumpens ab und spuckte den Tabak ins Gras vor der Veranda. »Er wird uns bestimmt schon einiges zu der Sache sagen können.«

»Nach seinem Ruf zu urteilen, ein gemeiner Mistkerl«, sagte O'Dell ungezwungen und sah die anderen durch den Dampf ihres Kaffees an. Sie war offensichtlich nicht beeindruckt. Schließlich war sie ja von gemeinen Mistkerlen umgeben. Und wahrscheinlich traf dieses Urteil – in weiblicher Form natürlich – ja auch auf sie selbst zu.

«D-der ist d-doch auch nur ein C-Cop unter v-vielen anderen«, stotterte Robles. Er war verängstigt – die anderen konnten es riechen. Es gefiel ihnen. Robles war der Macho-Killer, und seine Angst war auf seltsame Weise wohltuend …

»Ich habe mehrmals mit ihm gesprochen, als er seine Software-Firma verkauft hat – Sie erinnern sich doch, daß er der Besitzer von Davenport Simulations war?« fragte Bone. Alle nickten; das war ein Gebiet, auf dem sie sich auskannten. »Er hat damals seine Firma an sein Management verkauft und dabei mehr als zehn eingepackt, n. S.« Er meinte damit zehn Millionen Dollar, nach Steuern.

»Warum hat er dann nicht den Dienst quittiert und ist nach

Palm Springs gezogen?« fragte Robles, inzwischen ein wenig gefaßter.

»Weil ihm sein Job Spaß macht«, erklärte Bone.

»Ich wollte, er würde seinen bürokratischen Arsch schleunigst hierherbewegen und seinen Job mit uns erledigen; ich will so schnell wie möglich zurück zur Stadt«, brummte McDonald. Zurück zu einem guten, süffigen Single Malt; aber er würde nicht vor den anderen aufbrechen. Früher oder später würden sie darüber reden müssen, wer jetzt die Leitung der Bank übernahm. »Es bringt doch nichts, uns hier festzuhalten. Wir haben ja schon alles gesagt, was wir wissen.«

»Nun ja – es sei denn, einer von uns hat ihn erschossen«, sagte Bone träge.

»Es muß aber ein Unfall gewesen sein«, widersprach Robles nervös. »Eröffnungstag der Rotwildsaison ... Ich wette, es hat mindestens zwanzig gegeben. Tödliche Jagdunfälle, meine ich.«

»Nein, ganz sicher nicht«, widersprach Bone. »Normalerweise sind es höchstens zwei, und man weiß sofort, wer die Schützen waren.«

»Und außerdem war es kein Unfall«, stellte O'Dell entschieden fest.

»Woher wollen Sie das wissen?« fragte McDonald. Er leerte den Becher mit dem angereicherten Kaffee und wischte sich dann mit dem Handrücken über den Mund. Er hätte noch so einen brauchen können.

»Vielleicht weiß O'Dell das so genau, weil sie es getan hat«, sagte Robles. Er versuchte zu lachen, brachte aber nur einen leisen, quietschenden Laut heraus, ein mühsames Kichern.

O'Dell ignorierte ihn. »Das Karma paßt nicht zu einem Unfall«, sagte sie.

»Ach du lieber Gott – jetzt reden wir vom Karma!« knurrte McDonald. »Abergläubischer Hippie-Quatsch!«

Bone ließ sich ein wenig tiefer in seinen Sessel sinken, und ein schwaches Grinsen huschte über sein Gesicht. »Aber sie hat recht«, sagte er. »Außer uns war kein Mensch näher als eine halbe

Meile in Dans Nähe. Wer sollte ihn aus mehr als einer halben Meile Entfernung ins Herz schießen? Nein. Ich gehe davon aus, daß es einer von uns war. Wir alle hatten Gewehre dabei und gute Gründe, ihm den Tod zu wünschen.«

»Blödsinn«, sagte McDonald.

Während sie das Näherkommen der Polizisten beobachteten, sagte O'Dell: »Wir sollten entscheiden, wer für die Bank spricht. Der Aufsichtsrat wird einen neuen Vorstandsvorsitzenden ernennen, aber bis dahin muß jemand die Leitung der Bank übernehmen. Jemand aus dem Topmanagement natürlich.«

»Ich meine, Wilson sollte das machen – bis die Entscheidung über den Vorstandsvorsitzenden getroffen ist«, sagte Bone. Er sah hinüber zu Wilson McDonald, dessen Augen ausdruckslos wurden, jede Reaktion verbargen, und an ihm vorbei auf O'Dell. Die Leitung der Bank, dachte Bone, würde letztlich entweder ihm oder O'Dell zufallen, falls der Aufsichtsrat keine völlig abwegige Entscheidung traf. Robles hatte als DV-Spezialist nicht den erforderlichen beruflichen Hintergrund, und McDonald war weder vom Intellekt noch von der Fachkompetenz dafür geeignet.

»Wenn Sie meinen«, sagte McDonald vorsichtig. Der Moment, auf den er gewartet hatte, war gekommen.

O'Dell hatte wie Bone kalkuliert und nickte. »Dann machen Sie es also, Wilson«, sagte sie. Sie legte die Füße in den abgelatschten Jagdstiefeln auf das Verandageländer und schaute an McDonald vorbei auf Bone. »Bis die Polizei rausgefunden hat, ob einer von uns es getan hat, und der Aufsichtsrat zusammentritt und eine endgültige Entscheidung fällt.«

Nach einigen Sekunden des Schweigens sagte Robles: »Mein Gewehr wurde nicht abgefeuert.«

Bone verdrehte genervt die Augen. »Ich will Ihnen mal was sagen, Terry, ich könnte mir innerhalb von drei Sekunden eine Möglichkeit ausdenken, Kresge zu erschießen und mit einem unbenutzten Jagdgewehr aus dem Wald aufzutauchen.« Er zog ein letztes Mal an seinem Stumpen, warf den Stummel auf den Verandaboden, trat ihn aus und kickte ihn mit der Stiefelspitze auf den Rasen. »Nein, Sir, ein nicht abgefeuertes Gewehr ist wohl kaum ein Unschuldsbeweis.«

Er zerstörte damit Robles Hoffnungen. Bone und O'Dell hatten die beiden abgefeuerten Gewehre, McDonald und Robles die »sauberen«. Normalerweise hätte Bone sich nicht die Mühe einer Reaktion gemacht – Robles war kein adäquater Kontrahent. Aber Bone war im Moment in der Stimmung dazu.

Davenport und die anderen kamen inzwischen auf dem Pfad die letzten Meter den Hang herunter zur Lichtung, die das Blockhaus umgab, und Bone zischte den anderen zu: »Scharfer Hund!«

Lucas ging voraus, Sloan und Krause dicht hinter ihm, und als sie die Verandastufen erreichten, standen die vier Banker auf, um sie zu begrüßen. Lucas erkannte Bone und nickte ihm zu: »Hallo Mr. Bone. Hat Sally das Spanischexamen geschafft?«

Bone runzelte kurz die Stirn, erinnerte sich dann, nickte lächelnd. »O ja. Sie hat im Juni ihren Abschluß gemacht ... Leiten Sie die Untersuchung hier?«

»Nein, das macht Sheriff Krause. Ich will gerade aufbrechen. Wir werden insofern zusammenarbeiten, daß wir Untersuchungen in Minneapolis für ihn durchführen, wenn er unsere Unterstützung braucht.«

»Warum sind Sie dann hergekommen?« fragte O'Dell. Sie legte ein wenig Gift in ihre Stimme, ein wenig Zorn, damit er von Anfang an ihren Status in der Gruppe richtig einordnete.

Lucas grinste sie an, sagte dann leise und freundlich: »Mr. Kresge war ein sehr einflußreicher Mann in Minneapolis, und es ist durchaus möglich, daß wir dort auf ein Motiv für seinen Tod stoßen. Möglicherweise im Zusammenhang mit Vorgängen bei der Bank – mit dieser Fusion, von der man mir erzählt hat. Detective Sloan« – er sah Sloan an, der grüßend die Hand hob – »wird Sheriff Krause bei den Vernehmungen unterstützen, so daß Sie alle so schnell wie möglich nach Hause fahren können.«

»S-sind Sie s-sicher, daß es k-kein Unfall war?« fragte Robles, nun wieder stotternd.

Lucas schüttelte den Kopf, und Krause sagte: »Er ist ermordet worden.«

»Hab ich's doch gewußt«, sagte O'Dell, und die Banker warfen sich reihum Blicke zu; Bone brach schließlich das Schweigen: »Verdammt … Das bringt alles durcheinander.«

McDonald ignorierte Krause und fragte Lucas: »Glauben Sie … einer von uns …?«

Lucas sah Krause an. »Wir haben keinen besonderen Grund, das anzunehmen«, antwortete der Sheriff. »Aber da Sie nun einmal hier sind, müssen wir Sie verhören. Es gibt bis jetzt keine Hinweise auf Verdächtige.«

Sloan erklärte, daß er die vier einzeln verhören wolle, und zwar im Blockhaus, während die anderen auf der Veranda warten sollten. »Ist ja ein schöner Tag«, sagte er freundlich. »Und es wird nicht lange dauern.«

»Nehmen Sie mich als ersten dran«, knurrte McDonald. »Ich muß so schnell wie möglich zurück und mit unseren PR-Leuten sprechen. Wir müssen *sofort* eine Presseerklärung rausgeben. Mein Gott, was für eine Katastrophe!«

»Okay«, sagte Sloan. Er wandte sich an Lucas: »Du fährst gleich los?«

»Ja. Der Sheriff läßt dich von einem Deputy zurückbringen.«

»Also dann, bis später«, sagte Sloan. »Mr. McDonald?«

McDonald folgte Sloan und Krause ins Blockhaus. Als sie verschwunden waren, sagte Bone zu Lucas: »Ich hätte ein besseres Gefühl bei der Sache, wenn Sie sie in die Hand nehmen würden.«

»Ich glaube, Krause ist ein cleverer Bursche«, erwiderte Lucas. »Er schafft das schon.«

»Es handelt sich ja aber um einen Fall, bei dem man sich nicht wünscht, daß Fehler gemacht werden«, insistierte Bone. »Ein Mord – ich meine, wenn man zum Verdächtigen wird und unschuldig ist …«

»Ich verstehe Ihre Bedenken«, sagte Lucas. Er sah die beiden anderen an, holte dann ein Visitenkartenmäppchen aus der Jackentasche, nahm vier Geschäftskarten heraus und verteilte sie. »Wenn jemand von Ihnen Informationen über den Verlauf der Ermittlungen haben möchte oder irgendwelche Hilfe braucht, rufen Sie mich direkt an, jederzeit, Tag oder Nacht. Meine private Telefonnummer steht unter der dienstlichen. Ms. O'Dell, darf ich Sie bitten, diese Karte an Mr. McDonald weiterzugeben?«

»Sehr nett von Ihnen«, sagte O'Dell und schaute auf die Karten. »Wir wollen das alles natürlich so schnell wie möglich hinter uns kriegen.«

»Sie haben einen der Hirsche geschossen, nicht wahr?« fragte Lucas sie. Die beiden ausgeweideten Hirsche hingen an einem Gestell im Garten an der Seite des Blockhauses.

»Ja, den größeren der beiden«, antwortete sie.

»Meine Hirschkuh gefällt mir auch sehr gut«, sagte Bone trocken. »Ich ziehe stets das Weibliche vor.«

»Guter Schuß«, sagte Lucas zu O'Dell. »Fährt durch die Schulter, zerfetzt das Herz; ich wette, der Hirsch kam keine zehn Schritte mehr von der Stelle, an der Sie ihn erwischt haben.«

Sie empfand das nicht als versteckte Anspielung; er wollte wohl nur höflich sein. »Gehen Sie auch auf die Jagd?« fragte sie.

Er lächelte, nickte. »O ja, und nicht zu knapp.«

Als Lucas gegangen war, sagte O'Dell zu Bone: »Das ist kein scharfer Hund. Das ist ein sanftes Schoßhündchen.«

Bone nahm ein weiteres Zigarillo aus der Jackentasche, dazu ein Küchenstreichholz, das er am Verandageländer anstrich; eine Affektiertheit, die ihm gefiel und zu der er sich bekannte. »Er hat, glaube ich, im Verlauf seiner Karriere vier oder fünf Verbrecher getötet. Er hat eine Software-Firma aus dem Nichts heraus zu einem Verkaufswert von zehn Millionen nach Steuern aufgebaut. In sechs Jahren, nebenher, in seiner Freizeit. Und ich will Ihnen noch was sagen ...«

Er nahm einen tiefen Zug an seinem Stumpen und blies eine

dünne Rauchfahne in die erwärmte Nachmittagsluft, irritierte O'Dell damit. »Was?« fragte sie.

»Als wir damals wegen der Finanzierung des Verkaufs seiner Firma miteinander zu tun hatten, sprach ich rund zehn Minuten mit ihm. Während dieses Gesprächs rief meine Tochter von der High-School aus auf der Privatleitung an. Völlig aufgelöst. Sie hatte Probleme mit einer Sprachprüfung, und sie hatte Angst, sie würde den Abschluß nicht schaffen und den Kurs wiederholen müssen. Ich erwähnte das Davenport gegenüber – nur nebenher, um mich wegen der Unterbrechung zu entschuldigen. Das war vor sieben Monaten. Und jetzt erinnert er sich an mich, er erinnert sich an Sallys Namen, und er erinnert sich an die Sprache und das Problem, um das es damals gegangen war.«

Bone sah O'Dell fest an. »Sie können ihn als sanftes Schoßhündchen betrachten, wenn Sie wollen. Ich an Ihrer Stelle würde es nicht tun. Besonders dann nicht, wenn Sie heute früh *zweimal* auf den Abzug Ihres Gewehrs gedrückt haben.«

»Reden Sie keinen Unsinn«, sagte O'Dell. Aber sie schaute Lucas nach, der gerade auf dem Parkplatz in seinen Truck stieg. »Attraktive Schultern«, sagte sie und hoffte, mit diesem Kommentar alle Anwesenden auf der Veranda irritiert zu haben.

Im Truck war es sehr still ohne Sloan. Lucas mochte diese Stille nicht – in der Stille begannen seine Gedanken zu rasen, und das würde dazu führen, daß …

Er war sich nicht sicher, wohin es führen würde.

Er war müde, aber er mußte noch müder werden. Er mußte so müde werden, daß er, zu Hause angekommen, sich hinlegen und einschlafen konnte, ehe die Gedanken zu rasen begannen. Er schob eine Kassette in den Schlitz des Recorders, *ZZ Top*, aus der Reihe *Greatest Hits*, drehte die Lautstärke auf. Ablenkung. Die Gedanken können nicht aufschäumen, wenn sie zu sehr abgelenkt werden …

Der Mord war nicht besonders interessant: Ein mögliches Motiv, diese Bankenfusion, trat bereits klar zutage. Weitere Motive von eher persönlicher Natur würden möglicherweise später noch auftauchen – Kresge hatte in Scheidung gelebt, also konnten Beziehungen zu anderen Frauen durchaus eine Rolle spielen. Oder seine Frau hatte etwas mit dem Mord zu tun.

Routineuntersuchungen würden das alles zutage bringen, und der Mörder würde gefaßt werden – oder auch nicht. Wie auch immer, Lucas spürte keine große Anteilnahme an dem Fall. Er hatte so etwas schon Dutzende von Malen durchgemacht, und die routinehaften Morde aus Geldgier, Liebe oder schlichter Dummheit interessierten ihn nicht mehr besonders.

Das Böse als solches war interessant, das mußte er zugeben; ein Überbleibsel aus seiner Erziehung an katholischen Schulen. Aber bis jetzt hatte er noch nichts wirklich Böses an diesem Mordfall entdecken können. Möglicherweise Boshaftigkeit; wahrscheinlich Dummheit. Gier. Wut. Aber nicht das wirklich Böse …

Er fuhr eine Weile ohne bestimmte Gedanken weiter; die schon fast winterlichen Felder und Wälder zogen schnell an ihm vorüber. Holsteiner Kühe fingen ein paar ungewohnte Strahlen der Novembersonne ein, Pferde galoppierten über hügelige Weiden; einige tausend dem baldigen Tod geweihte Truthähne … Dann schaute er aus dem Seitenfenster, nahm die dicken Eichenstämme unter dem Laubdach wahr, und ein Frösteln überlief ihn. Er stellte die Musik lauter.

Er hatte in letzter Zeit wieder diese Träume gehabt; er haßte sie, denn sie weckten ihn auf, und wenn er wach wurde, mitten in der Nacht, begannen seine Gedanken wieder zu rasen. Und die Träume weckten ihn *immer* auf …

Einer der Träume spielte in einem sonderbaren Science-fiction-Milieu. Er wurde auf einer Art Plattform in einen großen Stahlzylinder hinabgelassen. Über ihm hing an dicken Seilen ein mehr als fünfzig Zentimeter dicker Stahldeckel, der heruntergelassen, verschraubt und ihn hermetisch einschließen würde, sobald er am Boden des Zylinders angekommen war. Der Vorgang verlief äußerst geschäftig: Leute rannten herum und trafen Vorbereitungen für das, was geschehen sollte – was auch immer es war. Er kooperierte mit diesen Leuten, stand offensichtlich erwartungsvoll auf der Plattform. Aber zu welchem Zweck? Warum sollte er in diesen Zylinder eingeschlossen werden? Er wußte es nicht, war aber über die Perspektive nicht beunruhigt. Dennoch, sie beschäftigte ihn. Er würde darüber nachdenken, und dann würde er aufwachen, und die Gedanken würden zu rasen beginnen ...

Der andere Traum war noch seltsamer. Das Gesicht eines Mannes, im Vorbeifahren aus einem Auto beobachtet. Regentropfen auf der Scheibe verzerrten leicht die Sicht; in seinem Traum konnte Lucas sich das Gesicht nicht genau einprägen. Der Mann war muskulös, schlank, trug einen knöchellangen schwarzen Mantel und einen Hut mit herabhängender Krempe. Äußerst merkwürdig waren seine mandelförmig geschnittenen Augen, aber nicht nur das: Wo die Oberfläche seiner Augen sein sollte – Pupille und Iris –, ragten statt dessen zwei hellbraune Holzspiralen hervor. Der Mann schien zu frieren und gegen den Wind und den Regen anzukämpfen. Und er sah Lucas, unter der Hutkrempe hervor, mit diesen Augen an, aus denen Holzspiralen ragten ...

Lucas hatte angefangen, mandelförmige Umrisse überall um sich herum auf der Straße zu sehen, sah sie auf den Gesichtern entfernter Menschen oder in wahllosen Mustern an Gebäuden oder Bäumen. Unsinn natürlich. Aber dieser Traum ängstigte ihn. Er fuhr jedesmal aus dem Schlaf hoch, und der Kragen seines Schlafanzugs war schweißnaß. Und dann begannen die Gedanken zu rotieren ...

Er drehte die Lautstärke der ZZ-Top-Kassette noch ein wenig höher, fuhr mit Höchstgeschwindigkeit auf die Stadt zu, hoffte auf schlaffördernde Erschöpfung ...

Eine Stunde nach Lucas raste James T. Bone in einem großen schwarzen BMW über die Interstate 35 in Richtung Minneapolis. Als er auf die I-694 gewechselt war und damit den Verkehrsgürtel der Stadt erreicht hatte, nahm er das Autotelefon aus der

Halterung und gab über die Kurzwahltaste eine vorprogrammierte Mobiltelefonnummer ein. Am anderen Ende der Leitung klingelte es dreimal, dann meldete sich eine Frau, deren Stimme leicht alkoholisiert klang: »Hallo?«

»Bone hier. Wo bist du?«

»In meinem Wagen. Auf dem Weg zurück von Southdale.«

»Ich komme zu dir«, sagte er. »In zwanzig Minuten.«

»Okay, aber du kannst nicht lange bleiben. George ist ...«

»In zwanzig Minuten«, wiederholte Bone und brach die Verbindung ab. Er drückte die Taste einer weiteren Nummer, und es meldete sich eine andere Frau, deren Stimme jünger und frischer klang: »Kerin Baki.«

»Hier ist Bone. Wo sind Sie?«

»Zu Hause.«

»Dan Kresge ist tot. Erschossen, wahrscheinlich ermordet. Haben Sie das schon gehört?«

»Nein. O Gott ...«

»Ich kommte in einer Stunde ins Büro, vielleicht ein wenig später. Wenn Sie Zeit haben ...«

»Ich fahre in zehn Minuten los. Kann ich irgend etwas erledigen, bis Sie ankommen?«

»Namen und Telefonnummern aller Mitglieder des Aufsichtsrats ...«

Sie sprachen noch weitere fünf Minuten miteinander; dann brach Bone auch dieses Gespräch ab.

Ein Auffahrunfall, in den drei Autos verwickelt waren, hielt ihn ein wenig auf, aber weniger als eine halbe Stunde nach dem ersten Anruf erreichte er eine Tiefgarage in der Stadtmitte. Er hatte noch im Blockhaus die Kleidung gewechselt und trug jetzt eine Patagoniajacke, eine Khakihose und ein Flanellhemd. Im Aufzug zog er die Jacke aus.

Marcia Kresge empfing ihn an der Tür in einem blauen Seidenkimono. »Gefällt er dir? Ich habe ihn erst vor einer Stunde gekauft.«

»Ich hoffe, du hast nicht schon zuviel getrunken«, sagte er.

Der Ernst in seiner Stimme ließ sie zusammenfahren. »Was ist passiert?«

»Dein potentieller Exehemann ist heute morgen in der Nähe des Blockhauses erschossen worden. Und ich bin zweifellos einer der Verdächtigen.«

Marcia Kresge sah nur für einen ganz kurzen Moment geschockt aus, dann zuckte ein leichtes Lächeln um ihre Lippen. »Der Mistkerl ist also tot?«

»Ich hoffe, bei Gott, daß du nichts damit zu tun hast.«

»*Moi*?« fragte sie spöttisch und legte in einer gespielt dramatischen Geste die Hand auf die Brust.

»Ja, Marcia, du siehst echt scharf in deinem Kimono aus – um auf deine erste Frage zu antworten; ich hoffe nur, du siehst nicht so scharf aus, wenn die Cops hier auftauchen.«

»Die Cops?«

»Marcia, setz dich hin«, sagte Bone. Sie ließ sich auf eine Couch sinken, zeigte viel Bein. Bone betrachtete das Bild einen Augenblick und sagte dann: »Hör zu, du meinst, du hättest Dan in der Scheidungssache ganz schön über den Tisch gezogen. Das ist falsch. Letzte Woche hat der Aufsichtsrat ihm weitere zweihundertfünfzigtausend Optionen auf Aktien zum Preis von vierzig pro Stück zugesprochen – als Leistungsprämie. Wenn die Fusion durchkommt, und sie ist bereits grob konzipiert, sind die Aktien in einem Jahr mit Sicherheit sechzig pro Stück wert. Wenn die Fusion korrekt und endgültig vollzogen ist, können die Aktien in einem Jahr sogar achtzig wert sein. Das sind zehn Millionen Dollar Gewinn, und wenn das Paket ein Jahr lang gehalten wird, bleiben dir nach Steuern mindestens acht Millionen übrig.«

»Mir? Ich …«

»Marcia, sei mal eine Minute still. Dieses Aktienpaket hat einen enormen Wert. Es wird Teil seines Vermögens. Und du wirst es erben. Du kriegst natürlich auch den Rest seines Vermögens, den Teil, der bei der Scheidung ihm zugefallen wäre. Keine Steuern auf all das. Mit anderen Worten, Dan wird ermordet, und du kriegst zehn Millionen. Ich bin mit einem Gewehr da oben in seiner Nähe, und rate mal, wer mit Marcia Kresge rumbumst?«

»Jesus«, sagte sie.

»Ich habe ernsthafte Zweifel, daß der so was machen würde.«

»Aber man kann doch nicht denken, du hättest ... oder ich hätte ...«

»Du selbst hast es nicht getan, oder? Aber du kennst verdammt viele irre Nachtclubtypen ...«

»Bone, glaub mir, ich habe nicht das geringste mit der Sache zu tun. Ich dachte doch *wirklich*, ich hätte ihn über den Tisch gezogen ... Und ich meine, ich mochte ihn nicht, aber ich würde ihn doch niemals umbringen oder umbringen lassen.«

Er kannte sie gut genug, um zu wissen, daß sie nicht log. Er atmete tief durch, sagte: »Gut.«

»Um Himmels willen, hast du tatsächlich geglaubt, ich ...«

»Nein. Ich habe nicht geglaubt, daß du irgendein Arschloch anheuern würdest, um ihn zu töten«, sagte Bone. »Was ich aber befürchtet habe, ist, daß du einem deiner Typen mit den gebrochenen Nasenbeinen gegenüber erwähnt haben könntest, daß du im Fall von Dans Tod eine weitere Wagenladung Geld kriegen würdest.«

»Nein, das habe ich nicht getan«, sagte sie. »Weil ich das ja gar nicht wußte.«

»Okay ... Ich glaube nicht, daß es notwendig sein wird, der Polizei gegenüber zu erwähnen, daß wir beide was miteinander haben«, sagte er nüchtern.

»Gute Idee«, erwiderte sie und traf genau seinen Tonfall.

»Okay.« Er stand auf und ging zur Tür. »Ich muß noch zur Bank.«

»Zur Bank? Mein Gott, als du anriefst, dachte ich, wir könnten vielleicht ...« Sie stand auf und ging um die Couch herum auf ihn zu.

»Was?« Er kannte die Antwort.

»Das weißt du doch.« Sie zog den Gürtel des Kimonos auf;

darunter war sie nackt, die Haut rosa. »Ich bin gerade aus der Dusche gekommen.«

»Ich dachte, George würde herkommen.«

»Nicht in den nächsten zwei Stunden ... Und du mußt mir doch wenigstens noch erzählen, was im einzelnen passiert ist.«

»Zieh den Kimono aus.«

Sie ließ ihn von den Schultern gleiten, warf ihn auf die Couch. Er starrte sie an, wie er es immer tat, mit einer Aufmerksamkeit, die sie irritierte und zugleich erregte.

»Was ...?« Sie hob unbewußt den linken Arm, bedeckte die rechte Brust mit der Hand. Bone ergriff ihr Handgelenk und zog den Arm herunter.

»Leg die Hände auf den Rücken«, befahl er. »Ich möchte dich anschauen, während ich dir die Story erzähle.«

Sie errötete, biß sich auf die Unterlippe, legte die Hände jedoch gehorsam auf den Rücken.

»Wir begannen, wie wir es immer tun, gingen in den Wald. Du kennst ja den Pfad um den See ...«

Während er sprach, fing er an sie zu schlagen, mit langsamen, gezielten Bewegungen seiner Hände, ohne daß seine Stimme schwankte oder irgendeine Emotion verriet. Sie wich träge zurück, und er folgte ihr, sprach unentwegt weiter. Als ihr Hintern gegen die Kante des Tisches stieß, drückte sie sich dagegen, schloß die Augen.

»Hörst du mir zu?« fragte er; seine Hände unterbrachen für einen Moment ihre Tätigkeit.

»Natürlich«, antwortete sie. »Es war einige Minuten vor sechs, und das Schießen begann ...«

»Richtig«, bestätigte er. Er schob ihren Körper fester gegen die Tischkante, sagte dann: »Spreiz deine Beine ein wenig.«

Sie spreizte die Beine ein wenig.

»Ein wenig mehr.«

Sie spreizte die Beine ein wenig mehr.

»Jedenfalls«, fuhr er fort und fuhr sanft mit den Fingerspitzen über ihre Schamlippen. »Jeder von uns könnte ihn erschossen haben. Man brauchte nur von seinem Baum herunterzuklettern, über den Pfad zurückzuschleichen und …«

»Hast du es getan?« unterbrach sie ihn.

»Was meinst du?«

»Du hättest es tun können«, sagte sie. Und dann stöhnte sie: »Oh, o mein Gott!«

»Magst du das?«

»Ja, ich mag das.«

»Schau mich an …«

Sie öffnete die Augen, aber sie waren getrübt, abwesend, und sie sahen durch ihn hindurch. »Bitte hör jetzt nicht auf …«

»Schau mich an …«

Sie sah ihn an, kämpfte darum, den Blick auf sein dunkles, kaltes Gesicht zu konzentrieren. »Hast du ihn getötet?«

»Macht dieser Gedanke dich scharf?«

»O Gott …«

Susan O'Dells Appartement war eine Orgie in Schwarz und Weiß, Glas und Holz, und als sie es betrat, herrschte darin absolute Stille. Sie zog die Jacke aus, ließ sie auf den Boden fallen, ebenso ihr Hemd, das Unterhemd und den Büstenhalter. Der Striptease setzte sich durch das ganze Appartement fort, zunächst ins Schlafzimmer, dann ins Badezimmer, wo sie unter die Dusche stieg. Sie stand fünf Minuten unter dem heißen Wasser, ließ es über ihr Gesicht strömen. Als sie das Gefühl hatte, den Tag abgespült zu haben, trat sie aus der Dusche, nahm ein Badetuch von einem Regal, trocknete sich ab, ließ das Tuch auf den Boden fallen und ging zurück ins Schlafzimmer. Unterwäsche und grauer Trainingsanzug …

Wieder angezogen und erwärmt, ging sie in ihr Arbeitszimmer, stellte sich auf die Zehenspitzen und nahm ein Kartenspiel vom obersten Fach des einzigen Bücherregals.

Sie setzte sich an den Schreibtisch, mischte die Karten, breitete sie aus und schaute sich das Ergebnis an.

Sie hatte einmal eine kurze, aber intensive Affäre mit einem

Künstler gehabt, der sie, wie er es nannte, »das Tarot der Wissenschaftler« gelehrt hatte. Eine wahrhaft seltsame Tarot-Methode: Busineßmanagement auf der Basis der Chaos-Theorie, und dieser Mann wußte tatsächlich, was Chaos bedeutet. Komisch, daß ein Künstler sich damit auskennt, hatte sie damals gedacht. Sie war sogar ein wenig mißtrauisch geworden und hatte ein paar Nachforschungen über ihn angestellt. Aber er war nichts als ein normaler, legitimer Maler, wie sich herausstellte. Ein großartiger Aquarellakt, von dem niemand wußte, daß er Susan O'Dell höchtpersönlich darstellte, hing als Erinnerung an diese Beziehung in ihrem Schlafzimmer.

Nachdem sie vom Wert der Tarot-Methode des Künstlers überzeugt war, hatte er ihr eine Computerversion geschenkt, die sie in ihren Bürocomputer laden konnte – als Topmanagerin einer großen Bank konnte sie sich ja schlecht mit den bizarren Karten auf dem Büroschreibtisch erwischen lassen. Sie hatten die Installierung an einem kalten, regnerischen Abend vollzogen und sich danach auf dem Boden hinter dem Schreibtisch geliebt. Der Künstler war auf geradezu komische Weise unfähig gewesen, mit dem Computer umzugehen. Er hätte beinahe einen Absturz des gesamten DV-Systems der Bank verursacht, wenn sie ihn nicht davor bewahrt hätte. Sie konnte nunmehr aber jederzeit ihre durch ein privates Codewort geschützten, elektronischen Tarot-Karten aufrufen.

Dennoch – wann immer es möglich war, bevorzugte sie die normalen Karten: das kühle, klare Klatschen von Karton auf Nußbaum. *Hippie*, dachte sie. McDonald hatte ihr unterstellt, sie sei ein Hippie, aber das war sie gewiß *nicht*. Sie verwendete ganz einfach nur wenig Zeit auf Schminken, auf gefällige Mode oder auf Schmeicheleien gegenüber Männern – alles Dinge, die McDonald von einer Frau erwartete. Dennoch, sie genoß offensichtlich die Gesellschaft von Männern, und ihre Beziehung zu dem Künstler und einigen anderen Männern der oberen Zehntausend in der Stadt waren bei der Bank bekannt geworden. Und sie war ja nicht zuletzt auch raffiniert ...

Als McDonald seinen geistigen Vorrat an Attributen für sie durchgeblättert hatte, war er gezwungen gewesen, die Bezeichnungen *Hausfrau* und *Ehegattin*, *Lesbe* und *Schlampe* auszurangieren. Als sich, unvermeidbar, herumgesprochen hatte, daß sie sich mit Tarot beschäftigte, hatte McDonald es sich leichtgemacht und ihr das Etikett *Hippie* angeheftet. Dieses Etikett mochte nicht dazu passen, daß sie gern auf die Jagd ging, und auch nicht auf die Art, wie sie sich an die Spitze des Bankmanagements hochgekämpft hatte – aber McDonald fand es wohl irgendwie zutreffend.

Beschissener, schwachsinniger Trottel.

O'Dell legte das Keltische Kreuz auf – und zuckte dann zusammen, als sie die Ergebniskarte aufdeckte: der Turm der Vernichtung.

Sie kräuselte die Lippen. *Ja.*

Sie stand auf, warf noch einen letzten Blick auf die ausgebreiteten Karten – auf den in die Turmspitze einschlagenden Blitzstrahl und auf den Mann, der vom Turm herab in den Tod stürzte: fast wie Kresge, dachte sie, der vom Hochsitz im Baum runterstürzt. Eigentlich genau so ...

Ein Schauder überlief sie. Sie zog einen Schuber mit Büchern aus dem Regal, holte eine darin versteckte Plastikschachtel heraus und öffnete sie. Ein Dutzend gerollte Joints lag darin. Sie nahm einen heraus, dazu das Feuerzeug, ging hinaus auf den Balkon, schloß sorgfältig die Glastür hinter sich. Kalt. Sie steckte den Joint an, ließ den Stoff Ideenkränze in ihrem Gehirn winden ... Okay. Kresge war tot. Sie hatte seinen Tod gewünscht – sein Verschwinden zumindest, den Tod nur, wenn unbedingt nötig, und in letzter Zeit, nachdem die Fusion immer näher rückte und ihre Konditionen sich abzeichneten, schien sein Tod der einzige Ausweg zu sein.

Sie hatte bekommen, was sie sich gewünscht hatte.

Jetzt galt es, Kapital daraus zu schlagen.

Terrance Robles kauerte schwitzend über seinem Computer. Er gab ein:

»Gehe in Krypto-Programm.«

Du bist völlig paranoid; und Krypto ist langweilig.

»Aufruf Krypto-Programm läuft ...«

Als er in dem verschlüsselten Programm war, tippte er ein:

»Was hast du getan?«

Wieso? Die Antwort kam umgehend.

Oh, Scheiße ... »Jemand hat heute Kresge erschossen. Ich gehöre zu den Verdächtigen ...«

Oh, oh ...

Selbst bei der Verzögerung durch die Verschlüsselung kam die Reaktion sehr schnell. Zu schnell und zu zynisch-gleichgültig, dachte er. Weitere Worte flimmerten über den Screen:

Hast du es denn getan?

Robles verneinte entrüstet: »Natürlich nicht!«

Aber du hast gedacht, ich hätte es getan?

Er zögerte, tippte dann ein: »Nein.«

Lüg mich nicht an, T. Du hast tatsächlich gedacht, ich hätte es getan.

»Nein, das habe ich nicht, aber ich wollte, daß du es mir ausdrücklich sagst.«

Ich habe es bisher nicht ausdrücklich gesagt, oder?

»Nun, also mach schon ...«

Mach schon was? Die Welt ist ein viel schönerer Ort ohne diesen verdammten Faschisten.

»Du hast es nicht getan ...«

Eine lange Pause – so lange, daß er schon dachte, sie sei aus dem Programm gegangen. Dann aber sah er: *Ja, ich habe es getan.*

»Nein, du hast es nicht getan ...«

Keine Reaktion. Nichts als die bisherigen Wörter auf dem Screen.

»Komm schon ...«

Ein Label zuckte auf: *Antwortzeile ist leer.*

»Miststück«, stöhnte er wütend. Er biß in seinen Daumennagel, kaute darauf herum. Was sollte er jetzt tun? Er schaute auf den Screen, sah die Worte:

Ja, ich habe es getan.

Als Marcia Kresge die Tür ihres Appartements öffnete, standen zwei uniformierte Polizisten davor.

»Ja?«

»Mrs. Kresge?« Die Cops musterten sie eingehend. Ende Dreißig, Anfang Vierzig, schätzten sie. Sehr gutaussehend auf eine Art, die man mit »reiche, scharfe Schlampe« beschreiben könnte. Sie trug ein dünnes schwarzes Kleid, das viel Haut durchschimmern ließ. In der Hand hielt sie einen Lippenstift in einer goldenen Hülse. Sie wirkte irgendwie träge, als sei sie gerade aus dem Bett gestiegen – in dem sie wahrscheinlich nicht allein gelegen hatte.

»Ja?«

Die Cops machten keine Umschweife: Ihr Mann sei bei einem Jagdunfall getötet worden …

»Ja, das habe ich schon gehört«, sagte sie und lehnte sich gegen den Türrahmen. Ihre Augen hatten nicht einmal gezuckt; und dem älteren der Cops kamen sie so unergründlich blau vor, daß er meinte, er würde gleich hineinstürzen. »Sollte ich irgend etwas Besonderes unternehmen?«

Die Cops sahen einander an. »Nun, die Leiche befindet sich beim Leichenbeschauer des County. Wir dachten, Sie wollten, ähm, Vorbereitungen für die Beerdigung treffen.«

Sie seufzte. »Ja, sicher, ich nehme an, das sollte ich jetzt tun. Okay. Ich rufe ihn an. Den Leichenbeschauer.«

Der ältere der Cops versuchte, angespornt von seiner Erfahrung, das Gespräch fortzusetzen. »Sie wirken nicht besonders bestürzt.«

Sie dachte einen Moment über diese Feststellung nach. »Nein, ich muß zugeben, daß ich das nicht bin – bestürzt. Aber ich bin erstaunt.« Sie legte in der Parodie einer Frau, die zutiefst überrascht ist, eine Hand auf die Brust. »Ich dachte, dieses Arschloch sei zu gemein, um sich umbringen zu lassen. Na ja, ich … hm, wie lautet dieser wunderbare, farbige Kraftausdruck noch mal, den ihr Cops immer in den Filmen benutzt? Ich scheiße mir deswegen nicht groß in die Hose …«

Die Cops schauten sich wieder an, dann sagte der jüngere: »Vielleicht haben wir da was mißverstanden. Wir dachten, Sie seien …«

»Ja, ich bin seine Frau. In zwei Wochen wären wir geschieden worden. Wir leben schon seit zwei Jahren getrennt, und ich habe ihn seit einem Jahr nicht mehr gesehen. Ich mag ihn nicht. Habe ihn nie gemocht.«

»Ähm, würden Sie uns sagen, wo Sie gewesen sind …?«

Sie lächelte ihn schläfrig an. »Wann?«

»Heute am frühen Morgen.«

»Im Bett. Ich war bis spät in die Nacht mit Freunden aus.«

»Kann jemand bezeugen, daß Sie vergangene Nacht hier waren?« Der ältere Cop machte Druck; wenn man jemanden mal so weit hatte, daß er von sich aus redete, konnte man nie wissen, was dabei rauskam.

Aber sie nickte nur: »Natürlich. Ein Freund hat mich nach Hause gebracht.«

»Ich meine später, am frühen Morgen.«

»Das meine ich auch«, sagte sie. »Er ist über Nacht geblieben.«

»Aha … Okay.« Keiner der drei war verlegen, und sie schien den älteren Cop jetzt mit einem gewissen Interesse zu betrachten. »Sagen Sie uns seinen Namen?« fragte er.

»Warum nicht? Kommen Sie rein. Ich schreibe Ihnen den Namen und die Adresse auf.«

Die beiden Cops folgten ihr in das Appartement, sahen die gewachsten Parkettböden, die Orientteppiche, die geschmackvollen Gemälde an den eierschalenweißen Wänden.

»Sie haben mich noch nicht gefragt, wieviel ich von ihm erbe, wenn er vor der Scheidung stirbt«, sagte sie über die Schulter.

Der ältere Cop lächelte, zeigte sein bestes Gary-Cooper-Grinsen. Er mochte sie. »Wieviel also?« fragte er.

»Ich weiß es nicht«, log sie. »Mein Anwalt und ich haben ihn jedenfalls ganz schön über den Tisch gezogen.«

»Schön für Sie«, sagte er. Sie kritzelte etwas auf einen Notizzettel, und als sie fertig war, gab sie ihn ihm. »George Wright. Hier sind seine Adresse und Telefonnummer. Ich werde ihn anrufen und ihm alles erzählen.«

»Tun Sie das ruhig«, sagte der ältere Cop.

»Und unten steht meine Telefonnummer, falls Sie mich offiziell vernehmen wollen. Sie steht nicht im Telefonbuch.« Sie sah ihn mit ihren blauen Augen intensiv an und nagte an ihrer Unterlippe.

»Danke«, sagte er und steckte den Zettel in seine Hemdtasche.

»Ich mache auf Sie wohl den Eindruck eines herzlosen Miststücks, wie?« fragte sie ihn fröhlich. Und während sie die Frage stellte, nahm sie ihn am Arm und führte ihn langsam zur Tür.

»Nun, ein wenig schon«, sagte er. Er mochte diese Frau wirklich, und er spürte, wie sie die Rückseite seines Oberarms gegen ihre Brust drückte. Diese Brust war sehr warm. Er meinte fast, er könne auch die Brustwarze fühlen.

»Ich habe ihn wirklich nicht gemocht«, sagte sie. »Sie dürfen diese Aussage gern in Ihren Bericht aufnehmen.«

»Das werde ich tun«, sagte er.

»Gut«, bestätigte sie und komplimentierte ihn durch die Tür. »Dann werde ich Sie ja wahrscheinlich wiedersehen ... Sie könnten mir dann Ihre Waffe zeigen ...«

Die Tür schloß sich hinter den beiden Cops. Vor der Tür des Aufzugs fragte der jüngere Cop: »Na?«

»Na was?«

»Wirst du sie anrufen?«

Der ältere Cop dachte einige Sekunden nach, sagte dann: »Ich glaube nicht, daß ich mir das leisten könnte.«

»Scheiße, du brauchst sie doch nicht zu *bezahlen*«, meinte der jüngere. »Sie ist reich.«

»Ich weiß nicht ...«

»Nimm meinen Rat an: Wenn du sie anrufst, brauchst du ja

nicht gleich mit der Tür ins Haus zu fallen. Lern sie erst mal ein bißchen näher kennen.«

»Sehr einfühlsam von dir«, sagte der ältere Cop.

»Nein, nein, ich meine ja nur. Sie will deine Waffe sehen …«

»Na und?«

»Du verschwendest deine Zeit, denn wenn sie erst mal rausfindet, daß du nur einen Fünf-Millimeter-Winzling hast …«

»Eifersucht ist ein häßlicher Charakterzug.« Der ältere Cop grinste selbstgefällig. Als sie über die Straße zu ihrem Wagen gingen, schaute er an dem Appartementgebäude hoch und sagte vor sich hin: »Schau'n wir mal …«

Und selbst wenn sich nichts weiter ergab – diese Frau hatte ihm den Tag verschönt.

Als Audrey McDonald aus der Garage ins Haus kam, fand sie den orangefarbenen Overall ihres Mannes auf dem Küchenboden, dahinter seine wollene Jagdjacke, dann die Stiefel und die Hose auf einem Haufen und schließlich auf halber Höhe der Treppe seine blaue Wollunterwäsche.

»Oh, verdammte Scheiße«, murmelte sie. Sie warf ihre Handtasche auf einen Stuhl in der Diele und lief die Treppe hinauf. Sie hörte ihn in der übergroßen Badewanne herumplanschen.

Wenn Wilson McDonald gestreßt, aufgeregt oder verängstigt war, trank er; und wenn er trank, wurde ihm heiß, und er begann zu schwitzen. Er riß sich dann stets die Kleider vom Leib und suchte nach Wasser, in das er sich stürzen konnte. Man hatte ihn schon mehrmals betrunken und nackt im See am Fuße des Hügels vorgefunden. Er war betrunken und nackt in den Pool im Garten gesprungen und hatte die Tochter des Nachbarn fast zu Tode erschreckt. Er war in diesem Zustand öfter in die Badewanne gestiegen, als Audrey sich erinnern konnte, und er wälzte sich dann stets darin herum wie ein großer weißer Wal … Noch schrie er nicht, aber das würde bald kommen. Der Mord an Dan Kresge und das Gerede darüber im Club waren zuviel für ihn gewesen.

Vor der Tür zum Badezimmer blieb sie stehen, nahm allen Mut zusammen und stieß dann die Tür auf. Wilson kauerte auf Händen und Knien in der Wanne. Als sie die Tür öffnete, erschrak er, kippte auf den Bauch, und eine wahre Sturzflut platschte über den Wannenrand auf den Boden und umspülte eine fast leere Whiskyflasche.

»Wilson!« schrie sie. »Verdammt, Wilson!«

Er strampelte mit Armen und Beinen, rollte sich herum, schaffte es schließlich, sich hinzusetzen. Er war viel zu fett, und dünnes, graues Kraushaar bedeckte seine Brust und den Bauch. Seine Titten, dachte sie, sind größer als meine. »Halt die Schnauze!« bellte er zurück.

Sie war mit drei schnellen Schritten bei der Whiskyflasche, hob sie auf und lief aus dem Bad.

»Heh, verdammt ...« Er war schneller aus der Wanne, als sie erwartet hatte, und im Flur holte er sie ein. »Gib mir die verdammte Flasche!»

»Du machst den ganzen Teppich naß.«

»Gib mir die verdammte Flasche!« schrie er wieder.

»Nein! Du wirst nur ...«

Er holte bereits aus, als sie »nein« sagte, traf sie mit der flachen Hand an der Seite des Kopfes. Sie stürzte wie ein gefällter Baum auf den Boden und krachte mit dem Kopf gegen die Tür eines Wandschranks.

»Her mit der verdammten Flasche«, grunzte er. Sie hatte sie beim Sturz nicht losgelassen, aber er riß sie ihr jetzt aus der Hand und drückte sie an seine Brust.

Sie war von dem Schlag wie betäubt, kam aber doch hoch auf Hände und Knie. »Du verdammter dreckiger Mistkerl!« schrie sie ihn an.

»Du wagst es ...« Er trat ihr gegen die Rippen, und sie fiel auf die Seite. »Ich schmeiße dich gleich die Treppe runter!« brüllte er. »Verschwinde!«

Er ging zurück ins Badezimmer, und sie hörte, wie er von innen abschloß.

»Wilson ...«

»Hau ab.« Und sie hörte das Platschen, als er sich wieder in die Wanne setzte.

Unten in der Küche drückte sie eine Eiskompresse gegen ihren Kopf. Sie würde einen Bluterguß bekommen. Der Teufel sollte ihn holen. Sie mußten dringend über Kresges Tod reden: Die einmalige Chance mußte genutzt werden, ihr großer Schachzug konnte endlich erfolgen. Sie hatten nun schon so lange daran gearbeitet. Und er war betrunken ...

Der Gedanke an die Whiskyflasche veranlaßte sie, zu dem Schränkchen unter dem Spülstein mit der eingebauten drehbaren Platte, auf der man hinter unverfänglichen Putzmitteln verfänglichere Dinge verstecken konnte, zu gehen. Sie drehte die Platte herum, kam so an die Wodkaflasche, goß zehn Zentimeter Wodka über zwei Eiswürfel in ein großes Glas und trank es auf einen Zug leer.

Und füllte dieselbe Menge gleich noch mal nach.

Audrey McDonald war nicht besonders groß oder schwer, und so wirkte der Alkohol schnell bei ihr. Die beiden Martinis zum Mittagessen plus die doppelte Bloody Mary im Club hatten eine solide Basis für den Wodka gelegt. Ihre Wut auf Wilson begann zu verfliegen. Nicht ganz zu verschwinden, sondern sich in das Labyrinth der Kalkulationen zu verlagern, die durch ihren Kopf schwirrten.

Bone und O'Dell würden versuchen, sie um die Früchte ihrer Anstrengungen zu bringen.

Sie nippte an dem Wodka, drückte die Eiskompresse gegen den Kopf, dachte über Bone und O'Dell nach. Bone war Absolvent von Harvard und der Uni Chicago, O'Dell Absolventin von Smith und Wharton. O'Dell hatte Diplome in Geschichte und Finanzwirtschaft; Bone hatte zwei Diplome in Wirtschaftswissenschaften.

Wilson konnte den B. A. in Betriebswirtschaft sowie ein Jura-Diplom vorweisen, beides an der Universität Minnesota erworben. Okay, keine Universität mit dem Renommee der Hochschulen von Bone und O'Dell. Andererseits aber war Wilsons Großvater einer der Gründer der Polaris-Bank gewesen. Und Wilson kannte alle wichtigen Leute in der Stadt, und er war Mitglied im *Woodland Golf and Cricket Club*. Der stellvertretende Aufsichtsratsvorsitzende von Polaris, ein neureicher deutscher Wurstfabrikant, der es nie im Leben allein geschafft hätte, in den Club aufgenommen zu werden, war inzwischen Mitglied – dank der Hilfe und Fürsprache von Wilson McDonald. Wilson war also keinesfalls ohne Chancen ...

Kurz darauf hörte sie seine polternden Schritte auf der Treppe. Er kam in die Küche stolziert, nackt, mit wabbelnden Fettpolstern und tropfnaß. »Was trinkst du da?« fragte er.

»Sodawasser«, antwortete sie.

»Ach du Scheiße – Sodawasser!« knurrte er. Dann fiel sein unsteter Blick auf die Eiskompresse, die sie an ihren Kopf drückte. »Warum, zum Teufel, willst du mir auch den Scotch wegnehmen ...«

»Weil wir dringend ein paar Überlegungen anstellen müssen«, sagte sie. »Wir haben nicht die Zeit, daß du dich besäufst. Wir müssen uns überlegen, was wir aus Kresges Tod rausschlagen können.«

»Ich habe bereits seinen Job«, sagte er mit unverhohlener Genugtuung.

»Was?« Sie war erstaunt. War er schon so betrunken?

»O'Dell und Bone haben zugestimmt, daß ich ihn übernehme«, sagte er.

»Du meinst ... du bist jetzt der Boß? Der Vorstandsvorsitzende?«

»Nun ja ... der Aufsichtsrat muß noch zusammentreten und zustimmen«, sagte er mit nuschelnder Stimme. »Aber ich habe bereits mit unseren PR-Leuten gesprochen und Pressemitteilungen veranlaßt ...«

Sie verdrehte die Augen. »Du meinst also, man läßt dich den Boß spielen, bis der Aufsichtsrat zusammentritt?«

»Nun ja, ich denke doch, daß mich das in eine Position bringt, die ...«

»Um Himmels willen, Wilson, sei realistisch«, sagte sie. »Und geh jetzt endlich und zieh dir eine Hose an. Du siehst aus wie ein fettes Schwein.«

»Halt deine verdammte Fresse!«

Er ging auf sie los, und sie kippte ihm ihren Wodka ins Gesicht. Als er zurückzuckte, drehte sie sich um und rannte ins Wohnzimmer, schaute sich um, sah den Kristall-Briefbeschwerer auf dem Flügel, nahm ihn in die Hand. Wilson hatte den Briefbeschwerer einmal als Preis bei einem Senioren-Golfturnier gewonnen. Als er durch die Tür hinter ihr hergestürzt kam, hob sie ihn hoch und sagte: »Ich schwöre bei Gott, wenn du mich noch mal schlägst, zertrümmere ich dir damit den Schädel!«

Er blieb stehen, schaute sie an, richtete dann den Blick auf den Briefbeschwerer und machte einen Schritt auf sie zu; sie wich zurück, rief: »Wilson ...«

»Okay«, knurrte er. »Ich will keinen weiteren Streit. Und wir müssen reden ...«

Er schaute zur Ecke des Zimmers zum Barschrank und ging darauf zu.

»Du darfst nicht noch mehr trinken ...«

Sie ging hinter ihm her, und er handelte schnell, ergriff ihre Hand mit dem Briefbeschwerer, drückte sie zusammen, und sie schrie: »Nein, Wilson, nein!«

»Laß ihn fallen, los, laß ihn fallen ...« Er war jetzt der Bully aus der Abschlußklasse der Grundschule, der einem kleinen Mädchen das Handgelenk verdreht. Sie ließ den Briefbeschwerer los, und er fiel mit einem dumpfen Knall auf den Teppich.

»Dir werd ich's zeigen, mit meinem eigenen verdammten Briefbeschwerer auf mich loszugehen«, zischte er. »Will doch tatsächlich damit auf mich einschlagen!«

Er schlug zu, sehr fest, und sie spürte, daß in ihrem Mund etwas aufplatzte. Er schlug wieder zu, und sie taumelte zurück, schrie gellend. Ein dritter Schlag, und sie stürzte auf den Boden;

er ließ sie los, aber als sie von ihm wegkriechen wollte, trat er ihr gegen die Hüfte, und sie fiel aufs Gesicht.

»Du verdammtes Miststück! Will mich schlagen! Du verdammte Drecksau …«

Er ging zum Barschrank, öffnete ihn, nahm eine Flasche heraus. Sie kroch unter den Steinway, und er blieb neben dem Flügel stehen, beugte sich nach unten, als ob er wieder auf sie losgehen wolle, aber er schwankte, stieß mit dem Kopf gegen die Seite des Flügels, richtete sich auf, keuchte: »Ich bin der gottverdammte Vorstandsvorsitzende«, ging dann die Treppe hoch zu seiner Badewanne.

Audrey blieb noch einige Zeit unter dem Flügel sitzen, weinte laut vor sich hin, kroch schließlich zum Telefon, nahm den Hörer ab und drückte auf die Taste einer vorprogrammierten Nummer.

»Hallo?« Ihre Schwester Helen, fröhlich, erwartungsvoll.

»Helen? Kannst du kommen und mich abholen?«

Helen erkannte die Stimme. »O Gott, Audrey, was ist passiert?«

»Wilson ist betrunken. Er hat mich wieder mal verprügelt. Ich will schleunigst hier raus …«

»O mein Gott, Aud, ich komme sofort … Halt durch, halt durch …«

4

Lucas Davenport erschien erst am späten Montag morgen im Büro – gepflegt gekleidet, frisch rasiert und todmüde. Die einfachen Dinge des Lebens konnten automatisch erledigt werden: Kleidung zur Reinigung bringen, duschen, rasieren, essen. Alles, was darüber hinaus ging, bereitete ihm Schwierigkeiten. Gymnastische Übungen verbrauchten Energie, und schweres Konditionstraining war nach einem Monat fast ohne Schlaf ein Ding der Unmöglichkeit.

Er hatte das schon mehrmals durchgemacht. Als er beim letzten Mal in die Hölle gestürzt war, hatte er nicht erkannt, was vor sich ging, hatte es nicht kommen sehen, und es hatte ihn beinahe umgebracht. Diesmal schien der Prozeß leicht verändert abzulaufen. Er spürte, daß *es* auf der Lauer lag – die Depression, der Nervenzusammenbruch, die monopolare Störung der Nervenzellen, wie auch immer der korrekte Name dafür lautete – aber es schien nicht mit derselben unerbittlichen Düsternis auf ihn zuzukommen wie beim letzten Mal.

Vielleicht kann ich es niederkämpfen, dachte er. Aber er hatte Angst vor dem Bett. Sobald er den Kopf auf das Kissen legte, setzte der Gedankensturm ein. Erst nach völliger Erschöpfung würde er in den Schlaf fallen können, und das nicht vor Tagesanbruch …

Gerade erst im vergangenen Winter war Weather Karkinnen, die Frau, die er hatte heiraten wollen, von einem Killer, der sich an Lucas rächen wollte, als Geisel genommen worden. Weather hatte sich psychologisch geschickt verhalten: Sie hatte den Mann zum Aufgeben überreden können, hatte ihm Garantieversprechen gegeben. Aber niemand außer den beiden hatte davon gewußt.

Wenn Lucas nachts die Augen schloß, sah er die beiden in dem engen Krankenhausflur auf sich zukommen, Weather voran, von Dick LaChaise, der eine Pistole auf ihre Schläfe richtete, als Schutzschild benutzt. Lucas spürte auch die Anspannung in seinem Rücken, wo ein versteckter Polizeischarfschütze, ein noch ganz junger Mann aus Iowa, LaChaise ins Fadenkreuz seines Zielfernrohrs nahm.

Lucas' Aufgabe bestand darin, LaChaise zu veranlassen, die Pistole von Weathers Kopf zu nehmen, und sei es auch nur für den Bruchteil einer Sekunde. Er brauchte LaChaise nur dazu zu bringen, den Lauf zu bewegen, ihn auf Lucas zu richten … Und das schaffte er. Der junge Scharfschütze aus Iowa war kalt wie Eis: Dick LaChaises Schädel war von dem 243er-Zerlegergeschoß zerfetzt worden.

Weathers Gesicht war in diesem Moment nur wenige Zentimeter von LaChaises Kopf entfernt gewesen, und sie war von Knochensplittern, Gehirnmasse und Blut vollgespritzt worden. Sie hatte sich von diesem entsetzlichen Erlebnis erholt, zumindest grundsätzlich, konnte ihrer Arbeit nachgehen; sie konnte es sogar die meiste Zeit vergessen. Nicht aber, wenn sie Lucas sah. Sie hatten versucht, ihre Beziehung wieder in Ordnung zu bringen, aber drei Monate nach dem Tod von Dick LaChaise auf dem Boden eines Krankenhausflurs hatte sie Lucas verlassen.

Für immer verlassen, wie er glaubte.

Und Lucas starrte wieder in die Dunkelheit …

»Hey, Lucas!«

Lucy Ghent stand an der Tür des Chefbüros. Sie war eine der älteren Sekretärinnen und in einen ständigen Frisurenwettstreit mit den anderen Sekretärinnen verstrickt. »Chief Roux ist unten in der Identifizierung. Sie möchte Sie sofort sprechen.«

»Schwierigkeiten?«

Ghent hob abweisend eine Hand. »Nur … wirres Zeug.«

Rose Marie Roux saß an einem überladenen Schreibtisch in einem Büro des Referats Personenfeststellung, kaute Nicorette-Kaugummi und blätterte ein Dokument durch, das Lucas als den Haushaltsentwurf der städtischen Polizei erkannte. Als Lucas hereinkam, schaute sie auf und sagte: »Ich schwöre bei Gott, wenn man den intelligentesten Kerl im Stadtrat umlegen würde, würde der durchschnittliche Intelligenzquotient in Minneapolis um zwei Punkte ansteigen. Zitieren Sie mich nicht mit dieser Feststellung.«

»Was ist passiert?«

»Der York-Fall …«

»Ja?«

Bei Morris York, seit zwei Jahren Polizist, waren fünfzehn Gramm Mexiko-Gras in einer Marlboroschachtel hinter der Sonnenblende seines Streifenwagens gefunden worden. Seine Marihuanasucht war von einem Mechaniker des Technischen Dienstes aufgedeckt worden, der behauptete, er sei allein durch den Kontakt mit der Polsterung des Wagens high geworden. Der Interne Ermittlungsdienst hatte York daraufhin beim Kauf von Stoff gefilmt.

»Tommy Gedja sagte heute morgen bei der Stadtratssitzung doch tatsächlich, wenn das alles sei, was wir mit unseren Wagen anstellen, dann bräuchten wir ja wohl keine neuen Wagen, nicht wahr? Ich fürchte, er hat das ernstgemeint. Sie werden uns die zwölf neuen Wagen nicht genehmigen.«

Lucas zuckte die Schultern. »Es ist ihnen jede Gelegenheit willkommen, Geld sparen zu können ... Was machen Sie hier unten?«

»Weitere Probleme.« Ein weißer Papierbogen in einer Plastikhülle lag auf dem sonst leeren Schreibmaschinen-Ausziehbrett des Schreibtisches. Roux hielt es Lucas hin. »Kam mit der ersten Post heute morgen.«

Sehr geehrte Polizeichefin Roux,
vor einer Woche sandte Mr. Kresge eine Weisung an Susan O'Dell, in der ihr untersagt wurde, eine geplante Expansion ihrer Abteilung fortzuführen. Grund: Haushaltseinschränkungen. Mrs. O'Dell hatte lange Zeit um diese Expansion gekämpft, und als sie die Weisung erhielt, zitierte sie: »Gott verdamme diesen Kerl, ich werde ihn umbringen!« Zu diesem Zeitpunkt waren drei Leute im Raum: Sharon Allen (Assistentin des Stellvertretenden Bankchefs), Michelle Stephens (Chefsekretärin) sowie Randall Moss, Stellvertretender Chefkassierer. Ich muß meinen Namen verheimlichen, aber ich bin der Meinung, Sie sollten das wissen.

»Das gibt nicht viel her«, sagte Lucas. Er schnippte mit dem Zeigefinger gegen das Papier. »Wir sollten Stephens vernehmen, um rauszufinden, wie ernst ihrer Meinung nach dieser Ausspruch zu nehmen ist oder ob sie nur versucht, einen Torpedo auf O'Dell loszulassen.«

»Stephens?« Roux verfügte über ein spezielles Gen, das es ihr ermöglichte, eine einzelne Augenbraue anzuheben, und diesmal war es die linke.

Lucas nickte. »Sie ist wahrscheinlich diejenige, die Ihnen den Brief geschickt hat – klingt nach jemandem, der tatsächlich dabei war, als O'Dell es gesagt hat, aber sie benutzt das Wort ›zitieren‹ falsch. O'Dell hat nicht ›zitiert‹; es hätte heißen müssen: ›sagte O'Dell – ich zitiere‹. Das zeugt nicht von einer tiefgehenden sprachlichen Erziehung. Andererseits ist alles korrekt geschrieben, und das ist das, was Sekretärinnen beherrschen. Sie kennt sich mit den dienstlichen Titeln aus und bezieht sich auf Kresge als ›Mister‹, was bedeutet, daß sie ihn als jemanden betrachtet, der im Status weit über ihr rangiert, nicht als Gleichgestellten. Sie setzt sich nicht als erste auf die Liste der drei Zeugen, weil sie befürchtet, sich damit verdächtig zu machen. Und ein Stellvertretender Chefkassierer hat wahrscheinlich eine College-Erziehung.«

»Okay, Sherlock, wie ist sie gekleidet?«

Lucas lächelte, aber es war ein lahmes, müdes Lächeln. »Blaue Jacke und Hose oder braune Jacke und Hose, dazu ein älteres, aber frisch gebügeltes weißes Hemd mit irgendeiner Art Krawatte oder Schleife. Bequeme Schuhe. Alleinerziehende Mutter. Nervös. Ängstlich. Aus persönlichen Gründen wütend auf O'Dell. Kommt mit ihrem Geld nicht aus.«

»Klugscheißer« war Roux' einziger Kommentar. Sie drehte sich um und rief zu einem winzigen, angrenzenden Büro hinüber: »Beverly! Bringen Sie bitte die andere Sache mal her, damit Mr. Sherlock Holmes einen Blick darauf werfen kann.«

Die Dokumenten-Spezialistin der Stadtpolizei, eine dunkelhaarige Frau mit leichtem slawischem Akzent, kam mit einem weiteren, in einer Plastikhülle steckenden Papierbogen aus dem Besenkammerbüro.

»War ebenfalls in der Post«, erklärte Roux. »Beverly ist dabei, es auf Fingerabdrücke zu untersuchen.«

»Sind keine drauf«, sagte die Frau. »Weder auf dem Umschlag noch auf dem Brief selbst. Standardpapier, kein Wasserzeichen. Computerschrift, ausgedruckt mit Laserdrucker.«

Lucas las den Brief:

Polizeichefin Roux:
Daniel S. Kresge wurde von Wilson McDonald erschossen, der zusammen mit Kresge auf der Jagd war, als es passierte. Ich kenne Wilson McDonald seit vielen Jahren, und ich glaube, daß er zwei andere Menschen ermordet hat, die ihm bei seiner Karriere im Weg standen. Es sind dies:

Ein Mann namens George Arris, der 1984 vor einem Restaurant in St. Paul erschossen wurde.

Andrew Ingall, der 1993 bei einem Bootsunfall auf dem Lake Superior ums Leben kam (Er stammte aus North Oaks, wo seine Frau heute noch lebt).

Ich hoffe, Sie können ihn diesmal überführen. Man darf ihn nicht so weitermachen lassen.

Ein besorgter Bürger

Lucas schaute Roux an, und sie sah das kleine Leuchten in seinen Augen. »Interessant, nicht wahr?«

»Interessanter als der erste Brief«, stimmte Lucas zu. »Kein langes Einleitungsgequassel. Der Briefschreiber kommt sofort zur Sache: ›Daniel S. Kresge wurde von Wilson McDonald erschossen‹.«

»Sie meinen, ein Mann hätte den Brief geschrieben?«

Lucas zögerte einen Moment und sagte dann: »Vielleicht nicht. Könnte auch eine Frau sein.«

»Als ich den Brief las, nahm ich an, er stamme von einer Frau«, sagte Roux. »Ich weiß auch nicht, warum.«

»Hat was mit der Formulierung zu tun«, erwiderte Beverly. »Ich glaube auch, daß eine Frau ihn geschrieben hat.«

»Würden Sie der Sache mal nachgehen, Lucas?« fragte Roux. »Irgendwie ... ganz behutsam? Es sind eine Menge reicher Leute beteiligt.«

»Sloan und Sherrill sind mit diesem Fall befaßt«, sagte Lucas abweisend.

»Sloan ist noch mit dem Ericson-Mord beschäftigt. Eine komplizierte Sache. Sherrill macht die Routineermittlungen für den County-Sheriff da oben. Ich möchte Sie ja nur bitten, den Aussagen dieses Briefes mal nachzugehen. Sie klingen so ... bestimmt und sicher.«

»Wollen Sie, daß ich mich darum kümmere, weil Sie es für notwendig halten?« fragte Lucas. »Oder weil Sie sich Sorgen machen, ich könnte ohne sinnvolle Tätigkeit irgendwann durchdrehen?«

Roux nickte: »Beides. Es wäre schön, wenn Sie den Mörder Kresges überführen würden.«

»Kriegen Sie schon Druck von außen?«

»Nein, noch nicht gezielt. Kresge lebte in Scheidung, und er hat keine einflußreiche Familie hier, die uns unter Druck setzen könnte, nichts von all dem, was uns sonst so auf die Nerven geht. Aber ich meine, wir sind ja dazu da, uns um so was zu kümmern, nicht wahr?«

»In der heutigen Zeitung steht, daß McDonald die Leitung von Polaris übernommen hat, zumindest bis zur nächsten Sitzung des Aufsichtsrates«, sagte Lucas. »Die internen Machtkämpfe könnten ziemlich heftig werden; dabei springt vielleicht was Interessantes für uns raus. Und tatsächlich ...« Er tippte mit dem zweiten Brief auf den ersten. »Und tatsächlich ist ja schon was in Gang gekommen.«

»Klären Sie mit Sherrill, daß Sie diesen Teil übernehmen. Halten Sie sich von Ihrem Schreibtisch fern.«

Lucas nickte. »Okay; ich kümmere mich darum ... Und noch was – ich schicke Del Capslock mit einem Problem zu Ihnen.«

»Der verdammte Capslock *an sich* ist ein Problem«, knurrte Roux.

»Guter Cop«, erwiderte Lucas.

»Ja, das stimmt, aber ich bringe es kaum fertig, ihn anzusehen: Ich fühle mich immer gedrängt, ihm einen Dollar in die Hand zu drücken oder ihn zum Zahnarzt zu schicken, damit er sich endlich mal seine Zähne richten läßt ... Um was für ein Problem geht es?«

»Er hat einen Opium-Ring aufgedeckt.«

»Das ist doch Sache der Drogenfahndung.«

»Sie werden wahrscheinlich erst einmal darüber nachdenken wollen«, sagte Lucas. Wieder zeigte er ein müdes Grinsen. »Ich vermute, die meisten Mitglieder dieses Rings sind Freunde von Ihnen.«

Sloan saß an seinem Schreibtisch, trank ein Cherry-Coke und las im *Star-Tribune* eine Story über Sex, als Lucas mit Fotokopien der beiden Briefe zu ihm hereinkam. Sloan warf die Zeitung in den Papierkorb, lehnte sich zurück und fragte: »Weißt du, was dein Problem ist?«

»Was?« Lucas zog einen Stuhl heran.

»Du kannst keine ehebrecherische Affäre haben, weil du nicht verheiratet bist. Wenn du also, sagen wir mal, runter zur Informationsabteilung gehst und dir dort eines von diesen unverheirateten Hühnchen vorknöpfst und es durchbumst, daß die Wände wackeln, wäre das für einen Junggesellen was ganz Normales. Wenn ich das aber machen würde, wär es Ehebruch, und die *Star-Tribune* meint, ich sollte dann gefeuert werden.«

»Wenn du es machen würdest, würde deine Frau dich sowieso umbringen, und dann hättest du keinen Job mehr nötig.«

»Ich rede ja nur theoretisch«, sagte Sloan.

»Hast du bei den Verhören am Samstag den Mörder gefunden? Theoretisch?«

Sloan schüttelte den Kopf. »Ein ziemlich hartnäckiger Haufen, diese Leute. Robles kam ins Schwitzen, aber ich glaube, das passiert ihm bei jedem kleinsten Problem. Bone schien Kresges Ermordung irgendwie komisch zu finden; er war jedoch kooperativ. O'Dell war bei dem Gespräch fast zu sehr damit beschäftigt, mir die Überlegungen zu den Konsequenzen aus dem Mord an Kresge zu schildern, als mir Hinweise zu geben, ob sie unschuldig ist oder nicht ... Was mich wiederum zu der Überlegung brachte, daß sie es nicht getan hat. Wenn sie die Mörderin wäre, hätte sie sich bestimmt vorher Gedanken über die Konsequenzen gemacht. Schwieriger war es, McDonalds Aussagen zu deuten. Er verhielt sich, als ob die ganze Sache eine Verschwörung sei, um ihm Unannehmlichkeiten zu bereiten.«

»Kalt? Gestörtes Sozialverhalten?«

»Hm.« Sloan kratzte sich am Kinn. »Nein ...«, sagte er dann. »Wenn bei ihm so was vorliegt, verbirgt er es geschickt. Ich würde eher sagen, er ist einfach ... unfreundlich. Arrogant.«

»Welche Schlüsse ziehst du nun aus der Sache?«

»Wenn Robles es getan hat, werden wir ihn letztlich überführen können. Wenn es einer der anderen war, haben wir kaum eine Chance. Es sei denn, der Täter oder die Täterin macht was echt Dummes, wie zum Beispiel einem anderen davon zu erzählen. Vielleicht handelt es sich ja auch um eine gemeinsam begangene Tat. Aber das ist ...«

»Unwahrscheinlich«, fiel ihm Lucas ins Wort.

»Eher irgendwie lächerlich.«

»Ein perfektes Verbrechen?«

»So ungefähr«, bestätigte Sloan. »Viele Leute haben den Schuß gehört, aber niemand hat sich was dabei gedacht. Niemand hat nach den Schützen Ausschau gehalten. Wenn er ungesehen vom Tatort verschwinden konnte ... Es gibt kaum eine Möglichkeit, ihm etwas nachzuweisen. Die einzige Chance wäre, daß jemand die Tat beobachtet und den Täter erkannt hätte ... So, das war's.«

»Aber wir kennen einige andere Fakten«, sagte Lucas. Er lehnte sich zurück und legte die Füße auf die Ecke von Sloans Schreibtisch. »Der Schütze kannte sich in der Gegend gut aus, fand im Dunkeln den Platz für die Abgabe des Schusses. Und er wußte, auf welchem Baumansitz Kresge sich befinden würde. Das bedeutet, daß er entweder ein guter Bekannter Kresges ist oder für ihn gearbeitet hat – vielleicht nur da draußen im Blockhaus. Hat Krause die Angestellten dort überprüft?«

»Ja. Es sind nur zwei oder drei Leute: ein ›Handyman‹ – ein Alleskönner-Handwerker, der die Hütte in Ordnung hält –, ein älterer Mann, der einige der Jagdhäuser in der Gegend täglich zwei- bis dreimal abfährt und kontrolliert, und ein Mann, der im

Winter die Zufahrt zum Blockhaus vom Schnee freihält. Keiner von ihnen hatte je Probleme mit Kresge. Der Sheriff glaubt nicht, daß sie als Verdächtige in Frage kommen.«

»In einem Film wäre der Handyman der Täter«, sagte Lucas und starrte blicklos zur Decke. »Er wäre so ein Stephen-King-Typ, ein Psychopath, den alle nur für geistig ein wenig zurückgeblieben halten ...«

»... der in Wirklichkeit jedoch ausgesprochen clever ist, aber einen Knacks abbekommen hat, weil er kein Mädchen als Begleiterin zum High-School-Ball gefunden hat, und das war dann auch der Grund dafür, daß er die High-School niedergebrannt hat ...«

»Was ist mit Sherrill? Ist sie im Dienst?«

»Ich weiß es nicht. Gestern war sie da, heute habe ich sie aber noch nicht gesehen. Ich weiß nur, daß sie mit den Leuten in Kresges Büro und mit Kresges Frau sprechen wollte.«

»Okay ...«

»Aber gehen wir doch mal davon aus, daß es ein guter Bekannter Kresges war«, hakte Sloan nach. »Nehmen wir an, wir stoßen auf jemanden, der Kresge haßte, der das Gelände da draußen gut kannte, der wußte, wo der Ansitz war, auf dem Kresge sitzen würde, und nehmen wir darüber hinaus an, wir können beweisen, daß er Jagdgewehre besitzt, ein guter Schütze ist und kein Alibi für den Morgen des Eröffnungstages der Rotwildsaison hat ... Weißt du, was? Selbst mit all dem haben wir nur Scheiße in der Hand.«

»Es könnte noch eine andere Möglichkeit geben«, sagte Lucas.

»Und die wäre?«

»Wir erstellen ein Täterprofil.«

»Viel Glück.«

»Rose Marie hat heute morgen Post bekommen«, sagte Lucas. Er lehnte sich vor und schob Sloan die Kopien der Briefe über den Schreibtisch zu. »Einer der Briefe nennt O'Dell als Täterin, der andere McDonald als Täter.«

Sloan las beide Briefe langsam durch, den McDonald-Brief noch einmal, und schaute dann Lucas an. »Zwei weitere Ermordete, wie? Wir brauchen mehr als ein Profil. Wir müssen den Mörder aus der Reserve locken.«

»Das könnten wir schaffen«, meinte Lucas. »Wenn es McDonald ist.«

»Schaltest du dich in den Fall ein?« fragte Sloan.

»Rose Marie hat mich gebeten, der Sache mit diesen Briefen nachzugehen ... Wenn du nichts dagegen hast, und wenn Sherrill nichts dagegen hat.«

»Ich habe bestimmt nichts dagegen«, sagte Sloan. »Ich habe immer noch diesen Ericson-Fall am Hals. Ich kann zusätzliche Zeit dafür gut gebrauchen.«

»Ich dachte, der Freund hätte es getan – den Ericson-Mord. Hat er nicht sogar gestanden?«

»Nicht exakt«, knurrte Sloan. »Er sagte, er *könnte* es getan haben. Er leugnet nichts. Aber wir haben keinen handfesten Beweis, und der Kerl stand zur Tatzeit dermaßen unter Drogen, daß er sich an nichts erinnern kann. Aber ich frage mich, was er mit seinen Kleidern angestellt hat, wenn er so benebelt war – und er war es, er hatte genug Chemikalien im Körper, um eine Fabrik aufmachen zu können. Die Kleider müßten voller Blutflecken sein.«

»Sonst hast du nichts Eindeutiges vorzuweisen? Kein Haar oder Sperma?«

»Kein Sperma. Und er hatte keine Blutspuren am Körper, weder unter den Fingernägeln noch im Haar. Und das Problem ist, sie wurde auf dem Bett getötet, und er schlief dort jede Nacht und den halben Tag. So sind seine Fingerabdrücke überall in der Wohnung ... aber was soll's? Ist ja selbstverständlich. Aber ich bin echt beunruhigt über die Kleidung. Er sagt, er vermißt nichts, und das stimmt vermutlich. Er hat nicht viel – zwei Jeans, zwei T-Shirts, eine Jacke, Turnschuhe.«

»Hm. Hast du die Abflüsse im Bad untersuchen lassen? Vielleicht war er nackt ...«

Sloan nickte. »Ja. Die Spurensuche hat das gemacht. Kein Blut.«

»Okay ... Ich werde also die McDonald-Sache übernehmen. Ich rede noch mit Sherrill darüber.«

»Sie wird nichts dagegen haben«, sagte Sloan – mit einem ganz bestimmten Unterton.

»Ja?«

»Sie hat zwei tolle Stoßdämpfer«, grinste Sloan.

»Nicht gerade ein Kriterium, das für polizeiliche Ermittlungen von Bedeutung ist.«

»Ja, aber ...«

»Du bist schon zu lange verheiratet; alles, woran du denken kannst, sind Titten fremder Frauen und Strafanzeigen wegen Ehebruchs«, sagte Lucas.

»Stimmt nicht. Manchmal denke ich auch an die Ärsche fremder Frauen ... Jetzt mal ernsthaft, ich habe mal zugehört, wie sie über dich geredet haben – einige der Frauen. Die Kernaussage war folgende: Man darf ihn nicht drängen, er muß erst einmal ein wenig Abstand von Weather gewinnen.«

»Dämliche Weiber«, knurrte Lucas und nahm die Füße von Sloans Schreibtisch. »Ich übernehme also McDonald. Ich würde mir gern mal die Protokolle von den Vernehmungen ansehen, die du am Samstag gemacht hast ...«

»Krause hat die Vernehmungen auf Kassette aufgenommen, läßt die Niederschriften machen. Wahrscheinlich heute. Er hat mir versprochen, uns eine Kopie zu schicken, sobald sie fertig sind.«

»Sehr schön«, sagte Lucas. »Schick sie mir rüber.«

»Und du redest mit Supertitte? Ich meine Sherrill?«

Lucas grinste. »Ja. Wenn du sie siehst, sag ihr, daß ich mit ihr reden will; ich bin am späten Nachmittag wieder hier.«

5

Damascus Isley war ein sehr intelligenter und sehr dicker Mann mit einem Hang zu englischen Zweitausend-Dollar-Maßanzügen, die seine Körperfülle kaschierten. Lucas erspähte ihn an ei nem Tisch im hinteren Teil des *Bell Jar*, wo er sich über einen

Hähnchenbrustsalat beugte, der in einem Gefäß serviert worden war, das an ein Küchenspülbecken erinnerte. Lucas sagte zum Saalchef: »Ich gehöre zu dem dicken Typen da drüben« und wurde über den Samtteppich zum Tisch geleitet.

»Lucas!« begrüßte ihn Isley. Er machte eine hilflose Geste mit den Händen, die *»tut mir leid, ich bin zu dick zum Aufstehen«* bedeuten sollte. »Kommst du zu unserem Klassentreffen? Gin hat mich gebeten, dich zu fragen.«

Lucas schüttelte den Kopf und setzte sich Isley gegenüber auf einen Stuhl. »Ich glaube nicht. Ich habe zu viele dieser Treffen bereits geschwänzt.«

»Mary Big Jo wird kommen«, sagte Isley.

»Ich scheiße auf Mary Big Jo.«

»Das solltest du nicht tun«, sagte Isley fröhlich. »Du solltest sie bumsen, wie ich es damals getan habe. War wegen deines Versäumnisses, dasselbe zu tun, um so toller für mich.«

Lucas grinste. »Spricht nicht für deinen Geschmack«, sagte er. Isley war einssechsundneunzig groß, ein wenig größer als Lucas. Er war einst schlank und drahtig gewesen, kein Fettwanst wie jetzt, ein Basketball-Forward, als einssechsundneunzig noch eine Ausnahmegröße war; Lucas hatte Hockey gespielt, und sie waren während der gemeinsamen Zeit auf der High-School und dem College manchmal hinter denselben Mädchen hergewesen.

Eine Kellnerin legte Lucas die Menükarte vor und fragte: »Cocktail, Sir?«

»Nein, ich möchte nur ...« Er überlegte eine Sekunde, sagte dann: »Zum Teufel, geben Sie mir einen Martini. Beefeater, zwei Oliven.«

»Ich könnte Ihnen auch drei Oliven geben, wenn Ihre Diät nach mehr Gemüse verlangt«, sagte die Kellnerin.

»Okay, also drei Oliven«, stimmte Lucas zu; die junge Frau war hübsch, der Typ dunkelhaarige Irin.

Die Kellnerin ging, um den Drink zu holen, und Isley schaute ihr genüßlich nach und sagte dann: »Aus der Art, wie sie dich angeschaut hat, kann man schließen, daß du Chancen bei ihr hättest. Vielleicht solltest du noch ein paarmal herkommen und ihre Bekanntschaft suchen. Da wäre was für dich drin.« Er schaute hinunter auf seine riesige Salatportion, auf die Hähnchenbrust, die Avocados, die Eier, die Tomaten, den Käse, die Salatblätter, all das bedeckt von einer sahnigen Kräutersauce, und sah dann wieder Lucas an. »Weißt du, wie lange ich mich schon damit rumschlage? Mit dem verdammten ....« Er brachte es nicht fertig, »Fett« zu sagen. »... Gewicht?«

Lucas versuchte, ihn aus der Fassung zu bringen: »Du kämpfst seit einigen Monaten dagegen an.«

»Lucas ... Als ich im letzten Jahr Basketball spielte, wog ich knackige zweihundertfünf amerikanische Pfund. Als es dann mit dem ... Gewicht losgeht, wende ich mich an diesen verdammten Diät-Arzt und sage: ›Empfehlen Sie mir eine Diät, die ich durchhalten kann, irgendwas Einfaches, mit dem ich zurück auf zweihundertfünf Pfund komme.‹ Er sagt: ›Okay, machen Sie folgendes: Essen Sie zum Mittagessen jeden Tag einen Big Mac mit allem Drum und Dran. Und jeden Tag soviel Popcorn, wie Sie wollen. Sonst aber nichts.‹ Ich sage: ›Um Himmels willen, dann werde ich verhungern.‹ Er sagt: ›Nein, das werden Sie nicht, aber Sie werden viel Gewicht verlieren.‹«

Isley sah Lucas traurig an. »Und weißt du, was er sagt, wie lange es dauert, bis ich wieder auf zweihundertfünf bin?« Lucas schüttelte den Kopf. »Anderthalb Jahre. Verdammte anderthalb Jahre, Lucas ...«

»Ich will dir mal was sagen, Dama«, stellte Lucas unumwunden fest. »Entweder du nimmst ab, oder du stirbst. So einfach ist das.«

»Nein, so einfach ist das nicht«, widersprach Isley.

»O doch«, sagte Lucas. »Nach all dem Scheiß, den du machst, läuft es darauf hinaus.«

»Dabei bin ich gar nicht so versessen aufs Essen ... und ich möchte noch eine Weile leben«, sagte Isley nachdenklich. »Ich möchte aus der Firma aussteigen, nach London gehen und Studien über das Geld anstellen ... Rausfinden, was Geld *wirklich* bedeutet.«

»Geld?«

»Ja. *Geld.* Nicht viele Leute wissen wirklich, was Geld ist, wie es arbeitet. Ich möchte einige Zeit darauf verwenden, es rauszufinden.«

»Fang zunächst mal an, zum Mittagessen zu McDonalds zu gehen«, sagte Lucas.

»Kaum Chancen.«

Die Kellnerin kam mit dem Martini, und Isleys Nachdenklichkeit verschwand, machte dem knallharten Investment-Banker Platz. »Also, was ist los? Willst du eine neue Firma gründen?«

»Nein.« Lucas trank einen Schluck von seinem Martini. »Als du meine Firma in eine Aktiengesellschaft überführt hast, haben wir einige Finanzierungsschritte über Jim Bone von der Polaris-Bank abgewickelt. Du schienst ihn ziemlich gut zu kennen. Er war mit Kresge zusammen auf der Jagd, als Kresge erschossen wurde, und ich brauche Hintergrundinformationen über ihn. Über Bone, meine ich. Und über Susan O'Dell, falls du sie kennen solltest, und über Wilson McDonald.«

Isley kniff wachsam die Augen zusammen. »Ist das etwa offiziell?«

»Nein, natürlich nicht. Ich möchte nur ein paar Informationen sammeln. Niemand wird deswegen noch mal auf dich zukommen.«

Isley nickte. »Okay. Ich kenne sie alle ziemlich gut – geschäftlich, aber auch privat. Sowohl Bone wie auch O'Dell hätten den Mumm, Kresge zu erschießen, aber ich glaube nicht, daß es einer von den beiden getan hat. Sie sind sehr clever und sehr effizient. Wenn sie Kresge dringend aus dem Weg haben wollten, hätten sie es auf andere Weise bewerkstelligt.«

»Und was ist mit Robles und McDonald?«

»Robles ist ein Softwaregenie. Er macht die Mathematik für die Bank, ist aber eher ein Techniker als ein Manager. Und er hat kein Motiv. Mit seinen Fachkenntnissen findet er überall einen Job. McDonald ...« Isley schaute an Lucas vorbei, schürzte die dicken Lippen, sah dann Lucas wieder an. »Es gibt einige McDonalds, die gute Freunde von mir sind – aus derselben Familie. Wilson gehört allerdings nicht zu meinen Freunden. Es gibt da Gerüchte ...« Er unterbrach sich.

»Was für Gerüchte?«

»Es bleibt unter uns?«

»Natürlich.«

»Es gibt Gerüchte, daß er gelegentlich seine Frau fürchterlich verprügelt«, sagte Isley. »Ich meine, so verprügelt, daß sie ins Krankenhaus muß.«

»Aha ...«

»Alkohol, wie ich höre«, erklärte Isley. »Er ist Quartalssäufer. Zwei Monate trocken, dann aber muß er mal wieder ein paar Tage zu Hause bleiben.«

»Intelligent?«

»Ziemlich. Nicht Weltklasse, aber er hat ohne Schwierigkeiten ein Jurastudium abgeschlossen.«

»Ich wußte gar nicht, daß er auch Anwalt ist.«

»Er hat nie als Jurist praktiziert. Er war immer Verkäufer, und ein verdammt guter. Kennt jeden in der Stadt. Wirklich *jeden*. Hat Zugang zu allen alteingesessenen, reichen Familien in der Stadt – seine Vorfahren bauten vor mehr als hundert Jahren eine Mühle unten am Fluß, die sie schließlich an Pillsbury verkauften, um ins Banken- und Immobiliengeschäft überzuwechseln. So ungefähr war das.»

»Okay«, sagte Lucas. »Aber da ergibt sich eine andere Frage. Alles, was ich über McDonald gehört habe, hat denselben Tenor: Er ist reich, stammt aus einer alten Familie und so weiter. Warum sollte er Kresge töten, nur weil dieser eine Fusion mit einer größeren Bank eingeht? McDonald hat doch sowieso mehr Geld, als er ausgeben kann.«

»Nein, nicht wirklich«, widersprach Isley. Er tupfte seine Lippen mit der Leinenserviette ab, schob sie dann zur Seite und legte seine Fingerspitzen zu einer Pyramide aneinander. Schließlich erklärte er: »Sein Vermögen beläuft sich vielleicht auf ... sieben oder acht Millionen. Die Vorgängergeneration war bedeutend reicher, relativ gesehen, aber man hatte viele Kinder, und das Geld mußte aufgeteilt werden, und außerdem hat die Steuer kräftig zugeschlagen. Nach Steuern – und einschließlich seines Nettogehaltes – wird sein real verfügbares Einkommen in der Reichweite von etwa einer halben Million jährlich liegen, wenn er sein Kapital nicht angreift und man davon ausgeht, daß er genug zur Seite legt, um die Inflation abzudecken.«

»Mein Gott, Dama, das *ist* doch aber mehr Geld, als er ausgeben kann«, sagte Lucas.

»Nein, ist es nicht. Es ist viel Geld nach normalen Maßstäben, aber der Besitz von zehn Millionen Dollar ist nichts im Vergleich zur Position des Vorstandsvorsitzenden eines großen Unternehmens. Ein Vorstandsvorsitzender in den USA ist vergleichbar dem Duke oder dem Earl im alten England.« Er machte wieder eine Pause und schielte leicht, während er nach den richtigen Worten suchte. »Sagen wir mal, du hast ein verfügbares Einkommen von einer halben Million Dollar im Jahr, und deiner Frau macht es Spaß, hin und wieder mal – erster Klasse natürlich – nach Paris oder Hawaii zu fliegen. Für ein Ehepaar kostet dich eine Reise innerhalb der USA schon gut und gerne fünfzehntausend Dollar von deinem Nettoeinkommen. Wenn du ein halbes Dutzend Mal im Jahr größere Reisen machst – nach Hawaii, in die Karibik, nach Europa –, wirst du ohne Schwierigkeiten hundertfünfzigtausend Dollar los. Und du mußt alles aus der eigenen Tasche bezahlen. Dazu kommen erhebliche Grundsteuern, und wahrscheinlich hast du ein paar Fünfzigtausend-Dollar-Wagen laufen ... Ich meine, du kannst im Jahr eine halbe Million Dollar ausgeben und trotzdem das Gefühl haben, dein Kragen würde ein bißchen zu eng sitzen. Wenn du aber der Boß eines Unternehmens von der Größe der Polaris-Bank bist, scheißt du auf Erste-Klasse-Reisen mit irgendwelchen Fluggesellschaften – dein eigener Gulfstream-Jet steht auf dem Flughafen für dich bereit. Und mehrere tausend Leute sind bereit, dir Tag und Nacht in den Arsch zu kriechen. Du hast Leute, die deine Wagen chauffieren, den Laufburschen für dich spielen ... Nach allem, was ich da so mitkriege, muß das schöner sein als irgendwas anderes auf der Welt ...«

»Du meinst also, selbst wenn der Mörder viel Geld hat, könnte er materielle Gründe haben, den alten Kresge ins Jenseits zu befördern?«

»Ja – besonders McDonald. Bone, O'Dell und Robles sind von irgendwoher angeheuerte Leute. Sie sind gut in ihrem Job, aber sie sind mehr oder weniger zufällig *hier* gelandet. Sie können ohne weiteres auch woanders hingehen. Aber Wilson McDonald ist fest an Minneapolis/St. Paul gebunden. In New York oder L. A. oder selbst in Chicago ist Wilson McDonald keinen Scheißdreck wert.«

»Meinst du, Bone wäre bereit, mit mir über McDonald zu reden? Inoffiziell natürlich?«

Isley zuckte die Schultern. »Vielleicht. Wenn ihm der Gedanke zusagt ... Er hat mal an der Uni von Mississippi Basketball gespielt.«

»So?«

»Ja. Guter Deckungsspieler. Wahrscheinlich nicht gut genug zum Profi, aber er fiel doch auf. Man nannte ihn natürlich ›T Bone‹. Wenn du willst, rufe ich ihn mal an. Ich sage ihm nur, du hättest dich nach ihm erkundigt und du wärst im Grunde ein netter Kerl.«

Lucas grinste. »Das bin ich vielleicht nicht.«

»O doch, du bist okay ... Jedenfalls, wenn Bone unschuldig ist. Und ich bin ziemlich sicher, daß er das ist.«

»Gibt es Leute, die um Kresge trauern?«

Isley war gerade dabei, eine Scheibe Hähnchenbrust zum Mund zu führen, hielt aber auf halbem Weg inne und schüttelte den Kopf. »Ich kenne keinen einzigen Menschen, der das täte. Er hat sein Leben damit zugebracht, Leute im Namen der Effizienz zu schikanieren.« Er steckte den Bissen in den Mund, kaute, schluckte. »Warum machen das manche Menschen nur? Ich kenne eine ganze Reihe von Leuten, die es tun, aber ich verstehe nicht, warum.«

»Um Geld zu machen.«

»Zum Teufel, Lucas, ich habe eine Menge Geld gemacht, aber ich schikaniere die Leute doch nicht! Auch du hast Geld gescheffelt, und deine Exangestellten halten dich für einen prima Kerl. Warum nur machen manche Menschen Dinge auf eine Art, bei der sie schließlich mit einer Menge Geld dastehen, aber ohne einen einzigen, verdammten Freund?«

»Vielleicht stellen sie sich vor, wenn sie genug Geld machen, könnten sie sich Freunde kaufen.«

Isley nickte düster. »Ja, wahrscheinlich; sie scheinen so zu denken.«

Lucas zerkaute die letzte der drei Oliven, goß den letzten Schluck des angenehm kühlen Martinis hinterher und sagte dann: »Hör zu, Dama, ich spiele einmal die Woche bei einem improvisierten Ballspiel mit, ein Haufen Cops, ein paar Anwälte. Du fängst mit dieser Big-Mac-Diät an, und ich nehme dich dorthin mit.«

»Verdammt, Lucas ...«

»Wär doch schön, oder? Abends ein bißchen auf Trab kommen. Gleich am achtundzwanzigsten?«

Isley ließ seine Gabel in die Salatschüssel fallen. »Raus hier, Davenport!«

Lucas stand auf. »Du rufst Bone an?«

»Ja, ja, sobald ich zurück im Büro bin.« Er schaute auf seine Patek-Philippe-Uhr. »Gib mir fünfundzwanzig Minuten.«

Lucas ging zurück zu seinem Büro und schaute vorher bei der Verwaltung vorbei. »Irgendwas für mich eingegangen?« Der Diensthabende knurrte nur: »Der Computer ist abgestürzt.«

»Seit wann?«

»Das weiß ich nicht, es betrifft nicht nur uns. Irgendwelche Straßenbautypen haben ein Hauptübertragungskabel durchtrennt. Die verdammte halbe Stadt ist lahmgelegt.«

»Straßenbautypen?«

»Schaufeloperateure.«

James T. Bones Sekretärin hatte Lucas im Verdacht, er würde sich über sie lustig machen. Als sie ihm am Telefon sehr bestimmt erklärt hatte, Mr. Bone könne keinen zusätzlichen Termin annehmen, hatte Lucas gesagt: »Gehen Sie sofort zu Mr. Bone und bringen Sie ihm bei, der stellvertretende Polizeichef möchte ihn sprechen, und wenn er nein sagt, werde ich wohl rüberkommen und ihn erschießen müssen.«

»Wie bitte?«

»Ich denke, Sie haben mich verstanden«, antwortete Lucas. Beinahe hätte er »meine Süße« hinzugefügt, meinte dann aber doch, daß das zu weit ginge.

Sie schaltete für einen Moment um, und dann meldete sich eine andere weibliche Stimme, sehr kühl: »Mr. Davenport? Hier ist Kerin Baki, Mr. Bones Assistentin. Kann ich etwas für Sie tun?«

»Ich möchte mit Mr. Bone sprechen. Nicht am Telefon, in seinem Büro.«

»Wann?«

»So schnell wie möglich.«

«Kommen Sie doch her, wir werden Sie irgendwie dazwischenschieben.«

Baki war eine kühle Blonde aus dem Norden mit ovalem Gesicht und blaßblauen Kampfpiloten-Augen. Sie begrüßte ihn ohne jedes besänftigende Lächeln. Im Frühling, dachte Lucas, überkamen sie wahrscheinlich genetisch bedingte Träume, in denen sie ihre Panzer gen Moskau in Marsch setzte …

Sie führte ihn in Bones Büro, sagte: »Mr. Bone, hier ist Mr. Davenport«, ging dann und schloß die Tür hinter sich.

Bone trug einen gedeckten, einreihigen Schurwolleanzug, dazu ein weißes Hemd und eine italienische Krawatte; aber irgendwie wirkte das Ensemble an ihm wie eine sarkastische Verhöhnung der Yankee-Bankerkleidung. Er hatte ein Telefon am Ohr und die Füße – auf dem Band N–Z des *New Shorter Oxford English Dictionary* – auf den Schreibtisch gelegt. Er winkte Lucas ins Zimmer, und während der sich auf einen Eichenstuhl vor dem Schreibtisch setzte, sagte Bone ins Telefon: »Zwei? Ist das das Beste, was Sie anbieten können? Vergangene Woche war es noch eins sieben ... Ja, ja, ja. Ich rufe Sie wieder an, aber ich denke, wir sollten auch mit Bosendorfer oder Beckstein sprechen ... Ja, ja. Um vier.«

Er legte auf, machte sich eine Notiz, sagte dann: »Ich kann mich mit Ihnen heute abend so lange unterhalten, wie Sie nur wollen, aber wenn es denn jetzt sein muß, muß es schnell gehen. Und alles, was gesagt wird, ist inoffiziell, nicht wahr?«

Lucas nickte. »Ja. Wenn wir eine offizielle Aussage von Ihnen brauchen, schicken wir Ihnen eine Vorladung und machen eine formelle Niederschrift.«

»Also?«

»Also – glauben Sie, daß McDonald es getan hat?«

»Wenn es einer von uns getan hat, dann war es McDonald. Ich war es nicht. Robles hat kein Motiv. O'Dell ist zu clever. Es sei denn, bestimmte Fakten sind mir nicht bekannt. Und um die Wahrheit zu sagen, ich glaube auch nicht, daß McDonald es getan hat. Ganz hinten in meinem Gehirn sagen mir meine kleinen grauen Zellen, daß er nicht den Mumm hat, so was durchzuziehen.«

»Warum läßt man ihn dann die Bank leiten?«

»Er leitet die Bank nicht. Er ist nur der Sprecher. Und das auch nur so lange, bis O'Dell und ich eine Entscheidung des Aufsichtsrats herbeiführen. Dann wird einer von uns beiden der neue Vorstandsvorsitzende.«

Lucas sagte: »Aha«, dann: »Haben Sie mal von einem gewissen George Arris gehört? Klingelt bei diesem Namen ein Glöckchen in Ihrer Erinnerung?«

»Ja, natürlich. Sein Fall hat bei uns, bei der Bank, hohe Wellen geschlagen. Er wurde ermordet – muß mehrere Monate vor meinem Start hier passiert sein, vielleicht sogar ein Jahr zuvor. Irgendwann im Jahr 1985.«

»Und warum hat der Fall Wellen geschlagen? Bei mir läutet kein Glöckchen, wenn ich den Namen höre ...«

»Es ist drüben auf der anderen Flußseite passiert, in St. Paul. Jemand fing an, Weiße zu erschießen, die sich in den Schwarzenvierteln rumtrieben – innerhalb einiger Wochen drei oder vier, wurden jeweils durch Schüsse in den Hinterkopf getötet.«

»Ach so, ja, jetzt erinnere ich mich«, sagte Lucas. »Die Fälle wurden nie aufgeklärt. Und Arris war eines der Opfer?«

»Ja.«

»Was war sein Job bei der Bank?«

»Arbeitete in der Kreditabteilung, stellte Aktienpakete für reiche Kunden zusammen.«

»Hat er dabei mit McDonald zusammengearbeitet?«

»Wahrscheinlich haben sich ihre Zeiten in der Abteilung überlappt«, antwortete Bone. »Aber da müßte ich die genaueren Daten nachsehen. Mit Sicherheit weiß ich nur, daß beide mal in der Kreditabteilung gearbeitet haben. Einzelheiten sind mir nicht bekannt. Ich war ja noch nicht hier und habe erst später von dem Mord erfahren.«

»Okay ... Sagt Ihnen auch der Name Andrew Ingall was?«

»Andy? Er war einer der Vizepräsidenten der Bank, ebenfalls in der Kreditabteilung, aber er kam vor ein paar Jahren bei einem Bootsunfall auf dem Superior ums Leben ... Meinen Sie, Wilson hätte was damit zu tun?«

Bone lehnte sich zurück, wirbelte den Drehstuhl herum, hielt ihn mit dem Fuß an und griff in eine Schreibtischschublade, in der offensichtlich eine Stereoanlage versteckt war. Ein Klavierstück von Schumann erklang, einfach, leicht, elegant und lieblich, und Bone sagte: »Schumann«, und Lucas sagte: »Ich weiß – *Kinderszenen*«, und Bone sagte: »Mein Gott, wir sind so kultiviert, daß ich es kaum aushalte», und Lucas sagte: »Eine Freundin von mir hat diese Stücke oft gespielt ... Warum sollte McDonald diesen Andy Ingall umbringen wollen?«

»Weil sie beide Kandidaten für den Abteilungsleiterposten waren. Dann segelte Andy eines Tages aus Superior Harbor, nahm Kurs auf die Inseln. Aber er kam dort nie an. Kein Sturm, kein Notruf, nichts. Einfach nur pffffft – verschwunden. Man vermutete, er habe einen undichten Gastank an Bord gehabt – das Segelboot hatte einen alten Gashilfsmotor, einen ›Atomic‹ oder so ähnlich – und Gas sei in den Kielraum eingedrungen. Als er dann irgendwo auf dem See den Motor anwarf, gab's eine Explosion, und er war verschwunden, ehe er Hilfe herbeifunken konnte. Das war die Vermutung, aber niemand war sich sicher. Es sind nie Wrackteile gefunden worden.«

»Also bekam McDonald den Job ...«

»Nein. Als Andy verschwunden war, geriet erst einmal alles ziemlich durcheinander; dann setzte ein allgemeines Postengeschiebe ein, und McDonald fand sich schließlich als ranghöchster Vizepräsident in der Hypothekenabteilung wieder.«

»Aha«, sagte Lucas, und Bone fügte ein bestätigendes »Ja« an, fragte dann: »Können Sie sich die Akten dieser Fälle nicht vom FBI oder der zuständigen Kripo geben lassen?«

»Vielleicht. Im Moment ist jedenfalls das Computersystem zusammengebrochen.«

»Ihres auch? Mein Gott, bei unserer Datenverarbeitung herrscht das reinste Chaos ...«

»Haben Sie mal was davon gehört, daß McDonald hin und wieder seine Frau verprügeln soll? Ziemlich schlimm?«

Bone nickte. »Ja, ich habe davon gehört. Ich hatte mal eine Zeitlang eine Beziehung zu einer Anwältin – alte Familie, sie kannte alle diese Country-Club-Leute; sie hat mir mal so was erzählt. Sie könnten wahrscheinlich Einzelheiten darüber von ihr erfahren ... Sprechen Sie doch mal mit ihr, wenn Sie wollen.«

»Das wäre nicht schlecht ...«

Bone kritzelte einen Namen und eine Telefonnummer auf einen Notizzettel und schob ihn Lucas über den Schreibtisch zu. »Sandra Ollsen, mit zwei ›l‹. Das ist ihre Telefonnummer drüben bei Kelly & Batten.«

»Welche Rechtsgebiete?«

»Vermögensverwaltung, Treuhandverwaltung, Testamente.« Er schaute auf seine Uhr und sagte: »Hören Sie, ich muß jetzt zu einer Besprechung, aber ich werde dort einen Mann treffen, der vielleicht etwas dazu sagen kann, ob es zwischen Wilson und Arris irgendwelchen Streit gegeben hat.«

»Danke«, sagte Lucas und stand auf. Sie gaben sich die Hände, und Lucas sagte: »Wie ich gehört habe, haben Sie früher auch Basketball gespielt.«

»Ja, ein wenig«, antwortete Bone.

»Wie gut kennen Sie Dama Isley?«

»Ziemlich gut – wie ich hörte, hat er früher mal für die Gophers gespielt. Kaum zu glauben.«

»Ja ... Hören Sie, wenn Sie ihn das nächste Mal treffen, nehmen Sie sich doch die Zeit und reden ein bißchen über Basketball mit ihm, solches Zeug aus der guten alten Zeit, aus den College-Tagen.«

Bone zog erstaunt die Augenbrauen hoch. »Okay, gerne. Aber warum?«

»Privates Projekt«, sagte Lucas. »Spielen Sie immer noch?«

Bone grinste. »Ein bißchen an Samstagen. Mit ein paar Kids, die von meinem Können profitieren wollen.«

»Ein Banker? Spielt für Geld?«

»Um Himmels willen, nein«, sagte Bone. »Doch nicht für Geld. Das wäre ja illegal.«

Als Lucas aus Bones Büro ging, sah er, daß Kerin Baki sich im Vorzimmer mit der Sekretärin unterhielt, und er blieb einen Moment stehen, drehte sich noch einmal zu Bone um und sagte so laut, daß Baki es nicht überhören konnte: »Ich werde wahrscheinlich noch einmal mit Ihnen über McDonald sprechen müssen.«

Bone, der sich bereits wieder einem Papier auf seinem Schreibtisch zugewandt hatte, bekam nicht mit, daß diese Aussage in zwei Richtungen erfolgte, und er nickte abwesend, sagte: »Okay.« Lucas zog die Tür hinter sich zu, lächelte Baki im Vorbeigehen an. »Danke.«

Wenn der Aufzug das Erdgeschoß erreicht, dachte Lucas, hat es sich bestimmt schon herumgesprochen, daß die Polizei sich mit McDonald beschäftigt … Wenn Baki so effizient war, wie sie wirkte, würde sie auf keinen Fall die Chance auslassen, einem Konkurrenten ihres Bosses etwas Negatives anzuhängen.

Wie Bone war auch Sandra Ollsen zunächst zu beschäftigt, um mit Lucas sprechen zu können; als er jedoch Bones Namen erwähnte, wurde er dann doch in die Mahagoni-Büroflucht von Kelly, Batten, Orsein & Shirinjivi eingelassen. Ollsen war eine große, sportliche Frau und sah aus, als ob sie früher auch einmal Basketball gespielt hätte.

»Wie geht's Jim?« fragte sie beiläufig, als Lucas sich auf den Stuhl vor ihrem Schreibtisch setzte.

»Allem Anschein nach gut. Es scheint ja so was wie ein Machtkampf bei Polaris entbrannt zu sein«, sagte Lucas.

»Ja. Zwischen Jim und Susan O'Dell. Ich hoffe, sie reißt ihm den Arsch auf.«

»Tatsächlich?« fragte Lucas.

»Ja, tatsächlich«, antwortete sie. Lucas war verwirrt, sah sie an, wartete. Schließlich sagte sie: »Er hat mich, wie man das so schön ausdrückt, sitzenlassen.«

»Oh … Ich weiß, wie man sich dann fühlt.«

Sie musterte ihn von oben bis unten. »Das kann ich mir nicht vorstellen«, sagte sie nach einigen Sekunden.

»Es ist aber so. Egal … Er scheint Sie jedenfalls als Freundin zu betrachten.«

»Ja, richtig.« Sie verdrehte die Augen. »Die Wahrheit ist, daß er nicht auf Freundschaft aus war, als er anfing, mir den Hof zu machen, wie es so romantisch heißt. Es ging ihm um …« Sie grinste ihn an, aber es war keinesfalls ein böses Grinsen. »Wie komme ich eigentlich dazu, Ihnen das zu erzählen?«

»Wegen meines offenen Gesichtes und meines ernsthaften Interesses?«

»Weil Sie ein geschulter Verhörspezialist sind, deshalb … Als ich im College war, nannten wir euch ›Bullenschweine‹.«

»Als ich im College war, nannte *ich* uns ebenfalls Bullenschweine«, sagte Lucas. »Worum also ging es ihm, als er anfing, eine Beziehung mit Ihnen zu suchen?«

»Sex«, antwortete sie ohne Umschweife. »An jedem Ort, zu jeder Zeit … Einige der Mädchen in der Bank nannten ihn in Anpassung an seinen Namen ›den Knochenbrecher‹, wenn Sie wissen, was ich meine.«

»Okay«, sagte Lucas. »Hören Sie, der Grund für meinen Besuch bei Ihnen …«

»Ich wette, niemand würde Sie so nennen«, unterbrach Ollsen. »Knochenbrecher …«

»Aber nur, weil jeder weiß, daß ich immer einen großen Lederschlagstock bei mir habe«, sagte Lucas. »Ich pflege den Leuten damit die Körpersäfte aus dem Leib zu prügeln, nicht die Knochen zu brechen …«

»Oh, es ist also ein großer Schlagstock … Und ich dachte schon, Sie kämen ohne sexuelle Absichten zu mir, sondern einfach nur, weil es Sie glücklich macht, mich sehen zu dürfen.«

Lucas hob die Hände. »Okay, Sie haben den Krieg der ›Schlag-Fertigkeit‹ gewonnen.« Sie lachten beide. »Nun aber zur Sache; der Grund, weshalb ich zu Ihnen gekommen bin, ist folgender: Sie wissen natürlich von dem Mord an Kresge. Wir untersuchen dieses Verbrechen, und ich frage mich, wie gut Sie Wilson McDonald kennen.«

In ihren Augen blitzte Argwohn auf, und sie legte die Hand an die Kehle. »Sie vermuten, Wilson hat es getan?«

»Nein, wir vermuten gar nichts, noch nicht. Aber er war eine der vier Personen, die in der Nähe waren, als Kresge …«

»Ins Gras beißen mußte?«

»Genau der Ausdruck, den ich suchte«, bestätigte Lucas. »Wie auch immer: Wie gut kennen Sie McDonald?«

»Meine Eltern kannten die McDonald-Familie recht gut …«

»Verprügelt Wilson McDonald manchmal seine Frau?«

»Ach so«, sagte sie leise, »darauf läuft es hinaus … Ich habe mich schon gefragt, was Jim Ihnen erzählt hat. Was haben Sie vor? Ihn zu erpressen? Wilson?«

»Häusliche Gewaltanwendung ist nicht mein Ressort«, sagte Lucas. »Ich will mir nur ein wenig Hintergrundwissen über ihn verschaffen.«

Sie zögerte wieder, und Lucas fügte schnell hinzu: »Das ist natürlich alles inoffiziell. Nichts von dem, was Sie sagen, wird irgendwie aktenkundig gemacht.«

»Aber Sie könnten mich formell vorladen.«

»Wenn es dazu käme, wären Sie moralisch verpflichtet, eine Aussage zu machen«, sagte Lucas.

Sie dachte einen Moment nach, sagte dann: »Es war bei einer Poolparty im vergangenen Sommer – bei Rush und Louise Freeman. Rush ist Chef von Freeman-Hoag.«

»Der Werbeagentur?«

»Ja. Wilson betrank sich. Er wurde laut, sprang dann in voller Kleidung in den Pool; Audrey sagte, er sei reingefallen, aber ich habe selbst gesehen, daß er reingesprungen ist. Wie auch immer – wir zogen ihn raus, und Audrey ging mit ihm um das Haus zum Wagen, und sie fingen an zu streiten. Und Louise kam zu Rush und mir – ich sprach gerade mit Rush – und sagte so was wie ›Rush, du gehst besser mal zu den beiden, sie streiten sich.‹ Sie schien sehr beunruhigt zu sein. Rush marschierte also los, um das Haus herum, und ich folgte ihm, und als wir um die Ecke kamen, sahen wir gerade noch, wie Wilson ihr mit voller Wucht ins Gesicht schlug – so fest, daß sie zu Boden stürzte. Rush lief hin und schrie auf Wilson ein, und ich dachte schon, der würde jetzt auf Rush losgehen. Aber Audrey stand auf und sagte, es sei alles in Ordnung mit ihr, und ich ging zwischen die beiden Männer. Schließlich fuhren die beiden weg.«

»Niemand hat die Polizei gerufen?«

»Nein.«

»Ich dachte, man würde in so einem Fall immer die Polizei einschalten«, sagte Lucas. »Ich meine, zumindest im Anwälte-Doktoren-Werbebonzen-Milieu. Keine Duldung von Gewaltanwendung ...«

Sie nickte. »Ich will Ihnen was sagen, Kumpel: Wenn irgendein Typ mich je so schlagen sollte, würde er innerhalb von zehn Minuten seinen Arsch im Knast wiederfinden. Aber manchmal … sind die Dinge komplizierter. Audrey wollte es nicht. Sie sagte, er sei betrunken und sein Ausrasten hätte nichts zu bedeuten.«

»Das war also das Ende des Vorfalls?«

»Ja. Damals jedenfalls. Ich habe danach mit Louise gesprochen, und sie sagte mir, er habe sie schon öfter verprügelt. Das komme mehrmals im Jahr vor.«

»Und Louise hatte das schon länger gewußt?«

»Ja … Louise ist ein wenig jünger als Audrey. Sie ist Rushs zweite Frau, war vorher seine Sekretärin. Sie kennt Audreys jüngere Schwester – wie gut, weiß ich nicht. Jedenfalls hat diese Schwester Louise erzählt, Wilson würde Audrey mehrmals im Jahr verprügeln. Manchmal ganz schlimm.«

»Glauben Sie, Wilson McDonald könnte Kresge ermordet haben?«

»Ja«, antwortete sie. »Nicht nur, weil ich gesehen habe, wie er auf Audrey eingeschlagen hat. Ich hatte schon immer ein wenig Angst vor ihm. Ich kenne ihn von Kindheit an – er war fünf oder sechs Jahre vor mir in Cresthaven, und mein Bruder kannte ihn. Er ist groß und dick und gemein; und er hat diese gemeinen kleinen Schweinsaugen. Er ist ein gottverdammtes Stück Vieh.«

Lucas nickte. »Okay …«

»Aber wenn er der Mörder ist, werden Sie ihn nicht überführen können«, sagte sie. »Er ist verdammt gerissen, aber vor allem – er ist ein McDonald. Die McDonalds … sie haben so was wie eine Familientradition: Es ist ihnen egal, was das einzelne Familienmitglied tut, solange es nicht dabei erwischt wird.« Sie unterbrach sich. »Nein, das ist nicht ganz richtig: Es ist ihnen egal, solange es nicht *verurteilt* wird. In ihren Augen ist es so: Wenn man für etwas nicht verurteilt wird, ist es dasselbe, als ob man es nicht getan hätte. Diese Einstellung hat eine lange Tradition in der Familie. Die ersten McDonalds waren Betrüger, sie beschissen die Farmer mit ihrer Getreidemühle, wo es nur ging. Die zweite und dritte Generation waren immer noch Ganoven, und sie machten während der Wirtschaftskrise Millionen mit zweifelhaften Grundstücksgeschäften, die sie über die Polaris-Bank abwickelten. Und sie sind auch heute noch Ganoven und haben verdammt gerissene Rechtsanwälte.«

»Aber ich darf Sie nicht zitieren?«

»Laden Sie mich formell vor«, sagte sie, »dann dürfen Sie meine Aussage verwenden.«

»Meinen Sie, Louise Freeman wäre zu einem Gespräch mit mir bereit?«

»Wahrscheinlich. Wenn ich schon gerne im Dreck rumwühle, tut sie's noch viel lieber.«

6

Mit grimmigem Gesicht steuerte Helen Bell ihren Toyota Camry in die Zufahrt zum Haus ihrer Schwester, und sie sagte: »Audrey, du bist verrückt.«

»Es ist alles in Ordnung«, erwiderte Audrey McDonald gereizt. Einen kleinen dunklen Halbkreis unter dem linken Auge, hervorgerufen durch einen von Wilson McDonalds Schlägen, hatte sie dick mit Make-up abgedeckt. »Er ist inzwischen wieder völlig nüchtern. Er hat heute ja arbeiten müssen.«

»Er könnte heute morgen halbwegs nüchtern zur Arbeit gegangen und trotzdem jetzt wieder total betrunken sein«, sagte Helen. Sie war vier Jahre jünger als ihre Schwester, hatte aber in der schwesterlichen Beziehung irgendwie stets die Rolle der Beschützerin übernommen. »Das ist alles schon mal vorgekommen.«

»Es ist alles okay«, sagte Audrey.

»Es wird erst alles okay sein, wenn du ihn endlich verläßt«, sagte Helen. »Der Mann ist ein Tier und hat eine Frau wie dich nicht verdient. Selbst die Polizei weiß es jetzt, wie du selbst gesagt hast.«

»Aber ich liebe ihn«, sagte Audrey. Während der Fahrt war

Helen immer zorniger geworden, aber jetzt wurde ihr Gesichtsausdruck weicher, und sie tätschelte Audrey liebevoll den Oberschenkel.

»Dann mußt du mal zu einem Arzt gehen – am besten zusammen mit ihm«, sagte sie. »Es gibt einen Namen für diese Krankheit – gegenseitige Dependenz. Aber du kannst so nicht weitermachen, denn früher oder später werden es keine Schläge oder Prügel mehr sein – er wird dich totschlagen.«

»Weißt du, wie er auf den Vorschlag, doch mal zu einem Arzt zu gehen, reagiert hat? Er hat gesagt: ›In der McDonald-Familie geht man nicht zum Psychiater‹.«

»Aber es würde doch niemand was davon erfahren«, protestierte Helen. »Die Zeiten haben sich geändert ...«

»Wenn diese Bankenfusion abgeschlossen ist ...«, sagte Audrey und stieß die Wagentür auf. »Vielleicht dann.«

Helen Bell schaute ihrer Schwester nach. Sie haßte McDonald. Sie hatte ihn nie gemocht, aber im Verlauf der Jahre hatte sich ihre Abneigung zu einem bitteren, heißen Haß gesteigert. Audrey würde es nie schaffen, sich aus eigener Kraft von McDonald zu lösen. Jemand anders mußte es für sie erledigen – wie ein Chirurg, der eine Krebsgeschwulst entfernt ...

Diese Metapher gefiel Helen: Dan Kresge war ein Krebsgeschwür in der Bank gewesen, und man hatte es entfernt. Gut für die Bank und alle dort Beschäftigten. McDonald war ein Krebsgeschwür im Leben ihrer Schwester: je eher man es herausschnitt, um so besser würde es sein.

Audrey ging ins Haus, bewegte sich leise, befürchtete einen Hinterhalt. Lag er wieder in der Badewanne? War er im Arbeitszimmer? Sie ging in die Küche, und das Dielenbrett, das stets quietschte – dieses verdammte Ding, dessen Reparatur sie sich schon hundertmal vorgenommen hatte –, quietschte natürlich auch diesmal.

»Audrey? Bist du's?« Er war im Arbeitszimmer; er klang nüchtern.

»Ja, ich bin's«, antwortete sie vorsichtig.

»Mein Gott, wo warst du denn? Ich habe mehrmals bei Helen angerufen, aber es hat sich niemand gemeldet.« Während er das sagte, war er in die Diele gekommen, und als er unter der Küchentür auftauchte, mit einem gelben Notizblock in der Hand, sah er das blaue Veilchen unter ihrem Auge und blieb abrupt stehen. »Ach du heilige Scheiße. War ich das?«

Sie kannte diese Katerstimmung bei ihm und bemühte sich, sie auszunutzen. »Nein, natürlich nicht«, sagte sie sarkastisch. »Ich habe mir versehentlich selbst mit dem Besenstiel ins Gesicht gestoßen.«

»Oje ...« Das war alles, was sie zu dieser Sache von ihm zu hören bekommen würde. Und er fuhr auch tatsächlich fort: »Verdammt, wir müssen dringend miteinander reden. Ein Cop schnüffelt hinter mir her. Und am Mittwoch wird der Aufsichtsrat zusammentreten, vielleicht aber noch keine Entscheidung treffen. Sie reden von einer ›Überprüfung‹, Gott sei's geklagt.«

»Eine Überprüfung? Das ist doch nur Verzögerungstaktik.«

»Das ist mir klar. Es geht um mich, O'Dell oder Bone.«

»Hast du mit deinem Vater gesprochen?«

»Nur ganz kurz; ich habe ihn gebeten, sich zunächst mal aus der Sache rauszuhalten. Ich meine, es wäre ein wenig zu offensichtlich, wenn er sich jetzt schon reinhängt. Beim aktuellen Stand der Dinge.«

»Das war richtig ... Was ist mit dem Cop?«

»Es ist dieser verdammte Davenport«, erklärte McDonald ungeduldig. »Er hat heute mit Bone gesprochen, und man hat mir berichtet, er würde sich nach mir erkundigen.«

»Warum sollte er Erkundigungen über dich einziehen?« fragte Audrey. »Er kann doch nicht annehmen, daß du ...«

»Ich weiß es nicht; aber ich werde es rausfinden. Er könnte zu einem Problem werden.«

»Wieso denn das? Du hast ja schließlich niemanden erschossen.«

Sein Blick schweifte ab. »Das weiß ich ja selbst am besten ...

Aber er könnte trotzdem zum Problem werden.« Er sah sie wieder an. »Mein Gott, ich denke, wenn der Aufsichtsrat eine Überprüfung macht – meinst du denn, sie würden sich für einen Mann entscheiden, gegen den die Cops eine Untersuchung durchführen?«

»Okay, ich habe verstanden …«

»Und die Scheiße ist, daß dieser Sheriff da oben, Krause heißt er, den Fall abgegeben hat, wie ich gehört habe. Er kam keinen Schritt weiter. Wenn ihn nicht dieser Davenport übernommen hätte, würde die Sache im Sand verlaufen.«

»Vielleicht wäre das etwas, bei dem dein Vater sich jetzt gleich einschalten sollte.«

»Komm mit«, sagte Wilson und ging zurück in sein Arbeitszimmer. Es war ein großer Raum mit einem Fenster zum Vorgarten, und die Regale an zweien der Wände waren vollgepfropft mit Nippes, Reiseandenken und kleinen Golf- und Tennis-Trophäen aus Wilsons Zeit an der Preparatory School und dem College. An der dritten Wand hingen Fotos von Wilson und Audrey mit George Bush, Ronald Reagan und, in jugendlichen Zeiten, mit einem müde aussehenden Richard Nixon. Wilson ließ sich in den wuchtigen braunen Ledersessel hinter dem Kirschbaumschreibtisch fallen, Audrey setzte sich auf das kleine Sofa unter Nixons zerknittertem Gesicht.

»Ruf deinen Vater doch an, er soll sich wegen Davenport einschalten«, sagte Audrey. »Und was den Aufsichtsrat angeht – wir sollten uns mit Jimmy und Elaine in Verbindung setzen. Elaine ist eng mit Dafne Bose befreundet, und Jimmy ist schon seit ewigen Zeiten scharf darauf, mit den Rechtsangelegenheiten der Kredit- und Treuhandabteilung betraut zu werden …« Dafne Bose war Mitglied des Aufsichtsrats. »Wenn wir Dafne auf unserer Seite haben, ist das schon die halbe Miete.«

»Weißt du, wen wir noch einschalten könnten?« Er schaute auf seinen Notizblock. »Wir halten Pfandbriefe über zwei Millionen Dollar von Shankland Chev, für die sie auf dem Markt keine halbe Million mehr kriegen können. Wenn wir also die zwei Millionen einfordern, kriegen sie große Schwierigkeiten. Und Dave Shankland ist ...«

»... mit Peg Bose verheiratet.« Peg Bose war Dafnes Tochter. »Wir können das aber nicht gleich ins Spiel bringen, es würde zu sehr nach Erpressung aussehen. Aber wenn wir unter Druck geraten ...«

»Hier ist die Liste, die ich bis jetzt zusammengestellt habe«, sagte Wilson. Er gab Audrey den Notizblock. »Siebzehn Aufsichtsratsmitglieder, wir brauchen also neun Stimmen. Vier habe ich in der Tasche – Eirich, Goff, Brandt und Sanderson. Wenn wir Dafne auf unsere Seite kriegen, schließen sich wahrscheinlich Rondeau und Bunde an, denn sie machen oft das, was Dafne vorschlägt. Also brauchen wir noch zwei ...«

»Was ist mit Young? Du weißt, er will schon lange Mitglied bei Woodland werden.«

»Ein schwerer Brocken, ich weiß nicht, ob ich das hinkriege«, sagte Wilson zweifelnd.

»Wir sollten doch sowieso einen Schwarzen in den Club aufnehmen, wegen dieser Forderung der Regierung, und wer wäre da besser geeignet als Young? Sein Vater war Geistlicher, und er ist doch eigentlich ganz schön weiß. Und er könnte uns ...«

Sie arbeiteten sich durch das Gewirr möglicher Sympathisanten, analysierten Beziehungen, machten sich klar, wer wen kannte, wer wem etwas schuldete, wen man womit kaufen konnte.

Später, als sie Kaffee machte, fuhr sich Audrey unbewußt mit der Hand über das Gesicht und zuckte unter dem stechenden Schmerz zusammen. Das blaue Auge – sie hatte es vergessen, und Wilson hatte es sowieso nicht weiter beachtet. Die Aufregung der Konspiration, diagnostizierte sie: Einige der zärtlichsten Momente in ihrer Ehe hatten sich bei solchen verschwörerischen Gesprächen in seinem Arbeitszimmer ergeben...

Marcus Kent trug den Titel »Stellvertretender Vizepräsident für Körperschaftsangelegenheiten« und arbeitete für Bone in dessen Investmentabteilung. Er saß an einem Ende von Susan O'Dells

Couch. Carla Wyte, die offiziell für Robles im Valuta-Zentrum arbeitete, saß am anderen Ende. Louise Compton kauerte in Jeans und Nike-Sweatshirt ihnen gegenüber im Schneidersitz auf dem Boden.

»... entweder Bone oder ich«, sagte O'Dell gerade. Sie ging im Zimmer auf und ab, als sei sie eine aufstrebende Jungmanagerin, die dem Verwaltungsrat eine Darstellung über den Sachstand präsentiert. »McDonald wird höchstens sechs Stimmen auf sich vereinigen können. Wegen seiner Familie ist er scheinbar erste Wahl, aber zwölf Aufsichtsratsmitglieder werden sich eindeutig gegen ihn aussprechen. Wenn das geklärt ist, werden die Dinge in Fluß geraten. Nach meiner Beurteilung kann ich acht Stimmen erhalten; das gleiche gilt für Bone. Aber für jeden von uns beiden sind nur *einige* Stimmen ganz sicher. Es ist alles ziemlich unsicher ... Ich meine also, wir müßten hier ein paar taktische Schachzüge starten.«

»Was ist mit Robles?« fragte Wyte.

»Keine Chance«, sagte O'Dell. »Es wird nur um Bone oder mich gehen.«

»Bone ist ein guter Mann«, sagte Wyte. »Seine Abteilung macht das große Geld.«

»Das meiste davon durch mich«, meldete sich Kent.

O'Dell sah Kent an: »Aber es ist seine Abteilung, nicht Ihre. Er streicht die Lorbeeren ein.«

Kent zuckte die Schultern, sagte: »Ehe wir in die Einzelheiten gehen, möchte ich gerne wissen ... Was springt für uns dabei heraus? Für Carla und Louise und mich? Was Ihnen als Beute zufällt, ist uns bekannt.«

»Sie kriegen Bones Job. Er wird nicht länger bleiben wollen, wenn ich zur Vorstandsvorsitzenden gewählt wurde. Carla wird Robles' Job übernehmen. Aber ab sofort – und ich meine das wörtlich – wird sie erheblich mehr Geld bekommen.«

»Wieviel?« Wyte hob die Augenbrauen.

»Fünfzig mehr. Fünfzig ist die Zahl, die ich mir vorgestellt habe.«

»Fünfzig ist eine hübsche Zahl«, sagte Wyte.

»Und es wird das Doppelte sein, wenn wir Robles rausgeekelt haben.«

»Und was ist mit mir?« fragte Compton.

»Sie werden meine Chefassistentin. Mein ›Lauscher an der Wand‹. Mein Nachrichtendienst. Es wird Ihnen gutgehen – wenn auch nicht im Hinblick auf den Titel, so doch auf den Einfluß. Sie werden die Nummer zwei in der Bank sein.«

»Und wie managen wir das?« fragte Wyte. »Was unternehmen wir ... Vorausgesetzt, alle machen mit.«

O'Dell schaute die drei nacheinander an. Nach einigen Sekunden sagte Kent: »Ich bin dabei«, und Compton sagte: »Ja.« Wyte nickte.

»Okay ...«, sagte O'Dell. »Ich werde mich sofort an die Ausarbeitung einer Selbstdarstellung für den Aufsichtsrat machen. Sie muß gut sein, und das wird einige Zeit in Anspruch nehmen. Und ich werde damit beginnen, die Mitglieder des Aufsichtsrats zu bearbeiten, denn das ist etwas, was ich persönlich erledigen muß.«

»Bis zu einem gewissen Grad ist das wie eine politische Wahlkampagne, nur mit weniger Wählern«, sagte Compton. Sie war von einem Posten bei der Regierung des Staates Minnesota zur Bank gekommen. »Wir können bei den Medien groß herausstellen, daß Sie die erste Frau wären, die die Leitung einer großen Bank in Minnesota übernimmt, oder überhaupt in den USA, soweit ich weiß. Ist Ihnen bekannt, daß irgendwo in den USA eine Frau Chefin einer Großbank ist?« Sie schaute die anderen an, gab sich selbst die Antwort. »Nein. Okay. Ich werde das überprüfen, mich aber vor allem um die Medien kümmern.«

»Sehr gut«, sagte O'Dell. »Aber wir müssen sofort loslegen. Wann können wir damit rechnen, Berichte in den Nachrichten zu sehen?«

Compton schaute auf ihre Uhr. »Ich nehme mir jetzt gleich die Zeit dazu. Ich muß noch mit ein paar Leuten sprechen, aber morgen früh sollten erste Berichte erscheinen. Wenn Medienvertreter bei Ihnen anrufen, sollten Sie sich bescheiden geben und all so was … Also im Stil: Der Aufsichtsrat muß ja erst noch zustimmen …«

»Ich weiß«, sagte O'Dell. »Geht klar.«

Kent lehnte sich vor, nahm ein Zimtbonbon aus einer Schale auf dem Tisch, schälte das klebrige Zellophanpapier ab und steckte das Bonbon in den Mund. »Da wir gerade von einer negativen Kampagne sprechen …«

»Tun wir das?« fragte Compton mit einem schnellen, zynischen Lächeln. Früher oder später wäre man natürlich auf dieses Thema zu sprechen gekommen.

»Wir tun es jetzt«, sagte Kent. »Wir alle kennen Bones Schwäche.«

»Frauen.«

O'Dell schüttelte den Kopf. »Das bringt nichts. Und die Zeit reicht nicht – selbst wenn wir jemanden finden würden, der bereit wäre, in diesen Geschichten rumzuschnüffeln, es würde Wochen dauern.«

Kent schüttelte den Kopf. »Nein. Nicht, wenn die Cops sich damit beschäftigen und jemand den Medien einen Tip gibt, daß die Cops das tun.«

»Warum sollten die Cops sich damit beschäftigen?« fragte Wyte.

»Wegen der Frau«, antwortete Kent, lehnte sich zurück und lutschte genüßlich an seinem Bonbon.

»Marcus …«, sagte O'Dell.

»James T. Bone vögelt Marcia Kresge. Und das schon seit einiger Zeit.«

O'Dell blieb im wahrsten Sinn des Wortes der Mund offenstehen. »Das soll wohl ein Witz sein …«

Kent schüttelte den Kopf. »Nein. Ich habe sie neulich nachts aus Bones Wohnung kommen sehen – ich fuhr gerade aus der Einfahrt, hatte mit Caspar Allen wegen seiner idiotischen Kredite gesprochen …«

»Caspar hat die Wohnung unter der von Bone«, erklärte O'Dell den anderen.

»… und sie war von jemandem durchgebumst worden, das können Sie mir glauben. Und als sie in den Wagen steigt, wer kommt da hinter ihr her, trägt irgendwas? James T. Bone …«

»Man *muß* das den Cops mitteilen«, sagte Wyte mit einem Anflug von Ernsthaftigkeit. »Ich meine, selbst wenn wir nicht versuchen würden, Susan zu … zu helfen, müßten sie das wissen. Dans Tod bringt ihr Millionen ein und öffnet ihrem Geliebten den Weg zum Topjob bei der Bank.«

»Genau das habe ich mir auch gedacht«, sagte Kent, lehnte sich wieder zurück und lutschte an seinem Zimtbonbon …

Zwei Stunden später begleitete O'Dell die als letzte aufbrechende Compton zum Aufzug und ging dann nachdenklich in ihr Appartement zurück. Kent war eine Ratte; sie mußte das im Gedächtnis behalten, und zwar ab sofort. Die beiden anderen waren anscheinend okay …

Sie stieß auf ihre Gewehrtasche, die sie am Samstag morgen in einer Ecke abgestellt hatte. Die Tasche war leer: der Sheriff des Garfield-County hatte immer noch ihr Gewehr. Sie nahm die Tasche, ging damit zu einem Wandschrank und stellte sie hinein. An der hinteren Wand des Schrankes war ein mit einem Zahlenschloß versehener Waffensafe eingebaut. Einem Impuls folgend, ließ sie die Finger wie eine Klavierspielerin über die Tasten auf der Nummernkonsole gleiten, und die Tür sprang auf. Im Safe lag das Offiziermodell einer Coltpistole. Sie nahm die Waffe heraus, entfernte das Magazin, zog den Verschluß zurück, um sich zu vergewissern, daß das Patronenlager leer war, ließ ihn wieder nach vorn gleiten.

Sie ging langsam durch das Appartement, feuerte in einer Art Trockenübung die Pistole aus verschiedenen Verstecken und Ecken auf imaginäre Ziele ab; irgendwie doof und kindisch, aber es machte großen Spaß. Nach zehn Minuten ging sie mit der Pistole zurück zum Safe, schob das Magazin ein, legte die Waffe hinein und schloß die Tür.

Sie mußte in den nächsten Tagen dringend wieder einmal zum Schießstand gehen; ihre Reaktionsfähigkeit hatte nachgelassen.

Marcia Kresge machte es sich auf James T. Bones Couch bequem. »Wirst du den Job kriegen?«

»Ich weiß es nicht. O'Dell ist eine starke Konkurrentin.«

»Was ist mit McDonald?«

»Den schaffen wir.«

»Gut. Er ist ein Arschloch. O'Dell raucht Dope, wie du sicher weißt.«

»Na und?« fragte Bone. »Das machst du auch.«

»Ich bemühe mich aber nicht, Chefin einer Bank zu werden«, konterte Kresge.

»Ich glaube jedenfalls nicht, daß das ausreicht, sie zu disqualifizieren.«

»Das würde es aber, wenn man sie wegen Rauschgiftbesitzes festnimmt«, sagte Kresge. »Der Aufsichtsrat würde sie dann keinesfalls akzeptieren.«

»Du wünschst ihr so was tatsächlich?« fragte Bone neugierig.

»Ich wünsche, daß du den Job kriegst«, sagte Kresge. »Und ich könnte ihre Festnahme arrangieren.«

»Wie?«

»Wir haben denselben Dealer«, sagte Kresge.

Bone mußte unwillkürlich lachen. »Wie kam es denn dazu?«

Sie zuckte die Schultern, sah offensichtlich nichts Komisches an diesem zufälligen Zusammentreffen. »Weißt du, es treibt uns sanfte Junkies alle zu denselben Orten, und dort spricht sich so manches herum. Dieser Dealer, Mark heißt er, ist Kellner im *The Falls*. Er verdient sich dort das Geld fürs College.«

»Durch den Verkauf von Gras?«

»Gras, Speed, LSD, Koks, Heroin, Ecstasy. Wahrscheinlich auch Designerdrogen. Egal, er verschafft Susan den gewünschten Stoff. Wenn jemand der Polizei einen Tip geben würde, könnten sie Mark vielleicht bei einer Übergabe an Susan erwischen. Verstehst du – Dope-Ring für die oberen Zehntausend. Den Cops würde das gefallen.«

»Und was ist, wenn sie dabei auch auf deinen Namen stoßen?« fragte Bone.

Sie zuckte die Schultern. »Ich würde jedes Milligramm aus dem Weg schaffen und nichts mehr kaufen, bevor ich den Cops den Tip gebe. Was wollen sie dann machen? Wenn sie auf meinen Namen stoßen und ihn publik machen, hänge ich ihnen Schadenersatzklagen an, daß ihnen die Ärsche kochen.«

»Hör zu«, sagte Bone, jetzt sehr ernst, und lehnte sich zu ihr vor: »Vergiß das. Ich schwöre bei Gott, Marcia, wenn den Cops so ein Tip zugeht, peitsche ich dir den Arsch wund.«

»Oooh ... das würde mir sicher Spaß machen«, sagte sie anzüglich.

»Nein«, fauchte er, »das wäre kein Spaß mehr.«

Manchmal habe ich Angst vor ihm, nur ein wenig, dachte sie. Aber doch auch ein wenig mehr, als sie angenehm fand. »Weißt du, du kriegst diesen Job nicht dadurch, daß du einfach nur hübsch aussiehst«, fauchte sie zurück.

»Das weiß ich selbst«, sagte er. »Ich arbeite ja schließlich bereits an der Sache.«

»Ich könnte mit einigen Leuten sprechen.«

»Ich bin dankbar für alles, was du unternimmst. Aber laß es mich vorher wissen.«

»He, wenn ich den üblichen Banker-Ehefraumodus einschlage, könnte ich dir wahrscheinlich zwei oder drei Stimmen im Aufsichtsrat verschaffen. Dieser verdammte Jack O'Grady versucht schon seit fünfzehn Jahren, mir unters Höschen zu kommen. Ich wette, über ihn könnte ich dir zu ein paar Stimmen verhelfen.«

»Ich glaube, Jack ist bereits auf meiner Seite«, sagte Bone. »Aber eine Ermunterung könnte nichts schaden.«

»Auch wenn ich dabei mein Höschen fallen lassen müßte?«

»Was würde das schon für einen Unterschied machen?«

Stille. Dann sagte Kresge mit einem bezaubernden Lächeln: »Eine echt verdammt großartige Sache, so was zu sagen, Bone.«

»Um die Wahrheit zu sagen, ich bin überrascht, daß die Polizei dir noch keine Aufmerksamkeit geschenkt hat. Du bist nicht der verschwiegenste Mensch auf Erden, und du warst noch nicht geschieden, als Dan umgebracht wurde.«

»Wenn ich will, kann ich verschwiegen sein«, konterte sie. »Schau unsere Beziehung an.«

»Okay.«

»Außerdem, ein weiblicher Cop *war* bei mir und hat mich ausgefragt – Sherrill hieß sie. Mit Familiennamen. Sie hatte diese Figur mit großen Titten, auf die du so stehst. Und zum Teufel, ich habe ihr alles erzählt.«

»Aber doch nicht von uns beiden, oder?«

»Sie hat nicht danach gefragt.«

Bone stand auf. »Jedenfalls – ich glaube, McDonald ist in Schwierigkeiten. Wir wissen, daß O'Dell eine bestimmte Anzahl von Stimmen kriegt, und ich kriege meinen Anteil; McDonalds Stimmen stehen zur Disposition und müssen gewonnen werden.«

»Wieso ist McDonald in Schwierigkeiten?«

»Dieser Cop – Lucas Davenport, Stellvertretender ...«

»Ich kenne ihn.«

»Er scheint anzunehmen, daß McDonald was mit dem Mord an deinem Mann zu tun hat. Ich bin ihm ein paarmal geschäftlich begegnet – er ist ein intelligenter Bursche. Er hört sich in McDonalds Bekanntenkreis nach ihm um, und das spricht sich herum. Wenn auch nur der Hauch eines Verdachtes aufkommt, er könnte in den Mord verwickelt sein, wird der Aufsichtsrat ihn wie eine heiße Kartoffel fallenlassen.«

»Es wäre also alles hilfreich, was Davenport ermutigt, McDonald unter die Lupe zu nehmen ...«

»Ja, solange es nicht auf uns zurückfällt.«

»Ich verstehe ...« Die Türglocke schrillte, und Marcia zuckte zusammen.

Bone ging zu der dick getäfelten Haustür und machte sie auf. Kerin Baki stand davor, einen übergroßen Aktenkoffer in der Hand. Während sie ihn ins Appartement schleppte, rutschte ihr die Brille auf der Nase nach unten, und sie stieß sie an ihren Platz zurück, als sei sie ein Rebell, der zur Ordnung gerufen werden mußte. Sie sah Marcia Kresge auf der Couch und sagte: »Hallo, Mrs. Kresge. Haben Sie mit Mr. O'Grady gesprochen?«

»Wir haben gerade darüber geredet«, sagte Kresge fröhlich. »Ihr Boß hat mich ganz schön angeschissen.«

Baki wandte sich Bone zu, sagte: »Mr. Bone, Sie sollten bei dieser Sache auf Mrs. Kresge hören.«

»Mein Gott«, sagte er, »da läuft eine Verschwörung gegen mich ...«

»Wir *arbeiten* für Sie«, sagte Baki. »Ich habe alles zusammengetragen, was ich über die Leistung der Hypothekenabteilung seit McDonalds Übernahme herausfinden konnte. Es gibt da ein paar Dinge, die wir ausschlachten können – nicht unbedingt seine persönlichen Fehler, aber Sie wissen ja, wie die Ergebnisse der Hypothekenabteilung aussahen ...«

»Ich hole mir schnell mal eine Coke«, sagte Bone. »Was möchten Sie trinken, Kerin? Marcia hatte schon einen Drink, eine ...«

»Blody Mary, und ich habe sie ausgetrunken. Ich komme mit und helfe dir ...«

»Nur ein Mineralwasser«, sagte Baki. Sie fing an, Papiere auf dem Couchtisch auszubreiten, während Bone und Kresge in die Küche gingen, um die Drinks zu holen. Als Baki mit dem Ausbreiten der Papiere fertig war, hörte sie Kresge lachen, ein leises, heiseres Lachen, in dem auch ein wenig Sex mitschwang; durch die geöffnete Tür konnte sie die beiden in Bones kleiner Küche sehen, wie sie sich aneinander vorbeibewegten und sich ungezwungen mit den Hüften berührten.

Die Beziehung zwischen den beiden war Baki nun schon eine Weile bekannt, und sie war nicht bereit, sie noch länger zu tolerieren. Sie war so in dieses Gedankenspiel vertieft – das Ende von Bones Beziehung zu Marcia Kresge –, daß sie beinahe die Rückkehr der beiden übersah.

»Kerin?« fragte Bone erstaunt. »Sind Sie weggetreten?«

Er stand vor ihr, hielt ihr ein Glas und eine Flasche Perrier mit Zitronengeschmack hin. »Oh ... Natürlich. Zu sehr mit meinen Gedanken beschäftigt, nehme ich an.« Sie schob das Perrier zur Seite und deutete auf die Papiere. »Jeder dieser Stapel stellt dar, wie das jährliche Ergebnis ...«

Bonnie Bonet färbte ihr Haar schwarz, in der intensiven, klebrigen Schwärze von Schuhcreme. Darüber hinaus kleidete sie sich auch von Kopf bis Fuß in Schwarz, trug blauen Lippenstift und schleppte ein Übergewicht von fünfunddreißig Pfund mit sich herum. Aber sie war *fast* gescheit und konnte Prosa in Perl-5-Schrift niederschreiben. Sie saß Robles gegenüber am Tisch und sagte: »Weil dieser Schweinehund dabei war, das Leben von mehreren tausend Menschen zu zerstören – deshalb!«

»Ich weiß, daß du lügst«, sagte Robles. Er schwitzte.

»Nein, ich lüge nicht.«

»Dann sag mir doch mal, was für ein Gewehr du benutzt hast.«

»Das Dreißig/dreißig von meinem Vater.«

»Quatsch. Du hast noch nie in deinem Leben ein Gewehr abgefeuert.«

Sie grinste ihn höhnisch an. »Du meinst, ich könnte nicht mit einem Gewehr umgehen? Jeder Blödmann in Minnesota kann das, nur ich soll es *nicht* können?«

»Ich werde das den Cops melden«, sagte Robles.

»Mach das ruhig«, sagte sie. »Du hast keinen Beweis.«

»O Gott, Bonnie, ich weiß doch, daß du lügst, aber du drängst mich damit in die Ecke. Deine Phantasie geht mit dir durch, und wenn du das auch noch unter die Leute bringst, zum Beispiel in einem deiner verdammten Romane …« Bonet lachte, schaute aber zur Seite, und Robles fragte entsetzt: »O Gott, wem hast du deine Lügengeschichte erzählt?«

»Er glaubt mir so wenig wie du.«

»Du hast es diesem verdammten Dick erzählt …«

»Nun, du hast doch damit angefangen … mit diesen ganzen Phantasien.«

»Das war doch nur ein Scherz«, empörte sich Robles. »Ich wollte ihn doch nicht im Ernst tot sehen …«

»Jetzt ist er aber tot.«

»Aber ich habe das doch nur scherzhaft gemeint …«

»Jetzt ist es zu spät. Wenn du den Cops was über mich erzählst, erzähle ich ihnen was über dich.«

Robles stürzte aus der Bar, schweißüberströmt, halb betrunken. Sie log natürlich, aber sie würde das niemals zugeben. Sie war verrückt. Mit an Sicherheit grenzender Wahrscheinlichkeit ...

Terrance Robles hatte im vergangenen Jahr knapp eine halbe Million Dollar eingesackt, und er hatte nur einen kleinen Teil davon ausgegeben. Bei seinem Zugang zu wichtigen Informationen konnte er den Gewinn um zwanzig bis dreißig Prozent jährlich steigern – zusätzlich zu seinem Gehalt natürlich. Wenn er es schaffte, noch fünf Jahre aus diesen Quellen zu schöpfen, konnte er den Beruf an den Nagel hängen, sich zur Ruhe setzen, irgendwo einen alten, gebrauchten Cray-Computer kaufen und ein bißchen *ernsthaften* Scheiß betreiben.

Aber er mußte zunächst noch durchhalten.

Er konnte Bonet bei den Cops verpfeifen. Oder er konnte sie, als Alternative, umbringen – nichts sonst würde sie zum Schweigen bringen. Sie genoß diese Situation viel zu sehr ...

Robles kaute auf seinem Daumennagel und wankte die Straße hinunter.

Späte Nacht: Die vermischten Gerüche nach Essig und Benzin, der eine stechend, der andere metallisch; in dieser Kombination der Geruch von Blut. Der Essig floß in das Waschbecken, in den Abfluß, gefolgt von einem anhaltenden Wasserstrom aus dem Hahn, der alles wegspülte.

Ein Glasschneider: So hatte es in der Anleitung gestanden, die allerdings einräumte, er sei wahrscheinlich überflüssig; aber warum sollte man etwas dem Zufall überlassen? Tief eingeschnittene Linien vertikal auf der Flasche, dann weitere horizontal, bis sie mit einem Schachbrettmuster aus zittrigen, sich kreuzenden Linien überzogen war. Dann die Flasche mit Fensterputzmittel einsprühen und mit Papiertüchern sorgfältig und akribisch abwischen. Keine Fingerabdrücke.

Jetzt das Benzin, in der Flasche vermischt mit zwei Viertelliterdosen Kettensägenöl. Ein Streifen von einem alten T-Shirt als Lunte.

Die Flasche war groß und schwer, wog fast sieben Pfund. Aber sie brauchte ja nicht weit geworfen zu werden. Nur weit genug.

7

»Inzwischen bekommen wir einigen Druck«, sagte Rose Marie Roux. Sie trank Kaffee aus einer Knochenporzellantasse; eine dazu passende Untertasse stand auf dem Schreibtisch, wurde jedoch als Ablage für einen grünen Klumpen Kaugummi mißbraucht. »Harrison White rief an und sagte, wenn Sie Wilson McDonald vernehmen wollten oder die Absicht hätten, ihn vor eine Anklagejury zu bringen, sei McDonald jederzeit bereit, eine Aussage zu machen. Ohne jeden rechtlichen Vorbehalt. Er werde *alle* Fragen beantworten und nichts verheimlichen. Unter Eid.«

»Und was ist, wenn wir das gar nicht beabsichtigen?« fragte Lucas. Er saß mit dem Gesicht zum Fenster; Sonnenstrahlen strömten in den Raum. Wieder ein schöner Tag. Kalt.

»Dann hören Sie mit diesen Unterstellungen auf – mit dem Herumschnüffeln und Ausfragen anderer Leute über ihn. White sagt, dieses Herumschnüffeln könne McDonald den Topjob bei der Bank kosten und wenn das einträte, würde er die entsprechenden Schritte unternehmen, daß die Stadt für den Unterschied zwischen McDonalds jetzigem Gehalt und dem Einkommen, das er als Bankpräsident in den nächsten rund zwanzig Jahren zu erwarten habe, aufkommt. Er meint, es ginge dabei um vierzig bis fünfzig Millionen Dollar.«

Lucas grinste. »Würden wir das im voraus bezahlen müssen?«

Roux lächelte zurück. »Das hat er nicht gesagt. Aber er hat mit einigen Leuten aus dem Stadtrat gesprochen, und McDonalds Vater fängt an, seine Beziehungen zu aktivieren ... Aber ich scheiße drauf. Tun Sie mit McDonald, was Sie für richtig halten. Ich meinte nur, Sie sollten wissen, daß Sie eine Lawine losgetreten haben.«

»Danke«, sagte Lucas.

»Und was White sagt, ist natürlich wahr. McDonald ist möglicherweise völlig unschuldig, und wir könnten ihm den Höhepunkt seiner Karriere vermasseln. Es wäre ja möglich, daß irgend jemand – ein Mißgünstiger, ein Konkurrent – uns mit diesem Brief dazu mißbraucht, das zu erreichen.«

»Hören Sie«, sagte Lucas, »lassen Sie mich mit White sprechen. Ich wollte McDonald nervös machen, ihn aus der Reserve locken, aber ich brauche nicht noch härter gegen ihn vorzugehen. Wir könnten da ruhig ein wenig lockerlassen.«

»Wie Sie meinen«, sagte Roux. Sie trank Kaffee, löste den Kaugummiklumpen von der Untertasse und stopfte ihn in den Mund. »Nikotin«, erklärte sie. »Zu teuer, um ihn wegzuwerfen, ehe ich ihn ganz durchgekaut habe.«

»Ich werde also ...« Lucas stand auf.

»Setzen Sie sich wieder hin«, sagte Roux. Sie stöberte die Papiere auf dem Schreibtisch durch. »Wir haben noch über ein paar andere Dinge zu sprechen. Als erstes über diesen Opium-Ring ...«

»O heilige Scheiße«, stöhnte Lucas.

»Capslock hat zur Untersuchung dieses Falles dreißig Überstunden geltend gemacht.«

»Rose Marie ...«

»Er gehört zu Ihrer Abteilung, verdammt noch mal. Und jetzt diese dreißig Überstunden. Er macht sie für eine Zeit geltend, in der er angeblich nach dieser Zickzackscheren-Sache in Krankenurlaub war. Was ich mir nun verzweifelt vorzustellen versuche, ist, wie ...«

»Mein Gott, Rose Marie, kommen Sie ...«

Roux war echt amüsant, und er lachte mit ihr und überzeugte sie letztlich, die dreißig Überstunden abzusegnen. Aber dieses Lachen war wie eine Wasserspinne auf einem Teich – es bewegte nur die Oberfläche seines Geistes. Er war amüsiert, und er lachte, aber er fand nichts von all dem wirklich lustig; das Leben war meistens einfach nur stumpfsinnig. Es geht wieder mal den Berg runter, dachte er. Er ging zurück zu seinem Büro, müde, immer noch ein wenig zermürbt von dem nächtlichen Rumoren in seinem Gehirn.

Sherrill wartete in seinem Büro auf ihn. Sie war eine schlaksige, dunkeläugige Frau mit kurzem schwarzem Haar und – wie Sloan sich ausgedrückt hatte – tollen Stoßdämpfern. Ihr von ihr getrennt lebender Mann – ebenfalls Polizist – war von einem irren Verbrecher getötet worden, den dann wiederum Lucas bei einem auf engstem Raum geführten Feuergefecht erschossen hatte. Draußen tobte zu dieser Zeit ein wilder Schneesturm. Nur wenige Minuten später war es dann geschehen, daß der eiskalte Scharfschütze aus Iowa Dick LaChaises Kopf zerfetzt hatte – und damit auch Lucas' Heiratsperspektiven. Der vergangene Winter war eine verdammt schlechte Zeit gewesen …

»Da bist du ja«, sagte Sherill. »Willst du mitkommen, um eine interessante Spur zu verfolgen?«

»Was für eine Spur?«

»Ein anonymer Anrufer hat sich beim Büro des Garfield-County-Sheriffs gemeldet und gesagt, ein Fernmeldetechniker von US West habe den Mörder gesehen – beziehungsweise, er könnte ihn gesehen haben. Der Techniker arbeitete an einem Verteilerkasten in der Nähe von Kresges Blockhaus. Der Anrufer sagte, der Techniker habe in einer Bar darüber geredet, sich auch überlegt, ob er die Cops anrufen solle, das dann aber sein lassen, weil er nicht in die Sache reingezogen werden wollte. Der Sheriff hat ihn sich jedenfalls vorgeknöpft, und jetzt rate mal …

»Er hat gestanden und sich der Gnade des Gerichts unterworfen.«

»Nein. Er ist hier in der Stadt. Man hat ihn zu einem Materiallager der Telefongesellschaft geschickt, um irgendwelche Ersatzteile abzuholen. Der Sheriff hat ihm gesagt, daß wir ihn wahrscheinlich sprechen wollten, und mich dann verständigt. Er ist der einzige mögliche Augenzeuge, den wir bisher haben. Ich fahre natürlich hin.«

»Wie weit ist es?«

»Zehn Minuten.«

»Okay, laß uns gehen.«

Sherrill hatte einen Dienstwagen auf der Straße vor dem Präsidium abgestellt. Sie nahmen die I-394 nach Westen und verfielen in den üblichen Tratsch, der eine fast peinliche Spannung zwischen ihnen überdeckte. Sherrill war schließlich irgendwie »verfügbar«, und Gerüchten zufolge war sie nicht abgeneigt, die Möglichkeiten, die sich mit Lucas boten, einmal auszuloten. Andererseits hatte es sich aber auch herumgesprochen, daß Lucas den Verlust Weathers noch nicht überwunden hatte, und keine Frau wollte gerne »die erste Frau danach« sein.

Von Lucas hingegen, dem man nachsagte, ein kleiner Frauenheld zu sein, hatte man seit dem Auseinanderbrechen von Sherrills Ehe erwartet, daß er sich an sie ranmachen würde. Er hatte das jedoch nie getan. Über den beiden hing die Erwartung, daß einer von ihnen einen ersten Schritt machen sollte – fast schon als Akt allgemeiner Höflichkeit.

»Hast du in Kresges Büro was Brauchbares erfahren?« fragte Lucas nach einiger Zeit des Schweigens.

»Nein, aber ich kann dir sagen, es gibt einige neuerdings sehr hilfsbereite Sekretärinnen und Assistenten bei der Bank«, antwortete Sherrill fröhlich. »Besonders im Umfeld von Bone und O'Dell und McDonald. Alle sind der Meinung, einer dieser drei würde den Job kriegen.«

»Was ist mit der Fusion?«

»Die ist anscheinend aufgeschoben.«

»Hm. Wenn jemand Kresge erschossen hat, um die Fusion zu torpedieren, hat er also sein Ziel erreicht.«

»Ja, zumindest für eine Weile.«

»Und dieser Mann von der Telefongesellschaft ...«

»Harold Hanks.«

»... hat den Mörder gesehen?«

»Wahrscheinlich. Aber irgendwas ist komisch an der Sache,

wer auch immer die Anruferin im Büro des Sheriffs war, sie sagte, sie habe ihn in einer Bar darüber sprechen hören. Harold Hanks ist aber ein hartgesottener Baptist. Er sagte dem Sheriff, er sei seit fünfzehn Jahren, seit seiner ›Wiedergeburt‹, nicht mehr in einer Bar gewesen. Aber es stimmt, er hat am Tatort jemanden gesehen, wie die Anruferin gesagt hat. Aber er hat die Person, die er da gesehen hat, nicht mit dem Mord in Verbindung gebracht.«

»Es war jedenfalls eine Frau, die angerufen hat?«

»Ja.«

»Hat man rausgefunden, von wo der Anruf geführt wurde?«

»Von einem Münzfernsprecher an der I-35. Ich habe mir den Standort der Telefonzelle notiert, sie liegt irgendwo im Norden.«

»Also kein Hinweis auf die Anruferin.«

»Nein.«

»Aber die Briefe an Roux sind wahrscheinlich von Frauen geschrieben worden – der eine mit Sicherheit, und der mit den Hinweisen auf McDonald riecht auch irgendwie nach Frau ...«

»Ja, das stimmt«, bestätigte Sherrill. »Es läuft also eine Frau da draußen irgendwo rum, die eine Menge mehr weiß als wir, und sie übermittelt uns bestimmte Hinweise.«

»Was mich auf einen Gedanken bringt ...« Er schaute aus dem Fenster.

»Welchen?«

»McDonalds Frau«, meinte Lucas.

»Hm ...«

»Er verprügelt sie hin und wieder«, sagte Lucas.

»Und?« Das alte Lied.

»Jedenfalls etwas, dem wir nachgehen müssen.«

Sie verfielen für fünf Minuten wieder in dieses lastende Schweigen, dann platzte Sherrill heraus: »Hast du Weather mal wieder getroffen?«

»Nein. Der Psychiater meint, wir sollten einige Zeit getrennt voneinander hinter uns bringen.« Jeder in der Abteilung wußte, daß sie einen Psychiater konsultierten.

»Um schließlich wieder zusammenzukommen?« fragte Sherrill.

»Vielleicht«, antwortete Lucas mürrisch. Drei junge Leute in glänzenden Jacken waren mit Vermessungsarbeiten direkt neben der Straße beschäftigt. Alle drei trugen die Mützen mit dem Schirm nach hinten.

»Weißt du«, ließ Sherrill nicht locker, »du hast dich in dieser Sache ziemlich festgefahren. Du läufst mit dieser dunklen Wolke über deinem Kopf rum und sehnst dich schrecklich nach ihr. Warum unternimmst du nichts, um sie für dich zurückzugewinnen?«

»Ich fürchte, die Sache ist komplizierter, als du das siehst«, antwortete Lucas mit Kälte in der Stimme.

»Ach, das ist doch Quatsch, Lucas. Wenn du sie liebst, hol sie dir zurück. Warte nicht darauf, daß sie den ersten Schritt macht – denk dir selbst was aus. Mach sie mürbe. Wenn du sie triffst und sie dabei zunächst mal noch ein wenig abweisend ist, mußt du ihr eben öfter auf die Pelle rücken. Jag den Seelenklempner zum Teufel. Es ist doch so: Das Leben geht weiter, und wenn ihr wieder beisammen seid und das Leben seinen Gang nimmt, wird die ... Verstimmung zwischen euch verfliegen. Sie wird auf die Dauer doch langweilig und ermüdend. Und wenn sie dich wirklich liebt, und wenn du sie liebst ...«

»Können wir das jetzt abbrechen? Du gehst mir gewaltig auf den Keks.«

»Mein Gott, was für ein Wrack dieser Mann doch ist!« sagte Sherrill wütend.

Lucas war genauso wütend: »Okay, von mir aus bin ich ein Wrack ... Nur noch eines: Wie soll ich sie zurückgewinnen, wenn sie es strikt ablehnt, mich zu sehen? Wie soll ich das anstellen? Mit irgendwelchen Tricks? Soll ich jemanden überreden, eine Verabredung mit ihr zu treffen, und dann tauche ich wie zufällig auf? Soll ich mich in ihrem Wandschrank verstecken und rausspringen, wenn sie gerade eine Bluse bügelt?«

Sherrill verdrehte die Augen und lenkte den Wagen beinahe in den Gegenverkehr; Lucas zuckte zusammen, und sie riß gerade noch rechtzeitig das Steuer herum. »Lucas, ich bin's, Marcy Sherrill, mit der du da redest. Ich war dabei, als du John Mail reingelegt hast, erinnerst du dich? Ich habe dir geholfen, mit einigen Tricks die LaChaise-Frau aufzuspüren. Ich habe mitgehört, wie du damals eine Verkehrssperrung angeordnet hast, von der du gewußt hast, daß sie niemals durchgeführt würde, und wenn wir die Gangster umgelegt hätten, wären unsere Ärsche von der Presse zerfetzt worden. Ich war überall dabei, zum Donnerwetter! Ich habe mitgekriegt, wie du dir diese Tricks ausgedacht hast. Erzähl mir also nicht, du könntest dir keinen kleinen Trick ausdenken, in Weathers Nähe zu kommen. Als es dazu kam, John Mail den Rest zu geben, warst du jedenfalls nicht so mürrisch wie ...«

»Jetzt halt endlich deine verdammte Klappe!« sagte Lucas.

»Leck mich am Arsch!«

»Da ist das US-West-Gebäude!« Lucas zeigte nach rechts.

»Vielleicht willst du sie gar nicht ernsthaft zurückgewinnen«, sagte Sherrill. Sie verpaßte die Abfahrt.

»Jetzt hast du die verdammte Abfahrt verpaßt!« fauchte Lucas.

»Ich werde die verdammte Abfahrt noch nehmen«, knurrte Sherrill, trat voll auf die Bremse, schaute kurz nach links, schlitterte über den Mittelstreifen in die Gegenrichtung.

»Um Himmels willen!« stöhnte Lucas erschreckt, hielt die Luft an, als der Auspuff über den Bordstein schrammte.

»Du willst, daß ich diese verdammte Abfahrt nehme, also nehme ich sie«, fauchte Sherrill, raste nach links über die beiden Fahrbahnen, mißachtete eine rote Ampel und bog in die Zufahrt zum US-West-Gebäude ein. Auf einem Besucherparkplatz brachte sie den Wagen mit quietschenden Bremsen zum Stehen.

»Zufrieden?« fragte sie.

»Ja«, stöhnte Lucas. »Sehr.«

Sherrill sprang aus dem Wagen und stürmte auf den Eingang des Materiallagers zu. Lucas stolperte hinter ihr her, wich aus, als sie die Tür so wütend aufriß, daß sie ihm beinahe ins Gesicht knallte, holte sie schließlich am Eingangsschalter ein, wo sie einem Wachmann ihren Ausweis unter die Nase hielt und sagte: »Wir möchten Harold Hanks sprechen.«

»Ah, ja«, sagte der Wachmann. »Er wartet oben im zweiten in der Kantine auf Sie.«

»Zweiter Stock?«

»Ja. Nehmen Sie den Aufzug da drüben.«

Sie stürmte zum Aufzug. »Du kommst mir wie Miss Fröhliche Geselligkeit vor«, sagte Lucas zu ihrem Rücken.

Sie war plötzlich ganz ruhig. »Lucas, ich führe ein aktives, geselliges Leben.« Eine eklatante Lüge, und beide wußten es. Der Aufzug machte »ding«, und sie traten in die Kabine.

»Vielleicht gewinnen Weather und ich unsere Fassung ja nur nicht so schnell wieder wie du«, sagte Lucas, als die Aufzugtüren zuglitten.

»Es ist eine beschissene Sache, so was zu sagen!« schrie Sherrill, jetzt ernsthaft wütend. »Das nimmst du zurück!«

»Ich nehme es zurück«, sagte Lucas demütig.

»Ich hatte mich schon längst von Mike getrennt, als er erschossen wurde!« schrie sie weiter.

Er mußte sie jetzt schleunigst beruhigen. »Ich weiß, ich weiß ...«

»O Gott, was bist du doch für ein verdammter Blödmann!«

Die Aufzugtüren öffneten sich, und ein kleiner, rundlicher Mann in einem braunen Anzug starrte den beiden wie eine Eule entgegen; er hatte anscheinend Sherrills Schreien gehört. »Gibt's irgendein Problem?«

»Ja, ihn da«, sagte Sherrill und deutete mit dem Daumen auf Lucas, der verlegen unter der Aufzugtür stehenblieb.

»Gleich kommen ein paar Polizisten her«, sagte der Mann eifrig.

»Wir sind die Polizisten«, sagte Sherrill. »Wir suchen einen Mann namens Harold Hanks.«

»Sitzt in der Kantine – da rüber, links um die Ecke.«

Sie folgten der Wegbeschreibung, und Lucas sagte: »Das war echt niedlich.«

»Halt die Klappe!« knurrte sie.

Harold Hanks war ein schlaksiger, knochiger Mann und trug einen Schutzhelm, ein kariertes Hemd, Jeans und Stiefel, und auch wenn er es sich auf einer Couch bequem gemacht hatte, wirkte er so, als ob er sich behaglicher fühlen würde, wenn er irgendwo einen Graben ausschaufeln könnte. Er trank einen Traubensaft aus der Dose und blätterte in einem Exemplar der Zeitschrift *Waffen & Munition*.

»Irgendwas Interessantes drin?« fragte Sherrill und neigte den Kopf, um auf das Deckblatt schauen zu können.

»Ein bißchen was. Aber meistens ist's Pistolenscheiß ... Sie sind Miss Sherrill?«

»Ja. Und das ist Chief Davenport. Sheriff Krause sagt, Sie hätten jemand bei Kresges Blockhaus gesehen.«

»Ja, das stimmt, aber ich habe keinem was darüber in irgend'ner Bar erzählt.«

»Haben Sie überhaupt jemandem was davon erzählt?« fragte Lucas.

»Nein, keinem«, sagte Hanks. »Gab keinen Grund dafür. Einfach nur jemand, der während der Hirschsaison durch den Wald läuft. Hab ihn auch nur für eine Minute gesehen. Und, verstehen Sie, ich war drüben auf der Südseite von Kresges Grundstück, weit weg von der Zufahrt. Ich hatte nicht gedacht, daß ich so weit weg von der Zufahrt 'nen Menschen sehen würde ... Wäre nie auf den Gedanken gekommen.«

»Und wie sah er aus? Der Typ, den Sie da gesehen haben?«

»So, wie man's an diesem Tag im Jahr und zu dieser Tageszeit erwarten kann: grell-orangefarbene Mütze und Jacke. Trug ein Gewehr.«

»Konnten Sie sein Gesicht sehen?« fragte Sherrill.

»Nein. Er trug einen Schal.«

»Einen Schal?«

»Ja. Der hat den ganzen unteren Teil von seinem Gesicht verdeckt. Die Kapuze hat den oberen Teil verdeckt, die ganze Stirn bis runter zu den Augen, und der Schal von unten bis zu den Augen.«

»War das nicht ein bißchen unheimlich?« fragte Sherrill.

»Nein. Es ist verdammt kalt da draußen, wenn man auf 'nem Ansitz im Baum hockt.«

»Großer Kerl?« fragte Lucas.

Hanks dachte einen Augenblick nach, schüttelte dann den Kopf. »Hm, schwer zu sagen. Ich habe ihn nur von der Hüfte aufwärts gesehen, als er durch den Wald ging. Aber nicht richtig groß. Eher Durchschnittsgröße. Vielleicht sogar kleiner als der Durchschnitt.«

Lucas sah Sherrill an: »Kennst du McDonald?«

Sie schüttelte den Kopf. »Nein, noch nicht.«

»Einsneunzig, einsfünfundneunzig.«

»So groß war der nicht«, sagte Hanks und schüttelte wieder den Kopf. »Mit 'nem dicken Overall und der schweren orangefarbenen Jacke würde ein Typ von der Größe wie'n Riese aussehen.«

»Haben Sie einen Schuß gehört, bevor Sie ihn sahen?«

»Zum Teufel, es gab eine wilde Ballerei da draußen. Ich trug ebenfalls eine orangefarbene Jacke in meinem Graben, und ich war zum Schluß froh, lebend da wieder rausgekommen zu sein. Aber ich habe in der Nähe und in der Richtung, wo der Mord passiert ist, einen Schuß gehört. Ungefähr fünf bis zehn Minuten vor dem Augenblick, als ich diese Gestalt sah.«

»Das könnte zusammenpassen«, sagte Lucas zu Sherrill.

Sherrill nickte und wandte sich wieder Hanks zu: »Aber das war alles – eine Gestalt in einer orangefarbenen Jacke. Nichts Auffälliges?«

Hanks zuckte die Schultern. »Nein, tut mir leid. Ich habe dem Sheriff schon gesagt, daß ich wohl nicht viel weiterhelfen kann.«

»Haben Sie irgendwelche Wagen kommen oder wegfahren sehen oder gehört?«

»Es standen mehrere Trucks und ein oder zwei Personenwagen da. Ich weiß es nicht genau. Ich habe nicht darauf geachtet.«

»Was haben Sie überhaupt da draußen gemacht?« fragte Lucas. »Um halb sieben an einem Samstagmorgen?«

»Also, es gibt da eine Gegend namens Pilot Lake, und die Häuser sind meistens voll von Stadtleuten. Sie haben mindestens fünfzig Telefone am See entlang, und irgendein Idiot hat damals den Verteilerkasten für diese Gegend direkt über eine Quelle gesetzt. Ungefähr jeden Monat einmal bricht das Telefonnetz zusammen, und die Leute machen jedesmal ein Mordsspektakel, bis jemand kommt und die Sache repariert. Für uns hat die Reparatur des Verteilers immer Vorrang.«

»Wann brach das Telefonnetz zusammen?«

»So gegen zweiundzwanzig Uhr am Freitag abend.«

»Einschließlich Kresges Hütte?«

»Nein. Er ist am nächsten Verteilerkasten unten an der Straße angeschlossen. Wie ich schon gesagt habe, ich war südlich davon ...«

»Okay.« Lucas dachte einen Moment nach, fragte dann: »Wie hat dieser Schal ausgesehen? Schwarz? Rot?«

»Rot«, antwortete Hanks. Er kratzte sich am Kinn, überlegte. »Oder rosa.«

»Was sonst noch? Wie war er gebunden? Über der Kleidung oder drunter?«

»Drunter – als ob er sein Gesicht verdeckt und dann die Kapuze drübergezogen hätt'.«

»Okay ...«

Sie fragten ihn noch weitere fünf Minuten aus, gingen alles noch einmal durch, aber es ergab sich nichts Neues mehr, bis sie aufstanden und Lucas noch fragte: »Wohin könnte der Typ gegangen sein? Mal angenommen, er hatte einen Wagen?«

»Ich weiß es nicht ...« Hanks Blick irrte zur Decke. »Wahrscheinlich ... na ja, er könnte auf dem Weg zurück zum Kresge-Blockhaus gewesen sein. Er ging in etwa in diese Richtung, auf einem kleinen Umweg.«

»Könnte er irgendein anderes Ziel gehabt haben?»
»Kann ich mir nicht vorstellen.«
»Vielleicht diese Pilot-Lake-Gegend?«
»Nein. Ich stand ja, von ihm aus gesehen, in dieser Richtung, und er ging …« Er machte eine Geste wie das Auszeit-Signal beim Football. »Er ging in die andere Richtung, zur Zufahrtsstraße.«
»Geradewegs?« fragte Sherrill. »Zur Kresge-Hütte wäre es aber ein kleiner Umweg?«
»Ja. So ungefähr.«
»Haben Sie gehört, daß der Motor eines Wagens angelassen wurde?«
»Nein. Aber ich war ja auch ein gutes Stück vom Blockhaus weg, und ich hatte meinen Schutzhelm mit den Ohrenwärmern auf dem Kopf … Ich könnte es also überhört haben.«
»Rosa Schal?« fragte Lucas noch einmal.
»Rosa Schal«, bestätigte Hanks.

»Was ist so interessant an dem rosa Schal?« fragte Sherrill, nachdem sie Hanks entlassen hatten. Sie saßen allein in der Kantine, aßen Schokoriegel aus dem Automaten.
»Susan O'Dell trägt eine Kufija als Schal. Sie ist blaßrot und weiß – sie trug sie, als ich sie am Samstag gesehen habe.«
»Was ist eine Kufija?«
»So ein um den Kopf geschlungener Schal, wie ihn die Araber tragen«, erklärte Lucas. »Wie ihn dieser – Wie-heißt-er-noch? –, dieser Palästinenser-Typ immer trägt.«
»Ach so, ja, der. Aber der Schal ist doch schwarz-weiß.«
»Es gibt aber auch rot-weiße. Und er würde aus der Ferne rosa aussehen – oder rosa-weiß.«
»Er hat rosa gesagt.«
»O'Dell erklärt, sie wäre nicht vor halb acht von ihrem Hochsitz im Baum gestiegen, als sie ihren Hirsch geschossen hatte«, sagte Lucas. »Dann hat sie das Tier ausgeweidet und zu dem Pfad ganz in der Nähe ihres Ansitzes geschleppt, wo sie sich hingesetzt

und bis neun gewartet hat – die verabredete Zeit für eine Pause. Sie ging sonst nirgendwo hin.«

»Ich halte die Sache mit dem Wagen für interessant. Wenn kein Wagen weggefahren ist, muß es fast sicher einer dieser vier Leute gewesen sein. Wer es auch war, er muß das Gelände um Kresges Hütte gut gekannt haben, und es gibt praktisch kaum die Möglichkeit, aus großer Entfernung bis zum Tatort zu marschieren.«

»Richtig, aber Hanks ist bei dieser Sache sehr unsicher«, sagte Lucas. »O'Dell wäre von ihrem Ansitz *weggegangen*, wenn sie in die Richtung marschierte, die Hanks angesprochen hat. Sie war definitiv bei ihrem Baum, als Bone sie um neun dort abgeholt hat.«

»Vielleicht sollten wir Miss O'Dell mal ein wenig unter Druck setzen«, sagte Sherrill. »Mal sehen, wie sie sich verhält.«

»Noch nicht«, sagte Lucas. »Ich will zurück nach Norden, zu Kresges Blockhaus, und mir alles noch mal genauer anschauen. Und wir müssen mehr über diese Sache mit der Bankenfusion rausfinden – über die drei realistischen Kandidaten für den Posten des Bankchefs; gegen zwei von ihnen liegen Beschuldigungen vor – McDonald und O'Dell. Die Anschuldigungen gingen anonym ein und stammen wahrscheinlich von Frauen. Zumindest die gegen McDonald scheint von einer Frau zu sein … Die Frage ist jetzt, ob die Anschuldigungen berechtigt sind, oder verfolgen sie nur den Zweck, McDonald und O'Dell in eine polizeiliche Untersuchung zu verwickeln, die sie als Bewerber für den Posten des Bankchefs praktisch ausschließt?«

»Du meinst also, sie könnten von Bone stammen? Oder von jemandem aus seinem Umfeld, beruflich oder privat?«

»Ehrlich gesagt, der Gedanke gefällt mir nicht«, sagte Lucas. »Ich mag diesen Burschen irgendwie. Aber sie sind alle intelligent und ehrgeizig. Und es geht ja um einen hohen Einsatz. Bone könnte vielleicht doch zu so einer Methode gegriffen haben.«

»Dann laß uns ihn doch unter Druck setzen.«

»Wir warten besser noch damit, irgendeinen von ihnen unter

Druck zu setzen. Nur einen Tag oder zwei ... Zuerst will ich noch mal hoch in den Norden.«

»Willst du, daß ich mitkomme?«

Lucas sah sie an, während er das letzte Stück seines Schokoriegels zerkaute und schluckte. »Wenn du willst ... Und wenn du nicht wieder mein verdammtes Leben zerpflückst, während ich im Wagen gefangen bin und dir nicht entkommen kann.«

Sie errötete. »Es geht mir ja nur um das, was ich am Anfang sagte, ehe wir auf Nebengleise gerieten: Wenn du sie zurückhaben willst, mußt du deinen Arsch in Bewegung setzen und was unternehmen. Wenn du das nicht machst, wirst du ... werdet ihr euch immer weiter auseinanderleben, und du wirst nie mit Sicherheit wissen, ob es wirklich vorbei ist. Wenn du aber einen ersten Schritt machst, wirst du bald wissen, ob es noch Hoffnung gibt.«

»Ich werde darüber nachdenken«, sagte er.

»Wann fahren wir also nach Norden?«

»Morgen«, sagte Lucas und schaute auf die Uhr. »Wir sollten uns noch Unterlagen über die Leute besorgen, die McDonald angeblich ermordet hat. Laß uns das gleich noch machen.«

Sie waren noch sechs Blocks vom Polizeipräsidium entfernt, als Sherrills Handy piepste. Sie zerrte es mit einer Hand aus der Jackentasche, hielt es ans Ohr, sagte: »Ja?«, reichte es dann an Lucas weiter. »Sloan.«

»Was gibt's?« fragte Lucas.

»Ich habe den Kresge-Fall gelöst«, sagte Sloan lakonisch. »Ich hatte gerade ein bißchen Leerlauf in der Ericson-Sache, und da dachte ich, ich könnte die Zeit nutzen, den Kresge-Fall zu lösen.«

»Sehr gut«, sagte Lucas. »Du nimmst mir eine Last von der Seele.«

Sloans Tonfall wurde ernst. »Terrance Robles kam gerade zu mir reinmarschiert und sagte, er wisse wahrscheinlich, wer der Mörder sei.«

Lucas war verunsichert, wollte aber nicht falsch reagieren. »Das soll doch wohl ein Witz sein, oder?«

»Nein, kein Witz. Er sitzt an meinem Schreibtisch. Wo bist du?«

»Ungefähr zwanzig Minuten entfernt.«

»Dann also bis in zwanzig Minuten.«

8

Robles saß vor Sloans Schreibtisch, als Lucas und Sherrill ins Großraumbüro der Mordkommission kamen. Er sprach gerade mit Sloan, und Lucas beobachtete ihn erst einmal aus einiger Entfernung. Robles rutschte auf dem Stuhl hin und her, flocht die Finger ineinander, löste sie wieder, kratzte sich im Nacken, legte unter dem Stuhl immer wieder die Füße übereinander. Echter Streß, dachte Lucas. Er trat, gefolgt von Sherrill, hinter ihn, und als Sloan aufschaute, drehte Robles sich um und sprang auf.

»D-D-Detective Davenport«, stotterte er. »Ich h-h-habe mit Detective Sloan gesprochen, und er meint, Sie sollten informiert werden.«

Lucas und Sherrill zogen sich Stühle von freien Schreibtischen in der Nähe heran und setzten sich.

»Also ... Wie ich höre, wissen Sie, wer es getan hat?« fragte Lucas.

»Nein, so ist das nicht. Ich kenne jemand, der *behauptet*, er hätte es getan, aber ich glaube nicht, daß sie es wirklich war. Aber ich dachte, wenn ich Ihnen das nicht sage ... Ich weiß nicht, was ich eigentlich gedacht habe.«

»Und?« Lucas hob zur Betonung seiner Frage die Hände.

Er habe eine Freundin, erklärte Robles, die wie er selbst ein Computerfreak sei, und er habe sie in einem Internet-Chat-Room kennengelernt, später dann auch persönlich, als sich herausstellte, daß sie in Minneapolis wohnte. Als über die Medien bekannt wurde, daß Polaris eine Fusion mit Midland plante und eine große Zahl von Verwaltungs- und Büroangestellten der Bank in Minneapolis ihren Job verlieren könnte, habe sie ihn angerufen und gefragt, wie man diese Fusion stoppen könne.

»Ihre Mutter arbeitet als Bürokraft bei Polaris, genau der Job, der wahrscheinlich wegfallen würde«, beendete Robles seinen Bericht.

»Und Sie haben ihr gesagt, die Fusion könne nicht aufgehalten werden.«

»Nicht mit diesen Worten. Ich habe ihr gesagt, daß niemand außer Kresge und einer knappen Mehrheit der Aufsichtsratsmitglieder die Fusion wirklich will und daß der einzige Grund, weshalb diese Leute sie anstreben, der Aktienbonus ist ...«

»Das müssen Sie mir erklären«, unterbrach Sherrill. »Was ist das, ein Aktienbonus?«

»Okay ... Sehen Sie, Midland hat angeboten, alle Polaris-Aktien eins zu eins gegen ihre eigenen Aktien aufzurechnen. Als sie dieses Angebot machten, standen die Midland-Aktien bei einem Kurs von über sechzig – sechzig und mehr Dollar pro Aktie, unsere, die Polaris-Aktien, bei knapp über fünfunddreißig. Nach dem Angebot fiel der Kurs der Midland-Aktien, ging runter bis auf derzeit dreiundfünfzig. Unsere Aktien aber stiegen, gingen hoch bis auf derzeit sechsundvierzig, und je näher wir der Fusion kommen und je sicherer ihr Vollzug wird, um so mehr werden unsere Aktien steigen. Wenn die Fusion schließlich vollzogen wird und keine unerwarteten Dinge passieren, wird die Polaris-Aktie rund fünfzig Dollar wert sein. Polaris benötigt neun Aufsichtsratsmitglieder für das Okay zu dem Deal. Wenn man sich nun anschaut, wie viele Aufsichtsratsmitglieder wie viele Polaris-Aktien besitzen, stellt man fest, daß der an zehnter Stelle rangierende Aktienbesitzer ...« Robles unterbrach sich, sah Sherrill an, die Schwierigkeiten zu haben schien, seinen Ausführungen folgen zu können. »Was ich sagen will, ist folgendes: Von den neun Aufsichtsratsmitgliedern, die der Fusion zustimmen müssen, ist das Mitglied mit dem kleinsten Aktienpaket Shelly Oakes. Er besitzt neunzigtausend Aktien plus eine Option auf fünfzigtausend weitere zum ursprünglichen Preis von knapp über fünfunddreißig Dollar pro Aktie. Wenn die Fusion durchgeht und er die Aktien für rund fünfzig Dollar das Stück verkauft, verdient er rund zwei Millionen Dollar gegenüber dem Wert, den die Aktien vor den Fusionsgesprächen hatten.«

»Aha«, sagte Sherrill, als ob sie alles verstanden hätte.

»Dave Brandt, der größte Aktienbesitzer, hält ein Paket von über vierhunderttausend Polaris-Aktien plus Gott weiß wie viele Kaufoptionen zum ursprünglichen Preis, die er vor der Fusion noch realisieren kann. Er erzielt einen Gewinn in zweistelliger Millionenhöhe. Im wahrsten Sinn des Wortes.«

»Der Aufsichtsrat und Kresge machen also Millionengewinne, während alle anderen ihren Job verlieren«, stellte Lucas fest.

»Na ja, ganz so schlimm ist es nicht. Einige Leute behalten ihren Job. Man spricht davon, daß die Investmentabteilung komplett von Midland übernommen wird. Es gibt natürlich andere Topmanager, die Stunk machen könnten, aber die meisten haben Aktienoptionen.«

»Haben Sie auch Aktienoptionen?« fragte Lucas.

»Ja, ja. Ich habe Optionen auf fünftausend Aktien zu verschiedenen Kursen, im Durchschnitt zu rund fünfunddreißig pro Aktie, und wenn der Kurs tatsächlich auf fünfzig steigt, mache ich einen Gewinn von fünfundsiebzigtausend. Aber ich will Ihnen mal was sagen – das ist ein Sechswochengehalt für mich. Und der Fiskus streicht sowieso das meiste davon ein. Ich meine, daß ist gar nichts …«

»Gar nichts«, murmelte Sherrill.

»Ja, gar nichts.«

»Mein Gott, ich verdiene vierzigtausend im Jahr«, empörte sich Sherrill, »und für dieses Geld habe ich es hinnehmen müssen, daß man schon mehrmals auf mich geschossen hat.«

»Für solche großen Tiere ist vierzigtausend tatsächlich kein Gehalt«, sagte Sloan. »Eher ein Preisschild an irgendwas, das man sich nächste Woche kaufen will.«

»Okay, okay«, sagte Lucas. »Also, diese Frau …«

»Bonnie Bonet.«

»… hat Ihnen gesagt, sie habe Kresge erschossen, und ein Motiv scheint sie ja auch zu haben.«

»Ja.«

»Warum hat sie Ihnen das erzählt?«

»O Gott ... Weil ich sie gefragt habe.« Er rang nervös die Hände, und Lucas bemerkte, daß er stark schwitzte. »Sehen Sie, die Sache ist die – auf ihre Frage im Internet, ob man die Fusion denn nicht stoppen könne, habe ich ihr geantwortet: ›Nur, wenn man Kresge umbringt.‹ Ich meinte das natürlich nicht so, es sollte ein Scherz sein. Aber sie hat sofort geantwortet: ›Dann laß uns das machen.‹«

»Und Sie haben daraufhin gesagt ...«

»Ich habe gesagt, wir könnten vielleicht eine Möglichkeit ausknobeln, ihn samt seinem Wagen in die Luft zu jagen.«

»Aha, seinen Wagen in die Luft jagen«, wiederholte Sloan, als sei er erstaunt.

»Ich habe doch nur Spaß gemacht. Wirklich – ich habe noch keinem Menschen je körperlich was angetan oder so was. Es war alles nur ein beschissener Scherz. Es ging hin und her zwischen uns, wie wir ihn am besten umlegen könnten, alles lächerliches Zeug, Science-fiction-Quatsch, und dann ... dann hörten wir auf damit.«

»Sie hörten einfach auf?« Sherrill hob die Augenbrauen.

»Ja, und das Thema kam nie mehr zur Sprache«, sagte Robles. »Wir hatten zwei Abende unseren Spaß, dann war das Thema ausgereizt, und wir haben es nie wieder aufgegriffen.«

»Bis ihn dann jemand tatsächlich getötet hat«, sagte Lucas.

»Warum haben Sie mir das am Samstag nicht erzählt?« fragte Sloan.

»Weil ich nicht geglaubt habe, daß sie es getan haben könnte. Und wenn sie es doch getan hatte, würde es mich nur in Schwierigkeiten bringen, darüber zu reden. Also wollte ich mich erst noch mal mit ihr in Verbindung setzen. Ich kam zurück, konnte sie aber im Internet nicht erreichen, und ich weiß nicht, wo sie wohnt. Sie steht in keinem Adreß- oder Telefonbuch, und ich hatte sie bisher immer nur bei *Uncle Tom* getroffen. Das ist eine Bar ...«

»Wir kennen sie«, sagte Sherrill. »Die Bar mit den Computerpornos.«

»Computerpornos? Sie meinen diese Story auf Kanal 3 im Fernsehen? Die ist doch echte Scheiße ...«

»Ja, ja, ja«, stöhnte Lucas. »Machen wir weiter.«

»Jedenfalls, als ich sie endlich gestern erreicht habe, habe ich sie gefragt, ob sie davon gehört hätte, und sie sagte ja, sie hätte es getan.«

»Aber Sie glauben ihr nicht.«

»Nein. Sie hat bestimmt noch nie ein Gewehr abgefeuert. Verdammt, sie setzt nicht mal einen Fuß aus ihrer Wohnung. Sie ist blaß wie ein Leintuch ... Sie wäre körperlich nicht in der Lage, im Wald rumzulaufen. Ihr Vater hat irgendeine Darmkrankheit oder so was, er hat nie gearbeitet, und sie sind während ihrer Kindheit und Jugend nie aus dem Haus gegangen ... Sie sagt, sie hätte ihn mit dem Dreißig/dreißiger ihres Vaters erschossen, aber ich wette, sie weiß nicht mal, wie ein Dreißig/dreißiger aussieht oder daß ihr Vater überhaupt einen hat.«

»Könnte allerdings die Tatwaffe sein«, sagte Lucas. »Der Leichenbeschauer sagt, Kresge sei mit einem großkalibrigen Gewehr erschossen worden, was ja Kaliber dreißig bedeuten könnte.«

»Wegen der Sache mit dem Gewehr habe ich mich ja schließlich entschlossen, zu Ihnen zu kommen und alles zu erzählen«, sagte Robles wehleidig. »Ich bin mir zu fünfundneunzig Prozent sicher, daß sie es *nicht* getan hat – aber zu fünf Prozent bin ich mir eben nicht sicher.«

»Und Sie wissen nicht, wo sie wohnt?« fragte Sloan.

»Nein, aber sie benutzt ihren Führerschein, um sich auszuweisen, und ich dachte, Sie könnten sie damit festnageln.«

»Bonnie Bonet?«

»B-O-N-E-T«, buchstabierte Robles. »Wird das in die Presse kommen?«

Sherrill sah Lucas an. »Soll ich sie holen?«

»Ja, tu das. Nimm ein paar Uniformierte als Unterstützung mit. Ruf mich an, wenn du sie aufgegriffen hast.«

Als Sherrill gegangen war, wandte sich Lucas wieder Robles zu, sah ihn einige Sekunden an, sagte dann: »Wir brauchen ein Protokoll Ihrer Aussage. Detective Sloan wird es aufnehmen.« Und zu Sloan: »Lies ihm seine Rechte vor.«

»Meine Rechte?« Robles starrte Lucas entsetzt an. »Brauche ich etwa einen Rechtsanwalt?«

Lucas zuckte die Schultern. »Das liegt ganz bei Ihnen ... Jedenfalls, erzählen Sie Sloan alles noch mal.« Und zu Sloan: »Ich bin unten in meinem Büro. Ich muß mir ein paar Papiere ansehen.«

Zwei Akten lagen auf seinem Schreibtisch: Unterlagen über die Personen, die in dem anonymen Brief als Mordopfer Wilson McDonalds bezeichnet wurden.

Lucas zog die Jacke aus, hängte sie an den antiken Kleiderständer und setzte sich dann auf den Stuhl hinter seinem Schreibtisch. Er nahm den ersten Aktenhefter in die Hand, legte die Füße auf den Schreibtisch und lehnte sich zurück. Doch dann ließ er die Akte für einige Sekunden in den Schoß sinken. Er horchte nicht besonders intensiv in sich hinein, aber er stellte plötzlich fest, daß das permanente mentale Nagen in seinem Hinterkopf – dieses Nagen, das ihn seit Wochen quälte, das Symptom der ihn bedrohenden Bestie – schwächer, ja kaum mehr spürbar war.

Gutes Thema für ein Buch, dachte er. *Serienmorde: Ein Heilmittel bei Klinischen Depressionen?* Von Lucas Davenport.

George Arris wurde in einer regnerischen Nacht im September 1984 ermordet, als er die Grand Avenue in St. Paul hinunterging, offensichtlich auf dem Weg zu einer Bar, die keinen besonders guten Ruf hatte. Ein Unbekannter hatte ihm einen Schuß aus einer halbautomatischen 380-Pistole in den Hinterkopf gejagt und ihn sterbend auf dem Gehweg zurückgelassen.

Die Mordkommission von St. Paul hatte Himmel und Hölle in Bewegung gesetzt, den Mörder zu finden, da Arris das letzte Opfer einer Reihe von vier Morden im Abstand von etwa je zwei Wochen war.

Alle Opfer waren jüngere weiße Männer, alle recht wohlhabend, alle allein nachts unterwegs. Die Tatorte der Morde lagen sämtlich in einem Bereich von zwanzig Blocks. Man vermutete einen rassistischen Hintergrund, und die Mitglieder schwarzer Straßengangs wurden vorrangig als Verdächtige betrachtet.

Vier verschiedene Handfeuerwaffen waren bei den Morden eingesetzt worden. Zwei davon hatte man gefunden.

Die erste, ein Smith-&-Wesson-Revolver Kaliber 22, der beim zweiten Mord verwendet worden war, wurde von städtischen Arbeitern gefunden, die einen verstopften Abwasserkanal reinigten. Der Fund war Anlaß, eine allgemeine Untersuchung der Abwasserkanäle vorzunehmen, und die zweite Waffe, eine halbautomatische 25er Pistole, wurde drei Blocks vom Fundort des 22er Revolvers entfernt entdeckt. Die beiden anderen Waffen blieben verschwunden.

Der für den Fall verantwortliche Detective war George Jellman gewesen.

Jellman war inzwischen im Ruhestand, und Lucas mußte zwei Telefonate führen, um ihn ausfindig zu machen.

»Er ist draußen«, schrie seine Frau. »Ich hole ihn, einen Moment bitte.« Sie mußte schreien, dachte Lucas schmunzelnd, denn sie lebten in Florida, und das war ja schließlich arg weit weg von Minnesota.

Jellman meldete sich gleich darauf: »Davenport, du verdammtes Stück Scheiße! Ich hätte nie gedacht, noch mal was von dir zu hören.«

»Wie geht's dir, Jelly?«

»Nun, ich arbeite ein bißchen im Garten«, antwortete er. »Dort stehen zwei Palmen, zwei Orangenbäume und ein Limonenbaum – Denise macht tollen Limonenkuchen aus den Früchten. Wir haben im Moment knapp unter siebenundzwanzig Grad, und ich kann das Meer riechen. In ungefähr einer Stunde schlage ich ein paar Golfbälle über den grünsten Golfplatz, den du dir vorstellen kannst ... Wie sieht's bei euch da oben aus?«

»Kühl, aber schön.«

»Ja, richtig. In Minnesota bedeutet schön zu dieser Jahreszeit, daß der Schnee noch nicht höher als dein Stiefelschaft liegt ... Also, was ist los?«

»Erinnerst du dich an eine Mordserie, die du 1984 bearbeitet hast – vier Männer wurden in den Hinterkopf geschossen?«

»O ja, verdammt noch mal«, antwortete Jellman. »Habe die Täter nicht erwischt.«

»Ich bin an dem letzten Mord interessiert – dem an George Arris.«

»Warum gerade an dem?«

»Wir haben einen anonymen Brief bekommen, in dem der Name des vermutlichen Mörders genannt wird.«

»Ich wette, es wird *kein* Zuhälter als Täter genannt«, sagte Jellman.

»Wie kommst du zu dieser Aussage?«

»Verliere ich die Wette? Ist es doch ein Pufflouis?«

»Nein. Der als Täter benannte Mann ist Vizepräsident einer Bank.«

»Aha, wußte ich's doch! Glaub dem Briefschreiber, Lucas, wenn er ein Quasselkopf wäre, hätte er einen Pufflouis benannt, denn so ging das damals durch die gesamten Medien. Es waren tatsächlich Typen vom Kiez, die die ersten drei Männer umgelegt haben, aber dieser vierte Mord – das war ein Trittbrettfahrer.«

»Bist du sicher?«

»Ziemlich. So hatte es sich im Straßenmilieu rumgesprochen, obwohl uns niemand einen Namen nennen konnte. Aber es wurde gemunkelt, der vierte Mord sei völlig unerwartet passiert; die Zuhältergang, die die ersten drei Morde begangen hätte, hätte sich schon längst nach Chicago abgesetzt gehabt, als der vierte Mord passiert ist.«

»Es gab also ziemlich viel Gerede auf den Straßen um diesen vierten Mord?«

»Ja, aber da war auch noch was anderes – die ersten drei Morde geschahen im Schwarzenviertel. Das letzte Opfer wurde aber auf der Grand Avenue erschossen. Sie liegt zwar ziemlich nahe am Schwarzenviertel, wie ein Blick auf den Stadtplan beweist, aber auf dieser Avenue sieht man nicht viele Schwarze. Zu der Zeit damals liefen überhaupt nicht viele Schwarze auf den Straßen rum – nach den ersten drei Morden waren die Leute vorsichtig geworden. Und in der Nähe des Tatorts war damals ein Wylie's Market – ein Supermarkt mit Tankstelle, erinnerst du dich?«

»Natürlich.«

»Sie hatten eine Überwachungskamera an der Rückseite des Verkaufsraums, die auf den Kassierer und die Eingangstür gerichtet war und die Gesichter der reinkommenden Kunden einfing. Wie auch immer, auf den Videofilmen ist durch die Fenster auch die Straßenszene vor dem Verkaufsraum zu erkennen, und wir konnten Arris vorbeigehen sehen, eine Minute oder so bevor er erschossen wurde. Aber es waren keine Schwarzen zu sehen, weder vor ihm noch hinter ihm.«

»Hm. Ob das Videoband noch irgendwo verfügbar ist?«

»Ja, ich denke schon. Der Fall ist ja noch nicht abgeschlossen ...«

»Habt ihr damals auch die Leute im Umfeld von Arris unter die Lupe genommen? Freunde, Mitarbeiter?«

»O ja, natürlich. Hörten uns in der Bank um, bei der er gearbeitet hat, aber ohne nennenswertes Ergebnis. Er hatte Verabredungen mit einigen Frauen gehabt, aber in den letzten Jahren keine feste Beziehung. Er machte fast nur eines – arbeiten, das sagten übereinstimmend alle. War nicht an Mädchen, Glücksspiel oder Alkohol interessiert. Nur an seiner Arbeit.«

»Hm. Und er war tot, als man ihn fand?«

»Ja. Hat wahrscheinlich überhaupt nicht mitgekriegt, was passiert ist. Hat es nicht kommen sehen. Einschußwunde direkt unter der Schädelwölbung im Genick, Austrittwunde der Kugel genau zwischen den Augen.«

»Austrittwunde? Wieso habt ihr dann gewußt, daß es eine 380er Pistole war – habt ihr die Hülse gefunden?«

»Ja, sie lag im Gras neben dem Bordstein. Sie zeigte einen teilweisen Fingerabdruck, aber wirklich nur teilweise – nicht genug, um nach einer Übereinstimmung suchen zu können.«

»Geschoßfragmente?«

»Ja, ein kleiner Splitter. Hohlladungsgeschoß irgendeiner Art, aber kein Hinweis, um die Pistole zu identifizieren.«

»Also insgesamt nicht viel.«

»Nein. Hör zu, wenn du willst, rufe ich Doug Skelly drüben in St. Paul an, er soll dir dieses Videoband besorgen.«

»Danke, Jelly. Ich wollte, du wärst noch im Job.«

»Ich auch, Mann. Ich hasse dieses Scheiß-Florida.«

Die Unterlagen über Andrew Ingall bestanden nur aus einem Blatt Papier: Sein Boot war an einem klaren, schönen Tag mit gutem Wind zum Segeln auf dem Lake Superior als vermißt gemeldet worden. Die Küstenwache, der Zivile Flugüberwachungsdienst und die örtlichen Sheriff-Büros im angrenzenden Minnesota und Wisconsin hatten eine Suchaktion durchgeführt. Man hatte nichts gefunden – nicht einmal eine Schwimmweste.

In dem Bericht waren eine Adresse und eine Telefonnummer in der Stadt North Oaks angegeben. Lucas wählte die Nummer, erreichte jedoch nur einen Anrufbeantworter mit einer weiblichen Stimme. Er legte auf, wählte die Vermittlung, bat darum, für ihn die Telefonnummern der beiden Nachbarhäuser zu der angegebenen Adresse ausfindig zu machen, und wählte dann die erste ihm genannte Nummer.

»Hallo?« Wieder eine weibliche Stimme.

»Ja, hallo, ich bin Lucas Davenport von der Stadtpolizei Minneapolis. Ich versuche, Annette Ingall zu erreichen, aber bei ihr zu Hause meldet sich nur der Anrufbeantworter.«

»O Gott, es ist doch hoffentlich nichts mit Toby passiert?«

»Nein, nein, ich möchte nur mit ihr über ihren verstorbenen Mann sprechen. Wissen Sie, ob sie irgendwo arbeitet? Wo könnte ich sie anrufen?«

»Nun, sie hat eine Brautmoden-Boutique im Zentrum von Minneapolis ...«

Der Brautmodenladen lag nur zehn schnelle Gehminuten vom Präsidium entfernt, inmitten einer Ansammlung ähnlicher Geschäfte in der Marquette Avenue. Annette Ingall war eine große Frau mit kastanienbraunem Haar und blaßblauen Augen; irgendwie mütterlich, dachte Lucas, obwohl sie wahrscheinlich fünf Jahre jünger war als er. Als er den Laden betrat, lächelte sie ihn aus dem Hintergrund des Verkaufsraums mit einiger Verzögerung an, und als er sich an eine Angestellte wandte und nach Mrs. Ingall fragte, meldete sie sich: »Das bin ich. Was kann ich für Sie tun?«

Er trat auf sie zu und senkte die Stimme: »Ich muß für einen Moment mit Ihnen allein sprechen. Ich bin von der Stadtpolizei – es hat aber nichts mit Ihrem Sohn zu tun, es geht um eine ganz andere Sache.«

Das Lächeln auf ihrem Gesicht erstarrte, und sie fuhr sich mit der Hand an die Kehle. »Wieso erwähnen Sie meinen Sohn?«

»Weil ich eine Nachbarin von Ihnen anrief, um rauszufinden, wo ich Sie erreichen kann, und sie sagte: ›O Gott, es ist doch hoffentlich nichts mit Toby passiert?‹«

»Ach so, okay.« Das Lächeln flackerte wieder auf. »Kommen Sie, wir gehen in mein Büro.«

Ingall führte Lucas durch eine Tür an der Rückwand des Ladens in eine kleine Büronische, an die sich ein Lagerraum anschloß. Sie setzte sich hinter den Schreibtisch und schlug die Beine übereinander, Lucas nahm auf dem einzigen Stuhl davor Platz.

»Ich untersuche den Tod von Daniel Kresge«, begann er.

»Aha. Ich habe darüber gelesen.«

Lucas hörte den kühlen Unterton. »Sie mochten ihn nicht?«

»Nein, nicht besonders. Er machte einen plumpen Annäherungsversuch bei mir, als er und seine Frau noch zusammen waren. Es war nach dem Tod meines Mannes, und ich war sehr empört.«

Lucas nickte. »Ich bin vor allem hergekommen, um mehr über Ihren Mann zu erfahren. Ich habe einen Auszug aus den Akten des Sheriffs des Douglas County über sein Verschwinden, aber er gibt nicht viel her.«

»Es gab ja auch nicht viel festzustellen.« Ihre Unterlippe fing an zu zittern; sie drehte einen Ring an ihrem Finger, und Lucas sah, daß es ein Ehering war. »Er stieg in sein Boot und verschwand.«

»Aber es gibt keinen Zweifel, daß das Boot sank?« fragte Lucas.

»Wieso fragen Sie das? Haben Sie etwa neuerdings etwas anderes herausgefunden?«

»Nein, nein. Es ist nur ... der Ton in Ihrer Stimme.«

»Nun ja ...« Wieder die zitternde Lippe. »Es war fast unmöglich für mich, das alles zu verkraften, denn es wurde ja nichts gefunden. Keine Leiche, gar nichts. Nachdem er verschwunden war, überprüften alle möglichen Inspektoren seine Arbeit bei der Bank, und sie kamen auch zu mir und quetschten mich aus, ob er sich nicht einfach mit einem Haufen Geld aus dem Staub gemacht hätte ... Sehen Sie, jedesmal, wenn ich zu Hause einen Anruf bekomme, erwarte ich beinahe, seine Stimme zu hören.«

»Aber Sie sind überzeugt, daß das Boot tatsächlich gesunken ist, oder?«

»Ja.« Sie nickte entschieden. »Ich glaube sogar, daß ich weiß, wie es passiert ist. Sind Sie Segler, Mr. Davenport?«

»Ich war's mal. Aber kein guter.« Weather war eine fast fanatische Seglerin, von ihrem Vater dazu angeleitet, und sie und Lucas waren an nahezu jedem geeigneten Wochenende zum Segeln auf dem See gewesen und für lange zwei Wochen sogar einmal in der Karibik.

»Wenn ein Boot sinkt, bleiben fast immer Trümmer zurück«, sagte Ingall. »Sie wissen ja, wieviel Zeug Segler an Bord haben – unter anderem Fachbücher und Logbücher und Betriebsanleitungen und alle möglichen anderen Papiere. Andy hatte noch mehr davon an Bord als die meisten anderen Segler. Geschäftspapiere und Belege und so weiter. Und darüber hinaus bestand das Boot ja aus sehr viel Holz. Wenn es also in die Luft geflogen wäre, wie manche Leute dachten, hätte man auf jeden Fall *irgend etwas* finden müssen. Aber man hat *nichts* gefunden. Wissen Sie, was ich annehme?«

»Was?«

»Nun ... Es war ein kühler Tag, und Andy hatte den Autopiloten eingeschaltet und war unter Deck gegangen. Und während er da unten war, brach der Kiel ab ...«

»Der Kiel brach ab?«

»Ja. Im Kiel unseres Bootes steckte ein Stabilisierungsgewicht aus ungefähr viertausend Pfund Blei, das mit vier großen Stahlbolzen arretiert war. Diese Bolzen konnte man nur sehen, wenn man einige Planken des Vordecks abnahm – Planken vom vorderen Boden des Bootes.«

»Ja.« Er wußte, was das Vordeck war.

»Jedenfalls, ich glaube, daß sich die Verschraubung der Bolzen durch Vibrationen gelöst hat, und dann brach der Kiel bei irgendeiner plötzlichen Belastung einfach ab«, erklärte sie. »Wenn das passiert ist, ist das Boot blitzartig gekentert, Wasser ist über die Kajüttreppe ins Innere gestürzt, und das ganze Ding ist innerhalb von einer Minute gesunken. Solche Fälle sind vorgekommen. Es ist selten passiert, aber es erklärt alles. Es war dann keine Zeit mehr für irgendwelche Reaktionen, und das eindringende Wasser ließ kein Entkommen aus dem Inneren zu. Es gab dann nur noch ein ... ein Blubbern und Versinken.«

»Aber so was ist sehr selten ...«

»Ja, aber es kommt vor.«

»Okay, es kommt vor.«

»Wir hatten in Superior einen Liegeplatz für das Boot, und dort gibt es einen alten Mann, der praktisch auf seinem Boot lebt. Nicht offiziell, denn das ist nicht erlaubt, aber er ist Tag und Nacht dort anwesend. Als ich während der Suchaktion da oben war, erzählte er mir, Andy habe anscheinend am Abend vor seinem Verschwinden jemanden am Boot arbeiten lassen. Der alte Mann hat dem nicht viel Aufmerksamkeit geschenkt, aber er sagte, er habe gesehen, daß der Arbeiter die Vordeckplanken abgenommen und ins Cockpit gesteckt hatte, um sie für seine Arbeit aus dem Weg zu räumen. Er nahm an, der Mann mache irgendwelche Installateurarbeiten, es könne aber auch sein, daß er an den Bolzen des Stabilisierungsgewichts gearbeitet habe. Vielleicht war irgendwas nicht in Ordnung mit ihnen. Oder aber er hat die Verschraubung der Bolzen gelockert ...«

»Hm. War Ihr Mann an diesem Tag dort, als diese Arbeit durchgeführt wurde?«

»Nein, an diesem Tag nicht.«

»Hat er oft Leute zur Arbeit am Boot angeheuert, wenn er nicht dabei war?«

»Manchmal, ja. Mit Fachleuten für Bootsreparaturen ist es dasselbe wie mit Installateuren oder Elektrikern. Sie nennen dir einen Termin für eine Reparatur, aber dann passiert irgendwas, und alles verzögert sich, oder sie können früher kommen, als sie ursprünglich gedacht haben. Wir gaben den Arbeitern oft einfach den Schlüssel und stellten ihnen frei, wann sie die Arbeiten durchführten.«

»Wußten Sie von der Arbeit am Boot an diesem Tag?«

»Nein. Aber manchmal hat Andy mir das nicht gesagt. Das Boot war mehr sein Baby als meines.«

»Hat jemand mal mit dem Mann gesprochen, der diese Arbeit ausgeführt hat?«

»Nein. Wir haben uns umgehört, fanden aber nicht raus, wer es gewesen sein könnte. Der Mann, der meistens diese Arbeiten für uns machte, wußte von nichts. Und außer dem alten Mann hat niemand diesen ominösen Arbeiter gesehen. Er arbeitete abends, in der Dunkelheit, und er war nicht sehr lange dort – was mich vermuten läßt, daß es keine Installateurarbeiten waren, die wahrscheinlich doch länger gedauert hätten. Wenn jemand die Vordeckplanken abnimmt und nicht lange zu arbeiten hat, kann er sich meiner Meinung nach nur an den Bolzen zu schaffen gemacht haben.«

»Hören Sie«, sagte Lucas, »ich möchte Sie nicht aufregen, aber ... könnte es sich um Selbstmord handeln?«

»Nein.« Sie gab diese Antwort mit großer Entschiedenheit.

»Okay«, sagte Lucas.

»Andy war ein glücklicher Mensch«, fuhr sie fort. »Er war beruflich sehr erfolgreich, stand kurz vor einer Beförderung, und wir machten Pläne zur Erweiterung unseres Gartens hinter dem Haus, sprachen von einem zweiten Kind ... Ich sollte Toby am nächsten Tag zu den Inseln bringen, und wir wollten gemeinsam Segeln gehen, und Toby war voller Vorfreude ... Nein. Er hat nicht Selbstmord begangen, und er hat sich auch nicht mit irgendwelchem Geld irgendwohin abgesetzt. Er war ein ganz prima Kerl, mit sich und der Welt im reinen, und seine Familie ist nett, und meine Familie mochte ihn, und in der Bank mochten ihn alle ...«

»Diese Beförderung«, sagte Lucas. »Wer hat den Posten bekommen? Nachdem er ... tot war?«

»Nun ... Wilson McDonald.«

»Aber Ihr Mann hätte den Posten bekommen, wenn er nicht ums Leben gekommen wäre? Ganz sicher?«

»*Er* meinte es jedenfalls. Er sagte, er hätte Wilson ausgestochen. Ich meine, man weiß so was natürlich nie ganz sicher, bis man es schriftlich hat, und Wilson hat ja diese einflußreichen Leute in seiner Familie ... Warum fragen Sie?«

»Wir versuchen nur, alle Möglichkeiten ins Auge zu fassen«, antwortete Lucas vage.

Aber sie war zu intelligent für solche Ausflüchte. Sie fuhr sich mit der Hand an die Kehle, lehnte sich vor, fragte: »O Gott, wollen Sie etwa sagen, Wilson McDonald habe Andy ermordet, um diesen Posten zu kriegen, und jetzt habe er Dan Kresge erschossen? Er hat ja Dans Posten gekriegt, oder?«

»Nur vorübergehend. Auf längere Sicht scheinen sich da gewisse Zweifel zu ergeben ...«

Sie war jetzt sehr aufgeregt, deutete mit dem Zeigefinger auf ihn. »Ist Ihnen die Sache mit dem Mord an George Arris bekannt?«

»Ja ...«

»Wilson wurde damals anstelle des ermordeten George befördert!«

»Ich habe das noch nicht bestätigt gefunden. Nicht eindeutig.«

»Glauben Sie mir, George hätte den Job bekommen, nicht Wilson. Mein Gott, und ich bin nie auf diesen Gedanken gekommen!« Sie schlug sich mit der Handfläche gegen die Stirn. »Wieso ist mir das nie in den Sinn gekommen? Es ist doch so offensichtlich!«

»Wahrscheinlich ist ja gar nichts dran an der Sache«, sagte Lucas.

»Oh, Sch...eibenkleister, Mr. Davenport. Drei tote Männer, und Wilson wird jedesmal an ihrer Stelle befördert? O mein Gott, er hat Andy ermordet!«

»Nein, nein! Es gibt keinerlei Beweise für das alles.«

»Warum haben Sie es dann zur Sprache gebracht?«

»Weil ich alle Möglichkeiten eruieren muß ...«

»Wilson McDonald«, murmelte sie verwundert vor sich hin. »Wer hätte das gedacht.«

»Bitte, Mrs. Ingall ...«

Halbherzig versuchte er noch, ihr die plötzlich aufgetauchte Überzeugung auszureden, Wilson McDonald habe ihren Mann ermordet. Dann verabschiedete er sich.

Er war bereits auf dem Gehweg vor dem Laden, als sie hinter ihm herrief: »Mr. Davenport!«

»Ja?« Er drehte sich um, und sie kam zu ihm.

»Wenn es Mord war – nehmen wir doch mal an, es war so, und jemand hat die Bolzen des Kiels gelockert, okay? Er konnte sie nicht gleich vollständig lösen, denn dann hätte nur noch ein wenig Klebstoff und Versiegelungsmasse den Kiel am Boot festgehalten. Der Kiel wäre dann mit einem großen Plumps ins Hafenwasser gestürzt.«

»Ja?«

»Er durfte die Bolzen also nur lockern – in der Erwartung, daß sie sich irgendwann einmal endgültig lösen würden. Aber er konnte nicht wissen, *wann* das passieren würde. Toby und ich segelten normalerweise mit Andy, und wer es auch war, er … er wollte nicht nur Andy töten. Wenn Andy es bis zu den Inseln geschafft hätte, wären wir am nächsten Tag an Bord gewesen, und das Boot wäre auch für Toby und mich zur Todesfalle geworden. Der Mörder, wer es auch sein mag – er war bereit, uns alle drei umzubringen.«

Lucas hatte Sherrill zum letztenmal gesehen, als sie sich auf den Weg gemacht hatte, Robles Freundin Bonnie Bonet herzuholen. Als Lucas zur Polizeizentrale zurückkam, traf er in der Eingangshalle Sherrill und einen Polizisten in Uniform, die eine Frau in Handschellen in die Mitte genommen hatten. »Bonet?« fragte Lucas.

»Ja«, antwortete Sherrill.

»Wer, zum Teufel, sind Sie?« schnarrte Bonet.

»Haltet sie irgendwo in der Mordkommission fest«, sagte Lucas. »Ich komme gleich hoch.«

»Sie will einen Anwalt sprechen«, sagte Sherrill.

»Haben Sie das Geld dafür?« fragte Lucas.

Bonet schüttelte trotzig den Kopf. »Nein. Sie müssen mir einen Pflichtverteidiger stellen.«

Lucas nickte. »Ruf beim Büro für Pflichtverteidiger an«, sagte er zu Sherrill. »Ich komme sofort zu euch.«

Er deponierte seine Jacke und die Ingall-Akte in seinem Büro und führte ein kurzes Telefonat: »Ich brauche alle Unterlagen, die wir über Wilson McDonald haben. *Alle* …«

Als er ins Großraumbüro der Mordkommission kam, saß Bonet vor Sherrills Schreibtisch, der uniformierte Cop an einem anderen, leeren Schreibtisch zwischen ihr und dem Ausgang. Man hatte Bonet die Handschellen abgenommen, und Sherrill kritzelte irgendwelche Notizen auf einen Block.

Als Lucas zu ihnen trat, schaute Bonet ihn an und sagte: »Ich verlange einen Rechtsanwalt. Ohne Anwalt werde ich keine Fragen beantworten.«

»Ich habe angerufen«, sagte Sherrill. »Es kommt jemand her.«

»Ich werde Ihnen keine Fragen stellen, Miss Bonet«, sagte Lucas. »Ich werde Ihnen aber eine kleine Rede halten. Mr. Robles hat zu Protokoll gegeben, Sie hätten ihm gestanden, Wilson McDonald erschossen zu haben, und Sie hätten das getan, weil Sie annahmen, McDonald plane eine Fusion mit einer anderen Bank, bei der Ihre Mutter ihren Job verlieren würde. Aber er sagt gleichzeitig, er glaube nicht daran, daß Sie ihn tatsächlich erschossen hätten, er gehe eher davon aus, daß Sie eine Show abziehen würden, weil Sie Aufmerksamkeit erregen wollen und um so was mal zu erleben. Um uns zu verarschen. Wissen Sie, was als erstes passieren wird, wenn es sich rumspricht, daß Sie von uns festgenommen worden sind? Die Bank wird Ihre Mutter sofort feuern.«

Bonets sowieso schon blasses Gesicht wurde noch um eine Schattierung bleicher. »Das dürfen sie nicht. Das ist Diskriminierung ...«

Lucas schüttelte sanft den Kopf. »Nein. Bei der Bank gibt es keine Gewerkschaft. Man kann Ihre Mutter jederzeit und aus allen möglichen Gründen feuern, falls sie nicht illegal sind – zum Beispiel wegen ihrer Rasse oder ihrer Religion oder ähnlichen Dingen. Wenn Sie, die Tochter, bezichtigt werden, wegen Ihrer Mutter den Bankpräsidenten ermordet zu haben – meinen Sie nicht, daß das Grund genug für eine fristlose Kündigung wäre? Ich will Ihnen was sagen: Ihre Mutter wird in rund einer halben Stunde arbeitslos vor der Bank stehen – sobald der Kriminalreporter der *Star-Tribune* die Festnahmeberichte der Polizei liest. Und der Mann schaut sich diese Berichte alle paar Stunden an.«

Bonet sah Sherrill an, die bestätigend nickte, dann wieder Lucas. »Aber ich habe ihn nicht erschossen!« platzte es aus ihr heraus.

Sherrill ließ ihren Kugelschreiber auf den Notizblock fallen und stöhnte: »Oh, Scheiße!«

Lucas sagte: »Noch mal, ich stelle Ihnen keinerlei Fragen, möchte aber folgendes feststellen: Wenn Sie beweisen können, daß Sie die Tat nicht begangen haben, wäre jetzt der richtige Zeitpunkt, uns das zu sagen.«

»Freitag nacht war ich bis fast vier Uhr morgens im Haus eines Freundes«, sagte Bonet. »Wir machten Online-Spiele im Internet.«

»Wie viele Leute?« fragte Lucas.

»Vier … Außer mir noch drei.«

»Sie hätte trotzdem noch Zeit gehabt, zum Tatort zu fahren«, sagte Lucas zu Sherrill.

»Aber nur ganz knapp«, meinte Sherrill.

»Trotzdem, sie hätte es schaffen können«, sagte Lucas.

»Ich habe niemanden erschossen«, wimmerte Bonet. »Ich weiß nicht mal, wo das Arschloch diese Blockhütte hat.«

»Sie waren nie da oben?«

»Nein, nie. Warum hätte ich da hinfahren sollen?«

»Gingen Sie direkt nach Hause, als Sie sich von Ihren Freunden getrennt hatten? Haben Sie danach noch jemanden getroffen, der Sie kennt?«

»Nein … Na ja, ich habe mir bei einer Tankstelle noch ein paar Pepsi gekauft, aber die Leute dort kennen mich nicht. Vielleicht erinnern sie sich aber an mich.«

»Bei welcher Tankstelle?«

»Bei einer Amoco an der 494, in der Nähe der Kreuzung mit der France.«

»Haben Sie bar oder mit Kreditkarte bezahlt?«

»Amoco-Kreditkarte!« Ihr Gesicht hellte sich auf. »Ich habe meine Quittung zwar weggeschmissen, aber Zeit und Ort sind ja bei der verdammten Amoco gespeichert, und es taucht auf meinem monatlichen Auszug auf. Sie brauchen nur bei Amoco anzurufen, die werden das bestätigen.«

Lucas nickte und sagte: »Warum, zum Teufel, haben Sie Robles erzählt, Sie hätten McDonald erschossen?«

»Nur, um ihm ein wenig auf den Zahn zu fühlen«, erklärte Bonet. »Er rief mich über die Mailbox an und tat so, als ob er total verängstigt und kurz vor dem Ausflippen wäre – und als nächstes höre ich dann von ihm, daß er mich bei Ihnen angeschwärzt hat …«

»Er tat so, als ob er ausflippen würde?«

»Ja. Hat es vorgetäuscht. Dabei ist er ein kalter Fisch … Ich will Ihnen was sagen, es würde mich nicht überraschen, wenn er es getan hätte. Und es könnte sein, daß er mir ganz bewußt mit dem Gerede darüber, wie man McDonald umbringen könnte, die Sache irgendwie anhängen wollte. Ich meine, er hat mit diesem Gerede angefangen, nicht ich. Und dann hat er mich Ihnen zum Fraß vorgeworfen.«

»Warum glauben Sie, er könnte es getan haben?« fragte Sherrill.

»Wegen der Art, in der er mit Waffen rumspielt«, antwortete sie. »Ich meine, wenn man lange genug so tut, als ob man Menschen erschießen würde, will man's schließlich auch mal ausprobieren. Meinen Sie nicht auch?«

Lucas und Sherrill sahen sich an; sie hatten beide Menschen bei Schießereien getötet. »Ich weiß nicht«, sagte Lucas schließlich. »Kann sein.«

»Was meinen Sie mit ›er spielt mit Waffen rum‹?« fragte Sherrill.

»Er fährt dauernd irgendwohin zum Schießen, mit Gewehren und Pistolen, und manchmal fährt er nach Wyoming und schießt Präriehunde. Er nennt sie Prärieratten. Und er macht bei diesen Spielchen mit Farbgeschossen mit. Wissen Sie, diese Spielchen, bei denen die Leute in Kampfuniformen in den Wäldern rumlaufen und mit diesen mit Farbe geladenen Patronen aufeinander schießen.«

»Robles?« fragte Lucas ungläubig.

»Ja. Man würde das nie von ihm glauben, nicht wahr?«

»Haben Sie mit ihm zusammen mal bei so einem Spielchen mitgemacht?«

»Nein – er weiß nicht mal, daß ich davon weiß. Aber ich kenne einen Freund von ihm, und der hat Robles und mich mal zusammen gesehen und mir dann davon erzählt. Ich hielt das für irgendwie unheimlich.«

»Hm.« Lucas rieb sich am Kinn, sah dann Sherrill an. »Was hältst du davon?«

»Ich denke, ich sollte erst mal diese Sache mit Amoco überprüfen«, sagte sie. »Und dann vielleicht mal mit ein paar Leuten über Robles reden.«

Lucas deutete mit dem Finger auf Bonet. »Wenn sich Ihre Aussagen bestätigen, werden wir das alles vergessen. Aber Sie halten den Mund zu allem, was passiert ist, auch zu dem, was Sie uns erzählt haben. Sie reden weder mir Robles darüber noch mit sonst jemandem. Und denken Sie immer daran, was dabei auf dem Spiel steht. Ich rede von Ihrer Mutter.«

»Okay«, sagte sie feierlich. Tränen glitzerten in ihren Augen.

»Okay«, sagte Lucas. Und dann zu Sherrill: »Ruf Amoco an.«

Auf dem Weg zurück zu seinem Büro traf Lucas eine ihm bekannte Pflichtverteidigerin, die in Richtung Mordkommission unterwegs war. Sie schleppte zwei prall mit Unterlagen gefüllte Aktentaschen mit sich, die ihr im Takt der Schritte gegen die Oberschenkel schlugen. Ihr Haar stand von dem runden Kopf ab, als habe sie gerade eine Sitzung auf dem elektrischen Stuhl hinter sich. Ihr Gesicht war gezeichnet von Schlafmangel.

»Sind Sie auf dem Weg zu Marcy Sherrill?« fragte Lucas.

Sie blieb stehen, sagte: »Ja. Aber wenn ihr die Festgenommene noch in der Mangel habt, kann ich gerne warten und vielleicht endlich mal ein Nickerchen machen.«

»Wir sind fertig mit ihr«, sagte Lucas. »Wir haben die Wahrheit aus ihr rausgeprügelt, und sie ist unschuldig. Wir lassen sie in ein paar Minuten laufen.«

»Wirklich?« Die Anwältin war sichtlich erleichtert, gähnte dann, sagte: »O Gott, ich bin schon mit Männern ins Bett gegangen, die mir weniger angenehme Dinge gesagt haben.«

»Ähm, ja … dann schlafen Sie gut.«

»Selbst Wanzenbisse können mich nicht davon abhalten«, sagte sie und gähnte wieder, schleppte dann ihre Aktentaschen weiter den Flur hinunter, in Richtung Mordkommission. Wollte sich anscheinend bei Sherrill vergewissern, daß sie wirklich mal eine Pause einlegen konnte.

Lucas saß, die Füße auf dem Schreibtisch, in seinem Büro und ließ sich die Verdachtsmomente gegen Bonet und Robles noch einmal durch den Kopf gehen. Schließlich griff er zum Telefon und rief Sherrill an. »Fertig?«

»Ja. Die Überprüfung bei Amoco hat ihre Aussage bestätigt. Sie muß noch den Papierkram erledigen, dann lassen wir sie laufen.«

»Wer hat nichts zu tun? Außer dir?«

»Tom Black sitzt in einer Ecke und liest im Playgirl«, antwortete sie. Irgendwo im Hintergrund hörte man Sherrills regulären Partner rufen: »Stimmt nicht!« Black war schwul, versuchte aber, das geheimzuhalten.

»Kommt doch mal runter zu mir«, sagte Lucas. »Ich möchte mit euch über den Fall sprechen.«

»Heh, es ist kurz vor Feierabend.«

»Es dauert nur zehn Minuten, und wir machen sonst nichts mehr heute.«

Black tat so, als sei er verärgert, und ließ sich auf einen der beiden Besucherstühle vor Lucas' Schreibtisch sinken. Sherrill stellte sich vor das Fenster und schaute hinaus auf die Straße.

Lucas sagte: »... wenn jemand – hier: Miss Bonet – einen anderen – hier: Robles – bezichtigt, er habe sie gezielt zu einem Mord verleiten wollen, den er – Robles – dann aber selbst begeht, würde ich sagen: ›Nein, so was kann er nicht machen.‹ Er könnte vielleicht auf die Idee kommen, aber irgendwann würde er sie sicher schnell wieder verwerfen ...«

»Also?« fragte Sherrill.

»Wir haben zu viele Leute, die als Täter in Frage kommen, und alle haben ein Motiv. Wir machen jetzt folgendes – wir gehen zu Leuten, die unsere Verdächtigen gut kennen, und bitten sie um vertrauliche Stellungnahmen. ›Könnte Ihr Bekannter es getan haben? Würden Sie es ihm zutrauen? Was müßte für ihn auf dem Spiel stehen, daß er sich dazu durchringen könnte?‹«

Black legte den Kopf schräg und dachte einen Moment nach. »Ziemlich verrückt«, sagte er dann.

»Und es könnte uns auf völlig falsche Fährten locken«, warnte Sherrill. »Du hast diesen Bone bereits als Täter ausgeklammert, weil du ihn magst.«

»Nein«, sagte Lucas und schüttelte energisch den Kopf. »Ich mag ihn tatsächlich, aber das heißt doch nicht, daß ich ihn als Verdächtigen ausklammern würde.«

»Aber wenn du ihn magst, bist du voreingenommen und traust ihm nichts Böses zu.«

Black hob entrüstet den Zeigefinger. »Psycho-Blahblah«, knurrte er.

»Entschuldigung«, sagte Sherrill zu Black und fragte Lucas: »Was ist mit O'Dell und ihrer Kufija? Wer überprüft das?«

»Morgen?«

»Ich übernehme das«, sagte Lucas.

»Ja.« Er gähnte. »Morgen.«

9

Mary Washington rief um halb zehn abends an, und als Weather Karkinnen sich meldete, sagte Mary: »Oh, gut, daß du noch wach bist.« Weather verdrehte die Augen und log: »Na ja, gerade noch.«

»Henri hat heute wieder nach dir gefragt«, sagte Washington. »Er ist interessiert.«

»O Gott, Mary, warum machst *du* dich nicht an ihn ran?« Zorn, aber auch ein Hauch von Freude? Sich geschmeichelt fühlen?

»Weil ich sage: ›Laß uns zum Bowling gehen und ein paar Bierchen trinken‹, und Henri sagt: ›Laß uns ein paar Gläser Champagner trinken und über monoklonale Antikörper reden‹.«

»Nun, jedenfalls danke für die Neuigkeit«, sagte Weather.

»Würdest du mit ihm ausgehen, wenn er dich anruft?«

Henri war zwei Meter groß und dünn wie eine Bohnenstange, hatte große Augen und lange schwarze Wimpern, dazu eine Halbglatze, und er sprach mit französischem Akzent. Menschen, die ihn gut kannten, meinten, er sei fast zu intellektuell. Weather mochte ihn. »Ich weiß es nicht, Mary«, antwortete sie. »Ich bin immer noch ziemlich aus dem Gleichgewicht.«

»Ich denke, ich werde ihm nahelegen, dich mal anzurufen«, sagte Washington.

»Mary ...« Ein Gefühl, wie im Umkleideraum der High-School eingeschlossen zu sein ...

»Du kannst mich ja im Gegenzug mit einem der Cops bekannt machen, die du kennst; aber bitte mit einem, der gern zum Bowling geht.«

Weather hatte bei Marys Anruf gerade im *The Wall Street Journal* gelesen. Als sie den Hörer aufgelegt hatte, gähnte sie, legte die Zeitung auf den Stapel mit Recyclingpapier in der Küche und ging zum Schlafzimmer.

Weather konnte endlich wieder schlafen. Ihr Problem war nicht weniger gravierend als das von Lucas, aber es hatte weniger als bei ihm mit fehlerhaften chemischen Prozessen im Gehirn zu tun. Ihr Problem war ganz einfach ein posttraumatischer Schock. Sie hatte die akademischen Studien darüber in der *MedLine* des Internet zu Rate gezogen, sie kannte alle Symptome und Behandlungsmethoden, entdeckte die Symptome an sich selbst – und war im Grunde doch machtlos dagegen.

Die undurchdringbare Barriere war Lucas Davenport.

Sie hatte vor Lucas nie einen anderen Mann wirklich geliebt. Ihn aber *hatte* sie geliebt, o ja – sie hatte auch diese Symptome bei sich erkannt. Und dann die Schießerei ...

Sie hatte von Anfang an bei Lucas eine harte und brutale Seite geahnt, die ihr stets fremd geblieben war. Sie war sich jedoch sicher gewesen, Zugang zu ihr finden und sie glätten zu können.

Er brauchte das ebensodringend wie sie; es war ihm zwar nicht bewußt, aber sein Gefallen am Kampf und seine Neigung zur Gewalt brachten ihn psychisch um ... Sie hatte jedoch keinen Zugang zu dieser Seite an ihm gefunden: Die Gewalt war Teil seiner Persönlichkeit, wie sie inzwischen glaubte.

Die Schießerei in dem Flur damals, die Lucas heraufbeschworen hatte, trug alle Anzeichen dieses offensichtlich unwandelbaren Charakterzuges. Er hatte sein eigenes Leben riskiert, er hatte ihr Leben aufs Spiel gesetzt, und er hatte Dick LaChaise gnadenlos zum Tod verurteilt, das alles, ohne sich mit irgendeinem anderen Menschen zu beraten, sogar ohne auch nur lange darüber nachzudenken. Er hatte es einfach *getan*. Wenn die Lucas-Davenport-Maschine erst einmal in Gang gesetzt war, gab es kein Entrinnen mehr – und als LaChaise zugestimmt hatte, mit Weather in den Flur zu kommen, hatte er damit sein Todesurteil unterschrieben, egal, wie auch immer die Sache gelaufen wäre.

Weather war sich nie darüber schlüssig geworden, warum sie so empört war, daß Lucas LaChaise erschossen hatte. Ihr Verstand sagte ihr, daß sie vielleicht von LaChaise getötet worden wäre, wenn Lucas anders gehandelt hätte. Und natürlich, LaChaise war zweifellos ein Killer, der verdient hatte, was er letztlich bekam. Sie konnte sich also – rein verstandesmäßig – sagen: *Alles okay. Es hat funktioniert.*

Was sich aber nicht auf ihren emotionalen Zustand auswirkte.

Irgend etwas war in dem Moment in ihr zerbrochen, als die Kugel LaChaise' Schädel zerfetzt hatte. Sie konnte mit Lucas nicht sprechen, ohne daß das Entsetzen beim Aufbellen des Schusses wieder in ihr aufzuckte, gefolgt vom Horror des Todes. Dort, in diesem Flur, als LaChaise hinter ihr zusammengesunken und seine Pistole über den Boden geschlittert war ... Sie hatte noch gespürt, wie er sich an sie geklammert hatte, und so war sie für einen Moment zur Stütze für den sterbenden Körper von LaChaise geworden – dem einzigen Teil seiner Existenz, der ihn als Menschen ausgewiesen hatte ...

Sie brauchte inzwischen keine Medikamente mehr. Sie hatte

noch Sitzungen bei ihrer Psychiaterin, Andi Manette, und Manette drängte sie immer wieder, über Lucas nachzudenken.

Aber Weather tat das nicht mehr. Wie tief sie Lucas auch vor der Schießerei geliebt hatte, sie realisierte jetzt, daß dieses Gefühl abgestorben war. Und die psychologischen Stichflammen in ihrem Bewußtsein, die die Erinnerung an dieses entsetzliche Erlebnis immer wieder aufzucken ließen, waren nicht länger zu ertragen. Lucas rief diese Erinnerungen hervor. Der Anblick seines Gesichtes, der Klang seiner Stimme ...

Sie hatte erfahren, daß sie auch ohne ihn leben konnte, und sie würde genau das tun. Sie begann zu vermuten, daß sie früher oder später sogar wieder Lebensfreude empfinden konnte. Wenn sie Lucas von sich fernhalten konnte ...

Diesen Gedanken hatte sie Manette gegenüber noch nicht geäußert, schon gar nicht Lucas gegenüber. Sie fürchtete sich davor, es aussprechen zu müssen; aber die Zeit dafür würde kommen. Die Zeit, ihr Leben wieder in den Griff zu bekommen.

Weather ging früh ins Bett, wie es die meisten Chirurgen tun. Sie arbeitete inzwischen an drei Krankenhäusern, und die Arbeitsbelastung wurde immer größer. Sie führte fünf oder sechs große Operationen in der Woche durch, und der Arbeitstag begann jeweils um sieben Uhr. Sie ging regelmäßig um halb elf abends ins Bett, stand um sechs Uhr morgens auf und betrat um sechs Uhr fünfundvierzig den Umkleideraum für Ärztinnen im Krankenhaus.

Und sie ging jeden Abend mit dem Gefühl der Kälte und der Einsamkeit ins Bett, konnte aber endlich wieder schlafen.

Sie war mitten im Schlaf, als ihr Unterbewußtsein das Geräusch eines Wagens aufnahm, der angefahren kam und vor dem Haus anhielt – ein auffälliger Unterschied zu den wenigen Autos, die am Haus vorbeirollten. Verschwommen zuckte der Gedanke *Lucas?* in ihrem Unterbewußtsein auf – ein Gedanke, an den sie sich nach dem Aufwachen nicht mehr erinnerte. Aber jetzt war er da, verdichtete sich, drang fast zu ihrem Bewußtsein vor – als plötzlich die Fensterscheibe zur Straßenseite klirrend zerplatzte.

Skiiiiiiiiii.

Die Explosion riß sie aus dem Bett, aber sie war sofort auf den Beinen und in Bewegung, noch nicht ganz wach, und während sie zur Tür stürzte, jaulte der Rauchmelder im Wohnzimmer ununterbrochen *Skiiiiiiiiii.*

Sie taumelte durch den Flur, hin zum Wohnzimmer; als erstes sah sie den Lichtschein, dann spürte sie die Hitze, und dann begriff sie, daß sie auf einen Feuerball starrte.

»Nein! Nein!«

Und ununterbrochen: *Skiiiiiiiiii* …

Weather stöhnte, registrierte ihre eigenen Laute, als kämen sie von einer Fremden, rannte dann durch den Flur zurück ins Schlafzimmer, riß den Telefonhörer von der Gabel und wählte 911. Die Notrufzentrale meldete sich sofort, und sie sagte: »Irgendwas ist gerade in meinem Haus explodiert. Es brennt, die Adresse ist …« Sie gab die Anschrift durch, sagte dann: »Ich muß schleunigst hier raus.«

»Ja, richtig, verlassen Sie sofort das Haus«, sagte die unpersönliche Stimme. »Legen Sie den Hörer auf und …«

Und der Rauchmelder in der Küche schrillte los, in einem tieferen, weniger grellen Ton als der erste, aber genauso laut: *Skaaaaaaaaaaa.*

Sie legte den Hörer auf, stolperte über ihre Mokassins auf dem dunklen Fußboden, schob die Füße hinein, drückte auf den Lichtschalter und wurde mit Helligkeit belohnt. Sie hastete durch den Flur zurück zum Wohnzimmer. Der Feuerball schien ein wenig kleiner geworden, in sich zusammengesunken zu sein; die Flammen waren auf den zum Fenster gelegenen Teil des Raumes begrenzt, eine Fläche nicht breiter als die Couch. Noch gab es keine sehr starke Rauchentwicklung, obwohl das Feuer wild loderte.

Weather lief mit wenigen schnellen Schritten zur Küche, zog einen großen Feuerlöscher unter dem Spülstein hervor, entfernte den Sicherungsstift, rannte zurück zum Wohnzimmer, richtete die Düse auf die Flammen und drückte auf den Auslöser. Welche Chemikalien auch immer der Feuerlöscher versprühte, sie zischten als weißer Nebel heraus, und die Flammen schienen zu ersterben, aber nur für eine Sekunde, dann zuckten sie wieder auf: Egal, wieviel Löschmittel sie auch auf die Flammen sprühte, sie wurden zwar kleiner, loderten dann aber an der Peripherie wieder in voller Stärke auf.

Skiiiiiiiiii, Skaaaaaaaaaaaa ...

Sie trat näher an die Flammen heran, richtete den Löschstrahl weiter auf die Flammen, spürte, daß der Druck des Strahls langsam nachließ. Rechts von sich sah sie die Fotos ihrer Eltern und Großeltern an der Wand hängen, von Hand kolorierte Schwarzweißfotos, mit denen sie aufgewachsen war, Erinnerungsstücke, die sie aus ihrer früheren Wohnung in North Woods mitgebracht hatte. Da der Feuerlöscher inzwischen fast leer war, stellte sie die Löschversuche ein, warf das Gerät hinter sich, trat zur Wand und nahm die Fotos ab. Hinter ihr loderte das Feuer mit neuer Kraft auf, und sie spürte die Hitze im Rücken und an den Beinen. Sie rannte mit den Fotos in die Küche, legte sie auf den Tisch, lief zurück zum Wohnzimmer, riß die oberste Schublade der Kommode auf und nahm ein halbes Dutzend Fotoalben sowie eine Schachtel mit Fotos heraus, die sie schon seit langem in die Alben hatte einkleben wollen.

Und das war alles, was sie tun konnte. Die Flammen griffen jetzt schnell um sich, und sie lief durch die Küche hinaus in den Garten, legte die Alben und die Schachtel auf den Rasen, rannte zurück in die Küche, wurde von starkem Rauch empfangen, hustete, stolperte, nahm die gerahmten Fotos vom Tisch und trug sie durch den Qualm nach draußen.

Skiiiiiiiiii, Skaaaaaaaaaaaa ...

Jetzt hörte sie die Feuerwehrsirenen: Die nächste Feuerwache war weniger als eine Meile entfernt. Sie lief ein letztes Mal zurück ins Haus, merkte nicht, daß sie keuchte, daß ihr Haar sich in der Hitze kräuselte, daß sie von den Funken des Feuers Verbrennungen an Händen und Armen davongetragen hatte, daß sie über Glassplitter lief und sich die Füße verletzte ... Sie nahm das alles als unangenehm wahr, aber sie wollte noch etwas retten – das Porzellan, das ihre Mutter ihr geschenkt hatte ...

Sie schaffte es nicht mehr. Der Teppich im Wohnzimmer hatte Feuer gefangen, und dichte graue Rauchwolken quollen durch das Haus. Sie taumelte zurück in den Garten, hörte, daß der erste Feuerwehrwagen vor dem Haus ankam. Sie lief um das Haus, sah die Feuerwehrmänner von ihrem Fahrzeug springen, schrie: »Das Wohnzimmer an der Vorderfront ...«

Das Schrillen schien nicht aufhören zu wollen: *Skiiiiiiiiii, Skaaaaaaaaaaa* ...

Weather saß auf der Bordsteinkante und sah zu, wie die Feuerwehrmänner die Eingangstür einschlugen.

Und dann begann sie zu weinen.

10

Zehn Uhr morgens ist eine frühe Stunde für einen Mann, widerborstig zu sein, dachte Lucas, besonders, wenn es sich nicht um einen Cop handelte, aber Stephen Jones gab sich nun einmal widerborstig.

»Natürlich möchte ich Ihnen helfen, aber ich habe das ungute Gefühl, daß ich eventuelle Äußerungen Ihnen gegenüber in einer Klatschspalte wiederfinde.«

»Sie würden nicht durch mich dort reingekommen sein.«

Ein Bild hing hinter Jones' Schreibtisch an der Wand. Der Druck war recht farbenfroh und hätte vielleicht als schön empfunden werden können, wenn das Motiv nicht eine Frau darzustellen schien, die gerade mit einem Pizza-Messer zerstückelt wurde. Lucas, der fast nichts von den Schönen Künsten verstand, vermutete, daß es sich um einen Picasso handelte.

»Und der Kern des Problems ist, daß es nicht dazu kommen wird«, sagte Lucas geduldig.

Jones rieb sich den Nacken, sagte dann: »Okay ... Wenn jemand T-Bone echt an die Wand drücken würde, wenn die einzige Option darin bestehen würde, zu töten oder getötet zu werden – er würde töten. Aber diese Situation ist nicht so gelagert. Er hat bereits eine Menge Geld, und er ist beruflich so gut, daß er jederzeit auch woanders einen Topjob finden könnte. Also kann ich ihn mir nicht als Mörder Kresges vorstellen.«

»Nehmen wir aber mal an, er wurde, wir wissen nicht, wie, gegen die Wand gedrückt. Emotional, psychisch – oder er ist dem Glücksspiel verfallen, und wir wissen nichts davon.«

Jones schüttelte den Kopf. »Selbst dann nicht ... Er ist ein Typ, der immer von der Möglichkeit ausgeht, sich wieder aus der Scheiße rausarbeiten zu können und wieder auf die Beine zu kommen. Es ist wichtig zu wissen, daß er aus armen Verhältnissen stammt. War Ihnen das bekannt?«

»Nein.«

»Ja, er stammt aus einer armen Familie irgendwo im Süden, Louisiana, Mississippi, Alabama. Er ist ein echter Selfmademan, hat es aus eigener Kraft geschafft, und er weiß aus berechtigtem Selbstbewußtsein, daß er es wieder schaffen würde. Ich glaube nicht, daß er ...«

Seine Stimme verebbte.

»Was?« fragte Lucas.

»Wissen Sie ... Wenn man es aus einem anderen Blickwinkel betrachtet ... Wir reden ja darüber, ob er kaltblütig jemanden umbringen könnte, weil er Geld oder seinen Job verlieren könnte; das traue ich ihm nicht zu. Aber ich könnte mir vorstellen, daß er jemanden umbringt, der irgendwas gegen ihn in der Hand hat, ihn zum Beispiel erpreßt. Wenn Kresge etwas Schwerwiegendes gegen ihn in der Hand hatte und drohte, es aus irgendeinem Grund gegen ihn zu verwenden, kann ich mir durchaus vorstellen, daß Bone ihn deswegen umgebracht haben könnte. Nicht, um zu verhindern, daß dieser Fleck auf seiner Weste gegen ihn verwendet wird, sondern weil die Drohung, die Erpressung, seine … seine Ehre besudeln würde.« Er dachte einen Moment über seine Worte nach, nickte dann heftig. »Ja. Es wäre für ihn eine Frage der Ehre, und darin sehe ich das einzig mögliche Motiv für Bone, jemanden vorsätzlich zu töten. Aber es müßte tödlich ernst sein, und es müßte tödlich persönlich sein.«

»Was ist mit Terrance Robles?«

»Ich kenne ihn nicht gut genug, um über ihn etwas sagen zu können. Wirklich nicht.«

»Susan O'Dell?«

»Susan würde ich es nicht zutrauen. Sie ist barsch und berechnend und all so was, aber sie hat einen weichen Kern.«

»Ich habe einen Hirsch gesehen, der da nicht mit Ihnen übereinstimmen würde«, sagte Lucas.

»Sie meinen die Jagd? Das ist eine Sache der kulturellen Herkunft. Leute von da draußen, Farmer von der Prärie, haben eine ganz andere Einstellung zum Leben oder Tod von Tieren als zum Leben oder Tod von Menschen. Ich glaube wirklich nicht, daß sie einen Menschen töten könnte. Nicht einmal in Selbstverteidigung, ehrlich gesagt. Nein. Bei Susan sind Sie auf dem Holzweg.«

»Wilson McDonald?«

Jones runzelte die Stirn. »Ich kann mir vorstellen, daß er jemanden umbringt, aber nicht kaltblütig, sondern im Affekt. Wenn er betrunken oder wütend ist, könnte es sein, daß er vom Jähzorn übermannt wird und losschlägt. Er hat eine gewalttätige Ader, und er kann hundsgemein sein. Aber ein vorsätzlicher, berechneter Mord … Nein, das glaube ich nicht. Ich denke, er hätte Schiß davor. Er ist im Grunde ein feiges Schwein. Er würde sich vorstellen, was alles schiefgehen könnte und, verstehen Sie, daß er im Gefängnis bei einem Haufen Sodomiten landen könnte. Nein, einen kaltblütigen Mord traue ich ihm nicht zu.«

»Wie steht's um seine moralische Haltung – würde sie …«

»Oh, ein Mord wäre bestimmt kein moralisches Problem für ihn. Er hat einfach nur Schiß. Wilson McDonald ist ein klassischer Brutalo, mit allen klassischen Charakterzügen eines Brutalos: Er ist ein Feigling.«

Im Flur des Polizeipräsidiums traf Lucas Sherrill, und sie schüttelte schon von weitem den Kopf. »Sie sind alle unschuldig«, sagte sie. »Was ist mit Louise Freeman?«

Louise Freeman war die Frau, die Bones Anwaltsfreundin Sandra Ollsen als Zeugin für McDonalds Brutalität erwähnt hatte. »Sie und ihr Mann sind nach New York geflogen«, antwortete Lucas. »Sie kommt am Freitag zurück. Ich habe statt dessen mit Jones gesprochen.«

»Und Black? Hat er was rausgefunden?«

»Ich habe noch nichts von ihm gehört. Er wird mich anrufen, wenn er mit Markham gesprochen hat. Also: Du nimmst dir Bennett vor, ich übernehme Kerr.«

»Warum gehen wir nicht vorher mal rüber zu Saks«, schlug sie vor. »Du könntest mir dort was Teures kaufen.«

»Ich habe nur zwanzig Dollar dabei«, sagte Lucas.

»Dann gehn wir vorher zur Bank, und du holst dir einen Haufen Geld.«

»Komm, gib meinem Konto eine Chance. Ich habe nicht ...« Das Handy in Sherrills Handtasche piepste, und Lucas sagte: »Wahrscheinlich Black.«

Sherrill zog das Telefon aus der Tasche, meldete sich, gab es dann an Lucas weiter. »Für dich, die Vermittlung.«

Lucas nahm das Telefon ans Ohr. »Ja?«

Die Telefonistin sagte: »Lucas, eine Frau namens Andi Manette versucht, Sie zu erreichen. Sie sagt, es gehe um eine persönliche Freundin von Ihnen und es sei äußerst dringend. Sie hat mir ihre Telefonnummer hinterlassen.«

»O Gott«, sagte Lucas. Andi Manette war Weathers Psychiaterin. »Einen Moment.« Er holte einen Stift und seinen Notizblock aus der Tasche, sagte: »Wie lautet sie?«

Er notierte die Nummer, beendete das Gespräch, wählte neu.

Manette nahm beim ersten Läuten ab. »Ja?«

»Andi, hier ist Lucas.«

»Lucas, ich muß Ihnen etwas mitteilen, aber ich möchte nicht, daß Sie jetzt gleich losrennen und helfen wollen. Es braucht niemand Hilfe.«

»Was? Was ist los?«

»Weather hat ... Jemand hat gestern nacht einen Brandanschlag auf Weathers Haus verübt. Sie hat ein paar leichte Verbrennungen und ein paar Schnittwunden an den Füßen, ist aber nicht schwer verletzt. Wir behalten sie eine Weile bei uns, bis die erste Aufregung vorbei ist.«

»Ein Brandanschlag! Was meinen Sie damit? Und wo ist sie jetzt?«

»Hören Sie, es wäre am besten, wenn Sie nicht zu ihr kämen. Sie ist ziemlich mitgenommen, und wenn Sie zu ihr kämen, würden all diese Assoziationen wieder geweckt, und das wäre keinesfalls hilfreich.«

»Mein Gott, Andi, was ist passiert? Sagen Sie es mir doch endlich!«

»Niemand weiß genau, was passiert ist. Die Sache wird von der Polizei von Edina bearbeitet.«

»Es war also keine Explosion oder so was – jemand hat eine Brandflasche in eines ihrer Fenster geworfen, richtig?«

»Ja, genau so war es«, antwortete Manette. »Jemand hat eine Brandflasche durch ihr Wohnzimmerfenster geworfen.«

»Andi, ich schwöre, ich gehe nicht zu ihr, aber wo ist sie im Moment? Sagen Sie es mir.«

»Sie ist hier bei mir im Haus und schläft. Ich habe ihr ein Beruhigungsmittel gegeben, und es geht ihr schon wieder ganz gut. Aber wir dachten, Sie würden sowieso davon erfahren, und meinten, ich sollte es Ihnen besser gleich sagen.«

»Davon erfahren? Mein Gott, Andi, ich gehöre automatisch zum Kreis der Verdächtigen. Und selbst ... Ich muß sofort anrufen.«

»Nicht bei Weather ...«

»Nein, ich meine die Polizeistation in Edina.«

»Okay. Aber bitte – kommen Sie nicht hierher.«

»Okay.«

»Danke. Sie wissen, daß ich versuche, Ihnen beiden aus dieser Situation herauszuhelfen, und ich versuche es mit all meiner Kraft.«

»Ja, danke«, sagte Lucas. »Und danke auch für den Anruf.«

Er brach das Gespräch ab, und Sherrill fragte: »Weather? Eine Brandflasche?« Sie sah bestürzt aus.

»Ja. Vergangene Nacht ... Hör zu, du machst wie geplant weiter. Und ich mache mich schleunigst auf den Weg nach Edina.«

Er rief vorher noch mit Sherrills Handy in Edina an. Der Name des Chiefs war Peter Hafman. Lucas kannte ihn nur oberflächlich.

»Ich kann Ihnen dazu noch nicht viel berichten«, sagte Hafman. »Jemand hat vergangene Nacht eine mit Benzin gefüllte Fünfliterflasche durch das Fenster an der Vorderseite des Hauses geworfen. Wir haben ein Stück von der Lunte gefunden, sieht wie ein Stück normales Baumwolltuch aus, hat man mir gesagt. Eines ist allerdings seltsam ...«

»Was?«

»Die Flasche war mit einem Glasschneider eingekerbt, so daß sie beim Aufprall leichter in Stücke zerbrach. Unsere Fachleute sagen, das sähe nach einem Profi aus.«

»Von so was habe ich noch nie gehört«, sagte Lucas. »Sagen Sie, darf ich mal rüberkommen und mit Ihren Leuten sprechen?«

»Natürlich.«

Er brach ab und gab Sherrill das Handy zurück, aber es piepste sofort wieder. Sie meldete sich, reichte es dann an Lucas weiter: wieder die Vermittlung.

»Wir haben jemand in der Leitung für Sie. Auch wieder äußerst dringend.«

»Stellen Sie durch.«

Es klickte, dann sagte eine Frau: »Chief Davenport?« Sie hatte eine säuselnde, ein wenig rauchige Stimme.

»Ja, ich bin Davenport. Mit wem spreche ich?«

»Wußten Sie, daß Jim Bone mit Dan Kresges Frau schläft? Schon seit langer Zeit? Und jetzt wird sie all die Optionspapiere kriegen, die vorher kaum was wert waren.«

Und die Verbindung wurde abgebrochen. Lucas starrte den Hörer an, dann Sherrill.

»Was ist los?«

»Das war ›unsere‹ Frau, glaube ich.«

»Tatsächlich? Was hat sie gesagt?«

»Sie sagte, Jim Bone würde mit Kresges Frau schlafen. Und sie würde eine Menge Aktienoptionen erben, da er jetzt tot ist.«

Sherrill zog die Augenbrauen hoch. »Noch mehr verdammte Hinweise, und wir müssen eine Sekretärin einstellen, die sie notiert und die Übersicht behält.«

»Jim Bone«, sagte Lucas. »Hm ...«

Als Weather Lucas verlassen hatte, hatte sie zunächst einige Wochen bei den Menettes gewohnt, dann hatte sie den Mietvertrag für ein kleinen Haus übernommen, aus dem ein Assistenzarzt der Chirurgie an der Universitätsklinik ausgezogen war. In der Hoffnung, einen Blick auf Weather zu erhaschen, hatte Lucas das Haus damals ein paarmal im Wagen umkreist. Es hatte nicht geklappt, aber er wußte nun wenigstens, wo das Haus lag.

Jetzt umkreiste er es wieder. Es war ein Haus im Ranchstil aus Stein mit Holzverschalung, ganz ähnlich wie sein eigenes Haus. Das mit einer Sperrholzplatte vernagelte Fenster zur Straßenseite fiel ihm sofort auf. Der Simsbalken über dem Fenster war rußgeschwärzt.

Er steuerte den Wagen in die Einfahrt, stieg aus, ging zum Haus und schaute durch die beiden schmalen Fenster, die das vernagelte Fenster flankierten. Sein Blick fiel ins Wohnzimmer – und auf ein wildes Durcheinander: angesengte Möbel und Teppiche, von der Decke und den Wände hängende, verschmorte Fetzen der Rauhfasertapete, auf dem Boden verstreute, vom Löschwasser zu Klumpen zusammengeklebte Bücher. Es roch nach Rauch und Wasser und verschmorter Fiberglasisolierung. Kein Benzingeruch.

Er trat zurück, und auf dem Weg zu seinem Wagen sah er eine Nachbarin vor ihrer Haustür stehen; sie schaute zu ihm herüber, unverblümt, tat gar nicht erst so, als sei sie mit etwas anderem beschäftigt. Sie war vor ihre Haustür getreten, um ihn zu beobachten. Lucas ging auf sie zu, holte seinen Ausweis aus der Jackentasche.

»Hallo, ich bin Deputy Chief Lucas Davenport von der Stadtpolizei Minneapolis; ich bin ein Freund von Weather.«

Ihr finsterer Blick hellte sich ein wenig auf, und sie versuchte ein Lächeln. »Oh, sehr gut. Ich versuche seit heute morgen, das Haus im Auge zu behalten.«

»Sehr schön, vielen Dank. Ich, ähm, ich bin auf dem Weg zu dem zuständigen Polizeichef hier draußen, und ich dachte, ich sollte mir das mal ansehen ... Wissen Sie, ob irgend jemand in der vergangenen Nacht was gesehen oder gehört hat?«

»Niemand in unserem Haus hat was gehört, bis die Feuerwehr ankam, aber Jane Yarrow da drüben auf der anderen Straßenseite hörte das Klirren der Fensterscheibe. Sie sagt aber, sie hätte nicht gewußt, daß es eine zerberstende Fensterscheibe war, bis man es ihr heute morgen sagte. Sie hat einfach nur *irgendwas* gehört. Danach hörte sie das Zuschlagen einer Autotür, aber sie sprang erst aus dem Bett, als sie die Feuerwehrsirenen hörte. Das ist alles – so was ist bei uns hier noch nie passiert.«

Der Chief war nicht da, als Lucas zur Polizeistation in Edina kam, aber man führte ihn zu einem Detective namens James Brown. Er war ein großer, kräftiger Mann mit dichtem weißem Haar; er trug eine grobe Tweedjacke mit Ellbogenflicken aus Wildleder, ein blaues Wollhemd, eine braune Hose und Segelschuhe. Er sah aus wie ein Professor für alte Sprachen.

»Doch nicht *der* James Brown?« fragte Lucas.

»Nun ja, doch«, antwortete Brown bescheiden. »Das hier ist meine Tarnung: hält mir die Groupies vom Leib.«

»Großartige Strategie«, sagte Lucas und setzte sich auf einen Stuhl neben Browns Schreibtisch.

Brown schaute auf eine aufgeschlagen vor ihm liegende Akte, seufzte, sagte dann: »Sie haben eine persönliche Beziehung zu Weather Karkinnen, nicht wahr?«

»Ich *hatte* eine«, antwortete Lucas. »Sie hat sie abgebrochen ... Ich kann Ihnen nicht nachweisen, wo ich heute morgen um drei Uhr war, weil ich zu Hause im Bett lag, allein. Aber ...« Er zuckte die Schultern. »Ich habe es nicht getan.«

»Selbst wenn Sie es getan haben, das ist ja ein verdammt unwiderlegbares Alibi«, sagte Brown.

»Heh, ich habe es nicht getan!« knurrte Lucas.

Brown seufzte wieder. »Der Chief hat Ihnen von den Einschnitten in die Brandflasche erzählt?« fragte er.

»Ja. Er sagte, es sähe wie die Tat eines Profis aus.«

»So beurteilt es der Brandspezialist. Wenn man eine normale Flasche nimmt, könnte es sein, daß sie nicht zerbricht. Aber mit den Einschnitten explodiert sie mit Sicherheit, sobald sie auf dem Boden aufprallt. Sehr schnell, sehr effizient. Wir gehen von folgendem Ablauf aus: Der Täter kam von Norden angefahren, hielt vor dem Haus, ließ den Motor laufen, stieg aus, ließ die Wagentür offenstehen, ging mit der Brandflasche bis dicht vors Haus, brannte mit einem Feuerzeug die Lunte an, warf die Flasche durchs Fenster. Die ganze Sache dauerte – ich habe es ausprobiert – zehn bis fünfzehn Sekunden. Vom Aussteigen aus dem Wagen bis zur Rückkehr hinters Steuer. Dann fuhr er die Straße runter, um die Ecke, die vier Blocks bis zum Highway und zurück nach Minneapolis. Er war auf dem Highway, ehe Miss Karkinnen auch nur 911 gewählt hatte.«

»Wem gehört das Haus?«

»Einem Ehepaar namens Barlett – sie wohnen in Florida. Sie hatten das Haus in den letzten acht Jahren an einen Arzt vermietet, dann an Ihre Freundin. Es ist für sie eine Einnahmequelle.«

»Könnte es für die Leute einen Grund geben, es in Brand zu stecken? Versicherungsbetrug?«

»Nein, keinerlei Anhalt dafür – es ist eine gute Wohnlage hier draußen, sie könnten es bestimmt für mehr Geld verkaufen, als sie je von der Versicherung bekämen. Und sie sind angesehene, ehrbare Leute.«

»Scheiße«, sagte Lucas.

»All das Zeug in den Zeitungen im vergangenen Winter ... Die LaChaise-Familie ...«

»Ja, das ist es, was mich beunruhigt«, sagte Lucas.

Brown tippte mit dem Zeigefinger auf die Schreibtischplatte. »Aber eines paßt nicht zu dieser Theorie. Wer es auch getan hat, er hat nicht ernsthaft versucht, sie umzubringen. Ich meine, falls es sich um einen Profijob gehandelt hat. Der Täter hat nicht mal versucht, in ihre Nähe zu kommen. Sie befand sich im Schlafzimmer im hinteren Teil des Hauses und rannte raus, als sie das Zersplittern der Fensterscheibe hörte, sah das Feuer, rief 911 an, und wenn sie nicht versucht hätte, ihre Fotos zu retten, wäre sie nicht mal verletzt worden.«

»Sie ist verletzt worden?« Lucas richtete sich auf, von Zorn gepackt. »Mir hat man gesagt, sie sei nicht ...«

»Nicht schlimm, nicht schlimm«, sagte Brown schnell. »Sie hat von den Glassplittern ein paar kleine Schnitte an den Füßen, ihr Haar wurde angesengt, und sie hat ein paar kleine Brandwunden an einer Hand. Aber sie hat uns gesagt, sie habe morgen einige Operationen durchzuführen, und davon lasse sie sich nicht abhalten.«

Lucas nahm sich für die Rückfahrt nach Minneapolis Zeit, versuchte, die Fäden zu verknüpfen. Black meldete sich am Autotelefon: »Ich hatte einige psychotherapeutische Arbeit bei diesem Markham-Arschloch zu leisten, aber immerhin ist dabei rausgekommen, daß er meint, O'Dell käme als Täterin grundsätzlich nicht in Betracht.«

»Okay. Wen nimmst du dir jetzt vor?«

»L. Z. Drake«, antwortete Black. »Ging mit McDonald zur Schule.«

»Ruf mich an, wenn du's hinter dir hast.«

»Okay ... He, weißt du von der Sache mit Weather?«

»Ja. Wie hast du denn davon gehört?«

»Sie zeigten Bilder von ihrem Haus in den Kurznachrichten im Fernsehen ... Markham ließ während der ganzen Zeit unseres Gesprächs den Fernseher laufen. Sie sagten, es wäre ihr nichts passiert.«

»Ja, ja ...«

»Glaubst du, es könnte ein Nachspiel zu der LaChaise-Sache sein?«

»Ich weiß nicht, was ich davon halten soll.«

»Okay«, sagte Black. »Ich rufe dich nach dem Gespräch mit Drake sofort an.«

Bei Lucas' Rückkehr warteten Sloan und Franklin vor seinem Büro auf ihn. Beide waren dabeigewesen, als die beiden LaChaise-Frauen bei der Schießerei im vergangenen Winter getötet worden waren, wobei Sloan seine Waffe nicht abgefeuert hatte und auch kein direktes Ziel des Vergeltungsangriffs gewesen war. Franklin jedoch war in der Zufahrt seines eigenen Hauses niedergeschossen worden.

»Wir haben gerade über die Sache gesprochen, Mann«, sagte Franklin mit seiner dröhnenden Stimme. Lucas war gewiß groß, aber Franklin stellte ihn deutlich in den Schatten. »Wir müssen uns das genauestens anschauen, es sei denn, wir finden auf Anhieb raus, daß jemand ein Motiv für diese Attacke auf Weather hatte.«

»Wie habt ihr davon gehört?«

»Es hat sich im Department rumgesprochen, und im Fernsehen ist darüber berichtet worden«, erklärte Sloan.

»Was meinst du, Lucas, soll ich meine Frau anrufen und ihr sagen, sie soll schleunigst aus dem Haus verschwinden?« fragte Franklin.

»Ich weiß nicht, was ich sagen soll«, antwortete Lucas. Sie standen immer noch im Flur, und er sah Sherrill auf sie zukommen. »Ich weiß nicht, was da dahintersteckt. Niemand scheint vordergründig ein Motiv zu haben, und es besteht die Möglichkeit, daß es ein Profi war.«

»Wieso das?« fragte Sloan. Sherrill war inzwischen bei ihnen angekommen, und Franklin sagte zu ihr: »Es war wahrscheinlich ein Profi.«

»Bist du sicher, Lucas?« fragte Sherrill.

Lucas berichtete ihnen von der eingeritzten Brandflasche. »Damit ist für mich alles klar«, sagte Franklin. »Ich schaffe meine Frau schleunigst in irgendein Motel.«

Black kam ebenfalls hinzu, als sie noch darüber diskutierten, blieb aber stiller Zuhörer: Er war bei der Schießerei nicht dabeigewesen, und er war auch nicht das Ziel von Racheakten gewesen.

»Ehe wir in Panik geraten«, sagte Lucas, »machen wir folgendes: Wir gehen jetzt mit allen verfügbaren Leuten raus auf die Straße. Ich rede mit der Nachrichtenabteilung und den Drogenfahndern und unseren Leuten von der Organisierten Kriminalität, ich rede mit St. Paul, und jeder von uns hat ja schließlich seine Spitzel ... Laßt uns also rausgehen und uns ein paar Stunden umhören. Wenn eine Gruppe dahintersteckt, wird irgend jemand das wissen.«

»Loring hat gute Kontakte zu den Motorradgangs«, sagte Franklin. »Er schiebt gerade Nachtdienst, schläft jetzt wahrscheinlich zu Hause. Soll ich ihn aus dem Bett holen?«

»Ja, hol ihn her«, sagte Lucas.

»Ich suche Del und sag ihm Bescheid«, erklärte Sloan.

»Ich mach mich auf die Socken«, sagte Franklin.

Als die Gruppe auseinanderging, blieb Black noch bei Lucas stehen und sagte: »Lucas, ich habe mit diesem Drake-Typ über McDonald gesprochen.«

»Ach so, ja.« Schnee von gestern; er dachte im Moment nicht mehr an McDonald.

Black fuhr fort: »Ich mußte ihn unter Druck setzen, aber er hat schließlich bestätigt, daß er McDonald aus der Schulzeit gut kennt und er tatsächlich einen Hang zur Gewalttätigkeit hat. Der Kern von Drakes Aussage ist, daß er glaubt, McDonald würde jemanden umbringen, wenn er es für notwendig hält. Er sagt, McDonald sei als Jugendlicher größer und kräftiger als der Durchschnitt gewesen, habe an der High-School Football gespielt, und er und ein paar andere Schlägertypen hätten über Jahre hinweg einen anderen Jungen, einen armen Schwächling, gequält und ihn mehrmals zusammengeschlagen, nur weil sie wußten, daß sie ihn vor den Mädchen zum Heulen bringen konnten ...«

»Ja, ja«, sagte Lucas ungeduldig. »Wir reden später noch mal darüber.«

Black ging; Sherrill, die ebenfalls schon auf dem Weg zum Ausgang war, drehte sich noch einmal um und sagte zu Lucas: »Du wolltest heute mit O'Dell reden ...«

»Keine Zeit mehr dafür«, sagte Lucas. Er dachte an den Anruf, daß Bone mit Marcia Kresge schlief, verdrängte den Gedanken aber. »Und jetzt raus auf die Straße!«

II

Der Polaris-Tower verfügte über ein Labyrinth aus Unterrichts-, Besprechungs- und Konferenzräumen, aber nur einer von ihnen war »*Der Raum*«.

Er befand sich im vierzehnten Stock hinter zwei schweren Eichentüren.

Hier gab es keinerlei Plastik, keinen billigen Teppichboden oder rostfreien Stahl. Der Konferenztisch war über sechs Meter lang und aus erlesenem Nußbaum, die Sitzflächen der mit Bronzeornamenten verzierten Nußbaumstühle bestanden aus karmesinrotem Samt, und die Beleuchtung war raffiniert indirekt. Das Eichenparkett des Fußbodens wurde durch Qashgai-Teppiche besonders hervorgehoben.

In einer Nische an einer Seite des Raumes stand ein mit diversen Soft Drinks und Mineralwasser wohlbestückter Kühlschrank. Eine kleine Bar war diskret unter einer Anrichte versteckt, auf der Kaffeemaschinen frischen Kaffee in drei verschiedenen Geschmacksrichtungen bereithielten, darüber hinaus heißes Wasser für diejenigen, die Tee bevorzugten. Eine Zuckerdose und ein Milchkännchen aus Limoges-Porzellan warteten neben einer Phalanx dünner Porzellantassen und kleiner Dessertteller auf die Benutzung. Daneben stand ein Tablett mit Sandwiches, die in gleichseitige Dreiecke geschnitten waren, dazu Gebäckstücke und eine frisch geöffnete Schachtel mit Godiva-Pralinen.

Constance Rondeau sondierte die Pralinen, wobei ihre Hakennase auf und ab wippte wie der Schnabel eines Vogels, der unschlüssig das Angebot fetter Würmer betrachtet. O'Dell beobachtete sie und sah, daß sie das Godiva-Sortiment durchforschte und sich die besten Pralinen herauspickte.

O'Dell wurde abgelenkt: Shelly Oakes sprach gerade.

»... stimme ich zu, daß jemand die Zügel in die Hand nehmen muß. Es liegt zuviel an, und es ist im Moment zuviel Glatteis da draußen. Und jemand muß die Arbeit mit Midland fortsetzen ...« Wenn Rondeau wie ein Vogel aussah, traf auf Shelly Oakes der Vergleich mit einer Schweinepastete zu.

»Mein Argument ist«, meldete sich Loren Bunde, »daß wir nicht noch mehr Zeit mit der Suche nach einem neuen Vorstandsvorsitzenden vertrödeln dürfen. Wir können uns das im Hinblick auf die Fusion nicht leisten. Vielleicht sollten wir uns einen der Fachleute von Midland ausleihen, der die Sache für uns durchzieht.«

»Wie würde es um seine Loyalität stehen?« warf Bone schnell ein. »Sie würde bei Midland liegen, denn das ist schließlich der Nachfolger, die Bank, die uns schluckt. Er würde einen Weg finden, uns aufs Kreuz zu legen; zum Teufel, das wäre geradezu seine Verpflichtung. Ich bin definitiv der Meinung, daß wir die Fusion durchziehen sollten – aber zu unseren Bedingungen. Sie brauchen uns, aber wir brauchen sie nicht unbedingt. Wir haben derzeit den Fünfzig-Dollar-Preis im Spiel, aber wenn alles gut läuft, werden wir fünfundsiebzig kriegen.«

»Niemand hat je fünfundsiebzig erwähnt«, sagte Rondeau und schaute mit einem gierigen Glitzern in den Augen von den Godiva-Pralinen auf.

»Ich denke, das wäre das Minimum«, sagte Bone. »Ich weiß nicht, was zwischen Midland und Dan Kresge gelaufen ist, aber es *ist* etwas gelaufen. Fünfzig Dollar sind lächerlich. Eins zu eins ist lächerlich. Wir sollten ohne Hemmungen kassieren: Ich halte hundert durchaus für möglich.«

»Ich nicht«, sagte O'Dell ohne Umschweife. »Ich denke, fünfundsiebzig sind bereits die äußerste realistische Möglichkeit.«

»Sie scheinen nicht zu wissen, wovon Sie da reden«, knurrte Bone.

O'Dell ignorierte ihn, sah die anderen Aufsichtsratsmitglieder reihum an. »Hören Sie, wir *müssen* die Möglichkeit, als unabhängige Bank weiterzuarbeiten, neu überdenken«, sagte sie. »Eine sofortige Fusion zu den vorgeschlagenen Bedingungen würde uns allen einen schnellen Profit bescheren, mich eingeschlossen. Aber schon allein durch die Gespräche über die Fusion ist der Aktienpreis gestiegen, und wir können den Gewinn einsacken, ob wir nun fusionieren oder nicht. Soviel ist also sicher. Und eine weitere Tatsache sollten wir nicht vergessen: Wenn das neue Management unserer Bank mit der richtigen Einstellung – die ich für gesichert halte – den Aufsichtsrat und seine Pflichterfüllung sowie das Topmanagement und seine Pflichterfüllung beurteilt, werden uns zusätzliche Kompensationen sowieso zugestanden. Und es sind darüber hinaus Vergütungen für die Aufsichtsratsmitglieder und das Topmanagement möglich, die wir bei einer Fusion verlieren würden, egal, wieviel Geld wir sofort einstreichen.«

Nach einem Moment des Schweigens fragte jemand: »Was für Vergütungen?«

O'Dell lächelte und sagte dann: »Es gibt eine ganze Palette von

Möglichkeiten ... Ein paar kleine Nachforschungen, was andere Aufsichtsräte an Zusatzvergütung erhalten, könnte interessante Alternativen aufzeigen. Steuerfreie Alternativen, sollte ich hinzufügen.«

McDonald saß am Kopfende des Tisches, wo Kresge stets gesessen hatte, hörte sich die Argumente an und kämpfte darum, mit ihnen Schritt halten zu können. Bone und O'Dell waren ganz klar gegenteiliger Auffassung – Bone drängte zur vorgesehenen Fusion, O'Dell war dagegen.

»Alle diese Möglichkeiten sollten sorgfältig untersucht werden«, dröhnte er gewichtig. »Aber ich denke, wir sollten die Polaris-Position als vordringliches allgemeines Anliegen betrachten. Polaris ist hundert und mehr Jahre hier tätig gewesen, und viele von uns wären heute nicht hier, wenn wir nicht das Ohr einiger freundlicher Leute bei Polaris gefunden hätten ...«

Er redete eintönig weiter und verlor schnell die Aufmerksamkeit der anderen. John Goff hatte Optionen zum Kauf von fast vierzigtausend Polaris-Aktien zu Preisen zwischen zwölf und einundvierzig Dollar pro Aktie, die meisten im niederen Bereich. Er benutzte einen Notizblock und einen Taschenrechner, um die Preise der verschiedenen Optionsscheine gegen Bones Verheißung, sie könnten für hundert Dollar gehandelt werden, auszurechnen.

Dafne Bose malte ein Flugzeug auf ihren Notizblock. Die Bank besaß eine kleine zweimotorige Turbopropmaschine, die vornehmlich dazu eingesetzt wurde, Prüf- und Managementteams zu kleineren Bankfilialen auf dem Land zu transportieren. Aber was wäre, wenn die Bank einen richtigen kleinen Jet kaufen würde und er den Aufsichtsratsmitgliedern zur Verfügung gestellt würde? Man sollte das auf jeden Fall machen. Ein solches Flugzeug würde zwar Zehntausende von Dollar im Jahr kosten, die man aber steuerlich voll absetzen konnte. O'Dell hatte gesagt, es gäbe andere Möglichkeiten ... Bose machte einen dicken Strich unter ihr Flugzeug und schaute zu O'Dell hinüber, die sie anlächelte.

»Ja, ja, das ist alles gut und schön«, fuhr Goff dazwischen, als McDonald kein Ende zu finden schien. »Wir haben also eine Menge Dinge, über die wir nachdenken müssen. Ich schlage vor, daß wir zunächst einmal alles so lassen, wie es ist: Wilson bleibt Sprecher der Bank, aber wir bitten Susan und Jim, ihre Argumente für den jeweiligen Standpunkt zusammenzustellen und sie jedem von uns bis Freitag mittag zuzuleiten. Das ist kurzfristig, nur zwei Tage, aber wir müssen schnell etwas unternehmen. Ich schlage weiterhin vor, daß wir uns am Montag wieder treffen und über die Berichte der beiden sprechen. Wir werden wohl eine ausführliche Diskussion über diese, ähm, Optionen führen müssen, und dann können wir entscheiden, wie wir weiter vorgehen sollen.«

Er schaute sich um; allgemein zustimmendes Nicken. Für den Bruchteil einer Sekunde trafen sich O'Dells und Bones Blicke. Sie waren als einzige für den Chefposten im Rennen geblieben. McDonald war gerade ausgeschieden. Derjenige, dessen Bericht die Mehrheit im Aufsichtsrat finden würde, würde in einer Woche der neue Bankchef sein.

McDonald schien das noch nicht kapiert zu haben. Er räusperte sich gewichtig, stimmte zu, daß diese Berichte eine gute Idee seien, und nach einigen weiteren Minuten des Gesprächs vertagte sich der Aufsichtsrat bis Montag.

O'Dell beorderte Carla Wyte und Louise Compton sofort nach der Sitzung zu sich in ihr Büro. Marcus Kent, ihr dritter Hauptverbündeter, war zu exponiert, um sich öffentlich mit ihr zu treffen, da er offiziell für Bone arbeitete.

»Alles, was ich vermutet habe, ist eingetroffen«, sagte O'Dell zu Wyte und Compton. »Die Schwierigkeit ist, daß es sich nicht um klar definierbare Summen handelt. Ich brauche exakte, spezifizierte Beispiele für Zahlungen, die wir an Aufsichtsratsmitglieder und Topmanager leisten können, wenn sie auf meinen Vorschlag eingehen.«

Sie wandte sich an Wyte: »Sie sind ab sofort meine Zahlenfachfrau. Ich möchte, daß Sie die Zahlen zu dieser Sache zusammenstellen, so daß alle wissen, was sie kriegen werden, wieviel das die Bank kostet und welche steuerlichen Konsequenzen sich ergeben. Kennen Sie Pat Zebeka?«

Wyte machte sich Notizen. »Ich habe von ihm gehört. Ein Anwalt.«

»Steuerfachmann, einer der besten, und er hat schon viel Arbeit auf dem Gebiet der zusätzlichen Vergütung für Aufsichtsräte geleistet. Setzen Sie sich mit ihm in Verbindung – auf meine Kosten, ich regele das –, und erstellen Sie eine Liste aller Angebote samt der steuerlichen Vorteile, die wir erzielen können.«

Und zu Compton, die sich niemals Notizen machte, da man dann nicht Gefahr lief, daß sie als Beweismaterial gegen einen verwendet werden konnten, sagte sie: »Von Ihnen möchte ich die Präsentation erarbeitet haben – Tabellen, graphische Darstellungen. Lassen Sie sich die Einzelheiten von Carla geben, und stellen Sie sie zusammen. Es muß gut sein, und es muß klar sein. Nicht so simpel, daß sie beleidigt sein könnten, aber sie müssen sehen können, was sie kriegen werden. Es muß so real sein wie die Dollar, die sie bei einer Fusion bekämen. Und noch etwas – es bringt vielerlei Vorteile mit sich, Aufsichtsratsmitglied bei Polaris zu sein. Wir brauchen eine Zusammenstellung aller dieser Vorteile: sozialer Status und all dieses Zeug.«

»Okay ... Wie sieht's mit der persönlichen Bearbeitung der Aufsichtsratsmitglieder aus?« fragte Compton.

»Ich rede mit ihnen, zumindest mit denen, an die ich rankomme. Und ich muß mit McDonald sprechen. Heute noch, wenn's geht. Ich bin mir nicht sicher, ob der Idiot überhaupt kapiert hat, daß er draußen ist, aber er muß es ja irgendwann mal erfahren.«

»Von Ihnen? Ist das nicht unklug? Er könnte beleidigt sein.«

O'Dell schüttelte den Kopf. »Es muß sein. Und ich muß vor Bone bei ihm sein. Ich kann ihm ein Angebot machen, das Bone nicht machen kann.«

»Welches?« fragte Wyte.

»Wenn es klappt, werde ich Präsidentin der Bank und Vorstandsvorsitzende, er Aufsichtsratsvorsitzender. Reden schwingen ist sowieso seine größte Stärke. In ein paar Jahren, wenn die Bank mir gehört ...« Sie schnipste geringschätzig mit den Fingern. »... kann er zum Teufel gehen.«

»Warum sollte Bone ihm nicht anbieten können ...« Compton unterbrach sich, schüttelte den Kopf. »Entschuldigung, blöde Frage. Wenn Bone sich durchsetzt, wird es ja keine Polaris-Bank mehr geben.«

Bone beauftragte Baki, ein Graphikpaket vorzubereiten, aus dem ersichtlich war, wieviel Geld bei einer Fusion verfügbar sein würde; die Details würde er selbst zusammenstellen. »Wenn Sie das gut machen, Kerin, und damit meine ich, wenn Sie es *perfekt* machen ...«

»Was ist dann?« Kerin Baki war wie ein blonder Eisblock, ging ihm durch den Kopf, geradezu unmenschlich effizient, toll anzusehen, aber kalt. Distanziert. Eine Finnin, hatte er gehört. Manchmal ging eine solche Kälte von ihr aus, daß er sie körperlich zu spüren glaubte. Er konnte sich nicht vorstellen, daß ein Mann aus den Südstaaten eine engere Beziehung zu ihr haben könnte, aber sie würde zu jemandem passen wie zum Beispiel Davenport.

»Sie werden die wichtigste Person in der Bank sein, denn ohne Sie bin ich in den Arsch gekniffen.« Sie mißbilligte auch kleinste Vulgaritäten, was ihn dazu verleitete, sie manchmal zu benutzen. Und was sie jetzt tat, überraschte ihn – schockte ihn geradezu: Sie setzte sich auf den Stuhl vor dem Schreibtisch und schlug die Beine übereinander. Tolle Beine, vielleicht sogar supertolle Beine.

»Ich hoffe, Sie haben bereits mit den Mitgliedern des Aufsichtsrates gesprochen«, sagte sie. »Privat, meine ich.«

»Ich habe begonnen, mit ...«

»Das ist nicht genug«, unterbrach sie ihn. »Das ist eine Wahlkampagne, keine Party.«

»Nun ja, ich ...«

»Haben Sie mit McDonald gesprochen?«

»Nein. Er ist sowieso aus dem Rennen …«

»Das weiß ich auch. Aber er hat gute Freunde im Aufsichtsrat. Er könnte sie beeinflussen, für O'Dells Vorschlag zu stimmen. Sie müssen also mit McDonald reden, und zwar bald. Rufen Sie Spacek von Midland an, und finden Sie raus, ob man nach der Fusion irgendeinen Frühstücksdirektoren-Posten für ihn einrichten kann. Vizepräsident des neuen Bankriesen oder so was …«

Bone nickte. »Gute Idee. Das mache ich.« Er sah sie an, beurteilte die Veränderung in ihrer Beziehung, tat dann den offensichtlich erwarteten Schritt: »Was sonst noch?« fragte er.

»Ich habe nur noch eine Sache – nun ja, doch zwei. Erstens, Ihr alter Kumpel Marcus Kent hat sich auf O'Dells Seite geschlagen und arbeitet für sie. Alles, was Sie mit ihm besprechen, geht brühwarm an O'Dell weiter.«

Bone zog die Augenbrauen hoch. »Seit wann?«

»Seit er sich entschlossen hat, Ihren Job anzustreben, und diesen Entschluß faßte er, ungefähr zwei Minuten nachdem Sie ihn eingestellt hatten.«

»Dieses jämmerliche Arschloch«, knurrte Bone, schien aber nicht sonderlich überrascht zu sein. »Ich werde mich später darum kümmern. Sie sagten, Sie hätten *zwei* Dinge …«

»Ich möchte, daß Sie mir einen Gefallen tun.«

»Natürlich. Was?«

»Ich sage es Ihnen, wenn Sie den Job haben. Im Moment sollen Sie nur versprechen, mir diesen Gefallen zu tun.«

»Sie meinen … blind? Sie sagen mir nicht, um was für einen Gefallen es sich handelt?«

Sie nickte. Sie war so ernst, so kühl, so distanziert, daß er ebenfalls nickte. »Okay. Ich hasse es, blind ein Versprechen zu geben, aber wenn es etwas Rationales ist, werde ich Ihnen diesen Gefallen tun.«

Sie nickte wieder, schnell, hakte seine Zusage von einer mentalen Liste ab.

»Ist es Geld?« fragte er. »Ein Titel?«

»Ich werde es Ihnen später sagen.« Für den Bruchteil einer Sekunde meinte er, ein Lächeln auf ihrem Gesicht zu sehen. Sie fuhr fort: »Also, ich habe da einen Graphiker an der Hand, der unsere Schaubilder anfertigen kann, aber wir sollten auch eine kurze Videopräsentation über Midland zeigen, wenn möglich von Spacek selbst. Das bedeutet, daß wir das Videogerät im Konferenzraum auf seine Funktion überprüfen müssen.«

Bone schlug sich mit der Handfläche gegen die Stirn. »Großartige Idee! Ich rede mit Spacek, sobald wir hier fertig sind.« Er schaute auf die Uhr. »Noch viel Zeit ...«

»Was sonst noch?« fragte sie.

»Ich muß noch mit einem Mann namens Gerry Nicolas sprechen. Heute noch. Er ist Leiter der Pensionskasse des Staates Minnesota oder wie das heißt, den formellen Namen weiß ich nicht.«

»Ich werde ihn rausfinden«, sagte sie. »Darf ich fragen, warum? Nur um auf dem laufenden zu bleiben und zu verstehen, welches Ihre Gedankengänge sind?«

Es ist komisch, dachte Bone, aber ich vertraue ihr. »Weil die Leute, die ihn in sein Amt gewählt haben, nichts vom Aktienmarkt verstehen, aber sie wissen, daß er ihnen in diesem Jahr fünfzehn Prozent ihres Geldes nicht ausbezahlt hat, und sie wollen natürlich die Gründe dafür erfahren. Demzufolge wackelt sein Stuhl an der Spitze dieser Organisation, und wie der Zufall es will, besitzt er fast sechs Millionen Polaris-Aktien, die bis zum Beginn der Fusionsgespräche sein Portefeuille wie wertlose Steine belasteten. Sie haben jetzt, einschließlich des von ihm bezahlten Kaufpreises, einen Wert von sechzig Millionen und werden, wenn die Fusion durchgeht, noch eine erhebliche Wertsteigerung einbringen. Wenn die Fusion scheitert, sitzt er wieder auf dem Trockenen.«

»Wenn Sie ihm also sagen, daß der Aufsichtsrat überlegt, eventuell aus den Fusionsplänen auszusteigen ...«

»... wird er sich ans Telefon hängen und die Aufsichtsratsmitglieder bearbeiten, es *nicht* zu tun. Und er hat erheblichen Einfluß, wenn es um die Wahl der Aufsichtsratsmitglieder geht.«

»Sehr gut. Genau so müssen wir jetzt denken und handeln.« Sie stand auf. »Ich weiß, daß diese Dinge unsere Beziehung irgendwie verändern, Mr. Bone, aber ich denke, Sie haben eine viel größere Chance, diesen Job zu bekommen, wenn Sie auf meine Vorschläge hören und meine Kritik an Ihren Vorschlägen ernst nehmen.«

»Natürlich«, sagte er.

»Wimmeln Sie mich nicht auf diese Weise ab«, warnte sie. »Ich bin nicht weniger intelligent als Sie. Es mag sein, daß ich nicht soviel über Kapitalanlagen weiß, aber ich weiß sehr viel mehr als Sie darüber, wie die Dinge in dieser Bank hinter den Kulissen laufen. Ich kämpfe um meinen Job, und Sie sollten mich dabei unterstützen, indem Sie auf mich hören.«

Er lachte unwillkürlich und war erneut irgendwie geschockt: »Ist es das, worum es Ihnen geht? Ihren Job zu retten?«

»Es ist die eine Hälfte meiner Bemühungen«, antwortete sie.

»Und was ist die andere Hälfte?«

»Der Gefallen, den Sie mir erweisen werden.«

Als sie zur Tür ging, sagte er noch: »Es wäre wohl besser, wenn Sie mich Jim nennen würden.«

Sie blieb stehen, schien einen Augenblick über diesen Vorschlag nachzudenken, schob dann ihre Brille höher auf die Nase und sagte: »Noch nicht.«

»Sie werden dich abservieren!« schrie Audrey McDonald. Wilson saß im Arbeitszimmer und starrte auf einen Notizblock. Audrey war in die Küche gegangen, um eine Schale Nachochips und ein Glas Wasser zu holen; sie nahm die Wodkaflasche, goß einen kräftigen Schluck in ein Wasserglas, kippte ihn runter, trank einen ebenso kräftigen Nachschlag direkt aus der Flasche, schraubte sie wieder zu, stellte sie zurück, drehte die Platte halb herum und drückte dann die Tür des Schränkchens ins Schloß. Schließlich stopfte sie sich eine Handvoll Nachos in den Mund, um den Wodkageruch zu überdecken, goß Wasser in ein Glas, füllte die Schale mit Nachos und nahm beides mit ins Arbeitszimmer.

»Wenn sie dir den Job geben wollten ...«

»Ich habe dich gehört, ich habe dich gehört«, schnarrte Wilson. »Ich habe dich ein verdammtes halbes dutzendmal gehört. Du gibst manchmal soviel Scheiße von dir, Audrey, daß man meinen könnte, es würde *nur* Scheiße in dir stecken. Ich bin Vorsitzender des Aufsichtsrats – ich habe schließlich die heutige Sitzung geleitet –, und ich werde mit den Typen schon fertig.«

»So? Mit wie vielen Aufsichtsratsmitgliedern hast du geredet? Wie viele waren bereit, dich zu unterstützen?«

Er schob sich eine Handvoll Chips in den Mund, kaute kurz, sagte: »Eirich und Goff und Brandt ...«

»Du hast mir gesagt, Brandt würde ...«

»Ich weiß, was ich gesagt habe«, brauste er auf. »Ich werde diesem Arschloch noch den Marsch blasen, dieser verdammten Drecksau!« Brand hatte Ausflüchte gemacht.

»Zählen kannst du nicht auf ...«

Das Telefon klingelte, sie drehten sich beide um und starrten es an. »Hast du mit deinem Vater gesprochen?« fragte Audrey.

»Ja.«

»Hm.« Sie stand auf, ging zum Telefon, nahm den Hörer ab. »Hallo? Ja, hier ist Audrey McDonald.« Sie drehte sich um, sah Wilson an. »Ja, er ist irgendwo im Haus. Einen Moment, ich hole ihn.«

Sie drückte den Hörer gegen die Brust, sagte: »Es ist Susan O'Dell. Sie sagt, sie müsse sofort mit dir sprechen.«

»Okay. Mein Gott, ich frage mich, was sie will – und das auch noch sofort ...«

»Es kann nichts Gutes sein«, sagte Audrey. Eine plötzliche Angst packte sie, wenn sie sich die Verdrossenheit ihres Mannes vor Augen hielt. Da bestand die Gefahr, daß etwas schieflief ...

Wilson nahm den Hörer. »Hallo?« Er hörte einige Sekunden zu, sagte dann: »Okay, geht in Ordnung. Geben Sie uns eine Stunde ... Okay, bis dann.«

»Was wollte sie?«

»Sie kommt her. Sie will einen Deal mit uns machen.«

Audreys Augen leuchteten auf. »Wenn wir mit ihr einen Deal machen können, schlagen wir Bone aus dem Feld. Um das zu erreichen, können wir ihr durchaus ein paar Zugeständnisse machen …«

»Richtig. Und wir stimmen grundsätzlich zu, daß …« Das Telefon läutete wieder, und er nahm den Hörer ab, erwartete, daß O'Dell noch einmal anrief, weil ihr noch etwas eingefallen war. »Hallo?«

Wieder hörte er einige Sekunden zu, sagte schließlich: »Es geht aber erst, sagen wir, um zehn Uhr. Wir haben Gäste … Okay, wir bleiben heute sowieso länger auf. Bis dann.«

Er legte den Hörer auf, und Audrey hob erwartungsvoll die Augenbrauen.

»Bone«, sagte er. »Und er will *ebenfalls* einen Deal mit uns machen.«

Audrey lachte glucksend. »Donnerwetter, was sind wir heute beliebt! Die Leute reißen sich um uns …« Der Wodka hatte bereits Licht ins Dunkel dieser Welt gebracht, und jetzt auch noch diese Anrufe … »Wir müssen dringend ein paar Überlegungen anstellen.«

O'Dell kam und ging wieder.

Bone kam und ging wieder.

McDonald ging hinauf ins Schlafzimmer, fand den Scotch im Versteck im Wandschrank, riß den Korken heraus und trank einen langen Schluck. »Gottverdammter Jesus Christus!« brüllte er. »Was machen die mit mir? Was machen die mit mir?«

Audrey duckte sich ängstlich unter dem Türrahmen. »Haben sie recht? Haben sie etwa recht, Wilson?« Sie hatte sich diesmal ein volles Wasserglas Wodka genehmigt.

»Dieser verdammte Hurensohn Brandt, dieser elende Verräter!« schrie Wilson. Er trank einen langen Zug aus der Flasche, zwei Schlucke, drei, vier. Als er die Flasche absetzte, starrte er Audrey wie betäubt an. »Wie konnten die verdammten Drecksäue das nur tun?«

Und dann fing er plötzlich an zu heulen, und sein Gesicht wurde rot wie ein Stoppzeichen. Die Flasche drohte ihm aus der Hand zu fallen.

»Ruf deinen Vater an«, schlug Audrey vor. »Vielleicht kann er ...«

»Ich scheiße auf das alte Arschloch!« brüllte Wilson. »Ich sterbe! Gottverdammt, ich sterbe!« Er riß sich das Hemd vom Leib und warf es auf den Boden. Audrey wich in den Flur zurück, sah zu, wie er ins Badezimmer trottete, hörte, wie das Wasser in die überdimensionierte Badewanne lief. Einen Moment später kamen seine Hose und die Unterhose durch die Tür in den Flur geflogen.

»Wilson, wir haben jetzt wirklich keine Zeit für so etwas. Wir müssen uns zusammenreißen. Nur weil sie gesagt haben ...«

»Sie hatten recht, du verdammte blöde Kuh«, schrie McDonald. Und er kam aus dem Bad gerannt, splitternackt, und sein Penis hüpfte auf und ab wie ein Tannenzapfen an einem windigen Tag. »Ich bin weg vom Fenster. Ausgetrickst. Tot und begraben ...«

Er fuhr herum, suchte nach seiner Flasche, sah, daß er sie noch in der Hand hielt. Er war bereits betrunken: Er hatte schon fast eine halbe Flasche Scotch intus gehabt, als er die Treppe raufgestürmt war, um die neue Flasche zu holen. Audrey versuchte verzweifelt, ihn zu beruhigen. Es konnte nicht sein, daß der Job verloren war. Wilson konnte nicht endgültig abgeschrieben sein ...

»Vielleicht sollten wir auf O'Dells Angebot, den Vorsitz im Aufsichtsrat ...«

»Nach einem Monat würden sie mich wieder rausschmeißen«, schrie er. »Ich wäre für sie nichts als ein ...«

»Wilson, ich meine, wir sollten ...«

»Und du, du verdammtes Miststück ...« McDonald starrte sie an, ging auf sie zu, und in seine kleinen Augen trat ein eiskalter Blick. »Du hast keinen beschissenen Finger gekrümmt, um mir zu helfen ... *Wir müssen noch ein paar Überlegungen anstellen*«, äffte er wütend ihren Spruch vom frühen Abend nach. »*Wir müs-*

sen uns alles aufschreiben ... Und dann kommen O'Dell und Bone hier reinmarschiert und sagen mir, daß ich weg vom Fenster bin.«

»Sie liegen falsch.«

»Halt's Maul«, brüllte er und schlug zu, mit der flachen Hand voll ins Gesicht. Ihr Kopf prallte gegen den Türrahmen, sie stürzte auf den Boden und versuchte benommen davonzukriechen. »Du bist wieder von Helen zurückgekommen und jetzt wirst du dafür büßen.« Er trat ihr ins Gesäß, und sie fiel auf den Bauch. Er taumelte, stürzte beinahe, gewann das Gleichgewicht wieder, packte einen ihrer Füße und schleifte sie zum Badezimmer.

»Nein, Wilson!« schrie sie. Sie versuchte, sich am Teppich, dann am Rahmen der Badezimmertür festzukrallen. »Nein, bitte nicht!« Versuchte in letzter Verzweiflung, ihn abzulenken: »Wilson, wir müssen uns was überlegen!«

»Halt's Maul«, brüllte er wieder, ließ ihren Fuß los und krallte die Finger in die Vorderseite ihrer Bluse. Der Alkohol verlieh ihm zusätzliche Kräfte, und er riß sie hoch, schleuderte sie gegen die Wand. Sie prallte mit einem dumpfen Schlag dagegen, sank wieder auf den Boden. »Du verdammtes, irres Miststück«, knurrte er, trank einen weiteren Schluck aus der Flasche. »Wenn ich mit dir Drecksau fertig bin, wirst du nicht mal mehr *kriechen* können ...«

12

Früher Morgen. Kalt, feucht, ein frostiger Hauch auf der ungeschützten Haut ...

Loring trug einen Anzug, der fast exakt der Farbe grüner Zitronen entsprach, dazu ein gelbes Seidenhemd und braune Krokodillederschuhe, darüber einen beigefarbenen knöchellangen Staubmantel, nicht zugeknöpft. Bei den meisten anderen Männern hätte dieser Aufzug seltsam gewirkt. Bei Loring, der ein Stück größer als ein Buick war, wirkte er erschreckend.

»Bleib ganz ruhig, wenn wir drin sind«, sagte Loring mit seiner Raspelstimme. »Ist ja nur ein freundschaftliches Treffen.«

Sie gingen durch eine Gasse im Süden der Stadt auf eine holzverschalte Garage mit silberfarben überstrichenen Fenstern zu.

»Wem gehört die Garage?« fragte Lucas.

»Einem Freund von Cotina. Der Junge ist in Ordnung, sie waren in derselben Motorradgang, ehe Cotina auf die schiefe Bahn geriet. Er ist der einzige Mann in Minneapolis, den Cotina ansprechen konnte, um ihm einen Ort für ein Treffen mit Cops zur Verfügung zu stellen.«

»Wäre ja wohl auch in der Stadtmitte irgendwo möglich gewesen, verdammte Scheiße«, knurrte Lucas.

Loring schüttelte den Kopf. »Er wird steckbrieflich gesucht, und er ist paranoid. Er sagt, er will sich selbst der Polizei stellen.«

»Sehr schön«, sagte Lucas.

»Aber vorher muß er noch ein paar Dinge erledigen.«

»Wie zum Beispiel mit einer Tonne Koks hausieren gehen, um das Geld für einen Rechtsanwalt und eine Kaution zusammenzukriegen.«

»Kann sein; aber hinter dem Haftbefehl gegen ihn stecken keine dicken Dinger: tätliche Bedrohung, Mißhandlung und ähnlicher Scheiß.«

»Na schön«, sagte Lucas. Sie erreichten die Garage, und Loring klopfte an eine Nebentür. Ein Mann öffnete, starrte sie an.

»Nur ihr beiden?«

»Ja, nur wir beide«, antwortete Loring.

Der Mann ließ sie ein. Er war dünn und trug trotz des kalten Wetters ein ärmelloses T-Shirt. Eine Lederjacke hing über der Lehne eines einzelnen Stuhls in der Mitte der Garage. Eine pechschwarze Harley stand abfahrbereit an der Garagentür.

Lucas schaute sich um. »Wo ist er denn nun?«

»Kommt in 'ner Minute«, sagte der Mann.

»Und wer sind Sie?«

»Bob«, stellte sich der Mann vor. Er zog ein Handy aus der Tasche der Lederjacke, tippte eine Nummer ein, wartete einige Sekunden, sagte dann: »Ja, sie sind da. Ja. Okay.« Er schaltete das Handy aus. »Sie sind auf 'ner Runde um den Block, kommen aber gleich«, sagte er.

Lucas schaute durch die Fenster nach draußen – die Silberfarbe ließ die Sicht nach draußen zu, wenn man aber von außen in die Garage schauen wollte, sah man nur sein eigenes Spiegelbild. Nach einigen Minuten des Schweigens wandte sich Bob an Loring und fragte: »Fährst du manchmal noch rum?«

»Ja, wenn ich dazu komme. Meine Alte macht aber nicht mehr mit.«

»Warst du in letzter Zeit mal in Sturgis?«

»Ja, ich war dieses Jahr dort«, antwortete Loring. »Ist nicht mehr viel los.«

»Nicht wie in den alten Zeiten ...«

»Nein. Wir werden alle alt.«

»Stimmt. Alle haben inzwischen graue Haare. Wir sehn aus wie die Grateful Dead.«

Loring nickte. »Die Hälfte der Leute brachte ihre Bikes in Vans an; sie kamen nur auf den letzten fünf Meilen echt auf den Bikes angefahren.«

»Warst du in dem Jahr dabei, als wir diese Scheißer fertiggemacht haben?«

»Ja, war toll«, sagte Loring.

Lucas unterbrach das Gespräch. »Sind sie das? Die zwei auf den Bikes?«

Bob schaute an Lucas vorbei durch das Fenster. Zwei Biker mit Sonnenbrillen und in Lederjacken und Handschuhen kamen langsam durch die Gasse auf die Garage zugerollt. »Ja, das sind sie«, sagte Bob.

Die Biker hielten an der Seite der Gasse an, stellten die Motoren ab und stiegen von den Harleys, ein wenig steif, vielleicht auch nur ein wenig wachsam. Lucas schob die Hand in die Jackentasche und legte die Finger um den Griff seiner 45er Pistole, deren Hahn er bereits vor der Garage gespannt hatte. Er legte den Daumen an den Sicherungshebel. Lorings Hand bewegte sich zur Hüfte; er trug eine 40er Smith & Wesson im Hosenbund am Rücken. Die Tür wurde aufgestoßen, und Charlie Cotina schob sich hindurch und streifte die Handschuhe von den Fingern. Er trug eine schwarze Lederjacke ohne Verzierungen, Jeans mit schwarzen Rissen sowie Stiefel. Sein Begleiter trug die Gangfarben der »Seeds« mit einem roten Halstuch. Cotina warf Loring einen kurzen Blick zu, nickte, sah dann Lucas an, schaute auf seine Hand, dann wieder in sein Gesicht.

»Ist das eine Pistole?«

»Ja.«

»Ich wette, Sie kriegen sie schnell da raus.«

»Ich habe die Tasche für meine Pistole von einem Schneider maßschneidern lassen«, sagte Lucas.

Cotina nickte ernst, sah Loring an. »Das sollte freundschaftlich ablaufen ...«

»Es wird freundschaftlich, wenn Sie uns was zu sagen haben«, sagte Lucas.

»Ich hab nicht viel rausgekriegt«, sagte Cotina und sah Lucas an. »Nur das: Wir haben nichts mit der Brandbombe zu tun gehabt. Niemand bei den Seeds will die Cops auf dem Hals haben. Was mit LaChaise und seinen Freunden passiert ist, ist das Problem von denen, nicht von uns. Die waren schon keine Seeds mehr, als sie auf Sie losgegangen sind. Niemand von uns hat was gegen Sie, und wir halten uns echt da raus.«

»Vielleicht haben Sie irgendeinen Irren in der Gruppe«, sagte Lucas.

Aber Cotina schüttelte den Kopf, sah jetzt Loring wieder an: »Du kennst doch den Haufen von verdammten Schwätzern: Wenn einer 'ne Bombe durchs Fenster von der Frau wirft, würd's die ganze Stadt in 'ner Viertelstunde wissen. Aber niemand sagt auch nur'n Scheißwort, und das heißt für mich, daß keiner, den wir kennen, es gemacht hat. Und ich *hab* rumgefragt.«

Lucas sah ihn einige Sekunden schweigend an, und Cotina starrte zurück, mit kleinen schwarzen Augen wie eine Klapperschlange. Schließlich nickte Lucas, nahm mit der freien Hand eine Geschäftskarte aus der Tasche und gab sie Cotina. »Wenn Sie noch was hören sollten, rufen Sie uns an. Könnte sich eines Tages für Sie auszahlen ... Wenn Sie vielleicht mal vor Gericht kommen.«

»Mach ich«, knurrte Cotina. Er drehte sich um und ging aus der Garage. Sein Begleiter zog die Tür hinter den beiden zu.

Lucas entspannte sich ein wenig, und Bob sagte: »Es wäre höflich, ihnen 'ne Minute zum Wegfahren zu geben.«

»Scheißkerle«, sagte Lucas. Aber er gab auch Bob eine Geschäftskarte, während draußen die Motoren der Harleys aufdröhnten. »Was ich Cotina gesagt habe, gilt auch für Sie. Wenn Sie was hören und an uns weitergeben, könnte es sich für Sie in der Zukunft mal auszahlen.«

Bob nahm die Karte. »Aus dem Knast freikommen?«

»Kommt darauf an, weshalb Sie drin sind«, sagte Lucas. »Könnte aber sein.«

»Guter Deal«, sagte Bob und steckte die Karte in die Tasche.

Lucas nickte, ging dann hinter Loring nach draußen und blinzelte im hellen Tageslicht. Cotina und sein Begleiter verschwanden gerade auf waghalsig in die Kurve gelegten Maschinen um die Ecke. Lucas bückte sich und hob die Geschäftskarte auf, die Cotina weggeworfen hatte. »Scheint nicht aus dem Knast rauszuwollen«, sagte Lucas.

»Er mußte sie wegwerfen; wenn er sie behalten hätte, hätte er Probleme gekriegt«, erklärte Loring. Auf dem Weg zu ihrem Wagen fragte Loring: »Was hältst du davon?«

»Du bist der Experte«, sagte Lucas.

»Ich denke, er hat die Wahrheit gesagt.«

Lucas nickte. »Das denke ich auch, was aber ein Problem aufwirft: Wer, zum Teufel, hat Weather die Brandflasche ins Fenster geworfen?«

Sie trafen Sloan und Del in einem Restaurant im Norden der Stadt. Sloan schob Lucas die Wirtschaftsseite der *Star-Tribune* über den Tisch zu.

»Der Banken-Deal schlägt hohe Wellen – es zeigt sich, daß drei oder vier staatliche Pensionskassen einen großen Anteil an den Polaris-Aktien besitzen, und wenn diese Fusion zusammenbricht, geschieht dasselbe mit den Aktiennotierungen«, sagte Sloan. »Ich frage mich, ob das was mit dem Kresge-Fall zu tun haben könnte.«

»Ich sehe da auf Anhieb keinen Zusammenhang«, erwiderte Lucas. Er überflog den Zeitungsartikel. Bone wurde mit der Aussage zitiert, die Fusion sei weiterhin geplant und die Polaris-Bank setze die Vorbereitungen dafür fort. Weiter unten in dem Artikel wurde ein nicht namentlich genannter Manager der Bank mit der Aussage zitiert, die Fusion werde »neu überdacht«.

»Eine Irrenanstalt«, sagte Sloan.

»Ja, da scheint ein interner Machtkampf zu toben«, bestätigte Lucas. Er schob Sloan die Zeitung wieder zu und warf einen Blick in die Speisekarte: nur zu fette Gerichte. »Ich wette, bei dem ›nicht namentlich genannten Manager‹ handelt es sich um Susan O'Dell.«

»Kann sein. Aber das klingt so, als ob mächtig Druck gemacht würde, die Fusion durchzuführen; was dem Killer ganz schön stinken würde, wenn er sie stoppen will.«

Lucas war durch den Anschlag auf Weather gedanklich abgelenkt, aber jetzt schaute er von der Speisekarte auf und sagte: »Bone ist derjenige, der die Fusion vorantreibt ... Was irgendwie komisch ist, wenn man darüber nachdenkt.«

»Wieso?«

»Weil die meisten Leute dieser Spezies davon träumen, zur Spitze aufzusteigen, ein Unternehmen zu leiten. Wenn das so verläuft, wie die Zeitung es darstellt, und Bone zunächst mal den Polaris-Topjob kriegt, schießt er ein strammes Eigentor und steht ein paar Monate nach der Fusion ohne Job da.«

»Aber mit Zigmillionen Dollar Gewinn«, sagte Del.

»Ja, das stimmt ... Die Frage ist, ob wir ihn unter Polizeischutz stellen sollen. Wenn da draußen ein Irrer rumläuft, der die Fusion stoppen will, wäre Bone sein nächstes Mordopfer.«

»Auf jeden Fall müssen wir bald mal mit ihm reden«, sagte Sloan.

Lucas nahm das Gespräch am Autotelefon entgegen, das von der Zentrale vermittelt wurde. »Warum haben Sie Wilson McDonald nicht verhaftet?« Eine Frauenstimme, zornig, aber kontrolliert.

»Wer spricht da?« fragte Lucas. »Wer sind Sie?« Del auf dem Beifahrersitz nahm sein Handy aus der Jackentasche und gab schnell eine Nummer ein.

»Ein Mensch, der zu helfen versucht«, sagte die Frau. »Er hat gestern nacht seine Frau fast zu Tode geprügelt. Sie müssen ihn verhaften, ehe er jemanden umbringt.«

Klick. Sie hatte das Gespräch abgebrochen. Del sprach noch mit der Zentrale, aber Lucas sagte: »Sie ist weg.« Del fragte in sein Handy: »Haben Sie die Nummer rausgefunden?«

Man hatte. »Von wo kam der Anruf?«

Münzfernsprecher. Im Norden, an der I-694. Nichts zu machen.

»Wer ist diese Frau?« fragte Lucas. »Sie scheint alles zu wissen.«

»Wer könnte wissen, daß Wilson McDonald vergangene Nacht seine Frau verprügelt hat? Vor allem, wenn die beiden McDonalds versuchen, es geheimzuhalten?«

Lucas dachte nach und sagte dann: »Jemand aus der Familie wahrscheinlich – und Mrs. McDonald selbst.«

»Anonyme Anrufe – sie würde es nicht wagen, denn wenn ihr Mann das rausfinden würde …«

»Ja … Erinnerst du dich an Anette Wie-hieß-sie-noch?«

»Honegger. Ich habe genau dasselbe gedacht. Und daran, was mit ihr passiert ist.«

»Ja.« Lucas biß sich auf die Lippe. »Hat man je ihre Hände und Füße gefunden?«

»Nicht daß ich wüßte.«

Shirley Knox war keine besonders gute Empfangsdame, aber sie erkannte Cops auf Anhieb. Als Lucas und Del aus Lucas' Porsche stiegen, murmelte sie »oh, Scheiße« vor sich hin, griff zum Telefon, drückte auf den Knopf der Gegensprechanlage und sagte: »Mr. Knox – Mr. Johnson ist da.«

Draußen in der Lagerhalle stand Carl Knox neben einem kniehohen Stapel illegal importierter iranischer Teppiche. Er schaute zum Lautsprecher hoch, und als die Stimme seiner Tochter verklungen war, sagte er genau wie sie: »Ooh, Scheiße«, und dann: »Was wollen die denn hier?« Zu dem Mann, der bei ihm stand, sagte er: »Ich halte die Cops 'ne Weile hin, schmeiß du die Teppiche wieder in die Kiste. Wenn noch Zeit dafür ist, nagle die Kiste zu. Mach schnell!«

Carl Knox wußte selbst nicht mehr genau, wie es gekommen war, aber im Lauf der Jahre hatte er sich zur Antwort der Doppelstadt Minneapolis/St. Paul auf die Mafia gemausert – zum organisierten Verbrechen überhaupt. Begonnen hatte er vor fünfundzwanzig Jahren mit dem Diebstahl von Caterpillar-Erdbewegungsgeräten, ein Geschäft, das er auch heute noch mit großer Begeisterung verfolgte. Die Hälfte der gesamten Caterpillar-Ausrüstung nördlich des fünfundfünfzigsten Breitengrades war durch seine Hände gegangen, ebenso alle Ersatzteile.

Das Geschäft mit den gestohlenen Caterpillars war gut gelaufen, so gut, daß er schließlich Ende der siebziger Jahre auf einigen hunderttausend undeklarierbarer Dollar saß, die von der Inflation aufgefressen zu werden drohten. Dann hatte er einen Mann namens Merchant getroffen, der ihm erklärt hatte, daß »die Straße« einen großen Bedarf an nicht nachweisbarem Bargeld hatte, was wiederum der Auslöser dafür war, daß Knox zum größten Kredithai der Doppelstadt aufstieg. Er trat keinesfalls selbst als Hai auf – er finanzierte einfach nur die Haie ...

Und das nun wiederum brachte ihn in Verbindung mit dem Glücksspiel, und er erkannte, daß sich mit seiner Computerausstattung, die er zur Registrierung der zum Diebstahl vorgesehenen Caterpillar-Ausrüstung benutzte, sehr gut Buchmachergeschäfte machen ließen – und recht bald führte einer seiner Gehilfen das größte Wettbüro für Sportwetten in der Doppelstadt.

Aber er hatte nie irgendwelche Killer auf unliebsame Mitmenschen angesetzt, und da ein gelegentlich gebrochener Knochen ihn nicht bedenklich stimmte – vor allem, wenn der Knochen nicht sein eigener war –, bestand seine Einstellung zur Gewalt in der Doppelstadt aus der Einsicht: »Verdammt noch mal, so was sollte eigentlich nicht notwendig sein.«

Carl Knox schaffte seinen flachen Hintern schleunigst in den Ausstellungsraum. Ein hübscher, neu hergerichteter und frisch gelb gestrichener Caterpillar-966-Stapellader war ausgestellt, direkt hinter der großen Schaufensterscheibe, so daß er ihn stets bewundern konnte. Als er in die Lobby kam, schlurfte Del Capslock gerade zum Empfangspult, hinter dem Shirley sich auf das schnellstmöglichste Durchkauen ihres Kaugummis konzentrierte. Hinter Capslock folgte ein anderer Mann, größer und dunkler. Knox kannte sowohl das Gesicht als auch den Namen dieses Mannes, obwohl er ihm noch nie begegnet war.

»Mr. Capslock«, rief er strahlend. Sein Lächeln war fast echt, denn Capslock wollte normalerweise nur Informationen von ihm. Del ging mit seinem Straßenjungenwiegeschritt auf ihn zu.

»Hallo, Mr. Knox«, sagte er. Er deutete mit dem Daumen über die Schulter auf den dunklen Mann hinter sich. »Das ist Mr. Davenport.«

»Mr. Davenport – Chief Davenport –, ich habe schon viel von Ihnen gehört«, strahlte Knox.

»Und ich habe von Ihnen gehört«, sagte Lucas.

»Was kann ich für die Gentlemen tun?« fragte Knox. »Einen D9-Bagger für ihre Goldgrube?«

»Wir möchten, daß Sie Ihre Arschlöcher anrufen und sie befragen, ob sie etwas über eine Brandbombe wissen, die durch das Fenster von Weather Karkinnen drüben in Edina geworfen wurde«, sagte Lucas. Seine Stimme war recht freundlich, und Knox meinte, das ausnutzen zu können.

»Meine Arschlöcher? Was ...«

»Gehn Sie mir nicht auf den Keks Knox«, knurrte Lucas, und alle Freundlichkeit war übergangslos aus seiner Stimme verschwunden. »Das ist eine sehr ernste Angelegenheit, und wenn ich mich gezwungen sehe, dieses verdammte Lagerhaus mit ein paar Stemmeisen auseinandernehmen zu lassen, um Sie von der Ernsthaftigkeit zu überzeugen, mache ich einen kurzen Anruf und beordere ein paar Leute mit Stemmeisen hierher.«

Das Strahlen verschwand abrupt von Knox' Gesicht. »Wie, zum Teufel, kommen Sie auf den Gedanken, ich könnte was darüber wissen, daß irgendwo eine Brandbombe in ein Fenster geworfen wurde?«

»Haben Sie es im Fernsehen gesehen?« fragte Del.

»Ja, auf Kanal drei. Sie haben davon geredet, die Seeds wären wieder hinter Ihrem Arsch her. Ich habe aber nichts mit den Seeds zu tun ...«

»Die Seeds waren es nicht«, sagte Lucas. »Wir suchen nach einer neuen Spur. Also möchten wir, daß Sie alle Ihre verdammten Wichser anrufen und ihnen sagen, sie sollen sich umhören. Sie können mich dann in, sagen wir mal, vier Stunden in meinem Büro anrufen. Vier Stunden sollten reichen ...«

»Jesus, ich brauche mehr als vier Stunden«, jammerte Knox. »In vier Stunden kann ich nichts rausfinden ...«

»Wir haben aber nicht länger Zeit. Wir wollen wissen, aus welcher Ecke es kommt und aus welchen Gründen das getan wurde.«

»Na ja, ich kann ja mal fragen ...«

»Tun Sie das.« Lucas hielt Knox eine Geschäftskarte hin, und er nahm sie entgegen. »Vier Stunden.«

»Wir vergeuden unsere Zeit« sagte Lucas, als er sich hinter das Steuer des Porsche schob.

»Weißt du, was du tun solltest?« fragte Del.

Lucas schüttelte den Kopf und startete den Motor.

»Du mußt mit Weather reden«, sagte Del. »Wir müssen rausfinden, ob es statt aus unserer aus ihrer Ecke kommt.«

»Das geht nicht«, sagte Lucas.

»Dann laß es Sherrill machen«, schlug Del vor. »Von Frau zu Frau, das müßte doch gehen.«

»Ich denke darüber nach«, sagte Lucas.

»Du mußt es tun, wenn sich nichts anderes ergibt«, sagte Del. »Ich habe meiner Frau gesagt, sie soll bei ihrer Mom übernachten, solange, bis wir was rausgefunden haben.«

Del führte eine unwahrscheinlich glückliche Ehe, und Lucas nickte zustimmend. »Sehr gut ... Gottverdammt, ich kann mich nicht mit Weather treffen.«

Del reagierte nicht. Er starrte durch das Seitenfenster auf die in der Dämmerung vorbeiziehende Herbstlandschaft. »Ich hasse diese Jahreszeit, dieses Warten auf den Winter«, sagte er schließlich. »Es wird immer kälter. Ich wünschte, wir hätten August.«

Cops gaben sich die Klinke zu Lucas' Büro in die Hand, aber keiner hatte etwas erfahren. Dann rief Knox an.

»Sie schulden mir was«, sagte er. »Ich habe allen meinen Leuten die Hölle heißgemacht.«

»Ich hatte vier Stunden gesagt, jetzt sind sechs vorbei«, sagte Lucas.

»Scheiß auf vier Stunden«, sagte Knox. »Ich habe sechs gebraucht, weil ich nach vier Stunden nichts in der Hand hatte.«

Lucas setzte sich auf. »Und was haben Sie nach sechs Stunden rausgefunden?«

»Dasselbe: nichts«, sagte Knox. »Und das bringt mich zu der Überzeugung, daß der, der es getan hat, beknackt sein muß. Kein Job von irgend 'nem Verbrechertyp, sondern von 'nem Irren. Könnte auch ein Kid aus der Nachbarschaft gewesen sein, das wütend auf sie ist oder irgendwas in der Richtung. Denn es ist aus dem Nichts gekommen.«

»Danke für nichts«, sagte Lucas.

»Heh, ich habe Ihnen nicht nichts gegeben«, protestierte Knox. »Ich sage Ihnen in vollem Ernst: Auf der Straße gibt es keinerlei Hinweise. Nichts. Null. Das war kein Profijob, kein Gangjob und kein Rockerjob. Es muß ein Einzelgänger mit seinen privaten Gründen gewesen sein. Wenn es anders wäre, hätten wir es rausgefunden.«

Lucas dachte kurz darüber nach, sagte dann »okay« und legte den Hörer auf.

»Was Neues?« fragte Sherrill. Sie saß auf einem Stuhl vor dem Schreibtisch und sah todmüde aus.

»Knox hat nichts rausgefunden, sagt, im Milieu gäb's keine Hinweise.«

»Er hat recht.«

»Verdammte Scheiße ...« Er drehte den Stuhl, starrte aus dem Fenster in die frühe Dunkelheit.

»Möchtest du, daß ich mit Weather spreche? Del hat so was angedeutet ...«

»Verdammte Scheiße ...« Er gab zunächst keine Antwort, seufzte dann, sagte: »Ich werde es tun.«

»Willst du, daß ich mitkomme?«

»Nein ... Na ja, vielleicht doch. Laß mich erst mal mit der Seelenklempnerin reden.«

Andi Manette war verärgert über Lucas' Frage. »Sie helfen ihr damit bestimmt nicht.«

Lucas' Ärger blitzte sofort in ihre Richtung zurück: »Nicht alles kann durch Sitzungen beim Psychiater gelöst werden, Dr. Manette. Da ist jemand, der Brandbomben wirft, und meine Leute hier verstecken ihre Frauen und Kinder, weil sie Angst haben, die Irren von damals hätten sich neu formiert und würden ein Rache-Comeback versuchen. Ich muß mit ihr sprechen.«

Nach einem Moment: »Ich kann das verstehen. Weather ist vermutlich gerade in ihrem Haus, um einiges noch zu retten – alles ist durch den Rauch verpestet. Es wäre besser, wenn Sie hier mit ihr sprechen würden, in meinem Haus.«

»In Ordnung. Wann? Es muß bald sein.«

»Ich rufe Weather an ... Geben Sie uns zwei Stunden.«

»Möchten Sie, daß ich in Begleitung eines anderen Cops komme? Ich könnte Marcy Sherrill mitbringen, wenn Sie das als hilfreich betrachten – vielleicht macht es die Sache offizieller und nicht so persönlich. Wenn Sie es für gut halten.«

»Ich weiß nicht, ob das einen Unterschied macht, aber bringen Sie sie mit. Vielleicht ist es ja tatsächlich hilfreich.«

Er hatte Weather seit fast einem Monat nicht mehr gesehen, und als Lucas unter der Tür von Andi Manettes Wohnzimmer stand, Sherrill dicht hinter ihm, ließ ihr Anblick ihn erstarren. Sie hatte sich auf einem Sessel zusammengerollt, eine Körperhaltung, die er nur zu gut bei ihr kannte. Sie war eine kleine Frau und rollte sich oft wie eine Katze auf Sesseln zusammen, die Füße angezogen, die Nase in einem Buch ... Und als sie sich ihm jetzt zuwandte, lächelte sie nachdenklich, und es war fast, als ob alles ... okay sei.

Dann verflog das Lächeln, und Sherrill stieß ihm mit der Faust in den Rücken. Er machte einen Schritt ins Zimmer, und nichts mehr war okay ...

»Wie geht's dir?« murmelte er.

»Nun, diese Brandbombe ...«

»Entschuldigung, war eine dumme Frage. Aber du weißt, wie ich es meine.«

»Ja, das weiß ich. Es geht mir gut.« Keine Spur eines Lächelns mehr, und ihre Gesichtszüge waren angespannt, die Stimme kontrolliert. »Aber diese Brandbombe ... Glaubst du, es könnten die Seeds gewesen sein?«

Lucas schüttelte den Kopf, setzte sich in einen Sessel. Sherrill trug eine Lederjacke, und als sie sie jetzt auszog, kam eine riesige 357 Magnum mit Kirschholzgriff in einem schwarzen Lederschulterholster zum Vorschein. Sie sah aus wie das Covergirl eines S&M-Magazins. »Nicht die Seeds«, antwortete Lucas. »Ich habe mit ihrem Anführer gesprochen, und wir haben unsere Fühler überallhin ausgestreckt. Die Seeds waren es nicht.«

»Irgendein Irrer?«

»Das ist zur Zeit die übereinstimmende Auffassung.«

»Es sei denn, Sie können uns irgendwas zu der Sache sagen, von dem wir nichts wissen«, schaltete sich Sherrill ein. »Haben Sie vielleicht einmal Probleme mit unzufriedenen Patienten oder

Angehörigen von unzufriedenen Patienten gehabt? Oder mit Patienten, die Ihnen von Staats wegen aus Psychiatrischen Kliniken überwiesen wurden – irgendwas in dieser Richtung?«

Weather runzelte die Stirn, dachte einen Moment nach, schüttelte dann den Kopf: »Nein, nicht daß ich wüßte.«

Sherrill lehnte sich ein Stück vor: »Ich kenne Sie kaum, und ich möchte weder Ihnen noch Lucas auf die Füße treten. Aber was ist mit neuen Beziehungen? Oder Männern, die meinten, Sie seien an ihnen interessiert, und die Sie dann abgewiesen haben? Für die Attacke eines Irren gibt es normalerweise eine emotionale Basis.«

Weather schüttelte erneut den Kopf: »Nein, nichts dieser Art.«

»Irgendwelche Kids?« fragte Lucas. »Teenager-Knaben, die den Rasen für dich mähen oder den Garten gießen wollten, die du aber abgewiesen hast? Oder die einfach nur auffällig vor dem Haus rumlungerten?«

»Nein ... Lucas, ich habe mein Gehirn fast ununterbrochen damit gequält, jemanden zu finden, der es getan haben könnte, ohne auch nur auf den leisesten Hinweis zu stoßen. Leute aus meiner Heimat, Leute aus dem Krankenhaus, von der Universität, Cops, aber ... es gibt niemanden. Keinen, von dem ich mir denken könnte, daß er eines Abends daherkommt und eine Brandbombe durch mein Wohnzimmerfenster wirft.«

»Verdammt«, kommentierte Lucas.

»Der einzige Gedanke, der mir einleuchtet, ist der, daß jemand durch mich an dich rankommen will«, sagte Weather. »Erinnerst du dich an den Zeitungsartikel nach der Sache mit Andi und John Mail? ›Die Kumpel von Lucas Davenport‹? Vielleicht hat jemand in der Vergangenheit rumgekramt und den Artikel gelesen – jemand, der vielleicht zu der Zeit damals im Gefängnis saß – und sich dann entschlossen hat, mir einen Denkzettel zu verpassen. Ein Außenstehender kann ja nicht wissen, daß wir unsere Beziehung abgebrochen haben. Also ... also meine ich, du solltest in deiner Vergangenheit forschen – eher als in meiner. Aber vielleicht ist es ja tatsächlich irgendein Verrückter, der sich zufällig mich ausgesucht hat.«

»Wie sieht es mit den Hausbesitzern aus? Könnten sie …«

»O Gott, Lucas, nein. Sie sind die nettesten Leute, die man sich denken kann. Ich habe sie angerufen und ihnen von der Sache berichtet, und sie haben sich Sorgen um *mich* gemacht, nicht um ihr Haus. Nein. Nicht diese Leute.«

»Okay.« Lucas sah Sherrill an. »Sonst noch was?«

»Nicht, wenn Weather sicher ist, daß sie selbst nicht das Angriffsziel ist. Aber, Weather, wenn Ihnen noch *irgendwas* einfällt …«

»Werde ich sofort Lucas anrufen«, sagte sie.

»Das wär's dann?« fragte Andi Manette.

Lucas sah Weather lange fünf Sekunden an, antwortete dann: »Ja, das ist alles.«

Draußen auf dem Gehweg, als die Tür hinter ihnen ins Schloß gefallen war, streifte Sherrill ihre Jacke über und sagte: »Wow!«

»Was ist los?«

»Sie sagte dieses Sache mit der abgebrochenen Beziehung, und du hast keine Miene verzogen. Und sie hat es gesagt, als wäre es …«

»… endgültig«, ergänzte Lucas.

»Ja.«

»Ich *habe* aber eine Miene verzogen.«

»O Gott«, seufzte Sherrill. Und dann, nach einer Pause: »Schlechter Tag.«

Wirklich ein schlechter Tag.

An diesem Abend, kurz nach halb elf, wedelte Wilson McDonald mit der Hand vor James T. Bones Gesicht herum und fauchte: »Stellvertretender Aufsichtsratsvorsitzender! Das ist nichts! Gar nichts! Sie behandeln mich wie ein Stück Scheiße!«

Bone blieb ruhig: »Hören Sie, Wilson, Sie werden den Topjob nicht kriegen. Das steht fest. Ich kann Ihnen zusichern, daß Sie Leiter der Hypothekenabteilung bleiben. Ich kann Ihnen zunächst einmal den Posten eines Stellvertretenden Aufsichtsratsvorsitzenden bei der fusionierten Bank verschaffen. Aber ich kann Ihnen nicht sagen, was geschehen wird, wenn die Fusion erst einmal vollzogen ist.«

»Es wird keine verdammte Fusion geben«, knurrte McDonald. Er hatte seinen Mantel nicht ausgezogen. Er ging zur Tür, drehte sich noch einmal um und sagte: »Und Sie werden niemals Chef der Bank. Vielleicht schaffe ich es auch nicht, aber Sie können Gift darauf nehmen, daß ich es Ihnen vermasseln werde.«

Damit rauschte er hinaus.

Kerin Baki sagte: »Wenn er sich an O'Dell hält, könnten wir Probleme kriegen.»

Bone schüttelte den Kopf. »Nicht unbedingt. O'Dell braucht neun Stimmen. Ich sehe im Moment nur sieben oder acht. Und ich sehe nicht, daß McDonald Stimmen abziehen könnte. Warum sollte sich jemand auf seine Versprechungen verlassen? Er ist weg vom Fenster.«

»Es geht nicht nur um die Motive Macht und Geld«, erwiderte Baki. »Es stecken auch Faktoren wie Familie und Freundschaft dahinter. Und er braucht ja nur zwei Aufsichtsratsmitglieder rumzukriegen ...«

»Ich glaube aber nicht, daß er das schafft«, widersprach Bone.

»Sie unterschätzen O'Dell«, warnte Baki.

»Nein. Ich weiß einfach nur, was ich zu tun bereit bin und was nicht. Wenn sie den Posten kriegt – okay. Aber ich glaube nicht, daß es dazu kommt.«

Wirklich ein schlechter Tag.

Susan O'Dell nahm sich ein Diabetikerbonbon aus der Schale auf ihrem Couchtisch, wickelte das Zellophanpapier mit spitzen Fingern ab, steckte das Bonbon in den Mund und sagte dann: »Sicher sind mir die Stimmen von Anderson, Bunde, Sanderson, Eirich, Sojen und Goff. Wenn Sie mir zu den Stimmen von Spartz, Rondeau, Young und Brandt verhelfen können, haben wir es geschafft: Wir haben zehn der siebzehn Stimmen; neun brauchen wir ja nur.«

»Wir *können* Ihnen dazu verhelfen«, sagte Audrey McDonald.

»Wilson hat heute mit seinem Vater gesprochen, und der hat Rondeau für unsere Seite gewonnen. Spartz, Young und Brandt haben sich sowieso bereits verpflichtet, das zu tun, was Wilson von ihnen verlangt.« Audrey saß auf einer Couch, die Füße nebeneinander auf den Boden gestellt, die Handtasche auf dem Schoß haltend. Ihr ganzer Körper schmerzte, aber sie hatte keine Brüche erlitten. Wenn Wilson prügelte, tat er es mit einer gewissen Sorgfalt, brutal, aber doch sorgfältig.

»Wir müssen uns aber sicher sein«, sagte O'Dell.

»Ich kann mir schriftliche Verpflichtungserklärungen geben lassen, wenn Sie das wünschen«, sagte Audrey steif. Sie haßte O'Dell, aber diese Kooperation war nun einmal notwendig.

»Das wäre unsinnig«, sagte O'Dell. »Niemand würde auf so etwas eingehen. Und es ist auch nicht erforderlich. Nein, ich möchte mit den Leuten sprechen. Es wird nicht unbedingt angenehm sein, aber wir müssen miteinander reden.«

»Ich werde das arrangieren«, sagte Audrey. »Aber wir möchten die Verpflichtungen, die Sie uns gegenüber eingehen, gern schriftlich haben. Wir werden ein solches Papier natürlich niemandem zeigen, wenn Sie Ihr Ziel erreichen ... Wenn Sie danach aber nicht einhalten, was Sie versprochen haben, werden wir Ihnen damit ... einigen Schaden zufügen.«

O'Dell schüttelte den Kopf. »Das kann ich nicht machen.«

»Sie *können*, wenn Sie diesen Job kriegen wollen«, sagte Audrey. Sie bewegte ihren Körper ein wenig, versuchte, den Schmerz im Rücken zu lindern. Er hatte ihr *wirklich* Schmerzen zugefügt ...

O'Dell saß einige Sekunden schweigend da. Dann: »Kann ich Sie morgen früh anrufen?«

»Ja, gleich am frühen Morgen«, antwortete Audrey. »Wir haben nicht mehr viel Zeit.«

Audrey sah alt aus, dachte O'Dell und schaute ihr nach, als sie zur Aufzugtür schlurfte. Sie waren im selben Alter, aber Audrey bewegte sich bereits ein wenig steif und ging leicht vornübergebeugt.

O'Dell hatte sich gut gehalten, sowohl körperlich als auch geistig. Sie war eine langfristige Planerin und fest entschlossen, bis zum reifen Alter von neunzig zu leben.

Nachdem Audrey das Appartement verlassen hatte, ging O'Dell zum Kühlschrank, nahm eine Flasche Dos Equis heraus, öffnete sie und ging damit zur Couch, um über den Stand der Dinge nachzudenken. Fünf Minuten später zirpte das Telefon auf dem Beistelltisch, nur ganz kurz. Sie wartete, aber der Anrufer hatte wieder aufgelegt. Sie trank ein paar weitere Schlucke von ihrem Bier, lehnte sich dann zur Seite, griff zum Telefon und gab Louise Comptons Nummer ein.

Nach dem dritten Läuten nahm Compton ab, und O'Dell sagte: »Audrey McDonald war hier, ich habe sie gerade zum Aufzug gebracht. Sie sagte, sie könne uns die Stimmen von Spartz, Rondeau, Young und Brandt verschaffen. Aber sie stellt Bedingungen.«

»Welche?«

»Sie verlangt eine schriftliche Vereinbarung: Ich werde Vorstandsvorsitzende und Bankpräsidentin, Wilson wird Aufsichtsratsvorsitzender. Er wäre dann nur eine Gallionsfigur, bekäme aber natürlich das volle Gehalt.«

»Das klingt ...«

»Gesetzwidrig. Soll es ruhig.«

»Sie sollten versuchen, diese Vereinbarung mündlich vor Zeugen zu treffen – vielleicht vor einigen Aufsichtsratsmitgliedern –, statt sie schriftlich abzufassen. Dann, in ein oder zwei Jahren, wenn wir die Bank unter Kontrolle haben ...«

»Schmeißen wir ihn raus.«

»Genau.«

»Ihre Denkweise gefällt mir«, sagte O'Dell. Es läutete an der Tür, sie drehte sich um und runzelte die Stirn. »Da ist jemand an der Tür. Bleiben Sie dran.«

O'Dell glitt von der Couch, hastete durch das Wohnzimmer zur Wohnungstür, schaute durch den Spion in den Flur, runzelte die Stirn, öffnete die Tür.

»Ich ...« Dann sah sie die Pistole, starrte in die auf ihr Gesicht gerichtete Mündung. »Nein ...« sagte sie.

In der Enge des Flurs und der Diele dröhnte der Schuß wie das Donnern des Weltuntergangs, und für O'Dell traf das tatsächlich auch zu. Die Kugel fuhr in ihr linkes Auge und zerfetzte die Rückseite ihres Schädels.

Sie stürzte auf den Rücken, und eine Sekunde später traf sie ein zweiter Schuß in die Stirn. Aber sie war bereits tot.

Das Telefon lag auf der Couch, und eine dünne, blecherne Stimme kreischte: »Susan? Susan, was war das? Susan?«

Ein wirklich schlechter Tag für Susan O'Dell.

13

Lucas trat aus dem Aufzug, schob sich im Flur an einigen uniformierten Cops vorbei, blieb unter O'Dells Wohnungstür stehen und schaute hinunter auf die Leiche. Sie lag flach auf dem Rücken; die Nase zeigte nach oben, die Fußspitzen waren leicht nach innen gebogen. Ihr Gesicht war durch die beiden Schüsse verunstaltet. Unter dem Schädel war ein schmales Blutrinnsal herausgequollen und hatte sich auf dem Teppich ausgebreitet. Lucas konnte das Blut riechen.

»Was für eine verdammte Scheiße!« knurrte Lucas wütend und angeekelt. »Was für eine verdammte Scheiße!«

Ein älterer Kriminalbeamter namens Swanson saß in einem Stuhl mit Lederlehne und blätterte einen Terminkalender durch. »Ja, immer dieselbe alte Scheiße«, sagte er. Swanson hatte im Verlauf seiner Karriere rund sechshundert Mordopfer gesehen. »Passen Sie auf, wo Sie hintreten, die Spurensicherung ist noch nicht abgeschlossen.«

Riley, Swansons Partner, sagte zu Lucas: »Wir haben veranlaßt, daß diese Mrs. McDonald herkommt. Sie war kurz vor dem Mord noch hier.«

»Audrey McDonald?« fragte Lucas. »Woher wissen Sie das?«

Er ging an der Leiche vorbei, starrte auf sie hinunter, als ob ein Hinweis auf den Mörder darauf geschrieben stehen könnte.

»O'Dell sprach gerade mit einer Freundin von der Bank, als sie erschossen wurde. Diese Freundin – ähm, lassen Sie mich nachsehen, aha, Louise Compton – rief uns über 911 an. Bevor O'Dell erschossen wurde, hat sie Compton noch gesagt, Audrey McDonald sei gerade weggegangen. Wie wir gehört haben, haben Sie mit ihr wegen des Kresge-Falles mal gesprochen. Mit Audrey McDonald.«

»Ich kenne sie nicht persönlich«, sagte Lucas. »Ich habe mit ihrem Mann gesprochen.« Er ging neben der Leiche in die Hocke, schaute sich die Schmauchspuren auf dem Gesicht an. Pistole kleinen bis mittleren Kalibers, abgefeuert aus einer Entfernung von wenigen Zentimetern, erkannte er. »Habt ihr ein Geschoß gefunden?«

Swanson deutete auf ein Einschußloch in der Flurwand. »Da drüben ... Wir werden die Kugel rausholen. Und es sieht so aus, als ob der zweite Schuß abgefeuert worden sei, als sie bereits auf dem Boden lag; die Kugel steckt wahrscheinlich unter ihrem Kopf im Boden.«

»Was ist mit dieser Freundin? Compton?«

»Ist unterwegs hierher – müßte jeden Moment eintreffen.«

»Dann sollten wir die Leiche zudecken«, sagte Lucas.

»Ich mach das«, sagte Riley.

»Wie sieht's mit der Tatzeit aus?« fragte Lucas.

»Compton hat um dreiundzwanzig-null-vier die Notrufnummer angewählt«, antwortete Swanson. »Sie hat, wie sie sagt, am Telefon auf die Rückkehr O'Dells von der Wohnungstür gewartet, dann die Schüsse gehört, und als O'Dell nicht zurückkam und sie mehrmals nach ihr gerufen hatte, hat sie 911 angerufen. Wir denken also, daß die Schüsse eine Minute oder zwei Minuten nach dreiundzwanzig Uhr gefallen sind.«

»Hören Sie, Sloan und Sherrill haben bereits mit allen in die Kresge-Sache verwickelten Leuten gesprochen«, sagte Lucas. »Wir sollten sie dazuholen.«

»Okay. Ich rufe sie an.«

»Mein Gott, was für eine Sauerei«, sagte Lucas und wandte sich von der Leiche ab. »Sie macht die Tür auf und *peng*! Das war alles …«

»So sehen wir das auch. Wir haben Sie angerufen, weil Sie mit dem Kresge-Fall beschäftigt sind – wir dachten, wenn das ein Irrer ist, der nach und nach die Topleute von dieser Bank umlegt …«

»Das macht keinen Sinn«, sagte Lucas. »Sie wäre die falsche Topmanagerin, die man umlegt.«

»Wieso?«

»Wir dachten, Kresge sei erschossen worden, weil er eine Fusion mit einer größeren Bank durchdrücken wollte. O'Dell aber war vor dem Hintergrund, daß sie die Fusion *stoppen* wollte, auf Kresges Job aus.«

»Vielleicht hat diese Fusion nichts mit der Sache zu tun«, meinte Swanson. »Vielleicht wurden die beiden aus irgendwelchen anderen, bankinternen Gründen umgelegt, aber nicht im Zusammenhang mit der Fusion.«

»Kann sein«, sagte Lucas. »Ich weiß es nicht.«

»Was hat sich bei der Brandbombensache rausgestellt?« fragte Swanson.

»Nichts«, antwortete Lucas. »Einfach gottverdammt nichts.« Seine Gedanken wanderten wieder zu dem Brandanschlag. Knox, der Caterpillar-Mann, hatte wahrscheinlich recht. Ein Kid aus der Nachbarschaft, das es gern brennen sah, aber nicht eine Aktion aus dem Gangstermilieu.

Riley zog eine Gummiplane über O'Dells Leiche, richtete sich auf, drehte sich um. Leute draußen im Flur. Dann erschien Wilson McDonald an der Wohnungstür, blieb abrupt stehen, als er die Gestalt auf dem Boden sah. »Mein Gott, ist sie das?« fragte er. Audrey McDonald folgte ihm nur zögernd, blieb etwa einen Meter hinter ihm, schaute seitlich an ihrem Mann vorbei auf die zugedeckte Leiche. Sie erinnerte Lucas, der den Auftritt der beiden von der Küchentür aus beobachtete, an ein verschrecktes kleines Hühnchen.

Swanson schaltete gerade sein Handy aus: Sloan machte sich auf den Weg. »Wer sind Sie?« fragte Swanson.

»Wilson und Audrey McDonald ...« McDonald sah Lucas an der Küchentür stehen. Lucas hatte sich nach dem Gespräch mit Swanson im Appartement umgesehen, aber nichts Interessantes gefunden. »Officer Davenport ... was ist passiert?«

»Jemand hat Susan O'Dell erschossen«, sagte Lucas knapp. Er sah die beiden prüfend an und fragte dann: »Wo waren Sie um dreiundzwanzig Uhr?«

McDonalds Gesicht lief rot an. »Wollen Sie *mich* etwa verdächtigen?«

»Beantworten Sie meine Frage.«

McDonald sah seine Frau an, sagte dann: »Ich war auf dem Weg nach Hause. Ich hatte gerade Jim Bones Wohnung verlassen.«

»Ihre Frau war hier bei O'Dell, und Sie waren bei Jim Bone?«

»Ja. Wir versuchten, einen Deal wegen der Nachfolge von Dan Kresge auszuloten. Wir mußten mit beiden gleichzeitig sprechen.«

Lucas richtete den Blick auf Audrey. »Und Sie waren ebenfalls auf dem Weg nach Hause?«

»Ja.« Sie griff sich mit der Hand an die Kehle. »Ich war auf dem Heimweg.«

Ihre Stimme ließ eine Erinnerung in Lucas' Gehirn vibrieren ... »Wie lange waren Sie hier?« fragte er. »Und welches Ergebnis hatte das Gespräch?«

»Wir arrangierten ...«, begann McDonald, aber Lucas brachte ihn mit einer Handbewegung zum Schweigen.

»Lassen Sie bitte Ihre Frau antworten«, sagte Lucas.

McDonald schaute auf Audrey hinunter, die stockend sagte: »Nun, wir arrangierten ... wir sprachen über ... über die Stimmen im Aufsichtsrat. Der Aufsichtsrat scheint sich in drei Gruppen aufgespaltet zu haben, und wenn wir eine Allianz mit dem einen oder anderen schließen könnten …« Sie zuckte die Schultern.

Und Lucas erkannte ihre Stimme als die der Frau, die ihn heute morgen angerufen hatte. Er war sich nicht ganz sicher, aber er hätte doch darauf gewettet. Die Klangfarbe der Stimme und die Aussprache der Worte waren jedenfalls der der Anruferin sehr ähnlich.

»Haben Sie jemanden im Flur gesehen, als Sie aus dem Appartement kamen?« wechselte Swanson das Thema. »Oder unten in der Halle?«

»Unten waren einige Leute, aber es war kein Bekannter darunter«, antwortete Audrey. »Hier oben war niemand. Der Flur ist ja nur kurz …« Sie deutete durch die offene Wohnungstür nach draußen. »Es sind ja nur zwei Appartements hier oben.«

Lucas brachte die Sprache wieder auf das Treffen mit O'Dell: »Was war das Ergebnis Ihres Gesprächs? Haben Sie die gewünschte Allianz schließen können?«

»Nun …« Audrey sah ihren Mann an. McDonald hatte die Lippen fest zusammengepreßt.

»Das hat ja wohl nichts mit der Frage zu tun, wer Susan O'Dell erschossen hat, oder?« knurrte er. »Sie versuchen doch nur, mich aufs Kreuz zu legen, damit Ihr Kumpel Bone den Posten des Bankchefs kriegt.«

»Er ist nicht mein Kumpel«, schnarrte Lucas.

»So? Wer hat das Geldgeschäft beim Verkauf Ihrer Firma und bei der Abfindung des Managements abgewickelt? Und Sie waren vorige Woche bei ihm im Büro und haben mit ihm über mich geredet. Ich habe nichts Ungesetzliches getan, und Sie verbreiten Gerüchte über mich, die geeignet sind, mich zu ruinieren!«

Lucas schüttelte den Kopf: »Routineuntersuchungen …«

»Scheiße. Mein Anwalt war früher selbst Cop und sagt, das ginge weit über Routineuntersuchungen hinaus.«

»Dann holen Sie Ihren Anwalt doch her, wenn Sie das für angebracht halten«, sagte Lucas. »Aber ich bestehe auf einer Antwort: Haben Sie einen Deal mit Susan O'Dell gemacht?«

Wilson McDonald schaute hinunter auf seine Frau, die seinen Blick erwiderte, dann fast unmerklich nickte. Wilson wandte sich wieder Lucas zu. »Ja, das haben wir. Wenn wir uns zusammentun, hätten wir die Mehrheit der Stimmen hinter uns. Sie sollte Bankpräsidentin und Vorstandsvorsitzende, ich Aufsichtsratsvorsitzender werden. Ich sollte für die Strategie, sie für die Alltagsarbeit verantwortlich zeichnen.«

»Und was war mit Bone?«

Er schüttelte den Kopf. »Bone setzt sich für die Fusion ein. Wir fanden keinen gemeinsamen Nenner.«

»Wenn O'Dell also nicht erschossen worden wäre, hätten Sie den gewünschten Posten bekommen.«

»Ja, und Bone wäre weg vom Fenster gewesen«, sagte McDonald. »Warum gehen Sie nicht hin und befragen Ihren Kumpel mal zu dieser Sache?«

Swanson schaltete sich ein: »Mr. McDonald, wir möchten Sie bitten, draußen im Flur zu warten, während wir Ihre Frau befragen. Keine große Sache, wir brauchen nur eine Aussage von ihr, sozusagen eine Schritt-für-Schritt-Zusammenfassung, was im einzelnen abgelaufen ist. Wenn Sie wollen, können Sie sich einen Stuhl mitnehmen.«

»Ich dachte, sie hätte das Recht auf die Anwesenheit eines Anwalts«, donnerte McDonald.

»Das hat sie«, sagte Swanson. »Und wenn sie es wünscht, können wir warten, bis Sie einen Anwalt geholt haben. Aber wir werfen ihr nicht das geringste vor. Wir wollen nur hören, was im einzelnen passiert ist.«

»Warum kann ich dann nicht dabeibleiben?«

»Weil Sie die Angewohnheit haben, die an Ihre Frau gerichteten Fragen zu beantworten. Wir kennen das alles, und wir sind jetzt an dem Punkt angekommen, an dem wir den Ehegatten auffordern müssen, uns aus dem Weg zu gehen. Wir haben nichts dagegen, wenn sie sofort einen Anwalt dabeihaben will, aber sie kann ja jederzeit während der Anhörung noch darauf bestehen.«

McDonald schaute seine Frau einen Moment an, als müsse er

die Möglichkeit abwägen, daß sie bei der Befragung etwas Falsches sagen könnte, sah dann Swanson wieder an, nickte. »Ich nehme einen Stuhl mit.« Und zu Audrey: »In dem Moment, in dem sie auf einen falschen Knopf drücken, kommst du und sagst es mir, und ich werde Harrison holen.«

»Okay«, sagte sie und schluckte nervös. »Geh nicht zu weit weg.«

Als Wilson McDonald gegangen war, sagte Lucas: »Detective Swanson wird jetzt ein paar Minuten mit Ihnen sprechen, dann wird auch Detective Sloan einige Fragen an Sie richten. Detective Sloan hat bereits mit Ihrem Mann gesprochen ...«

»Oben in Dans Blockhaus – Wilson hat mir davon erzählt«, sagte Audrey. Sie schien selbstbewußter zu sein, wenn ihr Mann nicht anwesend war.

»Ich muß in ein paar Minuten weg, aber ich möchte mit Ihnen noch ganz kurz sprechen, unter vier Augen«, sagte Lucas. Er sah Swanson an. »Nur ein paar Sekunden.«

»Natürlich.«

Lucas führte sie in O'Dells Küche, senkte die Stimme: »Ich glaube, wir haben heute schon einmal miteinander gesprochen.«

»Was?« Lucas fragte sich, ob sie wirklich überrascht war. In ihren Augen stand tatsächlich für einen kurzen Moment ein Ausdruck der Überraschung. »Das glaube ich nicht.«

»Mrs. McDonald, Sie haben einen recht häßlichen Bluterguß an Ihrem Bein, direkt über dem Knöchel. Ist er neu?«

»Ich habe mich ...« Sie schaute weg, suchte nach Worten. »Ich habe mich nur gestoßen.«

»Nein, das stimmt nicht«, sagte er. »Ihr Mann hat Sie gestern nacht verprügelt. Möchten Sie, daß ich die Leute vom Sozialpsychologischen Familiendienst verständige?«

»Nein, nein, wir hatten nur eine kleine Auseinandersetzung.«

»Wenn wir Sie ins Polizeipräsidium mitnähmen und eine Polizeiärztin einen genaueren Blick auf Sie werfen würde, würde sie viele Blutergüsse finden, nicht wahr?«

»Das wäre illegal. Ich möchte meinen Mann sprechen.«

»Okay.« Lucas hob die Hand. »Wie ich schon sagte, das war ein Privatgespräch zwischen uns beiden. Wenn Sie keine Anzeige gegen Ihren Mann erstatten wollen, werde ich natürlich nicht darauf bestehen. Aber Sie sollten es tun. So was wird nie besser, sondern nur immer schlimmer.«

»Es wird eine Besserung geben. Wilson stand unter großem Streß. Dieser Job ...«

»... ist doch aber nur ein Job«, vollendete Lucas den Satz.

»O nein!« Sie war regelrecht geschockt. »Er ist ... er ist alles für uns.«

Ehe er ging, nahm Lucas Swanson noch zur Seite: »Gehen Sie äußerst vorsichtig mit ihr um. Holen Sie soviel wie möglich aus ihr raus – persönlichen Lebenslauf, alles –, und sagen Sie Sloan, ich möchte, daß er sie auswringt, aber nicht verängstigt. Drängt sie nicht so in die Ecke, daß sie einen Anwalt will.«

»Sollen wir auf was Besonderes hinarbeiten?« fragte Swanson. Er drehte den Kopf zur Seite und schaute zu Audrey hinüber, die auf einem Stuhl in O'Dells Arbeitszimmer saß.

»Wenn wir es schaffen – sehr vorsichtig! –, einen Keil zwischen sie und ihren Mann zu treiben, wäre das gut. Machen Sie es nicht zu deutlich, aber wenn sich die Gelegenheit ergibt, zeigen Sie ihr auf, daß ihre Interessen und die ihres Mannes nicht unbedingt dieselben sind.«

Zurück in seinem Wagen, rief Lucas über das Autotelefon das St. Anne's College an, das ein paar Blocks von seinem Haus in St. Paul entfernt lag. Er sagte der Frau der Vermittlung, er wisse, daß es sehr spät sei und Nonnen normalerweise mitten in der Nacht keine Gespräche von Männern annähmen, aber es handle sich um einen Notfall, sei vielleicht sogar eine Frage von Leben oder Tod, und er sei von der Polizei ... Und er bekam seine Nonne.

Schwester Mary Joseph, Psychologie-Professorin und Lucas' Freundin seit Kindertagen, ihm als Elle Kruger bekannt, fragte aufgeregt: »Lucas? Ist was Schlimmes passiert?« Sie hatte eine scharfe, irgendwie strenge Stimme, und mit zunehmendem Alter wurde sie immer schärfer und strenger.

»Nein, es ist nichts passiert, Elle. Entschuldige, daß ich dich so spät noch anrufe, aber ich habe ein paar wichtige Fragen zu einem meiner Fälle.«

»Oh, gut. Ich hatte Angst ... Egal – hast du dich inzwischen mit der *Ilias* beschäftigt?«

»Ähm, ehrlich gesagt, nein.« Er schaute auf die Uhr. Er mußte noch zu Bone.

»Hast du sie überhaupt mal gelesen?«

»Das ist doch diese Geschichte ... Nein, das ist ja die *Odyssee* ... Also, ähm, noch nicht. Ist aber derselbe Bursche, richtig?«

»Lucas ...« Sie klang erbost. »Ich vergesse immer wieder, daß du dich an der Schule fast nur für Sport interessiert hast. Hör zu, besorge dir die *Ilias* in der Übersetzung von Robert Fagles, das ist die Fassung, die ich gerade lese, und ich sage dir dann, welche Teile du lesen solltest, wenn du schon nicht das ganze Werk lesen willst.«

»Elle ...«

»Wichtig ist, daß diese Übersetzung viel einfacher zu lesen ist als die älteren – meine Güte, der Trojanische Krieg hat viele Ähnlichkeiten mit einem deiner Gang-Kriege. Bisher war das durch die schwülstige Sprache der älteren Übersetzungen verdunkelt, aber jetzt ... Die Sprache ist geradezu brillant einfach und verständlich.«

»Elle, Elle – erzähl mir das später. Ich rufe von meinem Autotelefon aus an, und ich habe eine sehr ernste Frage an dich.«

Das brachte sie endlich von der *Ilias* ab. »Und wie lautet die?«

»Wenn eine Frau regelmäßig von ihrem Mann verprügelt wird, ist es dann möglich, daß sie hinter seinem Rücken Verrat an ihm begeht, ihn aber in seinem Beisein energisch verteidigt?«

»Natürlich – würdest du nicht dasselbe tun, wenn du in ihren Schuhen stecken würdest?«

»Nein.«

»Nein, *du* wahrscheinlich tatsächlich nicht. *Du* würdest wahrscheinlich mit einem Baseballschläger auf ihn losgehen ... Aber ja, eine Frau könnte so handeln.«

»Ich spreche nicht von irgendeiner Art von *Pro-Forma*-Verteidigung. Ich spreche davon, daß sie tatsächlich an diese Verteidigung *glaubt*. Aber sie verrät ihn einerseits anonym an die Polizei, leugnet das andererseits dann der Polizei gegenüber ab.«

»Das ist keine theoretische Frage?«

»Nein.«

»Dann hast du es mit einer auf schlimmste Weise mißbrauchten Frau zu tun, die therapiert werden muß – wenn es nicht schon zu spät für eine Therapie ist. Es gibt Menschen, die permanent einem schlimmen Mißbrauch ausgesetzt sind und sich dennoch mit dem Gewalttäter identifizieren und ihn sogar lieben, während eine andere Seite ihrer Persönlichkeit verzweifelt danach strebt, aus dieser Beziehung auszubrechen. In der Terminologie eines Laien könnte man sagen, daß ein Zustand ... hm ... durch Streß hervorgerufener, mehrfacher Persönlichkeitsstörung besteht. Der Teil ihrer Persönlichkeit, der ihren Mann ernsthaft verteidigt, weiß unter Umständen nicht einmal etwas davon, daß der andere Teil ihrer Persönlichkeit ihn verrät.«

»Scheiße ... entschuldige bitte«, sagte Lucas. »Auch wenn es mir gelingen würde, sie zum Bruch mit ihrem Mann zu bewegen – sagen wir mal in einem Mordfall –, könnte also ihre Aussage vor Gericht als die einer Beknackten angefochten werden.«

»›Beknackte‹ ist kein Wort aus der gängigen Terminologie, Lucas«, tadelte sie.

»Aber ihre Aussage könnte angefochten werden ...«

»Es könnte sogar noch schlimmer kommen. Wenn es erforderlich würde, sie im Beisein ihres Mannes als Zeugin zu hören, könnte es passieren, daß sie ausflippt und anfängt, ihn zu verteidigen – also zu lügen –, weil er ihre Persönlichkeit so sehr dominiert.«

»Okay ...«

»Werde ich diese Frau kennenlernen?«

»Wahrscheinlich nicht, Elle. Ich berichte dir, wie es weiterging, wenn wir wieder mal miteinander reden. Und jetzt muß ich mich beeilen.«

»Paß gut auf dich auf.«

»Du auch auf dich.«

Bone wohnte in einem von Wachmännern gesicherten Hochhaus, ähnlich wie O'Dell, und es lag nicht weiter als fünf Minuten Fußweg davon entfernt. Lucas stellte den Porsche in der Parkverbotszone direkt vor dem Eingang ab, und als prompt ein Wachmann auftauchte, hielt er ihm seinen Polizeiausweis unter die Nase. Ohne weitere Proteste wurde er in die Eingangshalle eingelassen.

»Ich möchte Mr. James T. Bone sprechen«, sagte Lucas.

»Ich weiß nicht, ob Mr. Bone da ist«, sagte der Wachmann und ging hinter die Sicherheitskonsole. »Er geht oft nachts aus.«

»Rufen Sie ihn an, und lassen Sie es notfalls fünfzigmal läuten«, sagte Lucas.

Der Wachmann entsprach diesem Wunsch, und bereits nach wenigen Sekunden sagte er ins Telefon: »Mr. Bone, hier ist Williams, von der Halle. Es tut mir leid, daß ich Sie stören muß, aber hier ist ein Detective, der Sie zu sprechen verlangt ... Ja, Deputy Chief Davenport, und er sagt, es sei dringend. Ja, Sir.«

Er legte den Hörer auf. »Mr. Bones Appartement ist im vierzehnten Stock«, sagte er. »Nehmen Sie den rechten Aufzug.«

Bone erwartete Lucas bereits im Flur vor der Wohnungstür; als Lucas aus dem Aufzug stieg, sah er, daß es hier oben wie bei O'Dell nur zwei Appartements gab. Ein Gedanke wollte in Lucas' Hinterkopf aufzucken, verschwand aber wieder, als Bone auf ihn zutrat und fragte: »Was ist los?«

Bone trug Jeans und ein T-Shirt, war aber barfuß.

»Sind Sie allein?«

»Nein, eine Freundin ist bei mir ... Kommen Sie rein. Was ist passiert?«

Lucas ging in die Wohnung. Eine Frau, ungefähr in Bones Alter, saß auf der Couch im Wohnzimmer.

»Das ist Marcia Kresge, Dan Kresges Frau – ähm, Witwe. Wir haben gerade über unsere gemeinsame Strategie gesprochen.«

»War Wilson McDonald vor einer Stunde hier bei Ihnen?« fragte Lucas.

Bone schaute auf die Uhr: »Nun ja, vor mehr als einer Stunde. Er ging ungefähr um zehn Uhr dreißig oder zehn Uhr fünfundvierzig.«

»Zehn Uhr dreißig. Waren Sie seit dieser Zeit ständig hier im Appartement?«

»Ja ... Marcia kam ungefähr um ...«

»... elf Uhr zwanzig«, vollendete Marcia Kresge.

»Ist irgendwas mit McDonald passiert?« fragte Bone.

Lucas ignorierte die Frage. »Haben Sie einen Deal mit McDonald gemacht?« fragte er.

Bone sah Kresge an, dann wieder Lucas. »Nein. Was hat er getan?«

»Dann werden Sie den Job nicht kriegen. Er hat nämlich einen Deal mit O'Dell gemacht.«

»O nein, ich bin keinesfalls aus dem Rennen.« Bone schüttelte den Kopf. »Wilson meint, er könne Susan mehrere Stimmen verschaffen. Er weiß es noch nicht, aber er wird es *nicht* können. Nun ja, vielleicht eine. Der Rest steht noch zur Disposition ... jetzt aber, was, zum Teufel, ist passiert?«

Lucas sah Kresge an, dann Bone und war gespannt auf die Reaktion der beiden. »Einige Minuten nach elf hat jemand an der Tür von O'Dells Appartement geläutet, und als sie die Tür öffnete, wurde sie zweimal mit einer Handfeuerwaffe in den Kopf geschossen. O'Dell ist tot.«

Und beide waren, soweit Lucas es beurteilen konnte, wie vom Donner gerührt. Überrascht.

Bone, dem man nicht zutraute, daß er jemals stottern würde, stotterte: »Das ... das ist doch nicht möglich. Ich habe ... ich habe doch heute abend noch mit ... mit ihr gesprochen.«

»Wann?«

»Um sieben Uhr oder so.» Er sah Kresge an. »Über diesen Community-College-Deal …«

Marcia Kresge sagte ernst: »Weißt du, was? Das ist ein Irrer. Und wir sind als nächste dran.«

»Mr. Bone, ich möchte nichts unterstellen, aber Sie sind ganz offensichtlich der Nutznießer dieser Entwicklung – der Posten des Bankchefs wird durch Mord frei, dann wird die Hauptkonkurrentin ebenfalls durch Mord aus dem Weg geräumt. Noch einmal, ich unterstelle nichts, aber wir müssen minutiös festhalten, wo Sie heute abend gewesen sind und was Sie getan haben.« Er wandte sich an die Frau. »Und für Sie gilt dasselbe, fürchte ich.«

»Meinen Sie wirklich, ich könnte das getan haben?« fragte Bone. Er klang eher neugierig als verängstigt.

Lucas dachte einen Moment nach, sagte dann: »Ich kenne Sie nicht gut genug, um diese Frage beantworten zu können. Aber selbst wenn es anders wäre, muß ich sichergehen. Wenn McDonald kurz nach halb elf hier wegging und Sie allein zurückblieben und wenn Mrs. Kresge nicht vor halb zwölf hierherkam … wer hat dann ein Alibi?«

»Ich war nicht allein«, sagte Bone. »Entschuldigen Sie, ich hätte das gleich sagen sollen … Meine Assistentin war hier. Ich glaube, Sie kennen sie von der Bank. Die Blonde? Kerin Baki? Wir haben an der Präsentation für den Aufsichtsrat gearbeitet.«

»Wann ist sie gegangen?«

»Ein paar Minuten nach Wilson – sie ging noch mal zur Bank«, sagte Bone. »Wahrscheinlich ist sie noch dort. Und in der Zeit zwischen ihrem Weggang und Marcias Eintreffen habe ich ein halbes Dutzend Telefonate geführt. Sie werden sicher die Möglichkeit haben, sich die Unterlagen von der Telefongesellschaft zu beschaffen.«

Lucas nickte. »Wir werden das überprüfen.«

»Ich möchte Sie noch auf etwas anderes hinweisen«, sagte Bone. »Wir wissen, daß mir acht Stimmen im Aufsichtsrat sicher sind. Und wir wissen, daß Susan sechs für sich verbuchen konnte.

Es fehlt mir also nur noch *eine* Stimme. Drei Mitglieder haben sich noch nicht festgelegt, und wir waren gerade dabei, eine Strategie auszuarbeiten, wie wir eine dieser drei Stimmen noch für uns gewinnen können; wenn wir das schaffen, werden sich die beiden anderen wahrscheinlich anschließen.« Er sprang von der Couch und ging im Zimmer auf und ab, während er weitersprach. »Ich will damit sagen, daß mir der Vorstandsvorsitz ziemlich sicher war. Aber das, was jetzt passiert ist, wird mich aus dem Rennen werfen – oder zumindest die Dinge erheblich verzögern. Wenn der Aufsichtsrat meint, es würde auch nur die geringste Möglichkeit bestehen, daß ich in den Mord an O'Dell verwickelt sein könnte, bin ich weg vom Fenster. Man wird es für besser halten, einem anderen den Job zu geben und sich nachträglich bei mir zu entschuldigen, wenn sich meine Unschuld herausstellt, als einen Vorstandsvorsitzenden zu wählen, der sich als Mörder erweisen könnte.«

»Wissen Sie, wer der wahre Nutznießer ist?« sagte Kresge. »Wilson McDonald.«

»Aber er hat einen Deal mit O'Dell gemacht«, sagte Lucas.

Kresge lachte verächtlich. »Mag sein, daß sie ein taktisches Übereinkommen mit ihm geschlossen hat, um ihr Ziel zu erreichen. Aber nach dem Ausschalten Bones und einiger anderer Leute hätte sie auch McDonald ausgeschaltet. Sie und Jim waren in gewisser Weise miteinander befreundet, aber McDonald hat sie gehaßt.«

»Aber alle Welt sagte doch, McDonald käme für den Job nicht mehr in Frage ...«

»Nicht, wenn kein Konkurrent mehr übrigbleibt«, erwiderte Kresge. Sie sah Bone an. »Jim, mein Schatz, an deiner Stelle wäre ich sehr vorsichtig. Sehr, sehr vorsichtig.«

Bone und Kresge erklärten sich bereit, im Appartement zu warten, bis Sloan eintraf. Lucas rief Sloan an, und der sagte, er sei fast fertig mit der Anhörung der McDonalds.

»Wie sieht's aus?« fragte Lucas.

»Wenn ich mit Mrs. McDonald allein sprach, war sie ziemlich zugänglich und aufrichtig«, antwortete Sloan. »Wenn ihr Mann dabei war, redete sie wie eine verdammte Bauchrednerpuppe.«

»Ich habe mit Elle Kruger darüber gesprochen. Sie sagt, schwer mißhandelte Frauen würden sich häufig so verhalten.«

»Wir müssen McDonald im Auge behalten«, sagte Sloan. »Ich habe das Gefühl, daß er in die Sache verstrickt ist. Ich weiß nur nicht, ob ich dieses Gefühl habe, weil er tatsächlich was damit zu tun hat oder weil ich den Mistkerl nicht ausstehen kann.«

»Hör zu, wenn du zu Bone kommst ... nimm ihn zur Seite und frag ihn nach seinem Sexleben und nach seinen Bumsverhältnissen. Ich glaube nämlich, daß der Tip, er hätte ein solches Verhältnis mit Marcia Kresge, zutreffend ist. Du wirst verstehen, was ich meine, wenn du die beiden zusammen gesehen hast. Und versuch rauszufinden, ob er seine Assistentin bumst. Sie wirkt ziemlich kalt, aber vielleicht sehe nur ich das so. Vielleicht gelingt es Bone, sie aufzuwärmen.«

»Okay, mach ich«, sagte Sloan.

»Und du mußt auch mit dieser Assistentin reden. Ihr Name ist Kerin Baki. Ruf sie an und laß sie zu Bone kommen.«

»Wo gehst du hin?«

»Nach Hause, und dort mache ich mir eine Liste«, sagte Lucas. »Diese verdammte Sache fängt an, mich konfus zu machen.«

14

Lucas wohnte in St. Paul; das Haus im Ranchstil lag in einer Straße, die auf dem Kamm einer Klippe am Mississippiufer entlangführte. Aus dem Wohnzimmerfenster konnte er die Lichter von Minneapolis am anderen Flußufer sehen. Das Wohnviertel war ruhig und gut geeignet für Spaziergänge, und Weather und er waren oft durch die Gegend gewandert, als sie noch zusammen gewesen waren.

Weather ...

Warum sollte jemand einen Anschlag auf Weather verüben? Die Cops von Edina hatten nichts herausgefunden. Gar nichts. Unwahrscheinlich, daß es Kids aus der Nachbarschaft gewesen waren. Einer der Cops aus Edina hatte die Leute in Lucas' Straße nach Lucas ausgefragt – traute man ihm so was zu oder nicht? Man hatte ihm emphatisch gesagt, daß das völlig ausgeschlossen sei, und die Cops hatten schleunigst alle Untersuchungen in dieser Richtung eingestellt.

Aber Lucas konnte es nicht als Tat eines Irren akzeptieren. Ein Irrer suchte sich nicht nach Lust und Laune irgendein Haus aus, um eine Brandbombe durchs Fenster zu werfen; oder, wenn einer es doch tat, war die Chance, daß er ausgerechnet Weather erwischte, äußerst gering.

Nein. Unmöglich. Nicht nur eine geringe Chance, praktisch unmöglich.

Er hatte damals als Single das große Schlafzimmer in ein Arbeitszimmer umgestaltet, aber als Weather zu ihm gezogen war, hatte er das wieder rückgängig gemacht und seinen Zeichentisch in einem der kleineren Schlafzimmer aufgestellt.

Er hatte nun schon seit Jahren nicht mehr an der Entwicklung eines kommerziellen Computerspiels gearbeitet, und die Details wurden inzwischen sowieso von Computern selbst ausgestaltet, wenn er manchmal noch Ideen und Szenarien entwarf, war er doch von der kompletten Ausarbeitung solcher Spiele abgekommen.

Zuviel Geld, dachte er manchmal. Er hatte, fast versehentlich, zuviel Geld verdient, wie das im Computerzeitalter manchmal vorkommt. Von der Erarbeitung fertiger Kriegsspiele war er zur Skizzierung von Szenarien übergegangen, die ein Computerfreak von der Universität von Minnesota zu Computerspielen weiterentwickelte, schließlich dann zur Ausarbeitung von Simulationen polizeilicher Notfallsituationen, die als Lehrbeispiele in Polizeicomputer aufgenommen wurden. Und seine Firma war einfach immer größer geworden, zunächst von ihm allein finanziert, dann mit dem Computerfreak als Partner und schließlich unter Beteiligung eines professionellen Geschäftsmanns, der die Firma dann in eine Aktiengesellschaft umgewandelt hatte.

Und inzwischen, da er es nun nicht mehr nötig hatte, Computerspiele auszuarbeiten, sich nicht mehr bis drei Uhr morgens neue Science-fiction-Monster als Herausforderung für die Freaks auszudenken brauchte, tat er es auch nicht mehr ... Er vermißte es irgendwie, aber er tat es nicht mehr.

Jetzt saß er an seinem vom Geröll früherer Denkprozesse gereinigten Zeichentisch, holte ein großes Blatt Papier hervor und begann damit, sich eine Übersicht zu erstellen.

Die Situation in der Bank war zu kompliziert. Es gab zu viele Verdächtige, und alle hatten ein Motiv. Er mußte die Sache vereinfachen und sich die Zusammenhänge klarmachen.

Aber diese Brandbombensache nagte unaufhörlich an seinem Bewußtsein; er mußte sich zunächst einmal damit beschäftigen. Die Morde an den Bankmanagern waren eher technische Probleme – Probleme, die Cops zu lösen gelernt hatten. Die Brandbombensache war etwas Persönliches. Konnte es nicht sein, daß man damit eher ihn als Weather treffen wollte? Aber warum sollte es so sein?

Was war, wenn Weather einen neuen Freund hatte, einen Spinner irgendeiner Art? Nein. Nicht Weather. Sie hatte einen eingebauten Spinner-Erkennungsdetektor, und daran würde keiner vorbeikommen. Vielleicht aber hatte sie jemanden vor den Kopf gestoßen ...

Verdammt! Mach dich an die Arbeit. Die Verdächtigen:

Wilson und Audrey McDonald. Eine möglicherweise explosive Beziehung; wer konnte schon wissen, was sich in dieser seltsamen ehelichen Kombination zusammenbraute? Und je mehr er darüber nachdachte, um so sicherer war er, daß Audrey McDonald die Frau war, die ihn angerufen hatte – und mit dem Finger auf ihren eigenen Ehemann zeigte.

Jim Bone. Und Marcia Kresge und Kerin Baki.

Er kaute auf seinem Bleistift. Bei Baki war auf Anhieb kein Motiv zu erkennen – was hätte sie für Vorteile von den Morden? Sicherstellung ihres Jobs? Der Posten einer Assistentin schien dafür nicht bedeutsam genug zu sein, aber zum Teufel, für eine Assistentin war er es vielleicht ... Bone hatte den Ruf eines Frauenheldes, und vermutlich hatte er mit Kresges Frau geschlafen. Hatte er das auch mit seiner Assistentin? Wenn ja, welche Schlüsse konnte man daraus ziehen? Einen verschlungenen Zusammenhang zwischen einer heimlichen Liaison Bones mit Marcia Kresge und dem Mord an Dan Kresge konnte man sich ja noch vorstellen, aber selbst wenn es diesen Zusammenhang tatsächlich gab – wie könnte er zu dem Mord an O'Dell geführt haben?

Erpressung? Er erinnerte sich daran, daß einer von Bones Kollegen gesagt hatte, Bone würde Erpressung nicht hinnehmen. Hatte O'Dell so etwas bei ihm versucht? Aber wenn die Aussage Bones über die geführten Telefonate durch die Gesprächsauszüge der Telefongesellschaft und nachfolgende Ermittlungen bei den Gesprächspartnern bestätigt wurde, hatte Bone ein nur schwer zu widerlegendes Alibi. Man mußte natürlich genau untersuchen, ob die Telefonate nicht fingiert waren.

Und dann kam als Mörder noch Mr. X in Frage.

Ein Mr. X, der die Morde aus dem Grund begangen haben könnte, der sich als erstes aufdrängte: Die Fusion zu stoppen – entweder um seinen Job zu retten, oder einfach nur als eine Folge des allgemeinen Mißvergnügens an der Bank ... Wenn es so war, würde man dem Mörder Mr. X nur schwer auf die Spur kommen können. Und im übrigen wußte man noch gar nicht, welche Jobs bei einer Fusion überhaupt wegfallen würden. Und warum sollte er O'Dell töten, die doch eindeutig *gegen* eine Fusion Stellung bezogen hatte?

Bei dem Mord an O'Dell war der Täter ein großes Risiko eingegangen, überlegte Lucas. Ein Risiko, das sowohl für die McDonalds als auch für Bone und seine Mitstreiter in keinem akzeptablen Verhältnis zum möglichen Vorteil stand. Wenn jemand den Mörder in O'Dells Gebäude auf dem Weg zu oder von ihrem Appartement gesehen hätte, wäre er aufgeflogen ...

Lucas runzelte die Stirn, dachte eine Minute darüber nach, rief dann bei der Zentrale an. »Ist Swanson noch in O'Dells Appartement?«

»Ja, soweit ich weiß. Wollen Sie die Nummer haben?«

»Ja.« Er notierte sich die Nummer auf dem oberen Rand seiner »Übersicht der Verdächtigen« und tippte sie dann ins Telefon ein.

»Swanson hier.«

»Ich bin's, Lucas. Ist Louise Compton noch bei Ihnen?«

»Ja, steht neben mir. Wollen Sie mit ihr sprechen?«

»Geben Sie sie mir.«

»Hallo?«

»Miss Compton, tut mir leid, daß ich Sie belästigen muß ... Würden Sie mir bitte die genauen Worte sagen, die Miss O'Dell zu Ihnen gesagt hat, als die Türglocke läutete? Haben Sie vielleicht sogar dieses Läuten gehört?«

»Nein, das Läuten habe ich nicht gehört ... Sie sagte einfach nur ›da ist jemand an der Tür‹ ...« Comptons Stimme brach unter dem Eindruck des Mordes, und jedes Wort klang, als ob jemand mit einem Nagel über eine Schiefertafel kratzen würde. »Und ... und als nächstes hörte ich dann die ... Schüsse.«

»War sie eine gute Freundin von Ihnen?«

»Nein, nicht gesellschaftlich – sie war meine Chefin. O Gott, ich kann es nicht fassen ...«

»Sie wissen nicht, mit wem sie gesellschaftliche Beziehungen hatte? Im ... im sexuellen Sinn, meine ich.«

»Ich ... ich glaube, sie hatte zur Zeit keine solche Beziehung. Eigentlich schon seit längerer Zeit nicht mehr. Sie hatte einen Freund drüben in North Oaks, aber der ist schwul. Sie haben sich irgendwie gegenseitig Kavalierdienste geleistet – wenn sie einen Begleiter brauchte oder er eine Begleiterin.«

»Und sie sagte, Audrey McDonald sei bereits gegangen?«

»Ja. Sie sagte, sie hätte Audrey *gerade* zum Aufzug gebracht.«

»Sie hat Audrey zum Aufzug gebracht …«

»Das hat sie gesagt. Und das macht sie normalerweise mit allen Besuchern – verstehen Sie, der Aufzug ist direkt neben der Wohnungstür, sie geht mit raus in den Flur, um die Leute zu verabschieden. Wie man bei Häusern mit auf die Veranda geht, um Besucher zu verabschieden.«

»Und sie machte das immer?«

»Ja. Bei mir jedenfalls.«

»Vielen Dank. Lassen Sie mich jetzt wieder mit Officer Swanson sprechen.« Als Swanson sich meldete, fragte Lucas: »Warum sollte O'Dell sagen ›da ist jemand an der Tür‹?«

»Keine Ahnung. Um schnell mal aufs Klo zu können?«

»Ich meine es ernst, Swanson. Warum sollte sie das sagen? Unten in der Halle sitzt ein Wachmann, der sie anruft, bevor er jemanden zu ihr raufläßt. Man kann wahrscheinlich über die Außentreppe in den zweiten Stock kommen, aber man braucht eine Schlüsselkarte, um den Aufzug zu bedienen. Glaube ich wenigstens. Ich habe einen Schlitz für eine Schlüsselkarte gesehen, als ich rauffuhr …«

»Hm. Sie haben recht. Und ich wäre in ungefähr fünf Minuten selbst auf diesen Gedanken gekommen.«

»Es müßte demnach ein Freund mit einer Schlüsselkarte gewesen sein, der unerwartet auftauchte«, überlegte Lucas weiter.

»Oder jemand, der im Gebäude wohnt.«

»Haben Sie gehört, was Compton in Zusammenhang mit Audrey gesagt hat?« fragte Lucas.

»Ja. O'Dell hat sie zum Aufzug gebracht.«

»Der Aufzug macht doch dieses ›Ping-ping‹, wenn die Türen aufgleiten, oder? Wenn Audrey im Aufzug stehengeblieben wäre und die Türen wieder geöffnet hätte, nachdem sie sich geschlossen hatten …«

»Hätte es ›ping-ping‹ gemacht, und wenn O'Dell noch im Flur war, hätte sie gesehen, daß die Türen wieder aufgehen.«

»Gottverdammte Scheiße … Schauen Sie sich an, was passiert,

wenn Sie im Aufzug sind und auf den Knopf ›Türen schließen‹ oder ›Türen öffnen‹ drücken oder auf beide gleichzeitig. Probieren Sie aus, ob Sie wieder aus dem Aufzug rauskommen ...« sagte Lucas.

»Okay.«

»Und überprüfen Sie, ob Audrey an dem Wachmann vorbei aus dem Gebäude gegangen ist oder wie sie rauskam ... Und um welche Zeit.«

»Schon erledigt. Sie hat das Gebäude um zweiundzwanzig Uhr dreiundfünfzig verlassen«, erwiderte Swanson.

»Und der Wachmann kann das bestätigen?«

»Er selbst hat diese Zeit angegeben. Er hat sie sich notiert. ›Auschecken‹ nennt er das.«

»Scheiße«, schimpfte Lucas.

»Außerdem – wenn Audrey doch gerade einen Deal mit O'-Dell gemacht hatte, warum sollte sie sie dann fünf Minuten später erschießen?« fragte Swanson.

»Ich weiß es nicht«, gestand Lucas. »Es könnte eine Million verdammter Scheißgründe dafür geben.«

»Ich will Ihnen mal was sagen – ich wette, es war ein verdammter Freund von ihr, von dem wir nichts wissen. Entweder jemand hier aus dem Gebäude, mit dem sie ein Fickverhältnis hatte, oder jemand von der Bank. Ich votiere für jemand mit einer Schlüsselkarte.«

»Ich habe mit dieser Sache dieselben Probleme wie mit dem Brandanschlag auf Weather. Die Leute sagen, es könnte Zufall sein, aber ich sage, wenn es Zufall ist, dann ist das irgendwie unheimlich. Warum ausgerechnet Weather? Und jeder könnte von einem abgewiesenen Freund erschossen werden, aber warum ausgerechnet O'Dell?«

»Ich verstehe, was Sie meinen«, sagte Swanson.

»Trotzdem: Überprüfen Sie beim Sicherheitsdienst des Gebäudes, wie viele Schlüsselkarten O'Dell hatte, und sehen Sie zu, daß Sie sie finden.«

»Okay«, sagte Swanson. »Was sonst noch?«

»Nichts mehr.«

»Ich könnte rübergehen und Audrey McDonald für ein Weilchen durchprügeln.«

»Zum Teufel, holen Sie lieber ihren Mann und sagen ihm, er soll das tun. Und dann gehen Sie hin und lassen sich sein Geständnis geben.«

»Haben Sie ihr Bein gesehen?« fragte Swanson mit gesenkter Stimme.

»Ja, das habe ich gesehen.«

»Ich habe mal beim Karneval eine Stripperin gesehen, die so ähnliche Blutergüsse hatte. Ihr Mann hat sie ihr mit dem Nudelholz beigebracht.«

»Wenn wir mit dieser Sache fertig sind, werden wir uns darum kümmern«, sagte Lucas. »Wir zerren McDonalds fetten Arsch zum Polizeipräsidium und stecken den Mistkerl wegen Körperverletzung in den Knast.«

Er brach das Gespräch ab und rief Sloan an, der sich nach dem zweiten Klingeln meldete. »Sloan hier.«

»Kannst du offen sprechen?« fragte Lucas.

»Nicht so richtig. Ich kann aber rausgehen.«

»Hast du Bone nach Marcia Kresge gefragt?«

»Laß mich lieber rausgehen.«

Lucas hörte Schritte und Stimmen im Hintergrund, konnte aber nicht verstehen, worüber gesprochen wurde. Dann meldete Sloan sich wieder: »Okay, jetzt bin ich im Klo. Bone sagt, die Verbindung mit dem Handy wäre von hier aus besser.«

»Was sagen die beiden denn nun?«

»Ja, sie haben ein Verhältnis, und es begann bereits, ehe ihr Mann starb – aber erst, als die Kresges sich getrennt hatten. So sagen sie wenigstens.«

»Und wie beurteilst du es?«

»Ich glaube, sie sagen in dieser Hinsicht die Wahrheit. Es begann bei einer bestimmten Party, und eine Reihe von Leuten kann bestätigen, daß es tatsächlich bei diesem Anlaß mit den beiden losging. Ich könnte das alles nachprüfen, aber ich denke, sie sagen tatsächlich die Wahrheit. Eine Sache ist interessant – ich nahm Bone mit in die Küche, um mit ihm über Marcia Kresge zu sprechen, und er sagte mir, er würde es begrüßen, wenn ich keine Andeutungen über ihn und Marcia im Beisein seiner Assistentin machen würde. Er begründete das damit, daß er Gerede in der Bank vermeiden wolle, aber ich hatte das Gefühl, daß das eine Lüge war. Ich glaube, der wahre Grund liegt mehr im persönlichen Bereich, und ich frage mich, ob Bone seinem Namen Ehre macht und seinen Knochenharten auch bei seiner Assistentin einsetzt.«

»Jeder, der noch einmal einen Bone-Knochen-Witz macht, wird umgehend gefeuert ...«

»Scheiß drauf – ich bin als Angehöriger des Öffentlichen Dienstes unkündbar. Jedenfalls ...«

»Ich weiß nicht; sie wirkt doch ziemlich kalt«, unterbrach Lucas.

»Ehrlich? Ich finde, sie geht recht warm mit Bone um.«

Lucas war überrascht. Sloan galt in der Abteilung als Genie in der Persönlichkeitsbeurteilung. »Ist das so? Hm ...«

»Sie hat kein sicheres Alibi. Marcia Kresge hat eines, jedenfalls halbwegs. Sie sprach gerade am Telefon mit einem anderen Mann – und ich habe das Gefühl, daß sie den Knochenharten dieses anderen Mannes gern auch hin und wieder mal ausprobiert –, als Bone sie über das Handy wegen der Neuigkeit anrief, daß McDonald gerade gegangen sei und es keinen Deal mit ihm geben würde. Es war ein abgesprochener Anruf, auf den sie gewartet hatte. Sie sagte Bone, sie würde zu ihm rüberkommen, nahm dann aber das Gespräch mit dem anderen Mann wieder auf und sprach einige Minuten mit ihm über diese neue Entwicklung in der Banksache. Es waren letztlich fünf oder zehn Minuten, denn die beiden sprachen auch noch über andere Dinge. Dann machte sie sich auf den Weg zu Bone und kam um etwa dreiundzwanzig Uhr zwanzig bei ihm an. Und von ihrer Wohnung bis zu Bone hätte sie keine Zeit für eine Unterbrechung gehabt.«

»Okay.«

»Und um die Wahrheit zu sagen, sie ist ein ziemlich feiges Hühnchen; ich glaube nicht, daß sie jemanden ermorden könnte. Sie ist nicht irre genug dazu.«

»Und wie siehst du das bei Baki?« fragte Lucas.

»Ich weiß nicht. Ich kann sie noch nicht so richtig einschätzen. Sehr attraktiv; und sie sieht Bone an wie ein Wolf, der ein Schaf als mögliche Beute einschätzt.«

»Hm ... Bist du fertig da drüben?«

»Ja. Es sei denn, du wünschst, daß ich jemanden noch ein bißchen foltere.«

»Nicht heute nacht. Bis morgen dann.«

»Morgen wird die Scheiße in den Ventilator geraten, Kumpel. Die *Star-Tribune* hat den Polizisten vor O'Dells Gebäude in der Mangel, und ein Wirtschaftsredakteur wartet unten in der Halle.«

»Pressefreiheit«, sagte Lucas.

15

Jim Bone steckte den Kopf gerade in den Kühlschrank, als das Telefon läutete. Er nahm den Hörer der Nebenstelle in der Küche ab, und Kerin Baki meldete sich: »Mr. Bone, hier ist Kerin.«

»Jesus, Kerin, es ist fünf Uhr dreißig. Waren Sie überhaupt im Bett?«

»Nein. Zuviel zu tun.« Sie klang hellwach. »Nancy Lu hat mich gerade verständigt, daß McDonald bei Brandt draußen auf seiner Farm angerufen hat, und Brandt fordert jetzt eine Sondersitzung des Aufsichtsrats morgen um zehn Uhr. Wir müssen vorbereitet sein.«

Bone trank die Milch direkt aus der Packung. Er schluckte, sagte dann: »Okay. Wollen die uns die Tour vermasseln? Was hat Nancy gesagt?«

»Kein gezieltes Feuer gegen uns. Sie wollen sich einfach nur noch mal Klarheit über die Sache verschaffen. Aber ich meine, Sie sollten Ihre Karten auf den Tisch legen. Wenn Sie noch abwarten, könnten die Dinge außer Kontrolle geraten.«

Bone kratzte sich am Kinn: »Ich glaube nicht, daß sie mir heute schon den Zuschlag geben, aber es könnte sein, daß McDonald als Leiche auf dem Schlachtfeld zurückbleibt.«

Baki reagierte einen Moment nicht, sagte dann: »Sie müssen sich vorsichtiger ausdrücken. Sie reden oft in diesem Stil, und das könnte uns Ärger einbringen.«

Bone grinste den Telefonhörer an und sagte: »Jawohl, Ma'am.«

»Bringen Sie Ihren blauen Nadelstreifenanzug mit – ist er frisch gereinigt?«

»Ja ...«

»Und die rote Hermes-Krawatte mit dem Pferdemotiv sowie die üblichen Schuhe. Ziehen Sie aber Jeans und einen dieser Pseudo-Kaschmir-Rollkragenpullover an, darüber die schwarze Motorradlederjacke und dazu Ihre Cowboystiefel. Ich weiß noch nicht, welche dieser Aufmachungen Sie bei der Sitzung tragen sollten, wir müssen noch darüber reden. Rasieren Sie sich zunächst mal nicht – Sie haben doch diesen Elektrorasierer noch im Toilettenraum Ihres Büros?«

»Ja.«

»Sehr gut. Mr. Bone, ich denke, Sie sollten Ihr Appartement in zehn Minuten verlassen und mich in fünfzehn Minuten in der Bank treffen. Sie sollten vor allen anderen hier sein.«

»Okay. Und hören Sie, rufen Sie Gene McClure an, und sagen Sie ihm, er soll seinen Arsch sofort zu uns in Marsch setzen. Wir müssen versuchen, das Dunkel von Susans Aktivitäten aufzuhellen. Wenn irgend etwas über die Morde in ihren Computern steckt, müssen wir es wissen ... Ich habe die ganze Nacht darüber nachgedacht.«

»Ja. Guter Gedanke«, stimmte Kerin Baki zu.

»Also in fünfzehn Minuten«, sagte er, legte den Hörer auf, starrte ihn einen Moment an, sagte dann »Wow!« und eilte ins Bad. Keine Rasur? Motorradjacke und Cowboystiefel? Was, zum Teufel, hatte das zu bedeuten?

Bone kam mit dem Anzug, der Krawatte, einem weißen Hemd und einem Paar schwarzer Halbschuhe in den Händen in sein Büro im zwölften Stock, wo Baki bereits auf ihn wartete.

»Sehr gut«, sagte sie und nahm ihm die Kleidung ab. Sie trug einen enganliegenden blauen Hosenanzug, und ihre Frisur war makellos wie immer. »Gene McClure ist auf dem Weg hierher. Er wird sich beeilen – ich habe ihm ein bißchen Druck gemacht.«

»Okay. Bringen Sie ihn zu mir rein, sobald er ankommt. Aber erst einmal: Was soll das mit den Stiefeln und der Lederjacke?«

»Vielleicht sollten wir dem Aufsichtsrat einen Mann präsentieren, der die ganze Nacht zum Wohl der Bank gearbeitet hat. Es ist sonst niemand hier. McDonald hat sich nicht sehen lassen, und wir vermitteln aller Welt den Eindruck, daß wir die ganze Nacht hindurch gearbeitet haben. Selbst McClure weiß nicht, daß Sie gerade erst angekommen sind. Ich habe ihm gesagt, Sie wären nur kurz mal zum Frühstück weg.«

»Okay ... Hören Sie, Sie sollten nun wirklich Jim zu mir sagen.«

»Noch nicht«, sagte sie. »Gehen Sie und werfen Sie Ihren Computer an, damit Sie für McClure bereit sind. Ich muß noch mein Haar ein wenig durcheinanderbringen.«

»So vielleicht ...« Er streckte die Hand aus und zog ein paar Strähnen über ihre Augen und die Schläfen. »Mein Gott, jetzt sehen Sie ganz anders aus«, sagte er dann. Und dachte daran, daß er sie in den sechs Jahren, die sie nun schon für ihn arbeitete, noch nie in irgendeiner Weise angefaßt hatte. »Aber Sie müssen sich bemühen, auch ein wenig müde auszusehen.«

»Ich *bin* müde«, sagte sie.

McClure traf zehn Minuten später ein. Er trug ein sauberes Hemd, darüber einen völlig zerknitterten Anzug, und seine Gesichtshaut war gerötet, als ob er sich mit Schmirgelpapier rasiert hätte. McClure war rein formal O'Dells Stellvertreter, aber seine Kompetenzen beschränkten sich auf die Verwaltungstechnik und hatten kaum etwas mit der Geschäftsführung zu tun; er gehörte nicht zu O'Dells innerem Führungskreis. Er ging auf die Sechzig zu und sah ungeduldig seiner Pensionierung und den damit verbundenen Freuden entgegen. Aber als formaljuristischer Stellvertreter O'Dells war er jetzt mit der Führung ihrer Abteilung beauftragt, wenn auch nur für einige Tage.

»Jim, Kerin hat mir von Susan erzählt. Mein Gott ...« Bone sah, daß er echt geschockt war, und das gefiel ihm.

»Ermordet«, sagte Bone. »Ich bin genauso entsetzt wie Sie, aber wir müssen einige Dinge in Ordnung bringen. Wir müssen alles untersuchen, alles genauestens auseinandernehmen, was Susan unternommen hat. Wir müssen absolut sicher sein, daß sie nichts getan hat, was ... unüblich gewesen wäre.«

»Sollten wir nicht die Aufsichtsratssitzung abwarten?« fragte McClure zweifelnd.

»Nicht die für Montag geplante«, sagte Bone. »Heute morgen um zehn findet eine Krisensitzung des Aufsichtsrats statt, und er braucht diese Information, um entsprechend reagieren zu können.« Baki kam mit einem Blatt Papier in der Hand ins Büro. »Wenn etwas Auffälliges in O'Dells Unterlagen steckt, wollen die Mitglieder das *sofort* wissen«, fügte Bone abschließend hinzu.

»In Ordnung«, sagte McClure. »Ich hole mir ein paar von den Computercowboys her.«

»Die sind schon unterwegs«, sagte Baki und hielt das Blatt Papier hoch, so daß McClure die aufgelisteten Namen lesen konnte. »Alle.«

Um Viertel vor neun rüttelte Audrey ihren Mann wach und hielt ihm eine Tasse Kaffee hin.

»Was ist los?« knurrte er.

»Aufsichtsratssitzung um zehn. Nancy Lu hat vor einer Stunde angerufen. Ich habe dich so lange wie möglich schlafen lassen. Du mußt gut in Form sein.«

»Kaffee?«

»Ja«, sagte sie. »Geh dich jetzt waschen. Ich lege deinen Anzug bereit ... den dunklen, wegen O'Dells Tod. Ist doch angebracht, oder?«

»Ist mir egal ...« Und er stolperte ins Badezimmer.

Der Aufsichtsrat der Polaris-Bank trat pünktlich um zehn zur Krisensitzung zusammen. Alle Mitglieder waren anwesend, dazu Bone und McDonald. Bone kam erst im letzten Moment in das Konferenzzimmer – und trug Jeans, eine schwarze Lederjacke und Cowboystiefel. Wilson McDonald hob beim Anblick dieses Aufzugs die Augenbrauen und schaute zu Brandt hinüber, um zu sehen, ob auch er diesen impertinenten Verstoß gegen die Kleiderordnung mitbekommen hatte.

Ehe irgendein anderer etwas sagen konnte, platzte Oaks heraus: »Was, zum Teufel, ist eigentlich los? Jim? Wilson? Ihr anderen?«

Wilson McDonald legte die Fingerspitzen aufeinander: »Es gibt keinen Grund zu der Annahme, die O'Dell-Sache würde mit Vorgängen in der Bank in Zusammenhang stehen. Wie ich gehört habe, wurden in ihrem Appartement gestern abend Drogen gefunden ...«

»Drogen?« Brandt legte die Hände vors Gesicht. »Ach du lieber Gott! Wird die Presse das rausfinden?«

»Ich denke, die Polizei wird alle Anstrengungen unternehmen, die Sache unter dem Tisch zu halten. Allerdings fürchte ich, daß Susan, wie es bei Drogenkonsumenten üblich ist, mit sehr unangenehmen Menschen in Kontakt gekommen ist ...«

»Quatsch«, schnaubte Bone. Er kaute mit finsterem Blick auf einem nicht angezündeten Zigarillo herum. »Es wird in die Zeitungen kommen. Ich wäre überrascht, wenn es nicht schon morgen drinstehen würde. Und ihr Dealer war ein Kellner im *The Falls*.«

»Nanu, woher wissen Sie überhaupt was von dieser Drogensache?« fragte Anderson verdrossen und schaute von Bone hinüber zu McDonald. Dann wieder zu Bone: »Woher wissen Sie, wer der Dealer ist?«

»Die Polizei hat mir von den Drogen erzählt«, antwortete

Bone. »Mehrere von uns wurden vergangene Nacht von der Polizei befragt. Eine andere Person hat mir gesagt, wer der Dealer war. Vertraulich.«

»Wir würden gerne wissen, wer diese Person ist«, sagte McDonald.

»Wenn die Cops mich fragen, werde ich ihnen den Namen sagen. Aber im Moment weiß niemand außer mir, der bewußten Person und nunmehr auch Ihnen, daß ich den Namen des Dealers kenne. Wenn das aus diesem Raum geht, wird es der Bank schaden, und ich würde dann gerne wissen, wer es ausgeplaudert hat.« Er sah McDonald starr an.

»Was waren es denn für Drogen?« fragte Bose und ließ die Fingerspitzen spielerisch über ihre Perlenkette gleiten.

»Nur Hasch und ein wenig Pot«, antwortete Bone. »Nichts Ernsthaftes.«

»Nichts Ernsthaftes?« schnaubte McDonald. Seine Augenbrauen hoben sich diesmal fast bis zum Haaransatz. »Nichts Ernsthaftes? Wie können Sie sagen, es sei nichts Ernsthaftes?«

»Weil es tatsächlich so ist«, sagte Bone.

»Da bin ich aber anderer Meinung«, polterte McDonald. »Diese Sache muß äußerst vorsichtig behandelt werden ...«

»Noch mal Quatsch«, knurrte Bone. Er schaute McDonald über den Nußbaumtisch hinweg mit glitzernden Augen an. »Und ich habe langsam die Nase gestrichen voll von dem verdammten Blödsinn, den Sie von sich geben, Wilson.«

»Jetzt hören Sie aber mal, Sie ...«, begann McDonald, aber Bones Stimme übertönte seine.

»Erstens, es ist *nicht* bedeutsam«, erklärte er den Aufsichtsratsmitgliedern. »Wenn Heroin oder Kokain oder Crack oder Amphetamine im Spiel wären, wäre die Sache sehr viel ernster zu nehmen. Aber so ist es nur ein geringfügiges Delikt, und wir geben ganz einfach eine Presseerklärung heraus, in der wir betonen, daß der Aufsichtsrat und der Vorstand der Bank nichts von O'Dells Drogenkonsum wußten und daß er vermutlich im Zusammenhang mit ihrem Glaukom zu sehen sei.«

»Glaukom?« knurrte McDonald. »Ich habe nicht gewußt, daß sie den grünen Star hatte.«

»Ich auch nicht, Sie Dummkopf, aber bis die Zeitungen rausfinden, daß sie kein Glaukom hatte, interessiert das niemanden mehr.«

McDonald sprang auf: »Sie riskieren es, die Fresse poliert zu kriegen, Bone!« schrie er. »Was erlauben Sie sich, verdammt noch mal, mich einen Dummkopf zu nennen? Ich verlange eine sofortige Entschuldigung!«

Bone machte eine beruhigende Handbewegung, und McDonald setzte sich wieder hin. Bone schloß die Augen: »Es tut mir leid, ich entschuldige mich bei Ihnen, Wilson. Aber ich bin die halbe Nacht hier gewesen und habe mit Gene McClure alle Unterlagen O'Dells überprüft. Wir haben festgestellt, daß in ihrer Abteilung alles in bester Ordnung ist. Keinerlei Beanstandungen.«

»Sehr gut, großartige Arbeit«, lobte Brandt. »Ich habe mir auf dem Weg von der Farm hierher große Sorgen wegen dieses Themas gemacht.«

»Und wir müssen agieren, nicht reagieren«, fuhr Bone fort. »Meine Assistentin hat eine Presseerklärung vorbereitet ...« Er holte einen Stapel Papiere aus seiner Aktentasche und gab ihn zur Verteilung nach links und rechts weiter. »Recht allgemein gehalten – uneingeschränkte Kooperation mit der Polizei, diese Glaukom-Sache, der Hinweis, daß eine sofortige Überprüfung durch ihre Unterabteilungsleiter ein untadeliges Management aufgezeigt hat und der Mord nicht im Zusammenhang mit bankinternen Vorgängen zu stehen scheint ...«

Brandt las das Papier, legte es dann auf den Tisch und sagte wieder: »Großartige Arbeit.«

»Wir müssen umgehend Spacek von Midland unterrichten«, meldete sich Constance Rondeau.

»Das habe ich bereits getan«, sagte Bone. »Habe ihn um sieben heute morgen aus dem Bett geklingelt und ihm alles berichtet. Er veranlaßt eine Pressemitteilung mit der ausdrücklichen Erklärung, daß Midland weiterhin zu der geplanten Fusion steht und daß Midland uneingeschränktes Vertrauen in die Integrität von Polaris hat.«

»Sehr gut, sehr gut«, sagte Anderson.

»Glauben Sie, ähm, daß wir anderen ebenfalls in Gefahr sind?« fragte Bose.

Bone grinste sie an und sagte: »Das war die erste Frage, die ich den Cops gestellt habe, als sie heute nacht bei mir aufgekreuzt sind.« Unsicheres, leises Lachen rundum. »Die Polizei hat keinerlei Hinweise«, fuhr Bone fort. »Auch ich sehe keine Zusammenhänge, und niemand von uns ist bedroht worden. Aber andererseits sind auch gegen O'Dell keine Drohungen geäußert worden ...«

»Meinen Sie, wir sollten mal eine Zeitlang Urlaub machen?«

Bone zuckte die Schultern. »Das muß ich Ihnen überlassen.«

Die Aufsichtsratsmitglieder sahen einander an; dann sagte Brandt: »Ich glaube nun wirklich nicht, daß das nötig ist. Aber ich halte es für nötig, daß die Mitglieder des Aufsichtsrats eine interne Aussprache führen. Es gibt einiges zu diskutieren.«

Einige andere Mitglieder nickten, und Bone schob seinen Stuhl vom Tisch zurück und sagte zu McDonald: »Wilson, ich glaube, diese Leute schmeißen uns beide raus.« Er schaute an sich herunter. »Paßt mir gut, ich könnte einen Kleiderwechsel vertragen.«

»Wir wollen Sie nicht gerade rausschmeißen«, widersprach Brandt. »Ich würde es allerdings begrüßen, wenn Sie uns mal für eine Weile allein lassen. Ich weiß, daß Sie beide müde sind, ruhen Sie sich ein bißchen aus; in einer halben Stunde oder so lassen wir Sie wieder reinholen. Und danach machen Sie für den Rest des Tages frei.«

Im Flur knurrte McDonald sofort: »Sie haben mich Dummkopf genannt ...«

»Ich entschuldige mich noch mal dafür«, sagte Bone. Baki tauchte diensteifrig mit einem Stapel Papieren hinter ihm auf.

»Ich scheiße auf Ihre Entschuldigung«, sagte McDonald. »Sie werden sehr bald auf der Schnauze liegen, Sie Mistkerl.«

»Tatsächlich? Was soll das heißen? Laufen Sie mit 'ner kleinen Pistole rum, Wilson?« Bones Stimme klang ganz ruhig, fast scherzhaft. Aber McDonald sah in Bones dunklen Augen, daß er es keinesfalls scherzhaft meinte.

»Lecken Sie mich am Arsch«, sagte McDonald. Bone aber beherrschte sich. Das war nicht mehr der umgängliche, oft so plump-vertrauliche McDonald, den er kannte ... Baki zupfte Bone am Jackenärmel, zischte ihm ins Ohr: »Nein!« McDonald nickte den beiden zu, drehte sich um und ging davon.

»Dieser verdammte fette ...«

»Zahlen Sie es ihm später heim«, sagte Baki. »Hat es funktioniert da drin?«

»Ich weiß es nicht.«

»Wie ist es gelaufen?« fragte Audrey, kaum daß sich die Tür hinter ihrem Mann geschlossen hatte.

»Im Flur hätte ich beinahe diesen Mistkerl Bone verprügelt«, sagte McDonald. »Verdammt, jetzt könnte ich einen Drink gebrauchen ...«

»Ihn verprügelt?« Audrey war verwirrt, und ihre Stimme überschlug sich fast. »Wilson, was denkst du dir, um Himmels willen, dabei? Ihn beinahe verprügelt?«

»Ach, halt's Maul«, fauchte McDonald. Er zog die Jacke und die Krawatte aus. »Der Aufsichtsrat hat uns rausgeschickt, wir sollen warten, bis sie zu einer Entscheidung gekommen sind.«

»Sie wollen jetzt schon jemanden wählen? O Gott, wir sind doch noch nicht soweit! Wir wollten am Wochenende Bose noch bearbeiten!«

»Die Sache mit O'Dell hat ihnen Angst eingejagt«, erklärte McDonald. »Ich glaube, die Hälfte von ihnen ist auf dem Sprung, die Stadt zu verlassen. Wollen sich irgendwo verstecken, bis alles vorbei ist.«

»Aber ...« Audrey war völlig verblüfft. »Sie haben gesagt, erst nächste Woche sollte ...«

»Ich kann's nicht ändern.« Wilson zuckte die Schultern. Er

drehte sich um und schaute aus seinem Bürofenster hinunter auf die Straße. »Bone erschien in der Aufmachung eines Motorradgammlers. Er sah bestimmt nicht aus wie ein Vorstandsvorsitzender – das könnte gut für uns sein.«

»Okay«, sagte Audrey. Sie zog sorgsam ihren Rock über dem Gesäß glatt, ehe sie sich auf einen der Plüschsessel setzte. »Dann warten wir also.«

Die Wartezeit dauerte eine endlos lange Stunde. Einige Leute kamen herein und gingen wieder; McDonald starrte auf den Screen seines Computers, während Audrey die *Vogue* las. Dann erschien Jack O'Grady, lächelte Audrey an und sagte: »Wilson, würden Sie für eine Minute mit ins Konferenzzimmer kommen?«

Audrey klopfte Wilson aufmunternd auf den Rücken, dann gingen die beiden aus dem Büro.

»Auf dem Weg zum Entscheidungsspiel, wie?« fragte O'Grady.

»Das sind wir doch eigentlich immer«, antwortete McDonald fröhlich. »Gute Tage, schlechte Tage – mir ist es egal ...«

Seine Stimme verebbte, als sie durch die Tür des Konferenzzimmers traten. Bone saß bereits an dem langen Tisch, jetzt aber in einem dunklen Bankeranzug mit Nadelstreifen. Außerdem hatte er sich rasiert.

»Wilson, nehmen Sie Platz«, sagte Brandt, und McDonalds Magen verkrampfte sich. Er setzte sich. »Wilson, wir sind einhellig der Meinung, daß wir sofort einen neuen Vorstandsvorsitzenden berufen sollten; jemanden, der die Bank leiten und für uns sprechen kann. Wir haben Sie und Jim Bone zusätzlich in den Aufsichtsrat gewählt. Ich werde den Vorsitz im Aufsichtsrat übernehmen, und wenn Sie akzeptieren, sollen Sie den Posten des Stellvertreters übernehmen, darüber hinaus weiterhin Leiter der Hypothekenabteilung bleiben. Wir haben Jim zum Vorstandsvorsitzenden und Bankpräsidenten gewählt. Und wir haben ihn beauftragt, die Fusionsverhandlungen fortzusetzen.«

Brandt sah zu Bone hinüber, dann wieder zu McDonald. »Das wär's. Wir heißen Sie im Aufsichtsrat willkommen.«

»Ich, ähm ...« McDonald schüttelte den Kopf, als ob er die Wirkung eines Faustschlages abschütteln müsse. Stellvertretender Aufsichtsratsvorsitzender – er war erledigt. »Ich, ähm, danke Ihnen.«

Baki erwartete Bone im Flur mit erwartungsvoll aufgerissenen Augen und, wie Bone dachte, vibrierend vor Besorgnis und erhöhtem Adrenalinspiegel. »Und?« fragte sie.

Er grinste. »Ich hab's geschafft. Brandt ist Aufsichtsratsvorsitzender, erst einmal, und McDonald ist sein Stellvertreter. Erst einmal.«

Sie lächelte ihn an, und nach sechs Jahren Eiszeit schien für einen Moment eine Schmelzperiode einzutreten: »Das freut mich sehr für Sie, Mr. Bone.«

»Jim.«

»Noch nicht«, sagte sie; Rückkehr der Eiszeit.

»Und wir müssen über diesen Gefallen reden.«

»Morgen«, sagte sie. »Ich muß noch vielerlei Überlegungen anstellen, und wir haben noch eine Menge Arbeit. Ich sollte Spacek anrufen und ihm sagen, daß Sie jetzt der Mann sind, mit dem er es bei den weiteren Fusionsverhandlungen zu tun hat.«

»Das ist das erste, okay«, sagte er. »Das zweite ist, daß wir uns jetzt überlegen müssen, wie wir die Fusion torpedieren können.«

»Das steht nicht ganz in Übereinstimmung mit Ihrer bisherigen Position«, erwiderte sie mit absoluter Gelassenheit.

»Bisher war ich ja auch nicht Vorstandsvorsitzender«, sagte er. »Lassen Sie uns gehen. Wir brauchen Kaffee und Gebäck. Wir haben einige Leute zu empfangen.«

»Unten in Ihrem Büro«, sagte sie. »Ich habe bereits alles veranlaßt.«

16

Das Polizeipräsidium von St. Paul erinnert an ein Postamt, das zur Arbeitsbeschaffung in der Zeit der Depression Anfang der dreißiger Jahre gebaut wurde; es hat allerdings neue Fenster. Lucas stellte den Porsche auf einer reservierten Parkfläche vor dem Gebäude ab und ging zu dem mit Panzerglas gesicherten Empfangsschalter in der Halle, wo die diensthabende Polizistin ihn nicht erkannte, seinen Ausweis der Stadtpolizei von Minneapolis ignorierte, sich nicht sicher war, ob Lieutenant Mayberry Zeit für ihn habe, und ihn aufforderte, in der Warteecke neben einem Jungen mit grünen Haaren Platz zu nehmen.

Lucas setzte sich, sagte »hübsches Haar!« zu dem Jungen, schlug die Beine übereinander und starrte auf die gegenüberliegende Wand. Der Junge, dessen Gehirn in Zeitlupe zu arbeiten schien, kämpfte zwanzig Sekunden mit seinen Gefühlsregungen, brachte dann mit großem Ernst heraus: »Danke, Kumpel.«

Lucas wartete ebenfalls zwanzig Sekunden, fragte dann: »Weshalb bist du hier?«

Wieder zwanzig Sekunden Konzentrationszeit, dann die Antwort: »Wegen dem beschissenen Weed-Rauchen.«

»Hast du das echt gemacht?«

»Scheiße, ja.«

Die Unterhaltung schlief danach ein; dann stieß Mayberry die Sicherheitstür auf und rief: »Heh, Lucas, wieso sitzen Sie noch hier draußen?« Mayberry hatte einen Kopf von der Größe und Form eines Fünfliter-Benzinkanisters, bis hin zum Griff, der durch einen dünnen blonden Pferdeschwanz in seinem Nacken symbolisiert wurde. Er schob sich durch die Tür und sagte: »Kommen Sie rein ... Wie ist's Ihnen ergangen? Ich habe Sie seit der Festnahme dieses Dreckskerls in Ronny Whites Haus nicht mehr gesehen.«

»Na ja, Höhen und Tiefen«, antwortete Lucas. »Haben Sie von der Sache mit Weather gehört?«

»Sie meinen den Brandanschlag? Ja, aus der Zeitung – und jemand hat mir gesagt, ihr Jungs hättet nichts rausgefunden.«

»Wir arbeiten noch daran.«

Mayberry führte Lucas zum Aufzug, im zweiten Stock dann zu einem Besprechungszimmer, in dem ein Dutzend Stühle mit roten Plastiksitzen, eine Schultafel, ein Fernsehgerät mit großem Bildschirm und ein Videorecorder standen. Mayberry schob eine Kassette in den Recorder, drückte auf einige Knöpfe und schaltete damit den Fernseher ein. »Ich habe mir gestern abend die Kassette angeschaut ... Mann, es ist lange her, und ich konnte mich kaum mehr erinnern, wer wer war. Jedenfalls Arris taucht bei 224 der Laufzeitanzeige auf ...«

Er spulte das Band im Schnellauf vor; bei 210 stoppte er es, ließ es dann in normaler Geschwindigkeit weiterlaufen. Sie blieben beide dicht vor dem Bildschirm stehen, um sich die Aufzeichnung anzuschauen.

»Okay«, sagte Mayberry und tippte auf den Bildschirm.

»Hier sieht man die Parade der vorbeigehenden Leute ... Viele Frauen, die zum Markt gehen. Ein halbes Dutzend Männer.«

Die Aufzeichnung war schwarz-weiß, und die Kamera war auf einen dünnen Mann mit Schnurrbart gerichtet, der hinter einem kleinen Tresen stand und Sodawasser, Zigaretten, Brot und alles mögliche andere verkaufte und das Geld der Leute kassierte, die an den beiden Zapfsäulen vor dem Eingang ihre Wagen auftankten. Im Hintergrund, durch den Eingang und das Schaufenster, sah man Leute vorbeigehen, die meisten davon auf der gegenüberliegenden Straßenseite.

»Okay«, sagte Mayberry wieder. »Jetzt kommt Arris ... Hinter dieser Frau da taucht er auf.« Er zeigte auf den Bildschirm. Arris trug ein helles Hemd und, wie man vermuten konnte, eine braune Hose.

»Ziemlich verzerrt«, sagte Lucas und schob das Gesicht bis auf wenige Zentimeter vor den Bildschirm. »Ich kann sein Gesicht nicht erkennen.«

»Nicht deutlich«, stimmte Mayberry zu. Er stoppte das Band,

spulte es kurz zurück, und Arris spazierte wieder über den Bildschirm, diesmal in Zeitlupe. »Die Identifizierung ist durch mehrere seiner Freunde erfolgt, die sich das Band angesehen haben und ihn, verstehen Sie, an seiner allgemeinen Erscheinung und dem wiegenden Gang erkannt haben. Und die Kleidung stimmte mit der seiner kurz darauf gefundenen Leiche überein. Man sieht die aufgekrempelten Hemdsärmel, genau so waren sie auch bei der Leiche.«

»Niemand sieht wie McDonald aus«, stellte Lucas fest und schaute sich die vorbeigehenden Leute genau an.

»Sind Sie denn sicher, daß er Ihr Mann ist?« fragte Mayberry.

»Er ist der Mann, den man uns anonym als Täter genannt hat.«

»Die meisten dieser Leute gingen die Straße runter zum Markt«, sagte Mayberry. »Aber Arris machte anscheinend nur einen Spaziergang und ging an dem Markt vorbei. Als er dann erschossen wurde, war er anderthalb Blocks weiter fast allein auf der Straße. Wenn Sie also nach dem Killer Ausschau halten ... Der taucht erst später auf und ist auf dem Band nicht zu sehen.«

»Jelly sagte mir, er glaube nicht, daß es ein zufälliger Mord war.«

»Er hat im allgemeinen recht«, sagte Mayberry.

»Wenn es kein zufälliger Mord war, muß der Schütze ihm eine Zeitlang gefolgt sein«, sagte Lucas. »Er konnte nicht einfach die Straße runtermarschieren und erwarten, Arris an einer für den Schuß günstigen Stelle zu treffen. Vor allem, wenn die Gefahr bestand, daß Arris ihn erkannte. Er muß ihm in einigem Abstand gefolgt sein.«

»Nun ja, Arris ging jeden Abend spazieren. Niemand weiß, ob er jeden Abend denselben Weg ging, aber seine Nachbarn sagten, er sei immer in dieselbe Richtung losmarschiert. Wollen Sie sich das noch mal ansehen?«

»Nein, ich habe mir die Parade lange genug angeschaut ... Was ist mit dem Fingerabdruck auf der Hülse?«

»Wir wissen, daß McDonalds Fingerabdrücke amtlich festgehalten sind – die Bestätigung von der Zentralen Erfassungsstelle liegt vor«, sagte Mayberry. »Er hatte bei der Nationalgarde die Zugangsberechtigung zu Geheimunterlagen. Man wollte uns die Abdrücke sofort zufaxen, aber sie waren noch nicht eingetroffen, als ich eben zu Ihnen kam. Ich habe Chad Ogram beauftragt, den Abdruck auf der Hülse festzuhalten. Kennen Sie Ogram?«

»Ich glaube, ich habe ihn mal irgendwo getroffen«, antwortete Lucas.

Mayberry hatte die Kassette zurückgespult, nahm sie jetzt aus dem Recorder und gab sie Lucas. »Die ist für Sie. Kommen Sie, wir gehen zu Ogram.«

Ogram arbeitete in einem Büro von der Größe eines Badezimmers, das mit Aktenschränken vollgestellt war. Mindestens eine Uhr stand auf jeder waagerechten Oberfläche im Büro, und ein halbes Dutzend weiterer hing an den Wänden. Ogram, ein dünner Mann mit beginnender Glatze, die rosa wie das Zahnfleisch eines Neugeborenen durch das dünne Haar schimmerte, war über die Platte eines grünen Metallschreibtischs gebeugt.

»Chad«, sagte Mayberry, und Ogram fuhr erschreckt hoch. »Sie kennen Lucas Davenport, oder?«

»Ja, hallo«, sagte Ogram vage, sah Lucas kurz an und beugte sich dann wieder über die Schreibtischplatte. »Das Fax ist eingetroffen.«

»Und? Was rausgefunden?« fragte Mayberry.

»Nun ja, zum Teufel, Sie wissen selbst, daß wir nicht genug für eine eindeutige Identifizierung haben.«

»Okay«, sagte Lucas, »ich habe mich nur gefragt ...«

»Aber McDonalds rechter Daumenabdruck paßt zu dem bißchen, das wir haben«, sagte Ogram. »Wir haben auf der Hülse ein Stück von einem Wirbel, und auf McDonalds rechtem Daumen ist ein Wirbel, der genauso aussieht.«

Mayberry und Lucas sahen sich an. »Sind Sie sicher?« fragte Lucas.

»Ziemlich. Ich mußte den Abdruck auf dem Fax vergrößern, um die Überlappung feststellen zu können, aber ja, es sieht so aus, als ob die Übereinstimmung vorhanden wäre.«

»Wie groß sind die Chancen, daß es der Abdruck eines anderen ist?« fragte Lucas.

Ogram kratzte sich mit dem rechten Mittelfinger an der kahlen Stelle auf seinem Kopf. »Das weiß ich nicht. Zehn zu eins dagegen. Hundert zu eins. Trotzdem nicht genug vor Gericht, aber wenn Sie zu mir kommen und sagen, wir haben einen teilweisen Fingerabdruck auf der Hülse und einen Verdächtigen, und wenn sich dann eine teilweise Übereinstimmung ergibt ... Ich würde sagen, wir haben ihn.«

»Mein Gott«, sagte Lucas zu Mayberry, »das kann doch nicht wahr sein ...«

»Wieso nicht?«

»Es ist zu einfach«, antwortete Lucas. »Es ist nie so einfach.« Und zu Ogram: »Ich muß die Chancen der Übereinstimmung irgendwie präzisieren ...«

»Ich habe einen Kumpel beim FBI, der Ihnen da helfen kann. Er spielt mit solchen Mathe-Sachen rum – Statistiken und Chancenberechnungen.«

»Rufen Sie ihn an«, bat Lucas. »Und verständigen Sie mich, wenn er zu einem Ergebnis gekommen ist ... Dieser verdammte Mistkerl McDonald ...«

Lucas ging, gefolgt von Mayberry, zum Aufzug. Er drückte auf den Rufknopf, richtete dann den Zeigefinger auf Mayberry: »Heh, Sie haben doch auch ein Geschoß von dem Arris-Mord, richtig?«

»Ein Stück von einer Hülse, ja.«

»Und der Leichenbeschauer hat ein Stück von einer aus O'Dells Kopf geholt – das ist diese Bankerin, die erschossen wurde. Lassen Sie uns die beiden Fragmente zusammenbringen und analysieren, ob es eine Übereinstimmung gibt.«

»Okay – wollt ihr das bei euch machen?«

»Ja. Schicken Sie mir das Ding rüber.«

»Trifft zwanzig Minuten nach Ihnen in Minneapolis ein«, sagte Mayberry. »Heilige Scheiße, das gefällt mir. Der Arris-Fall schien unlösbar zu sein ...«

Lucas rief Sloan vom Wagen aus an: »Wir haben so was wie einen Durchbruch im Kresge-Fall. Hol Sherrill und Del, wenn sie greifbar sind. Wir treffen uns in zwanzig Minuten in meinem Büro.«

»Wer war's?«

»Unser Kumpel McDonald.«

»Du willst mich verarschen ...«

»Ich verarsche dich keinesfalls«, sagte Lucas. »Das Problem ist, es beweisen zu können.«

Er brach das Gespräch ab, schaute in sein Notizbuch, fand die Nummer von Bones Büro und wählte sie, während er auf die I 95 fuhr. Bones Assistentin meldete sich, sagte: »Chief Davenport, es findet gerade eine Sitzung des Aufsichtsrats statt. Ich vermute, daß man einen neuen Vorstandsvorsitzenden wählt. Wenn es sich also nicht um einen absoluten Notfall handelt ...«

»Nimmt Wilson McDonald auch an der Sitzung teil?«

»Ja, natürlich. Er ist einer der Kandidaten.«

»Danke. Ich rufe später noch mal an.« Sie hatte ihm gesagt, was er wissen wollte – daß McDonald im Bankgebäude war.

Sherrill war skeptisch.

Mehr als das: Sie war geradezu gehässig: »Das hat doch weder Hand noch Fuß, Lucas. Es kann einem doch egal sein, wie die Chancen stehen – wenn es vor Gericht nicht standhält, ist es unbrauchbar. Und der verdammte Arris-Mord liegt schon so lange zurück, daß man daraus keinen Fall mehr machen kann.«

»Es ist aber recht hilfreich, wenn man weiß, wer den Mord begangen hat«, sagte Del. Sherrill war in Jeans, hohen Nikes, einer Wildlederjacke und einem ein wenig zu engen, flauschigen Pullover, der ihre Figur äußerst vorteilhaft betonte, erschienen, und Lucas, Sloan und Del bemühten sich krampfhaft, ihr in die Augen zu sehen, aber Del war dem Druck schließlich nicht mehr gewachsen, ließ sich auf dem Stuhl zurücksinken und starrte nunmehr an die Decke.

»Komm, Del, denk doch an den Cat-Fall«, sagte Sherrill. »Jeder von uns weiß, daß George Cat seine Frau umgebracht hat.

Das bringt aber nichts, weil wir es ihm nicht beweisen können. Bei McDonald wird es noch schwieriger, weil er sich die besten Anwälte leisten kann.«

»Ist trotzdem gut, wenn man's weiß«, murmelte Del.

»Auch weil wir annehmen können, daß Wilson McDonald vier Morde begangen hat«, sagte Lucas. »Wenn wir ein Muster bei den Morden feststellen und das nachweisen können und dann halbwegs handfeste Beweise für *einen* der Morde zusammenkriegen, wird ihn ein Geschworenengericht verurteilen.«

»Also, was willst du erreichen?« fragte Sloan.

»Ich will ihn in Einzelteile zerlegen. Ich will ihn mir unter dem Mikroskop betrachten. Ich will einen Durchsuchungsbefehl kriegen und sein Haus auf den Kopf stellen.«

»Für einen Durchsuchungsbefehl haben wir nicht genug in der Hand«, meinte Del.

»Dann müssen wir es eben in die Hand *kriegen*, verdammt noch mal«, sagte Lucas. »Sloan, kannst du dich für ein paar Tage vom Ericson-Fall abseilen?«

»Für ein bis zwei Tage, ja.«

»Frag Frank. Und wenn er zustimmt, schau dir die O'Dell-Sache noch mal an. Prüf nach, ob McDonald es irgendwie getrickst haben könnte, zu ihrem Appartement zu kommen. Del, du kümmerst dich noch mal um den Arris-Fall. Schau nach, ob du noch auf was Interessantes stößt. Marcy, du übernimmst den Ingall-Fall. Ich fahre nach Norden, zum Kresge-Tatort, und zwar gleich. Ich will mir die Kresge-Sache noch mal genauer anschauen, vielleicht rausfinden, wie er es getan haben könnte. Wir treffen uns dann morgen früh um neun wieder hier. Und wenn einer von euch mich vorher sprechen will, kann er mich ja über mein Autotelefon erreichen.«

»Warum schaffst du dir eigentlich kein Handy an?« fragte Del. »Jeder hat doch heutzutage eines.«

»Weil mich dann die Leute dauernd anrufen«, antwortete Lucas. »Und ich dann nicht mehr die Ausrede habe, ich sei leider gerade nicht im Auto gewesen.«

Sloan und Del grinsten und gingen dann. Sherrill druckste noch herum. »Du fährst also nach Norden?«

»Ja. Ich will mit dem …« Das Telefon klingelte, und er hob ab, gab Sherrill ein Handzeichen, noch zu warten. »Davenport.«

»Lucas, hier ist Sergeant Ogram in St. Paul. Wir sprachen doch über …«

»Ja, ja. Was haben Sie rausgefunden?«

»Ich habe mit meinem Kumpel vom FBI gesprochen, und der hat sich mit den Fingerabdruckspezialisten in Verbindung gesetzt und mich eben zurückgerufen: Er sagt, die Chancen stehen hundert zu eins *dagegen*, daß wir den falschen Mann im Visier haben.«

»Wir haben ihn also …«

»Ja, Sie haben ihn. Und noch was: Das Geschoßfragment ist in einem Streifenwagen zu Ihnen unterwegs. Müßte inzwischen angekommen sein.«

»Vielen Dank. Bis später mal.«

Lucas legte auf. »Wir haben ihn … Jedenfalls, ich will nach Norden fahren und mit dem Mann sprechen, der sich um Kresges Blockhaus kümmert, und mir auch die Örtlichkeiten noch mal genauer ansehen.«

»Okay.« Sie ging zur Tür, aber sehr langsam.

»Hast du irgendein Problem?« fragte Lucas.

Sie blieb stehen, sah ihn an, sagte: »Nein« und ging weiter zur Tür. *Oje-oje*, ging es Lucas durch den Kopf. Es war ihm noch nie im Leben passiert, daß in einer solchen Abfolge eines Gesprächs die Frau *nichts* mehr zu sagen hatte, und, ob so oder so, er war fast immer als der in den Arsch Gekniffene zurückgeblieben.

»Okay, wenn du sicher bist …«

»Könnte sein, daß ich dich heute abend anrufe«, sagte sie. Sie kaute auf der Innenseite ihrer Lippe, als ob sie von irgend etwas abgelenkt sei. »Mir geht da was durch den Kopf, über das ich mit dir sprechen möchte.«

Lucas rief noch vor der Abfahrt Sheriff Krause im Gerichtsgebäude von Garfield County an und traf die Abmachung, den

Mann, der sich in Teilzeitarbeit um Kresges Blockhaus kümmerte, an der Hütte zu treffen. Die Fahrt nach Norden verlief angenehm: bei trockenem Wetter auf der Interstate, dann zügig auf den Nebenstraßen. Die kleinen Städte und Dörfer schienen sich in Erwartung des Winters zusammenzuducken; ein Mann auf einem kleinen grün-gelben John-Deere-Rasenmäher kurvte über das Gras eines Gartens, der ein prachtvoller Sommergarten gewesen sein mußte, jetzt aber das Trauerkleid brauner Büsche und dürrer Blätter angelegt hatte; ein Mann in einer militärischen Tarnjacke schoß in seinem Garten Pfeile auf zwei Scheiben aus zusammengepreßten Holzspänen; die Belegschaft eines *Arctic-Cat*-Geschäfts unterzog die Motoren der angebotenen Motorschlitten intensiven Probeläufen und bereitete die für die Gartenbestellung benötigten Maschinen der Firma Yamaha zum Ausverkauf vor.

Krause wartete bereits am Blockhaus. Er kam Lucas entgegen und runzelte die Stirn, als er den Porsche auf der Zufahrt ankommen sah. Lucas stellte den Wagen auf der Parkfläche neben einem Ford-Truck ab und stieg aus. Der See unterhalb des Blockhauses hatte einen etwa zwei Meter breiten Eiskragen angelegt.

»Ich habe den Wagen zuerst nicht erkannt«, sagte Krause. »Mann, ein toller Flitzer; in unserer Gegend kriegt man nicht viele davon zu Gesicht.«

»Den habe ich schon ein paar Jahre«, sagte Lucas und schaute zurück auf den 911. »Ich überlege inzwischen, ob ich ihn nicht gegen einen ein wenig größeren Wagen eintauschen soll.«

»Ich könnte mir auch nicht vorstellen, daß er Ihnen im Winter hier draußen in den Wäldern gute Dienste leisten würde.«

»Nein, sicher nicht«, stimmte Lucas zu. Ein wettergegerbter weißhaariger Mann um die Siebzig mit einer Motorheckenschere in den Händen war um die Ecke des Hauses gekommen. Er legte das Gerät auf der Verandatreppe ab, und Krause sagte: »Marlon, das hier ist Chief Davenport aus Minneapolis, und Chief, das ist Marlon Wiener.«

Sie schüttelten sich die Hände, und Lucas sagte: »Ich möchte nur ein bißchen über das Grundstück laufen und eine Weile mit Mr. Wiener reden …«

»Bitte tun Sie das«, sagte Krause. »Ich setze mich zu Mrs. Wiener ins Blockhaus, trinke einen Kaffee und erledige den Papierkram, den ich mitgebracht habe. Rufen Sie, wenn Sie mich brauchen.«

Lucas wollte sich alle Hochsitze auf den Bäumen ansehen. Die Niederschriften von Sloans Vernehmungen gaben zwar Auskunft darüber, in welcher Reihenfolge die Jäger damals zu ihren Ansitzen aus der Gruppe ausgeschert waren, enthielten jedoch keine Angaben über das Gelände.

»Wir haben einen Geländewagen hier, wir könnten auch fahren, wenn Ihnen das lieber ist«, sagte Wiener.

»Nein, lassen Sie uns zu Fuß gehen«, sagte Lucas. »Sie sind ja am Morgen der Tat auch alle zu Fuß gegangen, nicht wahr?«

»Ja«, antwortete Wiener.

»Erzählen Sie mir ein bißchen über Kresge«, bat Lucas, während sie durch den Laubteppich auf dem Pfad um den See gingen. »Guter Mann, schlechter Mann – wie denken Sie über ihn?«

»Ich hätte nicht gern hauptamtlich und täglich für ihn gearbeitet – verstehen Sie, wenn er einem dauernd im Nacken sitzt«, antwortete Wiener. »Aber so kam ich ganz gut mit ihm aus. Er hat mir gesagt, was er getan haben wollte, und manchmal hab ich Vorschläge gemacht, und dann hat er meistens gesagt, ich soll das auch machen. Meine Frau hat die Hütte saubergehalten, kam zweimal die Woche zum Staubsaugen und Abstauben und solchen Sachen her.«

»Scheint ja recht viel Arbeit zu machen«, sagte Lucas.

»Na ja, er wollte immer Autos am Blockhaus stehen haben, verstehen Sie? Er hat sich immer Sorgen gemacht, es könnte mal eingebrochen werden oder so was. Könnte ja auch tatsächlich mal passieren. Er hat mir gesagt, ich soll doch nicht ein- oder zweimal die Woche für ’nen ganzen Tag zum Arbeiten herkommen, es wär' ihm lieber, ich würd' mir die Arbeit so einteilen, daß ich jeden Tag zu unterschiedlichen Zeiten mal hier wäre.«

»Gab er öfter Partys hier, hatte er oft Gäste? Oder Leute, die kamen und gingen?«

»Nein, das kam nicht oft vor – aber er hat jeden Sommer eine große Party für die Managementleute von der Bank gemacht«, antwortete Wiener. »Sie kamen her und schwammen unten am Steg im See und tranken und aßen, und die Kids angelten Blaufische, und dann gingen alle runter zum Schießstand und machten für 'ne Weile Schießübungen.«

»Er hat einen Schießstand auf dem Gelände?«

»Nur eine Bodensenke da unten, und man schießt gegen den Wall am Ende. Verstehen Sie, auf eine Entfernung von fünfzehn bis höchstens hundert Metern.«

»Fünfzehn Meter? Also Handfeuerwaffen?«

»Ja, und 22er Gewehre für die Kids. Verstehen Sie, nur so zum Spaß ein bißchen rumballern.«

»Hm. Handfeuerwaffen.« Eine Handfeuerwaffe könnte interessant sein, vor allem eine großkalibrige wie zum Beispiel eine 44er Magnum oder ein 45er Colt oder eine 357 Maximum. McDonald hätte eine solche Waffe irgendwann unbemerkt mitbringen und verstecken können, um sie dann hervorzuholen, Kresge damit zu erschießen und sie anschließend wieder zu verstecken. Auch wenn der amtliche Leichenbeschauer davon ausging, der tödliche Schuß stamme aus einem Gewehr, war eine großkalibrige Handfeuerwaffe dennoch eine Alternative. »Der Sheriff hat eine Bestandsaufnahme der Waffen im Blockhaus gemacht. Ich habe auf der Liste aber keine Handwaffen gesehen.«

»Ich weiß nicht, man hat mich nicht dazu befragt. Man hat den Waffenschrank überprüft, und das war's dann.«

»Hat Kresge sich für Handwaffen interessiert?«

»Nein, nicht besonders. Für bestimmte aber doch. Die Gäste brachten ihre eigenen Pistolen und Revolver mit. Die Stadtleute kommen ja nicht besonders oft zum Schießen, und sie schienen es zu mögen, tranken ein paar Bierchen dazu. Mr. Kresge hatte eine Pistole – ich habe sie nämlich gesehen. Eine silberne Smith & Wesson 357 Magnum. Aber ich glaube, er brachte sie jedesmal aus der Stadt mit hierher.«

»Eine 357 *Magnum*? Oder *Maximum*?«

»Oh, ich glaube ... eine Magnum. Hab' nie was von 'ner Maximum gehört.«

»Und er brachte sie aus der Stadt mit?«

»Ja, glaub ich wenigstens. Und ... und es ist nicht genau 'ne Handwaffe, ich weiß nicht, wie man so was richtig nennt ... Hatte jedenfalls einen ausklappbaren Schaft. Müßte auf der Liste vom Sheriff stehen. Mr. Kresge hatte sie dabei.«

»Einen ausklappbaren Schaft?« fragte Lucas. Das würde gut zu seiner Theorie passen.

»Wissen Sie, eine von diesen ...«

»Ich kenne solche Waffen. Hatte sie ein Zielfernrohr?«

»Ja.«

»Sie steht nicht auf der Liste.«

»Müßte sie aber. Er bewahrt sie immer im Waffenschrank auf, wenn er hier ist. Hat er bisher jedenfalls immer gemacht. Bis er sie dann zur Rückfahrt wieder rausnahm.«

»Wir werden das überprüfen«, sagte Lucas. »Kennen Sie Wilson McDonald? Großer, kräftiger Typ?«

Wiener nickte. »Ja, ich hab' ihn ein- oder zweimal gesehen.«

»Mit was für Waffen hat er geschossen, wenn er hier war?«

Wiener schüttelte den Kopf. »Das weiß ich nicht. Ehrlich gesagt, ich weiß nicht mal, ob er gern schoß. Mr. Robles, der war ein leidenschaftlicher Schütze: Er gab den Kids Schießunterricht und redete von kaum was anderem als vom Schießen. Aber ich glaube, Mr. McDonald war eher ein Trinker als ein Schütze. Jedenfalls hab' ich ihn so in Erinnerung.«

Sie folgten dem Pfad um den See bis zum ersten Ansitz, den Robles damals eingenommen hatte. Lucas ging zu dem Baum und kletterte auf die stabile Plattform.

»Haben Sie diese Hochsitze gebaut?« rief er Wiener zu.

»Nein, das haben ein paar Jungs aus Wyoming gemacht«, antwortete er. »Sie machten Witze, sie würden auch noch Elektrizität zu den Ansitzen verlegen.«

Der Ansitz war komfortabler als die, die Lucas bisher kennengelernt hatte. Er konnte bequem die Beine ausstrecken, sich gegen den Baumstamm lehnen und dennoch den Höhenzug überblicken, der in das mit Erlen bestandene Vorgelände des Sumpfes hineinragte. Der Sumpf selbst war mit einzelnen Gruppen von Espen gesprenkelt – Anzeichen für höherliegendes Gelände. Eine große, dicht mit Bäumen und Gebüsch bewachsene Insel erhob sich in der Mitte. Hier und dort waren glitzernde Eisflächen zu sehen, die sich auf dem an die Oberfläche tretenden Wasser gebildet hatten, und überall im Gebüsch waren schmale Wildwechsel zu erkennen, die die Anwesenheit von Rotwild verrieten. Robles' Ansitz lag oberhalb eines Wechsels, der besonders häufig von Rotwild benutzt zu werden schien.

»Von hier aus verläuft eine Landzunge ins Sumpfgelände«, rief Wiener zu Lucas hinauf. »Rehe können direkt zu der Espengruppe in der Mitte rüberwechseln. Ein Mann tät' vielleicht im Sumpf versinken, wenn er der Spur folgen würde; jedenfalls, bevor es hart gefroren ist.«

»Okay ...«

Sie überprüften nacheinander auch die anderen Ansitze, die über eine Strecke von rund tausendzweihundert Metern entlang des Pfades verteilt waren; alle waren auf den Sumpf und die in ihn hinein- und aus ihm herausführenden Wildwechsel ausgerichtet. Der Ansitz, den McDonald damals benutzt hatte, lag oberhalb und knapp links von einer größeren, mit einer dünnen Eisschicht bedeckten Wasserfläche.

Mal angenommen, dachte Lucas, *McDonald hat die Pistole mit dem ausklappbaren Schaft am frühen Morgen, kurz vor dem Aufbruch der Gruppe aus dem Blockhaus, aus dem Waffenschrank genommen. Das würde erklären, warum sie nicht gefunden worden war. Und diese Pistole, wenn auch sehr lang, war dennoch kurz genug, um sie unter dem dicken Jagdanorak ver-*

stecken zu können. Dann schleicht er in der Dunkelheit über den Pfad zum Hang oberhalb von Kresges Ansitz, wartet, bis das allgemeine Schießen beginnt, feuert einen Schuß auf Kresge ab, schleicht zurück zu dem Baum mit seinem Ansitz und wirft die Pistole in den Sumpf. Klettert den Baum hoch in seinen Ansitz ... simsalabim. Er sitzt wie alle anderen oben im Baum, und aus seinem Gewehr ist kein Schuß abgefeuert worden ...

»Kommen Sie, gehen wir«, sagte er zu Wiener, als er vom Baum gestiegen war.

»Haben Sie irgendwas entdeckt?« fragte Wiener.

»Vielleicht«, antwortete Lucas. »Zu welcher Zeit kamen Sie an dem Tag, als Kresge erschossen wurde, hier an?«

»Ungefähr um zehn Uhr, nachdem ich gehört hatte, daß ... Ich wollte an diesem Tag um die Mittagszeit mit meinem Anhänger zum Blockhaus kommen, um die geschossenen Hirsche abzuholen, zur Registrierungsstation der Jagdaufsichtsbehörde und dann zum Kühlhaus zu bringen. Die Jägergruppe hatte auf jeden Fall vor, um die Mittagszeit nach Hause aufzubrechen ... Der Sheriff hat mich nach dem Mann gefragt, den der Arbeiter von der Telefongesellschaft gesehen hat – der, der am Waldrand entlanggegangen ist –, aber ich war ja zu der Zeit noch gar nicht am Blockhaus. Tut mir leid.«

Dieser einsame Jäger ... Lucas hatte ihn fast vergessen. Es konnte natürlich *irgend jemand* gewesen sein – ein Jäger, der über Kresges Grundstück zurück zu seinem Wagen ging. »Verdammt!« murmelte Lucas vor sich hin. Ein anderer Jäger – das paßte irgendwie nicht ins Bild; Lucas glaubte durchaus an Zufälle, aber nicht, wenn sie zuviel zu erklären schienen. Und wenn der Mann in der Jagdjacke der Killer war und der Telefonmann seine Größe richtig geschildert hatte, dann war McDonald nicht der Mörder.

»Wie bitte?«

»Wenn jemand am Waldrand vorbeiging, wie der Mann von der Telefongesellschaft gesagt hat, wo würde er dann vermutlich hingehen?«

»Klingt so, als ob er auf dem Weg zurück zum Blockhaus gewesen wär'.«

»Das wäre dann ein Problem für mich«, sagte Lucas.

Als sie zurückkamen, saß Krause am Küchentisch und arbeitete an seinen Papieren. Zu seinen Füßen stand eine abgewetzte Aktentasche. Mrs. Wiener spülte gerade Geschirr, und der Geruch, der aus dem Küchenofen drang, war so verheißungsvoll, daß Lucas das Wasser im Mund zusammenlief.

»Was brutzelt da im Ofen?«

»Zimtrollen – sie sind gleich fertig«, sagte Mrs. Wiener und drehte sich vom Spülstein zu Lucas um. Sie war eine rundliche Frau mit rosigem Gesicht und weißem Kraushaar. Sie nahm ein Geschirrtuch vom Ofengeländer, trocknete sich die Hände ab und zog die Backofentür auf. »Gut geraten«, sagte sie.

Krause war aufgestanden und schaute ihr über die Schulter. »Ich kriege die erste«, sagte er.

»Sie müssen noch abkühlen«, erwiderte sie energisch. »Und es muß noch Zuckerguß drauf. Setzen Sie sich erst mal alle hin.«

Krause zog sich an den Tisch und zu seinen Papieren zurück. »Irgendwas rausgefunden?« fragte er Lucas.

Lucas stellte zunächst eine Gegenfrage: »Wissen Sie, was eine Schaftpistole ist? Lange Pistole, ausklappbarer Schaft, Einzelschuß, Knicklauf wie bei einer Schrotflinte?«

»Ja, ich habe schon mal so ein Ding gesehen«, antwortete Krause.

»Sie haben keine solche Pistole auf der Inventarliste aufgeführt …«

»Es war keine hier«, sagte Krause. »Im Waffenschrank waren nur drei Gewehre und zwei Schrotflinten.«

»Haben Sie einen ausgebildeten Taucher unter Ihren Leuten?« fragte Lucas.

»Natürlich. Meinen Sie, Sie wüßten, wo die Mordwaffe ist?«

»Vielleicht. Es wäre schön, wenn sie unterhalb von McDonalds Ansitz im Sumpf liegen würde. Dort ist eine größere offene Wasserfläche ... Ich wäre nicht überrascht, wenn er sie dort reingeworfen hätte.«

»Ich habe keine Ahnung, wie das mit dem Tauchen im Sumpf ist«, sagte Krause zweifelnd. »Das geht vielleicht mit der normalen Taucherausrüstung gar nicht. Aber ich werde das prüfen.«

»Auf jeden Fall bräuchte der Taucher einen Metalldetektor«, sagte Lucas.

Mrs. Wiener schaltete sich ein: »Eine Pistole wie die, von der Sie gerade gesprochen haben, liegt in der Schublade vom Waffenschrank.«

Lucas sah Krause an, und Krause schloß die Augen, lehnte sich zurück und sagte: »Scheiße!«, dann zu Mrs. Wiener: »Entschuldigung!«, dann zu Lucas: »Ich habe Ralph damit beauftragt, die Waffen aus dem Waffenschrank zu nehmen. Ich habe das nicht überprüft.«

»Schau'n wir's uns doch mal an«, sagte Wiener, und Mrs. Wiener erklärte: »Ich habe die Waffe beim Putzen gesehen. Ich habe den Waffenschrank innen abgestaubt, weil er offen war, normalerweise komme ich da ja nicht ran.«

Der Waffenschrank war hinter einem flachen Regal in eine Innenwand eingelassen. Ein Schlüssel paßte in ein kleines Schloß, das unter einem der Regalbretter verborgen war, und die ganze Einheit schwang auf. Im Schrank befand sich ein leerer Gewehrständer mit Platz für acht Gewehre und Flinten, und unter dem Ständer waren übereinander zwei Schubladen eingelassen.

»War das ein streng gehütetes Geheimnis, oder wußten es alle?« fragte Lucas.

»Alle seine Gäste wußten es. Das Versteck war nur dazu gedacht, die Waffen vor Einbrechern zu verbergen. Aber wenn er eine seiner Partys veranstaltete, stand der Schrank immer offen.«

»Okay.«

»Oberste Schublade«, sagte Mrs. Wiener.

»Haben Sie die Waffe rausgenommen?« fragte Lucas.

»Nein. Ich habe sie nicht angerührt. Habe die Schublade sofort wieder zugemacht, als ich die Waffe drin gesehen habe.«

»Sie mag Waffen nicht«, erklärte Wiener, während Lucas vorsichtig die Schublade aufzog.

Und da lag die Spezialpistole, ausgestattet mit einem Nikon-Zielfernrohr, ordentlich in einer Plastikhalterung, daneben zwei Schachteln 308er-Munition.

»Dieser gottverdammte Ralph«, stöhnte Krause. »Er hat die Schublade einfach nicht aufgemacht!«

Lucas nahm einen Kugelschreiber aus der Jackentasche, schob ihn durch den Abzugsbügel der Pistole, hob die Waffe aus der Schublade und trug sie zum Küchentisch, wo er sie vorsichtig ablegte. Dann benutzte er ein Papiertaschentuch, um den Lauf zu entriegeln, betätigte den Knickmechanismus, indem er nur den Boden des Kolbens und das Ende des Laufs mit den Fingerspitzen berührte. Eine leere Hülse sprang aus dem Lauf und fiel auf den Tisch.

»Nicht berühren«, sagte Lucas. Er hielt den Lauf gegen das Licht aus einem der Fenster und schaute hindurch. »Ja. Abgefeuert und danach nicht gereinigt.« Er sah Wiener an. »Wissen Sie was darüber, wie Kresge mit seinen Waffen umging?«

Wiener zuckte die Schultern. »Hat sie dauernd gereinigt. Machte immer ein Mordstamtam, wissen Sie, saß rum und reinigte die Waffen und erzählte Lügengeschichten aus seiner Zeit bei der Army und gab an mit seinen Schießkünsten und tollen Jagdbeuten.«

Krause sagte noch mal: »Gottverdammt!« und dann, einen Moment später: »Das ist die Mordwaffe, da wett' ich drauf. Dieser gottverdammte Ralph!«

»Mrs. Wiener ...«, begann Lucas.

»Sophia«, unterbrach sie ihn.

»Sophia, haben Sie irgendwelche Plastikbeutel ... Müllbeutel oder so was?«

»Natürlich.«

Sophia holte eine Rolle Müllbeutel aus dem Schrank unter dem Spülstein. Sie riß einen Beutel ab, hielt ihn auf, und Lucas steckte wieder einen Kugelschreiber durch den Abzugsbügel der Pistole und schob sie hinein. Die Hülse steckte er in einen kleinen Butterbrotbeutel.

»Ich bringe die Sachen heute abend noch in unser Labor«, sagte Lucas. »Einer der Spezialisten muß sie sich sofort ansehen.«

Krause war immer noch stocksauer, schob seine Papiere in die Aktentasche. »Ich muß gehen. Ich werde diesen gottverdammten Blödmann suchen, und dann werde ich ihn erwürgen. Es ist doch unglaublich, was ...«

Sophia Wiener unterbrach ihn. »Keine Zeit mehr für eine Zimtrolle?«

Krauses Blick flog zu dem Backblech mit den Zimtrollen, die auf dem Rand der Ofenplatte abkühlten und nur noch darauf warteten, aus der Pfanne daneben mit heißem Zuckerguß übergossen zu werden.

»Na ja«, sagte er, »für eine hätte ich dann doch noch Zeit.«

17

Die Tage wurden kürzer, zwei oder drei Minuten Sonnenlicht gingen jeden Nachmittag verloren; und zu der Zeit, als Lucas mit seinem Autotelefon in Reichweite der Zwillingsstädte Minneapolis und St. Paul gekommen war, hatte der Himmel sich bereits verdunkelt. Er rief bei der Vermittlung an und bat, Harriet Ashler, die Spezialistin für Fingerabdrücke, zu verständigen, sie solle wegen einer dringenden Untersuchung in ihrem Büro auf ihn warten. Eine halbe Stunde später zirpte das Autotelefon, und er meldete sich: »Ja, Davenport.«

»Lucas, hier ist Marcy ... Sherrill.« Ihre Stimme klang unsicher, so, als ob er ihren Vornamen vergessen haben könnte. »Bist du auf dem Heimweg?«

»Ja. Ich bin in einer halben Stunde im Büro. Wir haben vermutlich die Mordwaffe gefunden.«

»Was? Wo?« Ihre Stimme zeigte, daß sie sich jetzt auf festerem Boden bewegte, da es um die Morduntersuchung ging.

»In einer Schublade des Waffenschranks. Im Blockhaus.«

Nach einer Sekunde verblüfften Schweigens sagte Sherrill: »Auweia. Ich möchte nicht in der Haut desjenigen stecken, der sie übersehen hat.«

»Du hättest den Sheriff mal sehen sollen: Er sprach von Mord und Totschlag … Aber egal, was hast du auf dem Herzen?«

»Ich möchte zu dir ins Büro kommen und mit dir darüber reden. Wenn du 'ne Minute Zeit hast …«

»Natürlich. Wo bist du jetzt?«

»Draußen in Bloomington«, antwortete sie. »In der Megamall.«

»Okay, bis nachher.«

Harriet Ashler erschien zwei Minuten nach Lucas in ihrem Büro, gefolgt von ihrem Mann. Sie trug einen knöchellangen Wollmantel – und zeigte ein empörtes Stirnrunzeln. »Dick und ich wollten ins Kino gehen.«

»O Gott … Ist es schon zu spät, noch hinzukommen?«

Sie schaute auf die Uhr. »Wenn wir es noch schaffen wollen, müssen wir in zwanzig Minuten wieder im Auto sitzen.«

Lucas reichte ihr die Schachtel, in der er die potentiellen Beweisstücke transportiert hatte. »Eine Pistole und die Hülse einer abgefeuerten Patrone. Wenn etwas auf der Hülse zu finden ist, müßte ich es *sofort* erfahren. Wenn die Untersuchung der Pistole länger dauert, reicht es auch noch morgen früh.«

Ashler nahm die Schachtel entgegen und sagte: »Ich rufe Sie in zehn Minuten an – sind Sie dann noch hier in Ihrem Büro?«

»Ja.«

»Wir könnten nach dem Film noch mal zurückkommen und die Pistole untersuchen, wenn Sie bereit sind, für die Überstunden zu unterschreiben.«

»Das wäre prima – aber morgen früh zum Dienstbeginn wäre auch in Ordnung.«

»Ich mach' das heute abend noch. Dick kann mir bei der Arbeit zuschauen. Dann muß ich morgen wenigstens nicht früh raus.«

»Mir gefällt diese Sucherei nach Fingerabdrücken«, sagte Dick fröhlich. Er war Briefträger und hatte ein Handicap von sechs im Golf. »Ich würde ihr genausogern beim Fingerabdrucksuchen zugucken wie mir diesen Film anschauen.«

»Nein, wir gehen ins Kino«, sagte Harriet energisch.

»Künstlerisch wertvoller Film, wie sie sagt«, flüsterte Dick Lucas noch zu, als seine Frau den nur schwach erleuchteten Flur hinunterging. »Von irgend so 'nem Japs gemacht.«

»Sie haben mein uneingeschränktes Mitgefühl«, sagte Lucas.

»Könnte noch schlimmer sein: von 'nem Schweden gemacht«, sagte Dick und schaute seiner Frau nach. »Ich muß gehen; ich fürchte, ich bin nichts als ein verdammter Hund an der Leine von 'ner Ehefrau, die scharf auf Kultur ist.«

Lucas ging in sein Büro, machte das Licht an, zog die Jacke aus und hängte sie an den antiken amtlichen Kleiderständer. Dann ging er auf dem Teppich ein paarmal hin und her, rieb die Hände, schaute auf das Telefon, wartete. Hätte gern jemanden angerufen, aber da war niemand, den er anrufen konnte ...

Sherrill. Wo, zum Teufel, blieb sie? Wenn sie in Bloomington gewesen war, mußte sie inzwischen zurück sein. Oder bald ankommen. Er hatte die Tür offen gelassen und schaute in den Flur. Niemand zu sehen. Irgendwo lief ein Radio, und er hörte die Klänge eines Stücks von Leon Redbone. Er hörte einen Moment zu, suchte anhand der wenigen gedämpften Töne, die durch den Flur zu ihm drangen, nach dem Namen des Stücks. Aha: »She Ain't Rose«.

Trotz der von Sherrill geäußerten Gegenargumente war es ein großer Vorteil, davon ausgehen zu können, daß McDonald der Mörder war. Wenn sie es schafften, genug Verdachtsmomente gegen ihn bei *allen* Morden zusammenzutragen, konnten sie eine Anklage wegen mehrfachen Mordes erwirken, es durchaus verkraften, daß die Jury einige davon verwarf, ihn dann aber mit dem am leichtesten zu beweisenden Mord festnageln. Der Nachweis *eines* Mordes genügte. Die Verurteilung wegen eines Mordes ersten Grades bedeutete dreißig Jahre Gefängnis ohne Begnadigungsmöglichkeit. McDonald würde eine so lange Zeit nicht durchstehen. Er würde im Knast sterben.

Der Nachweis *eines* Mordes genügte also ...

Lucas summte unbewußt vor sich hin, nahm es schließlich wahr, dachte: Mein Gott, ich habe seit Monaten nicht mehr vor mich hingesummt. Und bei aller Scheiße, die ihm widerfuhr, müßte er doch eigentlich ... Er horchte in die Tiefen seines Bewußtseins. Kein statisches Knistern. Kaum etwas, das sich störend bemerkbar machte. Er lächelte zufrieden, drehte eine weitere Runde auf dem Teppich, schaute auf die Uhr.

Und das Telefon klingelte.

Er riß den Hörer hoch, sagte: »Davenport«, und im selben Moment hörte er Schritte auf dem Flur.

»Hier ist Harriet Ashler. Auf der Hülse ist nichts zu finden. Sieht aus, als sei die Patrone mit Handschuhen aus der Schachtel genommen, in das Patronenlager eingeführt und abgefeuert worden. Sie ist absolut sauber. Fast wie poliert.«

Sherrill tauchte unter der Tür auf, sah ihn telefonieren, zögerte. Er gab ihr ein Zeichen hereinzukommen, sagte in die Sprechmuschel: »Verdammt, ich hatte gehofft – nun ja, schau'n wir mal, was bei der Pistole rauskommt. Ich dachte, er hätte vielleicht nicht daran gedacht, daß er Spuren auf der Hülse hinterlassen könnte, wie es bei der anderen in der Arris-Sache ja auch war.«

»Diesmal aber nicht«, sagte Ashler. Sherrill kam ins Büro, schloß die Tür hinter sich und zog ihre Lederjacke aus, während Ashler am Telefon fortfuhr: »Ich habe mir auch die Pistole grob angeschaut, und ich glaube, da sind ein paar Flecke drauf. Sobald ich zurück bin, untersuche ich sie genauer. Ogram aus St. Paul hat mir heute nachmittag McDonalds vorliegende Fingerabdrücke zugeschickt, so daß ich sehr schnell sagen kann, ob es eine Übereinstimmung gibt oder nicht.«

»Sehr gut. Ich werde zu Hause sein. Rufen Sie mich dort an, egal, wie spät es ist.«

Lucas legte auf und sagte zu Sherrill: »Keine Abdrücke auf der Hülse, aber auf der Pistole ist wahrscheinlich was. Sie wird es noch heute untersuchen.«

»Es wäre doch praktisch Selbstmord, wenn er Abdrücke auf der Pistole, aber nicht auf der Hülse hinterlassen würde«, sagte Sherrill. Sie hängte ihre Jacke an den Kleiderständer, und die Bewegung des Kleidungsstücks in der Luft ließ einen weichen, leichten Duft aufsteigen wie Chanel Nr. 5. »Und warum sollte er die Pistole wieder zurück zum Blockhaus bringen? Er hätte sie leicht irgendwo im Wald verstecken können, und wer würde sie dort jemals finden?«

»Das weiß ich auch nicht«, sagte Lucas. Er lehnte sich zurück. »Aber warum sollte *irgend jemand* die Pistole zurück zum Blockhaus bringen? *Irgend jemand*, egal, wer es ist?«

Sherrill zuckte die Schultern. »Vielleicht hat er die Pistole von dort mitgenommen und dachte, wenn er sie wieder zurückbringt, würde das niemand merken.«

»Mit der Hülse einer abgefeuerten Patrone im Patronenlager?«

»Das ist eine gute Frage«, gestand sie ein.

Lucas kratzte sich am Kopf und sagte dann: »Wir werden ihn fragen, wenn wir auf andere Verdachtsmomente gegen ihn stoßen ... Nun sag mir, was du auf dem Herzen hast.«

Sie sah ihn mit zusammengekniffenen Augen an, fast so, als ob sie kurzsichtig sei, was sie jedoch nicht war. »Mir geht diese Sache dauernd durch den Kopf, und ich werde sie nicht los.«

»Oje«, sagte Lucas. »Ich kenne dieses Problem ...«

»Nein-nein-nein, nicht *so* was. Ich bin nicht depressiv ... Was ganz anderes – du kennst doch diesen alten Spruch: Frauen wollen keinen Sex, Frauen wollen Liebe?«

»Waaas?« Sie hatte sehr schnell gesprochen, und ihm wurde plötzlich bewußt, wie still es im Gebäude war, wie dunkel es draußen im Flur gewesen war – und wie allein sie beide in diesem nicht besonders großen Büro waren.

»Nun ja, kann sein, daß ich so was schon mal gehört habe.«

»Tatsache ist, daß ich Sex immer gemocht habe«, sagte sie.

»Sehr sogar. Und ich hatte vor Mikes Tod eineinhalb Jahre keinen mehr, weil wir in Scheidung lebten, und seit seinem Tod dann auch keinen mehr, und jetzt ist die Lage so, daß ich wirklich nicht auf Liebe aus bin, ich brauche jetzt ganz einfach …«

Während sie sprach, trat sie links neben ihn, und er sprang auf, schob sich dicht an ihrer linken Seite vorbei und hastete zur Tür. »O Gott!« sagte er.

»Hör zu, du *mußt* ja nicht«, sagte sie. »Wo willst du hin? Weglaufen?«

Sie lächelte traurig, unsicher, aber Lucas nahm es kaum wahr. Er verschloß die Tür und drückte auf den Lichtschalter, beides gleichzeitig, und Sekundenbruchteile später waren seine Hände überall an ihr. Sie keuchte, stellte sich auf die Fußspitzen, und sie taumelten, die Lippen ineinander verschmolzen, durch das Zimmer, fast wie Ringkämpfer, und dann war Sherrills Bluse plötzlich aufgeknöpft, und fünf Sekunden später lagen sie auf dem Teppich …

Und zehn Minuten später fragte Sherrill flüsternd: »Waren wir laut?«

»Ja, ganz schön laut«, flüsterte Lucas zurück.

»O Gott, ich will das noch mal haben.« Er konnte ihr Gesicht im schwachen Lichtschimmer, der durch das geriffelte Glas der Tür fiel, nur undeutlich sehen. Und er dachte: *Dieser Teppich riecht komisch*. Aber er sagte: »Bei mir zu Hause«, und er legte die warme Innenfläche seiner rechten Hand um eine ihrer Brüste.

»Ich fahre hinter dir her«, sagte sie.

»Nein, laß uns zusammen fahren.«

»Ich kann meine Unterhose nicht finden«, kicherte sie. »Was hast du mit meiner Unterhose gemacht?«

»Keine Ahnung …«

Sie stieg in ihre Jeans, streifte den um den Hals baumelnden Büstenhalter über und knöpfte ihre Bluse zu, während auch Lucas sich anzog, halb von ihr abgewandt, um ein immer noch erforderliches kleines Stück Intimsphäre zu wahren. Beide wollten sie kein Licht im Zimmer. Als Lucas fertig angezogen war, öffnete Sherrill die Tür, und Lucas fand ihren Baumwollslip – er hing über dem Rand des Papierkorbs. Lucas steckte ihn in die Jackentasche. »Komm, gehen wir.«

»Was war das doch für eine verdammt blöde Idee«, sagte Sherrill. »Meinen Boß zu vögeln ...« Sie sah ihn an. »Man darf doch nicht mit einem Boß rumvögeln.«

»Ich bin in dieser Situation nicht dein Boß«, sagte Lucas. »Los, geh weiter!«

Lucas konzentrierte sich aufs Fahren, am *Dome* vorbei raus aus Minneapolis, auf der I-94 über den Mississippi, nach der Abfahrt in *Cretin* weiter in südlicher Richtung bis zu einer Ampel bei *Marshall.* Sie zeigte Rot, und Sherrill machte sich plötzlich wieder an ihm zu schaffen, fummelte an seinem Hosengürtel herum, während er an ihrer Bluse zerrte und schließlich ihre Brüste freilegte, an ihrem Hals knabberte, und dann ...

»O Gott, wir sind im Fernsehen«, sagte sie plötzlich. Er schaute auf, an ihr vorbei: eine Gruppe junger Männer, offensichtlich Studenten von St. Thomas, ging vorbei, und einer von ihnen zeigte ihm anerkennend das V-Siegeszeichen.

»Wir müssen weiter«, sagte Lucas, als die Ampel auf Grün schaltete, und Sherrill stellte ihre Bemühungen an seiner Hose ein, blieb aber ihm zugewandt sitzen und legte eine Hand auf seine Brust. Er fuhr vor einer nächsten roten Ampel rechts ab, hinunter zum Fluß, dann den Boulevard entlang weiter nach Süden. Nach zehn Minuten Fahrt steuerte er den Wagen in die Garage seines Hauses, und sie stiegen eiligst aus, stolperten eng umschlungen in die Küche.

»Wo ist das Schlafzimmer?«

Sie stand seitlich vor ihm, mit einem Arm über seiner Schulter, und er hob sie hoch, trug sie zum Schlafzimmer, ließ sie aufs Bett fallen und schleuderte die Schuhe von seinen Füßen.

»Mach schnell«, sagte sie.

Und dann, eine Weile später, sagte sie: »Mann, der Teppich in deinem Büro roch vielleicht komisch! Was treibst du da eigentlich immer?«

Lucas seufzte, rollte sich von ihr weg und sagte: »Das war wirklich keine gute Idee …«

»Genau das habe ich vor einer Stunde schon gesagt.«

»Aber, na ja …«

»Was?«

»Auch wenn es keine gute Idee war, ich möchte das gerne noch öfter machen.«

»Wir sollten vielleicht ein paar Minuten warten.«

Lucas lachte, sagte: »Könnte mehr als ein paar Minuten dauern.«

»Ich glaube, ich könnte die Intervallzeiten abkürzen …«

»Das könntest du ganz bestimmt«, bestätigte er. »Aber weißt du, was? Ich habe einen Mordshunger. Ich habe noch ein paar Mortadella-Würstchen im Kühlschrank, auch ein paar Bierdosen, und ich glaube, sogar noch ein paar Hamburger.«

»Drei der wichtigsten Nahrungsmittel«, grinste sie. »Damit können wir hundert Jahre alt werden.«

»Dann laß uns gehen.«

»Zeig mir zuerst noch die Dusche.«

Er zeigte ihr die Dusche; damit aber war die Intervallzeit eliminiert, und die Mortadella-Sandwiches gerieten vorübergehend in Vergessenheit.

Aber schließlich kamen sie doch noch zu den Sandwiches, spritzten im Licht der Kühlschrankbeleuchtung Senf auf die Würstchen, saßen dann im Dunkeln am Küchentisch und spülten die Bissen mit Rolling-Rock-Bier runter.

»Ich meine, wir sollten das für uns behalten«, sagte Sherrill.

»Das meine ich auch. Wir arbeiten schließlich mit einer Horde geschulter Ermittlungsbeamter zusammen und müssen aufpassen. Du kommst in mein Büro und guckst scheu an mir vorbei, und schon fragt mich Sloan später: ›Du bumst sie, nicht wahr?‹«

»Wie romantisch, ›gebumst‹ zu werden ...«

»Heh, du kennst doch die Ausdrucksweise der Typen.«

Sie lachte und sagte: »Ja, und bei Sloan klingt es ja auch nicht so brutal. Er kann ein richtig witziger Typ sein.«

»Er meint, du hättest sehr schöne Stoßdämpfer.«

»Hab ich ja auch.«

»Was kann ich da noch sagen?« Er nuschelte das durch einen Bissen seines Mortadella-Sandwichs. »Die Beweise sprechen für sich – für dich.«

»Ich muß jetzt gehen«, sagte sie. »Mein Wagen steht noch in der Stadt ...«

»Quatsch«, widersprach er. »Du bleibst hier. Ich gebe dir ein T-Shirt.«

»Lucas ...«

»Keine Widerrede. Du bleibst hier.«

»Okay. Hm, war das das letzte Würstchen?«

Sie lag im linken Teil des Bettes, er im rechten – Zeichen für eine Intervallpause. Sie waren zur Ruhe gekommen, redeten, und sie hatte ihre Hand auf seinen Bauch gelegt.

Das Telefon schrillte. Lucas schaute auf die Uhr auf dem Nachttisch. Dreiundzwanzig Uhr zehn. »Das muß Harriet Ashler sein.«

Und sie war es. »Wir haben ein paar Fragmente und ein paar gute Abdrücke gefunden, aber ich kann keinen als von McDonald stammend identifizieren«, sagte Ashler. »Mit Sicherheit keinen von den guten Abdrücken. Und ich bin ziemlich sicher, daß es bei den Fragmenten genauso ist.«

»Okay.«

»Tut mir leid, daß ich Sie geweckt habe.«

»Kein Problem«, sagte Lucas. Er bildete sich ein, einen sarkastisch-fragenden Unterton in ihrer Stimme herausgehört zu haben. Aber es ist doch unmöglich, dachte er, während er sich wieder hinlegte, daß jemand schon was von Sherrill und mir weiß ...

18

Elf Uhr abends, und Wilson McDonald war schon sehr betrunken.

Die überstürzte Entscheidung des Aufsichtsrats und die gönnerhafte Höflichkeit, mit der man ihn am Nachmittag bei der von Bone einberufenen Besprechung mit den Topmanagern der Bank behandelt hatte, waren so deprimierend für ihn gewesen, daß er auf dem Heimweg bei einem Getränkeladen angehalten und drei Flaschen des feinsten Single-Malt-Scotch gekauft hatte, deren Inhalt er nunmehr runterzugurgeln begann, als sei es Pepsi-Cola.

Nach der Entscheidung des Aufsichtsrats war er wütend, verzweifelt, resigniert und letztlich dann wieder leicht beschwingt gewesen. Er hatte sich vorgestellt, vielleicht doch noch eine Zukunft bei der fusionierten Bank zu haben, bis Audrey den Gedanken mit einer dermaßen vernichtenden Verachtung abgetan hatte, daß er wieder in Verzweiflung verfallen war.

Audrey hatte den Nachmittag, eingehüllt in ihren Winterparka, im Garten verbracht und in den Himmel gestarrt. Die kalte Luft und der schwache Geruch nach verbrennendem Laub – in Minnesota streng verboten und von politisch korrekten Nachbarn daher sicherlich zutiefst mißbilligt – erinnerten sie an die schlimmen Kindheitstage auf der Farm mit Mom und Pop und Helen. Sie hatte die Farm gehaßt. Und sie haßte diese Vorstadt, trotz all ihrer Exklusivität. Wie schön wäre es gewesen, wenn ihr das Schicksal zum Ausgleich für die erlittenen Qualen ein Haus in Palm Beach oder Malibu gegönnt hätte ...

Der Posten des Vorstandsvorsitzenden bei Polaris war stets ihr Bestreben und ihr Ziel gewesen, das eine Ziel, über das sie sich mit Wilson ohne jede Einschränkung einig war. Es gab andere Jobs, die vielleicht ebensogut gewesen wären – Chef der

First Bank oder Norwest oder 3M oder aber Northwest Airlines oder General Mills oder Pillsbury oder auch Cargill –, aber sie waren Polaris-Leute, und Polaris war Wilsons große Sehnsucht.

Nur wenigen Leuten außerhalb des Kreises der Topmanager war klar, welchen Unterschied es zwischen – zum Beispiel – dem Präsidenten und Vorstandsvorsitzenden einer Bank auf der einen Seite und einem Vizepräsidenten auf der anderen Seite gab. Der eine war ein amerikanischer Aristokrat, dessen Entscheidungen Auswirkungen auf das Wohlergehen Tausender von Menschen hatten, während der andere nur ein weiterer Mann im feinen Zwirn unter vielen anderen war, ein weiteres Gesicht über einer gelben Krawatte, das kaum jemand wahrnahm. Der Bankchef verfügte über das Firmenflugzeug, hatte einen Luxusdienstwagen mit Chauffeur; ein Vizepräsident mußte darum kämpfen, Flugreisen in der Busineßklasse machen zu dürfen. Und auch die Ehefrau profitierte vom Status des Vorstandsvorsitzenden: Audrey war nur einen halben Schritt vom Aufstieg zur Herzogin entfernt gewesen. Jetzt war sie nichts weiter als eine reiche Hausfrau.

Und was sie alles auf sich genommen hatte, um bis hierher zu kommen: Sie hatte einen brutalen, dem Alkohol verfallenen Rüpel geheiratet, weil es damals so ausgesehen hatte, als könne sie mit ihm zusammen in höchste Höhen aufsteigen. Und obwohl sie ihn irgendwie auch liebte, ein bißchen zumindest, wußte sie, was für ein widerlicher Mensch er war ... Und sie war zu einer sich selbst bescheidenden grauen Maus geworden, die sich stets und in jeder Beziehung im Hintergrund hielt, nur dazu da, Büropartys perfekt zu organisieren, wenn sie erforderlich waren, Partys, bei denen sie kaum einmal beachtet wurde. Und sie mußte diesen Widerling auch noch zu jedem einzelnen Schritt auf der Karriereleiter anstoßen ... Sie hatte ihm damals abgeraten, zur Hypothekenabteilung zu wechseln, was ihm den Titel des Abteilungspräsidenten eingebracht hatte, auf den er damals so stolz gewesen war – und der sich jetzt als so verhängnisvoll erwies, weil man ihn darauf sitzenließ …

Am frühen Abend, als Wilson sich im Obergeschoß immer mehr betrank und im Delirium wilde Selbstgespräche führte, klingelte das Telefon, und eine Frau mit Namen Cecely Olene meldete sich: »Gerade war ein Polizist bei mir und wollte mich über Wilson ausfragen. Ich habe ihm gesagt, ich sei nicht bereit, hinter dem Rücken von Freunden über sie zu reden, und ich würde Sie anrufen und Ihnen sagen, daß man mich aushorchen wollte.«

»Oh, *vielen Dank*«, sagte Audrey. »Ich kann mir nicht vorstellen, was diese Leute sich denken …«

»Sie denken, Wilson hätte Dan Kresge getötet«, sagte Olene unverblümt. »Und er hat mich auch nach mehreren anderen Leuten gefragt, die schon früher umgekommen sind. George Arris und Andy Ingall. Der Polizist sagte, sie hätten Beweise. Fingerabdrücke.«

»Das ist doch absurd«, sagte Audrey. »Wilson kann ja leicht in Wut geraten, aber er würde doch nie im Leben jemanden *umbringen.* Ich vermute, James Bone steckt da dahinter.«

»Darüber weiß ich nichts«, sagte Olene. »Was mich angeht – ich habe Sie angerufen, wie ich es mir vorgenommen hatte. Ich hoffe, die Dinge regeln sich von selbst für Sie.«

Sie legte auf; und nach dem letzten Satz zu urteilen, ging Audrey durch den Kopf, würde sie wohl auch nicht noch mal anrufen. Nie mehr. *Ich hoffe, die Dinge regeln sich von selbst für Sie …*

Die Dinge regeln sich nie »von selbst«, dachte Audrey. Sie *wurden* geregelt. Immer. Als Audrey noch mit Mom und Pop und Helen auf der Farm gelebt hatte, hatte sie eine Reihe harter Entscheidungen treffen müssen. Und sie traf jetzt eine weitere harte Entscheidung – mit einem Gefühl der Trauer im Herzen.

Sie ging durch die Zimmer im Untergeschoß, putzte hier und da ein wenig; schaute eine Weile einen Fernsehfilm an. Wilson kam herunter, tropfend, fluchend. Sie ging ihm aus dem Weg, flüchtete in den Keller, stellte die Waschmaschine an. Um elf Uhr war er völlig hinüber, ebenso zwei der Whiskyflaschen. Sie ging in die Küche, goß sich fünf Zentimeter Wodka in ein Wasserglas, trank ihn und ging dann nach oben – bereit zur Konfrontation mit dem Wal in der Badewanne.

Wilson McDonald saß in der riesigen Badewanne, und sein Bauch ragte aus dem Wasser wie die gewölbte Oberfläche eines gedeckten Apfelkuchens, während seine Penisspitze wie ein Angelköder in einiger Entfernung vom Festland des Apfelkuchens an der Wasseroberfläche trudelte. Er las in einem durchnäßten Heft des *Golf Digest*; links neben ihm stand eine geöffnete Flasche Scotch auf dem Rand der Badewanne.

»Na?« fragte Audrey herausfordernd. »Willst du dich die ganze Nacht hindurch vollaufen lassen?«

»Kann sein«, sagte er. »Paß auf, daß die Tür dir nicht gegen den Arsch schlägt, wenn du jetzt gleich wieder von hier verschwindest.«

»Du bist so ein widerliches Schwein«, sagte sie und schaute auf seinen feisten Körper. »Dein verdammtes winziges jämmerliches Schwänzchen schwimmt im Wasser rum wie eine verkümmerte Eichel. Du solltest einen Fingernagelschneider nehmen und es abzwicken, dieses nutzlose kleine Wärzchen. Was bist du doch für ein elender Trottel.«

McDonald zuckte bei diesen Worten verblüfft zurück. Sie hatten gewiß schon oft heftige Auseinandersetzungen gehabt, aber mit solchen Beleidigungen war sie ihm noch nie gekommen. Er starrte sie bestürzt an; dann verwandelte sich seine Gesichtsfarbe schlagartig von rosa zu feuerrot, und er stemmte sich hoch, wobei eine hohe Wasserwelle aus der Wanne auf den Boden schwappte.

»Du verdammtes Miststück«, bellte er, »ich trete dir in den Arsch, daß ...«

Für einen so dicken Mann war er schnell auf den Füßen, aber sie war darauf vorbereitet. Sie rannte hinaus in den Flur, die

Treppe hinunter, noch ehe er endgültig sein Gleichgewicht gefunden hatte. Wenn die Wut ihn gepackt hatte, das wußte sie, würde er runterkommen, auf sie losgehen, und die Wut *hatte* ihn gepackt. Sie rannte in die Diele – der Alkohol glühte warm in ihrem Magen, hatte aber ihren Kopf noch nicht erreicht –, tippte im Kurzwahlspeicher die Nummer ihrer Schwester ein, horchte, betete, daß sie sich melden würde. Auf jeden Fall aber hatte Helen einen Anrufbeantworter, und er war für den beabsichtigten Zweck fast ebensogut geeignet. Sie hörte, wie Wilson die Treppe heruntergepoltert kam ... Zweimal Läuten bei Helen, dreimal, und dann ein erlösendes »Hallo?«

»Helen!« schrie Audrey. »Wilson geht auf mich los! Wilson ...«

»Geh weg von dem verdammten Telefon!« brüllte McDonald. Sein Gesicht war verzerrt, purpurrot, und alle im Lauf des Tages aufgestaute Wut richtete sich jetzt gegen sie. Sie hatte sein Gesicht noch nie so gesehen, nicht einmal bei den schlimmsten Prügeln, die sie von ihm hatte einstecken müssen. Aber sie zeigte ihm den Stinkefinger, und er stürzte auf sie zu, und als er nahe genug heran war, schwang sie das Telefon wie einen Hammer gegen seinen Kopf. Er lenkte es mit dem Unterarm ab, griff dann danach, aber sie hielt es fest, schrie laut: »Laß mich los, Wilson, laß mich los!« Und er brüllte: »Laß das verdammte Telefon los!«

Er versuchte, ihr das Telefon aus den Händen zu winden, und als ihm das nicht gelang, trat er einen Schritt zurück und schlug ihr mit voller Wucht gegen die Schläfe. Sie stürzte mit dem Gesicht voran zu Boden, schloß kurz vor dem Aufprall die Augen, ließ mit voller Absicht die Nase aufschlagen, spürte das Knirschen des Nasenbeins, schmeckte das Blut in ihrem Mund.

»O mein Gott ...« Sie versuchte, auf die Beine zu kommen, aber McDonald trat ihr in die Seite, und sie fiel wieder hin, und er schrie ins Telefon: »Halt dich da raus, Helen, das geht nur Audrey und mich was an, und wenn du trotzdem deine Nase reinsteckst, trete ich dir ebenfalls in den Arsch ...«

Audrey kroch auf das Wohnzimmer zu; Blut strömte ununterbrochen aus ihrer Nase und hinterließ langgezogene Spuren auf dem grauen Fliesenboden und dem Teppich. McDonald hatte das Telefon aufgelegt und kam wieder auf sie zugerannt. Sie taumelte auf die Füße, sah die Golftrophäe aus Kristall auf dem Tischchen, nahm sie und schleuderte sie ihm entgegen, zielte auf seinen Kopf. Er duckte sich, und sie prallte gegen ein Bücherregal; er drehte sich um, versuchte sie aufzufangen, aber sie fiel auf den Boden, rollte über den Teppich. Sie zerbrach zunächst nicht, bis sie auf die Küchenfliesen prallte und ein Arm des Golfspielers zersplitterte.

McDonald stöhnte, hob die Trophäe auf und wimmerte: »Du hast ihn kaputtgemacht, du hast meinen Golfspieler kaputtgemacht ...«

Er ging mit geballten Fäusten auf sie los. Sie schrie ihm entgegen »Wilson, nein, nein«, aber er schlug zu, und sie krachte gegen den Notenständer auf dem Steinway; Blut spritzte auf die Noten, und sie stürzte wieder zu Boden.

»Steh auf!« brüllte er. »Verdammt, steh auf!«

Aber sie kroch unter den Flügel, schlang die Arme um den Pedalfuß; und in einer winzigen Ecke ihres Bewußtseins machte sie eine schnelle Bestandsaufnahme der Verletzungen, die er ihr zugefügt hatte, und sie war sehr zufrieden ...

»Komm raus da!« schrie McDonald wieder. Er hatte die Golftrophäe auf den Boden gestellt, sich auf Hände und Knie fallen lassen und zerrte an ihren Fußknöcheln. Sie klammerte sich weiter an den Pedalfuß, versuchte, ihm ins Gesicht zu treten; er krallte die Fingernägel in die Haut ihrer Waden, zerrte, und sie zog mit aller Kraft die Beine an, trat wieder zu, obwohl seine Finger sich weiterhin um ihre Waden krallten. Dann aber kamen ihre Beine unter der Wucht ihres Trittes frei.

»Du verdammte Drecksau!« schrie er, drehte sich und trat mit seinen großen nackten Füßen nach ihr; die Tritte trafen ihre Waden und Oberschenkel. Sie ließ den Pedalfuß los und kroch zur anderen Seite des Flügels, wo eine Reihe von Vasen mit Seidenblumen vor einem bis zum Boden reichenden Fenster stand. Hinter sich ließ sie breite Blutspuren zurück; als sie ihre Beine freigetreten hatte, hatten seine Fingernägel zentimeterlange Hautfetzen von ihren Waden gerissen, und die Wunden bluteten stark. Und sie blutete weiterhin aus der Nase, und dicke Tropfen zeichneten rote Spuren in den beigefarbenen Teppich.

»O nein, da kommst du nicht hin«, knurrte McDonald, als sie auf die Vasen mit den künstlichen Blumen zukroch. Er stand auf, lief um den Flügel herum, trat die ihr am nächsten stehende Vase weg, wollte sich über sie beugen, wieder auf sie einschlagen.

Aber sie hatte sich inzwischen umgedreht und kroch hastig zurück zur anderen Seite des Flügels; sah die beschädigte Golftrophäe auf dem Boden stehen, nahm sie in die Hand, stand auf, starrte ihm entgegen.

»*Das da* wolltest du doch tun, Wilson, oder?« kreischte sie. Sie schlug sich mit der Trophäe ins Gesicht, und die scharfe Kante an der Absplitterung schnitt vom Winkel des linken Auges bis fast zum Kiefer eine tiefe Wunde in ihre Wange. McDonald war inzwischen in die Reihe der Kunstblumen gestolpert, löste sich jetzt aus dem Wirrwarr, kam auf sie zu, blieb verblüfft stehen.

»Was, zum Teufel, machst du da?«

»Ich verprügele mich selbst, dann brauchst du es nicht mehr zu machen«, schrie sie. »Und, zum Teufel, ich mach's noch mal!« Sie schlug sich mit der scharfen Kante fest gegen den Hinterkopf. Blut spritzte aus der Wunde, und McDonald starrte sie völlig verständnislos an.

»So«, sagte sie, etwas ruhiger, »jetzt bist du wieder an der Reihe ...« Und sie schleuderte ihm die Trophäe gegen die Brust.

McDonalds Reflexe waren noch gut, und er fing die Trophäe auf, drückte sie gegen seine Brust, starrte immer noch wie benommen auf das blutüberströmte Monster drei Meter von ihm entfernt. Audrey drehte sich um und lief zum Gästeschlafzimmer am Ende des Flurs, und McDonald, mit der Trophäe in der Hand, betrunken, aber nun doch um Selbstkontrolle bemüht, rief ihr nach: »Mein Gott, Audrey, ich wußte ja, daß du total beknackt bist, aber was, zum Teufel, soll das denn?«

Audrey kam zurück – mit der großkalibrigen Lieblingsschrotflinte ihres Großvaters in den Händen. Sie sah aus wie der Alptraum in einem Horrorfilm – Blut, das ihre Haare durchtränkte, Blut, das von ihrem Kinn auf die Bluse tropfte, Blut, das von ihren Unterschenkeln auf die Füße quoll ... Sie hatte auf dem Weg zum und vom Schlafzimmer blutige Fußspuren auf dem Boden hinterlassen.

»Du Versager«, sagte sie mit ihren blutverschmierten Lippen.

Ein trauriger Ausdruck flog über McDonalds bulliges Gesicht, während er in die Mündung der Flinte schaute. »Ich hatte befürchtet, daß du all diese Leute getötet hast«, sagte er. »Aber ich wollte es nicht wissen ...«

»Nun, jetzt weißt du es«, sagte sie.

»Du brauchst mich aber nicht zu töten.«

»Wilson, dieser gottverdammte Davenport schnüffelt hinter dir her, und er wird dich kriegen. Er weiß bereits von einigen der anderen Morde, und wenn er bei denen erst mal genauer dahintersteigt, brichst du wie ein Kartenhaus zusammen. Mein Problem ist nun, daß du vielleicht beweisen könntest, bei einigen der Morde außerhalb der Stadt gewesen zu sein. Und ich will dir was sagen, Wilson, nach all der Scheiße, die ich mir damit aufgeladen habe, daß ich einen gottverdammten Verlierer geheiratet habe ...« Der Alkohol begann nun auch in ihrem Kopf zu wirken, und sie blinzelte mehrmals, verlor beinahe den Faden ihrer Gedanken. »Nach all dieser Scheiße könnte ich es nicht ertragen, dafür in den Knast zu wandern.«

»Das brauchst du ja auch nicht«, sagte er hastig. Er trat einen Schritt zurück. »Du mußt dir das alles noch mal überlegen.«

»Ich habe es mir überlegt«, sagte sie. »Ich hätte es früher oder später sowieso tun müssen.«

»Du gottverdammte Hinterwäldlerin«, knurrte er und trat noch einen Schritt zurück.

»Du ...« Ihr fiel keine verbale Reaktion auf diese Beleidigung ein, und so drückte sie auf den Abzug der Flinte, und die Schrotladung fegte geradewegs durch die Golftrophäe, die McDonald vor die Brust gehalten hatte, dann durch eine drei Zentimeter dicke gelbe Fettschicht, dann schließlich in McDonalds Herz. Er wurde nicht nach hinten geschleudert, wie man das in Filmen immer bei Leuten sieht, die von Schrotladungen aus Shotguns getroffen werden; er machte nur einfach einen Schritt nach hinten, versuchte, noch etwas zu sagen, stürzte dann auf den Boden.

Audrey überzeugte sich, daß er auch tatsächlich tot war, und rief dann die Notrufnummer 911 an.

»Ich habe meinen Mann getötet«, keuchte sie; und sie keuchte *wirklich*, denn sie hatte ihn geliebt – mehr oder weniger jedenfalls. »Ich habe meinen Mann erschossen«, jammerte sie. »Schikken Sie jemanden her ...«

Und als man ihr bestätigt hatte, daß man das tun würde, legte sie den Hörer auf, schob die Schrotflinte neben McDonalds leblosen Körper und wankte in die Küche, um sich noch einen Drink zu machen.

19

Es war heller Tag, als Lucas aufwachte, und wieder läutete das Telefon. Er sprang aus dem Bett, stolperte beinahe über seine verkrampften Beine, lief durch das Schlafzimmer ins Arbeitszimmer, nahm beim sechsten oder siebten Läuten den Hörer ab. »Ja?«

»Lucas, hier ist Dan Johnson.« Johnson war der Einsatzleiter der Nachtschicht bei der Mordkommission. »Hören Sie, Sie sind doch hinter diesem Wilson McDonald her, oder?«

»Ja. Und?«

»Wir haben letzte Nacht einen Anruf von seiner Frau bekommen. Audrey McDonald. Sie hat ihn mit einer Schrotflinte erschossen.«

»Was?« Er hatte die Worte verstanden, aber sie machten so gar keinen Sinn.

»Sie hat ihn erschossen«, wiederholte Johnson. »Traf ihn aus höchstens drei Metern mit einem satten Gänseposten in die

Brust. Er hatte sie fürchterlich verprügelt. Blutspuren von ihr im ganzen verdammten Erdgeschoß.«

»O Mann ...« Lucas dachte einen Moment nach. »Wo ist sie jetzt? Audrey?«

»Drüben im Krankenhaus. Wir haben auf dem Weg dorthin noch eine kurze Aussage von ihr bekommen. Sie hat gestanden, ihn erschossen zu haben, verlangte dann einen Anwalt. Ihre Schwester Helen ist hier bei uns und macht eine Aussage. Sie gibt an, Audrey habe sie angerufen und um Hilfe angefleht, während ihr Mann sie wutschäumend durchs Haus jagte.«

»Das klingt ein wenig seltsam. Wie hat sie das angestellt – eine Auszeit mit ihrem Mann vereinbart, um anrufen zu können?«

»Nun, Sie müssen sich die ganze Story anhören – aus meiner Sicht paßt da alles zusammen.«

»Okay.«

»Helen rief also 911 an, sagte, ihre Schwester werde von ihrem Mann zu Tode geprügelt und wir sollten schnellstens einen Streifenwagen hinschicken. Als nächstes kam dann der Anruf von Audrey auf 911, in dem sie sagte, sie hätte ihren Mann erschossen. Beide, sowohl McDonald als auch Audrey, waren betrunken. Wir haben Blutalkoholtests machen lassen; sie hatte eins Komma vier Promille, er zwei Komma eins, und bei seiner Größe und Schwere muß er Unmengen getrunken haben, um auf zwei Komma eins zu kommen. Wir haben eine leere Flasche Scotch gefunden und eine zweite, in der nur noch knapp drei Zentimeter Scotch drin waren. Er hat offensichtlich vom späten Nachmittag bis zum Ausbruch des Streits ununterbrochen getrunken.«

»Sie sind aber überzeugt, daß Audrey und Helen das nicht getürkt haben?« fragte Lucas.

»Nein, das glaube ich nicht. Sie müssen sich Audrey mal ansehen. McDonald hat sie wirklich halb totgeschlagen. Es müssen plastische Operationen bei ihr durchgeführt werden. Vielleicht passiert das ja gerade.«

»Mein Gott ... Okay. Ich mache mich auf den Weg.«

»Keine Eile. Wie ich das sehe, wird sie in den nächsten Stunden nicht reden können.«

Lucas ging zurück zum Schlafzimmer, wo Sherrill sich noch unter dem Bettlaken räkelte. »Was gibt's?« fragte sie.

Lucas sagte es ihr: »McDonald ist tot, von seiner Frau bei einem Streit erschossen. Beide waren betrunken. Vielleicht auch, weil er sie verprügelt hat. Irgend so was.«

Sherrill setzte sich auf, ließ das Laken fallen. Lucas stellte noch einmal fest, wie schön sie war. »Das kann doch nicht wahr sein!«

»Wie meinst du das?«

»Es löst zu viele Probleme auf einmal«, antwortete sie.

»Ja, richtig.« Er nickte, erinnerte sich an sein Gespräch mit dem Fingerabdruckspezialisten in St. Paul, bei dem er gesagt hatte, die Entdeckung von McDonalds Fingerabdrücken sei eine zu einfache Lösung. »Aber manchmal ist es eben so.«

»Zum ersten Mal ist mir das bei dieser komischen Bonnie Bonet passiert. Und das war auch bei diesem Fall. Irgendwie ein verrückter Fall ... Fährst du rein?«

»Muß ich ja wohl«, antwortete er. Er setzte sich neben sie auf die Bettkante. »Aber nicht sofort.«

»O Gott, Sex am frühen Morgen«, sagte sie. »Ich habe nie verstanden, daß Männer sich was da draus machen. Ich nehme an, sie wachen mit 'nem Steifen auf und wissen nicht, was sie sonst mit ihm anfangen sollen.« Sie gähnte, fuhr dann fort: »Ich habe einen scheußlichen Geschmack im Mund. Als wär's die Unterhose in ›Sex‹, in die dieser Rigotto immer reinzuspritzen pflegte.«

»Ein wahrlich entzückender Vergleich. Du solltest eine verdammte Dichterin werden.«

»Eine verdammte Schriftstellerin.«

»Ein verdammter weiblicher Schreiberling«, sagte er. »Wie auch immer, ich habe eine neue Zahnbürste, die du benutzen kannst.«

»Aha, so was hast du für solche Fälle immer vorrätig.«

»Heh ...« Er spielte den Beleidigten.

»Tut mir leid. Ich nehme hiermit alles zurück.« Sie verdrehte die Augen.

»Das ist auch angebracht ... Egal, du könntest dir die Zähne putzen, und dann würde ich dir mal wieder die Dusche zeigen.«

Ihre Augen leuchteten auf. »Das ist eine gute Idee; wir haben gestern abend ja nur einen Teil der Möglichkeiten ausgeschöpft.«

»Sind wir eigentlich mit dem gegenseitigen Einseifen fertig geworden?«

»Ich glaube, das haben wir nicht mehr geschafft ...«

Lucas hatte sich nie als einen besonders fröhlichen Menschen betrachtet, denn er war es ganz offensichtlich nicht; andererseits war er auch nicht besonders verdrossen. Er lebte einfach nur in einer Polizeiwelt, die aus einer Mischung aus Zynismus, Brutalität und Absurdität bestand, jedoch häufig auch durch Akte der Selbstlosigkeit, des Idealismus und der Opferbereitschaft aufgehellt wurde. Wenn ein Cop mit anhaltender Fröhlichkeit durch diese Welt schritt, war irgend etwas mit ihm nicht in Ordnung, dachte Lucas. Seine eigenen Probleme in letzter Zeit stufte er so ein, daß sie mit chemischen Reaktionen in seinem Gehirn zu tun hatten; er konnte diese oder jene Chemikalie einnehmen, um seinen mentalen Zustand zu verändern, aber er hatte Angst, das zu tun. Würde der Davenport mit dem durch Chemikalien veränderten Gehirn wirklich noch er selbst sein? Oder würde dabei nur die Vorstellung irgendeines Psychiaters von einem guten Davenport herauskommen?

Abgesehen von diesen Gedanken, war er durchaus fröhlich, als er im Präsidium ankam – allein. Sherrill fuhr nicht mit ihm; sie wollten nicht zur gleichen Zeit im Präsidium ankommen.

»Wenn wir das fortsetzen, werden sie es sowieso rausfinden«, sagte Lucas.

»Ja. Aber erst später. Und das ist es, was ich will – es soll nicht gleich rauskommen.«

»Aber du willst, daß wir uns weiterhin treffen?«

»O Gott, ja ... Ich meine, wenn du es auch willst. Zwei- bis dreimal in der Woche. Glaub ja nicht, daß ich das jede Nacht durchstehen könnte.«

»Darüber brauchst du dir keine Sorgen zu machen«, grunzte Lucas und schaute in den Kommodenspiegel, um sich die Krawatte zu binden. »Noch so eine Nacht wie die vergangene würde mich wahrscheinlich umbringen.«

»Für einen alten Ficker bist du noch ganz gut in Form«, grinste Sherrill. Sie räkelte sich immer noch auf dem Bett, rosa wie ein Baby.

»Wenn ich mir dauernd überlegen muß, was ich dir antworten soll, fällt mir nicht mehr ein, wie ich die Krawatte binden muß«, sagte er und fummelte am Knoten herum.

»Wer hat deine Anzüge ausgesucht?« fragte sie. Sie hüpfte vom Bett und schaute in den Kleiderschrank. Sie ist nicht nur von vorn schön, dachte er, auch von hinten – sie hat einen herrlichen Arsch. Und sie schien es zu wissen.

»Ich natürlich – wer sonst?«

»Du hast einen guten Geschmack.« Sie holte einen Anzug aus dem Schrank, betrachtete ihn, hängte ihn zurück, nahm den nächsten heraus. »Ich erinnere mich, du hast immer schicke Anzüge getragen, auch schon zu der Zeit, als du noch kein reicher Bonze warst.«

»Ich mag Anzüge«, sagte er. »Ich fühle mich gut darin. Am liebsten habe ich italienische Anzüge. Ich hatte auch ein paar britische, und sie waren auch ganz okay, aber sie kamen mir irgendwie ... konstruiert vor. Als ob ich in ein Fertighaus gesteckt würde. Aber die Italiener – die wissen, wie man Anzüge macht.«

»Hast du's auch mal mit französischen versucht?«

»Ja, drei- oder viermal. Sie sind in Ordnung, aber ein wenig ... *zu* schick. Ich kam mir darin wie ein Uhrenverkäufer vor.«

»Und was ist mit amerikanischen Anzügen?« fragte sie.

»Effizient«, antwortete er. »Genügen den Ansprüchen; machen nicht viel her. Man zieht einen amerikanischen Anzug an, wenn man nicht will, daß die Leute einen wahrnehmen.«

»Jesus ... Ein echter Freak.« Ihr Sarkasmus brach durch. »Hätte ich nie gedacht. Anzüge ...«

Er bekam nicht mit, daß sie es sarkastisch gemeint hatte. »Ja, irgendwie schon«, sagte er. »Ich sehe mir ganz gerne die Modenschauen im Fernsehen an, spätabends.«

Jetzt war sie echt verblüfft. »Ehrlich? Du lügst ...«

»Nein, ehrlich. Mode ist interessant. Fast alles, was du über einen Menschen wissen willst, kannst du rausfinden, wenn du dir anschaust, wie er sich kleidet.«

»Wie sieht das bei mir aus?«

»Frag mich das später mal; so etwa in drei Jahren.«

»Komm, Davenport ...«

»Nichts zu machen. Ich sage es dir nicht. Frauen werden nervös, wenn Männer Einsichten in ihre Persönlichkeit gewinnen, und diese Sache mit uns beiden ist noch zu jung, als daß ich dir etwas enthüllen sollte.«

»Hast du denn Einsichten über mich gewonnen?« Sie hob fragend die Augenbrauen.

»Mehrere im Verlauf der Jahre, und besonders aufschlußreiche im Verlauf der vergangenen Nacht«, sagte er. »Einige davon sind unerträglich intim; ich werde sie dir auflisten – wie gesagt, in drei Jahren.«

»Mein Gott«, knurrte sie, »was bist du doch für ein riesiges Arschloch ...«

Lucas stellte den Wagen ab und schlenderte, fröhlich mit den Autoschlüsseln klimpernd, ins Polizeipräsidium. Sloan kam ihm im Flur entgegen.

»Was ist denn mit dir passiert?« fragte er.

»Wieso? Nichts ...«

»Du siehst geradezu unheimlich aus«, sagte Sloan. »Du siehst nämlich irgendwie ... glücklich aus.«

»Wenn ich noch ein bißchen beschissen glücklicher wäre, würde ich einen Freudentanz aufführen«, sagte Lucas. »Hast du mit Audrey McDonald gesprochen?«

»Ich bin auf dem Weg zu ihr.«

»Ich wäre gern dabei, wenn du nichts dagegen hast.«

»Natürlich nicht. Sie liegt drüben im Hennepin.«

Das Hennepin General Hospital lag nur einen Block entfernt auf der anderen Straßenseite; Sloan und Lucas machten sich durch das helle, klare Morgenlicht und den Geruch nach Winter in der Luft zu Fuß auf den Weg dorthin.

»Ihr Anwalt sagt, sie würde eine Aussage machen«, berichtete Sloan, als sie die Straße überquerten. »Sie wollen die Sache schnell hinter sich bringen und versuchen, noch heute nachmittag eine Kautionsverhandlung zu erreichen.«

»Sie plädieren auf Notwehr?«

»Mann, es *war* Notwehr«, sagte Sloan. »Ich war eben in dem Haus – alles voll von ihrem Blut. Und warte mal, bis du sie gesehen hast. Er hat mit einer Golftrophäe auf ihren Kopf eingeschlagen. Ich schätze, sie muß mit mindestens vierzig Stichen genäht werden.«

»Sie hat das bestimmt irgendwie getürkt ...«

»Wenn das alles vorgetäuscht ist, ist es so perfekt gemacht, wie es uns noch nie begegnet ist. Der Amtsarzt sagt, er hat Hautstreifen von ihr unter McDonalds Fingernägeln gefunden, und sie hat schlimme Kratzspuren an den Beinen. Ihre Waden sind fürchterlich zugerichtet, ihr Rücken und die Rippen sehen aus, als ob sie eine Kneipenschlägerei hinter sich hätte, und ihr Gesicht ist voller Blutergüsse, bis auf die Stelle, wo er ihr einen langen, tiefen Schnitt mit der Trophäe beigebracht hat. Und seine Fingerabdrücke sind überall auf der Trophäe. Blutige Fingerabdrücke.«

»Okay ...«

»Aber vorsichtshalber«, sagte Sloan und bog in die Zufahrt zum Krankenhaus ein, »sollten wir sie ein bißchen durchrütteln. Ich wollte Loring dazu einsetzen, weil er so ein gemein aussehender Mistkerl ist, aber ich konnte ihn nicht finden. Wenn du noch Zeit hast, nachdem wir ihre Aussage festgehalten haben, könntest du das übernehmen.«

»Okay, mach ich.«

»Durchrütteln« war Sloans Spezialausdruck für »in Angst versetzen«. Er würde den netten Kerl mimen und alle grundsätzlichen Informationen aus ihr rausholen, aber selbst bei einer freiwilligen Aussage konnte es manchmal hilfreich sein, den Verdächtigen danach ein bißchen durchzurütteln. Vorsichtshalber. Man konnte ja nie wissen, was dabei herauskam ...

Ein großer, weißhaariger Anwalt namens Jason Glass, bekannt als Spezialist für Fälle von Mißbrauch in ehelichen Gemeinschaften, dazu ein Gerichtsstenograph und Sloan versammelten sich um Audrey McDonalds Bett. Sie saß, von Kissen gestützt, halb aufrecht da; eine Salzlösung wurde ihr durch die Armvene zugeführt. Lucas trat unter die Tür und schaute sie an. Er hatte, wie er meinte, noch nie eine Frau gesehen, die so übel zugerichtet war und dennoch überlebt hatte. Er trat durch die geöffnete Tür zurück in den Flur und lehnte sich an die Wand, um zuzuhören.

Sloan stellte die üblichen Routinefragen, bei deren Beantwortung sich der Anwalt immer wieder einschaltete: Ja, sie mache diese Aussage freiwillig. Nein, man hatte ihr keinerlei Angebote gemacht, um sie zu dieser Aussage zu bewegen. Nein, man hatte nicht von ihr verlangt, Fragen der Polizei zu beantworten, ehe ihr Anwalt zugegen war, aber ja, sie hatte der Polizei sofort gestanden, daß sie ihren Ehemann Wilson McDonald mit einer großkalibrigen Schrotflinte erschossen hatte.

Während Lucas ihrem Bericht über den Ablauf der Gewalttätigkeiten zuhörte, kam Frank Lester, der andere Deputy Chief der Mordkommission, den Flur herunter, schaute an Lucas vorbei durch die Tür und fragte: »Wie läuft's?«

Lucas zuckte die Schultern: »Sie erhebt keinerlei Einwände. Gesteht, daß sie ihn erschossen hat. Und alles, was sie sagt, schließt aus, daß da möglicherweise ein Dritter im Spiel sein könnte.«

»Wir haben ein paar vorläufige Ergebnisse vom Labor bekommen. Stimmt alles mit dem überein, was sie bisher ausgesagt hat.«

»Die beiden hatten eine ganz besonders geartete Beziehung«, sagte Lucas. »Die Frage ist jetzt, ob sie ohne ihn weiterleben kann.«

»Hat sie ein Problem?«

»Als ich sie bei O'Dell getroffen habe, war sie praktisch eine Marionette. Es gab keinen Bereich ihrer Persönlichkeit, den er nicht dominiert hätte.«

»Na ja ... Du weißt sicher, daß sie auf Notwehr plädieren?«

»Ja.«

»Wenn sich die Laborbefunde bestätigen, zweifle ich daran, daß es überhaupt zu einer Anklage gegen sie kommt.«

»Wenn sich die Laborbefunde bestätigen, sollte sie tatsächlich auch nicht angeklagt werden«, sagte Lucas. »Da wir gerade vom Labor sprechen – haben wir die spektrographische Analyse der Geschoßfragmente schon bekommen?«

»Hm, ich habe gehört, daß jemand was darüber gesagt hat. Ich glaube, sie liegt vor, aber ich weiß nicht, wie das Ergebnis lautet.«

»Okay ...«

Sie hörten eine Weile zu: Audrey berichtete von der Verfolgung die Treppe hinunter, von ihrem panischen Anruf bei Helen. »Werdet ihr sie ein bißchen unter Druck setzen?« fragte Lester.

»Ja, wenn sie mit der Aussage fertig ist. Aber ich muß sagen, ich fühle mich nicht gut dabei.«

»Na, ich weiß nicht«, sagte Lester und sah ihn prüfend an. »Ich hatte das Gefühl, daß du ziemlich heiter aussiehst.«

»So?«

»Ja. Hast du wieder 'ne Frau gefunden, die dich ordentlich durchbumst?«

»Mein Gott, ihr verheirateten Männer habt nichts anderes als Sex im Kopf.«

»Das stimmt«, sagte Lester trocken. »Nun ja, laß mich wissen, wie's weitergeht.«

Lucas nickte. »Mach ich.«

»Und grüß Sherrill von mir. Ich meine, wenn du sie mal wieder siehst.«

Sloan hatte die Abgabe des tödlichen Schusses abgehakt und arbeitete sich jetzt rückwärts durch das Geschehen: Wußte Audrey McDonald, daß ihr Mann im Verdacht stand, eine Reihe von Morden begangen zu haben?

»Nein ...«, ein wenig lebhafter jetzt, aber auch arroganter. »Dieser lächerliche Mister Davenport hat das in die Welt gesetzt. Wilson hätte niemals jemanden umgebracht. Ja, er konnte die Kontrolle verlieren und mich verprügeln, aber manchmal habe ich das auch herausgefordert. Gestern abend ... gestern abend wußte ich mir nicht mehr zu helfen und lief ins Gästezimmer, um mich dort zu verstecken, und da war die Schrotflinte im Schrank und die Patronen auf dem Boden, und ich wußte, wie ich sie laden mußte ...« Sie drohte sich wieder in der Schilderung des Geschehens zu verlieren, und Sloan unterbrach sie:

»Besaß Ihr Mann eine Pistole?«

»Nein. Nun ja, doch, vor Jahren ...«

»Die staatlichen Unterlagen über privaten Waffenbesitz weisen aus, daß er 1982 bei North Woods Arms in Wayzata eine halbautomatische 38oer Iver Johnson Pistole gekauft hat.«

»Das ist sicher richtig. Aber er hat sie nie benutzt. Er nannte die Pistole seine Autowaffe, weil er damals öfter in den Schwarzenvierteln zu tun hatte.«

»Wissen Sie, wo er sie aufbewahrt hat?«

»Nein. Ich dachte, er hätte sie weggegeben. Oder verkauft.«

»Sie ist jetzt nicht mehr in seinem Wagen?«

»Das glaube ich nicht; sonst würde ich es wissen .«

» Erinnern Sie sich daran, wie Sie davon hörten, daß Andy Ingall auf dem Lake Superior vermißt wird?«

»Nun ... Ich glaube, jemand von der Bank rief bei uns an und hat es uns gesagt.«

»Mr. McDonald war dabei, als Sie das erfuhren?«

»Ja, natürlich. Man rief ja ihn an, nicht mich.«

»Kann es nicht sein, daß er zu dieser Zeit in Duluth war?«

»Nein, da bin ich sicher; das wäre in meinem Gedächtnis hängengeblieben.«

Sloan war in eine Sackgasse geraten. Lucas hörte noch einige Minuten zu, trat dann mit forschen Schritten ins Zimmer, tat so, als käme er gerade eilig an. Sloan schaute auf und sagte: »Chief Davenport ... Mrs. McDonald.«

Sie schien vor ihm zurückzuschrecken – oder besser das, was noch von ihr übrig war. Ihr Gesicht bestand fast nur aus schwarzen Blutergüssen und subkutanen Blutungen um die Verletzungen; eine Reihe kleiner schwarzer Nähte führte ihre linke Wange hoch wie eine Sprossenleiter. Ihr Haar war an einer Seite des Kopfes abgeschnitten, und der Verband über dieser Stelle war feucht von durchgesickertem Wundsekret.

»Mrs. McDonald, ich möchte mich kurz fassen«, sagte Lucas. »Wir sind fast sicher, daß Ihr Mann in die Morde an Kresge, Arris und Ingall verwickelt ist. Und wir fragen uns, ob es möglich ist, daß Sie nichts davon wissen, wenn er diese drei Männer tatsächlich ermordet hat.«

»Wieso ... wieso ... Er hat das nicht getan.«

Und Jason Glass, ihr Anwalt, zischte: »Heh, solche Fragen beantworten wir nicht.«

»Das sollten Sie aber«, sagte Lucas. »Wenn Mrs. McDonald nicht mit uns kooperiert, nun, Mr. Glass ... Sie wissen ja, wie so was nach außen hin aussieht. Ich meine, bei einer Person, die die Absicht hat, wieder ein normales Leben in der Gesellschaft aufzunehmen ...«

»Was?« Audrey McDonald wirkte verwirrt, schaute von Glass zu Lucas. »Mein Leben wieder aufnehmen?«

»Das ist doch ausgemachter Quatsch, Lucas«, sagte Glass. Und zu Audrey McDonald: »Kümmern Sie sich nicht um sein Geschwätz!«

»Auf Ihr eigenes Risiko«, sagte Lucas. »Sie wissen ja, wie die Leute reden.«

»Pfff, die Leute«, reagierte sie.

»Nun ja«, fuhr Lucas fort, »wir werden uns heute morgen noch einen Durchsuchungsbefehl für Ihr Haus besorgen und nach weiteren Beweisen suchen. Aber wir haben bereits substantielle Grundlagen für den Verdacht, daß Wilson McDonald alle drei Morde begangen hat. Und wir werden natürlich wissen wollen, welche Rolle Sie bei diesen Morden gespielt haben – wenn es eine solche Rolle gegeben haben sollte.«

»Sie können nicht …«

»Mrs. McDonald«, sagte Lucas und schlug plötzlich sanfte Töne an, »ich habe es schon neulich abends erwähnt – ich erkenne Ihre Stimme wieder.«

»Was?« Als ob sie ihn nicht richtig verstanden hätte. Und Glass starrte sie stirnrunzelnd an.

»Sie haben mich angerufen«, sagte Lucas. »Sie wußten, daß Ihr Mann mehrere Menschen getötet hatte.«

»Das ist doch überaus« – sie suchte nach einem anderen Wort als »lächerlich«, fand aber keines – »lächerlich«.

»Was soll das, Lucas?« fragte Glass.

Und Audrey schien so echt verwirrt zu sein, daß Lucas zögerte – warum sollte sie es jetzt noch leugnen? Daß sie dazu beigetragen hatte, McDonald von weiteren Morden abzuhalten, konnte doch nur von Vorteil für sie sein, und er war nicht mehr da, um zurückzuschlagen … Lucas gab das Thema auf und versuchte einen neuen Ansatz: »Mrs. McDonald, wie oft waren Sie zu Besuch in Kresges Blockhaus?«

»Warum … warum fragen Sie …« Sie kämpfte sichtlich darum, ihre Gedanken zu ordnen. »Es ist so schwer, einen klaren Gedanken fassen zu können, wenn man mir all diese Vorwürfe macht.«

»Sie brauchen diese Fragen nicht zu beantworten«, sagte Glass. »Und ich empfehle Ihnen dringend, es nicht zu tun.«

»Sie meinen, Mrs. McDonald solle mir nicht sagen, wie oft sie zu Gast in Kresges Blockhaus war? Warum, in aller Welt, sollte sie mir das nicht sagen?«

»Weil Sie dann versucht sein könnten, mit Ihrem Polizistenohr etwas herauszuhören, was nicht zutrifft, und wir haben keinen Grund, Ihnen dabei zu helfen.«

»Vielleicht sechsmal«, sagte Audrey.

»Mrs. McDonald, noch mal – Sie brauchen nicht zu antworten«, knurrte Glass. »Und um es ganz klar zu sagen – schweigen Sie ab sofort. Lucas – Chief Davenport –, wenn Sie weitere Fragen über Mr. McDonald haben, wenden Sie sich zunächst einmal an mich. Ich werde Mrs. McDonald dann sagen, ob sie sie beantworten soll oder nicht. Sie wird jedoch auf keinen Fall Fragen beantworten, die sie selbst betreffen.« Glass schaute den Stenographen an. »Würden Sie mir das noch mal vorlesen?«

»Natürlich, sofort ...«

»Nicht nötig«, griff Lucas ein. »Wir sind fertig, und ich gehe jetzt. Wir werden das McDonald-Haus durchsuchen. Und es kann sein, daß wir danach mit weiteren Fragen zurückkommen.« Er schaute Audrey McDonald eine lange Sekunde in die Augen, drehte sich dann um und ging.

Glass holte Lucas im Flur ein. »Was sollte das alles?«

Lucas zuckte die Schultern. »Sie ein bißchen durchrütteln.«

»Nun, mein Gott ...« Glass kratzte sich am Kopf. »Sie glauben doch nicht etwa, daß sie etwas mit diesen Dingen zu tun hatte, oder doch? Mit den Morden? Diese alte Frau?«

»Was glauben Sie denn, Counselor?«

»Nennen Sie mich nicht *Counselor*, Sie Schwachkopf. Ihr verdammter guter alter Bekannter J. B. Glass spricht mit Ihnen. Ich will ja nur wissen, ob ich mich mit dem Gedanken einer Verteidigung vor Gericht befassen muß. Oder haben Sie einfach nur mal ein paar Rauchwolken in die Gegend geblasen?«

»Ja, vornehmlich Rauch«, gab Lucas zu.

»Okay«, sagte Glass. »Wie geht's Ihnen sonst so?«

»Nicht schlecht ... haben Sie von der Sache mit Weather gehört?«

»Ja, diese Brandbombe. Mein Gott. Was meinen Sie – war's ein Verrückter?«

»Wir wissen es nicht. Tappen im dunkeln.«

»Bleiben Sie am Ball ... Also dann, passen Sie weiterhin gut auf Ihren Arsch auf.« Glass tippte Lucas auf den Unterarm, ging dann zurück zu Audrey McDonalds Zimmer.

»Heh, J. B. – für wie alt halten Sie Ihre Klientin übrigens?« rief Lucas hinter ihm her.

Glass blieb stehen, drehte sich um, hob die Hände. »Ich habe sie nicht gefragt. Fünfzig ... zweiundfünfzig?«

»Sie ist achtunddreißig«, sagte Lucas.

Glass schaute zu Audreys Zimmertür hinüber, sagte dann mit gesenkter Stimme: »Das kann doch wohl nicht wahr sein!«

»Sie hat einen harten Weg hinter sich, J. B. Und es könnte gut sein, daß sie nicht ganz die Frau ist, für die man sie hält.«

20

Lucas saß in McDonalds Arbeitszimmer und blätterte einen Stapel von Auszügen der American-Express-Kartenabrechnungen durch, die sich anscheinend endlos in vergangene Zeiten erstreckten. Beide, Audrey und Wilson McDonald, besaßen die Platinkarte des Kreditkarteninstituts; sie waren vor sechs Jahren von der Goldkarte in diesen exklusiven Rang erhoben worden. Der interessanteste Auszug betraf Ausgaben, die McDonald mit seiner Karte in den Tagen getätigt hatte, bevor Andy Ingall auf den Lake Superior hinausgesegelt und verschwunden war.

»Am Tag vor Ingalls Verschwinden gibt McDonald vierhundert Dollar bei Marshall Field in Chicago aus«, sagte Lucas zu Franklin. »In dieser Nacht und der Nacht davor logiert er im Palmer House. Wenn er das Boot manipuliert hat, muß er es also entweder ein paar Tage vorher getan haben, es kann aber auch sein, daß er erst in der Nacht vor Arris' Verschwinden von Chicago zum Superior gefahren ist und die Manipulation durchgeführt hat. Das wäre ja aber ziemlich unsicher und riskant.«

Franklin, der in seinem karierten Hemd und den übergroßen Jeans riesig wirkte, hatte die Kontrollabschnitte der Schecks und Investmentpapiere durchgesehen. »Ich kann da nichts finden. Alles zu allgemein. Aber man muß sagen, es ging den beiden finanziell nicht schlecht. Er hat ein Treuhandkonto bei Polaris über drei Komma vier Millionen, aufgeteilt in Aktien und Obligationen, Schwerpunkt bei den Obligationen. Plus ein Konto bei Vanguard im Wert von drei Millionen, alles in Aktien. Und wenn ich es richtig verstanden habe, weitere neunhunderttausend in Aktien bei Merrill Lynch. Bargeld auf diversen Konten in Höhe von vierundzwanzigtausend, dazu ein Geldmarktkonto mit hundertsiebzigtausend – anscheinend so was wie ein Steuerkonto.« Er legte die Papiere auf den Tisch und sah Lucas an. »Ich verstehe das nicht. Meinst du wirklich, er würde mit so einem Vermögen – es müssen mehr als sieben Millionen sein – andere Leute umlegen, um noch reicher zu werden?«

»Ich habe mir dieselbe Frage gestellt«, sagte Lucas. »Die Antwort ist: Es ging ihm um Macht, nicht um Geld. Er war ein gefürchteter Bully auf der High-School, er hat seine Frau verprügelt, er hat Menschen getötet, um bei anstehenden Beförderungen Mitbewerber aus dem Weg zu räumen. Er war machtgeil, auf dem Machttrip. Er hätte über das Wohl oder Wehe von mehreren tausend Menschen zu befinden gehabt, wenn er die Leitung der Bank übernommen hätte.«

Franklin seufzte: »Manchmal wünsche ich mir, ich würde mal auf einen *netten* Killer stoßen.«

Ein uniformierter Cop steckte den Kopf durch die Tür: »Sie erinnern sich, daß Sie uns angewiesen haben, nach diesem Jag zu suchen?«

Lucas nickte, schaute nur kurz auf. Gemäß einer Akte, die sie im Haus gefunden hatten, sowie einer Bestätigung durch die Kraftfahrzeug-Meldestelle besaß Wilson McDonald einen Jaguar XK-E, Baujahr 1969, der jedoch nicht in der für drei Wagen vorgesehenen Garage des Hauses gestanden hatte.

»Wir haben mit McDonalds Vater gesprochen«, sagte der Cop. Er hieß Lane und strebte an, in die Kripo übernommen zu werden. »Der Wagen stand in einer Tiefgarage im Stadtzentrum, bereits abgedeckt für den Winter. Und raten Sie mal, was wir in dem Wagen gefunden haben ...«

Lucas sah den Cop jetzt interessiert an. »Was?«

Lane trat jetzt in den Raum und hielt einen durchsichtigen Plastikbeutel hoch. Darin steckte eine kleine automatische Pistole. »Simsalabim.«

»Ich kann's nicht fassen«, staunte Lucas. Er nahm den Beutel, hielt ihn hoch, sah sich die Waffe näher an. Das Kaliber – 380 – war an der Seite eingestanzt. »Das ist sie ... Sie haben sie doch hoffentlich nicht angefaßt?«

»Nein, natürlich nicht. Sie ist gesichert, und wir haben sie einfach nur mit einem Kugelschreiber in den Beutel gehoben. Dachten uns, wer weiß – wenn er nicht oft damit geschossen hat, stecken vielleicht noch ein paar von denselben Patronen drin wie bei den Morden an Arris oder O'Dell.«

»Schaffen Sie sie ins Präsidium«, sagte Lucas und gab ihm den Beutel zurück.

»Kriege ich jetzt einen Orden?« fragte Lane.

»Ja. Ich stecke Ihnen einen gezackten Brustorden direkt in den Arsch, wenn Sie die Pistole nicht sofort ins Präsidium schaffen.«

Lane ging. Franklin hatte sich in einen gepolsterten Sessel fallen lassen und schien seltsamen Träumereien nachzugehen. Er hielt die Bankauszüge in den Händen und starrte auf einen gerahmten Druck mit einer englischen Jagdszene an der Wand über McDonalds Schreibtisch. Plötzlich sagte er: »Ich weiß jetzt, was es ist ...«

»Da bin ich aber froh, daß es jemand rausgefunden hat«, sagte Lucas.

»Weißt du, was in diesem Haus nicht stimmt?«

Lucas schaute sich um. »Sieht doch alles recht hübsch aus ...«

»Es gibt keine verdammten Bücher!« sagte Franklin. Er stand auf, ging im Arbeitszimmer hin und her, schaute sich die mit Keramikstatuetten vollgestellten Regale an. »Sie haben sogar ein paar Buchstützen, aber keine Bücher dazwischen – statt dessen diese verdammten Keebler-Zwerge oder was das ist.«

»Hummel-Figuren«, sagte Lucas. »Aber sie haben einen Computer.« Er nickte zu dem Hewlett Packard auf dem Schreibtisch hinüber.

»Das ist kein Buch«, knurrte Franklin. »Ich schau mich noch mal um …«

Lucas schaute die letzten American-Express-Auszüge durch, nahm die heraus, die den Aufenthalt McDonalds in Chicago belegten, stapelte den Rest auf dem Schreibtisch auf. Viel Zeitaufwand. Er war gerade aufgestanden, als Franklin zurückkam. »Ich habe genau fünf Bücher in diesem ganzen verdammten Haus gefunden: ein Lexikon, ein Kochbuch, einen ›Leitfaden für den Barkeeper‹ und zwei Reiseführer – einen über Kalifornien und einen über Florida.«

»Vielleicht haben sie abwechselnd im Lexikon gelesen.«

»Meinst du nicht auch, daß das irgendwie verrückt ist?«

»Die Sache mit der Zickzackschere bei Del – das war verrückt«, sagte Lucas. »Keine Bücher? Das ist nicht verrückt, sondern nur ein bißchen ungewöhnlich.«

»Ich halte es für verrückt«, insistierte Franklin. »Leute mit sieben Millionen Dollar Vermögen – die müßten doch auch Bücher haben!« Er runzelte die Stirn, sagte: »Heh, weißt du, was noch fehlt?«

Er ging zur Zimmertür, und Lucas folgte ihm. »Sie haben keinen CD-Player und keine CDs. Und keinen verdammten Kassettenrecorder oder Plattenspieler, Lucas.«

»Nun ja …«

Franklin drehte sich zu ihm um und sagte: »Diese Leute sind wirklich äußerst seltsam.« Er schaute sich noch einmal im Zimmer um, und sein Blick fiel auf Audrey und Wilson McDonald, die von einem Porträtfoto auf einem der Nippesregale zu ihm herunterlächelten. Das Foto war so stark retuschiert, daß die beiden wie Puppen aussahen. »Schau mal in ihre Augen«, sagte Franklin. Lucas tat es. »Sie folgen dir mit den Augen. Mann, sie sind wirklich *sehr* seltsame Leute.«

Audrey McDonald lag in ihrem Krankenbett und dachte über Davenport nach. Er schien etwas zu wissen. Und er schien sie zu kennen. Die anderen hatten den Kopf geschüttelt, als sie sie sahen, hatten sich quasi für ihre Zugehörigkeit zum männlichen Geschlecht entschuldigt, als sie erkannten, wie brutal ein Geschlechtsgenosse mit ihr umgesprungen war. Das Krankenhaus hatte ausschließlich weibliches Personal für ihre Behandlung und Pflege abgestellt, weil man befürchtete, ein männlicher Arzt oder ein Krankenpfleger könnte irgendwie den seelischen Schaden bei ihr noch vertiefen. Anders Davenport. Er war bereit, sie zu kreuzigen. Sie mußte etwas unternehmen.

Sie döste eine Weile vor sich hin, schlief trotz der leichten Schmerzen ein, wachte dann wieder auf und setzte ihre Überlegungen fort.

Der Anwalt hatte ihr gesagt, sie würde über Nacht im Krankenhaus bleiben, und morgen würde man sie in einem Rollstuhl zum Gericht bringen – zu einer Voruntersuchung über eine Anklage wegen eines noch näher zu untersuchenden Falles von Mord. Sie würde natürlich auf »nicht schuldig« plädieren, und das Gericht würde eine Kaution festsetzen. Wenn sie es wollte, würde sie das Haus als Sicherheit für die Kaution einsetzen können. Der Stellvertretende Bezirksstaatsanwalt, der den Fall behandelte, hatte bereits angedeutet, daß der Staat Minnesota keine Einwände gegen dieses Vorgehen hatte, also war der Deal bereits so gut wie beschlossene Sache, und sie würde danach direkt vom Gerichtsgebäude nach Hause gebracht werden können.

»Mord?« hatte sie gekrächzt. »Sie klagen mich an wegen ...«

»Machen Sie sich keine Sorgen«, hatte Glass gesagt. »Sie machen bereits einen Rückzieher. Wenn die Polizei die Ermittlungen abgeschlossen hat, wird sie bestimmt erkennen, daß es Notwehr war. Im Moment steht es neunzig zu zehn, daß man überhaupt keine Anklage gegen Sie erhebt.«

Audrey hatte also zugestimmt, daß man das Haus als Sicherheit einsetzte, und hatte Glass darüber hinaus eine begrenzte Vollmacht zur Abwicklung des Papierkrieges gegeben. Morgen nachmittag würde sie wieder zu Hause sein.

Und damit würde auch die Zeit gekommen sein, sich dem Problem Davenport zu widmen.

Sie hatte gedacht, sie würde dieses Problem lösen, als sie den Molotowcocktail durch Weather Karkinnens Fenster geschleudert hatte. Nach allem, was sie durch Befragen Wilsons und vorsichtiges Herumhorchen bei Bekannten in der Bank erfahren hatte, war dieser Davenport der einzige Grund dafür, daß man Wilson derart unter die Lupe genommen hatte. Audrey hatte die Attacke gegen Karkinnen gestartet, um Davenport abzulenken – dieselbe Taktik, die in der Vergangenheit schon mehrmals erfolgreich gewesen war, zum Beispiel in der Situation mit den McKinneys und den Bairds. Und wie sie gehört und in den Zeitungen gelesen hatte, war die Intensität der Untersuchung gegen Wilson tatsächlich auch für einige Zeit reduziert worden. Die penetranten Untersuchungsbeamten waren aus der Bank verschwunden, es hatte zwei Tage Ruhe gegeben, und dann war die Polizei plötzlich wieder aufgetaucht und hatte sich erneut auf Wilson gestürzt.

Wilson ...

Sie seufzte und wischte eine kleine Träne aus dem Augenwinkel. Sie vermißte Wilson bereits. Tief in ihrem Herzen hatte sie gewußt, daß der Tag kommen würde, an dem sie ihn töten mußte – ihn, die Liebe ihres Lebens. Er würde ihr unvermeidlich in die Quere kommen, vielleicht sogar zur Gefahr für sie werden. Und das war dann ja auch geschehen. Wenn die Polizei ihn unter Druck gesetzt hätte, hätte er auf sie gezeigt, denn er war im Grunde ein Feigling. Er hatte keinen Mumm. Wilson ...

Sie konzentrierte ihre Gedanken wieder auf Davenport.

Das Problem bei dem Karkinnen-Ablenkungsversuch war gewesen, daß die Untersuchung ins Leere geführt hatte. Die Zeitungen hatten geschrieben, daß die Polizei vor einem Rätsel gestanden hatte. Sie waren jeder noch so kleinen Spur nachgegangen, hatten aber nichts gefunden. Nach ein paar Tagen blieb den Cops nichts mehr zu tun, also hatten sie sich wieder Wilson zugewandt – und waren dann offensichtlich über etwas gestolpert, das ihn mit dem Mord an Arris in Verbindung gebracht hatte. Wenn sie sich noch ein bißchen länger mit Karkinnen beschäftigt hätten, wären sie vielleicht nicht darauf gestoßen, was auch immer es war …

Jetzt aber hatten die Cops *sie* im Visier. Oder zumindest dieser Davenport. Sie verstand nicht ganz, wieso. Sie hatte ihm eine Antwort auf seine Fragen gegeben – ihren eigenen toten Ehemann.

Eigentlich hatte sie ihm schon früher eine Antwort gegeben – die Antwort auf die Frage, wer Kresge getötet hatte; aber er hatte die Botschaft entweder nicht verstanden oder sie ignoriert.

Die Mordwaffe im Fall Kresge war voll mit den Fingerabdrücken des Hauswarts, der für Kresge das Blockhaus in Ordnung hielt. Er war derjenige gewesen, der sie beim letzten Mal, als Audrey sie gesehen hatte, weggeräumt hatte. Ein paar der Partygäste hatten mit Kresge herumgesessen, geredet und die Waffen gereinigt. Jede einzelne hatten sie, wenn sie damit fertig waren, dem Hauswart übergeben, der sie dann weggeräumt hatte.

Kresge hatte ihr auf dem Schießstand gesagt, daß sie mit der Spezialpistole mit dem ausklappbaren Schaft besser schießen würde als er selbst und daß er nach den wenigen ersten Versuchen nie mehr damit geschossen hätte. Also mußten sich die Fingerabdrücke des Hauswarts noch auf der Waffe befinden. Aber in den Zeitungen war nicht einmal eine Andeutung über diese Waffe zu lesen gewesen, und Wilson hatte ihr gesagt, niemand sei bisher auf den Gedanken gekommen, den Hauswart zu vernehmen. Irgend etwas war schiefgelaufen, dachte sie. Typisch. Nur sehr wenige Leute konnten mit ihrer geistigen Präzision mithalten …

Audrey war verrückt und intelligent, und sie wußte, wie man Recherchen durchführt: Sie hatte am St. Anne's College den B. A. in Englisch gemacht, und dann, während sie Wilson durch das Jurastudium gepuscht hatte, an der Universität von Minnesota den M. A. in Bibliothekswissenschaft erworben. Sie hatte noch in der Unibibliothek gearbeitet, als die Computer aufkamen, und sie war über die Jahre mehr oder weniger gut mit ihnen zurechtgekommen, auch als die Bank *on-line* vernetzt wurde. Als Davenport zum Problem wurde, hatte sie in der *Star-Tribune*-Bibliothek im Internet einen Blick auf ihn geworfen.

Und war auf einen Schatz gestoßen.

Die *Star-Tribune* hatte einen längeren Bericht über Davenport gebracht, als er das Kidnapping einer Psychologin und ihrer beiden Töchter durch einen Irren namens John Mail aufgeklärt und zu einem guten Ende geführt hatte. »Davenport und seine Freunde« lautete die Unterschrift unter einem Foto, auf dem neben ihm selbst Weather Karkinnen, Schwester Mary Joseph, die er von gemeinsamen Kindheitstagen kannte, und eine Reihe von Cops, Anwälten, Fernseh- und Zeitungsreportern, Ärzten, Sportlern und einfachen Leuten von der Straße zu sehen waren – alles Freunde von ihm.

Die beiden offensichtlichen Zielobjekte für ein Ablenkungsmanöver waren die Nonne und die Chirurgin – Davenports älteste Freundin und seine Geliebte. Audrey entschloß sich für Karkinnen, da das weniger Probleme aufwarf.

Audrey kannte Schwester Mary Joseph aus College-Zeiten: Die Nonne war ihre Lehrerin im Fach »Grundlagen der Psychologie« gewesen, und Audrey erinnerte sich an sie als eine energische junge Frau mit einem von Akne schlimm entstellten Gesicht. Aber die Nonne, die immer noch am St. Anne's College lehrte, lebte in einem abgeschlossenen Gebäudetrakt, in den man kaum unbemerkt eindringen konnte. Ein Angriff auf sie würde riskant sein.

Karkinnen hingegen saß praktisch auf dem Präsentierteller. Audrey hatte sich gewundert, daß der etwa ein Jahr alte Zeitungsartikel andeutete, daß Karkinnen mit Davenport zusammenlebte, während ihre Recherchen getrennte Adressen ergaben, aber sie war davon ausgegangen, daß irgend etwas dahintersteckte, von dem sie nichts wußte. Sie hatte an die Möglichkeit gedacht, daß die beiden sich getrennt haben könnten, war aber dann auf eine Verlobungsanzeige gestoßen, die erst einige Monate alt war …

Sie hatte also die Attacke gegen Karkinnen gestartet. Sie hatte die Brandbombe durch das Fenster geschleudert und sich dabei weniger Gedanken darüber gemacht, daß die Frau möglicherweise getötet werden könnte, als darüber, daß sie, Audrey, erwischt werden könnte. Die Ausführung selbst – aus dem Wagen steigen, den Rasen überqueren, die Brandflasche werfen, zurück zum Wagen laufen, insgesamt nur zehn Sekunden – hatte diese Möglichkeit minimiert, aber doch einige Nerven gekostet.

Sie würde wieder Nerven brauchen; aber das war nie ein Problem für sie gewesen. Audrey McDonald hatte Nerven.

Sie dachte erneut darüber nach, gegen Davenport selbst vorzugehen. Aber damit waren zwei Probleme verbunden: Erstens, er war ein großer, durchtrainierter Mann und trug stets eine Waffe. Es würde schwierig sein, an ihn ranzukommen, ohne vorzeitig die Angriffsabsicht zu verraten. Sie kam nicht nahe genug an ihn heran, um ihn zu vergiften, aber sie konnte einen Angriff mit einer Schußwaffe auf ihn nicht riskieren; doch wenn sie ihn nicht sofort tödlich traf, würde sie selbst sterben müssen. Und er war ein Cop und damit wahrscheinlich vorsichtiger als der Durchschnittsmensch. Darüber hinaus hatte sie keine Zeit, ihn auszukundschaften, wie sie es bei Arris und Ingall getan hatte. Und das zweite große Problem war, daß die Cops seine Ermordung zum Anlaß nehmen würden, seine derzeitigen Ermittlungen genauestens unter die Lupe zu nehmen – einschließlich die Ermittlungen gegen sie selbst.

Ein Ablenkungsmanöver aber würde die Cops von ihrer Person ablenken ... Also mußte es die Nonne sein.

Als sie damit begann, sich einen Plan auszudenken, zuckten ihre Beine unter der Decke in einer Art Laufbewegung ... Sie mußte es in Angriff nehmen, sobald sie wieder zu Hause war. Sofort. Bis dahin mußte sie auf ihren Verletzungen herumreiten, sich über gebrochene Rippen beklagen, irgendwas, das nicht mit Röntgenaufnahmen nachzuweisen war, sie jedoch offensichtlich davon abhielt, etwas Anstrengendes zu unternehmen. Sie würde humpeln und wimmern und die völlig Geschwächte markieren und das Mitleid der Leute erregen – und sobald sie allein war, würde sie die Attacke gegen die Nonne starten.

All das würde ihr keine Schwierigkeiten bereiten. Sie hatte sich seit mehr als fünfundzwanzig Jahren verstellen müssen. Vielleicht würde sie diese Rolle bis zum Ende ihres Lebens nicht mehr los.

Franklin hatte sich an einem langfristigen Aktienfonds, einem »401K-Plan«, beteiligt, und da die Aktien im Verlauf des Sommers enorm in die Höhe geschossen waren, hatte er, wie es jeder gute Amerikaner tun würde, auf den Aktiengewinn eine Anleihe aufgenommen und sich einen neuen schwarzen Pickup-Truck mit großer Kabine gekauft. Lucas und er wanderten um das Fahrzeug herum, und Lucas schüttelte den Kopf. Schließlich fragte Franklin: »Was machen wir jetzt? Die Sache abschließen? Sind wir fertig damit?«

»Ja, abschließen«, sagte Lucas. Sie standen am Bordstein vor McDonalds Haus. »McDonald ist unser Mann, und er ist tot – außerhalb unserer Reichweite. Ich werde mich noch ein paar Tage mit dem Brandbombenanschlag gegen Weather beschäftigen, dann fahre ich wahrscheinlich zu meinem Blockhaus.«

»Fährst du allein hin?« fragte Franklin.

»Feuerholz spalten, die Schaufel an dem Schneepflug anbringen, die Motorschlitten rausholen und überprüfen«, sagte Lucas.

»Fährst du allein hin?«

»Die Batterien aus dem Boot nehmen, das Boot im Schuppen verstauen. Es vielleicht irgendwie abdecken. Im letzten Jahr hatte ich ein paar Eichhörnchen im Schuppen, und die verdammten Viecher hatten alles voller Eichelschalen hinterlassen, als ich im Frühjahr wieder hinkam.«

»Herrgott, manchmal wünsch ich mir, ich wäre noch mal Junggeselle«, sagte Franklin, »und hätte ein Blockhaus oben im Norden. Ist doch nichts besser, als sich im November mit 'ner neuen Muschi beschäftigen zu können ...«

»Wenn du mich gefragt hättest, hätte ich dir von dem Ford abgeraten«, sagte Lucas. »Also, bis bald mal.«

»Ja, bis bald mal«, grinste Franklin. Lucas ging über die lange Zufahrt zurück zum Haus, wo er den Porsche abgestellt hatte, während Franklin noch einmal um seinen Pickup herumging und mit dem Jackenärmel einige imaginäre Staubkörnchen vom Lack wischte. »Ich liebe dich«, sagte er laut. Er war wieder zurück an der Fahrertür und bereit zum Einsteigen, als Lucas, fünfzig Meter entfernt, bei seinem Porsche angekommen war.

»*Fährst du allein hin?*« bellte Franklin zu ihm hinüber.

Lucas zeigte ihm den Stinkefinger und stieg in den Wagen.

21

Als Audrey McDonald am nächsten Morgen die Augen aufschlug, wußte sie etwas, das sie noch nicht gewußt hatte, als sie sie am Abend zuvor zugemacht hatte.

»Helen«, sagte sie vor sich hin.

Helen hatte Davenport angerufen. Helen hatte Wilson stets gehaßt, und sie mußte es gewesen sein, die Davenport anonym angerufen hatte ... Helen war so etwas zuzutrauen – eine Intrige zu spinnen, um Wilson loszuwerden, ohne die Beziehung zu ihrer Schwester zu gefährden. Und das erklärte auch, warum Davenport gedacht hatte, er hätte mit Audrey geredet. Helen und Audrey sprachen beide mit demselben sanften Akzent des Red River Valley, mit den abgerundeten und weichen Vokalen der Schweden.

Davenport war das aufgefallen, aber er hatte nicht an Helen gedacht.

Doch das war neu: Hatte Helen begriffen, daß es Morde gegeben hatte? Glaubte sie, Wilson habe es getan – und wollte ihn ans Messer liefern? Helen konnte Geheimnisse nicht für sich behalten; wenn man ihr ein Geheimnis erzählte, konnte man sicher sein, daß sie es bei der nächsten Gelegenheit ausposaunte.

Audrey würde darüber noch viel nachdenken müssen: Wieviel wußte Helen, wieviel reimte sie sich nur zusammen? Seit wann hatte sie Verdacht geschöpft? Hatte sie sich vielleicht irgend etwas notiert – mental oder schlimmstenfalls schriftlich –, das von Wilson wegführen und auf Audrey verweisen konnte? Und wußte sie von allen Geschehnissen? Wußte sie Bescheid über die McKinneys und die Bairds?

Als Lucas aufwachte, dacht er über Sherrill nach.

Die Frau würde früher oder später zu einem Problem werden; vielleicht sogar zu einer Katastrophe. Sie arbeiteten zu eng an zu komplizierten Fällen zusammen, als daß eine längerfristige Affäre gutgehen konnte. Und wenn sich ihre Beziehung herumsprechen würde – und das war unumgänglich –, würden sie beide erheblichem Beschuß ausgesetzt sein. Er hoffte, Sherrill würde das verstehen; aber sie war ja ein gescheites Mädchen – sie *würde* es verstehen …

Er wünschte, sie wäre jetzt bei ihm im Bett. Er rollte sich zum Bettrand, war hellwach, fühlte sich frisch, schwang die Füße auf den Boden – und stellte fest, daß er sich seit Monaten nicht mehr so gut gefühlt hatte wie jetzt.

Und dann dachte er an Weather, und ein Hauch von Traurigkeit überfiel ihn. Er hatte sie heiraten wollen. Wenn sie plötzlich ihre Meinung ändern würde und zu ihm zurückkäme, würde er sie augenblicklich mit offenen Armen in Empfang nehmen …

Aber sie rückte für ihn immer weiter in den Hintergrund. Ihr Einfluß schwand; er dachte nicht mehr sehr oft an sie. Wie bei Moms Tod, dachte er. Als seine Mutter an Brustkrebs gestorben war, hatte er fast ein Jahr lang alle paar Minuten an sie denken müssen. An Dinge, die sie gesagt hatte, an ihr Gesicht, an bestimmte Augenblicke in ihrem gemeinsamen Leben. All das steckte immer noch in seinem Kopf, und die Bilder tauchten von Zeit zu Zeit wieder auf, aber nicht mehr in der Intensität dieser ersten Monate nach ihrem Tod. Seine Mutter war sanft von ihm gegangen, und sie kam jetzt nur zu ihm zurück, wenn er sich nach ihr sehnte.

Wie nach Weather.

Er seufzte und ging ins Badezimmer. Er kam nie leicht aus den Federn, und er schaute zurück auf die Uhr auf dem Nachttisch: Er wollte dabeisein, wenn Audrey McDonald ihren Auftritt vor Gericht hatte.

Jason Glass, Audreys Anwalt, erschien mit einer Fotografin, die neben ihrer schweren Fotoausrüstung auch eine kurze Turnhose und ein rückenfreies Oberteil mitbrachte.

»Das ist Gina«, erklärte er Audrey. »Wir brauchen einige Fotos von Ihnen, die Ihre Verletzungen zeigen. Das ist von großer Bedeutung für unseren Fall. Gina hat ein paar leichte Kleidungsstücke mitgebracht, damit Ihr Schamgefühl nicht verletzt wird ...«

Sie machten die Fotos in einem leeren Krankenzimmer, gegen den weißen Vorhang, der um das Bett verlief. Auf Ginas Anweisung humpelte Audrey in das kleine Bad, zog die Turnhose und das Oberteil an, bürstete sorgfältig ihr Haar und ging wieder hinaus, um sich der Kamera zu stellen.

»Oh, tut mir leid«, sagte Gina. »Ich hätte Ihnen vorher sagen sollen, daß Sie das Haar so lassen, wie es war. Niemand außer ein paar Juristen wird diese Fotos je zu sehen bekommen, und, ehrlich gesagt, Sie sollen so ... so scheußlich aussehen wie möglich.«

Audrey nickte; sie wußte, worauf es ankam. Sie schleppte sich also wieder ins Bad, brachte ihr Haar in Unordnung, bürstete es von der Wunde auf dem Schädel weg. Im Spiegel sah sie aus wie das Foto von einer Irren, das im neunzehnten Jahrhundert in der Irrenanstalt Bedlam gemacht worden war. Und das, so vermutete sie, war es wohl, was man von ihr erwartete.

»Großartig!« sagte Gina und stellte zwei wacklige Beleuchtungsstative auf. »Sehr schön!«

Als die Fotos gemacht waren, sagte Glass, der im Flur gewartet hatte, zu Audrey: »Sie sehen aus, als ob Sie immer noch leiden würden.«

»Das tue ich«, sagte Audrey und blieb absichtlich vage. Sie schaute sich um, als ob sie ihre Brille oder ihre Schuhe oder sonst etwas suchen würde, und ihre Unterlippe zitterte. »Ich kann es nicht fassen, daß Wilson von mir gegangen ist.«

»Wir werden Sie im Rollstuhl zum Gerichtsgebäude schieben«, sagte Glass. »Ich denke, das ist komfortabler für Sie.«

»Danke«, murmelte Audrey.

Als ein Gerichtsdiener Audrey in den Gerichtssaal schob, gefolgt von Glass, sagte ein Mann namens Darius Logan gerade: »Ich weiß, ich hätte es nicht tun sollen, Euer Ehren, aber der Kerl war so gemein, daß ich ausgeflippt bin, verstehen Sie?«

Lucas saß in der hintersten Reihe und las Zeitung. Del neben ihm blätterte in der Zeitschrift *Spannendes aus der Griechischen Klassik*. Rund zwei Dutzend andere Leute saßen verstreut im Gerichtssaal, die Hälfte davon Anwälte, darüber hinaus Angehörige von Angeklagten sowie Reporter der lokalen Presse und Fernsehstationen, die auf die Voruntersuchung im Fall McDonald warteten, außerdem noch zwei oder drei Groupies im Gefolge der Fernsehleute.

Audrey McDonald sah schlecht aus, dachte Lucas. Ihr Kopf war mit weißen Wundpflastern bedeckt, die sich grell von ihrem grauen Gesicht abhoben. Sie trug ein Baumwollkleid mit kurzen Ärmeln, eigentlich ein Sommerkleid, aber es brachte vorteilhaft die Blutergüsse an ihren Armen und Beinen zur Geltung. Sie sah im wahrsten Sinn des Wortes geschlagen aus, physisch und psychisch. Und dann, als der Gerichtsdiener sie zum Tisch der Verteidigung rollte, erkannte sie Lucas. Und für einen winzigen Augenblick – so kurz, daß es auch Einbildung sein konnte – sah Lucas ihre Augen aufglühen. Nicht funkeln, sondern regelrecht aufglühen – wie von einem plötzlichen elektrischen Stromstoß entzündet.

Der Richter, ein blonder, penibel wirkender, kleiner junger Mann, der für seine gelegentlichen Anfälle richterlicher Unmäßigkeit bekannt war, hatte keine Geduld mehr mit Mr. Logan. »Das ist ja alles gut und schön, Mr. Logan«, sagte er, »aber Sie sind in der Vergangenheit nun schon mehrmals hier in Erscheinung getreten, und wir haben das langsam satt. Ich setze eine Kaution von fünftausend Dollar fest und erwarte Sie zum Gerichtsverfahren wieder hier in …« Während er in seinem Terminkalender blätterte, erklang aus den Reihen der Zuhörer ein dumpfes Klatschen, als ob man jemanden ins Gesicht geschlagen hätte. Der Laut kam von der Stirn einer jungen Frau, die sich gerade mit der flachen Hand dagegen geschlagen hatte. Der Richter schaute auf, sagte: »Haben Sie etwas zu sagen, junge Dame?«

Die Frau stand auf und sagte: »Euer Ehren, wenn ich einem Kautionssteller siebenhundertfünfzig auf den Tisch blättern muß, damit Darius aus dem Knast kommt« – sie sprach den Namen »Dare-I-us« aus –, »woher, zum Teufel, soll ich dann das Geld nehmen, um die Kinder zu ernähren?«

Der Richter schaute schnell zu einem allgemein bekannten Fernsehreporter hinüber, dann wieder zu der Frau. »Warum wollen Sie Dare-I-us nicht für eine Weile im Gefängnis lassen?«

»Wagen Sie das ja nicht«, sagte die Frau.

»Warum nicht?«

»Tun Sie's einfach nicht.«

»Okay. Setzen Sie sich wieder hin. Dare-I-us, werden Sie zur Verhandlung hier erscheinen?«

»Ganz bestimmt, Euer Ehren.«

»Na schön. Die Kaution wird auf tausend Dollar festgesetzt, und Sie haben das allein der jungen Frau da zu verdanken.«

»Ich danke Ihnen, Euer Ehren.«

Als Logan ging, sagte der Richter: »Nächster Fall«, und der Gerichtsdiener rief laut: »Audrey McDonald.«

»Hier, Euer Ehren«, rief Glass zurück.

Die Frau, die die Reduzierung von Logans Kaution erreicht hatte, schob sich an den Zuschauern in ihrer Sitzreihe vorbei und ging durch den Mittelgang zum Ausgang. Als sie an Del vorbeikam, stutzte sie einen Moment, und Del sagte zu ihr: »Superschnelle Schwangerschaft!«

»Pssst!« zischte sie und verschwand. Del sah Lucas an und grinste: »Hatte vergangene Woche noch keine Kinder.«

»Es geschehen noch echte Wunder«, erwiderte Lucas und schlug die Sportseite auf.

Audrey McDonald saß zusammengekauert in ihrem Rollstuhl, mit dem Rücken zu Lucas, als die Routine der Voruntersuchung abgewickelt wurde. Sie sagte nur zwei Worte: »Nicht schuldig.«

»Euer Ehren, Mrs. McDonalds Anwalt hat angeboten, Mrs. McDonalds Haus als Sicherheit für ihr Erscheinen zur Gerichtsverhandlung einzusetzen, und der Staat Minnesota hat keine Einwände dagegen. Wie Sie wissen, könnten die Umstände dieses speziellen Vorfalls zu einer Änderung der Anklage gegen Mrs. McDonald führen ...«

Und kurz darauf war bereits alles vorbei. Audrey wartete, bis Glass mit dem Stellvertretenden Bezirksstaatsanwalt einige Details besprochen hatte. Dann sagte Glass zu ihr: »Wir erledigen schnell noch den Papierkram, dann werde ich mit der Presse reden. Wenn wir es nicht tun, belagern diese Leute Ihr Haus und belästigen Sie ...«

Ihr gefiel das, diese Sache mit der Presse, aber sie machte ein ausgesprochen grimmiges Gesicht.

»Ich erwarte nicht von Ihnen, daß Sie irgendwas zu den Presseleuten sagen«, fügte Glass hinzu.

»Ich rede mit ihnen, wenn es mir diese Leute vom Hals hält«, sagte Audrey.

Die Reporter stürzten sich draußen auf dem Gehweg auf sie, wo Helen Bell in ihrem Wagen auf sie wartete. Glass hielt eine kurze Ansprache über die Verwerflichkeit des Mißbrauchs in der Ehe, brachte seine Erwartung zum Ausdruck, daß alle Anklagepunkte gegen seine Mandantin fallengelassen würden, fragte dann Audrey, ob sie bereit sei, Fragen zu beantworten.

Audrey neigte bejahend den Kopf. »Haben Sie Ihren Mann getötet, Mrs. McDonald?« platzte eine Reporterin heraus.

Wieder neigte Audrey bejahend den Kopf. »Ja«, sagte sie mit schwacher Stimme. »Ich konnte nicht ... Ich konnte nicht ... Er hat mir so weh getan ...« Sie legte die Hand auf den Kopfverband und schaute in die Kameralinse. »O Gott ...« Eine Träne lief langsam ihre Wange hinunter. »O Gott, ich vermisse ihn so sehr. Es tut mir so leid ...«

»Wieso vermissen Sie ihn?«

»Er war mein Mann«, wimmerte sie. »Ich wollte, er käme

zurück zu mir ... Aber er ist für immer von mir gegangen.« Sie krallte die Finger in Glass' Arm. »Ich kann ohne ihn ...« Sie keuchte.

»Das reicht jetzt«, sagte Glass. »Sie ist noch sehr schwach. Sie muß jetzt gehen. Ich möchte Sie alle dringend bitten ... Wenn Sie auch nur ein kleines bißchen Feingefühl haben, lassen Sie sie in Ruhe.«

»Mrs. McDonald ...«

Dann saß sie im Wagen, und Helen fuhr los. »Mein Gott«, sagte Helen. »Mein Gott, Audrey ...«

»Fahr mich nach Hause.«

»Nein, nein. Du kommst mit zu mir.«

»Nein«, fauchte Audrey. »Ich will nach Hause. Helen, fang bitte keinen Streit mit mir an. Fahr mich nach Hause. Bitte. Ich will nichts als schlafen. Und ich werde alle Telefonstecker rausziehen.«

Vor dem Gerichtsgebäude sagte Lucas zu Glass: »Großartige Vorstellung!«

Glass starrte Helen Bells Wagen nach, sah dann Lucas an und sagte: »Das letzte, was ich erwartet hatte.«

»Sie haben sie nicht auf diesen Auftritt vorbereitet?«

»Zum Teufel, nein. Ich war der Meinung, sie sei so ein Häufchen Elend, daß wir gar nichts falsch machen könnten. Ich habe nicht geglaubt, daß sie als Greta Garbo auftreten müßte. Haben Sie diese Träne gesehen?«

»Nein, so nahe bin ich nicht an sie herangekommen.«

»Eine echte Träne«, wunderte sich Glass. »Lief ihr die Wange runter, und es war die Wange, die sie der Kamera von Kanal drei zugewandt hatte. Ich sage Ihnen was, Lucas – wenn ich diesen Fall verliere, komme ich zu Ihnen und leihe mir eine Ihrer Pistolen, denn dann kann ich mich wirklich erschießen.«

Es war still im Haus. Audrey ging hinein, horchte auf die Schritte von Wilsons Geist. Da war ein leises Knacken und Quietschen, das sie vorher noch nie gehört hatte – aber sie hatte ja auch noch nie hingehört. Helen kam zögernd hinter ihr herein. »Bist du sicher, daß du zurechtkommen wirst?«

»Ja«, sagte Audrey und schaute sich um. Die Polizei hatte das Haus durchsucht, und obwohl die Cops nicht absichtlich schlampig gewesen waren, wirkte das Haus irgendwie ... ungepflegt. »Ich hoffe nur, die Polizei hat nichts geklaut.«

»Soll ich nachher zurückkommen und über Nacht bei dir bleiben?«

»Nein ... nein. Ich werde ein paar Pillen nehmen und zu schlafen versuchen. Ich brauche einfach ganz dringend Schlaf. Ich habe nicht mehr geschlafen, seit ... seit ...«

»Okay. Wenn du sicher bist, daß du zurechtkommst ...«

»Nimmst du, ehm ... Du hast doch mal diese Prozac-Beruhigungspillen genommen. Nimmst du sie immer noch?«

»Ja, natürlich«, sagte Helen. »Ohne sie käme ich nicht mehr aus.«

»Meinst du, sie würden auch mir helfen? In den nächsten paar Tagen?«

Helen schüttelte den Kopf. »Ehrlich gesagt, ich glaube nicht, daß sie für dein Problem geeignet sind. Ich kann dir ein paar davon geben, und du probierst sie aus. Aber ich glaube, ein Arzt würde dir ein besseres Mittel verschreiben.«

»Vielleicht probiere ich sie tatsächlich mal aus. Wenn ich heute nacht nicht schlafen kann ...«

»Okay. Wir reden morgen noch mal darüber.«

Als Helen gegangen war, streifte Audrey durchs Haus und machte bereits Pläne: Sie würde Wilsons Anzüge bündeln und bei *Goodwill*, der Wohltätigkeitsorganisation, abgeben; die Quittung würde sie von der Steuer absetzen können. Sie nahm einen Notizblock und schrieb auf: »Seuerberater: Steuern und Abschreibemöglichkeiten«, und darunter vermerkte sie: »Anzüge«. Wilson hatte allen möglichen Krempel angesammelt, den sie loswerden wollte, angefangen mit diesem alten XK-E. Sie schrieb »Jaguar« unter »Anzüge«. Und er hatte ein ganzes Wandregal voll von billigen Plaketten und Auszeichnungen – Vorsitzender dieser Wohltätigkeitsaktivität im Jahr 1994, Direktor jener Gemeinschaftsaktion im Jahr 1997. Alles wertloses Zeug: ab damit in die Mülltonne, dachte sie.

Es gab so viel zu tun …

Audrey hatte Schmerzen, sowohl von Wilsons Schlägen und Tritten, aber vor allem auch von den Verletzungen, die sie sich zur Steigerung des Effekts selbst beigebracht hatte. Besonders die Schädelwunde verursachte einen starken Spannungsschmerz; wie bei einer straff angezogenen Banjo-Saite schienen die Wundränder an den Stichen zu zerren. Nachdem sie eine halbe Stunde ruhelos durch das Haus gewandert war, ging sie ins Schlafzimmer, stellte den Wecker auf einundzwanzig Uhr und versuchte zu schlafen.

Aber der Schlaf stellte sich nicht leicht ein, zu viele Bilder in ihrem Kopf, dazu ein Gemisch aus Plänen und Erinnerungen. Wenn Wilson doch nur Bankchef geworden wäre … Nichts von alldem wäre passiert. Anfangs hatte sie an ihn geglaubt, und dieser Glaube war erst ins Wanken geraten, als vor sechs Jahren Kresge statt Wilson den Posten des Bankchefs bekommen hatte. Kresge war ein Technokrat, und er hatte andere Technokraten wie Bone und Robles um sich geschart. Diese Leute hatten keinen Respekt vor Familiennamen, vor großen Vermögen, vor standesgemäßer Herkunft. Sie verstanden nur eines: Geld zu machen. Wilson, der die Hypothekenabteilung leitete, die stets einer der Eckpfeiler der Bank gewesen war, hatte plötzlich im Abseits gestanden …

Sie hatte nicht wahrgenommen, daß der Schlaf letztlich doch noch gekommen war. Der Wecker ratterte, sie setzte sich auf und sah, daß es draußen inzwischen dunkel geworden war. Sie tastete nach dem Wecker auf dem Nachttisch und stellte den Alarm ab. Dann machte sie das Licht an und stieg aus dem Bett.

Jetzt doch ein wenig Anspannung … Sie ging unter die Dusche, atmete tief durch, spannte die Rücken- und Schultermuskeln. Steif. Nach dem Duschen schluckte sie vier Amphetamin-

Tabletten, zog sich dann an: eine schwarze lange Hose, einen dunkelroten Pullover, darüber eine dunkelblaue Jacke. Sie fand auch ein Paar braune Gartenhandschuhe und streifte sie über. Sie meinte, die bestmögliche Tarnkleidung für eine nächtliche Aktion zu tragen. Jetzt brauchte sie nur noch eine Waffe.

Die Polizei hatte das Haus auf den Kopf gestellt, aber ihr fiel eine mögliche Waffe außerhalb des Hauses ein: Als vor ungefähr einem Jahr die Kleiderstange im Wandschrank in der Diele zerbrochen war, hatte Wilson die beiden Bruchstücke der runden Stange unter die Dachsparren des Gartenschuppens zu anderem Abfallholz geschoben. Sie holte eine Taschenlampe in der Küche, ging durch die Hintertür und den dunklen Garten zum Schuppen. Dort schaltete sie die Taschenlampe ein. Sie sah das Abfallholz über ihrem Kopf, konnte es aber nicht erreichen.

Der Rasenmäher stand darunter, und sie stellte sich auf den Sitz, reckte sich hoch, schob verschiedene Latten und Stangen zur Seite, bis sie auf die beiden Stücke der zerbrochenen Rundstange stieß. Sie nahm beide herunter. Das eine Stück war etwas mehr als einsachtzig lang, einschließlich der zerfaserten Bruchstelle, das andere etwas mehr als sechzig Zentimeter; die Bruchstelle an seinem Ende war ziemlich glatt.

Sie trug beide Stücke im Dunkeln zurück zum Haus, und auf der Veranda machte sie ein paar Testschläge mit dem kürzeren Stück. Etwas leichter als ein Baseballschläger, aber doch mit festem Schwung ... Sie ließ die Handschuhe an, als sie beide Stücke mit WD-40-Öl einrieb und damit alle Fingerabdrücke beseitigte.

In der Garage legte sie beide Stücke in Wilsons Buick, kletterte dann auf die Motorhaube, zog die Glashaube von der Lampe, die sich bei Betätigung des elektrischen Türöffners automatisch einschaltete, und schraubte die Glühbirne heraus. Dann kletterte sie wieder herunter und legte die Birne ins Handschuhfach.

Fertig ... Sie atmete tief durch, startete den Motor, drückte auf die Fernbedienung des Türöffners. Das Tor schwang hoch, aber es blieb dunkel. Sie fuhr aus der Garage, ohne die Scheinwerfer einzuschalten, rollte dann die Einfahrt hinunter zur Straße. Die

Häuser standen weit genug auseinander, und die Straße war dunkel genug, daß sie hoffen durfte, ungesehen davonfahren zu können – ein kalkuliertes Risiko. Wenn jemand sie ohne Licht davonfahren sah, würde er sich daran erinnern. Aber sie mußte dieses Risiko eingehen. Auf der Straße fuhr sie noch rund dreißig Meter weiter, ehe sie die Scheinwerfer einschaltete. Ich komme damit durch, dachte sie verbissen.

In einem heruntergekommenen Industrieviertel im Süden von Minneapolis hielt sie an und warf das längere Stück der ehemaligen Kleiderstange auf einen Abfallhaufen; das andere Stück wartete auf dem Beifahrersitz auf seinen Einsatz …

St. Anne's College – St. Anne's College für blonde katholische Mädchen, wie Audrey es ergänzend bezeichnete – lag in St. Paul. Seine roten Backsteingebäude waren von Bäumen und Rasenflächen umgeben, und zum Ufer des Mississippi waren es nur wenige Gehminuten. Wie Audrey wußte, wohnte Davenport irgendwo in der Nähe. In dem Zeitungsartikel war die Adresse nicht genannt worden; es war nur von »in der Nähe des Highland Parks« die Rede gewesen.

Vielleicht will er in der Nähe der Nonne sein, dachte sie.

Audrey hatte vier unglückliche Jahre in St. Anne's verbracht, bis sie das College erfolgreich abschloß. Mit ihrem Red-River-Farm-Hintergrund war dieser Erfolg wichtig für sie gewesen. Und das Unglücklichsein hatte nicht viel gezählt, da sie sich nicht erinnern konnte, *jemals* glücklich gewesen zu sein. Sie hatte sich durch die Semester gearbeitet, ein intelligentes, annehmbar hübsches brünettes Mädchen, und sie hatte während dieser Zeit sorgfältig die Perspektiven für einen Ehemann von St. James' – St. James College für blonde katholische Jungen – sondiert.

Wilson McDonald war das Ergebnis dieser vierjährigen Sichtung gewesen.

Das Schwesternhaus des College ragte an der Südwestseite des Campus düster auf. Wie fast alle anderen Gebäude auf dem Campus war es ein nahezu quadratisches rotes Backsteingebäude und beherbergte die abnehmende Zahl der Nonnen, die St. Anne's betrieben. In dem Zeitungsartikel »Die Freunde von Lucas Davenport« wurde erwähnt, daß Schwester Mary Joseph auf dem Campus wohnte und bei offiziellen Anlässen – einschließlich der Unterrichtsstunden – stets die traditionelle schwarze Schwesterntracht trug und nur bei gelegentlichen Arbeiten in nahegelegenen Krankenhäusern zivile Kleidung bevorzugte.

Audrey hatte sie stets nur in dieser traditionellen Schwesterntracht gesehen und war sich nicht sicher, ob sie sie in ziviler Kleidung erkennen würde. Aber, dachte sie, ich werde sie ja als Einzelperson aus dem Haus locken ...

Audrey stellte den Wagen am Straßenrand ab, und nachdem sie eine Weile die Umgebung beobachtet hatte, stieg sie aus, ließ die Handtasche liegen, nahm aber ihr Mobiltelefon mit – und hielt ihren Schlagstock an die linke Körperseite gedrückt. Sie ging auf dem Gehweg in Richtung Schwesternhaus, bog an einer relativ dunklen Stelle zwischen zwei Straßenlampen auf den Parkplatz ein und huschte schnell zum entfernten Ende des Gebäudes. Zwischen zwei hohen Wacholderbüschen, nur eine Armlänge von der Hauswand entfernt, blieb sie stehen. Der Efeu, der sich an der Wand emporrankte, wirkte im unteren Teil wie ein Netz aus Seilen und Schnüren, das die Wand verhüllte. Sie horchte. Stimmen, aber weit entfernt, und Bruchstücke leiser klassischer Musik. Mehr ein Ahnen der Unterhaltung als ein Verstehen der Worte ... Auf dem Parkplatz standen nur rund zehn Fahrzeuge, die meisten davon schwarz und einfach – »Nonnenwagen«. Nur wenige größere Wagen.

Sie erinnerte sich an solche Augenblicke in der Vergangenheit. Augenblicke vor dem Handeln, zu dem man sich verpflichtet hatte; Augenblicke, die ein Zurückweichen noch zuließen. Momente, in denen man bei einer Entdeckung noch die Hand heben und sagen konnte, man habe keinesfalls etwas Böses vor oder getan: »Oh, hallo, ich war ganz in Gedanken, habe mich verlaufen und bin auf der Suche nach dem richtigen Weg.«

Das eigentliche prickelnde Gefühl aber entstand, wenn man diesen Augenblick durchgestanden hatte, wenn man nicht mehr zurück konnte und in den Bereich der absoluten Verpflichtung zum Handeln vorgestoßen war.

Sie nahm das Telefon aus der Jackentasche und tippte im unheimlichen Leuchten des Displays die Nummer ein, die sie sich eingeprägt hatte.

»St. Anne's College, Schwesternhaus.« Eine Mädchenstimme. Genau denselben Job hatte Audrey damals als Studentin gemacht – freiwilligen Telefondienst im Schwesternhaus, ein Semester lang zwei Abende pro Woche von achtzehn bis vierundzwanzig Uhr.

»Hier ist Janice Brady vom Midway-Krankenhaus. Wir haben einen familiären Notfall-Anruf für Schwester Mary Joseph ...«

»Schwester Mary ist in der Kapelle ...«

Die Kapelle war im Keller des Schwesternhauses. »Könnten Sie sie bitte ans Telefon holen? Wir haben hier einen verletzten Patienten, der dringend nach ihr verlangt.«

»Oh, einen Moment. Es wird aber zwei bis drei Minuten dauern.«

»Ich bleibe dran ...«

Plötzlich hörte sie weitere Stimmen, ganz in der Nähe. Ein Mann kam um die Ecke des Gebäudes, sagte etwas, lachte, ging zum Parkplatz.

Scheiße. Das konnte alles vermasseln ...

Der Mann winkte nach hinten, ging zu einem der Wagen, fummelte mit den Schlüsseln herum, stieg ein. Blieb einen Moment sitzen, schien über etwas nachzudenken. Startete schließlich den Motor, schaltete die Scheinwerfer ein, fuhr zur Straße.

Und Schwester Mary Joseph meldete sich: »Hallo?« Aufgeregte Neugier in der Stimme.

»Sind Sie Schwester Mary Joseph, Psychologin am St. Anne's College?«

»Ja, die bin ich ...«

»Es hat eine Schießerei gegeben, und eines der Opfer hat uns gebeten, Sie zu verständigen. Officer Lucas Davenport.«

»O Gott, nein! Wie schlimm ist es?«

»Er wird gerade operiert. Ich habe leider keine weiteren Informationen; wir haben auch einen Priester verständigt – wir nehmen an, der Patient ist Katholik.«

»Ja, das ist er. Gibt der Priester ihm die letzte Ölung?«

»Nein, Officer Davenport ist ja im OP, aber wir dachten, wir sollten einen Priester verständigen; das ist in solchen Fällen reine Routine …«

»Ich komme sofort …«

»Bitte melden Sie sich am Informationsschalter beim Haupteingang, nicht bei der Notaufnahme; man wird Sie von dort zum Warteraum der Chirurgie bringen.«

Und die Nonne legte den Hörer auf.

Audrey drückte sich gegen die Wand. Wenn die Nonne aus dem Haupteingang kam, der dem Parkplatz am nächsten lag, und dann geradewegs den Parkplatz ansteuerte, würde sie in einer Entfernung von nur wenig mehr als einer Armeslänge an Audrey vorbeikommen. Audrey würde nur einen Augenblick Zeit für die Feststellung haben, ob die Nonne allein war. War sie es nicht, würde Audrey ihr zum Midway-Krankenhaus folgen und es dort versuchen – eine Begleitperson würde sie vielleicht dort absetzen, und vom Parkplatz bis zum Haupteingang mußte sie ein gutes Stück zu Fuß gehen.

Noch während sie das alles in Gedanken durchging, hörte sie, wie die Tür des Haupteinganges geöffnet wurde. Keine Stimmen, nur das Klicken des Türgriffs und ein leises Quietschen der Türangeln. Drei Sekunden danach hastete eine Frau in dunkler Nonnentracht an Audrey vorbei, auf den Parkplatz zu. Audrey wußte, daß sie allein war: Sie ging zu schnell, zu entschlossen auf ihr Ziel zu, als daß jemand bei ihr sein könnte. Audrey schob sich schnell durch die Zweige der Wacholderbüsche, das Herz wie ein Stein in der Brust, anderthalb Schritte hinter der Nonne …

Und sie schwang den Holzknüppel hoch über den Kopf wie ein Holzarbeiter seine Axt und schlug zu.

Der schwere Knüppel traf die Nonne an der hinteren Seite des Kopfes, rutschte ab, prallte auf die Schulter; die Frau wankte, ging in die Knie, versuchte, sich mit einer Hand auf dem Boden abzustützen. Wollte sich umdrehen.

Und Audrey schlug wieder zu und traf diesmal auf den Kopf, und die Nonne stürzte nach vorn aufs Gesicht ... Audrey keuchte schwer, biß sich auf die Zunge, hob den Knüppel, schlug erneut zu, traf aber wieder nur die Seite des Kopfes und die Schulter.

Und mit gesteigerter Wut, bei der Erinnerung an all die Jahre der Kränkungen und Verleumdungen, beim Gedanken an all die Menschen, die sie unterdrückt und gedemütigt hatten, an ihren Vater, ihre Mutter, all die anderen, schlug Audrey wieder und wieder zu, auf den Nacken, die Schultern, den Rücken der Nonne ...

Und plötzlich hörte sie das Klicken des Türgriffs, erstarrte, schaute sich in wilder Panik um – der schlechteste Augenblick für eine Störung, keine Möglichkeit, ungesehen davonzulaufen ... Sie huschte schnell zurück in den Schutz der Wacholderbüsche. Eine Sekunde später kam ein Mädchen um die Ecke, sah die Nonne am Boden liegen, rief: »Schwester!« und beugte sich über sie.

Und Audrey schlug zu, traf das Mädchen voll auf den Hinterkopf. Wie die Nonne stürzte sie nach vorn aufs Gesicht. Audrey schlug erneut zu, noch einmal, noch einmal, keuchte unkontrolliert. Hörte schließlich auf, beugte sich über die beiden reglos daliegenden Frauen, stieß mit dem Ende des Schlagstocks gegen das Bein der Nonne, konnte keine Reaktion feststellen und lief dann davon. Um die Ecke, über den Parkplatz zur Straße, auf dem Gehweg zum Wagen. Niemand war in der Nähe. Im Wagen warf sie den Schlagstock vor dem Beifahrersitz auf den Boden. Dann ein plötzlicher Anfall von Panik: Sie griff hastig zur Jackentasche. Ja! Das Handy war noch da. Sie startete den Motor und fuhr los.

Es war immer der schwierigste Teil – nach einer Attacke ruhig und gelassen zu bleiben. Während ihr Herz in einem wilden Rhythmus pochte, fuhr Audrey vom Campus weg, hinunter zum

Mississippi, dann links über die Brücke zurück nach Minneapolis. In einer dunklen Straße hielt sie kurz an, warf den Schlagstock in einen Abwasserkanal, ließ dann bei der Weiterfahrt einen Handschuh nach dem anderen aus dem Wagenfenster fallen. Sie hatte kein Blut bei einer der beiden Frauen gesehen, aber es war ja dunkel gewesen; sie mußte vorsichtshalber ihre Kleider verbrennen oder zumindest irgendwie loswerden.

Das mußte jedoch warten – sie konnte sie sofort waschen und dann morgen beiseite schaffen.

Zunächst einmal aber gab es anderes zu tun.

Zwanzig Minuten später bog sie, die Scheinwerfer eingeschaltet, in die Zufahrt zu ihrem Haus ein, dann in die dunkle Garage. Sie ließ das Tor herunter, schraubte die Glühbirne der automatischen Beleuchtung wieder ein, ging dann in die Küche, machte das Licht an.

Sie zog sich bis auf die Unterwäsche aus und untersuchte die Kleider sorgfältig. Keine Blutspuren, auch sonst nichts Auffälliges. Sie würde sie dennoch in die Waschmaschine stecken. Sie hörte den Anrufbeantworter in der Diele ab: keine Nachrichten. Sehr gut.

Sie ging hoch ins Schlafzimmer, wählte vom dortigen Anschluß aus Helens Nummer. Helen meldete sich sofort.

»Helen – Ich kann … ich kann einfach nicht schlafen«, sagte sie mit stockender Stimme. »Ich hasse es, dir Umstände zu machen, dich zu bitten, zu mir zu kommen, aber ich bin einfach so … so niedergeschlagen, ich liege hier rum und muß dauernd an Wilson denken.« Sie begann zu weinen, ein keuchendes, mitleiderregendes Wimmern. »Bitte hilf mir!«

»O Gott, halt durch, Audrey, ich komme sofort.«

»Und, H-Helen … b-b-bring ein paar Prozac mit. Vielleicht helfen sie ja. Ich muß *irgendwas* machen, sonst …«

»Mach ich. Bin gleich bei dir. Sei tapfer.«

Audrey legte auf und war sehr zufrieden. Sie wusch sich und steckte die Kleider in die Waschmaschine. Sie würde die Prozac nicht brauchen, und es war wohl auch nicht erforderlich, daß

Helen, natürlich mit eingeschalteten Scheinwerfern, zum Haus kam und damit Verwirrung bei etwaigen Zeugenaussagen stiftete – aber wer wußte schon, welche Überraschungen die Zukunft möglicherweise bereithielt? Besser, allen Möglichkeiten vorzubeugen, als später Unterlassungen zu bereuen.

Sie dachte an die Nonne, wie sie da auf dem Pfad gelegen hatte.

Ob sie tot war?

Sie verschwendete keinen Gedanken an das junge Mädchen; diese andere Frau war irrelevant.

22

Sherrill hatte eine leicht nach Vanille riechende Kerze sowie einen Kerzenhalter aus Kristall mitgebracht, und ihre zweite gemeinsame Nacht rief Erinnerungen an alte College-Tage wach – Sex bei flackerndem Kerzenlicht. Und als sie schließlich bequem und warm unter der Bettdecke lagen, sagte Sherrill: »Meinst du, du könntest auf eine Frau wie Candy LaChaise abfahren?« Sherrill hatte bei einem versuchten Banküberfall vier 357er Kugeln in Candy LaChaises Brust gepumpt.

»Das glaube ich nicht«, sagte Lucas. Er lag auf dem Rücken, die Hände hinter dem Kopf verschränkt. »Ich denke, sie riecht inzwischen ziemlich schlecht.«

Sherrill machte eine schnelle Bewegung zu seiner Lende, und er zuckte zurück und sagte: »Mach das lieber nicht, sonst könnte es passieren, daß ich dich mit einem Karatereflex umbringe.«

Und sie sagte: »Okay. Jetzt beantworte aber meine Frage.«

Er brauchte nicht darüber nachzudenken: »Nein. Sie war hübsch, aber es fehlten ihr einige wichtige Eigenschaften. Du kennst doch diese Leute – im Grunde sind sie recht dumm. Vielleicht haben sie nicht mal schlechte Noten in der Schule, eventuell sogar gute, aber in ihrem Inneren, in ihrer Persönlichkeitsstruktur, sind sie irgendwie schwachsinnig. Sie haben die Verbindung zu den Realitäten dieser Welt verloren.«

»Erinnerst du dich an Johnny Portland?«

»Ja. Arschloch.«

Sie stemmte sich hoch auf den Ellbogen, sah auf ihn hinunter. »Ich bin ein paarmal mit ihm ausgegangen.«

Lucas drehte den Kopf, sah sie an: »Ach du lieber Himmel! Wußte er, daß du ein Cop bist?«

»Das war ich damals noch nicht. Es war während meines zweiten Jahrs am College. Ich traf ihn bei einem Springsteen-Konzert. Er mochte jüngere Mädchen, und ich war gerade mal zwanzig. Er hat mich in einem Rolls-Royce am Haus meiner Mutter abgeholt.«

»Das verdreht einem Mädchen natürlich den Kopf«, sagte Lucas.

»Er hat mich nicht angerührt. Ich hätte sowieso nicht mit ihm geschlafen, er war zu alt für mich, aber er hat mich überhaupt nicht gedrängt. Ich dachte, verstehst du, er könnte nicht ...«

»Es gab ja Gerüchte, er würde gerne Ringkämpfe mit jungen Männern machen ...«

»So was habe ich mir auch gedacht – verstehst du, es war nicht so, daß ich mich als Maikönigin gefühlt hätte, auf die alle Männer scharf sind, aber er präsentierte mich stolz seinen Kumpeln, so nach dem Motto: ›Schaut her, was ich mir da angelacht habe.‹ Aber er schien nie echt daran interessiert zu sein, was mit mir ... anzufangen. Wollte mich wohl nur zur Schau stellen.«

»Ja ... Hör zu, erzähl es keinem, daß du mal mit John Portland ausgegangen bist. Er *war* ein Arschloch.«

»Ich denke, ihm haben auch ein paar Eigenschaften gefehlt«, sagte sie. »Und dann all die anderen Typen mit fehlenden Eigenschaften um ihn rum – gaben sich wie Robert De Niro oder so jemand, wie absolute Klugscheißer, aber in Wirklichkeit hatten sie nicht mehr drauf als Barkeeper oder Handelsvertreter.«

»De Niros Vater war ein bekannter Künstler, und Robert De Niro wuchs in einem Kreis intellektueller Künstler an der Ostküste auf«, sagte Lucas. »Hat mir jedenfalls mal jemand erzählt.«

»Tatsächlich? Mir kam er immer vor wie einer, der mit beiden

Beinen im Leben steht. Als ob er auf der Straße aufgewachsen wäre, und ich dachte ...«

Das Telefon klingelte, und Lucas rollte sich aus dem Bett.

»Dauernd diese verdammten Unterbrechungen«, sagte sie und schaute zu ihm hinüber. »Du *könntest* es natürlich einfach überhören.«

»Nicht zu dieser Zeit«, sagte er. »Bin sofort zurück.« Er lief zum Anschluß im Arbeitszimmer: »Hallo?«

Sie hörte, wie er polternd durch den Flur zurückgerannt kam; es hätte sich lustig angehört, wenn sie ihn nicht am Telefon schreien gehört hätte. Sie schlüpfte bereits in ihre Unterhose und den Büstenhalter, als Lucas hereingestürzt kam.

»Meine Hose ...« Er wirkte völlig konfus.

»Auf dem Boden, am Fußende des Bettes.«

»Meine Freundin Elle ...«

»Ich hab's gehört. Sie ist verletzt, und du willst zu ihr.« Sie ließ sich auf die Bettkante sinken, um in die Jeans zu steigen. »Ich fahre.«

»Quatsch, ich fahre«, knurrte Lucas.

»Ich glaube nicht, daß du in der Verfassung bist, um ...«, wollte sie protestieren, aber Lucas unterbrach sie.

»Ich fahre, verdammt noch mal«, fauchte er. »Schuhe?«

»Ich glaube, einer liegt unter dem Bett, ich habe ihn unters Bett gekickt ...«

Sie war ihm um ein Kleidungsstück voraus, zog ihre Nikes an, nahm ihren Revolver und die Handtasche vom Nachttisch und lief zur Tür. Lucas war zehn Sekunden hinter ihr – raus aus der Hintertür in der Küche, in die Garage, in den Porsche, Schnellstart, noch ehe das Tor ganz aufgeschwungen war ...

»Blaulicht«, sagte sie, als sie die Straße erreicht hatten.

»Kaputt«, erwiderte Lucas.

»Dann fährst du besser über die Cretin, sie ist heller beleuchtet, denn wenn du in diesem Tempo über den Mississippi-Boulevard rast, überfährst du bestimmt ein paar College-Kids.«

Lucas grunzte, schaltete runter, schleuderte um eine Ecke, jagte den Wagen die zwei Blocks bis zur Cretin-Street hinunter, ignorierte das Stoppschild, schoß dicht vor einem kleinen Chevy-Van in die Cretin ein, gab wieder Gas; Sherrill atmete tief durch, riß sich zusammen, fragte: »Wie schlimm steht es um sie?«

»Schlimm«, antwortete Lucas.

»Man hat sie zum Ramsey gebracht?«

»Ja.«

»Haben sie Minneapolis offiziell verständigt?«

»Eine der Nonnen, ebenfalls eine gute Bekannte von mir, hat vom Schwesternheim aus angerufen.« Sie donnerten bei Rot über die Kreuzung zur Grand Avenue, kamen gerade noch bei Tiefgelb über die Summit, stießen auf eine Reihe langsam fahrende Fahrzeuge, und Lucas steuerte den Porsche auf die Gegenfahrbahn, zischte an einem halben Dutzend Wagen vorbei. »Sie hat mich nur angerufen, weil sie wußte, daß man mich in so einem Fall verständigen sollte.«

»Wir sollten besser auch Sloan und Del verständigen«, sagte sie und holte ihr Handy aus der Handtasche. »Das ist jetzt die zweite Attacke, die sich gegen dich richtet. Der Rest der Jungs sollte das von vornherein wissen.«

Lucas riskierte einen kurzen Blick auf Sherrill. Sie saß unverkrampft auf dem Beifahrersitz, eine Hand gegen das Armaturenbrett gestemmt, in der anderen das Mobiltelefon. Sie war ruhig und gelassen; einziges Anzeichen für eine leichte Anspannung war ihr sanft gerötetes Gesicht. Er schaute wieder nach vorn, überfuhr das Rotlicht an der Randolph, raste am Golfplatz vorbei, dann die Auffahrt zur I-94 hoch.

Sie brauchten viereinhalb Minuten bis zum Ramsey Medical Center; nach einer Minute Fahrzeit hatte Sherrill Sloan erreicht und ihn verständigt. »Sag ihm, er soll sich Andi Manettes Privatnummer beschaffen und sie anrufen«, sagte Lucas. »Weather ist bei den Manettes. Man soll sie verständigen. Weather und Elle sind befreundet.«

Sherrill gab die Anweisung weiter, schaltete dann das Handy

ab, schaute auf den Tacho. »Ist das alles, was du aus der Kiste rausholen kannst?«

»Nein«, sagte er, und die Nadel kletterte auf hundertfünfzig Stundenkilometer.

Sie schaute in sein Gesicht. Ein Stein ... Dann schaute sie auf die vorbeihuschenden Schatten der Wagen, die sie überholten. Gut, daß ich nicht gefahren bin, dachte sie. Sie war noch nie so schnell in einem Fahrzeug gefahren, das keine Stewardeß hatte.

Lucas ließ den Porsche auf einer nur für Krankenwagen zugelassenen Parkfläche stehen, und sie liefen zur Notaufnahme. Eine erschreckte Krankenschwester hinter dem Empfangsschalter schaute ihnen entgegen, und Lucas sagte: »Ich bin Deputy Chief Lucas Davenport von Minneapolis, und eine Nonne mit Namen Elle Kruger ist hier eingeliefert worden ...«

»Ja, ja, sie ist beim Röntgen, gerade hingebracht worden, und die Ärzte kümmern sich ...«

»Wo ist das?«

»Sir, ich kann Sie nicht einfach ...«

»Wo?« Er schrie sie an, und sie trat einen Schritt zurück; zwei Krankenpfleger in weißen Kitteln kamen eilig durch den Flur auf sie zu.

»Moment bitte«, sagte Sherrill. »Miss, können Sie mir sagen, wer der verantwortliche Arzt ist? Jim Dunaway?«

»Nein, Larry Simone ...«

»Schön, er ist ein Freund von mir. Würden Sie ihm sagen, Chief Davenport und Detective Sherrill seien hier und wollten zu ...«

»Schwester Mary Joseph«, ergänzte Lucas. »Elle Kruger.«

»Ich bin gleich wieder zurück.«

Während die Schwester den Flur hinuntereilte und im Vorbeigehen die Krankenpfleger beruhigte, steckte ein dünner, offensichtlich wütender Mann den Kopf durch die Eingangstür und rief: »Heh, wem gehört der Wagen da draußen?«

»Ich erledige das«, sagte Sherrill zu Lucas. »Gib mir die Schlüssel.«

Lucas zog die Autoschlüssel aus der Tasche und gab sie ihr. Der wütende Mann hob die Stimme: »Ich will wissen, wer, zum Teufel, seinen verdammten Wagen vor dem Eingang abgestellt hat!«

»Ich fahre ihn sofort weg«, sagte Sherrill und ging auf den Mann zu.

»Das will ich verdammt noch mal auch hoffen«, fauchte der Mann. »Oder ich drücke die Scheißkarre gegen die Wand!«

Sherrill trat dicht vor ihn, schob ihr Gesicht zehn Zentimeter vor seines und sagte mit leiser, kontrollierter Stimme: »Sie halten jetzt Ihre verdammte Schnauze, oder ich schlage Ihnen sämtliche Zähne ein.« Sie schob mit der Hand die Jacke an ihrer Hüfte ein Stück zurück, so daß der wütende Mann den Holzgriff ihres 357er Revolvers sehen konnte. Seine Augen wichen ihren plötzlich aus, und sie schob sich an ihm vorbei durch die Tür und ging zum Porsche.

Ein Arzt mit schütterem Haar und scharfgeschnittenem Gesicht kam, gefolgt von der Schwester aus der Aufnahme, aus einem Zimmer im hinteren Teil des Flurs. »Sind Sie zusammen mit Marcy Sherrill gekommen?« fragte er Lucas.

»Ja. Elle Kruger – die Nonne – ist meine Freundin.«

»Das ist Chief Davenport«, stellte die Schwester vor.

»Kommen Sie mit«, sagte der Arzt. »Wo ist Marcy?«

»Draußen, fährt unseren Wagen aus der Zufahrt. Wie geht es Elle?«

»Nicht gut, aber immer noch besser als der anderen Frau. Die Nonne hat Kopfverletzungen, aber keine direkten Gehirnschädigungen, wie das bei dem Mädchen der Fall ist. Wir müssen die Schwellung in den Griff kriegen, was ein Problem ist, aber ich mache mir mehr Sorgen um die Traumata, die durch die Schläge mit einem stumpfen Gegenstand an ihren Nieren und der Leber entstanden sind. Jemand hat wie ein Irrer mit einem Baseballschläger oder einem ähnlichen Gegenstand auf sie eingeprügelt.«

»Einem Baseballschläger?«

»Ja ...«

Sherrill holte die beiden ein, sagte: »Hallo Larry, wie geht es Ihnen?« Und der Arzt sagte: »Ich möchte mir gerne Ihr Bein noch mal ansehen.«

»Ich denke, es ist wieder ganz in Ordnung«, sagte sie.

»Oh, das kann ich mir denken, ich möchte es mir nur unter ästhetischen Gesichtspunkten noch mal anschauen.« Und Sherrill schnaubte wütend: »Ästhetisch, leck mich am Arsch«, und er sagte: »Mach ich gerne zusätzlich«, und Sherrill sagte zu Lucas: »Larry war einer der Ärzte, die sich nach der Sache mit John Mail um mich gekümmert haben.«

»Aha.« Lucas sah Simone verstört an. »Hier entlang«, sagte der Arzt.

Er konnte sie kaum sehen. Sie lag flach auf dem Rücken, den Kopf im Genick, den Schädel bereits rasiert und mit einem Desinfektionsmittel in der Farbe von Jodtinktur bestrichen. Eine Infusion tröpfelte in ihre Armvene, und ihr Mund war geöffnet. Sie sah aus wie eine Heilige, die dem Feuer geweiht ist.

»Elle«, flüsterte Lucas.

»Sie kann nicht reagieren«, sagte Simone. »Kann sein, daß sie Sie hört, irgendwo in ihrem Kopf, aber sie ist so mit Sedativen vollgestopft, daß sie keine Reaktion zeigen kann.«

»Es wird alles wieder gut«, sagte Lucas, den Mund dicht an ihrem Ohr. Sie sah nicht aus wie die Elle Kruger, die er kannte: ohne die Tracht und die anderen kirchlichen Utensilien wirkte sie irgendwie nackt; und das Desinfektionsmittel fügte einen seltsamen Hauch des Jenseitigen hinzu, wie ein Heavy-Metal-Bild. »Es wird alles wieder gut, wir sind bei dir, und wir werden warten.«

»Kommen Sie«, sagte Simone. »Es müssen die letzten Vorbereitungen für den OP getroffen werden.«

Lucas folgte Simone widerstrebend aus dem Vorbereitungsraum, Sherrill dicht hinter ihnen. »Wollen Sie sich die Röntgenaufnahmen ansehen?« fragte der Arzt.

»Kann ich denn da irgendwas erkennen?«

»Kommen Sie mit.«

Die Aufnahmen hingen in einem beleuchteten Schaukasten an der Wand, und ein Mann in einer Tweedjacke schaute sie sich an. Sinone sagte: »Jerry, was meinen Sie?«

»Ich habe bereits veranlaßt, daß Jack Bornum rangeholt wird; wir müssen die beiden Frauen zur gleichen Zeit operieren. Ich übernehme das Mädchen; sie stirbt uns, wenn wir sie nicht schnellstens operieren. Jack übernimmt dann die Nonne.«

»Wie schlimm steht es um die Nonne?« fragte Lucas.

»Wer sind Sie?«

»Ich bin Polizist – und ihr bester Freund. Ihr ältester Freund.«

»Die meisten Schläge haben den Kopf nicht voll getroffen, sind seitlich abgerutscht – anders als bei dem Mädchen.«

»Was ist mit den Traumata?« fragte Lucas.

Der Mann im Tweed zuckte die Schultern. »Das weiß ich nicht; ich bin Gehirnchirurg.« Er schaute auf die Uhr. »Und jetzt mache ich mich an die Arbeit.«

»Wie lange wird es dauern, bis der andere Arzt eintrifft?«

»Vielleicht noch fünf Minuten. Er wird da sein, noch bevor sie endgültig bereit für den OP ist«, antwortete Tweedmann barsch. »Er ist ein guter Mann – sie ist bei ihm in guten Händen.«

Jack Bornum, der andere Chirurg, erschien tatsächlich innerhalb der vorausgesagten fünf Minuten und verschwand sofort irgendwo im Hintergrund. Simone wurde zu einer Stichwunde in die Leber eines Mannes gerufen und verschwand ebenfalls. Zwanzig Minuten später kam Weather, gefolgt von Andi Manette, durch die Tür. Sie sah Lucas und Sherrill, sagte: »Mein Gott, Lucas, was ist passiert?«

»Jemand hat mit einem Schlagholz auf sie eingedroschen«, sagte er. »Hat sie beinahe totgeschlagen.« Seine Stimme zitterte, und sie legte die Hand auf seinen Arm.

»Wie schlimm ist es?«

»Ziemlich schlimm. Sie kommt gleich in den OP. Ein Neurochirurg wird sie operieren.«

»O Gott …«

Er wollte die Arme um sie legen und sie an sich drücken, aber da war eine Wand zwischen ihnen; er spürte sie ganz deutlich, spürte, wie sie Weather von ihm trennte. »Ich weiß noch nicht, was im einzelnen passiert ist … Ich denke, ich werde mal …«

Er ging zum Empfangsschalter. »Würden Sie mich benachrichtigen, wenn Elle Kruger in den OP kommt? Und könnten Sie für mich rausfinden, wie lange die Operation dauern wird?«

»Ich werde mich darum kümmern«, sagte die Schwester.

Weather trat zu Sherrill und fragte: »Wie nimmt er es auf?«

Sherrill zuckte die Schultern: »Er ist ausgeflippt. Echt ausgeflippt.«

Weather lächelte, ein schwaches, unsicheres, aber echtes Lächeln, wie Sherrill es beurteilte. »Passen Sie gut auf ihn auf«, sagte Weather.

Sherrill errötete, nickte dann. »Das mach ich, soweit ich es kann.«

Lucas kam zurück, und Weather sagte: »Die Brandbombe durch mein Fenster, und jetzt Elle …«

Lucas schüttelte den Kopf. »Ich finde einfach den roten Faden nicht. Es müßte jemand sein, der mich kennt, der über meine … ehm, Beziehung zu dir und Elle Bescheid weiß. Aber wer? Und warum geht er nicht direkt auf mich los? Warum die Brandbombenattacke gegen dich und jetzt dieser körperliche Angriff auf Elle, um Himmels willen? Das ist doch mit einem hohen Risiko verbunden. Wenn der oder die Täter es wirklich auf mich abgesehen haben …« Er rieb sich über das Kinn, versank in Gedanken.

Die Empfangsschwester tauchte im Flur auf und kam eilig auf sie zu. Lucas ging ihr entgegen.

»Sie ist jetzt im OP«, sagte die Schwester. »Erhält gerade die Narkose. Der Chirurg sagt, er weiß nicht genau, wie lange die Operation dauert – zwischen zwei und sechs Stunden.«

»Okay, okay …«

»Er hat auch gesagt, sie sei in guter Verfassung.«

Lucas wandte sich Weather und Sherrill zu. »Habt ihr das gehört?«

Sie nickten beide, und Weather fragte: »Warst du schon am Tatort?«

»Nein, aber ich möchte schleunigst hin.«

»Dann mach das doch«, sagte Weather. »Ich bleibe hier, und wenn sich irgendwas ergibt, kümmere ich mich darum.«

»Danke, Weather«, sagte Lucas. Und zu Sherrill: »Willst du mitkommen?«

»Ja, natürlich.« Sie nickte schnell und warf einen verstohlenen Blick auf Weather.

Als sie auf den Eingang zugingen, kam ein Ehepaar in mittlerem Alter eilig durch die Tür, und die Frau ging zum Empfangsschalter und fragte mit kontrollierter Simme: »Unsere Tochter ist bei einem Überfall im St. Anne's College verletzt worden, und man hat uns gesagt, man habe sie hierhergebracht. Können Sie uns sagen, wo ...«

Und Lucas sah Sherrill an, schüttelte den Kopf, hastete durch die Tür. »Ich kann das nicht mit ansehen«, sagte er. »Ich kann das jetzt nicht brauchen ...«

Ein Lieutenant der Stadtpolizei von St. Paul namens Allport war der leitende Kriminalbeamte am Tatort auf dem Campus des St. Anne's College. Als Lucas und Sherrill ankamen, erkannte er Lucas und rief einem der Absperrposten zu: »Schicken Sie diesen Mann zu mir!«

Der Polizist machte Lucas mit einem Pfiff auf sich aufmerksam und deutete auf Allport. Lucas hob bestätigend die Hand, nahm Sherrill am Ellbogen und führte sie an der Längsseite des Schwesternheimes vorbei zu einer Gruppe von Cops, die in gebückter Haltung den Tatort nach Beweisstücken absuchten.

»Ich hab's schon gehört«, sagte Allport, »die Nonne ist eine alte Freundin von Ihnen. Wird sie durchkommen?«

»Sie wird gerade operiert. Das Mädchen ebenfalls; bei ihr sieht es schlimmer aus.«

»O Gott ... Sie wohnt hier in der Nachbarschaft. Einer der Nachbarn sagte uns, ihre Eltern hätten sie auf dieses College geschickt, weil sie dann nahe bei ihrem Zuhause und damit in Sicherheit sei ...«

»Haben Sie schon rausgefunden, wie es abgelaufen ist?« fragte Lucas.

»Ja. Was sich abgespielt hat. Es wird Ihnen nicht gefallen.«

»Es gefällt mir von vornherein nicht ...«

»Nein, ich meine, es wird Ihnen *wirklich* nicht gefallen ... Da sitzt ein Mädchen in einer Telefonvermittlung, und sie unterhält sich mit einer Freundin – die beiden machen Hausaufgaben zusammen. Dann kommt ein Anruf für Schwester Mary Joseph – Notfall in der Familie.«

»Sie hat keine Familie mehr«, warf Lucas ein.

»Ja.« Allport schaute hoch zum nächtlichen Himmel. »Aber so lautete der Anruf. Das Mädchen läuft also runter in die Kapelle und holt die Schwester, und die Nonne geht ans Telefon und hört zu, und dann flippt sie aus, legt auf und sagt zu dem Mädchen: ›Lucas ist angeschossen worden; sie bringen ihn ins Midway. Ich muß da sofort hin.‹«

»*Waaas?*«

»Die Nonne läuft also los, holt ihre Handtasche und die Wagenschlüssel, rennt dann raus, und das Mädchen in der Vermittlung sagt zu seiner Freundin: ›Sie sollte in dem Zustand besser nicht fahren.‹ Und die Freundin sagt: ›Ich kümmere mich darum.‹ Und rennt hinter der Nonne her. Das andere Mädchen bleibt in der Vermittlung sitzen, und zehn Minuten später ... oder auch noch ein bißchen später ... kommt ein anderes Mädchen reingerannt und sagt, zwei verletzte Frauen würden auf dem Gehweg zum Parkplatz liegen und man müsse einen Krankenwagen rufen.«

»O mein Gott«, stöhnte Lucas.

Und Sherrill sagte zu Lucas: »Es ist *wirklich* gegen dich gerichtet.« Und zu Allport: »Wissen Sie, auf Lucas' Verlobte ist vorige Woche ein Brandbombenanschlag verübt worden.«

Allport nickte: »Ich habe darüber gelesen. Ihr habt ja eure Leute in der ganzen Stadt rumgeschickt und rumschnüffeln lassen.«

Lucas schaute auf die geduckt herumlaufenden Cops von der Spurensuche. »Habt ihr irgendwas gefunden?«

Allport schüttelte den Kopf. »Nein. Nicht die Bohne. Wir suchen auch in der Nachbarschaft nach der Tatwaffe – einem Baseballschläger, einem schweren Stock oder so was –, haben aber bisher nichts gefunden.«

»Verdammt ...« Ein Gedanke zuckte durch Lucas' Kopf, schnell wie eine angesengte Motte; er wollte ihn festhalten, aber er war bereits wieder davongehuscht. Lucas schüttelte den Kopf, wandte sich an Sherrill: »Für uns gibt es hier nichts mehr zu tun. Ich fahre zurück ins Krankenhaus.«

»Ich komme mit.«

»Das mußt du nicht.«

»Doch, ich komme mit.«

Allport stützte die Fäuste in die Hüfte und sagte: »Ich hasse diese verdammte Scheiße. Wenn diese Arschlöcher sich gegenseitig zusammenschlagen wollen, von mir aus auch uns Cops, ist mir das scheißegal. Aber eine Nonne und ein junges Mädchen?«

Im Wagen sagte Lucas: »Irgendwas geht da vor sich, und wir wissen nicht, was es ist.«

»Das ist mir schon seit langem klar«, sagte Sherrill.

Lucas schüttelte den Kopf: »Ich meine nicht, daß jemand versucht, auf mich loszugehen oder auf Weather und Elle. Da ist irgendeine Art von Maschinerie am Werk. Jemand hat eine Maschine angeworfen, und es ist kein simpler Rachefeldzug. Es muß irgendein Zweck dahinterstecken ...«

23

Elle Kruger kam kurz nach vier Uhr am nächsten Morgen aus dem Operationssaal, und ein erschöpfter, gähnender Arzt wandte sich an Weather, Sherrill und Lucas: »Ich würde sagen, die Prognose ist gut – sie wird noch ein paar Tage auf der Intensivstation bleiben müssen, aber sie hat keinen direkten Gehirnschaden, soweit ich das feststellen konnte. Sie hat diese Schwellung, aber die haben wir unter Kontrolle. Wir werden sie weiterhin unter Sedativa halten, sie damit ruhigstellen, was natürlich bedeutet, daß man in den nächsten zwei Tagen nicht mit ihr sprechen kann.«

»Sie wird wieder gesund«, sagte Lucas erleichtert.

»Ja – sofern wir nichts übersehen haben oder sich nicht noch Komplikationen einstellen. Aber unter den gegebenen Umständen ist ihr Zustand so gut, wie man nur hoffen konnte.«

»Wie geht es dem Mädchen?« fragte Weather.

Der Arzt schüttelte den Kopf: »Sie *hat* einige direkte Gehirnschäden davongetragen. Ich denke, sie wird überleben, aber wir müssen jetzt einfach abwarten, wie sich die Sache entwickelt. Kann sein, daß sie wieder ganz in Ordnung kommt – vielleicht aber auch nicht …«

Lucas wandte sich ab, war plötzlich völlig erschöpft. »O mein Gott …«

»Laß uns nach Hause fahren«, sagte Sherrill.

Und Weather sagte: »Ich komme morgen wieder her – jeden Tag, bis sie aufwacht.«

»Hast du eine Fahrgelegenheit?« fragte Lucas. Andi Manette, die Weather hergebracht hatte, war inzwischen nach Hause gefahren.

»Ich nehme mir ein Taxi. Es kann ja in einer Minute hier sein.«

»Wir sind mit dem Porsche gekommen«, sagte Lucas. Nur zwei Sitze – Weather verstand diese Mathematik.

Vor der Tür, auf dem Weg zum Wagen, fragte Sherrill: »Haben Weather und Elle eine enge Beziehung?«

»Ja, sie mögen sich sehr«, antwortete Lucas.

»Meinst du, Elle würde mich auch mögen?«

Lucas nickte. »Sie mag fast alle Menschen. Ihr beiden würdet gut miteinander auskommen.«

Rose Mary Roux sprach mit dem Polizeichef von St. Paul, und die Stadtpolizei von St. Paul bildete eine Einsatzgruppe aus vier Detectives, die sich zusammen mit zwei Detectives von der Abteilung Schwerverbrechen aus Minneapolis um den Fall kümmern würden.

»Was Ihre Person angeht«, sagte Roux zu Lucas, »können Sie natürlich tun, was Sie wollen, aber ich möchte, daß Sie sich aus der Arbeit der Einsatzgruppe raushalten. Sie haben dieses Denkmuster in die Welt gesetzt – Sie glauben, daß die Angriffe auf Schwester Mary Joseph und Weather auf *Sie* abzielen. Vielleicht ist das ja so, aber ich möchte diese Leute aus dem Lucas-Paradigma raushalten. Ich möchte, daß sie unvoreingenommen an die Sache rangehen.«

Lucas stimmte zu. »Das ist eine kluge Entscheidung. Aber ich werde Del auf die Straße schicken, um sich ein paar Dinge anzuschauen; und auch ich werde mich umschauen und umhören. Sherrill, Sloan und Black stehen wieder für andere Fälle in der Mordkommission zur Verfügung, nachdem McDonald ja nun nicht mehr Gegenstand von Ermittlungen ist …«

Del und Lucas verbrachten den Tag damit, durch die Straßen zu fahren und sich Druggies, Diebe, Angehörige von Motorradgangs und Spieler vorzunehmen – jeden, dem sie es zutrauten, daß er sich an Lucas durch Angriffe auf seine Freundinnen rächen wollte. Und jede Stunde riefen sie im Krankenhaus an. Keine Veränderung bei Elle Kruger.

Am Ende des Tages saßen sie in Lucas' Büro, Del mit den Füßen auf der Ecke des Schreibtischs, Lucas mit den Füßen auf einer herausgezogenen Schreibtischschublade, und suchten nach neuen Ideen.

»Ein ganzer Tag Arbeit ohne jedes Ergebnis«, stöhnte Del. »So ausgetrocknet habe ich die Szene noch nie vorgefunden. Normalerweise sind doch wenigstens Gerüchte im Umlauf, auch wenn sie sich oft als Scheiße rausstellen.«

»Niemand will in eine Sache reingezogen werden, bei der es um Angriffe gegen einen Cop geht«, sagte Lucas.

»Um ehrlich zu sein, ich *habe* mir schon überlegt, unsere Freundschaft aufzukündigen, zumindest für einige Zeit. Und das in einer Anzeige in der *Star-Tribune* aller Welt bekanntzumachen.«

»Ich hatte mal ein interessantes Gespräch mit einem Anwalt – einem Strafverteidiger –, dessen Sohn festgenommen worden war, weil er in einem Best-Buy-Laden irgendwelche Stereogeräte geklaut hatte«, sagte Lucas. »Der Junge war einer dieser verträumten Audiovisions-Freaks und war sich nicht so recht im klaren darüber, was er da machte. Dennoch, der Richter verurteilte ihn zu sechs Monaten Gefängnis ohne Bewährung – dabei war der Junge bisher nie strafrechtlich in Erscheinung getreten.«

»Oje ...«

»Ja. Und der Strafverteidiger sagte mir, er weiß genau, daß der Richter den Jungen nur so hart bestraft hat, weil er *ihn*, den Vater, nicht leiden konnte. Meinte, er sei moralisch nicht gefestigt, weil er Fälle von Körperverletzung und Schadenersatzklagen vor Gericht vertrat und viel Geld damit machte. Jedenfalls, der Junge muß einen Großteil der Strafe, fast vier Monate, absitzen, kommt dann aber raus, und er ist psychisch okay. Aber der Strafverteidiger machte sich die ganze Zeit schreckliche Sorgen, der Junge könnte sich in seiner Zelle aufhängen oder so was.«

»Bei sensiblen Kindern muß man sich ja wirklich Sorgen machen«, sagte Del.

»Der Strafverteidiger besuchte den Jungen jeden Tag im Knast, hielt die Verbindung zu ihm aufrecht. Machte sich aber trotzdem schlimme Sorgen. Und er sagte mir, er hätte sich etwa bei der Hälfte der Strafzeit des Jungen entschlossen, den Richter zu töten, wenn sein Junge sich selbst umbringen würde. Er traf nicht nur diese Entscheidung, er machte auch bereits entsprechende Pläne. Nicht irrational, nicht etwa im Macho- oder Rambostil. Er würde es einfach tun und alles daransetzen, nicht erwischt zu werden. Als erstes würde er zwei Jahre warten, bis er zur Tat schritt. Warten, bis der Tod seines Sohnes weit in der Vergangenheit zurückläge. Dann würde er einen Weg finden, den Richter zu kidnappen – in seiner Phantasievorstellung meinte er, er müsse dem Richter sagen, warum er ihn töten werde, da er sonst sein Leben lang nicht mehr schlafen könne –, und dann würde er ihn an einen Baum fesseln, mit Benzin übergießen und in Flammen aufgehen lassen.«

»Jesus ...«

»Ja ... Er sagte mir, er sei fest zu diesem Mord entschlossen gewesen, aber als der Junge dann unbeschadet aus dem Knast kam, ließ er es natürlich sein. Er haßt diesen Richter, aber er sagt, er wolle ihn nunmehr politisch bekämpfen, er brauche ihn nicht mehr zu verbrennen.«

»Du willst damit sagen ...«

»Ich will damit sagen, daß die Dinge in unserem Fall hoffentlich anders gelagert sind«, sagte Lucas. »Ich hoffe, daß es sich nicht um jemanden handelt, dem ich vor Jahren mal ›in Wahrnehmung meiner polizeilichen Aufgaben‹, wie es so schön heißt, auf die Füße getreten bin und mir keinerlei Gedanken dabei gemacht habe. Und er oder sie könnte das all die Jahre geplant haben...«

»Wir überprüfen alle vor kurzem erfolgten Entlassungen aus dem Knast.«

»Das ist es ja, worauf ich hinauswill ... Wenn es nun keine vor kurzem erfolgte Entlassung ist? Was ist, wenn es jemand ist, den ich vor zehn Jahren mal wegen irgendeines Schwerverbrechens in den Knast gebracht habe, der Typ inzwischen ein paar Jahre abgesessen hat und meint, ich hätte sein und seiner Familie Leben ruiniert? Und sich jetzt an mir rächen will, indem er auf meine Freunde losgeht? Ich meine, wenn es so ist, kriege ich nie im Leben raus, wer es sein könnte.«

Ein zaghaftes Klopfen an der Tür unterbrach den Gedankengang. Del schaute zur Tür, dann auf Lucas, hob fragend die Schultern. »Herein«, sagte Lucas.

Eine Frau kam herein. Lucas erinnerte sich sofort an ihr Gesicht und ihren Namen. Er hob den Zeigefinger, sagte: »Die Brautmoden-Boutique – Mrs. Ingall.«

»Anette«, sagte sie.

»Das ist Detective Capslock«, stellte Lucas vor. »Del, das ist Mrs. Ingall; ihr Mann verschwand mit seiner Jacht auf dem Superior. Der McDonald-Fall ...«

»Ach so, ja.«

»Setzen Sie sich«, sagte Lucas. »Was können wir für Sie tun?«

Mrs. Ingall sah Del zweifelnd an, der versuchte, sie freundlich anzulächeln, ohne zu viel von seinen gelben Zähnen zu zeigen. Sie setzte sich auf den Stuhl neben Del, hielt die Handtasche auf ihrem Schoß fest umklammert. »Ich habe auf Kanal drei den Bericht über den Überfall auf Ihre Freundin, diese Nonne, gesehen. Ich hoffe, sie wird wieder ganz in Ordnung kommen.«

»Es sieht gottlob gut aus«, sagte Lucas.

»Diese Sache hat mich den ganzen Tag über nicht losgelassen«, sagte sie. »Es hat an mir genagt und genagt, und schließlich habe ich mir gesagt: ›Anette, geh um Himmels willen zu Chief Davenport und rede mit ihm, soll der sich doch seine Gedanken darüber machen.‹«

»Nun ja ...« Lucas spreizte die Hände, wartete, konnte eine gewisse Ungeduld nicht ganz unterdrücken.

»Nachdem Sie mir gesagt hatten, daß Wilson McDonald wahrscheinlich für Andys Tod verantwortlich war ...«

»Mrs. Ingall, das habe ich *so* nicht gesagt ...«

Sie winkte ab, fuhr fort: »Ich war sehr zufrieden, denn es ergab sich ein klares Muster. Er tötete George Arris, indem er ihn erschoß. Dann tötete er Andy, indem er einen Sabotageakt an der Jacht ausführte. Und dann tötete er Dan Kresge, indem er ihn erschoß, und schließlich tötete er Susan O'Dell, indem er sie erschoß.«

»Und?«

»Aber dann – und das war es, was an mir genagt hat –, als der Brandanschlag auf Ihre Verlobte passiert war und ich heute morgen von dem Überfall auf Ihre Freundin erfuhr ...«

»Ja?« Lucas wurde immer ungeduldiger.

»Sehen Sie, es hat zwei andere Zwischenfälle gegeben, die für Wilson McDonalds Karriere sehr hilfreich waren, von denen Sie aber wahrscheinlich nie etwas gehört haben, weil es dabei keine Toten unter den Angestellten der Bank gab – was ja doch einiges Aufsehen erregt hätte.«

»Zwei weitere Zwischenfälle?« Lucas lehnte sich vor, jetzt doch interessiert.

»Zwei sehr seltsame ... Unfälle«, sagte Ingall. »Der eine betraf einen Mann namens McKinney, der einen Topjob in der Investmentabteilung der Bank hatte und im Hinblick auf eine Beförderung ebenfalls in Konkurrenz zu Wilson stand. Sie lagen sozusagen in einem Kopf-an-Kopf-Rennen. Das ist lange her und geschah zu der Zeit, als Wilson sich noch in der Investmentabteilung mit Geldanleihen herumschlug, ehe er dann in der Hypothekenabteilung Karriere machte ... und dann, wie aus heiterem Himmel, wurde McKinneys Sohn bei einem Verkehrsunfall mit Fahrerflucht getötet. Wenn ich mich richtig erinnere, war er an einem Sommerabend mit dem Fahrrad auf dem Heimweg, ich glaube, von seinem Job als Zeitungsausträger, als er von einem Auto gerammt und getötet wurde, und man hat nie rausgefunden, wer der Autofahrer war. Jedenfalls, McKinney brach regelrecht zusammen. Er konnte seiner Arbeit nicht mehr nachgehen, und als dieser Job zu besetzen war, was kurz danach anstand, bekam ihn Wilson.«

»Hm«, brummte Lucas. Auch Del sah Mrs. Ingall sehr interessiert an.

»Dann, es muß so um 1990 gewesen sein, gab es so was wie eine Rezession bei den Banken. Viele Banken wurden umstrukturiert, und es kam zu erheblichen Stellenstreichungen. Wilson war einer von einem halben Dutzend leitender Angestellter in der Hypothekenabteilung mit dem Titel ›Vizepräsident‹, und es war klar, daß einige dieser Posten zur Streichung anstanden. Der Mann, der die Stellenstreichungen vorzunehmen hatte, hieß Davis Baird, und er hatte einen Stellvertreter namens Dick McPhillips. Davis Baird mochte Wilson nicht, er war der Meinung, Wilson sei ein fetter, aufgeblasener Dummkopf, und er hätte ihn höchstwahrscheinlich gefeuert. Aber Dick McPhillips stand von Anfang an unter dem Einfluß von Wilsons Vater. Wenn Davis Baird jedoch Wilson auf die Streichliste setzte, hätte McPhillips das nicht verhindern können. Aber ...« Sie machte eine dramatische Pause.

»Aber?« fragte Lucas, und Del nickte ihr auffordernd zu.

»Aber, noch während man mit der Streichliste beschäftigt war, kamen völlig unerwartet Bairds Eltern beim Brand ihres Ferienhauses irgendwo im Norden ums Leben. Das fiel mir wieder ein, als ich von dem Brandanschlag gegen das Haus Ihrer Verlobten las ... Irgend etwas explodierte im Haus der Baird-Eltern – man nannte es, glaube ich, sogar ›Brandbombe‹ in den Zeitungen –, und die Eltern starben in den Flammen. Und Baird mußte seine Arbeit abbrechen und Urlaub nehmen, um sich um alles zu kümmern. McPhillips war plötzlich der Verantwortliche für die Streichungen, und er feuerte zwei der sechs Vizepräsidenten, aber ...«

»Aber nicht Wilson«, fiel Lucas ihr ins Wort.

»Richtig – nicht Wilson.«

»Fahren Sie fort«, bat Lucas.

»Mir kam der Gedanke, daß ein seltsam kalkulierender Geist hinter diesen Unfällen stecken könnte: Nicht das Hauptziel *direkt* anzugreifen, sondern es außer Gefecht zu setzen, indem man einen engen Verwandten attackiert; das Hauptziel auf geradezu scheußliche Weise abzulenken. Und ich dachte, verstehen Sie, das ist doch genau dasselbe, was jetzt mit Chief Davenport gemacht wird. Er untersucht diese Morde, und plötzlich wird ein Brandanschlag auf das Haus seiner Verlobten verübt, und dann wird eine alte Freundin von ihm bei einem Überfall beinahe umgebracht. Wenn Wilson McDonald nicht tot wäre, würde ich ihn ganz klar als Täter betrachten. Auch unter dem Aspekt, daß man Andys Tod als Unfall auslegen und Arris Tod leicht einem anderen in die Schuhe schieben könnte – dieser Zuhältergang. Nichts ist, wie es aussieht ...«

»Wilson McDonald *ist* aber tot«, sagte Del.

»Ja, von seiner Frau erschossen«, sagte Ingall. »Und das ist äußerst seltsam.«

Lucas schloß die Augen, rieb seine Schläfen. »Jesus ...«

»Meinen Sie, diese Überlegungen könnten nützlich sein?« fragte Ingall.

»Ich weiß es nicht«, antwortete Lucas. »Aber Sie sind eine sehr gescheite Frau.«

»Ja, dafür habe ich mich schon immer gehalten.«

24

Die meisten Unterlagen in der Akte über Audrey McDonald waren erst zusammengestellt worden, nachdem sie Wilson erschossen hatte: Name, Alter, Gewicht, besondere Kennzeichen. Sie hatte eine ganze Anzahl von Narben; zu viele, wie Lucas dachte. Ihre einzigen früheren Kontakte mit der Polizei bestanden aus zwei Strafmandaten im Straßenverkehr – eines wegen Geschwindigkeitsüberschreitung, eines wegen Nichteinhaltung des Sicherheitsabstandes, was zu einem Auffahrunfall geführt hatte.

Er telefonierte mit der Obersten Jagdbehörde und dem Amt für Öffentliche Sicherheit: Sie hatte nie den Jagdschein gemacht, nie an einem offiziellen Sicherheitstraining für den Umgang mit Jagdgewehren teilgenommen und nie einen Waffenschein für Handfeuerwaffen beantragt.

Sie hatte das St. Anne's College besucht. Das war interessant – sie kannte sich also da draußen aus, wußte, was ablaufen würde, wenn sie im Schwesternheim anrief. Vielleicht hatte sie Elle sogar noch als Lehrerin erlebt, wenn wahrscheinlich auch nur kurz. Er machte sich eine Notiz, um das zu klären. Nach dem College hatte sie als Bibliothekarin gearbeitet, dann bei verschiedenen karitativen Organisationen.

Er grübelte noch einige Minuten über der Akte, schaute dann auf die Uhr. Bald Zeit, zu Elle zu fahren. Aber zunächst suchte er im Telefonbuch noch die Nummer von Helen Bell heraus, Audreys Schwester. Sie wohnte offensichtlich im Süden von Minneapolis. Ohne große Erwartung tippte er die Nummer ein. Sie meldete sich beim zweiten Läuten.

»Ich möchte gerne einmal zu Ihnen kommen und mit Ihnen über die ganze Sache sprechen«, sagte er, nachdem er sich vorgestellt hatte.

»Ich ... ich dachte, der Fall sei erledigt«, sagte Bell. Er erkannte ihre Stimme sofort: Sie klang wie Audreys Stimme, die wiederum so klang wie die Stimme der Frau, die ihn angerufen und auf McDonald gehetzt hatte ...

»Nun ja, der Kresge-Fall ist noch nicht abgeschlossen«, sagte Lucas. »Ich möchte ja nur ein wenig mit Ihnen über die Sache plaudern. Ihre Meinung hören.«

»Okay. Ich bin für den Rest des Tages zu Hause.«

Drei Nonnen, alle in der traditionellen Tracht, saßen nebeneinander auf Stühlen in Elles Krankenzimmer und schauten einer jungen Krankenschwester zu, die gerade eine Infusion erneuerte. Als Lucas hereinkam und leise die Tür hinter sich ins Schloß drückte, zirpte eine der Nonnen aufgeregt: »Hi, Lucas! Sie ist wach!«

Lucas trat hinter den beigen Vorhang, der Elles Bett nach außen abschirmte, und schaute hinunter auf seine alte Freundin. Sie waren zusammen in die katholische Grundschule gegangen, hatten auf dem Schulweg so manchen Unsinn angestellt, und ihr langes goldenes Haar hatte in der Sonne geglänzt, ihre blauen Augen hatten ihn glücklich angestrahlt ... Seine erste bewußte Erinnerung an ein weibliches Wesen, neben seiner Mutter. Jetzt war ihr Kopf mit Verbänden umwickelt, ihr Gesicht voller Blutergüsse und mit gelbem Desinfektionsmittel verschmiert, und die Lider über den blauen Augen, die verschwommen und nicht besonders glücklich dreinblickten, fielen immer wieder zu. Sie lächelte schwach, und Lucas fand, daß sie wunderschön aussah.

»Du siehst scheußlich aus«, sagte er. »Als ob jemand das Tageslicht aus dir rausgeprügelt hätte.«

»Sehr lustig«, murmelte sie. »Aber ich fühle mich tatsächlich so.«

Er strich über ihren Fußrücken. »Du wirst es schaffen.«

»Ja, es sieht so aus. Weißt du, was passiert ist?«

»Ja, einigermaßen. Man hat dich mit einem fingierten Anruf aus dem Schwesternheim gelockt und dir draußen aufgelauert.«

»Ich kann mich nicht mehr an viel erinnern, was nach sechs Uhr passiert ist«, sagte sie. »Aber man hat mir alles erzählt.«

»Wie steht es insgesamt mit deinem Erinnerungsvermögen?« Er schluckte, als er diese Frage stellte. Er konnte keine schlechten Nachrichten gebrauchen – nicht bei Elle.

Wieder lächelte sie schwach. »Nur ein paar Stunden einer Amnäsie, nichts Ungewöhnliches. Man hat schon ein paar Tests mit mir gemacht. Keine Anzeichen für einen Schaden, einen dauerhaften Schaden.«

»Sehr gut«, sagte er. »Sehr gut.«

»Das Mädchen ...«

Das Mädchen würde überleben, aber sie roch Vanille, wenn die Schwester ihren Arm mit einem alkoholgetränkten Lappen einrieb; roch Rühreier in einem Glas Apfelsaft, Sellerie in Hafergrütze. Wenn sie einen Text von einem Blatt vorlesen sollte, gelang ihr das recht gut – bis auf die Tatsache, daß sie einige Wörter rückwärts vorlas und sie dabei in dieser umgekehrten Buchstabenfolge korrekt aussprach.

»Sie wird sich hoffentlich wieder ganz erholen«, sagte Elle. »Es quält mich so sehr, daß sie hinter mir hergelaufen kam ...«

»Du hast darauf keinen Einfluß gehabt«, sagte Lucas.

»Habt ihr Hinweise darauf, wer es getan haben könnte?« Ein Schatten von Angst in ihren Augen – etwas, das Lucas noch nie bei ihr gesehen hatte.

Er schüttelte den Kopf. »Nein, noch keine.«

Sie redeten noch zehn Minuten miteinander, bis Elles Augenlider schwer wurden; Lucas küßte sie auf die Wange, was bei den Nonnen, die wie Amseln nebeneinander auf den roten Lederstühlen hockten, großen Anklang fand. Ehe er das Krankenhaus verließ, sprach er noch kurz mit dem Stationsarzt, ließ sich dann in der Radiologie einige Röntgenaufnahmen und vor der Operation gemachte Fotos mitgeben.

Das Büro der Gerichtsmedizin des Hennepin County lag nur ein kleines Stück die Straße hinunter vom Polizeipräsidium entfernt, war mit ihm durch einen Kellergang verbunden, den die Cops im Scherz den »Geheimtunnel« nannten. Lucas stellte den Wagen auf einem der für Cops reservierten Plätze vor dem Präsidium ab und ging dann durch den Tunnel zum Büro des Amtsarztes. Er zeigte die Fotos und Röntgenaufnahmen einem der forensischen Pathologen.

»Wahrscheinlich Rechtshänder, und vermutlich nicht besonders groß«, urteilte der Pathologe und machte einen Zug an seiner in diesen Räumen strikt verbotenen Winston. »Die Schläge trafen fast alle auf die Seiten des Kopfes und den Hinterkopf auf, nicht auf das Schädeldach. Wenn es ein Mann gewesen wäre, der den Schlagstock flach schwang wie bei Baseball, hätte er ihr damit glatt den Schädel eingeschlagen. Das hier sieht eher so aus, als ob jemand von oben zugeschlagen hätte, aber aus einer relativ geringen Höhe.«

»Also wahrscheinlich eine Frau?«

Der Arzt stieß eine Rauchwolke aus den gespitzten Lippen und formte ein großes O. »Könnte gut sein. Wer es auch war, er war nicht besonders kräftig. Ihr von hinten unverhofft mit einem Knüppel auf den Kopf schlagen – jemand mit großer Körperkraft hätte sie mit diesen Schlägen ins Jenseits befördert.«

»Hm ...«

Lucas hatte Helen Bell bei der gerichtlichen Voruntersuchung gegen ihre Schwester gesehen, und es hatte ihn gewundert, wie wenig die beiden Frauen sich – bei aller familiären Ähnlichkeit – glichen. Audrey, achtunddreißig Jahre alt, war eine graue Maus, geduckt, aufgeregt, grau in grau gekleidet, sparsam in den Bewegungen, nervös. Helen Bell, vierunddreißig Jahre alt, war zwar nicht gerade ein Schmetterling, schien aber selbst unter den nüchternen Umständen der Voruntersuchung viel lockerer und offener zu sein und wirkte weitaus mehr wie eine Frau in den Dreißigern als ihre Schwester. Ihr Haar war modern gefärbt, sie trug ein wenig Make-up, und sie hatte bei der Gerichtsverhandlung zu einem konservativen Hosenanzug einen hübschen roten Seidenschal getragen. Und sie brachte ein herzliches Lächeln zustande.

Helen Bell wohnte in einem kleinen weißen Haus mit grünen Läden in einer Seitenstraße; die wacklig wirkende Garage befand sich hinter dem Haus. Lucas ließ den Wagen am Straßenrand stehen und ging über den schmalen, siebzig Jahre alten Asphaltpfad zur Haustür und klopfte. Bell war sofort an der Tür, lächelte nervös, sagte: »Chief Davenport? Kommen Sie rein.«

Das Wohnzimmer sah aus, als sei es frisch mit dem Staubsauger bearbeitet worden, und ein Stapel Magazine, die meisten über Haushaltsführung, war penibel auf dem Tisch aufgeschichtet. »Kaffee?« fragte sie. »Ich habe nur Instant aus der Mikrowelle.«

»Ja, gerne.« Wieder diese Stimme: Ja, das war die Stimme des Informanten, ganz sicher ... Lucas trat sich gedanklich selbst in den Hintern: Er hatte doch gewußt, daß Audrey McDonald eine Schwester hatte.

»Koffeinfrei oder normal?« Sie huschte geschäftig herum, wollte sichergehen, daß er sich wohl fühlte; er hatte ein Gefühl wie bei der ersten Verabredung mit einem Mädchen im Teenageralter.

»Was immer Sie haben. Normaler wäre schön.«

Sie ging, um den Kaffee zu machen, und er schaute sich in dem kleinen Wohnzimmer um, sah sich vor allem ein Regal mit Taschenbüchern an. Meistens Werke über Selbsthilfe. Wege zum Erfolg im Beruf. »Wo arbeiten Sie?« rief er ihr nach.

Er hörte, wie die Tür der Mikrowelle zugeworfen wurde.

»*Fisher Specialities* unten in Bloomington. Lastwagenzubehör. Ich bin Leiterin der Auftragsabteilung.« Sie kam mit zwei Bechern Kaffee aus der Küche. »Setzen Sie sich auf die Couch. Ich nehme den Sessel.«

»Haben Sie Kinder?«

»Eine Tochter. Connie. Sie muß jede Minute von der Schule kommen.«

»Ich möchte mit Ihnen über einige Hintergründe im Zusammenhang mit dem Tod von Dan Kresge und Wilson McDonald sprechen ...«

»Wird man die Anklage gegen Audrey fallenlassen?«

»Das weiß ich nicht, es ist nicht meine Zuständigkeit«, erwiderte Lucas. »Mrs. Bell ... haben Sie uns einen Brief über Ihren Schwager geschrieben? Und haben Sie mich angerufen?«

Sie sah nach dieser Frage *zu* überrascht aus, aber sie war es nicht wirklich, sie tat nur so. Sie zog die Augenbrauen hoch, legte den Kopf schräg. »Wieso ...«

»Ich kann mir die Unterlagen von der Telefongesellschaft geben lassen, wenn ich das will«, sagte Lucas. »Aber es ist ja nicht illegal, was Sie getan haben. Sie haben nur die Einleitung einer Untersuchung vorgeschlagen.«

Sie trank einen Schluck Kaffee, rieb dann mit der Spitze des Zeigefingers der freien Hand über den Rand des Bechers. Schließlich sagte sie: »Ja, ich habe das getan. Sie wußten es sowieso schon, nehme ich an. Aber übers Telefon können Sie es nicht rausgefunden haben – ich habe von Rainbow aus angerufen.«

Rainbow war ein Supermarkt. Lucas schüttelte den Kopf. »Es war Ihre Stimme. Sie klingen ein wenig ... ich weiß nicht – kanadisch. Schwedisch.«

»›Boot‹ statt ›boat‹, ich weiß.«

Er nickte. »Als ich zum ersten Mal mit Ihrer Schwester sprach, dachte ich, sie sei die Anruferin gewesen. Nun ja ... Seit wann haben Sie den Verdacht, Wilson McDonald sei ein Mörder?«

»Ich ... ich dachte zuerst nur, es hätte ziemlich viele Tote in Verbindung mit seinem Aufstieg auf der Karriereleiter gegeben.

Aber erst, als Mr. Kresge erschossen wurde, war ich mir sicher. Sie wissen ja, daß Kresge die Bank zu einer Fusion führen wollte ...«

»Ja.«

»Und Wilson wäre seinen Job losgewesen. Hundertprozentig. Dann wird Mr. Kresge ermordet, und Wilsons Job ist zunächst mal gerettet, und er hat sogar eine Chance, Mr. Kresges Job zu kriegen. Das war einfach zu viel. Es hatte zu viele dieser ›Zwischenfälle‹ gegeben.«

»Wann hat er damit angefangen, Ihre Schwester zu verprügeln?«

»Schon vor ihrer Heirat«, sagte Helen. »Audrey hat es mir allerdings erst später gestanden.«

»Warum hat sie ihn dann geheiratet?«

»Weil sie ihn liebte«, erklärte Helen einfach. »Sie liebt ihn immer noch.«

»Eine sehr seltsame Beziehung ...«

»Eine Art gegenseitiger Abhängigkeit«, sagte Bell. »Wissen Sie ... Na ja, lassen wir das.«

»Nein, sprechen Sie sich ruhig aus.«

»Mein Vater pflegte meine Mutter zu verprügeln. Und auch Audrey. Und er hätte es auch mit mir gemacht, wenn ich alt genug gewesen wäre. Irgendwie hat das, so glaube ich, etwas in Audreys Gehirn ausgelöst – sie glaubt, Frauen würden es *verdienen*, geschlagen zu werden. Ich meine, sie hat das nie gesagt, aber tief in ihrem Inneren hat sie es so empfunden. Ich habe sie ständig gedrängt, diesen Mann zu verlassen.«

»Woher stammen Sie? Sie und Audrey?« Er wußte es, aber wenn man sie am Reden hielt, würde sie vielleicht mehr sagen, als sie eigentlich wollte.

»Oxford«, antwortete sie. »Es liegt oben im Red River Valley. Die nächstgelegene größere Stadt ist Grand Forks.«

»Zuckerrüben?«

»Nein, wir haben nie wirklich Landwirtschaft betrieben. Wir wohnten am Stadtrand von Oxford – wir konnten zu Fuß zur Schule gehen –, und mein Dad war Postbote. Beide Großeltern waren jedoch Farmer. Dad wuchs also auf einer Farm auf, ebenso Mom, aber Dad war nicht an der Landwirtschaft interessiert.«

»Leben Ihre Eltern noch da oben?«

»Nein, sie sind beide tot. Mein Vater starb, als ich noch klein war, zehn, also vor ... vierundzwanzig Jahren. Um diese Jahreszeit. Mom starb vier Jahre später. Im Frühling. Nach ihrem Tod wohnte ich bei meiner Tante Judy in Lakeville, und Audrey ging ins College, ins St. Anne's College.«

»Ich weiß ... Hören Sie, ich gehe davon aus, daß Sie nicht direkt mit uns gesprochen haben, weil Sie die Gefühle Ihrer Schwester nicht verletzen wollten oder nicht wollten, daß sie sich entfremden. Ist diese Annahme richtig?«

Bell nickte. »Wissen Sie, sie redete dauernd davon, wie sehr sie ihn liebe und was für ein treusorgender Ernährer er sei, aber ich war überzeugt, daß er eine Bestie war und daß er Audrey früher oder später umbringen würde. Und er *war* ein Mörder. Sie sagten am Telefon, die Kresge-Sache sei noch nicht abgeschlossen, aber glauben Sie mir, sie *ist* es. Wilson hat Kresge erschossen. Vielleicht hätte ich eher zu Ihnen kommen sollen, aber ... ich war mir nicht ganz sicher. Und er war der Mann meiner Schwester.«

»Der treusorgende Ernährer.«

»Als gutbezahlter Polizist hier in Minneapolis kann man sich natürlich darüber lustig machen«, sagte Helen zornig, »aber wenn man arm in Oxford, Minnesota, lebt – und wir *waren* arm –, dann ist ein zuverlässiger Ernährer keine Sache, über die man spöttelt.«

»Entschuldigung ...« Lucas schaute sich um. »Sind Sie verheiratet? Oder ...«

»Geschieden«, antwortete sie. »Seit vier Jahren.« Sie schüttelte den Kopf zu Lucas' unausgesprochener Frage: »Larry hat nie die Hand gegen mich erhoben. Wir haben einfach nur herausgefunden, daß wir eigentlich nicht besonders interessiert aneinander sind. Ich wurde schwanger, als wir ›miteinander gingen‹, wie man wohl sagt, und wir haben geheiratet, weil man das von uns erwartet hat.«

»Okay«, sagte Lucas.

Sie sprachen noch ein paar Minuten miteinander, dann stand Lucas auf. »Danke.«

»Was ist mit dem Tod von Dan Kresge? Schließen Sie den Fall ab?«

Lucas zuckte die Schultern. »Ich weiß es nicht. Es scheint nicht mehr viel zu geben, das wir uns noch näher ansehen müßten. Wir kümmern uns noch um ein paar Kleinigkeiten, aber es ist wirklich nicht viel übriggeblieben.«

»Ich bin froh, daß der Mann tot ist – Wilson, nicht Mr. Kresge. Ich weiß, es ist eine Sünde, aber ich bin froh, daß er nicht mehr da ist.«

Lucas hatte gerade einen Schritt in Richtung Haustür gemacht, als die Tür von außen aufgestoßen wurde und ein schlankes Mädchen, von Kopf bis Fuß in Schwarz gekleidet und mit einer schwarzen Schultertasche in der Hand, hereinkam. Sie hatte blondes, kaum drei Zentimeter langes Haar, und ein dünner Goldring war durch eine Augenbraue gepierced. Sie warf ihrer Mutter einen schnellen Blick zu, dann Lucas, lächelte ihn anerkennend an, sagte: »Donnerwetter. Toller Typ.«

»Connie!«

»Ist er ja aber, echt ...« Verführerisch lächelnd, um die Mutter zu ärgern.

»Bitte! Das ist Chief Davenport vom Minneapolis Police Department.«

»Ein Cop? Sie wollen doch wohl nicht fragen, ob Tante Audrey ihn wirklich erschossen hat – sie gesteht es ja.« Das Mädchen ließ die Schultasche auf den Boden fallen. »Ich nehme nicht an, daß sie sonst noch jemanden umgebracht hat, oder doch?«

»Wir stellen nur Routine-Untersuchungen an«, sagte Lucas.

»Der Chief des Police Departments macht Routine-Untersuchungen?«

»Ich bin nicht *der* Chief, ich bin ein Deputy Chief«, erklärte Lucas. »Und manchmal mache ich Routine-Untersuchungen, zum Beispiel, wenn der Fall besonders wichtig ist.«

»Wir waren gerade mit unserem Gespräch fertig«, sagte Bell.

»Nun dann, viel Glück mit Tante Audrey«, sagte das Mädchen. »Der widerlichsten Frau auf Erden.«

»Connie!« Bell sah schnell Lucas an. »Connie und Audrey kommen nicht so gut miteinander aus, wie es sein sollte.«

»Sie ist ein unangenehmer, kleiner Bourgeois«, sagte Connie und verdrehte die Augen. »Die einzige interessante Sache, die sie je in ihrem Leben gemacht hat, war die, daß sie Wilson erschossen hat.«

»Was allerdings, wenn man darüber nachdenkt, eine *sehr* interessante Sache war«, sagte Lucas.

Connie nickte: »Ja. Das muß ich zugeben.«

Lucas lächelte sie an, kam zu dem Entschluß, daß er sie mochte. Das Mädchen erkannte das und lächelte zurück, diesmal mit einem Anflug von Scheu. Lucas sagte zu Bell: »Wenn noch weitere Fragen auftauchen, werde ich Sie anrufen.«

Als Lucas an Connie vorbeiging, drang ein leichter Hauch von Shit in seine Nase; er sah sie an, und sie erkannte den wissenden Blick. Kluges Mädchen, dachte er, als er zu seinem Wagen ging.

Und er dachte auch: noch mehr Tote. Audreys Eltern, tot und begraben ...

Mit dem Autotelefon rief er Sherrill an: »Ich fahre morgen hoch zum Red River Valley, in die Nähe von Grand Forks. Kommst du mit?«

»O ja – es ist mein freies Wochenende. Wollen wir in einem dieser schäbigen kleinen Hotels mit den dünnen Wänden übernachten und die ganze Nacht durchficken, so daß die Leute in den Nebenzimmern kaum zum Schlafen kommen?«

»Was ›die ganze Nacht‹ angeht, bin ich nicht so sicher ... Vielleicht eher, sagen wir, *einmal*.«

»Ich fange sofort an, meine Lustschreie zu üben. Ruf mich heute abend noch mal an.«

Eine Minute später piepste das Telefon, und er dachte, es sei wieder Sherrill. Aber es war Lucas' Sekretärin. Rose Marie wollte ihn sprechen.

Rose Marie Roux arbeitete wieder am Etat der Stadtpolizei, als Lucas hereinkam. »Setzen Sie sich«, murmelte sie, ohne von ihrer Arbeit aufzuschauen. Sie machte noch einen Moment weiter, summte, offensichtlich unbewußt, vor sich hin: Sie war bei ihrer Arbeit glücklich.

»So«, sagte sie schließlich, ließ ihren gelben Kugelschreiber fallen und legte die Finger ineinander. »Schlafen Sie mit Marcy Sherrill?«

Lucas erstarrte. »Wir treffen uns, ja. Ich glaube nicht, daß es jemanden was angeht, was dabei passiert ...«

»Lucas, um Himmels willen, leben Sie in einer verdammten von der Welt abgeschnittenen Höhle?« fragte sie zornig. »Ein Deputy Chief, der mit einer seiner weiblichen Detectives schläft, kann sich das nur erlauben, wenn ...«

»Sie ist keiner meiner Detectives«, fiel Lucas ihr ins Wort. »Ich habe keinerlei Aufsichtsbefugnis über sie ...«

»Quatsch – sie arbeitet für Sie, wann immer Sie sie brauchen. Und außerdem wird sich die Öffentlichkeit keinen Scheiß um solche Spitzfindigkeiten kümmern. Sie sind ein Deputy Chief, sie ist ein Sergeant. Hören Sie, mir ist das egal – wirklich. Was ich eben sagen wollte – ein Deputy Chief, der mit einer seiner weiblichen Detectives schläft, kann sich das nur erlauben, wenn er sehr, sehr vorsichtig ist. Nicht geheimnistuerisch, sondern vorsichtig. Und nun: Sie haben eine Nachricht hinterlassen, daß Sie zu diesem Ort fahren wollen ...« Sie schaute auf einen Notizzettel. »Oxford. Morgen. Oben im Red River Valley. Haben Sie vor, Sherrill dorthin mitzunehmen?«

»Ich dachte ...«

»Wenn Sie sie mitnehmen, muß sie offiziell *unbezahlten* Urlaub nehmen. Wenn sie das nicht tut und dienstfreie, aber *bezahlte* Tage dafür einsetzen will, werde ich das nicht zulassen.«

»Hören Sie zu ...«

»Nein, *Sie* hören jetzt zu: Ich versuche nicht, *Sherrills* Arsch zu retten. Ich versuche auch nicht, *meinen* Arsch zu retten. Ich versuche, *Ihren* Arsch zu retten. Ich versichere Ihnen, wenn Sie

sie auf diese Reise mitnehmen und sie dafür auch noch Geld kriegt und das an die Öffentlichkeit dringt, laufen Sie Gefahr, gefeuert zu werden. Ich würde zwar versuchen, mich für Sie einzusetzen, aber es würde nicht viel helfen – Sie würden auf jeden Fall schwer eins aufs Dach kriegen.«

»Vielleicht sollten wir die ganze Sache einfach vergessen«, sagte er. »Die Sache mit mir und Marcy.«

Sie wurde ein ganz klein wenig sanfter: »Ich habe nicht gesagt, daß Sie das tun sollten. Aber Sie müssen sich absolut diskret verhalten, und Sie müssen vorsichtig sein. Sie darf einfach keine Bezahlung erhalten, wenn sie Sie begleitet.«

»Okay«, sagte er. »War das alles?«

»Elle Kruger scheint es recht gut zu gehen?«

»Ich habe gerade mit ihr und ihrem Arzt gesprochen«, antwortete Lucas. »Sie wird noch einige Zeit ziemliche Schmerzen haben, aber sie hat keinen Gehirnschaden erlitten. Zumindest nach dem jetzigen Erkenntnisstand nicht. Die Motorik, das Erinnerungs- und das Sprachvermögen sind voll erhalten.«

»Noch keine Untersuchungsergebnisse in dieser Sache?«

»Nein, noch nicht. Aber die Fahrt zum Red River Valley steht damit im Zusammenhang. Ich beschäftige mich mit der Frage, ob Audrey McDonald in die Sache verstrickt sein könnte.«

Roux' hob die eine, genetisch dazu befähigte Augenbraue. »Ernsthaft?«

»Ja. Könnte sein, daß wir da auf recht interessante Aspekte stoßen.«

»Okay. Aber beachten Sie, was ich über Sherrill gesagt habe.«

»Sie hat die nächsten Tage frei. Das geht in Ordnung.«

»Keine Reisespesen in irgendeiner Form. Gar nichts.«

»Gar nichts«, bestätigte er. »Kein einziger Cent. Für keinen von uns beiden.«

»Okay«, sagte sie. »Viel Glück.«

»Mit Marcy? Oder mit dem Fall?«

»Wie Sie's gern hätten«, erwiderte sie.

Als Lucas wieder in seinem Büro war, rief er beim Büro des County-Staatsanwalts an und fragte nach Richard Kirk, dem Leiter der Abteilung Schwerverbrechen. »Was gibt's?« meldete sich Kirk nach einigen Sekunden.

»Wie lange können Sie eine Entscheidung im Fall Audrey McDonald aufschieben?« fragte Lucas.

»Warum?« Anwälte wollen immer Gründe wissen …

»Einfach so.«

»Aha«, reagierte Kirk. »›Einfach so‹. Verdammte Cops … Nun ja – wir bringen Audrey McDonalds Story vor die Anklagejury und lassen sie entscheiden. Das ist das demokratische Prozedere, und außerdem ist damit unser geliebter County-Staatsanwalt aus dem Schneider, wenn irgendwas schiefläuft.«

»Und wann kommt der Fall vor die Anklagejury?«

»Am nächsten Mittwoch, aber es dürfte kein Problem sein, die Entscheidung eine Weile rauszuzögern. Wir könnten am Mittwoch die grundsätzlichen Fakten präsentieren und die Entscheidung bis zum nächsten Zusammentreten der Jury vertagen.«

»Das wäre gut«, sagte Lucas. »Es sind da ein paar seltsame Zusammenhänge aufgetaucht.«

»Okay, wir machen das, kommen Sie uns dann aber ja nicht in letzter Minute mit irgendwelchen Überraschungen.«

»Okay, okay … Und sagen Sie Ihrem Boß, er soll den Pfeifen- und Trommlergruppen der Feministinnen keine bombastischen Reden halten, es würde sich um einen klaren Fall von Notwehr handeln.«

»Mach ich. Aber rufen Sie mich an, falls sich irgendwas ergibt, damit wir wissen, welche Richtung wir einschlagen sollen.«

»Ja, dann rufe ich an.«

»Verdammt, Davenport, Sie sind alt genug, um zu wissen, daß …«

»Was?«

»Daß *zu* intensive Ermittlungen einen einfachen, klaren Fall völlig vermasseln können.«

25

Morgan Bite stand am Ende der Reihe schwarzer Cadillac-Limousinen auf dem Parkplatz der Firma Bite Brothers, den Scheck noch immer in der Hand, und er hatte sein Gesicht zu einem so beseelten Ausdruck verzogen, daß Audrey überlegte, ob sie ihn ermorden sollte; ernsthaft überlegte, ob sie, sobald sie die Verfügungsberechtigung über das ihr zustehende Geld erhalten hatte, alle gesetzlichen Dinge geregelt waren und die Polizei sie endlich in Ruhe ließ, eines Nachts zurückkommen und den Mann ermorden sollte – nur der Genugtuung und des Vergnügens wegen, die sie dabei empfinden würde.

Bite gab weitere klischeehafte Sprüche von sich: »... werden wir es ermöglichen, dem Verstorbenen ein so natürliches Aussehen zu verleihen, als ob der geliebte Mensch noch unter uns zu weilen scheint ...«

Sie wollte »ja-ja-ja« schreien und auf dem Gehweg davonrennen, statt dessen schaute sie ihn wie betäubt an, hinkte dann davon, bemüht, den Eindruck zu erwecken, als ob sie jeden Augenblick einen Zusammenbruch erleiden könnte. Dann aber fiel ihr ein, daß Bite, wenn man seinen Beruf in Betracht zog, einen Zusammenbruch geradezu als attraktiv empfinden könnte.

»... in keinster Weise bedauern, und zögern Sie keine Sekunde, mich anzurufen, bei jeder Tages- und Nachtzeit, falls Sie noch irgendwelche Wünsche haben ...«

Sie hatte ihm gerade einen Blankoscheck übergeben, um Wilsons Beerdigung zu organisieren und durchzuführen – nun ja, blanko bis zur Obergrenze von fünfundzwanzigtausend Dollar, die er als angemessen betrachtet hatte, um Wilsons gesellschaftlicher Stellung bis in den Tod hinein gerecht zu werden. Wenn Audrey irgend etwas im Zusammenhang mit Wilsons Tod erwähnt hatte, schien Bite mit jedem Detail bestens vertraut zu sein, ohne je auch nur anzudeuten, daß sie etwas damit zu tun gehabt hatte. Wenn ich mir das überlege, ging Audrey durch den

Kopf, muß ich sagen, daß mir das gefallen hat. Vielleicht bringe ich ihn doch nicht um.

Na ja: Sie konnte sich das immer noch überlegen und später entscheiden.

Audrey McDonald lebte mit einer ganzen Bandbreite negativer Emotionen: Haß, Wut, Angst, Verzweiflung, Abneigung und Ekel waren ihr tägliches Brot, und diese Emotionen wurden durch ihre lebhafte Vorstellungskraft noch gesteigert. Liebe und Vergnügen waren dennoch keine Mysterien. Sie meinte, sie hätte Wilson wirklich lieben können – auch ihre Eltern, ja sogar Helen. Und die Perspektive des Geldes bereitete ihr Vergnügen – nicht mit Blick darauf, was man dafür alles kaufen konnte, sondern der Besitz als solcher; es gefiel ihr, damit umzugehen, Kontoauszüge mit größer werdenden Beträgen zu lesen. Sie hatte Wilson überredet, hundert Goldmünzen zu kaufen, American Eagles, und sie hielt sie in einer Schachtel in einem Fach des Küchenschrankes versteckt. Mindestens einmal in der Woche nahm sie sie heraus und ließ die Münzen durch die Finger gleiten – sie waren so schön, so glatt und kühl.

Und ganz gewiß gefiel es ihr auch, Menschen zu ermorden …

Morden – das war die interessanteste Tätigkeit, die sie je ausgeführt hatte, und schon allein die aufregende Aktion an sich besaß eine machtvolle Anziehungskraft. Hinzu kam die simple Realität, daß sie einen Mord stets ausführte, um ihre eigene Angst abzubauen – die Angst vor niederem sozialem Status –, darüber hinaus aber auch, um die Geldsumme zu vermehren, die ihr eines Tages zufallen würde. Bisher hatte sie noch nie ohne Grund gemordet; bisher hatte sie von jedem Mord profitiert.

Aber fünfzehn Minuten nach dem Aufbruch bei Bite Brothers verdunkelte Angst ihr Bewußtsein, während sie den Wagen vor dem Haus ihrer Schwester an den Bordstein lenkte. Helen hatte wieder mit Davenport gesprochen; sie hatte angerufen, um es Audrey zu sagen – und zu gestehen, daß sie anonym an Davenport geschrieben hatte, Wilson habe mehrere Menschen ermordet.

Aber es war nicht Wilson gewesen, der diese Morde begangen hatte. Sie hatte es getan.

Und wenn Davenport weiter herumschnüffelte, könnte er auf etwas stoßen, das unangenehm für Audrey war. Sie fing langsam an, Angst vor diesem Mann zu bekommen, nicht, weil er besonders intelligent zu sein schien oder besonders eifrig oder gar gemein, sondern weil er ganz einfach nicht aus ihrem Dunstkreis verschwand. Jetzt machte er Besuche bei Helen. Das alles sollte doch längst zu den Akten gelegt sein. Was führte er im Schilde?

Helen stand unter der Tür, während sie auf das Haus zuhumpelte. Das Humpeln vortäuschte.

»Es tut mir leid«, sagte Helen. »Wilson hat dich so schlimm verprügelt, und da habe ich gemeint, ich müßte die Polizei von meinem Verdacht unterrichten.«

Audrey nickte heftig und ließ sich von Helen unter der Tür den Mantel abnehmen. »Tut mir noch arg weh«, murmelte sie. Und sie sah schrecklich aus. Die Blutergüsse gingen inzwischen ins Gelbliche über, und ihr Haar, seit dem dramatischen Ereignis nicht gewaschen, sah aus wie ein verklebtes, wirres braunes Bündel Schnüre.

»Ich mache dir einen Kaffee«, sagte Helen und tänzelte geschäftig-fürsorglich um ihre Schwester herum.

»Warum bist du nicht zur Arbeit gegangen?« fragte Audrey. Sie selbst hatte seit Wilsons zweiter Beförderung, dem Aufstieg in der Hypothekenabteilung, nicht mehr gearbeitet. Sie hatte von Helens »Karriere« stets in einem Ton gesprochen, der Helen und ihrem Exehemann den Eindruck vermittelte, sie seien Lumpensammler.

»Ich hatte Überstunden abzufeiern, und nach der Sache mit Wilson dachte ich … dachte ich einfach, ich sollte mich um dich kümmern«, sagte Helen aus der Küche. Dann kam sie mit dem Kaffee zurück ins Wohnzimmer. »Wie geht es dir denn sonst so?«

Audrey schüttelte wehleidig den Kopf. »Ich habe immer noch Schmerzen. Ich habe das Gefühl, als wäre ich in einen schweren Autounfall verwickelt gewesen … Und Wilson …« Sie schniefte.

»Wann ist die Beerdigung?«

»Sie haben seine ... Leiche heute freigegeben. Die Sekretärin seines Vaters hat mich angerufen und gesagt, sein Vater wolle die Beerdigung arrangieren, aber ich habe das abgelehnt und gesagt, ich würde das selbst machen. Die Zeremonie findet übermorgen um zwei Uhr nachmittags bei Bite Brothers statt.«

»Ich nehme dich mit dorthin«, sagte Helen.

»Danke. Aber ich meine, wir sollten in Wilsons Lexus hinfahren.«

»Kein Problem; ich kommte mit Connie zu dir, und dann fahren wir alle zusammen im Lexus zum Begräbnis.«

Sie sprachen einige Minuten über die Beerdigung, tranken ihren Kaffee. Dann fragte Audrey: »Worüber wollte dieser Detective Davenport mit dir sprechen?«

»Oh, er hatte sich nur zusammengereimt, daß ich es gewesen sein müßte, die der Polizei den Brief über Wilson geschrieben hat«, sagte Helen. »Und er wollte wissen, warum ich meine, Wilson würde dahinterstecken.«

»Weißt du, ich bin mir nicht sicher, ob Wilson all diese Sachen gemacht hat«, sagte Audrey versuchsweise.

Helen schaute weg, peinlich berührt, wurde leicht rot im Gesicht. »Oh, Audrey ... ich weiß, du hast ihn geliebt.«

»Ja. Und manchmal ... Ich weiß auch nicht ...«

»Was?« fragte Helen. Audrey ging fast nie aus sich heraus. Jetzt aber schien sie es tun zu wollen.

»Manchmal habe ich mich ja selbst gewundert. Es gibt da was, von dem du nichts weißt – erzähl bitte Davenport nichts davon. Ich meine, Wilson ist schließlich tot – aber ich fing dann doch an, mich zu fragen, ob er ... Als Andy Ingall damals mit seinem Boot verschwand, na ja, war Wilson am Abend zuvor nicht zu Hause. Er kam erst um drei Uhr morgens zurück, und er hatte getrunken, und wir hatten einen fürchterlichen Streit. Und am nächsten Tag segelte Andy auf den See hinaus und in den Tod. Da wurde ich stutzig ...«

»Du hättest was sagen sollen ...«

»Ich ... ich habe ihn wirklich geliebt«, sagte Audrey. »Und er hat mich geliebt. Niemand, kein anderer Mann, hat mich je geliebt. Ich sehe nicht so gut aus wie du ...«

»Oh, komm, Audrey!« sagte Helen. »Sobald das alles vorbei ist, bringe ich dich zu einer ›Rundum-Erneuerung‹ zu einer Kosmetikerin, mit der ich befreundet bin. Und du wirst staunen, was die aus dir macht. Die Männer werden sich um dich reißen. Du hast doch noch ein ganzes neues Leben vor dir.«

»Es sei denn, ich muß ins Gefängnis«, sagte Audrey kläglich.

»Ach was!« schnaubte Helen. »Ich habe Detective Davenport danach gefragt, und er hat gesagt, der County-Staatsanwalt tendiere dazu, es als Notwehr anzusehen. Was es ganz offensichtlich ja auch war ...«

Diese Worte schienen Audrey ein wenig zu erleichtern. »Vielleicht sollte ich tatsächlich mal so eine Rundum-Erneuerung, wie du es genannt hast, machen lassen«, sagte sie und strich einige der klebrigen Haarsträhnen aus der Stirn. »Würde mir guttun ...«

»Ich hoffe, du stehst weiterhin alles gut durch ...«

»Ich denke schon. Ich muß jetzt gehen, es sind noch ein paar Dinge für die Beerdigung zu erledigen. Ich habe mit Wilsons Vater gesprochen; er scheint die ganze Sache als einen geschäftlichen Rückschlag zu betrachten. Ich hatte Angst, er würde mich hassen. Aber er verhielt sich mir gegenüber wie immer.«

»Nun, wir kennen den alten Mann ja«, sagte Helen. Sie hatte ihn zwei- oder dreimal bei Audrey und Wilson getroffen; er war, wie sie dachte, ein riesengroßes Arschloch. »Obwohl man allgemein ja sagt, daß der Verlust eines Kindes das schlimmste ist, was einem Menschen passieren kann.«

»Nicht bei diesem alten Mann; er ist ein Monster«, sagte Audrey.

»Ich habe mit Davenport auch über unsere Eltern gesprochen«, sagte Helen. Sie hatte sich gerade umgedreht, um Audreys Mantel zu holen, und sah deshalb nicht, wie ihre Schwester zu ihr herumfuhr.

»Was?«

»Oh, wir haben nur so über sie geredet, nichts Besonderes«, sagte Helen und hielt ihr den Mantel hin.

»Habt ihr darüber gesprochen, wie sie gestorben sind, oder nur ganz allgemein, daß sie tot sind?«

»Keine Einzelheiten, wirklich – nur so nebenher.«

Er schnüffelte also *tatsächlich* immer noch rum ... Audrey hakte nicht nach, denn es schien nicht viel zu bringen, und sie wollte nicht, daß Helen sich darüber wunderte. Aber sie mußte intensiv darüber nachdenken. Direkt gegen Davenport vorgehen? Das wäre eine Möglichkeit, würde ihr aber vielleicht noch mehr Cops auf den Hals hetzen. Und was Helen betraf – sie mußte etwas unternehmen, um die Beziehung zu Davenport, die irgendwie zu vertraut wurde, zu unterbrechen.

Das alles ging ihr während des Verabschiedungszeremoniells durch den Kopf, das mit ihrer Frage endete: »Du holst mich also um zwölf bei mir zu Hause ab?«

»Ja«, bestätigte Helen. »Und wenn du vorher noch irgendwas brauchst, ruf mich an. Bitte. Ich habe mir ja extra frei genommen, um für dich Zeit zu haben.«

Als Audrey losfuhr, stand Helen noch unter der Haustür. Audrey tippte kurz auf die Hupe, die einen höflichen japanischen Ton von sich gab – und sie dachte: *Connie*.

Und man sollte alles immer gleich erledigen.

Sie fuhr zu einem Rainbow-Supermarkt, suchte im Telefonbuch die Nummer des Kinderschutzbundes heraus. »Ich möchte meinen Namen nicht nennen – ich bin Lehrerin an der South High und sehe mich gezwungen, von den üblichen Kanälen abzuweichen. Aber wir haben eine Schülerin namens Connie Bell, die unablässig Marihuana raucht, und wie ich von einer anderen Schülerin gehört habe, bekommt sie den Stoff von ihrer Mutter. Und ich habe gehört, daß sie und ihre Mutter oft heftige körperliche Auseinandersetzungen haben. Und der Mann, mit dem die Mutter ein Verhältnis hat, hat das Kind schon mehrmals schlimm verprügelt. Ich danke Ihnen.«

Sie legte auf.

Connie rauchte Marihuana – Helen hatte ihr das gestanden; und sie hatte Audrey vor einigen Wochen auch gestanden, daß sie Connie während einer Auseinandersetzung über Marihuana geschlagen hatte. Es steckte gerade soviel Wahrheit in dem Anruf, daß Helen einige Unannehmlichkeiten bekommen würde. Das war ja auch alles, was Audrey im Moment erreichen wollte – daß Helen von Davenport abgelenkt war …

26

Marcy Sherrill klopfte um sieben Uhr an Lucas' Haustür. Er taumelte aus dem Bett, um sie hereinzulassen. Sein Haar war noch zerwühlt, sein Wecker hatte ihn vor zehn Minuten aus dem Schlaf gerissen, und er trug ein T-Shirt und Jeans, aber erst eine Socke.

»Du siehst schrecklich aus«, sagte sie fröhlich. »Ich bin früh aufgestanden und habe schon einen Waldlauf hinter mir.«

»Gott wird dich eines Tages für dieses beknackte Verhalten bestrafen«, knurrte er. Er war ein Morgenmuffel. »Wenn ich doch nur den Klebstoff aus meinen Augen bekäme …«

»Hör auf, unnötig noch hier rumzugammeln; wir wollen los. Ich werde fahren. Du kannst ja weiterschlafen, wenn du willst.«

Er wurde, wenn auch nur ein wenig, munterer. »Wenn du fährst und ich schlafen kann, werde ich vielleicht überleben.«

»Okay, ich sagte ja, ich fahre«, sagte sie. »Komm, mach schon, auf geht's!« Er drehte sich um und schlurfte zurück ins Schlafzimmer. Sie klopfte ihm aufmunternd auf den Hintern.

»Mein Gott, das ist ja, als ob man von einem Trainer terrorisiert würde«, knurrte er, beeilte sich aber.

Minnesota ist ein großer Staat; Audrey McDonalds Heimatstadt Oxford liegt in der nordwestlichen Ecke des Red River Valley, in einer Landschaft, die flach wie die Everglades ist. Sie fuhren in Lucas' Porsche über die I-94, Sherrill die ersten zwei Stunden, dann Lucas für kürzere Zeit, schließlich wieder Sherrill für vier Stunden. Sherrill war eine fröhliche Begleiterin, für längere Schweigeperioden nicht geeignet. Während sie fast ununterbrochen plauderte – über die Landschaft, die verschiedenen Wegweiser, die kleinen Städte, die Flußüberquerungen, die toten Tiere auf der Straße –, begann Lucas sich zu fragen, was er eigentlich mit ihr anfangen sollte. Er beobachtete sie aus den Augenwinkeln, ihr Profil, ihr Gesicht, wenn sie mit ihm sprach. Er hatte im Lauf der Jahre so manche Beziehung zu Frauen gehabt, längere und kürzere, und in den Zwischenperioden hatte er stets noch Gefühle zu der letzten Frau verspürt, selbst wenn sich inzwischen Bindungen zu der neuen Frau entwickelt hatten.

Dieses Mal gab es mehr als nur einfache Bindungen an Weather. Mit Weather war es anders – sie war die Liebe seines Lebens, wenn er von der Jugendliebe zu Elle Kruger einmal absah. Mit Sherrill war es eher wie bei den Beziehungen zu den anderen Frauen; Sherrill war attraktiv, gescheit, interessant und nicht zuletzt besitzergreifend.

Er war sich nicht sicher, ob er auf Dauer eine Beziehung zu einer Frau haben wollte, die besitzergreifend war, vor allem, wenn sie beruflich stets in der Nähe war. Sherrill war ein Cop, eine Kollegin, deren Schreibtisch ein paar Meter den Flur hinunter von seinem Büro entfernt stand, und selbst wenn er versuchen wollte, ihr aus dem Weg zu gehen, sah er sie doch mindestens vier- oder fünfmal am Tag.

»Warum seufzt du?« fragte sie.

»Was?«

»Du hast gerade geseufzt.«

»Es hat sich eine ganze Menge beschissener Dinge ereignet«, sagte Lucas.

Sie tätschelte sein Knie. »Du machst dir zu viele Gedanken. Es kommt alles wieder in Ordnung.«

Sie folgten der Interstate-Autobahn nach Nordwesten bis Fargo, überquerten den Red River, kamen auf das Territorium von North Dakota, fuhren weiter auf der I-29 nach Norden bis Grand

Forks, überquerten wieder den Red River, waren zurück in Minnesota und fuhren jetzt auf einer Staatsstraße in Richtung Oxford.

»Mir tut der Rücken weh«, klagte Sherrill. Lucas saß wieder am Steuer. »Mein Wagen wäre bequemer gewesen.«

»Ja, du hast recht, ich werde langsam zu alt für diesen Flitzer, ich brauche was Bequemeres«, bestätigte Lucas. »Trotzdem, prima Wagen ...«

»Okay, aber zu klein für dich. Obwohl du mit zunehmendem Alter wahrscheinlich ein bißchen schrumpfst. Weißt du, deine Wirbel sacken aufeinander, dein Haar dünnt aus und liegt flacher am Kopf, die Spannkraft der Muskeln läßt nach ...«

»Du kriegst ab sofort statt der spannkräftigen Knackwurst nur noch 'ne lasche Currywurst ...«

»Oooh, das wäre gemein ... Aber dein Witz gefällt mir irgendwie.«

Sie stießen auf ein Schild mit der Beschränkung der Geschwindigkeit auf fünfundvierzig Meilen pro Stunde, Lucas ging von achtzig auf sechzig herunter. Sie kamen an einer Landmaschinenhandlung vorbei, auf deren Gelände sich neue und alte Traktoren, Mähdrescher und sonstige Maschinen der verschiedensten Fabrikate aneinanderreihten; dann an zwei Motorschlittenfirmen, die in ungestrichenen Nissenhütten und in Konkurrenz zueinander Polaris- und Yamaha-Snowmobils anboten; an einem geschlossenen Dairy Queen und einem geöffneten Hardee's, an einer Kirche der Gemeinde der Christlichen Offenbarung und einem SuperAmerica. Dann kamen sie in die Stadt, und Lucas nahm den Fuß vom Gaspedal, sie fuhren jetzt an einer katholischen Backsteinkirche und einer lutherischen Natursteinkirche vorbei und an einem Spirituosenladen, der in einem sowohl aus Backsteinen als auch aus Natursteinen errichteten Gebäude untergebracht war, das früher wahrscheinlich einmal eine Bank beherbergt hatte.

»Genau wie das verdammte Lake Wobegon«, sagte Sherrill.

»Kein See in der Nähe«, sagte Lucas. »Nur Dreck auf der Straße.«

»Wenn ich hier leben müßte, würde ich mich erschießen – nur wegen des Unterhaltungswerts«, sagte Sherrill.

»Na, ein paar gute Dinge gibt's hier auch«, widersprach Lucas.

»Nenn mir eines.«

Lucas dachte einen Moment nach. »Man kann sehr weit in alle Richtungen sehen«, sagte er dann, und beide fingen an zu lachen. Dann zeigte Sherrill durch die Windschutzscheibe nach links auf ein weißes Schild mit dem Hinweis »Justizgebäude Proper County/Stadthaus Oxford«.

Die Justizbehörden des Proper County und die Stadtverwaltung von Oxford waren gemeinsam in einem Gebäude untergebracht, das an eine große Standard-Oil-Tankstelle erinnerte – niedriger roter Backsteinbau, viel Glas, eine überdimensionierte US-Nationalfahne aus Nylon und ein großer Parkplatz, wo einst vermutlich der Rasen des Rathausplatzes gewesen war. Lucas entdeckte drei Streifenwagen in einer Ecke des Parkplatzes und steuerte sie an.

»Halt deine Zunge im Zaum, wenn wir mit diesen Leuten reden, okay?« sagte Lucas, als sie ausgestiegen waren.

»Als ob *du* Mr. Diplomat wärst«, konterte sie.

»Ich versuche wirklich, diplomatisch zu sein, wenn ich irgendwo auf dem Land bin«, sagte er. »Sie mögen es manchmal gar nicht, wenn großkotzige Stadtcops in ihr Territorium eindringen.«

Das Oxford Police Department bestand aus einer nach reinen Nützlichkeitserwägungen zusammengefügten Ansammlung beigefarbener Kabinen, die ein quadratisches Großraumbüro von acht Metern Seitenlänge ergaben. Das Büro des Chiefs, der einzige abgetrennte Raum, lag im hinteren Teil. Als Sherrill und Lucas durch den Eingang kamen, lag das Großraumbüro wie verlassen vor ihnen.

»Feuerwehrübung?« fragte Sherrill.

»Keine Ahnung. Was ist das denn?« Ein seltsames, fast wie Musik klingendes Geräusch drang aus dem Hintergrund zu ihnen herüber. Sie gingen zwischen den kleinen Kabinen hindurch nach hinten, entdeckten schließlich einen Mann im Büro des Chiefs, der sich mit einem Computer beschäftigte. Als sie näher kamen, hörten sie das Buup-Biip-Klack-Krrr eines Computerspiels deutlicher. Sherrill stieß Lucas den Ellbogen in die Rippen, aber Lucas schob sie von sich weg, ging weiter, rief dann: »Hallo? Ist jemand da?«

Das Buup-Biip-Klack-Krrr hörte auf, und eine Sekunde später trat ein junger Mann mit rundem Gesicht und schmalem schwarzem Schnurrbart durch die geöffnete Tür des Büros.

»Kann ich was für euch Leute tun?«

»Wir suchen den Chief der Stadtpolizei oder den diensthabenden Polizeibeamten ...«

»Ich bin Chief Mason.« Der junge Mann zog beim Anblick Sherrills die Hose höher, trat dann auf sie zu. Lucas nahm seinen Polizeiausweis aus der Jackentasche und gab ihn dem Mann. »Ich bin Deputy Chief Lucas Davenport aus Minneapolis, und das ist Detective Sherrill ...«

Er erklärte, daß sie nach Oxford gekommen seien, um Dokumente einzusehen und Leute zu befragen, die Auskünfte zum Tod von George Lamb – so hieß Audrey McDonalds Vater – vor vierundzwanzig Jahren geben könnten. Der Chief, der nachdenklich auf Sherrills Brüste gestarrt hatte, schüttelte den Kopf. »Ich bin seit vier Jahren Cop; niemand im Department ist länger als zwölf Jahre hier. Sie gehen besser nach oben und reden mit der Leiterin der County-Verwaltung, sie wird Ihnen Sterbedokumente oder so was zeigen können.«

»Zweiter Stock?« fragte Lucas.

»Natürlich, mehr gibt's nicht«, sagte der Chief.

Die Frau war noch jünger als der Chief. Ein Versuch, das Haar orangerot zu färben, war nicht besonders erfolgreich verlaufen. »Okay, vor vierundzwanzig Jahren ... Ungefähr zu dieser Jahreszeit?«

»Ja.«

»Okay ... Wissen Sie, wir stellen gerade auf Computer um, aber es ist schwer, all das alte Zeug reinzukriegen«, sagte sie und wühlte sich durch eine Aktenschublade. »Aha, da haben wir's ja. George Lamb. Hier, bitte.«

»Haben Sie auch was über Amelia Lamb? Georges Frau? Vier Jahre nach George gestorben?« Sie ging zurück zum Aktenschrank, wühlte erneut die Papiere durch, schüttelte dann den Kopf. »Nein, nichts über eine Amelia Lamb.«

Sie richtete sich auf, trat zum Schalter, schob ihnen ein fotokopiertes Formular zu und sagte zu Marcy: »Ihr Haar gefällt mir echt gut.« Und Marcy antwortete: »Danke. Ich habe den Schnitt gerade geändert und war ziemlich besorgt, wie es danach aussehen würde ... War früher länger.«

Der Totenschein war mit Schreibmaschine ausgefüllt und von einem Dr. Stephen Landis unterschrieben. Lucas überflog ihn, fragte dann: »Praktiziert Dr. Landis noch hier in der Stadt?«

»O ja, natürlich. Er arbeitet in der Klinik; fahren Sie die Straße runter bis zur Main Street, nach zwei Blocks dann links ab.«

Marcy schaute an Lucas vorbei auf den Totenschein. »Herzanfall?«

»Ja, so steht's da«, sagte Lucas.

»Wissen Sie«, sagte die Frau, »Sheriff Mason muß damals Deputy gewesen sein; ich wette, er weiß mehr über diesen Todesfall.« Sie konnte offensichtlich das Fomular lesen, auch wenn es für sie auf dem Kopf stand. Sie tippte mit dem Zeigefinger auf eine Linie. »Diese Adresse liegt nicht direkt in der Stadt, sondern draußen im County A, dem angrenzenden Bezirk, und deshalb war der Sheriff bei diesem Todesfall bestimmt der zuständige Arm des Gesetzes.«

»*Sheriff* Mason – wir haben gerade mit einem *Chief* Mason gesprochen«, sagte Sherrill. »Das sind doch zwei verschiedene Männer, oder?«

»Natürlich«, bestätigte die Frau. »Sie sind Großcousins, obwohl man es ihnen nicht ansieht. Sheriff John Masons Großeltern väterlicherseits und Chief Bob Masons Urgroßeltern väterlicher-

und großväterlicherseits sind dieselben Leute – Chuck und Shirley Mason aus Stephen.«

»Vielen Dank«, sagte Lucas. »Wo finden wir das Büro des Sheriffs?«

»Den Flur runter bis zum Ende.«

Als sie gingen, fragte Sherrill noch: »Leben Chuck und Shirley noch?«

»O ja«, antwortete die Frau. »Frisch und munter. Allerdings inzwischen irgendwo in Arizona.«

Der Sheriff sei nicht da, sagte die Sekretärin, aber wenn es sich um eine dringende Angelegenheit handele, werde er natürlich sofort herkommen. Lucas stellte sich vor, und die Augenbrauen der Sekretärin hoben sich. Sie tippte eine Nummer in ihr Telefon, und eine Minute später klingelte es; sie nahm ab und sagte ohne jede Vorrede: »Hier sind zwei Polizeibeamte aus Minneapolis, die Sie sprechen wollen.«

Fünf Minuten später kam der Sheriff herein. Er war ein stämmiger, wettergegerbter Mann mit Halbglatze, trug einen offenen Parka und hielt eine grell-orangefarbene Mütze in der Hand.

»Sie wollen mich sprechen?«

»Ja«, sagte Lucas. Er stellte sich und Sherrill vor, zeigte seinen Ausweis und erwähnte den Tod von George Lamb als Grund ihres Kommens.

»George Lamb? Sie meinen den George Lamb, der schon seit hundert Jahren tot ist?« In der Stimme des Sheriffs lag eine gewisse Wachsamkeit.

»Seit vierundzwanzig Jahren«, präzisierte Lucas.

»Kommen Sie mit in mein Büro«, sagte der Sheriff. Und zu der Sekretärin: »Ruth, sagen Sie Jimmy, er soll ebenfalls zu mir kommen.«

Und wieder zu Lucas: »Kaffee?«

»Ja, gerne«, sagte Lucas. In einer Nische im Flur standen Kaffeegeschirr und eine Thermoskanne, und Sherrill sagte: »Ich mache das. Zucker, Sheriff?«

Als der Sheriff hinter seinem Schreibtisch Platz genommen und Sherrill den Kaffee gebracht hatte, sagte Lucas: »Wir suchen nach Hintergrundinformationen über Lamb. Die County-Angestellte hat uns eben gesagt, Sie wären damals wahrscheinlich Deputy gewesen. Ich weiß natürlich nicht, ob Sie sich erinnern können.«

»Ja, ich erinnere mich. Er war Briefträger, draußen vor der Stadt, hatte die Route auf dem Land. Starb an einer Herzattacke. Warum interessieren Sie sich für ihn? Wenn ich das fragen darf?«

»Wir haben es in Minneapolis/St. Paul mit einem Fall zu tun, bei dem eine Frau ihren Mann erschossen hat«, erklärte Lucas. »Sie ist zunächst wegen Mordes zweiten Grades angeklagt, wahrscheinlich wird aber letztlich auf Notwehr erkannt. Wir untersuchen alle Todesfälle, mit denen sie in Verbindung stehen könnte, und wir sind darauf gestoßen, daß sowohl ihr Vater als auch ihre Mutter recht jung gestorben sind.«

»Ich kenne diese Frau. Audrey. Audrey McDonald, geborene Lamb. Habe über den Fall in der *Star-Tribune* gelesen. Aber was, zum Teufel, macht ein *Chief* hier bei uns in so einem banalen Fall?«

»Eigentlich, ehm, ist es so, daß Marcy und ich befreundet sind«, sagte Lucas und nickte zu Sherrill hinüber. »Wir arbeiten beide an dem Fall, und wir wollten irgendwie mal für ein Wochenende wegkommen ... Und wir sind natürlich auch irgendwie interessiert an Lamb.«

Der Sheriff sah Marcy an, dann wieder Lucas, nickte, als ob plötzlich alles klar sei. »Ich nahm den Anruf von Lambs Tod nicht direkt entgegen, aber als man mich dann verständigte, daß da draußen jemand plötzlich gestorben sei, fuhr ich hin«, berichtete der Sheriff. Er drehte sich auf seinem Bürostuhl, schaute durch das Fenster auf die Rückfront einer Reihe von Geschäften an der Main Street. »Es war am frühen Morgen. Ich meine, echt früh, so etwa vier Uhr. Er lag auf dem Küchenboden und trug eine lange graue Unterhose. Eines der Mädchen hatte bei uns angerufen – Audrey, nehme ich an, denn das andere Mädchen war noch ziemlich klein –, und die beiden Kinder hingen im Wohnzimmer an ihrer Mutter, die wimmernd auf dem Sofa saß. Und Lamb war tot, toter geht's nicht. Er hatte die Angewohnheit, morgens sofort nach dem Aufstehen ein rohes Ei in ein Becherglas zu schlagen, das Glas mit Roggenwhisky vollzugießen und diese Mischung dann runterzugurgeln. Er lag in einer Whiskypfütze, das Gesicht verschmiert mit Eidotter. Sein Spezialdrink hat ihn an diesem Morgen anscheinend sofort umgehauen.«

»Rohes Ei und Whisky ... Davon kriegt man morgens schnell die Augen auf«, sagte Sherrill.

»Ja, das denke ich auch«, pflichtete der Sheriff bei. Ein Mann, groß, dünn wie ein Zaunpfahl, zehn Jahre älter als der Sheriff, aber mit vollem Haarschopf, erschien unter der Tür.

»Du willst mich sprechen?«

»Ja, Jimmy, komm rein ...« Der Sheriff stellte Lucas und Sherrill vor, sagte dann: »Sie haben Fragen zum Tod von George Lamb drüben im County A. Erinnerst du dich daran?«

»Ja. Ist lange her. Versteh nicht, was Sie da für Fragen haben könnten. Fiel nach 'ner Herzattacke tot um.«

»Gab es irgendwas Ungewöhnliches im Zusammenhang mit diesem Todesfall?« fragte Lucas. »Etwas, das bei Ihnen die Frage aufwarf, ob es was anderes als ein Herzanfall gewesen sein könnte?«

Der Sheriff schüttelte den Kopf, und Jimmy kratzte sich am Kopf, sagte: »Nein, nicht daß ich wüßte. Die Bevölkerung bei uns hier oben ist überaltert – es gibt kaum was, das junge Leute hier halten könnte –, und so haben wir viele Herzanfälle in der Gegend. Mindestens ein- bis zweimal die Woche kriegen wir einen entsprechenden Anruf, und bei einem hohen Prozentsatz ist das Opfer bereits tot, wenn der Krankenwagen ankommt. Ich habe in meiner Dienstzeit ein paar hundert solcher Fälle erlebt, und ...« Er zuckte die Schultern. »Als ich ihn sah, dachte ich sofort: *das Herz*.«

»Okay«, sagte Lucas. »Und wie war es bei der Mutter? Amelia?«

Der Sheriff schüttelte wieder den Kopf. »Sie sind nach Georges Tod weggezogen – haben das Haus verkauft und sind runter in Ihre Gegend gezogen, glaube ich.«

»Tatsächlich?« Lucas schüttelte beschämt den Kopf. »Wissen Sie, ich habe nie danach gefragt. Ich habe einfach angenommen ...« Lucas sah Marcy an und sagte dann zum Sheriff: »Ich habe hier in der Stadt kein Motel gesehen. Können wir irgendwo übernachten?«

Der Sheriff schien sich ein wenig zu entspannen. »Eine halbe Meile nördlich der Stadt gibt's ein Sugar Beet Inn. Sauberes, ordentliches Motel.«

»Sehr gut«, sagte Lucas. Sie standen auf, Lucas schüttelte dem Sheriff die Hand, und Marcy sagte: »Danke für den Kaffee.«

Draußen schaute Lucas zurück auf das Gebäude und sagte: »Das war doch gottverdammte Scheiße, meinst du nicht auch?«

»Er wirkte irgendwie verkrampft«, sagte Marcy.

»Kein Wunder, daß diese Typen verkrampft sind«, knurrte Lucas. »Sie wollen uns irgendwas verheimlichen.«

Sie erreichten den Wagen, und Marcy schaute Lucas über das Dach hinweg an. »Okay, du bist wieder mal schlauer als ich. Woher willst du wissen, daß sie uns was verheimlichen wollen?«

»Weil sich die beiden an Details eines Herzanfalls erinnern, der sich vor vierundzwanzig Jahren ereignet hat. Wie Lamb aussah, als er auf dem Küchenboden lag. Graue lange Unterhose. Die Ei-und-Whisky-Sache ...«

»Daran würde ich mich wahrscheinlich auch erinnern – an das Ei mit Whisky. Das ist doch äußerst ungewöhnlich.«

»Audreys Namen ...«

»Sie könnten sich daran erinnern, weil sie ihn in der Zeitung gelesen haben.«

Lucas schüttelte den Kopf. »Wieso? Sie hat den Namen erst geändert, als sie McDonald geheiratet hat, und das war acht Jahre nach dem Tod ihres Vaters. Oder meinst du, sie hätten die ganze Zeit über ihre Spur verfolgt?«

Marcy nickte. »Okay. Sie erinnern sich an zu viele Details. Was machen wir als nächstes?«

»Wir gehen rüber und nehmen uns diesen Doktor mal vor.«

»Ist dir aufgefallen, wie ich die liebe kleine Hausfrau und das niedliche süße Schätzchen gespielt habe? Wie ich den Kaffee gebracht habe, wie ich auf das Mädchengeschwätz über die Haare angesprungen bin, wie ich es demütig hingenommen habe, als du dem Sheriff angedeutet hast, wir wären vor allem zu 'ner kleinen Sexparty hergekommen?«

»Du machst mich nervös«, sagte Lucas. »Da baut sich schon wieder eine gewisse Spannung bei dir auf. Früher oder später explodierst du ...«

»Das könnte leicht passieren«, grinste sie.

Dr. Stephen Landis hatte erst am Ende seiner Behandlungsstunden Zeit für sie – um sechzehn Uhr.

»Kommen Sie hierher in die Klinik«, sagte die Schwester. »Bitte pünktlich um vier Uhr. Er muß danach noch Krankenbesuche in der Stadt machen, ab halb fünf, er hat also höchstens zwanzig Minuten Zeit für Sie.«

»Er macht tatsächlich Krankenbesuche in den Wohnungen der Patienten?« fragte Marcy.

»Natürlich.«

»Erstaunlich.«

Als sie zurück auf der Straße waren, schaute Lucas auf die Uhr: Sie mußten eine volle Stunde totschlagen. »Laß uns einen Besuch beim Beerdigungsinstitut machen.«

Der Leichenbestatter war ein pummeliger junger Mann, und er trug einen karierten Anzug. Er erinnerte sich nicht an die Lamb-Beerdigung. »Aber Dad könnte sich erinnern«, meinte er. »Er ist drüben in der Garage.«

Der Senior-Leichenbestatter war ein freundlicher Mann, gekleidet in eine Baumwollhose und einen Wollpullover mit V-Ausschnitt. Er stand im hinteren Teil der geheizten Garage des Instituts und schlug Golfbälle in ein Netz vor Astroturf-Polstermatten.

»Ja, ich erinnere mich an Mr. Lamb«, sagte er und steckte sein Fünfer-Eisen zurück in die Golftasche. »Genauer gesagt, ich erinnere mich weniger an Mr. Lamb als an seine Tochter – die ältere der beiden.«

»Audrey«, sagte Sherrill.

»An den Namen kann ich mich nicht erinnern. Audrey könnte stimmen. Ich erinnere mich, daß sie alle Arrangements in die Hand genommen hatte. Ihre Mutter war natürlich dabei, aber Audrey regelte alle Einzelheiten.«

»Feuerbestattung, nehme ich an?« fragte Lucas.

»Ja. Ist ja ein gutes Stück billiger, verstehen Sie. Ich habe übrigens stets volles Verständnis dafür. Die Familie hatte nicht viel Geld, und nachdem nun der Ernährer gestorben war, mußte man jeden Cent zweimal umdrehen. Die junge Frau kam hier reinmarschiert, sagte, wir sollten jeden Gedanken an ein großes Begräbnis fallenlassen, sie hätte kein Geld dafür, und sie wolle, daß die Leiche verbrannt wird. Punkt. Keine Diskussion darüber.«

»Hat sie die Asche später abgeholt?«

»Ja. In einer Pappschachtel. Sie sagte, sie bräuchten keine Urne, sie würden die Asche auf dem Gelände der Farm der Familie verstreuen.«

»Knallhartes Kind«, sagte Lucas.

»Das kann man wohl sagen«, bestätigte der Mann. »Ich habe nie eine Träne bei ihr gesehen, bis auf das eine Mal, als der Sheriff während der Besprechung der Details für das Begräbnis zufällig vorbeikam und sie sich plötzlich vor Weinen kaum mehr einkriegte. Das war das einzige Mal.« Er nahm einen anderen Golfschläger aus der Tasche. »Was halten Sie vom Zweier-Eisen?«

»Wenn nur Gott mit einem Einser-Eisen zurechtkommt, dann bedarf es eines Propheten, mit dem Zweier-Eisen zurechtzukommen«, sagte Sherrill.

Der Leichenbestatter a. D. sah sie interessiert an. »Sie sind Golfspielerin.«

»Ja, ein wenig«, sagte sie. »Mein Mann hatte ein Zweier-Handicap.«

»Hatte?«

»Er ist tot.«

»Aha. *Das* wird natürlich zu Verwirrung mit Ihrem Handicap führen«, witzelte er fröhlich. Und dann: »Glauben Sie, daß diese damals junge Frau … Audrey? … ihren Vater ermordet haben könnte?«

Lucas sah Sherrill an, dann wieder den Mann. »Warum stellen Sie diese Frage?«

»Nun ja, weil Sie hier sind und sich offensichtlich für sie interessieren. Und weil von diesem jungen Mädchen damals eine eisige Kälte ausging und sie einen sehr … unerfreulichen Eindruck auf mich machte. Als wir die Einzelheiten der Beerdigung besprachen, dachte ich manchmal, ihr Vater sei ihr so gleichgültig wie ein Dreckklumpen. Als sie kam, um die Asche abzuholen – sie fuhr übrigens selbst, und sie war ganz sicher zu jung zum Erwerb des Führerscheins –, schaute ich ihr durch das Fenster nach, als sie zum Wagen ging. Sie öffnete die Wagentür und warf die Schachtel mit der Asche auf den Rücksitz, als sei es ein alter Teppich. Ein unglaublich rohes Verhalten. Mir ging in diesem Augenblick durch den Kopf, daß die Asche die Farm der Familie wohl nie erreichen würde …«

»Sie sagten doch, sie hätte wie ein Schloßhund geheult.«

»Oh, das machte sie doch nur, weil der Sheriff dabei war.« Der Senior-Leichenbestatter schüttelte den Kopf. »In meinem Geschäft erlebt man die seltsamsten Dinge, aber dieses Erlebnis ist mir als sehr eigenartig in Erinnerung geblieben. Nein, nicht eigenartig – furchterregend. Ich paßte in den folgenden Wochen gut auf, daß nachts alle Türen fest verschlossen waren. Ich hatte Angstträume, das kleine Mädchen würde zurückkommen und auf mich losgehen.«

»Er starb an einer Herzattacke«, sagte Dr. Landis. Er war ein bulliger Fünfundfünfzigjähriger mit glitzernder Goldrandbrille und schweren Stiefeln unter den Hosenbeinen seiner Jeans. Eine ausgestopfte, zum Flug startende Stockente hing an der Wand seines

Wartezimmers, während an der Wand hinter dem Schreibtisch in seinem Büro ein wahrscheinlich fast zehn Pfund schweres menschliches Glasauge montiert war. »Er hatte Probleme – Herzinsuffizienz –, und er war nicht bereit, das Rauchen und Trinken aufzugeben. Ich hatte ihm gesagt, wenn er nicht damit aufhöre, würde er einen Herzschlag bekommen. Und eines Tages ist er tatsächlich umgekippt. Mit einem Drink und einer Zigarette in der Hand.«

»Er hat geraucht, als er zusammenbrach?« fragte Sherrill.

»Hatte noch die Zigarette zwischen den Fingern«, bestätigte Landis.

»Aber Sie haben keine Autopsie bei ihm durchgeführt, oder doch?« fragte Lucas.

Landis zuckte die Schultern. »Es schien keinen Grund dafür zu geben. Er war herzkrank gewesen, und es war offensichtlich, daß es sich um die Folgen einer Herzerkrankung handelte. Er hatte einen Herzinfarkt.«

»Sind Sie nicht verpflichtet, eine Autopsie durchzuführen, wenn die betroffene Person nicht unter direkter ärztlicher Aufsicht stirbt?« fragte Sherrill.

»Damals war ich es nicht. Damals war noch nicht jede Kleinigkeit gesetzlich geregelt. Man konnte gelegentlich noch nach eigenem Urteil handeln.«

»Haben Sie auch Mrs. Lamb behandelt?« fragte Lucas und bemühte sich, eine gewisse Kälte in seine Stimme zu legen.

Landis wich Lucas' Blick aus. »Ich habe sie vielleicht ein- oder zweimal gesehen, aber die Lambs zogen ja dann weg, verstehen Sie ...«

»Haben Sie sie jemals wegen Verletzungen behandelt, die ihr von ihrem Mann beigebracht worden sein könnten?«

»Nein, das habe ich nicht. Nun ja – Sie würden die Frage wohl nicht stellen, wenn Sie so was nicht von irgend jemandem gehört hätten. Es gab Gerüchte, daß George sie öfter verprügelt hat. Und sie kam eines Tages mal mit Blutergüssen zu mir, die aussahen, als ob sie von Schlägen herrühren würden. Sie sagte, sie sei die Treppe runtergefallen. Ich hatte Zweifel, aber die Blutergüsse waren nicht mehr frisch, und ... nun ja, ich habe nicht nachgehakt. Vielleicht hätte ich es tun sollen, aber sie wollte sich nicht weiter dazu äußern.«

Sie saßen sich einen Moment schweigend gegenüber; dann sagte Lucas: »Also keine anderen Anzeichen als die eines Herzanfalls ...«

»Nicht, soweit ich das erkennen konnte.«

»Und Sie haben die Leiche sorgfältig untersucht?«

»Ich habe sie untersucht. Kurz.«

»Keine Gewebekulturen angelegt?«

»Nein.«

»Sie hatten nie den Verdacht, daß irgendwelche außergewöhnlichen Umstände zum plötzlichen Tod von George Lamb geführt haben könnten?«

»Nein. Er hatte Herzprobleme. Wenn ich je irgend etwas erwartet hätte, dann einen Herzinfarkt ...«

Draußen sagte Sherrill: »Ich verstehe jetzt, was du meinst – wieder ein Fall von bemerkenswertem Erinnerungsvermögen. Lamb hatte eine Zigarette zwischen den Fingern, als er starb.«

»Da ist noch etwas«, sagte Lucas und schaute zurück auf die Frontseite der Klinik. »Ich weiß nur noch nicht, was es ist.«

»Vielleicht ist Audrey so was wie eine große Sponsorin für die Stadt, spendet Geld, und deshalb wollen die Leute sie in Schutz nehmen«, überlegte Sherrill laut.

»Hast du sie mal kennengelernt? Sie macht den Eindruck, als würde sie nicht mal einem verhungernden Mann auch nur einen Cent geben. Und wenn sie die große Philanthropin wäre, hätte das irgend jemand mal erwähnt.«

»Und was willst du jetzt machen?«

»Laß uns in diesem Motel einchecken und was zu Abend essen.«

Lucas erwartete stets eine gewisse Verlegenheit, wenn er mit einer neuen Freundin ein Bett sah – und das Zimmer im Sugar Beet

Inn bestand im wesentlichen aus einem riesigen Bett, einem Fernsehgerät und einem Bad, aus dem der übliche Geruch nach Desinfektionsmitteln strömte. Sherrill zeigte jedoch keinerlei Hemmungen; sie zog die Jacke aus, warf sie auf einen Stuhl, ließ sich aufs Bett fallen, probierte die Federung aus, sprang dann wieder auf, um die Funktionsfähigkeit der Fernsehers zu überprüfen. »Ob man uns einen versauten Film bietet?«

»O Gott, gönn mir doch mal eine Pause«, sagte Lucas. »Komm, wir suchen ein Restaurant.«

»Zu früh. Es ist doch nicht mal fünf Uhr. Ich möchte duschen und mir die Fahrt vom Leib waschen. Willst du nicht auch duschen?« lockte Sherrill.

»Wenn wir jetzt duschen, finden wir uns wahrscheinlich auf dem Bett wieder und beschäftigen uns mit sexuellen Dingen«, sagte er und legte einen mißbilligenden Ton in seine Stimme. »Wir sind dienstlich hier.«

»Hör auf, mich an die Scheißarbeit zu erinnern, Davenport«, erwiderte sie und zog den Pullover über den Kopf. »Aber wenn du hier sitzen bleiben und auf mich warten willst ...«

»Nun ja, ich nehme an, wir sparen Wasser, wenn wir beide gleichzeitig reingehen ...«

»Und Wasser ist eine kostbare Sache hier draußen in der Prärie.«

»Also, ich meine, wenn es denn dem Umweltschutz zugute kommt ...«

Der Mann am Empfang im Sugar Beet nannte ihnen zwei Restaurants, die geöffnet waren: Chuck's Wagon, ein reines Eßlokal ohne Lizenz zum Alkoholausschank, und den Oxford Supper Club, der diese Lizenz hatte. Sie fuhren zum Supper Club und wurden am Eingang von einer freundlichen, übergewichtigen Frau begrüßt, die dieselbe orangerote Haartönung aufwies wie die County-Angestellte. Sie führte sie zu einer Nische mit roter Plastikbank und ließ sie dann mit je einem Glas Wasser und der Speisekarte allein.

»Diese Haarfarbe ist anscheinend hier oben groß in Mode«, flüsterte Sherrill. »Sie sieht aus wie ein Kürbis.«

»Hm«, murmelte Lucas. »Käsebällchen als Vorspeise, offenes Roastbeefsandwich mit brauner Sauce, diverse Kartoffeln, grüne Bohnen, Kürbisscheiben oder gefüllte Pastete mit Schlagsahne, Getränk nach Wahl – sieben-fünfundneunzig ...«

»Hast du je mal was von Cholesterin gehört?«

»Ist in diesem Fall ohne Bedeutung. Ich sterbe vor Hunger.«

Lucas bestellte einen Martini, dazu das Roastbeefsandwich; Sherrill wählte ein Miller Lite als Aperitif und den »Traditionellen Hackbraten«. Sie aßen gemächlich, sprachen über die Ereignisse des Tages, über alte Fälle, bei denen sie zusammengearbeitet hatten, und was danach mit wem geschehen war und streiften auch kurz den Brandanschlag auf Weathers Haus. Lucas ließ sich ein Leinenkugel's geben, Sherrill ein zweites Miller Lite zur Pastete. Sie aßen gerade die letzten Bissen der Pastete, als zwei Deputies des Sheriffs an ihren Tisch traten, beide Ende Zwanzig oder Anfang Dreißig, der eine schlaksig, durchtrainiert, der andere kräftiger, wie ein Footballspieler an der High-School, mit beginnendem Bauchansatz.

»Gehört Ihnen der Porsche draußen?« fragte der mit dem Bauchansatz.

»Ja, das ist unser Wagen«, antwortete Lucas.

»Sie sind also die Typen aus Minneapolis ...«

»Ja. Was können wir für Sie tun?«

»Wir fragen uns gerade, ob Sie noch länger hier bei uns bleiben wollen«, sagte der schlaksige Cop. Seine Stimme war barsch; eine Cop-Stimme.

»Das weiß ich noch nicht«, antwortete Lucas, ebenso barsch. Sherrill hatte sich mit dem Rücken gegen die Wand gelehnt und ihre Beine so übereinandergelegt, daß sie auf die Deputys zeigten. Ihre Haltung war herausfordernd, und auch andere Gäste im Lokal schienen das zu erkennen. »Wir sind heute nicht weit gekommen und nicht gerade auf viel Kooperationsbereitschaft gestoßen.«

»Wir haben gerade im Büro darüber gesprochen, wie kooperationsbereit alle waren und wie verdammt unhöflich Sie sich im Gegensatz dazu benommen haben«, sagte der Bauchansatz.

»Wir wollten keinesfalls unhöflich sein«, erklärte Lucas. Auch er setzte sich ein wenig anders hin, wie Sherrill es getan hatte. »Wir versuchen nur, eine Untersuchung durchzuführen.«

»Ja, ich kann mir denken, daß Sie die Puppe da im Sugar Beet verdammt gründlich untersucht haben«, sagte Bauchansatz.

Sherrill fauchte: »Heh, du verdammter ...«, aber Lucas hob die Hand, um sie zu unterbrechen, und sie schwieg und sah Lucas an. Dann sagte Lucas zu Bauchansatz: »Zur Hölle mit dir, du fettes hinterwäldlerisches Arschloch!«

Bauchansatz sah den schlaksigen Cop an, der einen Schritt zurückgetreten war und schnell sagte: »Heh, ganz ruhig bleiben«, aber Bauchansatz stemmte seine Fäuste auf den Tisch, lehnte sich zu Lucas vor und knurrte. »Wenn du das draußen gesagt hättest, würd ich deinen Arsch über den ganzen verdammten Parkplatz schleifen.«

»Dann laß uns gehen«, sagte Lucas. »Ich habe die Schnauze voll von dieser dämlichen Scheiße!«

Lucas warf einen Zwanzigdollarschein auf den Tisch und ging hinter Bauchansatz her zum Ausgang; der schlaksige Cop sagte: »Hey, whow, whow«, und Sherrill sagte: »Lucas, das ist keine besonders gute Idee.«

Aber zwei Meter hinter der Tür machte Bauchansatz einen kurzen, langsamen Schritt zur Seite, fuhr herum und zielte mit einem wilden, weit ausholenden Schwinger auf den Kopf des dicht hinter ihm folgenden Lucas.

Lucas machte einen schnellen Schritt nach links, wich dem Schwinger aus, schlug hart zu und traf Bauchansatz voll auf die Nase. Blut schoß heraus, und der schwere Mann stolperte zurück, drehte sich zur Seite und hielt die Hand vors Gesicht. Lucas landete eine rechte Gerade gegen die kurzen Rippen des linken Rippenbogens, und als Bauchansatz die Ellbogen schützend nach unten zog, jagte Lucas ihm eine Linke gegen das eine Auge, dann eine Rechte gegen das andere, dann eine Linke gegen die kurzen Rippen des rechten Rippenbogens, dann wieder eine Rechte ins Gesicht. Der Mann taumelte und wäre umgekippt, wenn er nicht mit dem Rücken an die Seitenwand eines Pickup geraten wäre, und Lucas trommelte auf ihn ein wie auf einen Sandsack in der Übungshalle – Gesicht, Bauch, Gesicht, Rippen …

Lucas hämmerte sich alles von der Seele: die Frustration wegen der Trennung von Weather, die Angriffe gegen Weather und Elle, die allgemeine Unsicherheit, die Depression. Und er hörte Sherrill schreien, wischte eine Hand von seiner Schulter, spürte ein Zerren an seiner linken Seite, drehte sich nach links, konnte gerade noch einen Schlag gegen Sherrills Stirn abbremsen, spürte eine Bewegung rechts hinter sich, fuhr herum, sah den schlaksigen Cop schützend vor Bauchansatz stehen, Lucas abwehrend die Hände entgegenstrecken, irgend etwas schreien …

Das Feuerrad in seinem Kopf fing an, sich langsamer zu drehen, und Lucas trat einen Schritt zurück und hob die Hände. Marcy stieß ihn weiter zurück, schrie auf ihn ein. Er hörte sie kaum. »Okay«, sagte er schließlich durch das Dröhnen in seinem Kopf. »Okay, ich bin fertig mit dem Kerl.«

Hörte Marcys Stimme: »Ja, ja. Laß ihn in Ruhe.«

»Okay …« Er ließ die Hände sinken. Sie waren voller Blut aus Bauchsansatz' Nase, und auch sein Hemd war mit Blut bespritzt. Er sagte: »Das Hemd ist ruiniert.«

Bauchansatz lag neben dem Pickup auf der Erde, stöhnte laut, und der schlaksige Mann beugte sich über ihn, sagte: »Ganz langsam atmen … Komm, ist nicht so schlimm, du bist okay.«

Aber Bauchansatz fühlte sich keinesfalls okay. »Ich … kann … nicht, ich … kann … nicht«, wimmerte er bei jedem Versuch, sich aufzurichten, und hielt sich die Rippen; Blut schoß ununterbrochen aus seiner Nase. »Wir holen besser einen Krankenwagen«, sagte der schlaksige Cop. »Schaffen ihn in die Klinik.«

»Können Sie von Ihrem Streifenwagen aus anrufen?« fragte Sherrill.

»Ja, das könnte ich machen«, sagte er, als ob dieser Gedanke völlig neu für ihn wäre. Er drängte sich durch die Reihe der versammelten Zuschauer und lief zum Streifenwagen am Rand des Parkplatzes hinüber. Marcy fragte Lucas mit ruhiger Stimme: »Bist du okay?«

»Ja, ja, er hat mich ja nicht berührt«, antwortete Lucas.

»Das ist nicht das, was ich meinte.«

Er sah sie an. »Ja, ich bin okay. Ich habe irgendwie alles rausgelassen ...«

»Das kann man wohl sagen.«

Der schlaksige Deputy kam zurück und sagte: »Der Krankenwagen kommt sofort.« Er wandte sich an Lucas: »Ich werde nicht versuchen, mich jetzt auch noch mit Ihnen anzulegen, da wir beide Waffen tragen und das ausufern könnte. Aber ich nehme Sie hiermit vorläufig fest.«

»Blödsinn«, knurrte Lucas. »Sie beide kamen hier anmarschiert und wollten uns einschüchtern und aus einer Morduntersuchung rausdrängen, und Ihr Kumpel hat schließlich mit der Schlägerei angefangen, oder? Wenn ich keine Antworten auf meine Fragen bekomme, werde ich jemanden von der verdammten Generalstaatsanwaltschaft herholen, und dann gibt es Stunk in eurem Sauhaufen. Sie beide können froh sein, wenn Sie dann nicht gefeuert werden.«

»Warten wir's ab«, sagte der schlaksige Cop. »Ich schlage vor, Sie fahren voraus zum Department, und ich hole den Sheriff. Hier werden Sie ja nicht mehr gebraucht.«

»Nein, kommen Sie mit dem Sheriff zum Sugar Beet«, sagt Lucas. »Wir haben dort ein großes Zimmer.«

Im Stadtzentrum begann ein Martinshorn zu jaulen. Der Krankenwagen. Der schlaksige Mann sah Sherrill an, dann Lucas. »Okay. Wir treffen uns im Motel.«

»Es ist schrecklich«, sagte Sherrill auf der Fahrt zum Motel.

»Die Schlägerei?« Komisch – sie war sonst bei Schlägereien immer vorn mit dabei.

»Nein, nicht die Schlägerei als solche. Sondern die Tatsache, daß sie mich so angeturnt hat. Du könntest mich jetzt ohne jegliche Gegenwehr über die Kühlerhaube legen, vor all diesen Leuten, ich schwöre es. Großer Gott ... Aber du hast mich in eine schwierige Situation gebracht, Kumpel. Ich glaube nicht, daß ich mit dem schlaksigen Typ fertig geworden wäre.« Sie vibrierte, sprach mit hundert Stundenkilometern. »Vielleicht hätte ich ihn eine Zeitlang aufhalten können. Du hast ja nicht viel Zeit für den dicken Knaben gebraucht, das steht fest. Mann, wenn der dünne Typ seine Waffe gezogen hätte, hätte ich was unternehmen müssen, und es wäre vielleicht zu Toten gekommen. Wow, was für eine Aufregung! Mann, das verdammte Adrenalin steigt erst jetzt so richtig hoch. Es kommt immer ungefähr zehn Minuten zu spät.«

Lucas grinste sie an. »Ja, aber nur einmal im Jahr. Es reinigt das Körpersystem.«

»Was wirst du dem Sheriff sagen? Ich meine, wir könnten durchaus einigen Ärger kriegen.«

Lucas schüttelte den Kopf. »Irgendwas ist faul an der Sache mit Lambs Tod. Wir wissen es, und jetzt wissen sie, daß wir es wissen. Ich denke, wir werden einige interessante Dinge erfahren.«

»O Gott – ich wollte, ich hätte dich nicht schon vor dem Dinner mißbraucht. Ich meine es ernst, Lucas, ich könnte wirklich einige ... ehm, Hilfe gebrauchen.«

»Vielleicht haben wir ja zwei bis drei Minuten Zeit.«

»So lange brauche ich nicht ...«

Der Sheriff traf nach einer guten Stunde mit einigem Gefolge ein. Lucas kam gerade mit einer normalen und einer Diät-Coke vom Getränkeautomaten über die Veranda, das Haar noch naß von einer weiteren Dusche, als sie in zwei Wagen vorfuhren: der Sheriff, der ältere Deputy namens Jimmy und der schlaksige junge Cop vom Restaurant in einem Streifenwagen, dazu Dr. Stephen Landis in einem zwei Jahre alten Buick.

Lucas schob sich durch die Zimmertür und sagte zu Sherrill: »Sie kommen.«

Sherrill stopfte schnell ihr Hemd in die Hose. Sie hatte befürchtet, das Zimmer würde vielleicht zu sehr nach Sex riechen, was so kurz nach der Schlägerei als pervers betrachtet werden könnte – und nach Lucas' Meinung tatsächlich auch pervers *war* –, und so hatte sie die Dusche voll aufgedreht, nur kaltes Wasser, und hatte es gegen die Rückwand der Duschkabine rauschen lassen. Jetzt roch es im Zimmer schwach nach Chlor und einer Andeutung von femininem Deodorant. »Wir sind bereit für sie«, sagte Sherrill und schaute sich noch einmal um. »Leg dein Holster mit der Kanone über den Nachttisch. Sieht hübsch und gefährlich aus. Ich lasse meine umgeschnallt, aber sie sollen sie sehen.« Sie trug eine 357er im Holster auf dem Rücken.

Er nickte: »In so was bist du echt gut.«

Sie ging zu ihm, stellte sich auf die Zehenspitzen und küßte ihn auf den Mund. »Behalt das im Gedächtnis.«

Eine Sekunde später klopfte der Sheriff an die Tür. Sherrill ließ die Abordnung herein.

»Sie haben ihn beinahe umgebracht«, sagte der Sheriff. Er stand vor dem kleinen Schreibtisch und sah Lucas an, der auf dem Bett saß, den Rücken angelehnt. Die anderen drei Männer standen in der Nähe der Tür, Sherrill neben Lucas am Bett.

»Quatsch«, sagte Lucas. »Ich habe ein paar seiner kurzen Rippen und seine Nase gebrochen. Er wird für einen Monat oder sechs Wochen beim Atmen und Niesen Schwierigkeiten haben, das ist alles.«

»Das ist eine sehr nüchterne klinische Beurteilung«, sagte Landis. »Sie müssen so was schon öfter gemacht haben.«

»Ja, ich habe ein paar Kämpfe durchgestanden«, stimmte Lucas zu.

»Während meiner ganzen Zeit als Sheriff habe ich keinen meiner Männer so schwer verletzt gesehen, bis auf einen, der einen Verkehrsunfall hatte. Wir werden mit dem County-Staatsanwalt sprechen und klären, ob eine Verhaftung angebracht ist. Ich fordere Sie auf, unsere Stadt nicht zu verlassen.«

»Wir werden morgen früh zurückfahren, denke ich«, sagte Lucas. »Aber ich werde natürlich in Minneapolis zu Ihrer Verfügung stehen. Ich werde mit ein paar Freunden im Justizministerium des Staates Minnesota sprechen, vielleicht dem zuständigen Beamten im Büro des Generalstaatsanwalts. Und zwar mit der Aufforderung, eine staatsanwaltschaftliche Untersuchung einzuleiten und Sie alle mit dem Mord an George Lamb zu konfrontieren: Sie zu fragen, warum Sie diesen Mord all die Jahre verheimlicht haben und warum Sie zwei Cops zu uns geschickt haben, um uns inmitten einer Morduntersuchung, über die Sie in der Zeitung gelesen haben, zu bedrohen und aus der Stadt zu ekeln.«

Der Sheriff schüttelte den Kopf. »Wir haben niemanden geschickt, um Sie zu bedrohen oder wegzuekeln. Diese Idioten sind von sich aus auf die Idee gekommen.« Er nickte zu dem schlaksigen Cop hinüber, der den Kopf einzog und auf den Vorhang vor dem einzigen Fenster im Zimmer starrte.

»Nun ja«, sagte der ältere Deputy in seiner gedehnten Sprechweise, »die Sache mit Larry können wir natürlich intern regeln. Cops werden nun mal von Zeit zu Zeit verprügelt. Die wichtigste Frage für mich ist – nur für mich, wohlgemerkt, nicht für den Sheriff –, ob man mit Ihnen reden kann, oder ob Sie ein großstädtisches Arschloch sind, das hier den großen Max markieren und Wirbel machen will.«

»Ich habe in Wisconsin ein Blockhaus in der Nähe einer Stadt, die nur halb so groß ist wie Oxford«, sagte Lucas. »Der Sheriff dort ist mein Freund; er hat mir im Spaß vorgeschlagen, ich soll mich doch dort niederlassen und für das Amt des Sheriffs kandidieren, wenn er aus Altersgründen ausscheidet, und ich habe ernsthaft darüber nachgedacht. Ich habe mit einem halben Dutzend Sheriffs in diesem Staat und in Wisconsin bestens zusammengearbeitet, und es ist das erste Mal überhaupt, daß ich Schwierigkeiten habe. Soll ich Ihnen ein paar Referenzen vorlegen?«

»Ich habe bereits ein paar Anrufe in dieser Richtung gemacht«, sagte der ältere Deputy. Nach einigen Sekunden des Schweigens fragte er: »Wie ist es nun – wollen Sie mit uns reden, oder wollen wir alles streng nach Gesetz abwickeln?«

»Reden«, sagte Lucas.

Der Sheriff sah den älteren Deputy an. »Du meinst also wirklich …?«

»Ja.«

Der Sheriff nickte und sagte: »Das Problem ist, daß wir nicht wissen, ob George Lamb ermordet wurde oder nicht. Es kann aber sein, daß es Mord war.«

Der ältere Deputy übernahm die Fortsetzung: »Es ergaben sich damals einige Probleme im Zusammenhang mit Lambs Tod. Er ereignete sich viel zu früh am Morgen. Lamb stand immer früh auf, das verlangte sein Job, aber nicht mitten in der Nacht. Für uns sah es so aus, als sei er am Abend vorher sterbenskrank geworden und als habe man ihn in der Küche liegenlassen, bis er dann schließlich starb.«

Jetzt schaltete sich Landis ein: »Im Monat vor seinem Tod kam er zweimal zu mir. Er fühlte sich kränker und kränker, und ich dachte anfangs, es sei eine Grippe. Er hatte Durchfall gehabt, Anfälle von Erbrechen, Schwindelanfälle und so weiter. Wir hatten damals eine Grippewelle, und es paßte ins Bild.« Landis zog einen Stuhl unter dem Schreibtisch hervor und setzte sich. »Ich gab ihm einige Antibiotika gegen eine Lungeninfektion, die sich bei ihm entwickelt hatte – nichts Ernstes, aber er produzierte beim Husten eitrigen Schleim. Bei seinem zweiten Besuch hatten wir eine Auseinandersetzung, und er kam danach nicht wieder zu mir. Dann fiel er tot um. Hätte ein Herzinfarkt sein *können*.«

»Aber Sie glauben das nicht wirklich«, sagte Lucas.

Landis schüttelte den Kopf. »Ich glaube, es war höchstwahrscheinlich Rattengift. Arsen. Als ich damals seine Leiche untersuchte, hatte er einen Hautausschlag, einen ganz besonderen Ausschlag, der die Haut abblättern läßt – ein Anzeichen für die Einnahme von Arsen über einen längeren Zeitraum.«

»Aber Sie haben keine Gewebeproben genommen?«

»Wenn ich Gewebeproben entnommen und an ein Labor geschickt hätte, wäre sozusagen die Kacke am Dampfen gewesen«, sagte Landis. »Die Leute hätten es erfahren ...«

»Und Sie wollten nicht, daß die Leute es erfuhren?« fragte Sherrill.

Der Sheriff nahm seinen Hut ab, strich das Haar zurück und sagte: »Meine Tochter ging zusammen mit den Lamb-Mädchen zur High-School. Und das ältere der beiden Mädchen stand in dem Ruf, für sein Alter bei weitem zuviel über Sex zu wissen. Dann, zwei Monate vor George Lambs Tod ...«

Landis übernahm die Fortsetzung: »Die Mutter schleppte eines Tages das ältere der beiden Mädchen, Audrey, zu mir in die Praxis. Sagte, Audrey habe mit einem Jungen von der High-School ›rumgemacht‹, ich müsse das für mich behalten, aber sie wolle einen Schwangerschaftstest gemacht haben, denn Audrey sei vielleicht schwanger. Das war, wie sich zeigte, nicht der Fall. Aber ich hielt dem Mädchen einen kleinen Standardvortrag, wie man ihn damals zu halten pflegte – man müsse nein zu den Jungs sagen oder zumindest Schutzmaßnahmen ergreifen, wenn man nicht in Schwierigkeiten geraten wolle ... Sie hörte mir eine Weile zu, dann schien sie die Nase voll zu haben und stand einfach auf und ging. Unter der Tür drehte sie sich noch einmal zu mir um und sah mich an. *Starrte* mich an mit einem Blick voller Haß und Angst. Und sagte: ›Das ist alles gut und schön, aber für mich nicht relevant.‹«

»Für mich nicht relevant«, wiederholte der Sheriff das Zitat. »Eine unglaubliche Ausdrucksweise für ein Mädchen diesen Alters ... Hintergrund für die ganze Sache aber war, daß George das Mädchen gef ...« – er sah Sherril an – »mißbraucht hat. Sex mit ihr hatte.«

»Als ich Ihnen erzählt habe, daß seine Frau mit Blutergüssen zu mir kam, habe ich Ihnen die Wahrheit gesagt«, übernahm Landis wieder. »Aber nicht die ganze Wahrheit. Die Frau war von Kopf bis Fuß voller Verletzungen.«

»Das verdammte Haus war ein einziges Reich des Terrors«, sagte der Sheriff. »Steve erzählte mir, was seiner Meinung nach dort vor sich ging. Ich sprach mit dem damaligen Sheriff, Johnny James, darüber, aber er sagte mir, man könne da nichts unternehmen, es sei denn, jemand würde Anzeige erstatten. Ich habe mir George dann eines Tages mal bei seinem Postgang gegriffen und ihm gesagt, wenn ich je rausfinden würde, daß er dieses kleine Mädchen ... ehm, mißbraucht, würde ich ihn umbringen.«

»Hat er Ihnen das abgenommen?«

»Das weiß ich nicht, aber es wäre ihm dringend anzuraten gewesen, denn ich hätte es getan«, knurrte der Sheriff. »Aber es kam nicht dazu, weil er dann plötzlich starb.«

Wieder schaltete sich Landis ein: »Er lag auf dem Boden, und bis auf diesen Ausschlag war nichts Ungewöhnliches zu erkennen. Wir wußten, daß er die ältere Tochter mißbraucht hatte, vielleicht sogar auch die jüngere; wir wußten, daß er seine Frau oft halb totgeprügelt hatte. Und nun stellte sich uns die Frage: Nehmen wir Gewebeproben? Wir waren unschlüssig. Es gab keine Notwendigkeit dazu.«

»Steve sprach mit mir darüber«, erzählte der Sheriff weiter, »und wir entschlossen uns, nichts zu unternehmen und die Sache auf sich beruhen zu lassen. Und das machten wir dann auch. Verfrachteten Georges Leiche zum Leichenbestatter. Und das war das Ende der Geschichte, bis Sie heute morgen hier aufgekreuzt sind.«

Alle dachten einen Moment über diese Aussage nach; dann rieb sich Lucas das Kinn und wechselte das Thema: »Dieser dicke junge Mann, den ich da verprügelt habe«, sagte er zum Sheriff, »wird Ihnen auch in Zukunft nichts als Ärger machen. Er wird im Verlauf seiner restlichen Karriere immer wieder in Schwierigkeiten geraten.«

»Er war bisher schon öfter in Schwierigkeiten«, sagte der Sheriff.

»Sie sollten sich ihn vom Hals schaffen, ehe es zu spät ist. Und der Bursche da drüben ...« Lucas nickte zu dem schlaksigen Cop hinüber. »Er hat das alles zu sehr auf die leichte Schulter genommen. Er muß noch lernen, etwas, das er vorhat, auch durchzusetzen. Er wollte die Sache stoppen, hat es aber nicht konsequent betrieben.«

»Man lernt ja immer was dazu«, sagte der schlaksige Cop.

»Das will ich hoffen«, knurrte der Sheriff und fragte dann Lucas: »Was machen wir jetzt?«

»Ich denke, wenn Sie das, was Sie mir eben gesagt haben, genauso wiedergeben, haben Sie eine gute Story, falls Sie je als Zeuge vor Gericht aussagen müssen. Verstehen Sie – daß Sie damals dachten, er sei an einem Herzschlag gestorben, und es auch heute noch für möglich halten –, einige Zeit später aber den Verdacht hatten, es könnte sich möglicherweise auch um eine Vergiftung gehandelt haben. Aber da war es schon zu spät, die Leiche war verbrannt worden. So etwas passiert dauernd. Deshalb kommt es ja immer wieder mal zu Exhumierungen.«

»Sie meinen, wir müßten eventuell als Zeugen vor Gericht aussagen?«

Lucas stand auf, gähnte, streckte sich. »Wir müssen den Fall auf Indizienbeweisen aufbauen. Wahrscheinlich müssen Sie also als Zeugen aussagen. Aber wir müssen noch eine Menge tun, um überhaupt eine Anklage zustande zu bringen.«

»Aber ihr Mann ... Die Zeitungen schreiben, ihr Mann hätte sie oft verprügelt, wie ihr Vater ihre Mutter verprügelt hat. Das scheint doch so was wie eine Rechtfertigung für ihre Tat zu sein.«

»Wir untersuchen acht Morde und mehrere schwere Fälle von versuchtem Totschlag, die sich im Verlauf der letzten zehn Jahre ereignet haben, einschließlich einiger Morde an absolut unschuldigen Menschen – Morde, die man besser als ›Exekutionen‹ bezeichnen würde.«

Nach einem Moment entsetzten Schweigens fragte der Sheriff: »Acht?«

Lucas nickte.

»Großer Gott ...«

Landis stand auf, sah den Sheriff an und sagte: »Der alte George hat weit mehr Schaden angerichtet, als wir wußten. Du hättest ihn tatsächlich umlegen sollen.«

Der ältere Deputy stieß sich von der Wand ab. »Was machen wir jetzt im Hinblick auf den Vorfall heute abend?«

Lucas zuckte die Schultern. »Mir ist nichts passiert. Wenn ihr Leute sagt, es ist nichts passiert, dann ist auch nichts passiert.«

Der Sheriff blickte schnell seine Begleiter an, dann Lucas und nickte. »Es ist nichts passiert.«

»Wenn wir noch mal mit Ihnen über die Lamb-Sache sprechen müssen, wird unser Stellvertretender County-Staatsanwalt Sie anrufen«, sagte Lucas. »Ich werde Ihnen aber vorher eine Warnung zukommen lassen.«

»Ich würde das begrüßen«, sagte der Sheriff. »Und ich würde es sehr begrüßen, wenn Sie schleunigst aus meiner Stadt verschwinden würden.«

»Wir fahren morgen früh nach Hause«, sagte Lucas.

»Und ich wünschte mir sehr, Sie hätten Larry nicht zum Besuch des Parkplatzes eingeladen. Ich bin immer knapp dran mit Personal, wenn der Schneefall einsetzt.«

»Tut mir leid.«

»Aber sicher nicht zu sehr«, meinte der Sheriff.

»Nein, nicht allzusehr«, stimmte Lucas zu und grinste ihn an.

Der Sheriff brachte den Anflug eines Lächelns zustande, machte dann die Tür auf und ging. Der ältere Deputy folgte als letzter der Gruppe, blieb unter der Tür stehen, schaute Sherrill an, dann Lucas. »Ich hatte auch mal eine Frau, die so toll aussah wie die da«, sagte er zu Lucas. »Als ich ungefähr in Ihrem Alter war.«

»So?«

»Ja.« Er schaute Sherrill noch mal lange an und sagte: »Sie hat mich total verschlissen.«

»Besser verschleißen, als Rost ansetzen«, sagte Sherrill aus ihrer Ecke.

»Ja.« Er lachte, ein häßliches Lachen für einen alten Kerl wie ihn, und schloß die Tür hinter sich.

27

Die Sonne stand nur noch zwei oder drei Fingerbreit über dem westlichen Horizont, und die abendliche Rush-hour hatte bereits eingesetzt, als Lucas und Sherrill von der I-394 abbogen und nach einer Weile die Innenstadt von Minneapolis erreichten.

»Das *war* vielleicht ein Ausflug«, sagte Sherrill begeistert. »Prügelei, Fickerei und Detektivspielerei. Was kommt als nächstes?«

»Ich muß morgen arbeiten«, sagte Lucas. »Du bist auch im Dienst, oder?«

»Ja, aber es liegt nicht viel an. Ich könnte dir zur Verfügung stehen, wenn du mich brauchen solltest ...«

Er schüttelte den Kopf. »Besser nicht. Ich habe dir ja von dem netten kleinen Gespräch mit Rose Marie erzählt.«

»Ich werde selbst auch mal ein nettes kleines Gespräch mit Rose Marie führen«, erwiderte sie mit einem Anflug von Zorn. »Sie geht mir auf den Keks.«

»Würde wahrscheinlich nichts bringen ...«

»Es würde mich aber erleichtern.«

»Mach, was du willst«, sagte Lucas. »Und da du ja anscheinend Zeit hast, stell ein Memo über den Ablauf der Geschehnisse oben in Oxford zusammen. Alle Details. Schick mir eine Kopie rüber, behalte eine für dich. Geh vorher damit zum Notariat im Regierungsgebäude und laß das Erstellungsdatum beglaubigen, aber niemand den Inhalt einsehen.«

»Für alle Fälle, oder warum?«

»Man weiß nie, was auf einen zukommt.«

»Wenn du ›alle Details‹ sagst, soll ich dann auch die Szene aufnehmen, als ich gestöhnt habe: ›O mein Gott, steck ihn rein, steck ihn endlich rein?‹«

»An diese Szene kann ich mich nicht erinnern«, sagte Lucas.

»Ich glaube, du hast in diesem Moment gerade auf die Uhr geguckt. Darüber müssen wir übrigens noch mal reden.«

Lucas schüttelte den Kopf. »Mein Gott, ich fange langsam an zu verstehen, was der alte Mann gemeint hat.«

»Welcher alte Mann hat was gemeint?«

»Der ältere Deputy, der auch mal eine Frau wie dich hatte. ›Hat mich total verschlissen‹, hat er gesagt.«

Sie betrachtete ihn prüfend. »Bei dir ist durchaus noch einiges dran, das man weiterhin verschleißen kann.«

Lucas gab ihr am Eingang des Präsidiums einen Abschiedskuß – zum Teufel mit der Vorsicht! – und ging dann in sein Büro, pfiff vor sich hin, nahm den Telefonhörer ab und hörte das Signal vorliegender Nachrichten. Es waren insgesamt sechs, und alle stammten von Helen Bell: hektisch, aufgeregt, anklagend.

»Stecken Sie hinter der Sache mit Connie? Haben Sie den Kinderschutzbund angerufen? Warum? Warum nur? Bitte, bitte rufen Sie mich an ...« Und: »Warum rufen Sie nicht an? Waren Sie das? Ich nehme mir einen Anwalt, Sie verdammter ...«

Lucas wählte ihre Nummer, und der Hörer am anderen Ende wurde bereits mitten im ersten Läuten abgehoben. »Hallo?« Immer noch aufgeregt.

»Hier ist Lucas Davenport. Was ist mit Connie passiert?«

Einen Augenblick verunsichertes Schweigen, dann: »Sie haben nichts mit dieser Sache mit Connie zu tun?«

»Mrs. Bell, ich habe seit meinem Besuch bei Ihnen nicht mal an Connie gedacht. Ich war gestern und heute nicht in der Stadt, bin gerade zurückgekommen und habe Ihre Nachrichten vorgefunden.«

»Sie sind gekommen und haben sie abgeholt«, wimmerte sie.

»Der Kinderschutzbund?«

»Der Kinderschutzbund, die Kinderfürsorge, wie auch immer sie sich nennen. Sie sagten, ich würde dem Kind Marihuana geben und es schlagen, aber ich habe so was nie im Leben gemacht, sie ist doch mein Baby, und ich verstehe das alles nicht, sie sagten, eine Lehrerin hätte bei ihnen angerufen, aber an der Schule will es niemand gewesen sein.«

»Lassen Sie mich erst einmal einen Anruf machen«, sagte Lucas. »Ich habe eine Bekannte beim Kinderschutzbund, die vielleicht was weiß.«

»Bitte, bitte, bringen Sie mir mein Kind zurück!«

Lucas sprach noch eine Minute beruhigend auf sie ein, legte dann auf, fand Nancy Bunkers Namen und Telefonnummer in seinem Adreßbuch und wählte die Nummer. Nancy war auf dem Sprung in den Feierabend.

»Ja, ich kenne den Fall. Sieht nicht nach viel aus. Das Mädchen sagt, ihre Mutter habe ihr bei einer Auseinandersetzung mal eine Ohrfeige gegeben, mit der flachen Hand, keinerlei Verletzung, eher so was wie ein Streit zwischen kleinen Mädchen. Sie sagt auch, sie habe nach der Schule schon mal Marihuana geraucht, darum ging es auch bei dieser Auseinandersetzung; ihre Mutter hat versucht, sie davon abzuhalten.«

»Was habt ihr mit dem Mädchen gemacht?«

»Sie ist im Moment bei Pflegeeltern; wir lassen sie normalerweise zwei Nächte dort, um die Angelegenheit prüfen zu können. Sie wird morgen nach Hause entlassen.«

»Hm.«

»Was hast du für ein Interesse an der Sache, Lucas?«

»Habt ihr rausgefunden, wer die Lehrerin ist, die bei euch angerufen und die Information übermittelt hat?«

»Nein, sie rief anonym an, aber du weißt ja, wie das ist – wir gehen kein Risiko ein, wenn wir Hinweise auf körperlichen Mißbrauch von Kindern bekommen. Ganz besonders, wenn es einen Zusammenhang zwischen Drogen und körperlichem Mißbrauch gibt. Und wir bringen ein betroffenes Kind immer an einen Ort, wo es sich sicher fühlt und bereit ist, über die Sache zu reden ... Also, noch mal, was hast du für ein Interesse?«

»Ich glaube, man hat euch absichtlich auf eine falsche Fährte gehetzt, um die Mutter des Kindes in Schwierigkeiten zu bringen. Sie ist eine meiner Quellen in diesem Kresge-Mordfall.«

»Tatsächlich? Eine falsche Beschuldigung?«

»Ich glaube, daß es so ist. Ich habe keinen Zweifel daran, daß das Mädchen ab und zu mal einen Joint raucht, aber das hast du ja früher auch gemacht.«

Bunker lachte. »Ja, in der guten alten Zeit ... Was kann ich denn nun für dich tun?«

»Wie wär's, wenn ihr das Kind jetzt gleich zur Mutter entlaßt? Ich hole Connie ab und bringe sie nach Hause.«

»Verdammt, jetzt muß ich mich wieder hinsetzen und den Computer anwerfen ...«

»Eine weitere kleine Tragödie in deinem Leben.«

»Du mußt in *zehn* Minuten hier sein«, sagte Bunker. »Ich bin auf den Bus angewiesen.«

»Du nimmst dir heute die Freiheit einiger ›Unterminuten‹, wie?«

»Jetzt hast du nur noch *neun* Minuten ...«

»Ich komme sofort.«

Die Pflegeeltern wohnten in Edina, westlich von Minneapolis. Lucas holte die Entlassungspapiere für die Pflegeeltern bei Bunker ab, und auf dem Weg nach Edina, der durch den starken Verkehr verlangsamt wurde, rief er im Büro des Amtsarztes an und bekam schließlich einen Ermittlungsbeamten ans Telefon. »Ich brauche die Akte einer gewissen Amelia Lamb. Muß vor rund zwanzig Jahren erstellt worden sein.«

Klicken von Keyboardtasten, dann: »Haben wir nicht, Lucas. Keine Amelia Lamb. Sind Sie sicher, was den Namen angeht?«

»Beim Familiennamen ja; der Vorname könnte auch anders geschrieben werden.«

Nach einigen Sekunden sagte der Mann: »Eine Menge Lambs, aber keine Amelia, wie auch immer geschrieben.«

»Können Sie mit Ihrem Computer in die Sterbeurkunden-Datei des Staates gehen?«

»Nein, da muß ich anrufen. Aber ich kann Sie dann zurückrufen.«

»Das wäre prima; die Sache ist ziemlich wichtig.«

Der Mann rief fünf Minuten später zurück. »Sie müssen ins

Dakota-County, und Sie müssen speziell ins MercySouth-Krankenhaus. Soll ich Ihnen die Nummer geben?«

»Ja, danke.« Lucas bekam die Telefonnummer, das Datum von Amelia Lambs Tod und den Namen des behandelnden Arztes, und er kritzelte alles in sein Notizbuch. Er rief das Krankenhaus an, hangelte sich fünf Minuten durch die Bürokratie und landete schließlich bei einer Stellvertretenden Verwaltungsdirektorin, die ihm sagte, er könne die Krankenakte einsehen, wenn er eine richterliche Erlaubnis mitbringen würde.

»Die brauche ich, auch wenn die Frau längst tot ist?«

»So lauten nun einmal unsere Richtlinien«, sagte die Frau.

»Sie machen mir unnötige Schwierigkeiten«, sagte Lucas. »Aber so was kann ich auch. Wie heißt Ihr Verwaltungsdirektor?«

Sie gab ihm den Namen und die Adresse, und er sagte: »Leiten Sie an den Direktor weiter, daß er sich heute abend zu Hause aufhalten soll – wir möchten vermeiden, daß wir ihn mit Blaulicht und Sirene von einem Streifenwagen irgendwo abholen lassen müssen. Und nur er höchstpersönlich kann ja aufgrund der richterlichen Erlaubnis die Genehmigung zur Akteneinsicht gewähren. Wir werden das Papier sicher noch vor Mitternacht bekommen.«

»Oh ... Ich glaube, er wollte heute abend mit seiner Frau zu einem Kammerkonzert gehen ...«

»Nun – er muß auf jeden Fall zu Hause sein, wenn wir mit der Erlaubnis aufkreuzen. Falls er dann im Konzert sein sollte, werden wir den Konzertveranstalter polizeilich auffordern, ihn sofort rauszuholen.«

»Bleiben Sie mal einen Moment dran ...«

Nach einigen Minuten meldete sie sich wieder: »Der Direktor hat mich darauf hingewiesen, daß ich Ihnen eine falsche Auskunft gegeben habe. Da Mrs. Lamb tot ist und Sie Polizeibeamter sind, der eine dienstliche Ermittlung durchführt, können Sie auch ohne richterliche Erlaubnis die Akte einsehen.« Sie klang irgendwie amüsiert.

»Sieh mal einer an … Vielen Dank. Sehr nett von Ihnen. Wird jemand, sagen wir um neunzehn Uhr, in Ihrem Archiv sein?«

»Das Archiv ist ständig besetzt. Rund um die Uhr.«

»Sagen Sie dort Bescheid, daß ich komme …«

Connie Bell fing an zu weinen, als sie Lucas sah. Sie hatte eine kleine Tasche gepackt, und die Pflegemutter tätschelte ihre Schulter. Connie fragte: »Haben Sie mir das eingebrockt?«

»Nein.«

»Wer dann?«

»Das weiß ich nicht«, antwortete Lucas und führte das Mädchen zum Wagen. »Aber es war gemein.«

»Meine Mom ist unglaublich wütend, ich dachte, sie würde auf die Leute losgehen, die mich abgeholt haben. Ich hab sie noch nie so erlebt.«

»Ruf sie doch an«, sagte Lucas. »Ich habe ein Autotelefon.«

Connie telefonierte und sagte Helen, daß Lucas sie abgeholt hatte und sie auf dem Weg nach Hause war. Sie gab Lucas den Hörer zurück und sagte: »Danke, vielen, vielen Dank …«

Als sie das Haus erreichten, kam Helen rausgestürzt und schloß ihre Tochter in die Arme. Beide weinten. Lucas wartete einen Moment und sagte dann: »Mrs. Bell, würden Sie Connie reinschicken, damit sie sich das verweinte Gesicht waschen kann? Ich möchte Sie noch einen Moment sprechen.«

Connie ging, und Helen schaute ihr nach, bis sie die Treppe hochgestolpert war.

»Haben Sie irgendeinen Verdacht, wer dahinterstecken könnte?« fragte Lucas.

»Connie hatte im vergangenen Schuljahr eine Literatur-Lehrerin, die mehrere Mädchen in der Klasse, darunter auch Connie, geradezu mit Haß verfolgt hat. Damals hätte ich gesagt, sie war es. Aber ich kann nicht glauben, daß sie ein ganzes Jahr mit dieser bösartigen Aktion gewartet hat. Ansonsten habe ich mir unentwegt den Kopf zerbrochen …«

»An einer Schule würde man so etwas anders handhaben«,

sagte Lucas. »Für Lehrer ist das ein Routinefall, und sie haben exakte Vorschriften, nach denen sie dann vorgehen. Diese Sache ist von Anfang an äußerst seltsam. Ich glaube nicht, daß es überhaupt ein Lehrer war. Denken Sie doch bitte noch mal ganz intensiv darüber nach, wer es gewesen sein könnte …«

»Okay, okay … Aber Sie jagen mir Angst ein. Warum?«

»Weil es mit einer anderen Sache im Zusammenhang stehen könnte. Wenn Ihnen was einfällt, rufen Sie mich an.«

»Okay.« Sie trat auf ihn zu und umarmte ihn. »Danke.«

Der Verkehr ließ nach, als er nach Süden ins Dakota County und schließlich zum MercySouth-Krankenhaus fuhr. Er ging durch die Notfaufnahme hinein, wurde von einer Schwester zum Archiv gewiesen und traf dort auf eine schwarzhaarige junge Frau, die in einem ansonsten dunklen Raum voller Aktenschränke und Computerterminals im grellen Schein einer Tischlampe vor einem Computer saß. Sie hatte die Füße hochgelegt und war in einen Roman von Carl Hiaasen vertieft. Ein Stapel dicker medizinischer Lehrbücher stand neben ihren Füßen.

»Gutes Buch«? fragte er in die Stille hinein.

Sie zuckte zusammen, fuhr herum, schaute ihn kurz an, dann hinunter auf ihr Buch und sagte: »Ja, das ist es.« Sie sah sich das Foto des Autors auf dem Einband an. »Und dieser Hiaasen ist ein appetitliches kleines Stück Streuselkuchen, das muß ich sagen … Und Sie sind Officer Davenport und wollen eine Akte einsehen, nicht wahr?«

»Richtig.«

»Man hat mich angewiesen, Ihren Ausweis zu fotokopieren«, sagte sie und wurde zweideutig: »Wäre toll, wenn statt des üblichen Fotos ein Aktfoto von Ihnen drauf wäre.«

»Also diese jungen Frauen heutzutage …« Lucas kicherte. Er gab ihr seinen Ausweis, sie fotokopierte ihn und sagte dann: »In der Computerdatei steht nicht viel – meistens nur grundsätzliche Angaben. Die Akte selbst haben wir nicht mehr, aber sie ist auf Mikrofiche aufgezeichnet.«

»Ich würde sie mir gern ansehen, wenn das möglich ist.«

»Natürlich.« Sie suchte den entsprechenden Mikrofiche heraus, führte Lucas zu einem Lesegerät und wandte sich dann wieder ihrem Roman zu.

Die Akte war kurz – und fast wie ein Spiegelbild des Arztberichtes, den Dr. Landis in Oxford über George Lamb gegeben hatte. Amelia Lamb litt an grippeähnlichen Symptomen – Magenbeschwerden, sporadisches Erbrechen ... Sie war zweimal, im Abstand von zwei Wochen, zu dem Arzt in die Ambulanz gekommen. Ihr Unwohlsein hatte sich innerhalb dieser zwei Wochen verschlimmert, und der Arzt hatte eine Reihe von Tests angeordnet. Darüber hinaus hatte er überhöhten Blutdruck bei ihr festgestellt und sie aufgefordert, zu einer Serie von Blutdruckmessungen in die Praxis zu kommen, aber es gab in der Akte keinen Hinweis, daß er ihr ein blutdrucksenkendes Medikament verschrieben hatte. Vier Tage nach dem zweiten Besuch war sie mit dem Rettungsdienst zum Krankenhaus gebracht worden, aber man hatte bei der Ankunft nur noch den Tod feststellen können. Laut Akte hatte die Tochter ausgesagt, die Mutter habe über Schmerzen in der Brust geklagt, es wegen der Kosten aber abgelehnt, sich ins Krankenhaus bringen zu lassen, und sie habe daher erst angerufen, als die Mutter kollabiert war.

»Tochter berichtet, daß tödlicher Kollaps von schweren Brustschmerzen und rasch eintretender Bewußtlosigkeit begleitet war. Myokardinfarkt indiziert.« Es gab keinen Hinweis auf einen Hautausschlag.

Lucas schaute zu der jungen Frau mit dem Buch hinüber: »Können Sie mir den Namen eines Arztes hier im Krankenhaus sagen, mit dem ich mal sprechen kann? Der ein bißchen Zeit für mich hat?«

»Ich bin Medizinstudentin im achten Semester«, sagte die Frau. »Was haben Sie für Fragen?«

»Sehen Sie sich doch mal diese Blutdruckwerte an«, sagte Lucas. »Hätten sie nicht medikamentös behandelt werden müssen?«

Die Frau beugte sich zum Screen des Lesegeräts vor, las die entsprechende Stelle im Bericht, sagte dann: »Heutzutage würde man es machen. Der Blutdruck ist definitiv zu hoch. Aber damals waren die Medikamente bei weitem noch nicht so wirksam wie heute. Sie müßten gegebenenfalls mit einem älteren Arzt sprechen, der noch Erfahrungen aus dieser Zeit hat ... Aber es kann gut sein, daß man ihr damals keine blutdrucksenkenden Mittel gegeben hat.«

»Okay ... Aber sehen Sie sich das da an: Bei ihrem zweiten Besuch hat man verschiedene Tests mit ihr gemacht. Aber in der Akte sind keine Testergebnisse vermerkt.«

Die Frau beugte sich wieder zum Screen vor, überflog den Bericht. »Wissen Sie, was?« fragte sie schließlich. »Es sieht so aus, als ob sie gestorben sei, ehe die Testergebnisse vorlagen. Als sie dann eintrafen und nicht mehr gebraucht wurden, hat man sie wahrscheinlich einfach weggeworfen.«

»Hm. Und die Leiche wurde direkt einem Beerdigungsinstitut übergeben?«

»Ja.«

»Warum hat man keine Autopsie gemacht?«

»Wieder etwas, das man früher nicht oft gemacht hat. Nicht bei Toten, die im Krankenhaus gestorben waren. Und, ehm, das müssen Sie für sich behalten ... oder zumindest nicht verraten, daß ich es Ihnen gesagt habe. Ich habe das schon in anderen Akten festgestellt ...«

»Was?«

»Sehen Sie den Namen des Beerdigungsinstituts?« Sie tippte auf den Screen. »Die kirchliche Vorgängerorganisation, die dieses Krankenhaus betrieben hat – sie hieß ›Mütter der Barmherzigkeit Dakotas‹ –, hatte eine Vereinbarung mit diesem Leichenbestatter geschlossen. Wenn die Verwandten von Verstorbenen es nicht ausdrücklich anders wünschten, wurden die Leichen zu diesem Institut geschickt, und das Krankenhaus erhielt eine ... na ja, Gegenleistung.«

»Eine Provision.«

»Eine Prämie. Wenn man die Leichen zu einer Autopsie ins Hennepin schickte, gab's so was natürlich nicht.«

»Also bestand eine gewisse Abneigung gegen Autopsien«, konstatierte Lucas.

»Gegen unnötige Autopsien, ja.«

»Sie sollten Anwältin werden«, schlug Lucas vor.

»Da ist nicht genug Geld zu holen.« Die Frau tippte wieder auf den Screen. »Hier ist noch was Interessantes für Sie, oder? Eine Versicherung hat die Akte angefordert. Der Code da steht für die Prudential-Versicherung.«

»Die Versicherung hat die Akte *angefordert*?«

»Ja. Die Akte wurde aufgrund einer Anforderung an die Prudential geschickt.«

»Sie schicken die Akte ohne weiteres an eine Versicherung, aber von mir verlangt man eine richterliche Erlaubnis zur Einsichtnahme?«

»Das war ja vor langer Zeit«, sagte die junge Frau. »Damals war alles noch anders.«

Sie ging zurück zu ihrem Roman, während Lucas sich Notizen machte. Als er fertig war, schaltete er das Lesegerät aus und gab ihr den Mikrofiche zurück. »Herzlichen Dank«, sagte er.

Sie schaute von ihrem Computertisch zu ihm auf. »Was meinen Sie, wenn ich meine Brüste fotokopieren und das Ergebnis zusammen mit meiner Telefonnummer an Carl Hiaasen schicke – ob er mich dann anrufen würde?«

»Das wäre sicher einen Versuch wert«, sagte Lucas ernst. »Bei genauerer Überlegung möchte ich Ihnen das sogar dringend empfehlen. Wie wollen Sie sonst rausfinden, wie er reagiert? Wenn Sie es nicht tun, wären Sie beide wie zwei Schiffe, die im Dunkeln aneinander vorbeifahren.«

»Cops sind irre Typen«, sagte sie. Aber als Lucas ging, schaute sie nachdenklich auf die Kopiermaschine.

Auf der Heimfahrt dachte Lucas über alles nach: Morgen früh würde er die Prudential-Versicherung anrufen, in der Hoffnung, daß sie noch Unterlagen über diese Sache hatte. Auf jeden Fall aber mußte die Versicherung an jemanden Geld aus einer Lebensversicherung gezahlt haben, wenn sie sich schon die Mühe gemacht hatten, die Akte anzufordern. Er würde jede Wette eingehen, daß die Empfängerin Audrey Lamb hieß.

Als er über die Mendota-Brücke fuhr, wurde ihm bewußt – nun schon zum zweiten oder dritten Mal –, daß keine Geräusche durch die Tiefen seines Bewußtseins zuckten; kein Rattern. Er ertappte sich dabei, daß er vor sich hin pfiff. In den letzten vierundzwanzig Stunden hatte er tollen Sex gehabt, war von Helen Bell umarmt und von einer hübschen Medizinstudentin mit Zweideutigkeiten angemacht worden.

»Der Gletscher schmilzt«, sagte er laut vor sich hin. »Sein Eis zerläuft.« Er war sich nicht sicher, was das zu bedeuten hatte, aber er fühlte sich gut.

28

Sherrill sah ihn im Flur, kam zu ihm, gab ihm die Hand. »Darf ich dich morgen abend zum Dinner einladen?«

»Natürlich. Aber die Dinge um Audrey McDonald geraten in Bewegung. Sollte uns zwar nicht aus der Ruhe bringen, aber wenn sich irgendwas ereignet ...« Er fummelte mit den Schlüsseln herum und öffnete schließlich die Bürotür. Sie folgte ihm hinein.

»Erzähl's mir«, sagte sie. »Von Audrey.« Er tat es, und sie sagte: »Verdammt, wenn wir nicht miteinander schlafen würden, könntest du zu Frank gehen und ihm sagen, du würdest mich für die Arbeit an dem Fall brauchen, und ich hätte was Interessantes zu tun. So aber geht's dauernd hin und her.«

»Es passiert ja sowieso noch nichts«, sagte er.

»Jedenfalls – wenn du dich auf den Weg machst, jemanden umzulegen, ruf mich an«, sagte sie und ging zur Tür.

»Mach ich.«

Drei Anrufe: bei der Prudential-Versicherung, beim Arzt, der den Totenschein unterschrieben hatte, und bei dem Beerdigungsinstitut, das Amelia Lambs Begräbnis durchgeführt hatte.

Prudential zeigte sich kooperativ, aber der zuständige Bearbeiter war in einer Besprechung und würde später zurückrufen.

Der Arzt war ebenfalls kooperativ, konnte sich aber nicht mehr an den Fall erinnern. »Ich machte zu dieser Zeit als Assistenzarzt ein chirurgisches Praktikum und arbeitete zeitweise auch als Notarzt«, sagte er. »Insgesamt habe ich dann sieben Jahre in der Notaufnahme gearbeitet und muß mindestens fünfhundert solcher Papiere unterschrieben haben. Vielleicht sogar tausend. Es tut mir leid, aber ich kann mich einfach nicht an diese Sache erinnern.«

Das Beerdigungsinstitut reagierte mit einiger Verwirrung auf Lucas' Anruf, aber eine Frau mit älterer, zitternder Stimme fand schließlich die Unterlagen: Amelia Lambs Leiche war eingeäschert worden.

»Scheiße«, sagte Lucas laut.

»Wie bitte?«

Der Mann von der Prudential rief eine halbe Stunde später an, als Lucas gerade die Unterlagen über die Morde zusammenstellte, die von Helen Bell vermutet wurden, dazu auch die beiden Morde, auf die Annette Ingall hingewiesen hatte.

»Wir haben sechstausendvierhundert Dollar für den Tod von George Lamb ausbezahlt, was damals eine recht hohe Summe war«, sagte der Mann von der Versicherung. »Und dann, viereinhalb Jahre danach, haben wir fünfzehntausend Dollar für den Tod von Amelia Lamb gezahlt. Die Lebensversicherung für diesen Fall war erst seit drei Jahren in Kraft, was wahrscheinlich auch der Grund dafür war, daß wir uns die Unterlagen des Krankenhauses zuschicken ließen.«

»Wer war der Nutznießer der Versicherung von Amelia Lamb?«

»Ehm, warten Sie ... das ist ein altes Formular, das ich nicht kenne … Aha – eine gewisse Audrey Lamb. Anscheinend die Tochter.«

»Nicht Audrey *und* Helen Lamb?«

»Nein, nur diese Audrey.«

»Und wie war es bei George Lamb?«

»Das war … Amelia Lamb.«

»Hm. Mußte Amelia Lamb vor Abschluß der Versicherung eine ärztliche Untersuchung durchführen lassen?«

»Ehm … ja. Verlief ohne Beanstandungen.«

»Irgendwas über erhöhten Blutdruck?«

»Nein. Aber dieses Formular enthält keine Details – Sie müßten sich den Bericht des Arztes geben lassen, der die Untersuchung durchgeführt hat. Und das alles ist ja verdammt lange her …«

»Haben Sie den Namen des Arztes?«

»Ja.«

Aber der Arzt war inzwischen verstorben. Sein Sohn, ein Zahnarzt, sagte, die Krankenakten seien anderen Ärzten zugestellt worden, als sein Vater die Praxis aufgab, und die restlichen seien zehn Jahre aufgehoben und dann vernichtet worden.

»Scheiße.«

»Wie bitte?«

Lucas wandte sich wieder für eine Stunde seinen Akten zu und kam schließlich zu einer Kernfrage: Wenn Audrey die Schuldige in all diesen Fällen war, mußte sie O'Dell ermordet haben. Aber nach den von Franklin und Sloan unterschriebenen Untersuchungsberichten hatte sie das Gebäude verlassen, *bevor* O'Dell erschossen worden war. Es war bestätigt: Sie hatte das Gebäude um 22.53 Uhr verlassen. Ein Ehepaar, das seinen Sohn im Gebäude besucht hatte und nachweislich *nach* Audrey gegangen war, sagte aus, sie seien sofort nach dem Ende einer Wiederholungssendung von *Roseanne* im Fernsehen gegangen. *Nightline* endete zwei Minuten vor dreiundzwanzig Uhr, und der Wachmann bestätigte, daß die beiden um 23.00 Uhr das Gebäude verlassen hatten. Und als Zeitpunkt des Mordes an O'Dell war 23.02 Uhr bestätigt.

Es war natürlich möglich, daß Audrey eine Einbrecherkönigin war und einen Weg gefunden hatte, trotz des Wachmanns in der Lobby unbemerkt in das Gebäude hineinzukommen. Oder sie hatte sich auf irgendeine Weise eine Schlüsselkarte für den Aufzug beschaffen können. Aber die erste dieser Möglichkeiten erschien lächerlich und die zweite kaum glaubhaft. Sie hatte nicht viel Zeit gehabt, den Mord an O'Dell zu planen – es sei denn, er war Teil eines *langfristigen* Plans.

Er dachte noch einige Zeit darüber nach. Vielleicht hatte sie tatsächlich einen langfristigen Plan. Vielleicht hatte sie sich Zugang zu den Häusern und Wohnungen aller Leute verschafft, die auf ihrer weiteren Abschußliste standen. Dann aber schüttelte er den Kopf. Nein, das konnte man ausschließen. Wenn sie in der Lage wäre, einen langfristigen Plan zu entwickeln, der den Zugang zu allen Behausungen der vorgesehenen Opfer einschloß – Hausschlüssel, Schlüsselkarten –, dann wäre sie ein Superhirnkiller – und dann hätten sie kaum eine Chance, sie zu überführen ...

Er schaute auf die Uhr, schaltete den Computer ein und schrieb ein Memo für Frank Lester, den Chef der Ermittlungsabteilung, und für Rose Marie Roux.

Mittendrin rief ein Deputy-Sheriff des Itasca-County an. »Sie haben gestern wegen des Baird-Falles angerufen?«

»Ja, danke, daß Sie zurückrufen«, sagte Lucas. »Wie gut kennen Sie den Fall?«

»Ich war der Leiter der Untersuchung«, antwortete der Deputy. »Ich kenne mich also bestens aus.«

»Wenn ich das richtig verstanden habe, handelte es sich um eine Brandbombe«, sagte Lucas. »Einen Molotowcocktail.«

»Ja, das stimmt«, sagte der Deputy. »Ein Gemisch aus Benzin und Öl in einer Gallonenflasche.«

»War irgendwas Auffälliges an der Flasche?« fragte Lucas.

Nach einem Moment bedeutungsvollen Schweigens fragte der Deputy: »Was zum Beispiel?«

»Riffelungen? Einritzungen mit einem Glasschneider?«

Wieder ein kurzes Schweigen. Dann: »Woher, zum Teufel, wissen Sie das? Es steht nicht mal im Bericht ...«

Als Lucas mit den Memos fertig war, druckte er sie aus, ging damit zu Roux' Büro und übergab sie der Sekretärin. Die Büros der Mordkommission lagen nur ein Stück den Flur hinunter, und so machte er einen kurzen Besuch bei seinen Freunden.

Sherrill saß an ihrem Schreibtisch. »Mittagessen zusammen?«

Sloan, der ein Fleischsandwich aß, saß ganz in ihrer Nähe. »Stell dir vor«, sagte Sherrill zu Lucas, laut genug, daß Sloan es mithören konnte, »die Leute denken, wir beide hätten ein Fickverhältnis miteinander.«

Sloan verzog keine Miene. »Okay, laß uns gehen«, sagte Lucas zu Sherrill. Und zu Sloan: »Hast du eine Stunde Zeit, in ungefähr einer Stunde? Um mit mir zu O'Dells Wohnung zu gehen und uns ein bißchen umzusehen?«

»Natürlich.«

Lucas und Sherrill gingen zur Stammkneipe der Cops in der Nähe, bestellten Sandwiches, und Sherrill sagte: »Ich hoffe, ich komme eines Tages über deine Klugscheißerei hinweg. Du hast mich ›beklugscheißert‹, seit wir zusammen sind, und ich habe einige Schwierigkeiten, auf dieser Wellenlänge weiter mitzumachen.«

»Ich trage dir eines Tages mal ein Gedicht vor«, sagte Lucas. »Es bringt Frauen zum Schwärmen und ruft einen Drang zur Zärtlichkeit bei ihnen wach, und sie rollen sich sofort auf den Rücken.«

»Da haben wir's wieder!«

»Was?«

»Diese arrogante Klugscheißerei ... Ich habe gehört, daß du Gedichte liest. Ich dachte immer, das sei ein schöner Zug an dir. Aber du machst es nur aus Klugscheißerei.«

»Ja.« Er sah sie an und wurde plötzlich ernst. »Es tut mir leid, daß ich dich beklugscheißert habe, wie du sagst. Ich mag Gedichte wirklich, und es macht mir Spaß, manchmal Frauen welche vorzutragen.«

»Dann trag mir doch mal eines vor.«

Er überlegte einen Moment, sagte dann langsam, feierlich: »Es war nur Säbelrasseln, Lärm um nichts, du schlappes kleines Würstchen ...«

»Raus hier, du Mistkerl!« fauchte sie. »Du hast's schon wieder gemacht!«

»Wir müssen tatsächlich mal daran arbeiten«, sagte er und grinste sie an. »Ich meine das ernst. Wir müssen wenigstens ein einziges Mal ernsthaft darüber reden und Strafen für jede Klugscheißerbemerkung festlegen.«

»Morgen abend. Beim Dinner.«

»Ja«, stimmte er zu.

Sherrills Handy piepste, und sie zog es aus der Handtasche, meldete sich, hörte zu, reichte es Lucas, flüsterte: »Rose Marie. Mein Gott, sie wußte, wo sie anrufen mußte!«

Lucas hielt das Telefon ans Ohr. »Ja?«

»Ich unterbreche hoffentlich keinen zärtlichen Augenblick, oder?«

»Doch. Ich wollte gerade in einen Cheeseburger beißen.«

»Ich habe mit Towson über Ihr Memo gesprochen. Er will eine Besprechung machen.«

»Es ist noch zu früh ...«

»Nein, ist es nicht. Ich schicke ihm eine Kopie rüber. Sie treffen ihn um vierzehn Uhr in seinem Büro. Frank wird auch dabeisein. Ich schließe aus dem Memo, daß wir sie wahrscheinlich erst überführen können, wenn sie den nächsten Mord begeht. Also müßt ihr Typen euch was ausdenken.«

Lucas brachte Sherrill zum Büro, holte Sloan ab und ging mit ihm die kurze Strecke zu O'Dells Hochhaus hinüber. Der Wachmann erkannte Sloan und brachte sie zum Aufzug.

Sloan sagte: »Das Kernproblem ist folgendes: Wenn man mit dem Aufzug von irgendeiner Etage nach unten fährt, kann man ohne Schlüssel nicht wieder hochfahren. Und selbst wenn man eine solche Karte hat – in den Aufzügen sind Überwachungskameras, und man setzt sich der Gefahr aus, daß der Wachmann einen auf seinem Monitor erkennt. Wobei es natürlich nicht so ist, daß diese Leute die Monitore dauernd im Auge haben.«

»Sie ist einfach in einer anderen Etage ausgestiegen …«

»Nein, das geht nicht. Man kann bei der Fahrt nach unten nicht in einem anderen Stock aussteigen. Wenn man in der Lobby einsteigt, kann man zu jedem beliebigen Stock hochfahren; wenn man aber in irgendeiner Etage einsteigt, kann man nur runter zur Lobby fahren. Es sei denn, man hat eine Schlüsselkarte.«

»Und was ist mit dem Treppenhaus – der Feuertreppe?«

»Die Türen zum Treppenhaus in der Lobby und am Zugang der Außentreppe, die bis zum zweiten Stock führt, sind verschlossen. Auf diesen Etagen kann man ohne Schlüssel nicht von außen ins Treppenhaus *rein*kommen, man kann nur von innen *raus*kommen. Und außer in der Lobby und im zweiten Stock kann man *nirgends* aus dem Treppenhaus in einen Flur reinkommen. Es gibt in den anderen Etagen an den Außenseiten der Feuertüren – also im Treppenhaus – nicht mal Schlüssellöcher, demzufolge natürlich auch keine Schlüssel. Ist ja auch logisch: Bei einem Brand sollen die Bewohner aus den Fluren ins Treppenhaus kommen, indem sie einfach den Türknopf drehen, aber Diebe sollen keine Möglichkeit haben, über die Feuertreppe in die Flure zu kommen.«

»Und für diese beiden Türen in der Lobby und dem zweiten Stock braucht man einen normalen Schlüssel, keine Schlüsselkarte, nicht wahr?«

»Richtig – einen Sicherheitsschlüssel.«

»Wie genau führen die Leute von der Hausverwaltung Buch über die ausgegebenen Schlüsselkarten?«

»Sie wissen, für wie viele jeder Bewohner unterschrieben hat. O'Dell hatte drei, zwei für sich selbst, eine für ihren Vater, der irgendwo im hintersten Dakota wohnt. Ihre beiden Karten haben wir gefunden, und ihr Vater hatte seine noch, als er herkam, um die Leiche abzuholen. O'Dells Karten waren also vollständig. Aber die der anderen Bewohner? Wer weiß? Es sind fast dreihundert Karten ausgegeben worden. Wir könnten natürlich versuchen, bei allen Bewohnern die Vollzähligkeit zu überprüfen ... Man kann aber von vornherein davon ausgehen, daß einige fehlen. Das Problem ist es, rauszufinden, wie die McDonalds sich eine Karte verschafft haben könnten.«

»Hm ... Wenn das alles im voraus geplant war, sind wir sowieso aufgeschmissen. Aber was ist, wenn sie es aus dem Stegreif machen mußte? Vielleicht mit einem Tag Zeit für die Planung?«

Sloan zuckte die Schultern. »Versuch's rauszufinden.«

Sie stiegen auf O'Dells Etage aus, und Lucas lehnte sich mit dem Rücken gegen die Tür von O'Dells Appartement. »Sie fuhr zuerst runter, und dann mußte sie zurückkommen, um den Mord zu begehen ...«

»Richtig.«

Lucas schaute auf die Aufzugtür. »Selbst wenn sie eine Schlüsselkarte hatte, gab es ein Problem, mit dem Aufzug zurückzukommen und O'Dell zu erschießen – sie mußte damit rechnen, daß der Wachmann auf seinen Monitor schaute, und sei es auch nur aus lauter Langeweile, wenn er eine Bewegung auf dem Bildschirm wahrnahm. Wenn das passiert, ist sie aufgeschmissen. Er hat sie gerade ›ausgecheckt‹, und jetzt sieht er sie auf dem Weg zu einem Mord. Deshalb ...«

»... hat sie nicht den Aufzug benutzt, sondern das Treppenhaus«, ergänzte Sloan. »Sie hat einen Schlüssel für die Tür zum Treppenhaus am Ende der Außentreppe im zweiten Stock. Sie wird vom Wachmann ausgecheckt, läuft um das Gebäude, steigt die Außentreppe zum zweiten Stock hoch, öffnet mit dem Schlüssel die Tür, kommt ins Treppenhaus, geht hoch bis hierher. Aber jetzt kommt das Problem: Sie kommt aus dem Treppenhaus nicht in den Flur. Wie gesagt, es gibt nicht mal Schlüssel, um aus dem Treppenhaus in einen der Flure zu kommen – außer in der

Lobby und im zweiten Stock. Man könnte die Tür höchstens mit viel Kraft und Krach aufhebeln.«

Lucas dachte einen Moment nach. »So würde es gehen«, sagte er schließlich. »Audrey weiß, daß ihr Mann nicht genug Stimmen im Aufsichtsrat hat, um einen echten Deal mit O'Dell zu machen; sie behauptet es, aber Bone sagt aus, daß das nicht stimmt. Sie kommt gezielt mit der Absicht hierher, O'Dell zu töten – sie weiß es von vornherein. Sie kann sich nicht einfach hochschleichen und den Mord begehen, weil sie keinen Schlüssel hat. Sie hat gar nichts – keine Schlüsselkarte für den Aufzug, keinen Sicherheitsschlüssel für die beiden Feuertüren in der Lobby und im zweiten Stock. Sie ruft daher O'Dell an, unter dem Vorwand, mit ihr über einen Deal sprechen zu wollen, der wahre und einzige Zweck ist aber, in das Gebäude reinzukommen. Sie fährt also ganz offiziell mit dem Aufzug hoch, und sofort nach der Ankunft auf dieser Etage hier, noch ehe sie mit O'Dell spricht, geht sie zu der Feuertür da drüben, öffnet sie – sie braucht ja nur den Türknopf zu drehen –, nimmt ein stark haftendes Klebeband aus ihrer Handtasche, drückt den Riegel rein und klebt ihn fest. Dann läuft sie die Treppe runter zum zweiten Stock, öffnet dort die Tür zur Außentreppe, klebt auch dort den Sperriegel fest, läuft wieder hoch, kommt durch die präparierte Feuertür in diesen Flur und läutet bei O'Dell.«

Sloan übernahm die Fortsetzung der Überlegungen: »O'Dell öffnet ihr, sie reden miteinander, aus dem Deal wird nichts, und Audrey geht. O'Dell bringt sie zum Aufzug, und sie fährt runter zur Lobby, läßt sich vom Wachmann auschecken.«

»Sie läuft um das Gebäude«, fuhr Lucas fort, »steigt die Außentreppe zum zweiten Stock hoch, geht durch die präparierte Tür ins Treppenhaus, läuft hoch, läutet wieder bei O'Dell – und *peng* ... Sie muß den Mord sofort, in dieser Situation, ausführen, auch wenn ihr klar ist, daß wir sie unter die Lupe nehmen werden, denn sie darf das Klebeband wegen der Gefahr der Entdeckung nur kurze Zeit an den Türschlössern lassen. Sie kann nicht Stunden später zurückkommen und den Mord begehen.«

»Was einiges erklärt«, meinte Sloan. »O'Dell sagte Louise Compton am Telefon, es sei ›jemand an der Tür‹, was bedeutet, daß sie nicht wußte, wer es war. Sie erwartete niemanden, etwa einen Freund. Sie hatte keine Ahnung, wer da kommen könnte.«

»Audrey erschießt also O'Dell, vergewissert sich, daß sie auch wirklich tot ist, läuft über die Treppe runter – und zieht dabei natürlich sorgfältig das Klebeband von den Schlössern der beiden Türen ab. Und fährt seelenruhig nach Hause.«

»Verdammt kaltblütig, Mann«, sagte Sloan.

»Sie *ist* kaltblütig«, sagte Lucas. »Ich frage mich jetzt nur, ob sie auch kaltblütig genug war, den Klebstoff an den Türschlössern abzuwischen, nachdem sie die Streifen abgezogen hatte ... Sie müßte dazu Azeton oder so was benutzt haben.«

Sie starrten beide auf die Feuertür. Sloan griff zum Türknopf, zog die Tür auf, beugte sich vor, schaute auf das Schloß, kniete sich dann hin. Lucas ging neben ihm in die Hocke.

»Sieht wie Klebstoff aus«, sagte Sloan. Er deutete mit dem Zeigefinger auf graue Spuren, die wie Überreste von Klebstoff eines abgerissenen Klebestreifens aussahen.

»Ich frage mich, wie viele Leute von Umzugsfirmen hier rein und raus gegangen sind und sich die Tür mit Klebeband offengehalten haben.«

»So hoch hier oben? Keine. Deshalb ist der Aufzug doch so groß, fast wie ein Lastenaufzug. Und ich glaube, das Zeug da würde abgerieben, wenn die Tür ein paarmal auf und zu gemacht wird. Es ist wahrscheinlich ziemlich neu.«

»Laß uns die Spurensicherung darauf ansetzen«, sagte Lucas und richtete sich auf. »Und laß uns einen Durchsuchungsbefehl beantragen und nachsehen, ob wir Klebeband in ihrem Haus finden, dessen Klebstoff mit dem da übereinstimmt – wenn unsere Laborleute so was nachweisen können.«

Als sie mit dem Aufzug zur Lobby fuhren, sagte Sloan: »Es ist unglaublich ...«

»*Sie* ist unglaublich, ja. Sie sieht aus wie die alte Mutter Teresa und ist in Wirklichkeit die böse Hexe aus dem Märchen.«

Der Bezirksstaatsanwalt des Hennepin-County, Randall Towson, sein Chief Deputy, Donald Dunn, und Richard Kirk, Leiter der Kriminalabteilung bei der Staatsanwaltschaft, trafen sich mit Lucas und Frank Lester, dem Chef der Ermittlungsabteilung der Stadtpolizei.

»Sie vermuten also, daß sie eine Serienmörderin ist«, sagte Towson.

»Alles deutet darauf hin«, sagte Lucas. »Aber ich bin mir nicht sicher, ob wir ein Geschworenengericht davon überzeugen können.«

»Tragen Sie uns doch mal Ihre Argumente vor.«

»Sie alle haben das Memo gelesen. Kernpunkt ist, daß es zu viele ungewöhnliche Todesfälle gibt. Erstens: ihre Eltern. Sie hat vom Tod ihrer Mutter direkt profitiert – fünfzehntausend Dollar aus einer Lebensversicherung, und ihre Schwester war offensichtlich nicht daran beteiligt. Wahrscheinlich hat sie auch Geld aus der Lebensversicherung ihres Vaters bekommen – ihre Mutter war eine schwache Frau, und Audrey hatte zu Hause das Heft in der Hand, selbst als Teenager. Darüber hinaus haben wir es mit vier unaufgeklärten Morden zu tun: George Arris, in St. Paul in den Hinterkopf geschossen; Daniel Kresge, wie Sie alle wissen, vor rund zwei Wochen bei der Hirschjagd erschossen; Wilson McDonald, den Audrey McDonald erschossen hat und es zugibt, angeblich in Notwehr; und Susan O'Dell, die unter der Tür ihres Appartements erschossen wurde. Audrey war die letzte Person, die O'Dell lebend gesehen hat.«

»Wie ich Ihrem Memo entnommen habe, kann ihr das nicht angelastet werden«, sagte Kirk. »Sie konnte beweisen, daß sie das Gebäude bereits verlassen hatte, als der Mord geschah.«

»In den Stunden nach der Erstellung des Memos hat es eine neue Erkenntnis gegeben«, sagte Lucas. »Detective Sloan und ich haben eine Möglichkeit entdeckt, wie sie dennoch den Mord begangen haben könnte. Es könnte sogar sein, daß wir auf einen handfesten Beweis gestoßen sind.«

»Wieso?«

Er erklärte in einer Kurzfassung die Sache mit dem Klebeband und sagte dann: »Lassen Sie mich aber diesen anderen Gedanken noch zu Ende führen: Zusätzlich zu den vermutlichen Morden an ihren Eltern und den aufgezählten vier offensichtlichen anderen Morden haben wir es mit weiteren vier mysteriösen Todesfällen in ihrem Dunstkreis zu tun: Andy Ingall verschwand auf Nimmerwiedersehen bei einem vermuteten Unfall mit seiner Segeljacht; der elfjährige Tom McKinney wurde, als er mit dem Fahrrad unterwegs war, von einem Auto angefahren und getötet; und Mr. und Mrs. Baird starben nach einem Brandanschlag in den Flammen ihres Hauses. Dazu kommen zwei aggressive Überfälle in den vergangenen Wochen. Einer auf meine frühere Verlobte Weather Karkinnen; auf ihr Haus wurde ein Brandanschlag verübt, Sie haben wahrscheinlich davon gehört. Normalerweise würde ich hier keinen Zusammenhang sehen, aber in diesem Fall ist es anders. In dem Memo habe ich meine Argumente für diese Beurteilung ausführlich dargelegt – Audrey hat offensichtlich stets die Taktik verfolgt, Anschläge auf Menschen zu verüben, um – vor allem – von anderen Zielen abzulenken, aber sie nimmt dabei auch den Tod der Betroffenen billigend in Kauf, und ich glaube, dieses Motiv liegt auch hier vor. Wir haben sogar einige Beweise dafür.«

»Und es ist …«

»Als Mr. und Mrs. Baird bei dem Brandanschlag ums Leben kamen, fanden die Ermittler die Scherben der Brandflasche in dem Zimmer an der Frontseite des Hauses, und es zeigte sich, daß die Flasche mit einem Glasschneider eingekerbt worden war, um das Zerplatzen der Flasche beim Aufprall sicherzustellen«, fuhr Lucas fort. »Das sieht nach Profiarbeit aus – aber als der Brandanschlag auf das Haus meiner Verlobten verübt wurde, stellte sich heraus, daß die Brandflasche auf dieselbe Weise eingekerbt worden war.«

»Donnerwetter!« sagte Towson.

»Dann, letzte Woche, wurde eine andere Freundin von mir überfallen, Schwester Mary Joseph vom St. Anne's College. Und wie sich herausstellt, kennt Audrey McDonald sie aus ihrer Zeit als Schülerin an diesem College und weiß wahrscheinlich auch, wo sie wohnt. Und sie überfällt sie aus demselben Grund wie bei dem Anschlag auf Weather – um mich von den Ermittlungen gegen sie abzulenken ...«

»Und Sie können nachweisen, daß sie von all diesen Taten profitiert hat?« fragte Dunn.

»Sie hat finanziell von den Morden an ihren Eltern profitiert; zusätzlich zu diesem Vorteil könnte sie ihren Vater auch getötet haben, weil er sie sexuell mißbraucht und wahrscheinlich auch mit Prügeln traktiert hat. Alle anderen Morde dienten der Förderung der Karriere ihres Mannes – wenn man sie auflistet, stellt sich heraus, daß er vom Tod jedes einzelnen dieser Männer profitiert hat ... Sehen Sie sich Seite drei des Memos an, ich habe das dort in einer Übersicht zusammengefaßt.«

»Und warum hat sie ihren Mann dann erschossen?«

»Ich gehe davon aus, daß sie es getan hat, weil wir ihr zu dicht auf den Fersen waren, und er war ein notorischer Feigling. Wenn er von den Morden wußte, hätte er sie wohl verpfiffen, wenn wir ihn unter Druck gesetzt hätten. Außerdem erbt sie eine Menge Geld, wenn man sie nicht des Mordes für schuldig befindet, sondern auf Notwehr erkennt. Im Zusammenhang mit den Ermittlungen haben wir festgestellt, daß es sich um sieben bis acht Millionen handelt.«

»Ich sehe da ein Problem«, sagte Towsons Deputy und tippte mit dem Finger auf das Memo. »Wenn ich mich richtig erinnere, habt ihr Jungs doch Wilson McDonald als Täter für den Mord an Kresge im Auge gehabt. Wenn ich darüber weiter nachdenke, taucht natürlich auch die Frage auf: Könnte Wilson McDonald nicht als Täter für all diese anderen Taten in Frage kommen? Wir wissen ja, daß er ein brutaler Schweinehund war.«

»Es spricht noch mehr dafür«, sagte Lester. »St. Paul hat einen teilweisen Fingerabdruck auf einer Patronenhülse aus der Pistole, mit der Arris erschossen wurde, gefunden, und er stammt wahrscheinlich von McDonald.«

»Ein klarer Beweis«, warf Towson ein.

»Nein – es beweist nur, daß McDonald die Pistole geladen hat. Hinzuzufügen ist, daß es so aussieht, als ob bei dem Schuß in O'Dells Kopf das Geschoß aus derselben Waffe stammen würde. Wir können den Waffe-Geschoß-Zusammenhang nicht beweisen, weil die Kugel, ein Hohlladungsgeschoß, sich in O'Dells Kopf zerlegt hat und nur Fragmente übriggeblieben sind. Aber Spektrogramme des Metalls des Geschosses in O'Dells Kopf sowie der Geschoßfragmente beim Arris-Mord lassen den Schluß zu, daß sie von derselben Produktionscharge der Bleigeschosse stammen. Wir haben auch die Waffe gefunden – in einem Wagen, der McDonald gehört, aber seit September nicht mehr bewegt wurde –, und das Magazin der Waffe war voll. Auf allen Patronen waren McDonalds Fingerabdrücke – nicht aber auf den letzten beiden, also den obersten im Magazin. Das Blei der Geschosse dieser beiden Patronen stammt aus einer *anderen* Produktionscharge, während die unteren Geschosse im Magazin aus derselben Charge stammen wie die Geschosse, mit denen Arris und O'Dell getötet wurden.«

»Mit so einer Beweisführung würden wir eine Jury in den Wahnsinn treiben«, warnte Kirk.

»Wir haben aber noch etwas in der Hand. Ich denke, ich kann anhand einiger aufgezeichneter Mobiltelefongespräche nachweisen, daß Wilson McDonald als Mörder O'Dells nicht in Frage kommt. Und wenn er sie nicht getötet haben kann, muß es jemand anders gewesen sein, der wußte, wo die Pistole zu finden war: Audrey McDonald. Und wie ich schon gesagt habe, ich glaube, wir können beweisen, wie sie es getan hat.«

»Aber Sie können nicht definitiv beweisen, daß O'Dell mit dieser Pistole erschossen wurde.«

»Nein.«

»Das ist natürlich ein Problem«, sagte Towson.

Sie saßen eine Weile schweigend da, dann sagte Kirk: »Aber wir haben ein Muster.«

Alle nickten. Dunn fuhr fort: »Ein Muster, eindeutige Motive, und wir können jegliches Mitgefühl ausräumen, das ihr möglicherweise im Zusammenhang mit der Ermordung ihrer Eltern entgegengebracht wird.«

»Was aber durch die Tatsache, daß die Mutter anscheinend daneben stand, während der Vater sich an dem Mädchen verging, mehr als wettgemacht wird«, sagte Kirk. »Die Verteidigung stellt eine weinende Frau in den Zeugenstand, die alles ableugnet, weist aber gleichzeitig darauf hin, daß selbst dann, wenn sie es getan hätte – was natürlich *nicht* zutrifft! –, es irgendwie berechtigt, zumindest verständlich wäre – ein vierzehnjähriges Mädchen, das vom eigenen Vater vergewaltigt wird ... Wenn ich der Verteidiger wäre, würde ich die Mutter zur Komplizin machen. Wenn Audrey so clever ist, wie es bei Betrachtung des ganzen Falles aussieht, braucht sie bestimmt keinen besonderen Hinweis, um zu ihrer Entlastung mit irgendwelchen grausigen Details aufzuwarten.«

»Wenn es uns gelingen würde, einen Keil zwischen Audrey und ihre Schwester zu treiben, könnten wir die Schwester vielleicht dazu kriegen, diese Details zu widerlegen ... Ist die Schwester auch so eine Halbirre wie Audrey?«

»Nein«, sagte Lucas. »Aber vor zwei Tagen ging eine anonyme Anzeige beim Kinderschutzbund ein, sie würde ihr Kind verprügeln und ihm Shit zustecken.«

»Oje«.

»Aber unbegründet«, ergänzte Lucas. »Ich bin davon überzeugt, daß Audrey hinter dieser Anzeige steckt.«

»Gottverdammtes Miststück!«

»Ich bin sicher, daß Gott sie verdammen wird«, sagte Lester trocken. »Aber es wäre schön, wenn wir vorher noch ein paar eindeutige Beweise gegen sie in die Hand bekämen.«

Towson lehnte sich vor, sah seinen Deputy und den Chef seiner Abteilung an: »Ich will euch mal was sagen, Jungs ... Wir sehen uns wieder einmal der üblichen schlampigen Polizeiarbeit gegenüber, die uns praktisch die Hände bindet, wo wir doch gerade in den heutigen Zeiten unsere Fälle vor finster brütende, liberale

Richter bringen müssen, deren dringendstes Bedürfnis es ist, Kriminelle so schnell wie möglich wieder auf die Straße zu entlassen, wo sie dann unsere kleinen Pfadfindermädchen vergewaltigen können. Hingegen ...«

»Donnerwetter, ich wollte, mir wäre so eine Formulierung eingefallen«, unterbrach ihn Lester.

»Gehört zu einer Rede, die ich gerade schreibe«, erklärte Towson. »Jetzt aber im Ernst – Lucas, glauben Sie, daß sie in den nächsten paar Tagen einen weiteren Mord begehen wird?«

»Ich weiß nicht, auf wen sie es noch abgesehen haben könnte«, sagte Lucas. »Vielleicht auf mich – aber ich bin sehr vorsichtig.«

»Das sollten Sie *wirklich* sein«, sagte Towson. »Diese Frau scheint Pistolen im allgemeinen und Morde im besonderen zu lieben ... So, und jetzt hören Sie zu: Wenn ich das Memo durchlese, bin ich überzeugt. Eine Gerichtsverhandlung ist aber was anderes. Ich brauche ein paar Tage, um mich im Detail mit dem Fall zu beschäftigen. Machen Sie Nägel mit Köpfen in dieser O'Dell-Sache. Geben Sie mir klare Fakten an die Hand. Arbeiten Sie einen lückenlosen Zeitablauf aus, aus dem hervorgeht, daß sie diejenige war, die den Abzug der Pistole gedrückt hat. Und sammeln Sie auch alle anderen Argumente. Selbst Leute, die bereit sind auszusagen, daß sie Audrey McDonald diese Taten zutrauen. Wir brauchen mehr harte Fakten; aber auch alles andere, was hilfreich sein kann.«

»Wie wollen Sie vorgehen?«

»Ich meine, wir sollten sie wegen *aller* Taten anklagen«, sagte Towson. »Wegen aller Morde, aller Überfälle. Stellen Sie alle Beweise penibel zusammen, arbeiten Sie ihr Vorgehensmuster heraus. Die meisten unserer Beweise werden vor Gericht wahrscheinlich nicht durchkommen. Aber wir haben die Chance, sie wegen des Mordes an ihrem Mann am Kanthaken zu kriegen, wenn wir ihn als Teil ihres Vorgehensmusters herausstellen können. Sie hat ja schließlich gestanden, McDonald erschossen zu haben. Die Jury wird sie womöglich wegen Mangels an Beweisen in den anderen Fällen für nicht schuldig befinden, aber vielleicht können wir eine Verurteilung wegen Mordes zweiten Grades, vielleicht sogar ersten Grades, an ihrem Mann durchkriegen.«

»Sie war übel zugerichtet«, gab Lucas zu bedenken. »Man hat Fotos gemacht.«

»Das kriegen wir unter Kontrolle, wenn wir die anderen Dinge deutlich genug machen können. Wenn wir sie auch nur wegen Mordes zweiten Grades an ihrem Mann festnageln können und dann dem Richter die anderen Verdachtsmomente noch mal in aller Klarheit ins Ohr flüstern, könnte er geneigt sein, von seinen selbstgesetzten milden Richtlinien abzuweichen und sie zu zwanzig Jahren verurteilen.«

Sie sahen sich reihum an. Dann sagte Kirk: »Ich würde sagen, Lucas, im Moment steht es sechzig zu vierzig gegen uns. Es wäre schön, wenn Sie noch ein paar handfeste Beweise beisteuern könnten, damit wir zwanzig Prozent mehr in der Tasche haben und das Verhältnis umkehren.«

»Ja, das wäre schön«, stimmte Towson zu.

»Ich überrasche sie heute abend mit einem Durchsuchungsbefehl wegen des Klebebandes, und vielleicht finden wir ja auch einen Glasschneider«, sagte Lucas.

»Unterrichten Sie uns über das Ergebnis«, sagte Towson. »Von jetzt an wollen wir über jede kleinste Entwicklung Bescheid wissen.«

29

Audrey McDonald packte gerade Wilsons Anzüge in Pappkartons, alle sorgfältig mit Anhängern über die geschätzten Preise versehen, die sie sich allerdings vom Schneider noch bestätigen lassen mußte, um die Stumme steuerlich absetzen zu können. Der Steuerberater hatte ihr zu einer Spende an *Goodwill* geraten.

Der Gedanke der Spende an eine Wohltätigkeitsorganisation gefiel ihr im Grunde nicht, wohl aber der Gedanke an eine Steuerreduzierung. Dennoch murmelte sie unzufrieden vor sich hin.

Wilson hatte ein Vermögen für Kleidung ausgegeben, und jetzt würde sie nur einen Bruchteil der ursprünglichen Ausgaben zurückbekommen. Und für die Unterwäsche keinen Cent. Unterhosen in bestem Zustand, und nun würde irgendein Gammler sie bekommen.

»So ein Schwachsinn«, murmelte sie. »War ihm einfach egal. War ihm egal, was er dafür bezahlen mußte. Jetzt schau sich das doch mal einer an – vierzehn, fünfzehn, sechzehn Unterhosen! Wieso braucht jemand all diese Unterhosen? Man kann doch ohne weiteres mit drei, höchstens fünf Unterhosen auskommen. *Sechzehn* Unterhosen. Und schau sich das einer an: Seide. Unterhosen aus Seide?«

Sie zählte noch einmal nach, als plötzlich Scheinwerferlicht in die Zufahrt einschwenkte und durch die Schlafzimmervorhänge drang. Helen? Sie hatte nicht angerufen. Sie rief immer vorher an, wenn sie kam. Aber wer sonst? Sie ging zum Fenster und schaute nach unten.

Lucas und Sherrill saßen auf der Rückbank des Wagens, Del auf dem Beifahrersitz und Sloan am Steuer, als sie vor dem Haus vorfuhren; ein Streifenwagen mit zwei uniformierten Cops folgte dichtauf. Hinter mehreren Fenstern brannte Licht, sowohl im Erdgeschoß als auch im ersten Stock. Lucas stieg aus und gab einem der Cops den Durchsuchungsbefehl, der damit die Verandatreppe hochging und an der Haustür läutete, dann auch klopfte.

Im Licht, das durch das Glas der Tür fiel, las er sich selbst murmelnd aus dem Durchsuchungsbefehl vor: »Alle Glasschneider, alle Klebebandrollen, alle Gallonenglasflaschen, alle Waffen, Patronen und/oder Patronenteile einschließlich Zündvorrichtungen, Metallhülsen und Geschosse, alle Kreditkarten-Unterlagen einschließlich Rechnungen zur Begleichung von Kraftstoffkäufen ...« Als sich nichts rührte, läutete er noch einmal, klopfte fester. Immer noch keine Reaktion.

»Was machen wir jetzt?« fragte er Lucas.

»Wir gehen auf jeden Fall rein«, sagte Lucas. »Wir wollen die

Tür aber noch nicht aufbrechen. Versuchen wir's mal durch die Garage.«

Hinter der Haustür war ein Geräusch zu hören, und der Cop trat einen Schritt zurück. Audrey McDonald steckte den Kopf durch die Tür. »Was wollen Sie?« krächzte sie. Sie sah noch schlechter aus als bei der Gerichtsverhandlung: Die Blutergüsse in ihrem Gesicht hatten inzwischen einen scheußlichen, bläulich schimmernden Gelbton mit vereinzelten roten Flecken angenommen. Sie trug immer noch den Verband um den Kopf, und das daneben sichtbare Haar erinnerte an die Borsten eines Strohbesens.

»Entschuldigen Sie die Störung, Ma'am«, sagte der Cop. »Aber wir haben einen Durchsuchungsbefehl für Ihr Haus, bezogen auf bestimmte Gegenstände.«

Er hielt ihr das Papier hin, sie nahm es entgegen und starrte es verdrossen an. »Ein Durchsuchungsbefehl? Sie können doch sicher warten, bis ich meinen Anwalt verständigt habe, oder?«

»Nein, Ma'am. Es steht Ihnen selbstverständlich frei, Ihren Anwalt zu verständigen, aber der Durchsuchungsbefehl ist mit der Aushändigung vollstreckbar. Sie müssen uns also ins Haus lassen.«

Sie schaute an dem Cop vorbei auf Lucas, dem die Frau wegen ihres Zustandes fast leid tat; als ihr Blick aber auf ihn traf, verhärteten sich ihre Augen zu schmalen, schwarzen, wie Diamanten blitzenden Schlitzen – die Augen einer Kobra, und er zuckte leicht zurück, obwohl er drei Meter von ihr entfernt war. »Okay«, sagte sie und blickte von Lucas weg. »Aber ich brauche ja hoffentlich nichts zu tun – es geht mir sehr schlecht.«

»Sie brauchen sich nur irgendwo hinzusetzen, wir machen dann unseren Job«, sagte der Cop.

Sie verschwand im Flur, und der Cop schaute Lucas über die Schulter an. Lucas sagte ruhig: »Behalten Sie sie im Auge. Sie ist nicht das, wofür man sie hält.«

Die McDonalds hatten eine kleine, vollgestopfte Werkstattecke im Keller, nicht mehr als eine alte Kommode mit zwei aneinandergeschraubten, zwei Zentimeter dicken Sperrholzplatten als Auflage, die eine rund anderthalb Meter tiefe und rund zweieinhalb Meter breite Werkbank ergaben, dazu zwei Plastik-Regale für Werkzeug.

Lucas kannte die Werkstatt von der Inspizierung des Hauses nach der Erschießung Wilson McDonalds. Er ging hinein und überprüfte alle Werkzeuge. Kein Glasschneider. Er fand eine Rolle mit schwarzem Plastikisolierband, die er in einen Plastikbeutel steckte, aber das war nicht das Klebeband, das er suchte. Er ging durch den Keller, schaute hinter den Warmwasserboiler und den Heizofen, durchsuchte Regale mit Farbdosen, einen Stapel Wasserschläuche sowie eine Ecke mit verschiedenen Gartengeräten. Keine Gallonenflaschen.

Del hatte die Küche übernommen. Als Lucas die Treppe aus dem Keller hochkam, sagte Del zu ihm: »Ich habe jede Menge Klebeband gefunden. Paketklebeband, Kreppband, alles mögliche.«

»Sehr gut«, sagte Lucas. »Steck alles in Plastikbeutel. Und schau dir alle Papierkörbe und Abfalleimer an, auch ihren Wagen, such nach kleinen zerknüllten Klebebandbällchen, die die richtige Länge haben könnten. Wenn du zwei findest, wäre das prima.« Er schlenderte durch das Wohnzimmer, stellte fest, daß der Teppich bewegt worden war. Wilson McDonalds Blut war nicht bis zum Fußboden durchgesickert, der frisch poliert zu sein schien.

Sloan hatte ohne große Erwartungen das Schlafzimmer durchsucht, tatsächlich auch nichts gefunden und sich dann dem großen Gästezimmer im Erdgeschoß zugewandt, in dem sich ein großer begehbarer Wandschrank befand, den die McDonalds als allgemeinen Abstellschrank benutzten. Aus diesem Schrank hatte Audrey McDonald auch die Schrotflinte geholt, mit der sie ihren Mann erschossen hatte. Er war vollgestopft mit Autozubehörteilen sowie Golf- und Bootsausrüstung, alles offensichtlich dem Hausherrn zuzuordnen. Die Cops der Mordkommission, die die Untersuchung im Zusammenhang mit dem Tod Wilson McDonalds durchgeführt hatten, hatten die Schrotflinte und die dazugehörenden Patronen an sich genommen, sich aber nicht bis zum hinteren Teil des Wandschranks durchgewühlt. Sloan zerrte alles heraus, fand aber nichts von besonderem Interesse, und begann dann, einem Einfall folgend, die Taschen der Wetterbekleidung, der Schwimmwesten und der Golf- und Jagdjacken abzuklopfen.

Gerade als Lucas hereinkam, spürte er einen schweren Gegenstand in der Tasche einer Golfjacke und zog ihn zwischen den dicht aneinanderhängenden Kleidungsstücken heraus: eine Patronenschachtel.

»Gib mir mal einen Plastikbeutel«, sagte er zu Lucas.

»Was hast du gefunden?«

»Pa-tro-nen«, sagte Sloan, jede Silbe betonend.

Lucas hielt ihm den durchsichtigen Beutel hin, und Sloan schob die Schachtel vorsichtig hinein. Lucas drehte die Schachtel seitwärts und las laut vor: »380 Remington. Beste Qualität.«

Sloan richtete sich auf und sagte: »Es wäre schön, wenn ihre Fingerabdrücke auf der Schachtel wären.«

»Ja, aber kein Grund, den Atem anzuhalten.«

Einer der Cops in Uniform steckte den Kopf durch die Tür: »Del sagt, kein Glasschneider in der Küche, auch keine Gallonenflaschen.«

»Okay ... Durchsucht die Garage.«

Nach einer Stunde hatten sie immer noch keinen Glasschneider und keine Gallonenflaschen gefunden, aber sie hatten immerhin neun Klebebandrollen und die Patronenschachtel. Sherrill war noch einmal alle Akten im Haus durchgegangen und war auf einen Stapel Quittungen von Käufen mit Amoco-Kreditkarten gestoßen; die McDonalds hatten nach dem System der »Partnerkarte« ein gemeinsames Abrechnungskonto, aber zwei verschiedene Karten mit unterschiedlichen Nummern. »Wenn sie weit genug zurückgehen, such nach Kreditkartenkäufen im Raum Duluth in den Tagen vor dem Verschwinden von Ingall«, sagte Lucas. »Wir sind ja bereits auf eine Quittung von einer

Amex-Tankstelle in Chicago gestoßen, am Tag vor Ingalls Verschwinden, auf Wilsons Karte …«

»Ja, sie gehen so weit zurück …« Sherrill blätterte die Quittungen noch einmal durch.

Nach etwas mehr als einer Stunde seit dem Beginn der Hausdurchsuchung tauchte Jason Glass auf, Audrey McDonalds Anwalt. »Was ist hier los?«

»Durchsuchungsbefehl«, antwortete Lucas. »Mrs. McDonald hat eine Kopie. Sie ist im Fernsehzimmer.« Er deutete zu dem Zimmer hinüber, und Glass fragte: »Meinen Sie denn wirklich, Sie würden auf Belastungsmaterial gegen meine Mandantin stoßen?«

»Ich mache das nicht zu Übungszwecken«, sagte Lucas. »Sie kriegen Probleme, glaube ich.«

Glass ging hinüber zu Audrey, und der uniformierte Cop kam von der Garage zurück. »Keine Gallonenflaschen, kein Glasschneider.«

»Wir müssen es wahrscheinlich hinnehmen, daß keine Flaschen zu finden sind«, sagte Lucas. »Der Glasschneider aber könnte überall rumliegen, sofern sie ihn nicht weggeworfen hat. Hat schon jemand in der Schublade mit dem Silberbesteck nachgeschaut?«

Del sah den Cop an; beide schüttelten den Kopf.

»Dann paßt mal auf«, sagte Lucas. Er zog die Schubladen des Schrankes neben dem Spülstein auf, stieß schließlich auf die Schublade mit dem Silberbesteck, zog sie ganz heraus, durchsuchte sie penibel. Nichts. Dasselbe bei der Schublade mit den Kochutensilien – nichts.

»Scheiße«, sagte Lucas und drückte die Schubladen wieder zu.

»Der Mann ist ein wahres Genie«, sagte der Cop zu Del, der grinsend nickte.

Sherrill kam mit einer Amoco-Abrechnung herein. »Ich habe was gefunden«, sagte sie.

»Duluth?« fragte Lucas hoffnungsvoll.

»Nein. Aber Audrey hat an zwei Tagen hintereinander morgens vollgetankt – am Tag *vor* Ingalls Verschwinden und am Tag *des* Verschwindens. Sie hat also innerhalb dieser vierundzwanzig Stunden einen ganzen Tankinhalt Sprit verfahren.«

»Hm«, zweifelte Lucas, »kann ja sein, daß sie zwei verschiedene Wagen aufgetankt hat – ihren und den von Wilson oder irgendeinem anderen.«

»Wilson hat seinen Wagen am Abend vor Ingalls Verschwinden aufgetankt.«

Lucas nickte anerkennend: »Sehr schön. Dann ist da was dran. Ein Strohhalm, aber wir können ja jeden Strohhalm gebrauchen.«

»Na ja, das ist aber auch schon alles, was wir gefunden haben«, sagte Del. »Ich gehe jede Wette ein, daß die Türen in O'Dells Appartementgebäude mit Klebeband manipuliert worden sind, und wir haben Klebeband hier im Haus gefunden, aber ich gehe genauso jede Wette ein, daß sich in jedem verdammten Haus in der Stadt so ähnliches Klebeband befindet. Eine Jury wird das abschmettern.«

Glass war zurückgekommen, die hinkende Audrey McDonald einen Schritt dahinter, und er hatte Dels letzten Satz aufgeschnappt. »*Was* wird eine Jury abschmettern?« fragte er.

»Nur ... ehm, nichts«, murmelte Del.

»Mrs. McDonald glaubt, daß Sie, speziell Sie, Chief Davenport, einen persönlich begründeten Angriff gegen sie richten. Der Gedanke, daß da etwas dran sein könnte, gefällt uns nicht im geringsten.«

»Sie wissen, daß das Scheiße ist«, sagte Lucas zu Glass – und dann fiel sein Blick, an Glass vorbei, auf Audrey McDonald, die ihn mit ihren Schlangenaugen haßerfüllt anstarrte.

»Es ist wahr, und ich kenne auch den Grund dafür«, zischte sie. »Denn wenn Sie mir was anhängen können, wird Wilsons Vater unser Vermögen erben, und Wilsons Vater und seine Freunde haben ja die Stadtverwaltung einschließlich der Polizei in der Tasche.«

Lucas schüttelte den Kopf: »Ich kenne Wilsons Vater überhaupt nicht.«

»Oh, Scheiße«, fauchte sie und griff damit Lucas' Ausdruck auf. Aber sie sah so grau aus, so sehr nach alter Dame, daß es fast schockierend zu hören war, wie leicht ihr der vulgäre Ausdruck von den Lippen kam. »Der alte Mann wird es niemals zulassen, daß McDonald-Geld aus dieser verdammten Familie in andere Hände übergeht.«

»Mrs. McDonald ...«, versuchte Glass zu warnen, aber Lucas' Interesse war bereits geweckt. Audrey McDonald zitterte zwar nicht äußerlich, aber er spürte, daß es in ihr brodelte; sie stand kurz vor dem Überkochen. Er wußte nicht, was geschehen würde, wenn es dazu kam, aber er legte noch ein wenig Holz aufs Feuer.

»Mrs. McDonald – darf ich Sie Audrey nennen?«

»Nein, das dürfen Sie nicht.«

»Audrey, wir wissen, daß Sie Ihren Vater umgebracht haben, und wir wissen auch, warum Sie es getan haben. Wir wissen darüber hinaus, warum Sie Ihre Mutter getötet haben, und man sagt so was nicht gern: wegen des Geldes von der Versicherung. Wir haben noch keine endgültige Klarheit darüber, ob Sie auch all die anderen Morde begangen haben, aber wir haben eine recht umfangreiche Liste mit Verdachtsmomenten, und es sammeln sich immer mehr Beweise an.« Er nahm einen Plastikbeutel mit einer Rolle Klebeband vom Küchentisch und hielt ihn ihr entgegen. »Sie haben doch nicht etwa, so hoffe ich in Ihrem Interesse, dieses Klebeband an den Türen in Susan O'Dells Appartementgebäude benutzt? Denn wenn Sie es getan haben, wird unser Labor in der Lage sein, es zu beweisen ...«

»Lucas, Lucas ...«, stotterte Glass, aber Lucas sah ihn nicht an. Er behielt Audrey im Auge, diese graugesichtige, wie ein unscheinbarer kleiner brauner Käfer durchs Leben krabbelnde Frau, die sich jetzt zum Ellbogen ihres Anwalts vorschob, dann daran vorbei und dazu vor sich hinmurmelte: »Meine Eltern, meine Eltern ...«

»Und wir wissen, daß Sie am Tag vor Andy Ingalls Verschwinden nach Duluth gefahren sind und daß Sie Schüsse mit dieser Spezialpistole von Mr. Kresge abgegeben haben, mit der er erschossen wurde, und wir wissen ...«

Und Audrey stürzte sich auf ihn, so blitzschnell, daß Lucas überrascht wurde und den Angriff nicht voll abwehren konnte, wenn er ihr keine Verletzung beibringen wollte. Ihre rechte Hand, hart und knochig wie die Kralle einer Krähe, legte sich um seinen Hals, und als er den Kopf zurückzog, bohrten sich ihre Fingernägel in die Seite seines Halses und rissen tiefe Furchen in die Haut; dann aber riß Sherrill sie mit einem Griff um die Hüfte zurück, und Glass legte die Arme um sie, hielt sie fest. »Sie verdammter ...«, knurrte Audrey, wehrte sich gegen Glass' Griff, wollte wieder auf Lucas losgehen, hatte die schwarzen Augen starr auf ihn gerichtet. »Sie verdammter ... Sie haben mit meiner verdammten Schwester geredet ...«

»O Gott, Lucas, du blutest«, rief Sherrill.

»Hol mir Toilettenpapier oder so was«, sagte Lucas und behielt Audrey McDonald im Auge, die sich jetzt nicht mehr gegen Glass' Griff wehrte.

»Dein Hemd ist ruiniert«, sagte Sherrill, als sie mit einer Kleenex-Schachtel zurückgelaufen kam. Sie zog ein Papiertuch heraus und drückte es gegen Lucas' Hals.

»Das ist es mir wert«, sagte er und schaute Glass nach, der Audrey zurück ins Fernsehzimmer zerrte. Dann schaute er sich um. »Sind wir soweit?«

»Wir brauchen noch eine Stunde, wenn wir überall noch mal nach dem Glasschneider suchen sollen«, sagte Del.

»Okay, macht das«, sagte Lucas. »Ich gehe jetzt.«

»Ich komme besser mit dir«, sagte Sherrill. »Die Kratzer sind ganz schön tief.«

»Okay«, sagte Lucas. Und zu Del: »Du und Sloan, seht zu, daß ihr hier noch was findet.«

»Fährst du nach Hause?« fragte Del.

Lucas spürte an den Fingern, daß Blut durch das Papiertuch sickerte. »Nein«, antwortete er. »Ich werde mit ihrer verdammten Schwester reden.«

Helen und Connie Bell saßen vor dem Fernseher, als Lucas und Sherrill vor dem Haus eintrafen. Helen ging zur Tür, öffnete, lächelte Lucas an, nickte Sherrill zu, runzelte dann die Stirn. »Großer Gott, was ist denn mit Ihnen passiert? Sind Sie verletzt?«

»Ehm ... Ihre Schwester hat mir den Hals aufgekratzt. Ist irgendwie durchgedreht.«

»Warum denn das? Na ja, kommen Sie erst einmal rein. Warum haben Sie mit Audrey gesprochen?«

Connie Bell drehte sich in ihrem Sessel um, damit sie der Unterhaltung folgen konnte; Lucas, Sherrill und Helen standen noch im Flur vor dem Wohnzimmer, und Lucas sagte: »Ich habe schlechte Nachrichten für Sie, fürchte ich. Ehm, vielleicht sollte man sie Ihnen formeller übermitteln ...«

»Nein, nein, sagen Sie es mir doch einfach.«

Lucas nickte. »Wir halten es für möglich, daß, ehm, Ihre Schwester einige der Morde, die Sie in diesem Brief an mich aufgezählt haben, begangen hat.«

Helen trat einen Schritt zurück und preßte ihre rechte Hand an ihren Hals. »Audrey? O nein ...«

»Könnten wir uns, ehm, nicht hinsetzen, ich habe einige Dinge mit Ihnen zu besprechen«, sagte Lucas.

»Natürlich. Auf der Couch, bitte.«

Sie traten ins Wohnzimmer, und Lucas und Sherrill setzten sich auf die Couch, während Helen sich auf die Armlehne von Connies Sessel sinken ließ. Lucas sagte: »Wenn Sie möchten, daß Connie Hausaufgaben machen geht oder sonst etwas ...«

»Kommt nicht in Frage«, sagte Connie. Und zu ihrer Mutter: »Ich bin alt genug, um hierbleiben zu können.«

Ihre Mutter sah sie einen Moment an und nickte. »Okay, du kannst bleiben.«

Lucas sah Sherrill an, wandte sich dann an Helen: »Als Sie noch ein Kind waren, ist Ihnen da irgendwas ... Ehm, kam Ihnen im Zusammenhang mit dem Tod Ihres Vaters irgend etwas seltsam vor? Oder mit dem Tod Ihrer Mutter?«

Helen starrte die beiden erstaunt an, rang nach Worten, sagte dann: »Mein Vater war ein böser Mann. Audrey und ich sprechen nicht über ihn.«

»Wir wissen von dem ... ehm, wir wissen Bescheid über Audrey«, sagte Lucas.

»Was wissen Sie über Audrey?« fragte Connie.

Lucas sah zu Helen hinüber, die schnell blinzelte, den Kopf schüttelte und dann zur Connie sagte: »Mein Vater hat uns ... belästigt, als wir Kinder waren. Vor allem Audrey, aber ich habe auch meinen Teil abbekommen. Er hat mich nie gezwungen, etwas mit ihm zu ... anzustellen, wie er es mit Audrey gemacht hat, aber es wäre bald auf mich zugekommen. Er hätte mich ... betatscht. Aber Audrey war vier Jahre älter als ich, und das hat mich zunächst einmal vor ihm geschützt.«

»O Gott«, stöhnte Connie.

»Erinnern Sie sich an die Nacht, in der Ihr Vater starb?« fragte Lucas.

Wieder wirkte Helen erstaunt. Dann nickte sie, ganz langsam. »Ich wußte nicht, was passiert war, bis der Sheriff kam – Mom ließ mich nicht aus dem Bett. Aber ich wußte, daß mein Vater sehr krank war, Mom und Audrey hatten mir das die Treppe rauf zugerufen.«

»War er schon länger krank, oder handelte es sich um einen plötzlichen Anfall?« fragte Lucas.

»Er war schon länger krank, ich glaube, schon mehr als eine Woche ... Ich erinnere mich nicht mehr genau, ich war ja erst zehn ... Aber er war schon länger krank. Dann, in der Nacht, als er starb ... mein Gott, es war kalt, wir hatten schon Schnee da oben, daran erinnere ich mich genau. Der Wind pfiff durch dieses heruntergekommene, alte Farmhaus. Und bevor ich ins Bett ging, hörte ich noch, daß er einen schrecklichen Streit mit Audrey hatte. Wir schliefen im selben Zimmer, Audrey und ich ... Ich glaube, keiner ging ins Bett. Ich hörte ihn stöhnen und würgen, im Badezimmer, das ist meine letzte Erinnerung an ihn. Dann wurde es still, und ich glaube, ich bin eingeschlafen, und als nächstes kann ich mich nur noch erinnern, daß Autos draußen vorfuhren und Leute durchs Haus polterten. Er war gestorben.«

»War Audrey wirklich nicht ins Bett gekommen?«

Helen schaute auf ihre Tochter hinunter und sah dann Lucas an. »Ich glaube nicht. Ich glaube, sie blieb die ganze Nacht über unten, hat sich um ihn gekümmert …«

»Hm. Okay. Und jetzt zu Ihrer Mutter …«

»Meine Mutter war … eine gebrochene Frau … durch meinen Vater. Sie schien keine eigene Persönlichkeit mehr zu haben. Ich dachte damals oft: Sie ist wie eine Sklavin, aus der man jeden Widerstand rausgeprügelt hat. ›Mach dies!‹ – ›Ja, Master.‹ – ›Mach das!‹ – ›Ja, Master.‹ Sie war nur noch ein Wrack.«

»Und als sie starb … War Audrey bei ihr, als sie starb?«

»Ja. Wir waren beide bei ihr. Ich glaube, sie hatte eine Grippe, dazu Magenschmerzen, und manchmal mußte sie sich übergeben, und Audrey steckte sie ins Bett und fütterte sie löffelweise. Und dann verlor sie eines Nachts das Bewußtsein, und Audrey rief das Krankenhaus an. Sie starb auf dem Weg dorthin.«

»Sowohl Ihr Vater als auch Ihre Mutter wurden feuerbestattet«, sagte Lucas. »War das Audreys Idee?«

»Ja.«

»Sie haben die Asche nicht aufgehoben, oder doch?«

»Nein … Mom ging gern zu einem Park, ungefähr eine Meile von unserem Haus drüben in Lakeville entfernt, und wir wußten keinen Friedhof, wo wir die Urne hätten beisetzen können, und so sagte Audrey, es wäre doch schön, die Asche unter den Bäumen im Park zu verstreuen, dann würde Mom für immer in diesen Bäumen weiterleben.«

Nach einem Moment des Schweigens fragte Helen dann: »Meinen Sie, Audrey hat unsere Eltern umgebracht? Sie vergiftet oder so was?«

Lucas nickte. »Ich halte das für sehr wahrscheinlich. Die Zahlungen der Versicherung …«

Helen schüttelte den Kopf, unterbrach Lucas. »Meine Eltern waren nicht versichert, soviel ich weiß.«

Lucas stieß ein erstauntes »Hm« aus, sagte dann: »Was geschah nach dem Tod Ihrer Mutter?«

»Nun, wir konnten nicht zusammenbleiben. Audrey war kaum achtzehn, und so kam ich zu meiner Tante, bis ich herangewachsen war. Audrey bekam ein Stipendium und ging aufs College. Ich arbeitete mich durch eine Technische Fachschule und machte eine Ausbildung zur Bürokauffrau ... Und sie heiratete Wilson mit all seinem Geld.«

»Okay«, sagte Lucas und fuhr dann fort: »Ich weiß, es wird Sie wahrscheinlich einige Überwindung kosten, aber wenn es möglich wäre ... und ich bitte Sie dringend um Ihre Mitarbeit ... Also, wären Sie bereit, eine Aussage zu machen, wenn wir uns an einem der nächsten Abende – noch in dieser Woche – mit einem Stenographen und einem Stellvertretenden Bezirksstaatsanwalt zusammensetzen und die ganze Sache protokollieren? Ihren ganzen Lebensweg? Im Detail?«

Helen sagte: »Ich kann nicht glauben, daß Audrey ...«

»Doch, das kannst du«, unterbrach sie Connie. »Ich habe es ja beim letzten Mal schon gesagt – sie ist eine gemeine alte Hexe unter der vorgetäuschten ladyhaften Oberfläche.«

»Connie ...« Ihre Mutter warf ihr einen warnenden Blick zu.

Aber Connie wandte sich an Lucas und fragte: »Warum haben Sie nach der Asche von Grandma gefragt?«

»Nur wegen einer bestimmten Sache«, antwortete Lucas ausweichend.

»Welcher Sache?«

»Wenn deine Großmutter vergiftet wurde, könnte das bei einer Laboruntersuchung vielleicht anhand der Asche nachgewiesen werden.«

Connie schaute zu ihrer Mutter hoch, Helen erwiderte stirnrunzelnd ihren Blick und fragte dann: »Worauf willst du hinaus?«

»Du hast doch diese Haarlocke von ihr bei den Fotos ... Du hast gesagt, du hättest sie ihr am Tag ihres Todes abgeschnitten...«

Helen legte die Fingerspitzen auf den Mund. »Oh, das stimmt.

Ich hatte es ganz vergessen.« Und zu Lucas: »Könnte diese Haarlocke hilfreich sein?«

Lucas nickte. »Ja, das könnte sein ...«

Sherrill, die bisher nur aufmerksam zugehört hatte, schaltete sich ein: »Der Doc oben in Oxford glaubt, George Lamb sei mit Arsen vergiftet worden. Wenn Amelia auf dieselbe Weise umgebracht wurde, und die Krankheitssymptome klingen sehr ähnlich, dann könnte man das Gift in den Haaren nachweisen.«

Lucas sah Helen an.

»Würden Sie uns diese Locke überlassen?«

30

Um zehn Minuten nach Mitternacht war Audrey immer noch dabei, Wilsons Kleidung zu verpacken. Die Cops waren gegangen und hatten eine kleine Schachtel mit diversem Abfall mitgenommen. Das Zeug würde die Schnüffler nicht weiterbringen, überlegte sie. Klebeband? Jeder hatte Klebeband – obwohl sie sich nachträglich wünschte, sie hätte sich eine Minute Zeit genommen, um die Spuren des Klebebandes an den beiden Türen nach dem Mord an O'Dell zu beseitigen. Aber daran hatte sie überhaupt nicht gedacht.

Ein Plus: Sie *hatte* den Glasschneider weggeworfen. Er lag, für immer verschwunden, im Schlamm eines Straßengrabens irgendwo an der I-94. Ein Minus: Sie hatte ihn nicht gleich nach dem Brandanschlag auf das Haus der Bairds weggeworfen. Sie hatte das erst nach dem Anschlag auf Karkinnen getan, aber nur, weil sie gemeint hatte, sie würde ihn nicht mehr brauchen. Über Beweise hatte sie sich *keine* ernsthaften Gedanken gemacht ...

Jedenfalls nicht mehr seit der Einäscherung ihrer Mutter. Bei all den anderen Morden hatte sie ein einfaches Motto verfolgt: Wenn man mich auf frischer Tat erwischt, kann ich es nicht ändern, und das war's dann ... Sie hatte keinen Anlaß gesehen, sich Gedanken über Beweise zu machen, bis auf die selbstverständlichen Dinge natürlich – hinterlasse keine Fingerabdrücke, kaufe dir keine Waffe, mit der du jemanden erschießen willst.

Sie mußte jetzt aber notgedrungen anfangen, sich ein paar Gedanken darüber zu machen ...

Sie war bis zu Wilsons Pullovern vorgedrungen. Er hatte auch dafür ein Vermögen ausgegeben, obwohl sie ihm das Volumen eines Öltankers verliehen. Er selbst meinte, sie gäben ihm das kraftvolle Aussehen eines Football-Lineman; in Wirklichkeit machten sie ihn nur noch erheblich dicker, als er sowieso schon war. »Dreihundert Dollar für einen Pullover ... Ich erinnere mich, daß ich es kaum glauben konnte, als du mir das erzählt hast. Dreihundert Dollar ... Und es sind ja nicht nur diese dreihundert Dollar – wenn wir das Geld damals in Vanguard-Aktien angelegt hätten, hätte sich die Summe inzwischen verdreifacht.«

Scheinwerferlicht in der Zufahrt. Sie erstarrte. Wieder die Cops? Aber ihre Gedanken schweiften für ein paar Sekunden ab: Sie haßte die Cops, und dieser Davenport war der Satan in Person. Wenn sie eine Pistole auftreiben konnte, würde sie sich in einem Jahr oder so um ihn kümmern, ganz bestimmt. Ja, in einem Jahr oder ein bißchen mehr, vielleicht im Januar, wenn die Leute ihre Türen verschlossen hielten und die Rolläden vor den Fenstern heruntergelassen hatten, würde sie eines Nachts in der Nähe seines Hauses auf ihn warten. Wenn sie eine Waffe auftreiben konnte wie die, die sie bei Kresge benutzt hatte; eine wunderbare Waffe – einfach wunderbar.

Und dann holte die Realität sie aus dem Traum zurück. Ein Wagen in der Zufahrt. Sie lief zum Fenster, schaute hinunter, sah Helen auf die Haustür zugehen. Helen? Sie hatte nicht vorher angerufen ...

Ein Gedanke zuckte auf. Helen hatte wieder mit diesem Davenport gesprochen ... Sie drehte sich um, lief zur Treppe, und da läutete es auch schon unten an der Haustür.

Helen sah seltsam aus: Bei der sonst so gepflegten jungen Frau war das Haar in Unordnung, das Gesicht angespannt und der

Mund verkniffen. Sie zog den Mantel nicht aus, blieb unter der Haustür stehen.

»Ich weiß wirklich nicht, wie ich meine Fragen an dich loswerden soll, Audrey ... Ich möchte dir nur weitergeben, was Chief Davenport mir gesagt hat. Er glaubt, daß du Mom und Dad umgebracht hast. Daß du sie vergiftet hast. Ich habe ihm gesagt, daß ich das nicht glauben kann, aber dann habe ich den ganzen Abend darüber nachdenken müssen, und schließlich meinte ich, ich sollte besser doch zu dir fahren und mit dir darüber sprechen.«

»Mom und Dad ... Mom und Dad? Glaubst du wirklich, ich hätte Mom und Dad umgebracht?« Audrey war entsetzt, aber in ihrem Unterbewußtsein verhärtete sich die dünne Schale um ihr geheimes Wissen um die Morde sofort.

»Ich ... ich glaube das nicht«, sagte Helen, aber ihre Augen wichen Audreys Blick aus. Dann sah sie Audrey wieder an und sagte: »Chief Davenport glaubt, du hättest deshalb dafür gesorgt, daß sie eingeäschert wurden. Um es zu vertuschen.«

»Das ist doch lächerlich«, fauchte Audrey. »Dieser Davenport steckt mit Wilsons Vater unter einer Decke; sie versuchen, mir das Geld abzuluchsen. Verstehst du denn nicht – Wilsons Geld fällt seinem Vater zu, wenn man mich wegen eines Verbrechens verurteilt. Und das ist alles, was hinter diesen Bezichtigungen steckt; es geht ums Geld.«

Helen sah sie einen weiteren Moment an, ein wenig zu kühl, wie Audrey fand. Dann sagte Helen: »Okay, ich wollte dich das nur mal fragen. Chief Davenport hat mich gebeten, nicht mit dir über diese Sache zu sprechen, also sag ihm nicht, daß ich es dennoch getan habe. Aber ich mußte einfach herkommen und dir diese Frage stellen ...«

Audrey drehte sich um, ging langsam durch den Flur in Richtung Küche, tat so, als sei sie verwirrt und zutiefst traurig über diesen schwesterlichen Verrat. Dann wandte sie sich Helen wieder zu. »Anscheinend redest du dauernd mit diesem Davenport«, sagte sie.

»Bisher nur dreimal«, sagte Helen. »Er scheint kein übler Mann zu sein.«

»Oh, sei doch endlich mal realistisch, Helen«, fauchte Audrey. »Du hast nie gewußt, wie die Dinge im Leben laufen. Du sitzt da in dieser Firma und sortierst deine kleinen Autozubehörteile, und draußen zieht das Leben an dir vorbei. Du solltest dich manchmal fragen: ›Was geschieht, wenn ich alt bin? Was ist, wenn mich niemand mehr braucht und ich versuchen muß, mit Sozialhilfe auszukommen?‹ Helen, du hast einfach keine Vorstellung vom wahren Leben.«

Helen griff zum Türknopf. »Mach dir keine Sorgen um mich, Audrey, mach dir lieber Sorgen um dich selbst ... Übrigens, als Mom damals starb, hast du es da mitgekriegt ... Ja, ich glaube, du hast es gesehen – ich habe ihr eine Haarlocke abgeschnitten, und sie steckte neben ihrem Foto im Rahmen auf dem Klavier bei mir zu Hause. Chief Davenport hat sie mitgenommen. Er wird sie im Polizeilabor untersuchen lassen.«

»Ach Gott, das tut mir aber leid, daß du diese kostbare Locke weggeben mußtest«, höhnte Audrey. »Aber sie wird wenigstens beweisen, daß Mom nicht vergiftet worden ist.«

»Ich hoffe es sehr«, sagte Helen. »Audrey, wenn das alles vorbei ist, müssen wir uns endlich mal zusammensetzen und miteinander reden. Es sind so viele Dinge in meiner Kindheit geschehen, die ich nicht verstehe ...«

»Ich werde dir zum Verständnis all dieser Dinge verhelfen«, sagte Audrey. »Komm mit deinen Fragen zu mir, wenn alles vorbei ist.«

Helen ging, und die schwere Haustür knarrte, als sie sie hinter sich zuzog. Wilson hatte auf dieser speziellen, fast zehn Zentimeter dicken Tür bestanden. »Sie ist unser Aushängeschild, der erste Eindruck, den die Leute von uns kriegen.« Zweitausend Dollar für eine Haustür ...

»Scheiße«, sagte sie laut vor sich hin und schob die Gedanken an Wilson weg. Eine Haarlocke! Konnte man bei einer Laboruntersuchung wirklich eine Vergiftung nachweisen – oder wollte

Davenport nur ein Spielchen mit ihr spielen? Wie konnte man das rausfinden?

Vielleicht im Internet, auch wenn das weit hergeholt erschien. Sie ging ins Arbeitszimmer zum Computer, wartete ungeduldig, bis die Online-Verbindung stand, wählte das Alta-Vista-Suchprogramm und gab dann ein: »ARSEN + HAARE«.

Fast sofort wurde ihr eine ganze Reihe von Veröffentlichungen zu diesem Thema angeboten, was sie beunruhigte. Der erste Artikel beschäftigte sich mit Napoleon, was sie kopfschüttelnd zur Kenntnis nahm. Sie holte ihn sich auf den Bildschirm und mußte lesen, daß man in Napoleons Haaren noch lange nach seinem Tod Arsen festgestellt hatte. Scheiße. Sie klickte den nächsten Artikel an, der das Analysesystem schilderte und bestätigte, daß man Arsen in Haaren nachweisen konnte. Scheißhaare …

Sie schaltete den Computer aus, und der Ventilator starb mit einem lauten Stöhnen ab. Der Computer mag das nicht, dachte sie. Mag es nicht, wenn man ihn anwirft und gleich danach wieder abschaltet.

Scheiß-Computer.

Arsen und Haare … Sie mußte etwas unternehmen, und zwar schnell.

31

Lucas ging mit Del zum Mittagessen, und Del sagte: »Ich werde diese Opium-Sache nicht los. Jeden Tag, den Gott erschaffen hat, rufen mehrere der alten Ladys bei mir an und fragen, was wir unternehmen werden.«

»Das ist *dein* Problem, gottlob«, sagte Lucas. »Geh doch mal zu Towson oder einem seiner Leute und frage, was die Staatsanwaltschaft zu unternehmen gedenkt.«

»Sie wollen *nichts* unternehmen«, sagte Del. »Und Rose Mary auch nicht. Niemand will was damit zu tun haben. *Ich* will auch nichts mehr damit zu tun haben. Zum Teufel, ich gehe in zwei

Wochen in Urlaub. Endlich komme ich mal nach Cancún. Und jetzt lassen mich diese alten Ladys nicht in Ruhe und drängen drauf, daß etwas unternommen wird.«

»Warum eigentlich? Sag ihnen doch, sie sollen den Mund halten, und alle Welt würde die Sache vergessen«, schlug Lucas vor.

»Sie denken in anderen Strickmustern«, sagte Del mürrisch. »Sie haben eine Generalversammlung – eher so was wie einen verdammten Hexensabbat! – einberufen und den Entschluß gefaßt, ihre Schuld gegenüber der Gesellschaft zu begleichen.«

»Ach du lieber Gott! Na ja, du hast es ja herausgefordert.« Lucas grinste fröhlich. »Du hast mein volles Mitgefühl, Kumpel. Aber als dieser Arzt dir das damals gesagt hat, hast du ja die Chance gehabt, es einfach auf sich beruhen zu lassen.«

»Heh, Mann, du mußt einen Weg finden, mir da rauszuhelfen!«

»Nein, *ich* doch nicht.« Lucas lachte – und dachte: *Mein Gott, ich glaube, ich habe eben aus vollem Herzen gelacht.* »Ich bin nicht bei der Drogenfahndung. Rede mit diesen Leuten darüber.«

»Die behandeln mich, als ob ich die Pest hätte ...«

»Das liegt daran, daß du tatsächlich die Pest *hast*«, sagte Lucas. »Ich will jedenfalls nichts mehr davon hören.«

»Du läßt mich einfach in der Scheiße sitzen«, klagte Del trübsinnig. »Solchen Dingen bin ich nicht gewachsen.«

Lucas lachte wieder und sagte: »Das ist niemand. Fast sechzig alte Ladys? So ist es doch, nicht wahr? Du arme Sau. Du bist echt in den Arsch gekniffen.«

Del schaute auf die Uhr. »Der Laborbericht ist fällig.«

»Ja, laß uns zurückgehen«, sagte Lucas.

»Glaubst du, daß du sie am Haken hast?«

»Das wäre fast zuviel des Glücks, um seine Hoffnung darauf zu setzen«, erwiderte Lucas. »Als Helen sagte, sie hätte eine Haarsträhne von ihrer Mutter, hat es mir beinahe die Sprache verschlagen.«

Lucas fand eine Nachricht vor, als er in sein Büro zurückkam: »Davis anrufen«. Davis Ericson arbeitete im staatlichen Kriminallabor. Lucas tippte seine Nummer ein, und Ericson nahm sofort ab.

»Was haben Sie rausgefunden?«

»Also, Lucas, ich kann nur sagen, daß ich so was noch nie erlebt habe. Nicht im wahren Leben.«

»Was? Haben Sie Arsen gefunden?«

»Das Haar ist steif davon«, sagte Ericson. »Sie muß das Zeug monatelang zu sich genommen haben, ehe sie schließlich starb.«

»Gottverdammt, Davis!«

Lucas wählte die Nummer des Bezirksstaatsanwalts, mußte drei Minuten warten, dann hob Kirk, der Leiter der Kriminalabteilung, ab. Lucas erklärte ihm die Sache mit der Haarlocke.

»Wenn Helen beschwören kann, daß diese Locke von ihrer Mutter stammt, könnte das ausreichen«, sagte Kirk.

»Helen sagt jedenfalls, daß es so ist.«

»Geben Sie mir ihren vollen Namen und die Anschrift. Wir machen einen Termin mit ihr für eine eidliche Aussage.«

»Und was machen wir mit Audrey?«

»Der einfachste Weg ist, daß wir mit dem Richter sprechen und einen Widerruf der Haftverschonung gegen Kaution wegen Mordes an ihrem Mann erreichen. Und dann, vor der Kautionsverhandlung morgen früh, lassen wir uns auf der Grundlage einer eidesstattlichen Erklärung zum Tod ihrer Mutter einen Haftbefehl geben und nehmen sie fest. Wir könnten auch die Anklage wegen Mordes an ihrem Mann auf Mord ersten Grades anheben …«

»Und wie lange wird das dauern? Dieser Widerruf der Freilassung gegen Kautionsstellung?«

»Hm … Wir müssen einigen Schriftkram erledigen. Wenn Sie uns eine Darstellung der Umstände geben, die zum Auffinden der Haarlocke geführt haben, und den Labortest beschreiben – nur in den Grundzügen – und uns das rüberschicken, werde ich eine Sekretärin dransetzen, einen Haftbefehl aufzusetzen, und wenn alles gut läuft, kann der Richter ihn noch heute nachmittag unterschreiben. Wenn Sie uns Ihr Memo in einer Stunde zuschicken, kriegen wir heute noch alles unter Dach und Fach.«

»Und dann greifen wir sie uns.«

»Ja. Wir könnten es schaffen, daß sie ihr Abendessen schon im Knast einnimmt.«

»Großartig«, sagte Lucas.

Audrey war fast die ganze Nacht damit beschäftigt gewesen, Wilsons Sachen zu verpacken. Sie wollte das erledigt haben – für den Fall, daß man sie wieder festnehmen sollte, so daß Wilsons Kleidung nicht mehr in den Schränken hing, wenn sie zurückkam. Alles im Haus, was an ihn erinnerte, mußte ausgemerzt werden ...

Und wahrscheinlich würde man sie wieder festnehmen, dachte sie. Wenn Davenport tatsächlich diese Haarsträhne hatte, würde er morgen, spätestens übermorgen bei ihr aufkreuzen und sie in Untersuchungshaft nehmen. Wie lange brauchte ein Labor für so eine Untersuchung? Sie hatte keine Ahnung. Aber sie war sich sicher, daß vor neun Uhr morgen früh nichts gegen sie unternommen werden konnte.

Um halb acht, nach einem vierstündigen unruhigen Schlaf, war sie mit dem Packen fertig. Sie warf noch einen schnellen Blick durch das Zimmer, schleppte dann die Kartons in den Hausflur und stapelte sie vor der Haustür auf. Dann duschte sie, zog sich um, setzte sich danach im Arbeitszimmer vor den Computer, ging in *Word* und tippte einen Text, den sie noch mehrfach überarbeitete. Als sie schließlich zufrieden war, speicherte sie den Text auf eine Diskette und steckte sie in ihre Handtasche.

Um neun Uhr verließ sie das Haus.

Der Juwelierladen *Gold Bug* lag im Süden von Minneapolis. Man fertigte dort vornehmlich Schmuckstücke auf Bestellung der Kunden an. Mehrere Goldschmiede waren in einer Werkstatt mit dem Schmelzen und Formen von Gold beschäftigt, während die eigentliche Goldschmiedearbeit, das Herstellen fertiger

Schmuckstücke, in kleinen separaten Werkstätten im Anschluß an die Schmiede stattfand. Audrey war schon einmal mit einer Damengruppe des Country Clubs in dem Laden gewesen; man hatte ihnen den Herstellungsprozeß der Schmuckstücke vorgeführt.

Sie hatte damals nichts gekauft oder bestellt, aber sie hatte diesen Besuch sehr interessant gefunden.

Eine große, knochige rothaarige Frau saß im Laden an ihrem Schreibtisch, schaute auf und begrüßte Audrey mit einem fröhlichen »Hallo«, als sie zögernd den Kopf durch die Tür steckte.

»Hallo. Sind die Werkstätten geöffnet?«

»Selbstverständlich. Gehen Sie nur runter. Sie kennen sich aus?«

»Ja. Ich war schon mal hier.«

Audrey ging die Wendeltreppe hinunter, kam zu der offenen Feuertür, die zur Schmiede führte, zögerte, schaute hinein. Ein Schild an der Tür besagte: »Treten Sie ein und schauen Sie zu; aber bitte die Goldschmiede nicht bei der Arbeit stören.«

Ein Mann arbeitete an einem Schmelzofen; drei weitere Arbeitsplätze waren nicht besetzt. Der Mann schaute auf und sah sie an.

»Entschuldigen Sie«, sagte Audrey, »darf ich ...«

»Natürlich. Kommen Sie rein. Ich bin gerade dabei, ein bißchen Gold zu schmelzen.«

Sie ging in die Werkstatt, die Handtasche fest an die Brust gepreßt – eine alte Frau. Ich muß noch ein wenig an diesem Alte-Frau-Image arbeiten, dachte sie. Wenn ich in die Zeitung komme, sollte ich mich jedoch um ein jüngeres Aussehen bemühen ...

Der Goldschmied machte sich wieder an seine Arbeit, richtete einen Schweißbrenner auf einen kleinen Schmelztiegel; sie konnte nicht sehen, was genau er da machte, aber das war ihr ziemlich egal. Sie war an der Goldschmiedearbeit nicht interessiert. Sie hielt die Augen auf den Schweißbrenner gerichtet und schob sich auf einen der anderen Arbeitsplätze zu. Der Tisch neben dem Schmelzofen war leer. Verdammt. Sie ging hinter dem

Goldschmied vorbei und tat so, als schaue sie sich die Ausstattung der Werkstatt an. Dann wandte sie sich dem Mann wieder zu, sie konnte ihn jetzt von der Seite im Auge behalten. Er nimmt mich zwar irgendwie wahr, dachte sie, aber er ist es gewöhnt, beobachtet zu werden, und beachtet mich nicht wirklich …

Sie ging zum nächsten Schmelzofen – und sah das Fläschchen.

Da war es … Es stand auf dem Tisch direkt neben ihr, und als der Mann sich von ihr abwandte und ihr den Rücken zukehrte, griff sie vorsichtig nach dem Fläschchen und schob es blitzschnell in ihre Jackentasche. Es war klein, nicht größer als eine Schrotpatrone oder eines dieser alten Jodfläschchen. Sie umklammerte es in der Tasche mit den Fingern und ging zu dem Mann zurück.

»Sehr interessant«, sagte sie schließlich, als er einen kleinen Guß des flüssigen Goldes aus dem Schmelztiegel in etwas entleerte, das wie ein Gipsklumpen aussah.

»Ist aber sehr einfach, wenn man's mal eine Weile gemacht hat«, sagte er.

Sie hatte keine Ahnung, was er da gemacht hatte, sagte jedoch: »Vielen Dank« und ging, sich immer noch demonstrativ interessiert im Raum umschauend, zur Tür. Draußen im Flur blieb sie vor zwei Schaukästen der Goldschmiedewerkstätten stehen und betrachtete die ausgestellten Schmuckstücke. Dann ging sie die Wendeltreppe hoch, schaute auf die Uhr – es war bereits nach zehn – und eilte zum Ausgang.

»Ich wünsche Ihnen einen schönen Tag«, sagte der Rotschopf, als sie die Tür öffnete.

Darauf kannst du dich verlassen …

Zwanzig Minuten später, nach einem schnellen Halt bei einem Drugstore, um eine Packung Rasierklingen zu kaufen, machte sie sich auf dem Parkplatz eines Burger King an die Herstellung ihrer Spezialpille. Als erstes nahm sie eine der Prozac-Kapseln, die sie von Helen bekommen hatte, zog vorsichtig die obere Hälfte ab, entleerte das Medikament in die Handfläche und schüttete es dann aus dem Wagenfenster. Dann nahm sie das Fläschchen, das sie beim *Gold Bug* gestohlen hatte, und schaute es sich an. Auf dem einfachen Etikett stand *VORSICHT!*, darunter, nicht mehr in Großbuchstaben, *Natriumzyanid.* Und darunter: *Gift! Nur für handwerkliche Zwecke. Falls in den Verdauungstrakt aufgenommen, sofort einen Arzt aufsuchen!*

Als die Damengruppe des Country Clubs damals den Juwelierladen besucht hatte, hatte einer der Goldschmiede erklärt, daß man das Zyanid benötige, um Recyclinggold zu reinigen, und er hatte gewitzelt, daß »Hitler und seine Jungs« das Zeug dazu benutzt hatten, Selbstmord zu begehen. Sie hatte nicht genau verstanden, wovon er gesprochen hatte – Reinigung des Recyclinggoldes –, aber sie hatte sehr gut in Erinnerung behalten, was er über »Hitler und seine Jungs« gesagt hatte.

Das Zyanid war ein grau-weißes Pulver, sah völlig harmlos aus ... Sie schüttete ein wenig davon auf die Brotdose aus dem Handschuhfach, scharrte es mit einer Rasierklinge zu einer Linie zusammen und füllte es dann vorsichtig in die untere Hälfte der Prozac-Kapsel. Schließlich steckte sie die obere Kapselhälfte wieder auf. Keine schlechte Arbeit. Wenn man die Kapsel genau betrachtete, sah man, daß sie nicht ganz so perfekt war wie andere Kapseln. Aber wer schaute sich die Kapseln vor der Einnahme schon so genau an?

Sie wickelte die Kapsel in ein Papiertaschentuch und legte das Päckchen auf den Beifahrersitz; die Brotdose warf sie in einen Abfalleimer in der Nähe. Direkt hinter dem Eingang des Burger King hing ein Münztelefon an der Wand, und sie ging hin und wählte Helens Nummer. Helen mußte bei der Arbeit sein, Connie in der Schule. Wie erwartet keine Antwort ... Zur Sicherheit ließ sie sich von der Auskunft die Nummer von Helens Firma geben, wählte sie, fragte nach Helen. Helen meldete sich sofort, und Audrey legte auf, sobald sie die Stimme ihrer Schwester erkannt hatte.

Helens Haus war nur zehn Minuten entfernt. Wenn sie versuchte, auf komplizierte Weise ins Haus zu kommen, etwa sich hineinzuschleichen, würde das wahrscheinlich eher die Aufmerksamkeit in der Nachbarschaft erregen, als wenn sie geradewegs hineinging. Sie stellte den Wagen am Straßenrand ab, wartete, bis niemand auf den Gehwegen zu sehen war, eilte dann die Zufahrt hinauf zur Veranda und klingelte. Keine Reaktion. Dann drückte sie noch einmal auf die Klingel, fast eine ganze Minute lang. Nichts ...

Sehr gut.

Sie nahm ihren Schlüsselbund aus der Handtasche, fand den Schlüssel für Helens Haus, schloß die Tür auf und ging hinein. Es war totenstill im Haus. Sie ging geradewegs in Helens Wohnzimmer zu der Ecke, in der ihr Computer stand, schaltete ihn ein, nahm die Diskette aus der Handtasche und rief die Datei *Meine Dokumente* auf. Helen hatte vor zwei Monaten ein Memo für sich selbst geschrieben, aber der Computer würde die Zeit auf den neuesten Stand bringen und Audreys Manipulation als letzten Eintrag behandeln. Sie schob die Diskette ins Laufwerk, überspielte den Text, den sie heute morgen verfaßt hatte, anstelle Helens Memo auf die Festplatte. Zum Schluß überzeugte sie sich, daß das Memo komplett überschrieben war, und las den neuen Text noch einmal durch.

Für den Fall meines Todes, lautete die Überschrift.

Mir tut das alles so leid! *Ich* habe diese Leute getötet, nicht Audrey! Aber Audrey war ja meine einzige Stütze, und ich mußte etwas unternehmen, damit Wilson bei der Bank Karriere machte und seine Stellung gefestigt war! Wenn Wilson damals seinen Job verloren hätte, was wäre dann aus Connie und mir geworden? Ohne das Geld von Audrey wären wir auf der Straße gelandet! Mein Exehemann kümmert sich ÜBERHAUPT NICHT um uns!!! Aber ich habe Mr. Kresge nicht erschossen! Das muß ein Unfall gewesen sein! Und, Chief Davenport, wenn Sie dieses Schreiben zu Gesicht bekommen sollten – ja, ich war es, die Sie angerufen hat! Ich konnte nicht länger mit ansehen, wie Wilson mit Audrey umgesprungen ist! Ich hatte Angst, er würde sie eines Tages umbringen! Ich dachte, Sie würden eine Untersuchung einleiten, und Wilsons Brutalität Audrey gegenüber würde ans Tageslicht kommen, und niemand würde jemals erfahren, daß ich es war, die Sie angerufen hat. Und Audrey könnte mich weiter unterstützen, denn wenn sie geschieden würden, hätte sie bestimmt alles Geld dieser Welt! Connie – ich liebe dich. Bitte zieh zu Tante Audrey, sie liebt dich aufrichtig. Mir tut das alles so schrecklich leid!

Und am Ende des Schreibens hatte sie alle fehlerhaften Fragmente stehenlassen, die sie bei der Überarbeitung aus dem Text rausgeworfen hatte: *Ich hatteAngstMordd sieUunmfallMord umfesprungen Wils;sonMisterKresgeOhne Geld von Audrey ...*

Das würde, so hoffte sie, danach aussehen, als ob Helen lange an dem Text herumgebastelt und ihn mit vollem Bewußtsein geschrieben hätte. Besonders stolz war sie auf die vielen Ausrufezeichen. Helen benutzte sie dauernd und überall, als seien es Kommas.

Sie schloß die Datei, schaltete den Computer aus, steckte die Diskette wieder in die Handtasche und ging in Helens Schlafzimmer. Helen hatte eine Pillendose mit einer Spieluhr, die sie an die zeitgerechte Einnahme des Medikaments erinnerte; sie nahm jeweils zur Mittagszeit eine Prozac ein. Das Prozac-Fläschchen selbst bewahrte sie in einer Schublade ihres Schreibtischs im Schlafzimmer auf. Audrey fand das Fläschchen, schraubte den Deckel ab, schaute hinein. Ungefähr noch ein Dutzend Kapseln drin ... Sie wickelte vorsichtig die Zyanidkapsel aus dem Papiertaschentuch und ließ sie auf die anderen Kapseln in dem Fläschchen fallen. Dann legte sie das Fläschchen zurück in die Schublade und schob diese zu.

Draußen vor dem Haus stellte sie zufrieden fest, daß sie nicht einmal zehn Minuten im Haus gewesen war. Als sie losfuhr, spürte sie das Fläschchen mit Zyanid in der Jackentasche. Ich sollte es irgendwo wegwerfen, dachte sie. Aber der Gedanke an das Gift gefiel ihr. Der Tod in ihren Händen … Sie dachte eine Weile darüber nach, hielt dann bei einem Park an; ein kleiner Entwässerungsteich war von einem schmalen Waldstreifen umgeben. Sie ging unter die Bäume, suchte sich eine markante Eiche aus und setzte sich auf eine Bank darunter. Sie versuchte, mit dem Wagenschlüssel den Boden aufzukratzen, verdammt – gefroren.

Sie schaute sich um und sah ein Abflußrohr aus der Böschung des Teiches hervorragen. Sie ging hin, schob das Fläschchen unter dem Rohr tief in den Lehm. Hier würde es jahrelang sicher aufgehoben sein, dachte sie. Wirkte sich Kälte auf Zyanid aus? Sie hatte keine Ahnung.

So, das wär's, dachte sie und richtete sich auf.

Wo bist du, Davenport?

32

Zwei uniformierte Cops mit einem Haftbefehl fuhren um sechzehn Uhr zum McDonald-Haus, aber es öffnete niemand. Audrey McDonalds Autokennzeichen war zur Fahndung ausgeschrieben, zusammen mit einer Personenbeschreibung. Sie aber aß seelenruhig im Baker's Square Restaurant ein verfrühtes Abendessen; den ganzen Nachmittag hatte sie ungeduldig darauf gewartet, festgenommen zu werden. Einmal gingen zwei Cops draußen vorbei, aber auf dem Heimweg folgte ihr niemand.

Um neunzehn Uhr fuhren die beiden uniformierten Cops wieder zum Haus der McDonalds – und sahen Licht hinter den Fenstern.

Auf ihr Läuten kam Audrey McDonald sofort zur Tür.

Sherrill rief an: »Nur zur Erinnerung – wir sind heute abend zum Dinner verabredet.«

»Verdammt, tut mir leid, aber wir sind gerade dabei, Audrey McDonald hochzunehmen«, sagte Lucas.

»Okay. Aber morgen ganz bestimmt.«

»Ja, morgen.«

Audrey wurde zum County-Gefängnis gebracht, wo sie in einem Verhörzimmer auf die Ankunft ihres Anwalts wartete. J. B. Glass erschien eine halbe Stunde später, hatte sich zum Abendessen ein paar Gläschen Weißwein genehmigt. Vor dem Verhörzimmer im Untergeschoß traf er Lucas und Sloan. »Was, zum Teufel, ist passiert?« fragte er.

»Ihre Klientin ist eine Serienmörderin«, sagte Sloan lakonisch.

»Was bringt sie serienweise um die Ecke – Eiskugeln oder Popcorn?«

»Als erstes zum Beispiel ihren Vater und ihre Mutter«, sagte Lucas.

»Wollen Sie im *Ernst* sagen, ich hätte eine Klientin, die Millionärin und zugleich Serienmörderin ist?« fragte Glass mit gedämpfter Stimme. Er verdrehte die Augen. »Ich möchte ja nicht zynisch erscheinen, aber ... Jesus, ich danke dir!«

Dann aber wurde er sofort streng dienstlich: »Ich möchte allein mit meiner Klientin sprechen.«

»Sie wartet da drin auf Sie«, sagte Lucas.

»Haben Sie mit ihr gesprochen?«

»Niemand von uns hat mit ihr gesprochen«, sagte Lucas. »Sie hat bei der Festnahme die Haustür geöffnet und gesagt: ›Ich möchte sofort meinen Anwalt sprechen‹. Niemand hat seitdem ein Wort mit ihr geredet, bis auf Anweisungen wie ›stehen Sie bitte auf, setzen Sie sich bitte hin, drehen Sie sich bitte nach rechts‹.«

»Sehr gut« Glass nickte zufrieden. »Ich möchte Ihnen aber sagen, daß es eine Weile dauern wird, bis Sie sie verhören können.«

»Wir warten gerne«, sagte Lucas.

Und sie warteten. Glass sprach eine halbe Stunde mit ihr und bat Lucas dann, zwei Dosen Diät-Pepsi für sie zu holen. Lucas ging durch den düsteren Flur zum Getränkeautomaten, zog zwei der gewünschten Dosen, ging zurück und reichte sie durch die Tür des Verhörzimmers. Glass bedankte sich, machte die Tür wieder zu.

Weitere zwanzig Minuten vergingen, dann öffnete Glass die Tür und sagte: »Kommen Sie rein.«

Sloan ging mit seinem Kassettenrecorder als erster hinein. Lucas nickte Audrey zu. Sie starrte ihn einen Moment mit ihren Kobra-Augen an, schaute dann hinunter auf den Tisch. Als Sloan den Recorder gestartet hatte, sagte er: »Dies ist ein erstes polizeiliches Verhör von Mrs. Audrey McDonald. Es wird im Beisein ihres Anwalts, Mr. John Glass, von den Detectives Davenport und Sloan geführt.«

Zur Überprüfung der Funktionsfähigkeit spulte er das Band zurück, startete es erneut und hörte sich seine Präliminarien noch einmal an, fügte Datum und Uhrzeit hinzu und wandte sich dann an Audrey. »Mrs. McDonald, Sie sind aufgrund des Widerrufs Ihrer Freilassung gegen Kautionsstellung nach der Erschießung Ihres Mannes, Wilson McDonald, erneut festgenommen worden ... Der Widerruf basiert auf unserem Verdacht, daß Sie Ihre Mutter Amelia Lamb ermordet haben.«

»Ich wäre zu einer solchen Tat nicht fähig«, sagte sie mit ruhiger Stimme. »Ich habe meine Mutter geliebt.«

»Mrs. McDonald, war Ihnen bekannt, daß Ihre Schwester eine Haarsträhne, die sie Ihrer Mutter nach deren Tod abschnitt, aufbewahrt hat?«

»Ja, das war mir bekannt.«

»Wir haben diese Haarsträhne im staatlichen Kriminallabor analysieren lassen, Mrs. McDonald, und das Ergebnis zeigt, daß sie sehr starke, für einen Menschen tödliche Arsenspuren aufweist.«

»Davon weiß ich nichts«, sagte sie.

Glass schaltete sich ein: »Hm, wissen Sie, wo Mrs. Lamb wohnte, als sie starb?«

»In Lakeville«, antwortete Lucas.

»Hat die Polizei das Haus, in dem sie lebte, genauer unter die Lupe genommen?«

»Noch nicht.«

»Es war ein sehr altes Haus – man findet bei solchen alten Häusern überall Arsen. Es sitzt in Tapeten, dem Anstrich – die Leute benutzten es lange Zeit als Mittel zur Vernichtung von Ungeziefer. Mrs. Lamb mag Arsenspuren im Haar gehabt haben, aber es gibt keinen Grund zu der Annahme, daß meine Klientin dafür verantwortlich ist. Und sie *ist* nicht verantwortlich dafür.«

»Haben Sie größere Summen aus Lebensversicherungen Ihrer Eltern nach deren Tod ausgezahlt bekommen, Mrs. McDonald?« fragte Sloan.

»Diese Frage beantworten wir nicht«, sagte Glass schnell. Er schaute Audrey an. »Das ist eine Sache, die wir erst einmal selbst noch überprüfen müssen, ehe wir mit Ihnen darüber in eine Diskussion eintreten.«

»Haben Sie diese Zahlungen der Versicherung dazu benutzt, um das St. Anne's College besuchen zu können, wo Sie Schwester Mary Joseph kennengelernt haben?« fragte Lucas.

Glass schüttelte den Kopf. »Wir weigern uns, diese Frage zu beantworten.«

»Wir haben eine Rolle graues Klebeband mit Ihren Fingerabdrücken in Ihrem Haus gefunden«, sagte Sloan, »und der Klebstoff dieser Rolle paßt haargenau zu dem, den wir an bestimmten Türschlössern in Susan O'Dells Appartementgebäude gefunden haben. Haben Sie dieses Klebeband dort benutzt, Mrs. McDonald?«

»Nein, das habe ich nicht.«

Die Befragung ging noch eine halbe Stunde weiter, und Audrey wurde immer wütender. Schließlich fragte sie Glass: »Wie lange muß ich mir das noch gefallen lassen?«

»Möchten Sie, daß jetzt Schluß ist?«

»Ja.«

»Dann *ist* jetzt auch Schluß«, sagte Glass. Und zu Sloan: »Keine weiteren Fragen mehr.« Sloan sah Lucas an, streckte die Hand zum Recorder aus. Ehe er ihn aber abschalten konnte, zischte Audrey Lucas an. »Sie meinen, Sie wären so verdammt clever, dabei haben Sie überhaupt nichts verstanden.«

Sloan erstarrte, ließ dann so unauffällig wie möglich den Arm zur Seite gleiten und neben dem Recorder liegen. Manchmal bekam man die interessantesten Aussagen, wenn die offizielle Befragung vorbei war.

»Ich denke doch, daß ich einiges verstanden habe«, sagte Lucas. »Ich habe mit einigen Ihrer Freunde gesprochen, ich habe mit Ihrer Schwester gesprochen ... Wir haben nicht jedes Stück des Puzzles gefunden, weil Sie einige beseitigt haben. Aber es reicht, Sie an den Galgen zu bringen, Audrey.«

»Sie sind so verdammt dumm«, knurrte sie. Sie stand auf und fragte Glass: »Wird es eine weitere Kautionsverhandlung geben?«

»Ja, morgen früh.«

»Es wird Sie diesmal ein wenig mehr kosten«, sagte Lucas.

»Und wenn wir im Zusammenhang mit dem Tod Ihrer Mutter alles beisammen haben, werden wir Sie ganz einfach wieder verhaften. Wäre eigentlich einfacher, wenn Sie gleich im Knast bleiben würden. Mr. Glass könnte es sicher arrangieren, daß sich jemand um Ihr Haus kümmert.«

»Meine Schwester ... ja, ja, meine Schwester«, sagte sie unverhofft. Sie krallte die Finger ins Haar, als wolle sie es sich ausreißen. »Meine Schwester hat Ihnen eine Haarsträhne von meiner Mutter gegeben, so ist es doch, nicht wahr?«

»Ja.«

»Das war sehr nett von ihr. Und meine Schwester hat Ihnen vor allem ja wohl auch erzählt, was hinter dieser ganzen Idee zu den Morden steckt, oder?«

Lucas sah Sloan an und nickte dann. Glass machte den Mund auf, als ob er etwas sagen wolle, schloß ihn dann aber wieder.

»Hat meine Schwester Ihnen auch erzählt, daß während der ganzen Zeit, in der ich angeblich all diese Leute umgebracht habe, fast ihr gesamter Lebensunterhalt auf unserer Unterstützung beruhte? Auf der Unterstützung durch Wilson und mich? Daß wir ihr regelmäßig Geld gegeben haben, damit sie den Kopf über

Wasser halten konnte? Daß sie, wenn Wilson versagt hätte, wenn er eine Beförderung nicht erreicht oder gar seinen Job verloren hätte, ebenso davon betroffen gewesen wäre wie wir? Hat sie Ihnen erzählt, daß unser Vater ihr mal gewaltig auf den Zahl gefühlt hat, weil er im Maschinenschuppen eine Schachtel Rattengift gefunden und Helen im Verdacht hatte, sie hätte ihm davon etwas in den Whisky gekippt? Hat meine Schwester Ihnen das alles erzählt? Hat sie Ihnen von den Streitereien mit Mom erzählt, weil sie in Lakeville in unserem Maisfeld mit Jungs rumgebumst hat? Und, noch schlimmer, sich für Geld bumsen ließ? Haben Sie sich mal alles genauer angeschaut, was Sie meinen, gegen mich in der Hand zu haben, und sich gefragt: ›Was ist, wenn es ihre Schwester war?‹ Und haben Sie sich mal gefragt, ob die arme Audrey McDonald es durchsteht, wenn Sie sie ins Gefängnis stecken? Ich gebe Ihnen ungefragt die Antwort auf diese Frage: Ich leide unter Klaustrophobie. Ich würde es kein volles Jahr im Gefängnis aushalten. Ich würde einen Weg finden, mich aufzuhängen. Und was meinen Sie, wer dann mein ganzes Geld bekommt? Meine Schwester, nicht wahr? *Das*, Detective, sind Helens Gedankengänge ...«

Lucas war erstaunt. In diesem Moment war er überzeugt, daß Audrey glaubte, was sie da sagte. Sie klang absolut überzeugend – eine eisenharte, empörte, jung-alte Frau. »O Gott«, sagte er.

»Wir müssen aufhören«, sagte Glass aufgeregt. »Wir müssen sofort damit aufhören.«

Er legte den Arm um Audrey, um sie aus dem Zimmer zu führen. Und für einen Moment zuckte in den toten Kobra-Augen der Frau etwas auf, ein Glitzern, so etwas wie ein spöttisches Grinsen. Dann erstarb das Glitzern, und sie schaute wieder so mürrisch drein wie immer.

Lucas schaute ihr nach, als Glass sie hinausführte; was hatte das zu bedeuten?

Lucas und Sloan fuhren, jeder in seinem Wagen, zu einem Greasy-Spoon-Schnellrestaurant. Vor dem Eingang fragte Sloan: »Was ist, wenn die Schwester tatsächlich die Täterin ist?«

Lucas schüttelte den Kopf: »Ausgeschlossen.«

»Wieso?«

»Sie war zu jung, um ihren Vater umzubringen, egal, ob er sie begrapscht hat oder nicht. Aber die größte Frage ist, warum sie es riskiert haben sollte, die Aufmerksamkeit auf diese ganze Serie von Morden zu lenken. Auch wenn sie den Verdacht auf Wilson McDonald lenkte, bestand immer die Möglichkeit, daß McDonald beweisen konnte, als Täter nicht in Frage zu kommen ... und wenn er beweisen konnte, daß er *einen* der Morde nicht begangen hatte, dann stand seine Schuld auch bei allen anderen in Frage. Nein ... Wer auch immer diese Leute umgebracht hat – und ich bin überzeugt, es war Audrey –, würde niemals das Risiko eingehen, die Aufmerksamkeit der Polizei auf die Morde zu lenken.«

»Aber was ... was ist, wenn Helen erkannt hat, daß es mit McDonald den Berg runterging und sie Kresge erschoß, mit dem Ziel, Wilson den Mord anzulasten und ihn damit endgültig fertigzumachen, so daß Audrey in den Besitz des ganzen Geldes kam? Und dann, wenn du Audrey in die Zange nimmst, wirft sie sie dir zum Fraß vor ... Ich meine, was ist, wenn sie langfristig geplant hat und abwartet, bis Audrey in den Knast wandert oder sich das Leben nimmt? Oder gar plant, Audrey zu vergiften, wenn sie freigesprochen wird?«

»Nein«, sagte Lucas energisch. »Wenn du die beiden Schwestern so gut kennen würdest wie ich ...«

Sie setzten sich in eine Nische und bestellten Bier und Fritten.

»Diese Audrey hat mir echt Angst eingejagt, Mann«, sagte Sloan. »Und ich kann dir sagen, Glass hat den Recorder angeschaut, als wäre er aus purem Gold. Jeder, der sich dieses Band anhört, wird ihr abkaufen, was sie da gesagt hat. Zum Beispiel jeder Geschworene.«

Lucas schüttelte wieder den Kopf: »Nicht, wenn er gleichzeitig Helen anhört. Helen ist einfach ... unschuldig. Sie hatte Wilson McDonald in Verdacht, als ihr im Verlauf der Jahre das Muster auffiel. Sie hatte genug Kontakt zu Audrey, um zu wissen, wann eine Beförderung für Wilson anstand, und dann las sie in der Zeitung, daß jemand von der Bank umgebracht worden war, und siehe da – es stellte sich stets heraus, daß es jemand war, der Wilsons Beförderung im Weg gestanden hatte. Nein und nochmals nein … Helen hätte eigentlich sogar früher mit der Äußerung ihres Verdachts rausrücken sollen. Und warum, um Himmels willen, sollte sie uns die Haarsträhne ihrer Mutter als Beweis anbieten? Wenn sie wußte, daß ihre Mutter vergiftet worden war …«

Sie sprachen die Sache noch eine weitere Stunde durch, stellten alle Verdachtsmomente und Beweise gegen Audrey zusammen. Zum Schluß sagte Sloan: »Du mußt zugeben, daß alles auch auf Helen passen würde.«

»Nein. Eine Jury würde das bestimmt nicht überzeugen. Und denk dran, Audrey hat nicht zuletzt auch ihren Mann erschossen.«

Sloan schüttelte nachdenklich den Kopf. »Ich wollte, wir könnten die Schwestern räumlich auseinanderbringen. Die eine unter Bewachung nach Kansas verfrachten, und die andere dann bei einem Mord in Minnesota erwischen …«

Lucas hob die Bierflasche zum Mund, und im selben Moment zuckte ein Gedanke durch seinen Kopf: »Oh, verdammte Scheiße«, sagte er, und die Bierflasche verharrte dicht vor seinem Mund.

»Was ist los?«

»Der Arris-Mord … Wir haben auf dem Videoband nicht nach einer Frau gesucht.«

»Hm. Wo ist das Band?«

»Bei mir zu Hause. Die Jungs von St. Paul haben mir eine Kopie gegeben.«

»Darf ich mitkommen?«

Sie steckten die Kassette in Lucas' Videorecorder, und die unscharfen Bilder flimmerten über den Bildschirm. Sie sahen Arris vorbeigehen, gefolgt von mehreren Frauen, und dann, eine Minute später, eine weitere Frau, die zielstrebig das abfallende Straßenstück hinunterging. »Das ist sie«, sagte Lucas.

»Das ist die verdammte Helen«, meinte Sloan.

»Nein, das ist die verdammte Audrey«, beharrte Lucas. Er spulte das Band zurück. »Schau dir an, wie sie sich bewegt.«

»Für mich sieht sie wie die verdammte Helen aus«, insistierte Sloan.

»Denk dran, das ist acht Jahre her. Audrey war damals dreißig, Helen Mitte Zwanzig ... Sie sehen sich ähnlich, okay, aber diese Frau da ist nicht sechsundzwanzig.«

Sloan kauerte auf Händen und Füßen vor dem Screen und starrte aus nächster Nähe auf die Bilder. »Verdammt. Könnte tatsächlich Audrey sein.«

»Es *ist* Audrey«, sagte Lucas.

»Aber es wird schwer sein, es einer Jury zu verkaufen«, warnte Sloan. »Wenn ein einziges dämliches Arschloch unter den Geschworenen ist, das nur seinen eigenen Augen glaubt, könnte dieser Glaube ihm einreden, es sei Helen.«

»Ich frage mich, ob man die Bilder irgendwie vergrößern kann«, sagte Lucas. »Vielleicht die Jungs vom FBI?«

»Keine Ahnung ... Ehrlich gesagt, wenn es nicht zwingend erforderlich wird, das Band als Beweismittel zu verwenden, würde ich es bleibenlassen. Es könnte die Leute verwirren. Aber nachdem ich mir das jetzt genauer angeschaut habe, glaube ich, daß du recht hast. Sie bewegt sich wie Audrey. Sie *trippelt*.«

Das Telefon klingelte, als sie sich das Band ein letztes Mal anschauten. Sherrill. »Habt ihr sie?«

»Ja, ich denke schon – aber die Beweisführung ist nach wie vor schwierig.«

»Soll ich rüberkommen und dich trösten?«

Er wollte das eigentlich nicht, aber er sagte: »Wenn du willst ...«

»Nein, ich will nicht«, sagte sie. »Du klingst nicht so, als ob du es wirklich möchtest. Aber morgen abend ...«

Und sie legte auf.

»Verfickte Cop-Weiber«, knurrte Lucas.

»Genau das machst du ja mit ihr«, stimmte Sloan zu.

»›Verfickt‹ ist ein Eigenschaftswort, kein Tätigkeitswort«, stellte Lucas richtig.

»Man könnte es aber als Tätigkeitswort auslegen«, konterte Sloan.

Sloan ging, und Lucas setzte sich in sein Arbeitszimmer, malte Männchen auf seinen Notizblock, konzentrierte sich dann auf den Fall, ging im Geist alles noch einmal durch und suchte nach losen Enden, die es zu verknüpfen galt. Er fand nicht viele, bis auf die Erkenntnis, daß sie eine ganze Reihe von Mitarbeitern der Bank noch einmal vernehmen mußten. Sie mußten Zeugen auftreiben, die Audrey beim Übungsschießen mit Kresges Spezialpistole gesehen hatten; sie mußten Zeugen auftreiben, die über die Konkurrenzsituation bei Beförderungen Aussagen machen konnten ...

Er wankte schließlich ins Bett, lag noch eine Weile gedankenvoll wach, fiel dann aber in einen tiefen Schlaf.

Am Morgen schleppte er sich träge durchs Haus. Es war schon neun Uhr. Er zog sich an, fuhr los, hielt zu einem kurzen Frühstück an einem Schnellrestaurant und fuhr dann zum Präsidium. Er rief bei der Bezirksstaatsanwaltschaft an und wurde mit Kirk verbunden.

»Hat die Kautionsverhandlung schon stattgefunden?«

»Ja. Der Richter war in der Arsen-Sache ziemlich skeptisch. J. B. Glass leistete gute Arbeit ... Wir konnten die Kaution auf eine Million hochtreiben, aber sie war darauf vorbereitet.«

»Sie ist also auf freiem Fuß?«

»Ja, seit zehn Minuten«, bestätigte Kirk.

»Und was ist mit dem Haftbefehl wegen Mordes an ihrer Mutter?«

»Damit sind wir nicht durchgekommen. J. B. brachte diese Sache mit dem alten, arsenverseuchten Haus aufs Tapet, darüber hinaus wurden wir mit dem Verdacht gegen die Schwester konfrontiert. Wir müssen also das Haus überprüfen lassen, die entlastenden Beweise für die Schwester zusammenstellen und uns schleunigst von ihr die eidesstattliche Erklärung zu der Haarsträhne einholen ... Ich meine, Audrey mußte eine Million hinterlegen, wir brauchen wohl nicht zu befürchten, daß sie sich absetzt.«

Sherrill kam gegen elf mit Doughnuts und Kaffee vorbei. »Sie ist draußen, wie ich gehört habe.«

»Ja«, knurrte Lucas, Ekel in der Stimme. »Glaub mir, wenn sie eine Schwarze mit auch nur kleinsten Vorstrafen wäre, würde sie jetzt im Gefängnis Stillwater Geschirr abwaschen.«

»Sloan hat mir von dem Verdacht gegen ihre Schwester erzählt; das ist doch äußerst seltsam, nicht wahr?«

»Ja, ich verstehe das nicht«, antwortete Lucas. »Es ist eindeutig eine konstruierte falsche Beschuldigung. Wenn Helen im Zeugenstand aussagt, kommt die Wahrheit raus, glaub's mir.«

»Bist du fest davon überzeugt, daß Audrey lügt? Daß es nicht doch Helen gewesen sein könnte?«

»Ja, Audrey lügt, und Helen war es nicht.«

»Eines macht mir bei der Sache zu schaffen: Audreys äußere Erscheinung«, sagte Sherrill. »Sie ist nur fünf Jahre älter als ich ...«

»Wirklich? Ich dachte, du wärst gerade mal sechzehn ...«

»Blödmann ... Ich meine es ernst. Was mir Kopfschmerzen macht, ist folgendes: Schau dir den Angriff auf Elle und die Studentin an, bei dem die beiden mit einem schweren Schlagholz zusammengeschlagen wurden. Wem würdest du das eher zutrauen – Helen, die jung und aktiv wirkt und in guter körperlicher Verfassung ist, oder Audrey, die alt und schwach aussieht?«

»Wie auch immer sie aussieht, sie ist erst achtunddreißig«, sagte Lucas. »Sie ...«

Er brach ab, faßte sich an die Stirn. »Was ist los?« fragte Sherrill. »Ein Schlaganfall?«

»O Mann«, sagte Lucas. Er griff zum Telefonbuch und sprach hastig weiter: »Es ist mir damals in St. Anne's, als Elle zusammengeschlagen wurde, durch den Kopf gezuckt, aber ich konnte den Gedanken nicht festhalten; es ist, als wenn es tatsächlich so was wie ein Schlaganfall gewesen wäre ...«

»Was denn, verdammt, was denn?«

»Als Elle den Anruf entgegennimmt und nach ihren Wagenschlüsseln greift und rausrennt und angefallen wird ... derjenige, der angerufen hat, muß draußen ganz in der Nähe auf sie gelauert haben. Muß aus dem Gebüsch dort angerufen haben. Muß ein Mobiltelefon benutzt haben, kein Münz- oder Kartentelefon in einer Zelle. Die anderen Anrufe mit den Tips, die wir bekommen haben, waren immer von Münztelefonen geführt worden, und das hat offensichtlich mein Gehirn blockiert ...«

Sherrill schnippte mit den Fingern: »Telefonrechnungen.«

»Genau.«

Der für die Telefonabrechnungen zuständige Mann war nicht greifbar, wurde aber noch vor dem Mittagessen zurückerwartet. Die Telefongesellschaft würde sich aber bemühen, ihn sofort zu erreichen, um die Dinge zu beschleunigen.

Lucas sagte zu Sherrill: »Wenn das hinhaut, ist sie erledigt.«

»Und was ist, wenn es Helens Handy ist?«

»Dann habe ich ein Problem«, sagte Lucas.

»Na ja, warten wir's ab.«

»Ja.« Lucas schaute auf die Uhr. »Sollte nicht mehr als eine halbe Stunde oder so dauern.«

Del kam rein. »Diese alten Ladys treiben mich noch in den Wahnsinn«, sagte er.

»Sag ihnen doch, wenn sie in den Knast kämen, würden sie von bulligen Lesben vergewaltigt«, schlug Sherrill vor.

»Einige von ihnen brauchen bestimmt psychotherapeutische Hilfe«, sagte Del. »Jede einzelne hat sich einen eigenen Anwalt genommen; wir kriegen es mit siebenundfünfzig Anwälten zu tun ...«

»Zu schade, daß die Sache mit der Zickzackschere nicht tödlich für dich ausgegangen ist«, sagte Lucas und grinste häßlich. »Überleg doch mal, wieviel besser du jetzt dran wärst.«

»Das ist wahr«, stimmte Del ernsthaft zu. »Jesus, was für eine Scheiße!«

»Wann fliegst du nach Cancún?« fragte Sherrill.

»In einer Woche«, antwortete er. »Ich hoffe nur, daß ich die Sache bis dahin hinter mir habe. Es wäre schrecklich, wenn sie die ganze Zeit, die ich da unten bin, als dunkle Wolke über mir hängen würde.«

»Da ist noch was anderes«, sagte Sherrill, als Del gegangen war. »Was ist, wenn Helen ihre Schwester Audrey echt liebt – sie haben schließlich einiges zusammen durchmachen müssen – und sich entschließt, ihr aus der Sache rauszuhelfen? Was ist, wenn wir uns auf Helen stützen und sie verweigert die Aussage? Audrey geht in den Zeugenstand, lastet alles Helen an, und Helen verweigert jegliche Aussage ...«

»Ich glaube nicht, daß es dazu kommt. Audrey hat ihre Mutter ermordet und ...«

Lucas' Gedanken schienen abzuschweifen, und Sherrill fragte: »Was ist los? Schon wieder eine neue Erleuchtung?«

»Ja ... Was ist, wenn Helen nicht mehr da ist, um sich zu verteidigen?«

Helen war bei der Arbeit in ihrer Autozubehörfirma. Lucas fand den Namen in den Gelben Seiten und rief sie an. »Sie müssen sich sofort freigeben lassen und sich mit uns in Ihrem Haus treffen«, sagte Lucas. »Es tut mir leid, aber es geht um etwas, das eine Gefährdung für Sie und Connie sein könnte. Wenn Sie wollen, spreche ich mit Ihrem Chef ...«

Lucas nahm den Porsche, und Sherrill, die von Frank Lester die Erlaubnis zur Teilnahme an der Aktion eingeholt hatte, folgte ihm in einem Dienstwagen. Das Bombenräumkommando war zehn Minuten später auf dem Weg zu Helens Haus, ein Team der Spurensuche wiederum einige Minuten später.

Lucas dachte an die Lügen, die Audrey ihnen beim Verhör aufgetischt hatte, wie schroff sie sie geäußert hatte – und wie offen und aufrichtig sie geklungen hatten. Aber der Auftritt hatte auch sorgsam eingeübt geklungen. Und er erinnerte sich, wie selbstgefällig sie zum Schluß gewesen war. Sie mußte jedoch gewußt haben, daß alles, was sie gegen Helen vorbrachte, von Helen abgestritten werden würde und daß einige der Bezichtigungen durch Gegenbeweise widerlegt werden konnten. Es mußte ihr auch klar gewesen sein, daß Helen ganz einfach glaubwürdiger wirkte als sie. Und sie hatte sicher auch erkannt, daß eine arsenverseuchte Haarsträhne nicht beweiskräftig war, wenn Helen nicht da war, um unter Eid auszusagen, daß die Strähne vom Kopf der toten Mutter stammte …

Sie mußte gefolgert haben, daß die polizeiliche Beweiskette gegen sie weitgehend auf Helen aufbaute. Und wenn Helen tot war, konnte Audrey alle möglichen Verteidigungstaktiken einschlagen.

Und dieses kleine Glitzern in den Augen, diese Selbstgefälligkeit ganz zum Schluß …

Audrey war überzeugt gewesen, Helen werde nicht mehr da sein, um gegen sie aussagen zu können …

Welchen Plan konnte sie haben? Sie hatte bisher Brandbomben, Handfeuerwaffen und Gift eingesetzt. Eine Handfeuerwaffe konnte man ausklammern – sie würde sich erst einmal eine beschaffen müssen. Irgendeine Art von Bombe war möglich. Oder irgendeine Art von Gift.

Helen traf ein, widersprach dem Verdacht: »Ich kenne Audrey. Sie würde so etwas niemals tun. Niemals. Wir sind ja schließlich Schwestern …«

»Mrs. Bell – wir sind ziemlich sicher, daß sie Ihren Vater und Ihre Mutter umgebracht hat …«

»Sie behauptet, sie hätte es nicht getan», sagte Helen störrisch.

»Wir glauben ihr nicht. Und wenn Sie nicht gedacht hätten, es könnte doch möglich sein, hätten Sie uns nicht die Haarsträhne gegeben.«

»Ich ...«

»Denken Sie, was Sie wollen«, sagte Sherrill sanft. »Aber erlauben Sie uns, daß wir nachsehen. Wenn wir falschliegen, ist ja kein Schaden angerichtet worden.«

Keine Bombe.

Das Bombenräumkommando durchsuchte das ganze Haus mit seinen sensiblen Suchgeräten, fand aber nichts. Die Spezialisten überprüften auch die Gasheizung und den Warmwasserbereiter auf Manipulationen. Auch dort nichts.

»Pillen«, sagte Lucas. »Welche Medikamente nehmen Sie? Aspirin? Irgendwas in Kapseln? Ich nehme an ...«

»Prozac«, sagte Helen. »Ich nehme Prozac.«

»Wo bewahren Sie das Medikament auf?« fragte Sherrill.

»Im Schlafzimmer.«

Sie holten die Arzneiflasche und schütteten die Prozac-Kapseln auf einen sauberen Müllbeutel auf dem Küchentisch. Einer der Spezialisten von der Spurensuche hatte ein Vergrößerungsglas dabei, und Lucas schaute sich damit jede einzelne Kapsel sorgfältig an. Nach einer Minute schüttelte er den Kopf. »Ich kann nichts finden.«

»Wir haben auch Aspirin im Haus«, sagte Helen. »Aber nicht in Kapseln.«

»Wir sollten uns die Tabletten trotzdem ansehen«, sagte Lucas.

»Und ich habe auch einige Antibiotika vom letzten Winter übrig. Und Erkältungstabletten. Aber beides sind keine Kapseln.«

»Wir nehmen das alles mit ins Labor«, sagte Lucas. »Das Problem ist, daß wir nach etwas suchen, das speziell auf *Sie* ausgerichtet ist, nicht auf Connie. Wie sieht es bei Lebensmitteln aus? Gibt es da was, das *nur Sie* essen oder trinken?«

»Ich habe ein Diät-Getränk, aber die Dosen sind alle noch verschlossen.«

»Wir schauen sie uns trotzdem an«, sagte Lucas.

»Hören Sie, ich muß zurück zur Arbeit«, sagte Helen. »Nachdem nun feststeht, daß keine Bombe im Haus versteckt ist, könnten wir doch heute abend weitermachen.«

»Okay«, stimmte Lucas zu. »Verdammt, sie hat aber irgend etwas unternommen …«

»Es sei denn, daß Sie mit Ihrem Verdacht falschliegen.«

»Ich liege nicht falsch«, knurrte Lucas. »Ich habe …«

Er hörte die zarte Melodie, aber sie drang nicht voll in sein Bewußtsein, und er reagierte erst, als er Helen mit einem seltsamen Gesichtsausdruck auf ihre Handtasche starren sah. »Was ist das denn?« fragte er.

»Das ist meine Pillendose«, antwortete Helen. »Ich habe sie immer in der Handtasche dabei. Sie hat eine kleine Spieluhr, die mich daran erinnert, jeden Tag zur selben Zeit mein Medikament zu nehmen. Ich habe die Dose heute morgen erst aufgefüllt.«

Lucas nahm die Handtasche, klickte sie auf und holte die Pillendose heraus. Sie spielte »My Bonnie Lies Over The Ocean«.

»Sie müssen den Knopf da eindrücken, um das Lied abzustellen«, sagte Helen, während die beiden Männer von der Spurensuche zu Lucas traten und auf die Dose schauten. Lucas trug sie in die Küche und entleerte den Inhalt auf den Müllbeutel.

»Geben Sie mir noch mal das Vergrößerungsglas«, sagte er.

Er fand die Kapsel nach einer knappen Sekunde. »Da haben wir's ja.«

»Nein!« Helen wollte es nicht glauben.

»An dieser verdammten Kapsel ist herummanipuliert worden«, sagte Lucas. Er übergab die Lupe an den Mann von der Spurensuche. »Was halten Sie davon?«

Der Mann schaute sich die Kapsel durch das Vergrößerungsglas an. »Ganz klar. Und wissen Sie, was? Es gibt nichts Besseres auf der Welt als Gelatine, um einen Fingerabdruck festzuhalten.«

»Ist denn ein Abdruck drauf?« fragte Lucas.

»Ein Stück davon jedenfalls«, antwortete der Mann. »Wir brauchen was Spitzes, um sie aufzumachen.«

»Nein«, stammelte Helen vor sich hin, »nein ...«

Sie zogen die Kapselhälften mit zwei Gabeln vorsichtig auseinander und achteten darauf, den vermutlichen Fingerabdruck nicht zu verwischen. Weißes Pulver quoll aus der Öffnung. Lucas zog die Hälften einer anderen Prozac-Kapsel aus dem Arzneifläschchen auseinander. »Es ist anderes Pulver, deutlich zu erkennen.«

Der Mann von der Spurensuche beugte den Kopf über den Tisch, schob die Nase zwei Zentimeter über das verdächtige Pulver, schnupperte ganz vorsichtig, richtete sich dann auf und putzte sich schnell die Nase.

»Und?« fragte Lucas.

»Mandelgeruch«, sagte der Mann. »Dieses Zeug ist Zyanid.«

33

Lucas rief von Helen Bells Haus den Bezirksstaatsanwalt an und berichtete ihm vom Fund der Giftkapsel. »Okay, das war's dann«, sagte Towson. »Nehmt sie fest. Diesmal buchten wir sie endgültig ein. Keine Kaution. Nichts.«

Lucas legte auf und nickte Sherrill zu: »Wir greifen sie uns. Willst du mitkommen?«

»Ich fahre mit dir«, sagte sie. »Du kannst mich nachher hier wieder absetzen, um meinen Wagen abzuholen.«

»Auf geht's«, sagte Lucas. »Ein Streifenwagen stößt an ihrem Haus zu uns.«

Nach rund vier Meilen Fahrt rief die Vermittlung an und sagte, ein Mann von der AT&T-Telefongesellschaft wolle Lucas sprechen.

»Stellen Sie ihn durch«, sagte Lucas.

»Das Verrechnungskonto für dieses Mobiltelefon lautet auf den Namen Wilson McDonald«, sagte der Mann von AT&T. »In der vergangenen Woche sind Dutzende Anrufe zu Lasten dieses Kontos geführt worden. Welches Datum und welche Uhrzeit interessieren Sie besonders?«

Lucas nannte sie ihm und fügte hinzu: »Schauen Sie nach einer angewählten Stadtteilkennung 699.«

Er brauchte nicht lange auf das Ergebnis zu warten: »Da ist es. Da haben wir's tatsächlich.«

Audrey war gerade im Gespräch mit einer Managerin des Fidelity-Aktienfonds, als das Handy in ihrer Tasche piepste. »Entschuldigung, aber das nehme ich wohl besser an«, sagte sie freundlich. Sie trug ihr feinstes Outfit, gab sich ganz als Banker-Ehefrau – beziehungsweise -Witwe. Sie wollte das Geld aus dem Fidelity-Fonds abziehen, ehe irgendeine Maßnahme sie daran hinderte. Wenn sie dieses Bargeld in der Hand hatte und es irgendwo sicher aufbewahren konnte, würde das mindestens für zwei Jahre reichen, egal, was ansonsten geschah.

»Lassen Sie mich inzwischen den Rest der Nummern holen«, sagte die Managerin. Sie war eine junge Frau in einem hübschen Ann-Taylor-Hosenanzug, trug dazu einen sehr schönen Seidenschal, aber alles dezent und nicht zu teuer. Das fand Audreys volle Zustimmung; Fidelity ging mit ihrem Geld offensichtlich nicht leichtsinnig um und zahlte keine überhöhten Gehälter.

Audrey hob beim dritten Läuten den Hörer ans Ohr, und Helen fragte sie ohne Umschweife: »Hast du es getan?«

Und Audrey hörte Connies Stimme im Hintergrund, die aufgeregt forderte: »Leg auf, Mom! Leg auf!«

»Was getan?« fragte Audrey mit ruhiger Stimme, obwohl sie wußte, worum es ging.

»Du weißt, was ich meine – wenn du es getan hast.«

»Dieser Davenport ist mal wieder bei dir, oder?« fragte Audrey. »Laß mich mal mit ihm sprechen.«

»Er ist weg«, sagte Helen. Sie würgte diese Worte heraus, und Audrey hörte Connie rufen: »Mom, hör auf! Du sollst nicht ...«

Und die Verbindung wurde unterbrochen. Audrey starrte

noch einen Moment den Hörer an, drückte dann auf die Aus-Taste. Davenport hatte die Kapsel gefunden. Sie brauchte Helen nicht noch einmal anzurufen und zu fragen.

Sie verließ das Fidelity-Büro. Im Flur begegnete ihr die junge Managerin. »Es tut mir leid«, sagte Audrey zu ihr. »Ich habe so was wie einen Notfall in der Familie und muß sofort nach Hause.«

Sie fuhr wie in Trance in Richtung ihres Hauses. Sie hatte keinen Zugang zu größeren Geldsummen, also kam eine Flucht nicht in Frage. Und da nun feststand, daß Helen am Leben bleiben würde, standen ihr nicht mehr viele Optionen offen. Sie konnte sich nur noch eine einzige vorstellen.

»Ich kann den Tod suchen«, sagte sie zu dem Wagen. Sie war überwältigt von einem Gefühl der Trauer – nicht über ihr Schicksal, sondern über diese arme Welt. Sie würde diese Welt verlassen. Die Welt würde sie, Audrey McDonald, nicht mehr haben … »Dann werden sie sehen, was sie an mir verloren haben«, sagte sie zu dem Wagen. »Dann werden sie es sehen …«

Der Wagen schien sich selbst zu steuern, aber sie wußte, wohin er wollte: zu North Woods Arms in Wayzata. Es war nur ein kleiner Waffenladen – eine Tür neben einem Schaufenster mit verschnörkelten schmiedeeisernen Gitterstäben. Die Wand um die Tür und das Fenster bestand aus verwitterten Holzbalken, die an ein Blockhaus in den Wäldern des Nordens erinnern sollten. Im Schaufenster blinkten kleine Weihnachtslichter um ein festliches Arrangement von Neunmillimeter-Pistolen.

Als Audrey in den Laden ging, klingelte ein Glöckchen über der Tür, und der Ladenbesitzer schaute von einem Magazin auf. »Hallo.«

»Hallo«, erwiderte Audrey und schaute zu einem Gestell mit Gewehren und Flinten hinüber. »Ich suche nach einer Schrotflinte als Weihnachtsgeschenk für meinen Mann.«

»Da sind Sie bei uns richtig«, sagte der Mann freundlich. »Haben Sie eine bestimmte Waffe im Auge, oder …«

»Ja.« Audrey faltete einen gelben Notizzettel auseinander. Sie hatte sich überlegt, daß das eine hübsche Geste sei, den genauen Wunsch des Ehemanns vorzutäuschen. »Eine Remington 870 Wingmaster Zwölf-Gauge-Shotgun.«

»Kein Problem«, sagte der Mann enthusiastisch. »Wissen Sie, wozu er sie hauptsächlich einsetzen will?«

»Enten, nehme ich an, und Gänse. Er geht vor allem auf Enten- und Gänsejagd.«

»Kein Problem …«

Sie nahm die Schrotflinte und die beiden Patronenschachteln Nr. 2 entgegen. Der Ladenbesitzer nahm seinerseits ihren Scheck entgegen und ließ es sich nicht nehmen, ihr die Waffe und die Munition zum Wagen zu tragen. »Sagen Sie Ihrem Mann, ich wünsche ihm ›Waidmannsheil‹«, verabschiedete er sich.

»Ja, wenn ich ihm begegne«, sagte sie und stieg in den Wagen. Der Ladenbesitzer fand diese Bemerkung sehr seltsam; er nahm sich vor, sie am Abend seiner Frau zu erzählen.

Lucas und Sherrill trafen vor Audrey am McDonald-Haus ein. Eine Minute später fuhr auch der angeforderte Streifenwagen vor. Lucas läutete, klopfte an die Haustür, bekam jedoch keine Antwort, und während die beiden uniformierten Cops an der Frontseite warteten, ging er mit Sherrill um das Haus. Niemand zu sehen. Sie schauten durch die Fenster an der rückwärtigen Veranda ins Haus, sahen aber weder Licht noch irgendwelche Bewegungen. Als sie zurück zur Vorderseite kamen, drückte Sherrill noch einmal auf die Klingel. Lucas schaute hoch zu den Schlafzimmerfenstern und sagte: »Niemand im Haus. Alles zu still. Ich hoffe, sie ist nicht abgehauen.«

Sie standen in dem »L«, das die Vorderseite des Hauses bildete; nach links erstreckte sich der Wohntrakt, nach rechts die für drei Wagen vorgesehene Garage. »Vielleicht sollten wir die Fahndung nach ihr einleiten«, sagte Sherrill. »Wir können allerdings auch noch eine Weile warten.« Die beiden Cops lehnten sich gegen die Motorhaube ihres Streifenwagens und unterhielten sich.

»Ich hoffe, daß sie sich nicht auf die Suche nach Helen

macht«, sagte Lucas. Und dachte an Elle Kruger, und seine Kinnladen spannten sich an. »Oder nach irgendeinem anderen. Bei Gott, ich möchte dieses Miststück selbst verhaften, aber vielleicht sollten wir doch die Fahndung … Hoppla, da kommt sie ja.«

Audrey bog in die Zufahrt ein und sah den Porsche und den Streifenwagen vor sich stehen. Sie drückte auf die Fernbedienung zum Öffnen des Garagentors. Die Shotgun lag neben ihr, mit der Mündung auf dem Boden vor dem Beifahrersitz und dem Kolben an ihrer Hüfte. Sie hatte vier Patronen geladen – mehr faßte das Patronenlager nicht. Zwei weitere Patronen zum Nachladen lagen auf dem Beifahrersitz.

Und sie war bereit für das, was sie vorhatte. Auf dem Nachhauseweg vom Waffenladen schien ihr Gesichtsfeld eingeengt gewesen zu sein: Auf dem Highway hatte sie nur die Straße selbst gesehen, nichts rechts und links davon. Jetzt, in der Zufahrt zu ihrem Haus, sah sie nur das Garagentor, bis sie die kleinen Schlangenlinien nach links und dann wieder nach rechts fuhr, um geradeaus in die Garage zu kommen. Dann schaute sie aus dem Seitenfenster und sah Davenport auf die Garage zugehen, und ihr Gesichtsfeld verengte sich auf einen kleinen Punkt: Davenports Gesicht. Ein böser Mann, dachte sie. Brutal. Ein Mann wie Daddy.

Als sich das Garagentor öffnete, lösten sich die beiden Cops von der Motorhaube ihres Streifenwagens und schauten Audrey entgegen. Audrey fuhr langsam, zog ein gutes Stück vor den Cops ihre Schlangenlinien und steuerte das entfernteste der drei Garagentore an. – Lucas und Sherrill setzten sich von der Verandatreppe aus in Richtung auf die Garage in Bewegung, und die beiden Cops machten dasselbe von ihrem Parkplatz am Rand der Zufahrt aus. Das Heck von Audreys Wagen hatte kaum die Innenseite des Garagentors passiert, als sich das Tor auch schon wieder nach unten bewegte.

Lucas drehte sich um und sagte: »Seitentür.« Sherrill schlenderte hinter ihm her, ohne sich besondere Gedanken zu machen, folgte ihm zu einer Zugangstür am Anfang der Garage, noch vor den drei Garagentoren. Lucas stieß die Tür auf und trat ins Halbdunkel der Garage, das immer dunkler wurde, als das Tor hinter Audreys Wagen die letzten Zentimeter herunterglitt. »Mrs. McDonald«, sagte er.

Audrey hörte ihn, schaute nach links, sah Davenport in die Garage kommen. Er stand im Licht der geöffneten Tür. Sie griff mit der rechten Hand nach der Shotgun, brauchte eine Sekunde, um sich zu vergewissern, daß sie entsichert war, entriegelte dann mit der linken Hand den Türverschluß, stieß die Tür mit den Füßen auf und schob sich aus dem Wagen. Die Shotgun war lang und unhandlich, aber als sie die Flinte schließlich aus dem Wagen draußen hatte, kam der Lauf wie von selbst hoch, und sie erkannte die Überraschung auf Davenports Gesicht und hörte ihn etwas schreien, und sie sah eine heftige Bewegung, und dann fuhr der Lauf nach unten …

Die Innenbeleuchtung in Audreys Wagen ging an, als sie die Tür öffnete; und in diesem Licht sah Lucas, wie der Lauf der Flinte hochkam und sich auf ihn richtete. Sherrill war hinter ihm hereingekommen, und er schrie: »Waffe!«, stieß Sherrill seitlich zu Boden, warf sich hinter das vor ihm stehende Lexus-Coupé. Im selben Augenblick zuckte aus der Mündung der Shotgun ein langer Feuerstrahl, und an der Wand hinter ihm explodierte der Verputz zu einem Regen aus Gipssplittern.

BAAA-UUUMM.

Der dumpfe Knall kam nach dem Feuerstrahl – lange danach, wie es schien, aber Lucas hechtete durch die Luft, als dieser Gedanke durch seinen Kopf zuckte. Dann prallte er auf dem Boden auf, griff nach seiner Pistole, riß sie aus dem Holster, rollte sich zur Längsseite des Lexus, und wieder zuckte ein Feuerstrahl der Shotgun durch die Garage, und Glassplitter zischten auf ihn herunter. Sherrill hatte geistesgegenwärtig die Tür zugeworfen, aber Lucas wußte nicht, wo sie sich jetzt befand; er wußte kaum noch etwas – das Donnern der Shotgun wurde durch die Enge des Raums vervielfacht, und das Mündungsfeuer der Schüsse war neben dem schwachen Glimmen der Innenbeleuchtung in Audreys Wagen die einzige Lichtquelle.

Audrey war von dem Lichtblitz aus der Mündung ihrer Waffe geblendet; sie hatte das nicht erwartet, aber sie hatte damit gerechnet, daß Davenport zu Boden gehen würde, und so senkte sie den Lauf, während sie mit einer Pumpbewegung die nächste Patrone in den Lauf beförderte, und drückte sofort wieder auf den Abzug. Glas zerplatzte, und sie hörte, wie jemand etwas schrie. Eine wilde Genugtuung durchzuckte sie: *Ich hab ihn erwischt. Jetzt mach ich ihn endgültig fertig.*

»Licht!« Lucas hörte den Schrei; er erkannte Sherrills Stimme, verstand aber das Wort nicht. Dann jedoch: »Deckenlicht!«

BAAA-UUUMM.

Der dritte Schuß; und Audrey kam näher, schlich auf Sherrill und ihn zu. Einige Shotguns faßten nur drei Schuß. Lud sie nach? Hatte ihre Shotgun eine Kammer für vier Patronen? Und dann ging plötzlich das Deckenlicht an, und Lucas sah aus den Augenwinkeln, wie Sherrill mit einer Pistole in der Hand vom Lichtschalter wegsprang. Gleichzeitig sah er unter dem Lexus hindurch Audreys Fußknöchel an der hinteren Stoßstange auftauchen. Er streckte die Hand mit der Pistole aus, konnte die Mündung der Waffe im Dunkeln unter dem Wagen nicht erkennen, drückte trotzdem ab. Höchstens dreieinhalb Meter: und dennoch rechts vorbei. Audreys Fuß zuckte zurück, er hörte, wie sie wieder pumpte, und eine leere Patronenhülse klirrte auf den Boden, und er richtete den Lauf ein kleines Stück nach rechts und drückte wieder ab.

Und diesmal traf er.

Audrey schrie und stürzte zu Boden, und plötzlich war ihr

Gesicht auf der anderen Seite des Lexus. Sie starrte ihn an, und der Lauf der Shotgun zeigte zu ihm herüber, und sie richtete die Mündung auf sein Gesicht. Er rollte sich blitzschnell hinter ein Rad des Lexus, und als sie im selben Moment abdrückte, zerfetzte das Schrot den Reifen, und die Luft zischte um sein Gesicht.

Sie mußte erst einmal den Rückstoß der Shotgun verkraften, und wahrscheinlich lud sie jetzt nach. Lucas dachte nicht lange darüber nach, er wußte es, und er schob sich nach rechts, streckte den Arm mit der Pistole erneut aus, konnte im Schatten des Wagens wieder nicht genau zielen, aber sie war dicht vor ihm, da war ihr Gesicht, und er krümmte den Finger um den Abzug, und sie richtete den Lauf der Shotgun wieder auf ihn …

Sherrill stürzte auf sie herab wie ein Meteor. Sie war auf den Lexus geklettert und sprang jetzt auf Audrey hinunter. Sie landete mit den Füßen hinter ihrem Nacken, drückte mit dem rechten Fuß Audreys Gesicht gegen den Schaft der Shotgun. Lucas sprang auf, lief um das Heck des Wagens und hielt Sherrills Hand fest, die die Pistole gegen Audreys Kopf richtete. »Nein, nein …«

»Was …?«

Sherrill sah ihn verwirrt an.

»Wir haben sie.«

Audrey drehte sich auf den Rücken, starrte wie betäubt zu ihnen hoch, und Blut verschmierte ihre Zähne. »Wer … wer sind Sie?« fragte sie.

Einer der Cops draußen schrie: »Davenport, was ist los?«

»Wir haben sie, wir haben sie, wir haben sie …« Lucas schob mit dem Fuß die Shotgun unter den Lexus, außerhalb Audreys Reichweite. »Sie ist verletzt«, sagte er zu Sherrill. »Komm, wir schaffen sie raus.«

»Ich mache die Garagentore auf …«

Lucas schob einen Arm unter Audreys Rücken, den anderen unter ihre Knie und hob sie hoch; dann fuhren die drei Garagentore gleichzeitig hoch, und Licht flutete herein.

Die beiden Cops standen mit gezückten Pistolen vor der Tür. Sie steckten sie in die Holster zurück, als sie Lucas mit Audrey auf dem Arm herauskommen sahen.

»Jesus Christus«, sagte einer von ihnen, »was ist denn da drin passiert?«

»Shotgun«, grunzte Lucas. »Sie ist verletzt. Holt einen Krankenwagen.«

»Leg sie auf den Boden, Lucas«, sagte Sherrill. »Wir müssen sie flach hinlegen. Habt ihr eine Decke im Streifenwagen? Sie hat bestimmt einen Schock …«

Einer der Cops holte eine Decke, breitete sie auf dem Asphalt der Zufahrt aus, und Lucas legte Audrey darauf. Sie schien nicht voll bei Bewußtsein zu sein, obwohl sie die Augen geöffnet hatte. Lucas richtete sich auf. »Verdammt«, sagte er, »das war ein bißchen zu dicht an einer Katastrophe.«

Audrey sagte etwas. Sherrill hörte es und fragte: »Was?«

Audrey sagte wieder etwas, und Sherrill fragte wieder: »Was?« und beugte sich über die andere Frau.

Und als Sherrill den Kopf dicht vor das Gesicht der anderen Frau hielt, hob Audrey die Hand und schlug Sherrill trotz der ungünstigen Position kräftig mit der geballten Faust aufs Auge, und Sherrill taumelte zurück.

»Lassen Sie diesen Scheiß«, schrie einer der Cops Audrey an und trat auf sie zu, und sie öffnete die Faust, drehte den Kopf zur Seite und schloß langsam die Augen. Sherrill war von ihr weggekrochen und hielt sich die Hand vors Auge. »O Mann, das tut weh!«

Lucas sah sich die Verletzung an. »Du wirst ein Veilchen kriegen. Ein verdammtes, hübsches blaues Auge.«

Audrey murmelte wieder etwas. Lucas und Sherrill drehten sich um, schauten zu ihr hinunter; sie lag drei Meter entfernt flach auf dem Rücken, und ihre Kobra-Augen richteten sich auf Lucas. Und dann lächelte sie plötzlich, ein breites Lächeln mit entblößten Zähnen, und die Zähne waren blutverschmiert.

Lucas spürte, wie sich seine Nackenhaare sträubten. Er wandte sich wieder Sherrill zu, die zu ihm aufschaute und den Kopf schüttelte. »Verdammte Irre«, sagte sie.

34

Sherrill sagte: »Krause glaubt, sie habe sich *absichtlich* diesem Fernmeldetechniker gezeigt, damit wir Wilson nicht verdächtigen. Und dann ruft *sie* beim Sheriff an, um uns auf den Techniker hinzuweisen, weil wir Wilson dann doch ins Visier nahmen.«

»Clevere Frau«, sagte Lucas.

»Böses Weibsstück«, widersprach James T. Bone, der sich gerade auf Lucas' Besucherstuhl niederließ.

»Ich muß gehen«, sagte Sherrill. Ihr Veilchen war fast völlig verblaßt. Sie stellte sich auf die Zehenspitzen, küßte Lucas auf den Mund und sagte: »Bis heute abend« und: »Wiedersehen, Mr. Bone«.

Als Sherrill die Tür hinter sich geschlossen hatte, schaute Bone mit schläfrig wirkenden Augen Lucas an und sagte: »Enger weißer flauschiger Pullover und Revolver im Schulterholster. Mir blieb fast das Herz stehen.«

»Sie macht mich ganz schön fertig«, sagte Lucas behaglich.

»Ich kenne das«, grinste Bone.

Bone fragte: »Audrey ... kämpft sie gegen die Beweise an?«

»Ihr Anwalt ist ein guter Bekannter von mir«, antwortete Lucas. »Er sagt, sie stellt sich wie eine Irre an. Was sie ja wahrscheinlich auch ist. Sie streitet es sogar ab, mit der Shotgun auf uns geschossen zu haben, obwohl wir vier Zeugen dafür haben, die Quittung über den Kauf der Waffe in ihrem Wagen gefunden haben und der Besitzer des Waffenladens sie identifiziert hat. Der Anwalt sagt, sie habe Schwierigkeiten, sich nach dem Tod ihres Mannes an irgend etwas zu erinnern. Ein Psychiater kümmert sich inzwischen um sie.«

»Täuscht sie das vor?«

Lucas zuckte die Schultern. »Ich weiß es nicht. Sie ist clever, das steht fest. Aber ihr ganzes Leben war ein einziger Alptraum. Ich halte es für möglich, daß sie nie den Unterschied zwischen gut und böse erkannt hat.«

»Und wenn das Gericht befindet, daß sie unzurechnungsfähig ist?«

»Dann kommt sie in die staatliche Irrenanstalt.«

»Und wenn man sie für zurechnungsfähig und für ihre Taten verantwortlich hält?«

»Dann kriegen wir einen Strafprozeß, und es geht ihr an den Kragen.«

»Hm.« Bone schaute aus dem Fenster auf die Straße hinunter. Es war ein grauer Tag, und kleine Schneeflocken tanzten vor der Scheibe. Obwohl es erst drei Uhr nachmittags war, hatten die meisten Autos die Scheinwerfer eingeschaltet. Eine Woche nach der Schießerei in der Garage ging die Welt wieder ihren gewohnten Gang. »Mir wäre es lieber, wenn sie für lange Zeit, möglichst für immer, hinter Gittern verschwinden würde. Der Gedanke, sie könnte in ein paar Jahren aus der Klapsmühle entlassen werden, gefällt mir gar nicht.«

Lucas nickte. »Mir auch nicht.«

Bone hatte die Bank inzwischen voll im Griff; von den fünf Topmanagern bei Polaris im Oktober hatten Ende November nur noch zwei ihre Jobs – Bone und Robles. »Meine Assistentin hat sich um die Abwicklung von O'Dells Angelegenheiten gekümmert. Ich habe mit O'Dells Vater gesprochen – er kann sich nur schwer mit ihrem Tod abfinden.«

»Ja, der Tod eines Kindes ...«, sagte Lucas. »Auch wenn sie erwachsen sind, macht es den Verlust nicht leichter.«

»Nein, das glaube ich auch nicht«, stimmte Bone zu. »Haben Sie Damascus Isley in letzter Zeit mal getroffen?«

»Seit einem gemeinsamen Mittagessen vor einiger Zeit nicht mehr.«

»Ich habe ihn in der Bank getroffen. Wir haben ein bißchen

über Basketball geplaudert ... Er macht gerade eine komische Diät – einen Big Mac am Tag, dazu Popcorn, soviel er essen will.«

»Er hat mir gesagt, daß er so was vorhat«, sagte Lucas. »Ich hoffe, er hält es durch.«

»Ich glaube, er schafft es. Er machte die Diät seit einer Woche, wie er mir erzählte, und hatte bereits vierzehn Pfund abgenommen. Er weiß, daß es so rapide nicht weitergeht, aber er sagte, als er nach einer Woche erstmals wieder auf die Waage stieg, sei seine Frau ins Schlafzimmer gelaufen und habe eine Viertelstunde lang geheult. Vor Freude, nehme ich an. Und er selbst ist auch fast ausgeflippt. Ich bin überzeugt, daß er nicht rückfällig wird.«

Bone sagte: »Diese Sache mit Audrey McDonald hat mich aus der Bahn geworfen.«

»So?« Lucas' Schreibtisch hatte ein archaisches Ausziehbrett für eine Schreibmaschine, genau in der richtigen Höhe zum Ablegen der Füße, was er jetzt tat.

»Ja. Ich war immer überzeugt, daß ich eines Tages eine größere Bank leiten würde. Aber es wäre nicht so schnell dazu gekommen, wenn Audrey nicht den alten Dan Kresge von seinem Hochsitz gepustet hätte.«

»Werden Sie denn Ihren Job nicht verlieren, wenn die Fusion vollzogen wird?«

»Doch, natürlich – aber es tauchen da einige Probleme bei der Fusion auf«, sagte Bone mit einem dünnen Lächeln. »Der Weg dazu ist nicht so eben, wie es aussah. Und selbst wenn es dazu kommt – hat man erst einmal eine Bank geleitet, kann man sich normalerweise leicht verändern und Chef einer anderen Bank werden. Es ist der Durchbruch zur Spitze, der zählt.«

»Sloan hat mit Ihnen über Ihre Beziehungen zu Marcia Kresge gesprochen ... Ich denke, das war ja wohl eine sehr gefährliche Beziehung für einen Mann, der zur Spitze aufsteigen will.«

»Ehm ... So was ist bei einem privaten Unternehmen nicht so dramatisch. Man braucht nicht unbedingt eine moralisch weiße Weste zu haben wie ein Politiker, der sich Wahlen stellen muß, und es gibt keine blödsinnigen bürokratischen Vorschriften wie bei Behörden. Ich habe meine Zweifel, ob das Dan überhaupt gestört hätte; ich glaube eher, daß er amüsiert gewesen wäre. Marcia war für mich kein größeres potentielles Problem, als Miss Flauschpullover es für Sie ist. Und außerdem – es ist vorbei.«

»Tatsächlich?«

»Ja.« Bone schien leicht verlegen zu sein, drehte den Kopf zur Seite und schaute wieder auf die Straße hinunter. »Sie haben ja meine Assistentin kennengelernt. Kerin Baki.«

»Die Gletscher-Blonde ...«

»Ja. Als nach Kresges Ermordung der Machtkampf um die Führung der Bank losging, hat sie mit aller Macht daran gearbeitet, mir zu dem Topjob zu verhelfen. Und sie machte alles richtig – hat die ganze Show auf dem Weg zum Vorstandsvorsitzenden gemanagt. Und als ich sie fragte, was sie sich als Entgelt für ihren Einsatz wünsche, sagte sie, sie wünsche sich, daß ich ihr einen Gefallen erweise. Aber sie sagte mir nicht, um was es sich dabei handelte. Das wollte sie mir erst sagen, wenn ich den Job bekommen hätte.«

»Und Sie *haben* ihn bekommen.«

»Ja. Als sich die ganze Aufregung ein wenig gelegt hatte und als Audrey McDonald verhaftet war, holte ich sie in mein Büro und fragte sie: ›Also, welchen Gefallen soll ich Ihnen denn nun tun?‹«

Baki sei ein wenig unangenehm berührt gewesen, als er sie so direkt gefragt hatte, berichtete Bone, aber sie habe sich schließlich hingesetzt und aufgezeigt, was sie von ihm erwartete. Kernpunkt war, daß sie es grundsätzlich satt hatte, allein zu leben. Sie wollte einen Mann, der ihrem intellektuellen Niveau entsprach, der so hart arbeitete wie sie und ähnliche Interessen hatte. Und das bereitete ihr Schwierigkeiten.

Lucas fing an zu lächeln, und Bone sagte schnell: »Sie wollte von mir, daß ich sie ausführte – nur als Freund, als Kollege – und sie mit Männern bekanntmachte, die im Banken- und Investmentmilieu als Kandidaten in Frage kamen.«

»Und das alles natürlich nur als Freund«, sagte Lucas.

»Ja. ›Mr. Bone‹, sagte sie, ›ich habe kaum eine Chance, solche Männer im gesellschaftlichen Leben kennenzulernen, da ich in meiner Arbeit aufgehe. Und ich weiß, daß es ein wenig kalt und berechnend klingt, aber ich habe nicht mehr viele Jahre vor mir, um ein ganz normales bürgerliches Leben zu führen und Kinder zu bekommen.‹« Bone imitierte fast perfekt Bakis präzise Sopranstimme und fuhr fort: »Und sie schob ihre Brille höher auf die Nase, eine Folge des einzigen Mangels an Perfektion, den ich je bei ihr entdeckt habe – ihre Brille rutschte immer wieder runter.«

»Ja«, sagte Lucas. »Ihre einzige verwundbare Stelle ...«

»Ich willigte ein«, fuhr Bone fort. »Ich hatte Verständnis für ihre Lage. Ich nahm sie also mehrmals mit zu verschiedenen Veranstaltungen, die ihr bisher verschlossen waren, und sie machte großen Eindruck auf eine Reihe von Männern. Ich bekam viele Anrufe mit Anfragen nach ihrem Status ... Ich erzählte ihr natürlich davon, und sie zeigte sich stets interessiert.«

»Sie Dummkopf ...«

»Sie ahnen wohl, wie die Geschichte ausging?«

Lucas verschränkte die Hände vor der Brust und sagte: »Lassen Sie mich raten. Sie entschlossen sich eines Tages, sie zu einem Dinner zu zweit auszuführen ...«

»Einem intimen Dinner.«

»Und danach mußten Sie sie nach Hause bringen.«

»Ich ging nur für eine Minute mit rauf, ich kannte ihre Wohnung ja noch nicht und wollte sie mir ansehen ...«

»Aber Sie blieben dann doch eine Weile.«

»Eine ganze Weile.«

»Und der Gletscher schmolz.«

»So könnte man es nennen ... Und sie hat mir unmißverständlich klargemacht, daß es mit Marcia Kresge aus und vorbei sein muß. Sie nannte mir in diesem Zusammenhang auch die Namen einiger weiterer Frauen, und ich frage mich, woher sie diese Namen kannte.«

»Und wie stehen Sie zu dieser Sache mit dem Kinderkriegen?«

Bone zuckte die Schultern. »Ich habe schon immer gedacht, verstehen Sie, vielleicht – mit der richtigen Frau …«

Das Telefon klingelte, und Bone stand auf. »Ich muß gehen«, sagte er, aber Lucas hob die Hand. »Warten Sie noch einen Moment.« Er meldete sich: »Hallo?«

»Lucas, hier ist Del.« Del benutzte anscheinend ein Mobiltelefon; seine Stimme klang, als ob er durch einen hohlen Baumstamm sprechen würde. Im Hintergrund war ein gleichbleibendes Brummen zu hören.

»Ja, Del, was gibt's?«

»Ehm, ich rufe aus dem Flugzeug an …«

Das Brummen von Turbinen … »Ach so, richtig«, sagte Lucas. »Cancún. Das hatte ich vergessen. Ich wünsche dir eine gute Zeit da unten.«

»Ehm, wenn jemand kommt und nach mir fragt, sagst du, in zehn Tagen, okay?« Del sprach sehr laut.

»Natürlich. Mach ich.«

»Es hat aber noch niemand nach mir gefragt, oder doch?«

»Nicht bei mir«, sagte Lucas. »Erwartest du denn so was?«

»Ich kann dich nur ganz schlecht verstehen«, schrie Del. »Bis in zehn Tagen …« Und er brach das Gespräch ab.

Lucas starrte verwirrt den Hörer an, legte dann auf und sagte zu Bone: »Ich mache mittwochs abends bei einer Gruppe von Cops und Anwälten mit, die sich ein besonderes Ballspiel ausgedacht hat – eine Mischung aus Basketball und Hockey. Ganz locker, keine Fouls, nicht zu anstrengend. Wenn Kerin es Ihnen erlaubt, sind Sie herzlich zur Teilnahme eingeladen.«

»Ja, gerne, klingt gut«, sagte Bone. »Vielleicht macht Isley in einem Jahr oder so auch mit.« Sie schüttelten sich die Hände, und Bone sagte: »Bis bald einmal.«

Bone ging, kam aber zehn Sekunden später wieder zurück: »Ehm, da draußen warten ein paar Leute auf Sie.«

»Wie bitte?«

»Einige ... Leute«, stammelte Bone.

Lucas ging stirnrunzelnd in den Flur. Erst später erfuhr er die genaue Anzahl – vierundzwanzig –, aber im Moment sah er auf den ersten Blick nur, daß es *viele* waren.

Alte Ladys.

Sie drängten sich wie eine Herde weißer, kräuselwolliger Schafe zusammen, und jede einzelne von ihnen drückte eine Handtasche sowie eine offensichtlich brandneue Sporttasche an sich. Eine von ihnen, eine niedliche, wie die Großmutter aus dem Bilderbuch aussehende Frau sagte mit zitterndem Kinn: »Wir sind gekommen, um uns freiwillig zu stellen.«

»Freiwillig stellen?« fragte Lucas entgeistert. Und Bone sagte: »Ich muß gehen.« Und verschwand.

»Wir sind die Opium-Junkies«, sagte die Großmutter, und die anderen Frauen nickten unisono. »Mr. Del hat gesagt, wir hätten die größte Aussicht auf Milde und Nachsicht, wenn wir herkämen und uns Ihnen stellen würden.«

»Der verdammte Hurensohn«, knurrte Lucas. Die Großmutter zuckte zurück, und Lucas schaute zum Telefon in seinem Büro hinüber – aber Del befand sich wahrscheinlich kurz vor der Landung in Mexiko.

»Wie ... wie bitte?« fragte die Großmutter und drückte die Sporttasche noch fester an sich.

»Ehm, nichts«, sagte Lucas. »Bleiben Sie hier. Gehen Sie nicht weg. Ich bin gleich zurück.«

Er stapfte wütend den Flur hinunter zu Roux' Büro. »Nein, Rose Marie ist gegangen«, sagte die Sekretärin. Sie schien sich dabei auf die Innenseite der Wangen zu beißen.

»Wohin?«

Die Sekretärin hatte erhebliche Mühe, das Wort herauszubringen: »Cancún.«

Lucas starrte sie an, zornfunkelnd, und sie bedeckte schnell das Gesicht mit den Händen. Er drehte sich auf dem Absatz um und machte sich auf den Weg zur Abteilung Schwerverbrechen.

Als er die Tür von Roux' Vorzimmer hinter sich schloß, meinte er, ein explosionsartiges Gelächter zu hören.

Bei der Abteilung Schwerverbrechen stieß er auf Loring, der sich gerade einen grünen Apfel mit einem Taschenmesser schälte. »Ist Frank da?« fragte Lucas. Frank Lester war der Abteilungsleiter und wie Lucas Deputy Chief.

»Nein.«

»Und Sherrill?«

»Auch nicht. Sind beide gegangen. Zusammen.«

»Zusammen?«

»Ja. Sie sagten, sie würden sich auf den Weg nach Cancún machen.«

»Du verdammter Mistkerl«, fauchte Lucas.

»Was?« Loring wirkte überrascht. »Wie bitte?«

»Du weißt genau, was ich meine.«

»Nein, das weiß ich nicht.« Er schien echt verwirrt zu sein. Andererseits war er als guter Lügner bekannt. »Also, was ist denn nun los?«

Die Chefs der Ermittlungs- und der Drogenabteilung waren nicht da. Niemand wußte, wann sie zurückkommen würden. Sloan und Black waren nicht aufzutreiben. Franklin war nach Hause gegangen.

Er kam bei seiner Suchaktion mehrmals an den alten Ladys vorbei, und schließlich sprach ihn die Großmutter tapfer an: »Wir haben unsere Sachen dabei.«

»Ihre Sachen?«

Die ganze Herde hielt die Sporttaschen hoch. »Zahnbürsten und Nachthemden und so weiter. Für den Knast.«

»O heilige Mutter Gottes«, stöhnte Lucas.

Er ging schließlich wieder zu Loring, zeigte ihm die Ladys und erklärte ihm die Situation: »... wollen sich stellen, und ich bitte dich, mir bei der Abwicklung der Sache zu helfen ...«

Loring trat drei Schritte zurück. »Kommt nicht in Frage«, sagte er. »Sie sind *deine* Ladys.«

»Sie sind nicht meine«, schrie Lucas. Aber Loring rannte bereits zum Ausgang. »Verdammt, komm zurück! Schaff deinen Arsch sofort hierher zurück!«

Loring war die letzte Hoffnung gewesen …

Lucas schlich zurück zu seinem Büro, vor dem die kleine Herde mit den Handtäschchen und Sporttaschen sich immer noch zusammendrängte und auf den Vollzug der Gerechtigkeit wartete. Den Flur hinauf und hinunter waren alle Türen geschlossen.

Niemand da – außer ihm …

»Gibt es ein Problem?« fragte Großmutter.